Heike Wolf
Der Bernsteinbund

atb aufbau taschenbuch

Heike Wolf wurde 1977 in Bonn geboren und wuchs in Ostfriesland auf. Sie studierte Klassische Philologie und Geschichte in Marburg und arbeitet als Lehrerin für Latein und Geschichte an einem Gymnasium. Nach einigen Arbeiten für die Welt *Aventurien* des Fantasy-Rollenspiels »Das schwarze Auge« ist »Der Bernsteinbund« ihr erster historischer Roman. Sie lebt mit ihrer Familie in Marburg.

Mitte des 14. Jahrhunderts ist die Hanse auf dem Höhepunkt ihrer Macht. Einflussreiche »Pfeffersäcke« beherrschen die Seewege und Städte an Nord- und Ostsee. Macht hat, wer Geld hat, und so strebt auch der ehrgeizige und intrigante Lambrech Suterman, Verwalter des mächtigen Bremer Handelshauses Grootehus, nach Höherem – dem Patriziat und einem Sitz im Rat der Stadt. Dass er dazu das riskante Geschäft mit dem Bernstein wählt, passt nur zu gut ins Bild.

Henric, der zurückhaltende ältere Sohn und Erbe, will die Intrigen des Vaters nicht länger mit ansehen. Der jüngere Sohn Daniel wendet sich als Arzt im Dienste der Kirche von der Familie ab. Einst hat die Mutter die Brüder auf ein Bernsteinamulett die Treue schwören lassen. Der Vater aber ist in seinem Machtstreben längst bereit, das Glück der Kinder zu opfern. Doch als er für Henric ausgerechnet die Frau auswählt, die Daniel liebt, bindet er die Brüder unweigerlich nur umso fester aneinander …

Heike Wolf

Der Bernsteinbund

Historischer Roman

atb aufbau taschenbuch

ISBN 978-3-7466-2609-3

Aufbau Taschenbuch ist eine Marke der
Aufbau Verlag GmbH & Co. KG

1. Auflage 2010

Lektorat Meike Herrmann
Einbandgestaltung capa, Anke Fesel
unter Verwendung zweier Motive von Bridgeman Berlin
Satz LVD GmbH, Berlin
Druck und Binden Druckerei C. H. Beck, Nördlingen
Printed in Germany

www.aufbau-verlag.de

Prolog

Bremen, Ende Februar 1356

»Da bist du ja endlich, Junge!«

Die alte Berte schob die Tür ein Stück weiter auf, damit Daniel hineinschlüpfen konnte, und schloss sie gleich wieder hinter ihm. Es war ungewöhnlich still in dem Haus. Trotz der Frühjahrssonne, die die Straßen der Stadt zu neuem Leben erweckte, waren die Fensterläden verschlossen und die Luft dumpf und abgestanden. Eine einzelne Talglampe stand auf dem Tisch und spendete ein zitterndes, rötliches Licht.

»Gott sei Dank, dass du noch rechtzeitig gekommen bist«, murmelte die alte Magd und strich ihm die widerspenstigen Locken aus der Stirn, wie sie es immer getan hatte. »Deine Mutter fragt schon dauernd nach dir.«

»Man hat mich nicht gehen lassen«, log Daniel, während er sich zwang, Bertes Hand nicht auszuweichen. Er hasste es, wenn sie ihn behandelte wie ein kleines Kind. »Sie hätten mich auch jetzt nicht gelassen, wenn Vaters Bote nicht gekommen wäre.« Tatsächlich hatte Daniel alle Bitten, nach Hause zu kommen, wohlweislich ignoriert. Er wollte nicht am Totenbett einer Frau sitzen, die einmal seine Mutter gewesen war, und sich das Gejammer der Trauernden anhören. Aber der letzte Bote hatte beim Scholaster selbst vorgesprochen, sodass Daniel nichts Anderes übrig geblieben war, als sich auf den Weg in sein Elternhaus zu machen, so sehr es ihm auch widerstrebte.

Berte schüttelte den Kopf. »Verfluchte Pfaffen! Lassen ein Kind nicht einmal zu seiner sterbenden Mutter.« Erschrocken schlug sie die Hand vor den Mund und bekreuzigte sich rasch. Ihre Lippen formten ein zerknirschtes Lächeln, während sie

Daniel noch einmal durch die Haare fuhr. »Gott verzeih's. Du kannst ja nichts dafür, mein Junge. Nun geh schon, deine Mutter wartet.«

Seine Mutter war nicht allein. Neben ihr auf der Bettkante hockte in sich zusammengesunken sein älterer Bruder Henric, dessen gerötete Augen deutlich verrieten, dass er geweint hatte. Unter dem Fenster saß eine dickliche Frau mit einem Säugling auf dem Arm, den sie leise summend wiegte. Eine Amme vermutlich, die man gerufen hatte, um sich des Neugeborenen anzunehmen. Zögerlich machte Daniel einen Schritt weiter in den Raum hinein, hielt aber inne, als ihn der Blick seines Vaters traf, der mit verschränkten Armen am Bettpfosten lehnte. »Da bist du ja endlich«, knurrte er. »Hast du dich taub gestellt, oder wo hast du dich herumgetrieben?«

»Lass ihn bitte, Lambrech«, erklang eine schwache Stimme vom Bett aus. Mühsam richtete sich seine Mutter in den Kissen auf und streckte die Hand nach Daniel aus. Das Zittern ihrer Finger ließ erahnen, wie viel Kraft sie das kostete. »Komm her, mein Junge«, flüsterte sie. »Setz dich zu deinem Bruder.«

Daniel zog die Unterlippe zwischen die Zähne, während er zögerlich näher trat. Die bleiche Frau, die dort auf Kissen gestützt vor ihm lag, hatte wenig gemein mit der Mutter, die er zu kennen glaubte, die besonnene, fromme Mutter, die Herz und Mittelpunkt der Familie war und Daniel manchmal wie eine Heilige erschien. Die Frau, die dort vor ihm lag, aber war nur noch ein Schatten ihrer selbst, mit fahlen, eingefallenen Wangen und fiebrigen Augen, die seinen Blick suchten.

Ein Lächeln huschte über ihre blutleeren Lippen, als Henric ein wenig zur Seite rückte und Daniel sich auf der Bettkante niederließ. Was hätte er dafür gegeben, wieder gehen zu dürfen. Die Unmittelbarkeit des Todes schnürte ihm die Luft ab.

»Du hast eine Schwester, Daniel«, flüsterte sie, und für einen Moment vertiefte sich das Lächeln in ihren Mundwinkeln. »Ein wunderschönes Mädchen. Mette. Ihr sollt auf sie achten, wenn ich es nicht mehr kann.«

»Versprochen«, murmelte Daniel und warf einen verstohlenen Blick zu Henric, der jedoch den Kopf gesenkt hielt. Nur das leise Zittern, das von Zeit zu Zeit seinen Körper durchlief, deutete darauf hin, dass er stumm weinte.

»Ich möchte euch um etwas bitten«, fuhr die Mutter mit schwacher Stimme fort. Ihre Hände wanderten in den Nacken, wo sie behutsam die Kette löste. Fasziniert sah Daniel auf das feingeschliffene Bernsteinkreuz, das im Licht der Talglampen rot und golden schimmerte und das sie trug, solange er sich erinnern konnte.

»Haltet es. Ich möchte, dass ihr niemals vergesst, was ihr euch heute versprochen habt.« Sacht berührte sie Henrics Arm, damit auch er den Kopf hob und sie ansah. Rote Flecken tanzten auf seinen Wangen, er blinzelte aus verquollenen Augen, als er Daniel einen kurzen Blick zuwarf und nach dem Schmuckstück griff, das die Mutter ihm reichte.

»Ich werde bald nicht mehr da sein, um auf euch zu achten«, flüsterte sie und legte ihre rechte Hand auf Daniels Arm, die linke auf Henrics. »Daher müsst ihr das an meiner Stelle tun. Versprecht mir, dass ihr füreinander da seid und einander helft, wann immer es nötig ist. Ihr und Mette und euer Vater, ihr werdet immer miteinander verbunden sein. Ihr seid ein Fleisch und Blut. Versprecht mir, dass ihr das nie vergesst!«

Daniel nickte und legte schnell die Hand auf den Anhänger. Wenn es seiner Mutter Frieden schenkte, würde er ihr diesen Wunsch eben erfüllen. »Ich verspreche es«, murmelte er und warf einen Seitenblick auf seinen Bruder, der zögerte, ehe er es ihm gleichtat.

Ein Lächeln breitete sich auf dem Gesicht der Mutter aus, als sie wieder zurücksank und erschöpft die Augen schloss. »Seid gute Jungen und gehorcht eurem Vater«, flüsterte sie. »Kümmert euch um eure Schwester und vergesst es nicht. Vergesst den Bund nicht, den ihr miteinander geschlossen habt.«

Daniel nickte langsam.

Teil I

1362

Bremen, Ende Februar 1362

Ein Summen von zahlreichen Stimmen erfüllte das Kirchenschiff. Kaufleute steckten hinter den Pfeilern die Köpfe zusammen, alte Weiber tauschten den neuesten Klatsch aus, während sie die Perlen des Rosenkranzes zwischen ihren Fingern hindurchgleiten ließen. Dazwischen polterten die schweren Schritte eines Geschäftsmannes über den Steinboden. Von einem der Altäre klang das leise Stöhnen eines Siechen herüber, der um Erlösung heischend ausgestreckt auf dem Boden lag.

Ein Luftzug ließ die Kerzenflammen am Marienaltar zittern. Henric schloss die Augen und versuchte, all die Geräusche auszublenden, während seine Lippen stille Gebete formten. »Ave Maria, gratia plena, dominus tecum …« Der Stein unter seinen Knien schmerzte, doch das war er gewohnt. »Bitte für uns, Heilige Maria, und bitte für meine Mutter. Sie war eine gute, rechtschaffene Frau, die kein Leid verdient hat. Bitte für sie, Heilige Mutter Gottes.« Er murmelte schnell, fast schon hastig, als könne er so dem beklemmenden Gefühl entkommen, das ihn wie mit einer unsichtbaren Faust umschloss. Fast trotzig fügte er das »Amen« hinzu und hob den Blick zu der Madonna, die im Schein der Kerzen sanft zu ihm herablächelte. »Möge Gott sich deiner erbarmen und die Jungfrau dich unter ihren Mantel nehmen.« Er sah auf die Kerzen, die er heute entzündet hatte, das Mindeste, was er tun konnte. Sechs Jahre war es nun her, dass seine Mutter im Kindbett gestorben war, und er schien der Einzige zu sein, der noch an ihren Todestag dachte.

Im Hauptschiff wurde Unruhe laut. Henric blickte auf und erwartete, die üblichen Kaufleute zu sehen, die sich nach einem hingeworfenen Gebet lautstark schwatzend gen Ausgang bewegten. Doch stattdessen erkannte er einige Priester und Domherren, die einem hageren, rotwangigen Mann folgten, dem trotz seiner Schlaksigkeit eine gewisse Würde anhaftete, als er flüchtig vor dem Altar niederkniete und dann weiter zum Chor hinaufstieg. Es war Moritz von Oldenburg, der Domprovisor und lange Zeit einer der aussichtsreichsten Kandidaten für die Würde des Erzbischofs. Bis dann der Graf von Braunschweig seinen jungen Verwandten Albrecht ins Spiel gebracht hatte, der sich schleunigst die offizielle Bestätigung des Papsts besorgt hatte, um seinen Anspruch zu untermauern. Allerdings half dies wenig, denn die Grafen von Oldenburg würden den Bischofsstuhl nicht ohne Weiteres in die Hände der Braunschweiger fallenlassen. Also residierte der Provisor weiterhin in der Burg Bremervörde, während der junge Albrecht weit entfernt auf den Gütern seiner Familie auf die Gelegenheit wartete, seinen Widersacher auszuschalten.

Henric runzelte die Stirn, als Moritz sich mit zwei weiteren Domherren in den hinteren Teil des Chors zurückzog, wo sie vor den Blicken der Gläubigen verborgen waren. Es war ungewöhnlich, dass sich der Domprovisor außerhalb der hohen Festtage in der Stadt aufhielt, noch dazu hier in der Liebfrauenkirche. Wenn er es trotzdem tat, musste er ein wichtiges Anliegen haben – und das hing sehr wahrscheinlich mit einem neuerlichen Vorstoß der Braunschweiger zusammen.

»Henric!«

Er zuckte zusammen, wandte den Kopf und entdeckte seinen Vater im Schatten einer rußgeschwärzten Säule, zusammen mit einem grauhaarigen Mann, dessen prachtvolles Wams mit den Pelzbesätzen ihn als wohlhabenden Kaufmann auswies. Sievert Petersen, erkannte Henric verwundert. Petersen war Mitglied des Rates und hatte sein Vermögen mit dem Pelzhandel gemacht.

Lambrech bedeutete Henric mit einer ungeduldigen Geste, zu ihnen hinüberzukommen. Henric seufzte, erhob sich dann und drückte die schmerzenden Knie durch, ehe er zu den beiden hinüberschlich. Sein Vater war eine beeindruckende Erscheinung, groß, breitschultrig, mit vollem, dunkelblondem Haar, einem kantigen Kinn und Bewegungen, denen man ansah, dass er es gewohnt war, Entscheidungen zu treffen. Dabei war er gerade einmal vom Gehilfen zum Verwalter des Grootehus'schen Kontors aufgestiegen, seit der alte Grootehus sich zu schwach fühlte, um das Handelshaus selbst zu führen.

»Genug gebetet für heute. Wir haben zu tun«, beschied Lambrech knapp und wandte sich dann wieder an den Kaufmann. »Ihr solltet Euch das Angebot gut überlegen. Ich biete Euch und Eurem Bruder lediglich eine Möglichkeit, diesen unwürdigen Zustand zu beenden.« Lambrech lächelte fein. »Es liegt mir viel an einem guten Einvernehmen, ganz zu unserer beider Vorteil. Es ist eine Schande, dass das Schicksal Euch so übel mitgespielt hat.«

Der andere nickte, doch ein leises Zucken umspielte seine Mundwinkel. »Wir werden sehen, Suterman. Vielleicht wendet sich das Rad bald schon wieder. Euer Sohn?« Er deutete auf Henric.

»Mein Ältester.«

»Ah. Wisst Ihr, Suterman«, fuhr der Mann fort, während er in Richtung Ausgang schlenderte, »eigentlich sollte mir wenig am Leben meines Bruders liegen. Ich habe ihn oft genug gewarnt, und er hat es stets in den Wind geschlagen. Soll er doch in diesem Rattenloch verrotten, bis er zur Besinnung kommt. Aber wenn man nur eine Tochter hat so wie ich, die zudem noch zu jung ist, um sie zu verheiraten, ist man auf seinen Bruder angewiesen, da kann er noch so ein wirrer Querkopf sein wie der meine.«

»Familie ist wichtig«, erwiderte Lambrech ruhig. »Das weiß Arnulf Grootehus genauso gut wie ich. Wenn es meine Kinder wären, würde ich alles unternehmen, um sie aus dem Kerkerloch zu befreien.«

»Was ist eigentlich mit Grootehus' Sohn? Sollte er nicht besser für seinen Vater sprechen?«

»Der junge Grootehus ist als Lehrling in Lübeck und lässt nichts von sich hören. Was vielleicht auch besser ist. Der würde das Vermögen seines Vaters wohl schneller versaufen, als man Ave Maria sagen kann.«

»Also niemand, den ich für meine Tochter in Betracht ziehen sollte …«

»Wenn Ihr meine Meinung hören wollt, nein.«

Petersen nickte und schien nachzudenken, dann blieb er unvermittelt stehen.

»Ich weiß nicht, welchen Vorteil Ihr Euch davon versprecht, mir zu helfen, Suterman«, sagte er langsam. »Grootehus wird nicht gerade begeistert sein, mir sein Geld anzuvertrauen. Und ich mich auch nicht, seine … seine Almosen anzunehmen.«

»Ich glaube kaum, dass Grootehus das Angebot als Almosen versteht.« Lambrech verzog keine Miene, während er Petersens Blick ruhig erwiderte. »Wir bieten Euch ein Geschäft an, nicht mehr und nicht weniger. Ihr hattet Pech und sitzt nun auf diesen Pelzen, die zu minderwertig sind, um einen Ratsherrenrock zu schmücken. Ich biete Euch an, in das Geschäft einzusteigen, vielleicht auch in weitere, und einen Teil des Risikos zu übernehmen, sodass Ihr genug Gewinn macht, um Euren Bruder freizukaufen.«

»Gewinn?« Petersen stieß einen höhnischen Laut aus. »Ihr glaubt doch nicht im Ernst, dass damit noch Gewinn zu machen ist.«

»Ich würde Euch das nicht vorschlagen, wenn ich mir nicht sicher wäre.«

Petersen starrte Lambrech einen Moment lang an, dann kniff er die Augen zusammen. »Und das soll der alte Grootehus freiwillig tun? Was bin ich ihm dafür schuldig?«

»Nichts. Er profitiert davon, ebenso wie Ihr. Ihr kauft sein Wohlwollen, er Eures, sollte es einmal notwendig sein.«

Petersen zögerte sichtlich. »Nun gut«, seufzte er schließlich. »Dann versuchen wir es.«

»Ich schicke meinen Jungen bei Euch vorbei; wenn ich Grootehus Eure Entscheidung mitgeteilt habe.«

»Tut das.« Petersen nickte Henric knapp zu. »Wir hören voneinander.« Er schien es plötzlich eilig zu haben, sich zu verabschieden, und verließ die Kirche schnellen Schrittes.

Henric sah ihm nach. Er hatte sich inzwischen zusammengereimt, worum es ging. Vor einigen Jahren waren bei einer Fehde etliche Ratsmitglieder in die Hand des Grafen von Hoya gefallen, der dann hohe Lösegelder erpresste. Zwar waren die meisten Gefangenen inzwischen wieder frei, doch einige harrten immer noch auf ihre Auslösung. Petersens Bruder schien einer davon zu sein.

»Was versprecht Ihr Euch davon, ihm zu helfen?«, fragte Henric nun. Gewöhnlich tat sein Vater nichts ohne Gegenleistung.

»Das, was ich auch ihm sagte. Wohlwollen.« Lambrech rückte seinen Mantel zurecht. »Komm, die Arbeit wartet.«

»Wohlwollen lässt sich nicht erkaufen.«

»Stell dich nicht dumm.« Lambrech machte eine unwirsche Geste und senkte die Stimme, als ein paar Mönche an ihnen vorbeischlenderten. »Petersen steht fest im Lager derer, die eine Übernahme des Bischofsstuhls durch den Braunschweiger befürworten. Sein Wort zählt viel. Und der Wind kann sich schnell drehen. Nur ein Narr beobachtet den Horizont nicht.« Er wandte den Kopf in Richtung Altarraum, wo Moritz von Oldenburg verschwunden war. »Nun los. Wir haben noch zu tun.«

Henric blinzelte gegen die Nachmittagssonne, als sie aus dem gedämpften Halbdunkel der Liebfrauenkirche ins Freie traten. Es herrschte reges Treiben rings um den Marktplatz und auf den Straßen hinab zum Ufermarkt, wo Händler aus dem Umland ihre Waren anboten. Ein freundlicher Frühsommertag, nach langen Wochen des Regens.

Lambrech klaubte eine Münze aus seiner Geldkatze und warf sie einem der Bettler zu, die vor dem Portal hockten. »Es kann nicht schaden, wenn du mehr denkst und weniger betest«, sagte er zu seinem Sohn, ohne den dankbaren Segen des Bettlers zu beachten. »Als Lehrling eines Kaufmanns musst du lernen, schnell zu handeln, nicht Rosenkränze herunterzuleiern. Wie lange hast du dort drinnen gehockt? Zwei Glockenschläge lang, drei?«

Henric senkte den Blick, während seine Hände den Stoff seines Hemds kneteten. Er hasste seinen Vater dafür, dass er das Gedenken an seine Mutter so abtun konnte. Ein kurzes Gebet, eine Kerze und ein paar Münzen für den Opferstock, dann hatte er sich schon wieder erhoben und den Kaufleuten zugewandt, denen kein Ort zu heilig war. Wie den Händlern im Tempel Salomons. Henric konnte seinem Vater nicht sagen, wie sehr er die selbstgefälligen Pfeffersäcke verachtete, denen der Gewinn das einzige Ziel und Trachten schien. Manchmal wünschte er sich, man hätte ihn statt Daniel der Kirche übergeben.

»Soll ich hinunter zur Schlachte gehen und nach der Kogge sehen?«, murmelte Henric, anstatt zu antworten. Heute Morgen war ein Schiff aus Antwerpen eingelaufen, auf dem sich Groothehus mit einem Großteil des Laderaums eingekauft hatte.

Lambrech schüttelte den Kopf. »Das werde ich tun. Du gehst zu Bruder Ansgar von St. Martini. Ich brauche Tinte.«

»Tinte?«, echote Henric. Solche Besorgungen oblagen doch gewöhnlich einem Laufburschen und zählten gewiss nicht zu seinen Aufgaben.

»Jawohl, Tinte. Du weißt doch, was das ist?« Lambrech nestelte einen kleinen Beutel aus seiner Gürteltasche hervor, den er Henric in die Hand drückte. »Damit gehst du anschließend zu de Reveles Kontor. Ich möchte wissen, was er dafür bietet. Sag ihm, dass ich noch mehr für ihn hätte.«

Henric starrte auf den Beutel in seiner Hand und schaute dann wieder zu seinem Vater. »Was ist das?«

»Bernstein. Das Gold der Ostsee.« Lambrech verzog den Mund zu einem Grinsen, das genauso schnell wieder verschwand und jenem unverbindlichen Lächeln wich, mit dem er auch den anderen Kaufleuten entgegentrat. »Er soll mir ein Angebot machen.«

»Wir handeln nun auch mit Bernstein?«

»Nicht *wir*«, berichtigte Lambrech. »Ich. Bernstein ist das Edelste, was ein Kaufmann handeln kann. Beherrsche den Bernsteinhandel von Lübeck bis Antwerpen, und dir werden Fürsten, Äbte und Könige zu Füßen liegen. Es gibt wenig, wofür es sich wirklich zu kämpfen lohnt, Henric, aber Bernstein gehört dazu.«

Irritiert runzelte Henric die Stirn. Es passte nicht zu seinem Vater, sich so leidenschaftlich zu rechtfertigen. Er wollte schon fragen, warum der ein so lukratives Geschäft dann nicht mit Grootehus gemeinsam abwickelte, dessen Geld das Ganze sicher noch einträglicher machen könnte. Doch er schluckte die Frage hinunter. Lambrech hatte schon seine Gründe, und wenn er sie Henric mitteilen wollte, würde er das auch tun.

»Tinte und Bernstein also«, wiederholte er halblaut seine Aufträge und nickte dem Vater kurz zu.

»Beeil dich«, hörte er Lambrech noch rufen. »Ich habe noch etwas zu tun für dich.«

*

Daniel hockte am Rand des Brunnens und ließ die Beine baumeln, während er in einen der mürben Winteräpfel biss, die inzwischen so staubig waren, dass man sie fast umsonst unter das Volk warf. Um ihn herum herrschte reges Treiben, es war Jahrmarkt, und da boten neben den Kaufleuten und Bauern auch viele kleinere Händler und Krämer ihre Waren feil. Stimmen flogen hin und her, Rufe und fröhliches Lachen. Der Duft nach frischem Brot, Fisch und Gewürzen, die mit den

Handelszügen aus dem Süden gekommen waren, umwehte die Stände. Aus der Ferne erklangen das Blöken der Schafe und das aufgeregte Quieken der Schweine, die man in die Pferche des Viehmarkts trieb.

Kauend ließ Daniel seinen Blick über das Treiben schweifen, während er im Gewühl nach den roten Locken Ausschau hielt. Sie würde wiederkommen, sie kam immer und kaufte bunte Bänder bei der alten Grete, bunte Bänder und Trockenobst. Anschließend schlenderte sie an den Auslagen der Fleischer und Fischhändler vorbei und bestaunte die Seidenstoffe, die der venezianische Kaufmann ausgestellt hatte. Gekauft hatte sie dort allerdings noch nie etwas, zumindest nicht an den Tagen, an denen Daniel hier hockte und sie beobachtete.

Er warf einen Blick über die Schulter, ob nicht im Gewühl ein bekanntes Gesicht auftauchte, das bereits nach ihm suchte. Anselm hatte ihn ausgeschickt, er sollte eine Nachricht zum Rat bringen und anschließend schnellstmöglich zu ihm zurückkehren, um ihn bei dem wöchentlichen Besuch ins Spital zu begleiten. Nur lag das Ratsgebäude in der entgegengesetzten Richtung, zu weit entfernt, als dass er sich zufällig hierher verirrt haben könnte.

Daniel hob den Apfel und wollte gerade erneut zubeißen, als er plötzlich den rotblonden Schopf zwischen den Ständen erblickte. Er ließ die Hand sinken und beobachtete wie gebannt das zierliche Mädchen, das sich, begleitet von einer dicklichen Magd, einen Weg durch die Stände bahnte und hier und dort stehenblieb, um ein paar Worte mit den Händlern zu wechseln. Daniel spürte, wie das Herz in seiner Brust zu wummern begann. Sie mochte vielleicht ein, zwei Jahre jünger sein als er, eine Nymphe, wie aus einer jener lateinischen Geschichten entsprungen, die ihm ein älterer Schüler heimlich zugeschoben hatte. Sie hatte ein zartes Gesicht mit großen, tiefblauen Augen, eine niedliche Stupsnase und einen kleinen, herzförmigen Mund, um den sich Grübchen bildeten, wenn sie lachte. Und das tat sie gern.

Daniels Blick folgte ihr, während sie bei der alten Grete anhielt und prüfend die Bänder durch die Finger gleiten ließ. Ihr schlichtes Kleid ließ die Ansätze der Brust erahnen, die noch im Erblühen begriffen war, und die Hüften, die unter dem dunkelgrünen Stoff ihres Rocks bereits sanfte Konturen bildeten. Daniels Mund war wie ausgedörrt, seine Wangen brannten, doch er konnte den Blick nicht von ihr wenden, als sie bezahlte und nun geradewegs auf den Brunnen zukam. Gleich kam der Stand mit den Spezereien, und dann würde sie unmittelbar an ihm vorbeigehen und ihm vielleicht wieder einen Blick zuwerfen, wie sie es beim letzten Mal getan hatte, einen kurzen Blick und ein Lächeln, ehe sie weiterging, und dann …

»Du hier?«

Daniel fuhr zusammen und wäre vor Schreck beinahe über den Rand in den Brunnen gerutscht. Er ruderte mit den Armen in der Luft, ließ den Apfel fallen und fand im letzten Moment noch Halt an den hölzernen Balken.

Als er aufschaute, blickte er in das Gesicht seines Bruders Henric, der ihn erschrocken am Handgelenk packte und ein Stück vom Brunnenschacht wegzog.

»Bei allen Heiligen, Daniel, pass auf!«, keuchte Henric.

»Ich war in Gedanken«, stammelte Daniel und versuchte, einen Blick an Henric vorbei zu erhaschen. Das Mädchen stand nun mit dem Rücken zu ihm bei den Spezereien und ließ sich etwas zum Kosten anbieten.

»Das habe ich gemerkt.« Henric schüttelte den Kopf, doch dann glättete sich seine Miene. »Was für ein Zufall, dich hier zu sehen. Wie geht es dir?«

»Gut, sehr gut.« Daniel erwiderte sein Lächeln flüchtig. »Und euch?«

Henric zögerte, ehe er antwortete. »Mette geht es gut. Du weißt ja, heute ist ihr Geburtstag. Und … Mutters Todestag.«

Daniel verzog peinlich berührt den Mund. Er hatte den Tag vollkommen vergessen. »Ich werde später noch für sie beten«, versprach er schnell und äugte erneut an seinem Bruder vorbei zu dem Mädchen, während er versuchte, einen betroffenen Gesichtsausdruck aufzusetzen.

Man hatte ihn mit sechs Jahren in die Domschule geschickt. Danach hatte er seine Mutter nur noch wenige Male gesehen, und inzwischen war es sechs Jahre her, dass sie, geschwächt von Mettes Geburt, gestorben war, lange genug, um die Trauer zu beenden. »Und wie geht es Vater?«, fragte er beiläufig.

Henric hob die Schultern. »Geschäfte. Wie immer. Er schickt mich, Tinte zu besorgen. Sag mal, was machst du eigentlich hier?«

»Ich?« Daniel spürte, wie ihm das Blut in die Wangen schoss. »Ich sollte zum Rat, und dann habe ich … für Bruder Anselm ein Stück Seife besorgt …«

»Du bist doch nicht abgehauen, oder?« Henrics Augenbrauen zogen sich zusammen.

Daniel schüttelte hastig den Kopf. »Nein, natürlich nicht. Ich sollte nur noch etwas erledigen.« Er versuchte vergeblich, Henrics prüfendem Blick standzuhalten, doch seine Augen glitten zur Seite.

Henric seufzte. »Ich hoffe, du weißt, was wir Grootehus zu verdanken haben, dass das Domkapitel dich aufgenommen hat.«

»Dafür bin ich dem Alten auch dankbar«, murrte Daniel und warf einen letzten, bedauernden Blick zu dem Mädchen, das mit der Magd in der Menschenmenge verschwand. Er tröstete sich mit dem Gedanken, dass er sie vielleicht übermorgen schon wiedersehen könnte – wenn er nur einen Vorwand fand, sich zum Markt zu schleichen.

»Ich muss weiter«, unterbrach Henric Daniels Gedanken. »Vater erwartet mich.«

Daniel nickte schnell und zwang sich, seinen Bruder anzusehen. »Ja, dann …«

»Ich hoffe, wir sehen dich bald mal wieder! Du warst lange nicht mehr zu Hause.«

Zu Hause … Was für ein seltsamer Ausdruck für seine Familie. »Ich komme euch bei Gelegenheit besuchen«, sagte Daniel ausweichend.

»Das behauptest du seit Monaten.«

»Ich bin sehr eingespannt, beim Chorgesang, im Spital und so.« Daniel hob die Schultern und ließ sie gleich wieder fallen, als er die Enttäuschung im Gesicht seines Bruders sah. »Ich versuche zu kommen«, seufzte er.

»Mette wird sich freuen.«

Daniel nickte flüchtig und stieß sich vom Rand des Brunnens ab. Er kam neben seinem Bruder auf die Füße. Henric überragte ihn noch um gut einen Kopf und wirkte mit seinen breiten Schultern und dem ernsten Gesicht älter als die drei Jahre, die sie trennten.

»Also, bis bald.« Henric gab ihm einen Knuff in die Rippen. »Und mach Vater und dem Alten keine Schande.«

Daniel schaute dem Bruder nach, bis dieser zwischen den vorbeiströmenden Marktbesuchern verschwunden war, ehe er sich selbst eilig auf den Weg zum Spital machte.

Das Spital lag etwas zurückgesetzt von der Straße und wurde von den Franziskanern aus dem nahe gelegenen Kloster betreut. Daniel verlangsamte seinen Schritt, als er sich dem Gebäude näherte, und atmete tief durch, um das Blut, das in seinen Venen hämmerte, zur Ruhe kommen zu lassen.

Bruder Anselm gehörte als Heilkundiger und Chorherr zum Domkapitel und damit zum engen Beraterkreis des Bischofsstuhls. Dem letzten Erzbischof hatte er als persönlicher Leibarzt gedient, und seit der Stuhl verwaist war, hatte er es sich zur Aufgabe gemacht, täglich im Spital nach dem Rechten zu sehen und den Minoriten unter die Arme zu greifen. Daniel half ihm seit einiger Zeit bei der Krankenpflege, wann immer es seine Pflichten in der Domschule zuließen. Anfangs waren es vor allem Botengänge gewesen, die er für den knurrigen Domherrn unternommen hatte, doch dann hatte Anselm begonnen, ihn mit ins Spital zu nehmen und ihm beigebracht, wie man Verbände wickelte, Salben und Arzneien anrührte, Urin auf Farbe und Geruch untersuchte und wie man zur Ader ließ. Daniel hatte an der Arbeit schnell Gefallen gefunden und war nicht böse darum, dass Anselm ihn immer öfter rufen ließ, damit er ihn begleitete.

Der Augustiner stand am Eingang zum Spital und stritt lautstark mit einen jungen Franziskaner, der den mageren Hals reckte und sich nicht im Mindesten von dem hochroten Kopf des Domherrn einschüchtern ließ. Anselm war ein hagerer, fast schon knochig wirkender Mann mit Hautfalten am Kinn und einer eckigen Nase, die wie ein Erker aus seinem Gesicht hervortrat. Die Haare waren ihm im Laufe der Zeit fast gänzlich ausgefallen, und sein kahler Kopf war vor allem zur Sommerzeit von Sommersprossen übersät. Die meisten Schüler hatten Angst vor Anselm, doch Daniel wusste, dass es meist nur Ungeduld war, die den grantigen Chorherrn die Beherrschung verlieren ließ.

Daniel zog den Kopf tiefer zwischen die Schultern, bemüht, möglichst keine Aufmerksamkeit auf sich zu ziehen. Doch der Domherr hatte ihn bereits entdeckt und ließ augenblicklich von dem jungen Mönch ab.

»Da ist ja der Herumtreiber!«, schnaubte er und winkte Daniel mit einer knappen Geste zu sich heran. »Hast du das Rathaus nicht gefunden?«

Daniel versuchte, dem finsteren Blick standzuhalten. »Ich war am Markt, weil ich ein paar Gewürze für die Küche kaufen sollte und …«

Eine Hand klatschte auf seine Wange, ehe er weitersprechen konnte, und im nächsten Moment traf der Handrücken die andere Seite.

»Die erste war für die Verspätung«, knurrte Anselm. »Und die zweite für deine Lüge. Und nun komm! Wir haben einiges zu tun«, fügte er mit einem ungehaltenen Blick auf den Franziskaner hinzu.

Das Spital nahm all jene auf, die zu krank, arm oder alt waren, um einen der reisenden Bader oder Zahnreißer aufzusuchen. Der Gestank nach Urin, Fäulnis und Tod schlug Daniel entgegen. Durch die Fensteröffnungen fiel Licht in das langgestreckte Gebäude und erlaubte den Blick auf die Reihen der Bettlager, die entlang der Wände errichtet waren. In den Wintermonaten, wenn fiebriger Husten umging, legte man auch den Boden dazwischen mit Stroh und Decken aus, um die Kranken zu betten, doch zurzeit war nur gut die Hälfte der Lager belegt. Franziskaner in braunen Kutten tappten umher und brachten den Siechen Wasser, wechselten Verbände und Salben. Andere knieten neben einem Krankenlager und murmelten Gebete für das Seelenheil der Sterbenden.

»Manchen Eseln sollte man das Lesen verbieten«, grummelte Anselm, während er die Ärmel hochkrempelte und Daniel anwies, den Korb mit den Binden und Tiegelchen aufzunehmen, den er neben der Tür abgestellt hatte.

Daniel nickte nur, hütete sich aber nachzufragen. Wenn der Domherr reden wollte, dann tat er es von sich aus, wohingegen er sehr gereizt reagieren konnte, wenn man ihn mit unnötigen Fragen löcherte.

»Komm her und schau dir das an.« Anselm trat an das erste Bett. »Und dann sag mir, was du davon hältst.«

Daniel näherte sich dem Lager und hielt die Luft an, als ihm dumpfer Fäulnisgeruch entgegenschlug. Auf der Strohmatratze lag ein älterer Kerl mit dem wettergegerbten Gesicht eines Seemanns, der ihm mit fiebrigen Augen entgegenblinzelte. Die rechte Hand hatte man abgenommen, Daniel erkannte, dass die Wunde entzündet war und der Wundbrand bereits den Arm emporstieg. Vorsichtig beugte er sich über den Stumpf und betrachtete den Verband, der straff um den Unterarm gewunden war. Ein beißender Gestank ging davon aus.

Anselm räusperte sich. »Und?«

Daniel richtete sich wieder auf. »Er wird sterben, wenn der Brand sich weiter ausbreitet.«

»Das weiß ich«, winkte Anselm ungeduldig ab. »Und?«

»Der Verband …« Daniel zögerte und roch noch einmal an dem Stumpf. »Urin und Schafskot, nehme ich an. Ich habe gehört, dass man so etwas macht, um die Fäulnissäfte aus dem Stumpf zu ziehen.«

Anselm lachte höhnisch auf. »Gehört, ja. Dieser dämliche Kerl von einem Mönchskopf dort draußen hat es gelesen und hält es nun für die letzte Wahrheit auf Erden. Esel!«

Der Chorherr warf einen finsteren Blick auf die Tür, hinter der der junge Franziskaner verschwunden war. »Geh, hol Wasser. Wir müssen diesen Dreck hier abwaschen. Vielleicht ist es noch rechtzeitig. Wenn nicht, wird er auch den Arm verlieren.«

Der Mann weitete die Augen und versuchte, sich aufzusetzen, doch Anselm drückte ihn wieder zurück auf das Lager und redete mit leiser Stimme auf ihn ein.

Die nächste halbe Stunde verbrachten sie damit, den Stumpf zu reinigen, eine neue Salbe aufzutragen und ihn zu verbinden. Anselm wachte argwöhnisch über jede Handbewegung Daniels, nickte aber schließlich zufrieden.

»Jetzt liegt sein Leben in Gottes Hand«, sagte er und schlug ein Kreuzzeichen. Ein kurzes Lächeln grub sich in die Mundwinkel. »Du hast dein Handwerk gut gemacht, Junge.«

Daniel schaute überrascht auf, dann senkte er schnell den Kopf, damit Anselm nicht sah, wie ihm das Blut in die Ohren schoss. Anselm lobte selten, bestenfalls nickte er zustimmend und verzichtete darauf, die Binden noch einmal zurechtzurücken. »Danke«, murmelte Daniel verlegen und packte die übrigen Wickel zurück in den Korb.

Doch Anselm schien noch nicht fertig zu sein. Seine Augen suchten Daniels Blick. »Du bist sehr geschickt und lernst schnell«, bemerkte er.

»Ihr seid ein guter Lehrmeister.« Das war nicht einmal gelogen. Wenn es um Wundversorgung und die vielen kleinen und großen Zipperlein ging, die die Kranken plagten, wusste der

Augustiner vermutlich mehr als alle Mönche, Wundärzte und Bader der Stadt zusammen.

Anselm holte tief Luft, als wolle er etwas sagen, doch dann wandte er sich ab. »Ich rede schon wieder zu viel«, knurrte er. »Auch der beste Schüler bleibt ein Narr, wenn es hier und hier nicht stimmt.« Er tippte mit dem Finger auf Brust und Kopf.

»Was meint Ihr damit?«

Anselms Mund zuckte ungeduldig. »Rede nicht, sondern nimm den Korb. Wir haben noch einiges zu tun.«

Es waren viele Sterbende, die sie an diesem Tag aufsuchten und denen sie nicht anders helfen konnten, als ihnen etwas zur Linderung der Schmerzen zu verabreichen oder für ihre Seele zu beten. Der Chorherr arbeitete schweigend, wies Daniel hin und wieder an, ihm zur Hand zu gehen, doch er nahm das Gespräch nicht wieder auf.

Erleichterung durchströmte Daniel, als sie endlich hinaus in die warme Nachmittagssonne traten. Er sog die klare Luft tief in die Lungen. Doch anstatt sich auf den Rückweg zu machen, bedeutete ihm Anselm mit einer knappen Geste, ihm zu folgen.

Der Kreuzgang, der an das nahe Kloster angeschlossen war, war um diese Zeit menschenleer. Nur zwei Spatzen stoben davon, als sie den kühlen Säulengang betraten, und ließen sich wild schimpfend auf einen Busch im Innern des Hofes nieder.

Anselms Schritte klangen schwer auf den steinernen Platten, und er hatte die Hände in den Ärmeln seiner Kutte vergraben. Daniel tappte neben ihm her und fragte sich, was nun noch kommen würde. Doch als er schon dachte, dem Domherren habe es gänzlich die Sprache verschlagen, begann dieser schließlich zu sprechen.

»Vielen, die dort liegen und sterben, hätten wir helfen können, wenn sie früher gekommen wären. Manche sagen, dass es der Wille des Herrn ist, zu bestimmen, wann ein Mensch dem Tod entgegentritt, und dass es gut ist, wie es geschieht. Doch wenn wir jedem Leiden hilflos ausgeliefert wären, hätte Gott uns nicht die Fähigkeit gegeben, Menschen zu heilen, so gering unsere Möglichkeiten auch sein mögen.« Anselm machte eine kurze Pause, als müsse er über seine nächsten Worte erst nachdenken. »Es muss daher im Sinne des Herrn sein, Leiden zu verhindern, soweit wir es vermögen. Und nicht nur körperliche Leiden.« Er blieb stehen und wandte sich zu Daniel um. »Du bist verliebt, Junge?«

Daniel starrte ihn entgeistert an. Er wollte etwas erwidern, doch er brachte nur ein heiseres Krächzen hervor, sodass er betroffen schwieg, während seine Wangen unter dem forschenden Blick des Mönchs heiß wurden. Er hätte wissen müssen, dass seine heimliche Schwärmerei für das rothaarige Mädchen nicht verborgen bleiben würde, jedenfalls nicht vor den wachsamen Augen des Domherrn, der in seinem Gesicht vermutlich las wie in einem offenen Buch.

»Also doch«, brummte Anselm und seufzte tief, während er seinen Marsch fortsetzte. Daniel musste sich beeilen, ihm zu folgen. »Es ist wie mit den Kranken«, fuhr der Domherr fort. »Wenn man die Krankheit frühzeitig erkennt, besteht Hoffnung auf Heilung, bevor die Seele wund wird und schließlich verkümmert und von bösen Geschwüren durchzogen zu Grunde geht. Damit dienst du nicht Gott, sondern wirst verführbar für die Dämonen, die um deine Seele ringen.«

»Ist Liebe denn etwas so Falsches?«, fragte Daniel vorsichtig.

Der Augustiner schmunzelte. »Nein, ist sie nicht. Liebe ist etwas Besonderes, Herrliches. Solange du die Liebe zu Gott meinst. Die andere, fleischliche, mindere hingegen ist falsch und abstoßend. Der Mensch wird Opfer seiner Begierden und Lüste. Daher ist Enthaltsamkeit die reinste Stufe der Liebe. Wie heißt sie denn?«

»Christine … Christine Petersen«, murmelte Daniel zögerlich.

Anselm strich sich über das Kinn und warf einen kurzen

Blick zu einem Franziskaner, der die Rosenbeete in der Mitte des Kreuzgangs hakte und immer wieder neugierig zu ihnen hinüberlugte. »Ich hoffe, du hast wenigstens gebeichtet?«, fragte er etwas leiser.

»Ich …« Daniel verstummte und senkte schuldbewusst den Kopf. Seit Wochen rang er mit sich, seinen Beichtvater aufzusuchen und seine Seele von der Sünde zu erleichtern. Aber er hatte es immer wieder hinausgeschoben, weil er ahnte, dass er keine wirkliche Reue empfinden konnte für dieses wunderbare, süße Gefühl, das seine Hände feucht und sein Herz rasend machte.

»Du musst aufhören, an sie zu denken. Reinige dein Herz und deine Seele. Dein Weg ist vorbestimmt im Dienste an Gott. Morgen gehst du beichten, und dann wirst du sie vergessen. Hast du mich verstanden?«

»Ja«, murmelte Daniel kleinlaut.

»Nun komm, Junge.« Der Mönch legte ihm die Hand auf die Schulter und lächelte versöhnlich. »Das Leben im Dienste Gottes ist keineswegs so trist, wie du jetzt meinen magst. Und die Pflege der Kranken ist eine hehre Aufgabe, die dich ausfüllen wird. Du wirst sehen, du wirst das Mädchen rasch vergessen.«

*

Mit einem tiefen Seufzer stellte Henric die Feder beiseite und schüttelte die schmerzende Hand. Schreiben fiel ihm immer noch schwer, vor allem im trüben Schein der Kerze, doch das Licht, das durch die Fenster hineinfiel, reichte nicht aus, um die Zahlen auf den Wachstafeln zu entziffern, die er in das Geschäftsbuch zu übertragen hatte. Es war inzwischen spät am Nachmittag. Durch die geöffneten Läden drang der Lärm der Straße herein, das Knattern der Holzkarren, Hundegebell und das fröhliche Schwatzen der Mägde, die ihre Einkäufe nach Hause trugen. In der Ferne läuteten die Glocken von St. Martini bereits zur Vesper.

Als er vom Markt zurückgekehrt war, hatte sein Vater ihn schon ungeduldig erwartet. Eine weitere Kogge aus Brügge war eingetroffen und mit ihr etliche Ballen Tuch und andere Waren, die von den Knechten von der Schlachte hierhergekarrt und nun auf dem Speicherboden verstaut wurden. Beim Anblick der Wagen, auf denen sich die Waren stapelten, war Henric klar geworden, warum Sievert Petersen sich um seine Existenz sorgte. Es war ein Vermögen, das ein Kaufmann investierte und das verloren war, wenn es ihm nicht gelang, mit Gewinn weiterzuverkaufen.

Über der Dornse polterten Schritte auf dem Speicherboden, und die schwere Winde setzte sich ächzend in Bewegung. Heute schien es kein Ende zu nehmen. Henric rieb sich die Schläfen und schob das Rechnungsbuch ein wenig näher an den Kerzenleuchter. Bei dem Lärm konnte er sich nur schwer auf die Zahlen konzentrieren, aber ihm war vorhin beim Zurückblättern etwas aufgefallen, was ihn stutzig gemacht hatte. Sein Finger glitt über die Seite, bis er die Stelle wiederfand. Rasch überschlug er die Zahlen im Kopf und stellte fest, dass er sich tatsächlich nicht verrechnet hatte. Da stimmte etwas nicht. Aber konnte es sein, dass Hinnert sich so vertan hatte?

Henric schob das Buch beiseite und erhob sich. Er musste seinem Vater Bescheid geben, ehe sich der Fehler weitertrug. Oder sich mit ihm beraten, was zu tun war, falls es wirklich kein Versehen, sondern Absicht war.

Er trat hinaus in die Diele und entdeckte Lambrech, der gefolgt von Hinnert über die schmale Stiege hinab in die Diele kletterte. Henric konnte nicht verstehen, was sein Vater an dem hageren Schreiber fand, der ihn mit seinem dünnen Haar und den kleinen, unruhigen Augen an ein Wiesel erinnerte. Doch sein Vater schien ihm vorbehaltlos zu vertrauen, obwohl es ein offenes Geheimnis war, dass Hinnert bei seinem letzten Brotherrn wegen zu vieler Unregelmäßigkeiten rausgeflogen war. Bei Sievert Petersen war das gewesen, fiel Henric ein, dem Kaufmann, dem sie erst heute Mittag in St. Martini begegnet waren.

»Aus dem Weg«, raunzte ein Träger, der Henric schroff beiseiteschob, ein grobschlächtiger Kerl mit einem fleischigen Gesicht, den die anderen Knechte Halbbein-Jannes riefen. Ein Unfall hatte ihn vor einigen Jahren einen Teil seines Unterschenkels gekostet, eine Verkrüppelung, die ihn jedoch kaum einzuschränken schien. »Steh hier nicht rum, Junge.«

»Hast du nichts zu tun?« Lambrech hatte Henric inzwischen entdeckt und warf ihm einem scharfen Blick zu.

»Nein, Vater. Mir ist etwas aufgefallen in den Büchern.« Henric fuhr sich mit der Zunge über die Lippe. »Könnt Ihr Euch das kurz ansehen?«

»Später«, erwiderte Lambrech knapp und kam zu ihm herüber, um ihm zwei Wachstafeln in die Hand zu drücken. »Nimm das noch auf.«

Seufzend nahm Henric die Tafeln entgegen und ging zurück in die Dornse. Er rieb sich die Augen und klappte die Tafeln auf, studierte kurz die Zahlen, ehe er die Feder wieder zur Hand nahm und die eingeritzten Striche und Zahlen zu übertragen begann. Dann eben später. Das Rechnungsbuch lief ja nicht weg.

Das Knarzen der Winde stockte mit einem Mal und setzte schließlich ganz aus, dafür polterten wieder Schritte auf dem Boden und kurz darauf auf der Stiege.

Henric hob den Kopf und überlegte schon, nachzusehen, ob es ein Unglück gegeben hatte, als die Tür zum Kontor aufgerissen wurde und ein kleines Mädchen mit wehenden, blonden Locken auf ihn zugestürmt kam. Er schaffte es gerade noch, die Feder beiseitezulegen, als Mette ihn schon überschwänglich begrüßte. »Das ist Trine!« Sie streckte ihm eine Stoffpuppe entgegen.

Amüsiert betrachtete Henric die Puppe, deren Gesicht sorgsam bestickt war. Das Kleid bestand aus gutem Tuch, an einigen Stellen sogar mit Pelzbesatz, zu teuer, als dass es ein Geschenk seines Vaters sein könnte.

»Das ist ja eine richtig edle Dame.«

»Agnes hat sie gekauft«, verkündete Mette mit wichtiger Miene und langte nach seiner Hand. »Komm!«

Henric erhob sich langsam, während Mette ungeduldig an seinen Fingern zog. Der alte Grootehus hatte vor einigen Jahren erneut geheiratet, Agnes Gröpeling, ein blasses, mausiges Mädchen aus bestem Haus, wenig älter als Henric, das nach allem, was er von seinem Vater wusste, eine horrende Mitgift in die Ehe gebracht hatte. Es war ihr jedoch bislang nicht vergönnt, ihrem Gemahl ein Kind zu schenken, ein Umstand, der offensichtlich sehr auf ihr lastete. Wenn sie nicht gerade in der Kirche kniete und um Kindersegen flehte, überhäufte sie Mette mit Geschenken, dass es Henric manchmal fast unangenehm war. Dennoch brachte er es nicht übers Herz, der Schwester die Freunde über das neue Geschenk zu nehmen, und zwang ein Lächeln auf sein Gesicht, während er sich hinaus in die Diele ziehen ließ.

Agnes Grootehus stand mit ihrem ältlichen Gemahl und Henrics Vater vor einem Tuchballen, den sie offensichtlich gerade begutachteten. Dahinter lehnte Hinnert an der Wand. Im fahlen Licht des vergehenden Tages erschien er Henric mehr denn je wie ein kleines Raubtier, das sich im Schatten hielt und beobachtete, als schätze es insgeheim seine Aussichten ein. Die Träger lümmelten draußen am Karren herum, offensichtlich darauf wartend, dass Halbbein-Jannes den Befehl gab, mit der Arbeit fortzufahren.

Mette löste ihre Hand aus Henrics und stolperte auf ihren kurzen Beinen los. Henric fing einen verärgerten Blick seines Vaters auf, doch er beschloss, so zu tun, als hätte er ihn nicht bemerkt.

»Ach, Henric.« Arnulf Grootehus stützte sich schwer auf seinen Stock. Sein erschlafftes Gesicht mit den hängenden Backen hob sich zu einem erfreuten Lächeln. »Du machst gute Arbeit, höre ich?«

»So gut ich es vermag«, lächelte Henric unsicher. Schon wollte er die Ungereimtheiten im Rechnungsbuch ansprechen, doch er ließ es sein. Es war besser, erst mit seinem Vater zu reden. Wenn es tatsächlich nur ein Flüchtigkeitsfehler war, musste Grootehus davon nichts wissen.

Der Alte klopfte ihm auf die Schulter. »Sei nicht so bescheiden, Junge. Dein Vater kann stolz auf dich sein. Auf sich selbst allerdings auch, wenn ich mir das anschaue.« Damit wandte er sich dem Stoffballen zu und rieb das feine Tuch zwischen den Fingern. »Gute Qualität. Was habt Ihr damit vor?«

»Ich habe einen Händler an der Hand, der die ganze Ladung aufkauft. Übermorgen werden die Ballen abgeholt.«

»Sehr schön.« Grootehus grunzte zufrieden und schob das Wachstuch wieder über den Ballen, ehe sein Blick auf Agnes fiel, die niedergekniet war, um Mettes aufgeregtem Geplapper zu lauschen. Sein Stock pochte zweimal auf den Fliesenboden. Erschrocken riss seine Gemahlin den Kopf hoch, einem Reh gleich, das von einem Jagdhund aufgeschreckt worden war.

»Geht doch schon vor, meine Teure«, lächelte der Alte säuerlich. »Ich komme gleich nach.«

Agnes Grootehus erhob sich hastig und nickte. Sie nahm Mette an der Hand, um sich in Richtung Wohnräume zurückzuziehen.

»Es tut mir leid, wenn meine Tochter Euch Umstände bereitet«, sagte Lambrech leise, während er den beiden nachschaute. »Wenn Ihr möchtet, suche ich eine anständige Magd, die sich um sie kümmert.«

»Warum das?«, wehrte Grootehus ab. »Eine Magd ist kaum angemessen für eine Kaufmannstochter. Nein, nein«, er schüttelte den Kopf, »lasst sie nur.«

Der alte Kaufmann bedeutete Lambrech und Henric, ihm in die Dornse zu folgen, wo er sich mit einem tiefen Seufzer auf dem Stuhl niederließ, der dem Kachelofen am nächsten stand. Der Alte hatte das Monstrum vor einigen Jahren in Flandern erstanden, ein Ungetüm aus blauen und weißen Kacheln, die Bilder von Tieren und Schifffahrtsszenen zeigten. Natürlich hatte er es sich nicht nehmen lassen, den Ofen im Kontor aufzustellen, wo ihn seine Handelspartner bewundern konnten. »Ich habe gehört, dass es bei St. Martini eine Winkelschule gibt, die auch Mädchen aufnimmt«, setzte er wieder an. »Vielleicht wäre das eine Möglichkeit für Eure Tochter.«

Lambrech nickte langsam und strich sich über das Kinn. »Man sollte allerdings bedenken, dass das Kind ohne Mutter aufwächst«, wandte er schließlich ein. »Sie wird sehr viel mehr lernen müssen als Lesen und Schreiben, wenn sie eines Tages einen Haushalt führen soll.«

»Ihr denkt an eine Klosterschule?« Grootehus blinzelte und zog ein Tuch aus der Rockfalte, um die ewig tränenden Augen abzutupfen. »Ich weiß nicht, ob das so günstig ist in den heutigen Zeiten. Im Rat wird erbittert gestritten, wie wir uns dem Braunschweiger gegenüber verhalten sollen. Ich werde wohl oder übel eine Partei ergreifen müssen, und wie ich es auch drehe und wende, es wird die falsche sein. Wenn wir uns dem Braunschweiger verweigern, wird er sein Recht notfalls mit Waffengewalt durchsetzen. Und wenn wir die Oldenburger fallen lassen, wird es uns nicht viel besser ergehen. Ich lege wenig Wert darauf, in die Konflikte hineingezogen zu werden, aber das werden wir unweigerlich. Ein schlechter Zeitpunkt, um die Aufnahme Eurer Tochter in ein Kloster zu erbitten.« Grootehus seufzte und veränderte ein wenig seine Sitzposition, um das geschwollene Bein zu entlasten. Obwohl Lambrech damals alle Anstrengungen unternommen hatte, um Grootehus möglichst schnell aus dem Kerker des Grafen von Hoya freizukaufen, litt der Alte immer noch unter den Folgen der Haft.

»Was den Braunschweiger betrifft, so bin ich bereits dabei, uns abzusichern«, sagte Lambrech.

»Wie meint Ihr das?« Grootehus zog die Brauen zusammen.

»Sievert Petersen.«

»Ihr sprecht in Rätseln.«

»Petersen braucht Hilfe. Hilfe erzeugt Dankbarkeit, und Dankbarkeit Verpflichtungen.« Lambrechs Mundwinkel zuckten. »Er steckt in Schwierigkeiten. Sein Bruder schmachtet nach wie vor im Kerker des Hoyaer. Seine Geschäfte gehen schlecht, letzten Herbst sind ihm gleich drei Koggen geraubt worden, und zuletzt hat man ihm einen Haufen minderwertiger Pelze aufgeschwatzt. Er steht kurz vor dem Ruin.«

»Und was hat das mit mir zu tun?« Grootehus blinzelte. »Wenn er sich auf solche Wagnisse einlässt, ist das sein Problem, nicht meins.«

»Er war recht erfolgreich, ehe sich Fortuna von ihm abgewandt hat.«

»Nun, wollt Ihr etwa, dass ich ihm ein Darlehen gebe?«

»Kein Darlehen.« Lambrech schüttelte den Kopf und stützte die Hände auf den Tisch. »Das würde ihn demütigen. Nein, ich dachte an eine Gesellschaft.«

Grootehus blickte ihn fragend an.

»Ostseehandel. Pelze, Honig, Wachs ... vielleicht auch Hering aus Schonen. Vor allem aber Pelze«, nickte Lambrech und überging Grootehus' entgeisterte Miene: »Ihr kauft Euch ein und gebt ihm genug Spielraum, seinen Bruder auszulösen und neue Ware einzukaufen. Petersen hat seine Partner und kann sich um den Einkauf kümmern. Mich nehmt ihr als dritten Partner hinzu, um sicherzustellen, dass wir das Ganze auch gewinnbringend verkaufen. Ich habe bereits Erkundigungen eingeholt. Ich bin mir sicher, dass wir dieses Geschäft einträglich abwickeln können. Und er wird Euch in Dankbarkeit verbunden sein.«

»Pelze!« Grootehus schnappte nach Luft. »Habt Ihr eine Vorstellung, welche Unsummen die verschlingen?«

»Ja. Aber es wird sich auszahlen.«

Grootehus tockte seinen Stock auf die Fliesen, während er kopfschüttelnd vor sich hinsah. »Ihr schlagt ernsthaft vor, dass ich einem Konkurrenten den Hals rette, indem ich mich auf einen solchen ... Irrsinn einlasse und mich selbst in den Ruin stürze? Man wird über mich lachen, wenn man davon erfährt, und das zu Recht.«

»Es mag riskant erscheinen, aber es ist nicht gefährlicher als der Handel mit Flandern oder England.« Lambrech sprach ruhig, wie immer, wenn er den Alten von etwas überzeugen wollte. »Und Ihr erkauft Euch etwas, was nicht mit Geld aufzuwiegen ist – Petersens Dankbarkeit.«

»Dankbarkeit!«, stieß Grootehus aus. »Als ob gerade er mir jemals dankbar sein will! Der ist doch sturer als Stockfisch!«

»Er hat das Angebot bereits angenommen.«

»Er hat ...?« Grootehus stockte, dann riss er den Kopf herum und starrte Lambrech an. »Dann muss er wirklich verzweifelt sein.«

»Das ist er«, nickte Lambrech. »Ich brauche nur noch Euer Einverständnis und werde alles in die Wege leiten. Petersen kann bereits morgen in Eurer Schuld stehen.«

Grootehus sah auf das Rechnungsbuch, dann wieder auf seine Hände, die sich wie ziellos um den Knauf des Stocks drehten. Es war ihm deutlich anzusehen, dass ihm die Sache nicht gefiel, aber Henric ahnte, dass er in Gedanken bereits die Vorteile abmaß, die ihm dieses Geschäft einbrachte. Grootehus war Kaufmann genug, um sich nicht allein von seinen persönlichen Abneigungen leiten zu lassen. Schließlich hatte er über die Jahre ein Handelshaus aufgebaut, das zu den reichsten und mächtigsten der Stadt zählte. Wenn er nun ein frommes, zurückgezogenes Leben suchte, hieß das nicht, dass er nicht genauso dachte wie all die anderen Buchhalter und Pfennigfuchser, die ihr Vermögen mit der Übervorteilung anderer machten.

»Also gut«, seufzte der Alte schließlich. Ächzend erhob er sich aus dem Stuhl. »Ich hoffe, dass Ihr mit Eurer Einschätzung richtig liegt. Gebt mir Bescheid, sobald Ihr Petersens Antwort habt.« Er nickte Henric fahrig zu und humpelte hinaus.

Lambrech sah ihm nach, die Hände auf den schweren Eichentisch gestützt, ehe er sich schließlich aufrichtete und an das Fenster trat, um die Holzläden zu schließen. Ein Lufthauch ließ die Kerzenflamme zittern.

»Du gehst morgen früh zu Petersen und teilst ihm mit, dass Grootehus einverstanden ist«, sagte er dann zu Henric. »Was hat de Revele für den Bernstein geboten?«

»Er wird Euch ein Angebot machen. Er wollte die Stücke erst prüfen.«

Lambrech nickte langsam. »Nun gut. Mach dich wieder an die Arbeit. Bis zum Dunkelwerden muss alles fertig sein.«

»Vater?«, rief Henric, als Lambrech sich schon zum Gehen gewandt hatte. »Da ist noch diese Sache mit dem Rechnungsbuch.« Henrics Zunge huschte über seine Lippen. »Ich bin auf etwas gestoßen, was ich mir nicht recht erklären kann. Es fehlt eine größere Summe, ohne dass vermerkt worden ist, was damit geschehen ist.«

»Dann war es vermutlich ein Fehler«, nickte Lambrech knapp. »Hinnert wird sich später darum kümmern. Geh wieder an die Arbeit und zerbrich dir nicht den Kopf.«

Henric öffnete schon den Mund, um etwas zu erwidern, schloss ihn dann wieder. Hinnert. Nun gut, sein Vater wusste hoffentlich, was er tat. Er trat zurück an das Pult.

Bremen, Anfang März 1362

Das Scriptorium roch nach Kerzenwachs, Leder und altem Pergament, dazwischen auch Weihrauch, das an den Hemden der Chorherren und Mönche haftete und den Gestank von Schweiß und Blähungen überdeckte, an denen viele Geistliche ständig zu leiden schienen. Es war still, nur das Rascheln der Blätter, das leise Kratzen der Federn auf Pergament waren zu hören – und das gelegentliche Schlurfen der Lesenden, wenn sie ihr Pult verließen, um flüsternd einige Worte mit dem Nachbarn zu wechseln.

Daniel setzte die Feder ab und fuhr sich mit dem Handrücken über die Augen, ehe er noch einmal durchlas, was er soeben geschrieben hatte. *Causae et Curae*, ein Werk der Äbtissin vom Rupertsberg, hatte Anselm ihm aufgetragen zu kopieren, wann immer seine Pflichten in der Domschule ihm dazu Zeit ließen. Es war bereits das dritte medizinische Buch, das Daniel abschreiben musste, sorgsam, Wort für Wort, auch wenn das Licht trüb war und seine Gedanken woanders weilten. Und das taten sie oft, wenn er allein an dem Pult hockte und auf die lateinischen Worte starrte.

Daniel schloss für einen Moment die Augen und versuchte, ihr Bild zurückzurufen, wie sie dort an dem Marktstand mit dem Händler feilschte, das kurze Lächeln, als sie an ihm vorbeiging. Sie hatte ihn bemerkt, wusste, dass er dort saß, wann immer er die Zeit fand, sich auf den Markt zu stehlen, um auf sie zu warten. Sie mochte ihn, dessen war er sich sicher, sonst würde sie kaum lächeln.

Daniel spürte, wie sein Atem schneller ging, während er sich fragte, wie ihre wundervollen Lippen sich wohl anfühlen mochten. Er hatte noch nie ein Mädchen geküsst, aber er hatte davon gelesen. Es musste das Himmelreich auf Erden sein, wenn allein der Gedanke daran ihm die Luft raubte und den Wunsch in ihm weckte, schweben zu können.

Falsch und abstoßend. Daniel seufzte leise, als Anselms Worte in seinem Kopf widerklangen. Vielleicht mochte der alte Domherr recht haben, was ihn selbst betraf, aber Daniel war sich sicher, dass das, was er beim Anblick des Mädchens empfand, nicht falsch sein konnte. Denn wie konnte es sein, dass etwas so Schönes die Seele schwach machen sollte? Vielleicht hatte Anselm selbst nie geliebt, sonst wüsste er es doch besser. Es gab nichts, was Daniel bereute oder bereuen wollte, und er ahnte, dass er sich noch im Beichtstuhl bereits wieder nach ihrem engelsgleichen Gesicht sehnen würde.

Daniel schrak auf, als neben ihm Schritte polterten und jemand ein ledergebundenes Buch kraftvoll auf sein Pult fallen ließ, sodass er gerade noch nach dem Tintenfass greifen konnte, damit es nicht umfiel. Er runzelte die Stirn und wollte den Störenfried schon anfahren, als er das unheilvolle Grinsen in dem fleischigen Gesicht erkannte.

»Na, träumst wohl«, sagte Willem und versetzte ihm einen groben Stoß zwischen die Rippen. Willem war ebenfalls Schüler am Domstift, ein stämmiger Junge mit grobschlächtigen Zügen und dunkelblonden Haaren, die bereits licht zu werden begannen. Insgeheim erinnerte er Daniel an einen fetten Schafsbock, doch er hütete sich, das laut auszusprechen – zu berüchtigt waren Willems Wutanfälle, wenn der sich angegriffen fühlte. Einmal hatte er einem Mitschüler die Nase gebrochen und einem zweiten ein Bein verrenkt, sodass der bis heute kaum laufen konnte.

»Was willst du?«, zischte Daniel und schaute rasch zu den Nachbarpulten. Willem hatte lauter als nötig gesprochen, und tatsächlich schauten bereits einige der Anwesenden auf und warfen ihnen ungnädige Blicke zu. Zum Glück war Bruder

Conrad, der Bibliothekar, gerade austreten. Dessen wachem Blick entging gewöhnlich nichts, wenn er von seinem erhöhten Pult am Kopf des Saals aus misstrauisch darüber wachte, dass auch ja niemand Schindluder mit den kostbaren Büchern trieb.

»Hast wohl wieder an sie gedacht, eh?« Willem grinste immer noch, aber zu Daniels Erleichterung hatte er nun die Stimme gesenkt.

»Ich habe nur nachgedacht«, murmelte Daniel und griff beiläufig zu seiner Feder. Doch der andere grinste nur noch breiter, warf einen raschen Blick über die Schulter und beugte sich zu Daniel hinüber. Ehe Daniel sich versah, hatte Willem ihm seine Pranke wie eine Eisenschelle um das Handgelenk gelegt, sodass er mit einem Schmerzenslaut die Feder fallen ließ.

»Ich hab da was entdeckt«, zischte der Dicke. »Morgen Abend, nach der Complet. Ich rechne mit dir.«

Daniel verzog den Mund. Er ahnte, worauf Willems »Entdeckung« hinauslief – ein Loch in einer Bretterwand, hinter der sich eine Hure mit ihren Freiern vergnügte, oder ein verborgenes Fenster, durch das man der Tochter eines Handwerkers beim Umziehen zuschauen konnte. Anfangs hatte Willem ihm noch angeboten, ihn bei seinen nächtlichen Ausflügen zu begleiten, vermutlich, weil es ihm alleine zu langweilig geworden war. In letzter Zeit überging er das »Angebot« jedoch und bestimmte, dass Daniel ihn zu begleiten hatte – was ihn nicht davon abhielt, sich diese Ausflüge teuer bezahlen zu lassen.

Willems Lippen formten ein spöttisches Grinsen, das spitzer wurde, je länger Daniel zögerte. »Du bist ein elender Feigling, Daniel Suterman«, zischte er und verstärkte den Druck um Daniels Handgelenk. »Du bist morgen Abend unten am Tor, verstanden?«

Daniel warf einen hilfesuchenden Blick zum Nachbarpult, wo ein greiser Mönch über ein Buch gebeugt stand und immer wieder missmutig zu ihnen hinüberschielte, dann seufzte er leise. Vermutlich war es besser, Willems Drohungen nachzugeben, anstatt sich von ihm die Knochen brechen zu lassen, weil er nicht bekam, was er wollte. »Ich werde da sein«, murmelte Daniel. »Was willst du dieses Mal dafür haben?«

»Das.« Willem zupfte ein loses Stück Pergament aus dem Buch heraus, das er auf Daniels Pult geworfen hatte. Neugierig drehte Daniel es in den Händen. Es handelte sich um ein wieder verwendetes Stück, auf dem man die Schrift abgeschabt hatte, um es für Notizen zu verwenden. Eine feine Hand, zu sauber für Willem, hatte in winzigen Buchstaben einige lateinische Zeilen daraufgeschrieben, so eng, dass Daniel die Augen zusammenkneifen musste, um sie zu entziffern. Er kannte den Text, eine kurze Passage ebenfalls aus den *Causae et Curae* über die Vereinigung von Mann und Frau, die ihm allein beim Lesen die Schamesröte ins Gesicht getrieben hatte. Vermutlich war jemand auf den Folianten aufmerksam geworden, der seit Wochen zum Kopieren auf seinem Pult lag, und hatte die Stelle gefunden. Und an Willem weitergereicht. Kein Wunder, dass der nun zu ihm kam. Mit seinen miserablen Lateinkenntnissen war er vermutlich kaum in der Lage, den Text auch nur annähernd zu verstehen.

»Soll ich's übersetzen?«, flüsterte Daniel.

»Nein.« Willem wedelte ungeduldig mit der freien Hand und senkte die Stimme. »Ich will mehr davon. Aber nur das, was auch interessant ist. Nicht diese Kräuter und so.«

Daniel nickte und schob den Pergamentfetzen zurück in das Buch. »Kann aber ein wenig dauern …«

»Ich will es bald haben, verstanden?« Willem senkte bedrohlich die Stimme. »Das da kann warten.« Er deutete mit einem Nicken auf den halbbeschriebenen Bogen Pergament, der vor Daniel lag.

Daniel wollte zu einer Erwiderung ansetzen, doch ein Räuspern kam ihm zuvor. Willem ließ sein Handgelenk los, als hätte er sich daran verbrannt, und stolperte einen Schritt zurück.

Bruder Conrad, der Bibliothekar, hatte sich unbemerkt hinter ihnen aufgebaut, die dürren Brauen bedrohlich zusammengezogen. Obwohl der greise Mönch mit dem Buckel den meisten Mitbrüdern kaum bis zur Brust reichte, galt er unter den Domschülern als besonders furchteinflößend. Dabei war Conrad nicht einmal Domherr, sondern war als Kind armer Leute an die Schule gekommen und hatte lange als einfacher Mönch und Diakon gelebt, ehe man ihm vor einigen Jahren die Aufsicht über die Bibliothek und das Scriptorium aufgetragen hatte. Diese Pflicht erfüllte er mit Feuereifer.

»Was haben wir denn hier?«, fragte der Mönch mit seiner Fistelstimme, der dennoch die Schärfe eines Peitschenhiebs innewohnte.

»Verzeiht.« Daniel senkte den Kopf und sah aus den Augenwinkeln, dass Willem das Gleiche tat. Auch der Dicke wusste, wann es besser war, den Bußfertigen zu spielen.

Der alte Mönch schnaufte und richtete sich auf, reichte Willem aber dennoch kaum bis zur Schulter. »Zurück auf deinen Platz!«, zischte er. »Und wehe euch, wenn ich noch einen Laut höre. Der Scholaster wird sich freuen, zu erfahren, dass ihr eure Zeit mit Nichtstun verschwendet, anstatt die Werke zu studieren, die euren schwachen Geist stärken sollen!«

Eilig raffte Willem das Buch wieder an sich und umschlang es mit beiden Händen, während er zurück zu seinem Pult stolperte.

Daniel unterdrückte einen Seufzer und nahm rasch die Feder wieder auf, um die Stelle zu suchen, an der er abgebrochen hatte. Hastig begann er zu schreiben.

*

Es regnete, als sich Henric am nächsten Tag auf den Weg zu Sievert Petersen machte. Der Himmel bestand nur noch aus grauen Wolkenbänken, die vom Meer her gen Festland getrieben wurden, und ein kühler Wind strich durch die Gassen. Auf den Straßen hatten sich überall kleine Tümpel gebildet, und in dem stinkenden Schlamm wusste Henric trotz der Trippen oftmals nicht, wie er vorankommen sollte, ohne dass sich seine Schuhe und Strümpfe mit der übelriechenden Brühe vollsogen. Er war erleichtert, als er endlich das große Backsteinhaus erreichte, das sein Vater ihm beschrieben hatte.

Henric klopfte, ehe er den Türflügel aufstieß, der ins Innere des Dielenhauses führte. Aus der Dornse, in der die Küche untergebracht war, waberte ihm ein Geruch nach Eintopf entgegen. Im gegenüberliegenden Kontor wurde ein Stuhl gerückt, Schritte folgten, und im nächsten Moment erschien ein hutzeliges Männchen im Durchgang zur Diele. Auf der schiefen Nase trug es eine jener Sehhilfen aus Glas, die italienische Händler seit einiger Zeit im Norden verbreiteten. Hinter den dicken Glasscheiben schienen seine Augen aus den Höhlen zu quellen wie die eines Froschs. Offensichtlich ein Schreiber.

»Was willst du, Junge?«

Henric räusperte sich und bemühte sich trotz der Kälte, die ihm durch Mark und Bein zog, um eine aufrechte Haltung. »Ich bin Henric Suterman. Mein Vater Lambrech Suterman schickt mich. Es ist wichtig.«

»Wichtig? Ach ja?« Das Männchen legte den Kopf schief und beäugte ihn abschätzend. »Nun, dann bist du wohl umsonst durch den Regen gelaufen. Petersen ist nicht da. Und es wird eine Weile dauern, bis er zurück ist. Wichtige Ratsangelegenheiten.«

Henric zögerte. Sein Vater hatte ihm ausdrücklich gesagt, dass dieses Geschäft so schnell wie möglich abgeschlossen werden sollte, ehe es sich einer der Partner doch noch anders überlegte. Er wäre nicht erfreut, wenn Henric unverrichteter Dinge zurückkehrte. »Kann ich nicht auf ihn warten?«

Das Männchen schüttelte den Kopf. »Komm später wieder. Vor dem Abendläuten. Dann ist er vielleicht da. Oder auch nicht.« Der Mann machte mit einer Handbewegung deutlich, dass die Angelegenheit für ihn damit erledigt war, und wandte sich ab.

»Wartet, es ist wirklich wichtig!« Henric sprang einen Schritt auf ihn zu, hielt dann wieder inne und vergrub die Hände in dem klammen Stoff seines Mantels. Er kam sich vor wie ein Bittsteller, dabei war es doch Petersen, der Hilfe brauchte, nicht umgekehrt. »Sievert Petersen erwartet mich.«

»Warum das?«, fragte eine helle Stimme.

Henric schaute überrascht auf. Im Durchgang zum Hinterhaus war ein Mädchen erschienen, das ihn prüfend musterte. Einen Moment lang folgte er der irrigen Annahme, eine vorlaute Magd vor sich zu haben, bis sein Blick auf das grüne Kleid aus flämischem Tuch und die offenen Haare fiel, die selbst in dem trüben Licht glänzten wie flüssiges Kupfer. Sie war jung, vielleicht dreizehn oder vierzehn Jahre alt, aber durchaus hübsch und sicher kein Kind mehr. Hinter ihr konnte Henric eine dickliche Magd erkennen, die neugierig zur Diele hinausschielte.

»Warum sagst du, dass er dich erwartet?«, wiederholte das Mädchen, während es die Hände an einer Schürze abwischte. »Willst du Geld von ihm?«

»Würde mich nicht wundern«, murrte der Schreiber. »Ich habe ihm schon gesagt, dass der Herr nicht da ist.«

»Vermutlich hat es ihm die Sprache verschlagen«, bemerkte das Mädchen spitz, während es die Stufen hinabkam. Die wachen Augen musterten Henric mit kaum verhohlener Neugierde, aber auch einer Spur Misstrauen, das er nicht recht zu deuten wusste. »Ich kann ihm etwas ausrichten.«

»Nein, das … also …« Henric merkte auf einmal, wie lange er sie schon anstarrte. Seine Wangen brannten, und er wollte sich nicht vorstellten, was sie von ihm dachte, nass wie ein Hund, der ins Wasser gefallen war, und tölpelhaft wie ein Bauerntrottel. »Ich muss mit ihm persönlich sprechen.«

Das Mädchen schien seine Unsicherheit zu bemerken. »Mein Vater hat zu viel zu tun, um jeden dahergelaufenen Boten zu empfangen«, sagte sie kühl. »Du kannst mir glauben, dass ich es ausrichte. Ich bin Christine Petersen. Sievert Petersen ist mein Vater. Und Tideman hier«, sie deutete auf das Männchen, »kann bezeugen, dass deine Nachricht bei mir in besten Händen ist.«

Petersens Tochter? Henric wusste nicht, was er darauf sagen sollte. Ärgerlich zog er die Brauen zusammen. Was bildete sich dieses Mädchen eigentlich ein, sich in die Geschäfte ihres Vaters einzumischen? »Ich will mit Sievert Petersen persönlich sprechen, mit niemandem sonst«, beharrte er. »Wann kann ich ihn also antreffen?«

»Ihr seid der Lehrjunge von Arnulf Grootehus, oder?« Christine legte den Kopf schief, um ihn zu mustern. Seine Frage überging sie. »Was will er von uns?«

»Euch helfen«, blaffte Henric. »Damit dein Vater nicht bankrott geht.«

»Bankrott?« Ihre Augen weiteten sich erschrocken, und für einen kurzen Moment schien ihre abweisende Fassade zu bröckeln. Doch schon im nächsten Augenblick hatte sie ihre Miene wieder unter Kontrolle. »Warum sollte Grootehus so etwas tun?«, schnappte sie. »Es kann ihm doch nur recht sein, wenn mein Vater ruiniert ist.«

Henric zögerte. Er konnte dem Mädchen schlecht erklären, dass es Lambrech vor allem darum ging, Petersen in eine Verpflichtung zu zwingen.

»Grootehus ist niemand, der einen Konkurrenten vernichten will«, antwortete er langsam. »Deinem Vater aus unverschuldeter Not zu helfen ist ... ihm ein Gebot der Barmherzigkeit. Außerdem hält er es für wichtig, die Interessen der Kaufleute zusammenzubringen, damit der Rat nicht in die Auseinandersetzungen zwischen den Oldenburgern und dem Braunschweiger hineingezogen wird.«

»Gute Gründe, um einem alten Widersacher die Hand zu reichen«, tönte eine Stimme von der Tür, die Henric erschrocken herumfahren ließ.

Sievert Petersen stand in der Diele und schälte sich umständlich aus dem vom Regen schweren Mantel. Seine Haare klebten in nassen Strähnen auf dem Schädel, und die finster zumengezogenen Augenbrauen ließen erahnen, dass seine Laune nicht die beste war.

Christine strich sich mit einer fahrigen Geste die lockeren Strähnen aus dem Gesicht und schwebte an Henric vorbei, stellte sich auf die Zehenspitzen und gab dem Vater einen Kuss auf die Wange. »Ist etwas vorgefallen?«, erkundigte sie sich. »Wir hatten Euch noch nicht zurück erwartet.«

»Wir haben die Sitzung nur frühzeitig abgebrochen.« Henric spürte, wie der Blick des Kaufherrn auf ihn fiel.

»Der junge Suterman«, begrüßte ihn Petersen mit einem gleichmütigen Tonfall. »Du bist sicher hier, um mir mitzuteilen, was Grootehus beschlossen hat?«

Henric nickte rasch und schlang fröstelnd die Arme um den Oberkörper. Jetzt, da der Wind durch die Türritzen der Diele pfiff, fror er in seinen durchnässten Sachen.

»Arnulf Grootehus lässt Euch ausrichten, dass alles wie verabredet geschehen wird«, sagte er und ärgerte sich über das Zittern in seiner Stimme. »Mein Vater hat bereits einen Käufer für Eure Pelze aufgetan. Ihr sollt sie morgen liefern.«

Petersen nickte langsam, den Blick immer noch auf Henric gerichtet. »Dann sieh zu, dass du nach Hause kommst, Junge. Du wirkst ganz schön durchgefroren.«

Henric nickte leicht, während seine Augen wieder zu dem Mädchen wanderten, das ihn stumm und ohne jede Scheu ansah. Er murmelte einen kurzen Abschiedsgruß und wollte schon an Petersen vorbei hinausschlüpfen, als der Kaufherr ihn an der Schulter zurückhielt.

»Ach und … und richte Arnulf Grootehus meinen Dank aus.« Petersens Tonfall verriet, dass ihm die Worte nur schwer über die Lippen gingen.

*

»Siehst du etwas?« Daniel stupste Willem an, vorsichtig, damit dieser nicht vor Schreck von dem Fass fiel, das sie unter die Fensteröffnung geschoben hatten. Das Mondlicht drang kaum in den Hinterhof vor, nur schwach konnte man die Schemen des Misthaufens und einen Stapel schadhafter Kisten und Fässer erkennen, aus denen der Knecht vermutlich Brennholz schlagen wollte. Es stank nach Fäkalien und altem Fisch, den man in den Fässern gelagert hatte. Durch ein Fenster fiel das gedämpfte Licht einer Talglampe auf den Hof, das jedoch bald schon von der Dunkelheit aufgesogen wurde.

»He, was ist nun?« Daniel zupfte noch einmal an Willems Kittel, dieses Mal etwas nachdrücklicher, erntete jedoch nur ein unwilliges Knurren.

»Sei still, sie kommen gerade«, zischte Willem.

Daniel verschränkte die Arme und warf ihm einen missmutigen Blick zu. Eigentlich sollte er gehen, anstatt sich die Nacht damit um die Ohren zu schlagen, unter dem Fenster einer heruntergekommenen Bude darauf zu warten, dass Willem ihn auch einmal auf das Fass klettern ließ. Er hatte Daniel unterwegs erklärt, dass er vor ein paar Tagen durch Zufall dieses Fenster neben dem Badehaus gefunden hatte, an dem die Läden beschädigt waren, sodass man geradewegs in eines der Zimmer blicken konnte. Es war ein offenes Geheimnis, dass manche Bademädchen den Kunden, die mehr erwarteten als sauberes Wasser und feuchtfröhliche Geselligkeit, bereitwillig zur Verfügung standen, nicht in den Häusern selbst, aber in ihren eigenen Kammern.

»Endlich!«

»Was denn?« Ungeduldig zupfte er erneut an Willems Bein. »Lässt du mich nun auch mal?«

»Gleich, gleich ...« Willem schüttelte Daniel ab, ohne einen Blick von dem Fenster zu nehmen. Der dickliche Junge hatte eine Hand unter seinen Kittel geschoben und grunzte leise. Vermutlich hatte die Dirne inzwischen ihr Kleid abgestreift und sich auf das Lager niedergelassen, die Beine leicht gespreizt und ein Lächeln auf den Lippen. Einmal hatte Daniel eine Frau so beobachtet, die Wirtin eines der Gasthäuser unten an der

Weser, die nach Willems Aussage allabendlich ihren Liebhaber empfing, doch auch da hatte Willem ihn wieder vom Fenster weggezogen, ehe er mehr zu sehen bekam.

»Das … bei allen Heiligen!« Willems leises Grunzen war plötzlich verstummt. »Das kann doch nicht wahr sein!« Hastig duckte er sich tiefer unter den Sims. Trotz des warmen Lichts, das durch die Fensteröffnung fiel, wirkte sein Gesicht mit einem Mal bleich.

»Was ist denn?«, wisperte Daniel und reckte sich.

»Conrad!« Willems Stimme klang hektisch, trotz des Flüsterns. »Es ist Conrad.«

»Bruder Conrad?« Daniel blinzelte ihn entgeistert an. Von allen Bewohnern Bremens konnte er sich kaum jemanden vorstellen, der weniger in die Kammer einer Hure passte als der ständig von einem säuerlichen Geruch umgebene buckelige Bibliothekar. Doch Willem ließ sich bereits in die Knie sinken, um von dem Fass zu rutschen. »Schau's dir selbst an, wenn du's nicht glauben willst«, fauchte er.

Daniel warf einen Blick zum Fenster und zögerte. Es war riskant. Wenn es wirklich Bruder Conrad war und der ihn bemerkte, hatte er sich für alle Zeiten einen Feind gemacht, einen mächtigen Feind. Aber was sollte der Bucklige ihm schon anhaben? Schließlich brach er selbst sein Gelübde, wenn er die Unruhe im Stiftshaus nutzte, um sich zu einer Dirne zu schleichen.

Entschlossen griff er nach dem Rand des Fasses und zog sich hinauf. Seine Hand suchte Halt an dem Fensterrahmen, während er vorsichtig ins Innere der Kammer lugte.

Der Raum war leer bis auf ein Bettlager, auf dem eine junge, rundliche Frau ruhte. Sie war nackt, das schlichte Wollkleid lag neben ihr auf dem Boden, und die Haare hingen ihr strähnig über die Schultern. Daniels Blick glitt bewundernd über ihren Körper, die leichte Wölbung ihres Bauchs, blieb einen Moment an den vollen Brüsten hängen. Vorsichtig reckte er den Hals, schob den Kopf etwas weiter in die Fensteröffnung. In dem Moment trat der Mönch in sein Gesichtsfeld. Er hatte die

Kutte abgelegt, sodass Daniels Blick auf den fleckigen Rücken fiel, aus dem die Wirbel hart und kantig hervorstanden wie die Zacken eines Drachens. Mit den Rippen, die sich deutlich unter der fahlen Haut abzeichneten, dem schütteren Haarkranz und dem faltig herabhängenden Po wirkte der bucklige Mönch lächerlich, wie einer dieser verwachsenen Zwerge aus den Rittergeschichten. Fasziniert und abgestoßen zugleich beobachtete Daniel, wie der Mönch an das Bett trat und sich niederkniete, wie er das Bein des Mädchens vorsichtig streichelte, als fürchte er, es könne zerbrechen.

»Komm runter!«, hörte Daniel Willem neben sich zischen. »Wir müssen hier weg.«

»Noch nicht.« Daniel bedeutete ihm mit einer ungeduldigen Geste zu schweigen, ohne den Blick von dem ungleichen Paar zu nehmen. Wie viel mochte der Mönch dem Mädchen geboten haben, dass es sich ihm hingab? Unwillkürlich fuhr er sich mit der Zunge über die Lippen. Das Mädchen hatte sich etwas aufgerichtet und legte die Arme um den Hals des Alten, der umständlich weiter auf das Bett rutschte, zwischen ihre Beine. Daniel hielt die Luft an und spürte, wie sein Herz schneller schlug, als die Dirne Conrad näher an sich heranzog und eine Hand aus seinem Nacken löste, um über den Bauch des Mönchs zu streichen und irgendetwas zwischen seinen dürren Beinen zu machen.

»Komm endlich!« Willems packte grob seinen Ärmel. Daniel spürte noch, wie er den Halt verlor. Er ruderte mit dem freien Arm durch die Luft, seine Hand schlug gegen den Fensterrahmen, krallte sich in das Holz, während das Fass unter seinen Füßen wankte und zu kippen drohte. Ein erschrockener Aufschrei gellte über den Hof, und Daniel wurde mit einem Schlag bewusst, dass er es war, der geschrien hatte.

Der Mönch und das Mädchen waren in der Bewegung erstarrt.

Daniel hing am Fensterrahmen, suchte mit den Beinen nach Halt, während langsam die Erkenntnis in sein Bewusstsein vordrang, dass sie ihn anstarrten. Der Blick der Dirne war ruhig, und er meinte fast, ein amüsiertes Schmunzeln in ihren Mundwinkeln zu erkennen, doch in Conrads verzerrtem Gesicht spiegelten sich Fassungslosigkeit, Furcht, Erkennen und noch etwas – ohnmächtige Wut.

Er wusste nicht, wie lange sie sich einfach nur angestarrt hatten, als Willem ihn unsanft hinunterzog. Ohne ein weiteres Wort riss er Daniel herum, packte seinen Ärmel und rannte los. Daniel strauchelte, drohte zu stürzen, doch Willem zerrte ihn mit sich. »Komm, weg hier!« In seiner Stimme schwang Panik mit, die nach und nach auch auf Daniel übergriff: Sie hatten ihn erkannt, *Conrad* hatte ihn erkannt!

Es kam ihm wie eine Ewigkeit vor, dass sie durch die Gassen und Straßen hetzten, immer wieder den Blick über die Schulter werfend, obwohl es Daniel bald absurd erschien, dass der bucklige Mönch sie tatsächlich verfolgen sollte.

Er hatte in der Enge zwischen den Häusern und Buden des Schnoors längst die Orientierung verloren, als Willem schließlich innehielt und keuchend die Hände auf die Oberschenkel stützte, um wieder zu Atem zu kommen. Dann traf sein Blick Daniel, in seinen Augen flackerte kaum unterdrückte Wut. »Sag mal, bist du vollkommen übergeschnappt? Was sollte der Mist?«

»*Du* hast den Lärm gemacht«, gab Daniel trotzig zurück, doch er wusste, dass Willem recht hatte. Sie hätten verschwinden müssen, als sie Conrad erkannt hatten. Stattdessen hatte er am Fenster geklebt wie eine Fliege am Honig – ganz als habe sich sein Verstand in dem Moment verabschiedet, in dem er das nackte Mädchen dort liegen gesehen hatte.

»Das gibt Ärger«, brummte Willem und versetzte Daniel einen Stoß gegen die Schulter, eher hilflos als kämpferisch.

»Glaube ich nicht.« Daniel zwang sich zur Ruhe. »Er wird uns nicht verpfeifen. Wenn er es tut, werden wir genauso verraten, was wir gesehen haben.«

»Und du glaubst, dass das hilft?« Willems Miene wirkte für einen Moment nachdenklich, ehe sich ein breites Grinsen darauf ausbreitete. »Er hat nur dich bemerkt, oder? Damit bin ich aus dem Spiel. Dich nehme ich jedenfalls sicher nicht wieder mit.« Er seufzte und stieß mit dem Fuß einen kleinen Stein zur Seite, der ein Stück weit die Gasse entlangkullerte, bis er in einem Haufen Pferdedung liegenblieb. »Komm, wir müssen zurück, ehe man bemerkt, dass wir fort sind.«

Daniel nickte zögerlich und wollte Willem folgen, als dieser sich unvermittelt umdrehte und Daniel am Kittel packte. »Und denk nicht, du könntest dich aus unserem Abkommen stehlen«, zischte er. »Ich will den Text bald. Wie wir's abgesprochen haben.«

*

Christine lag wach und lauschte dem Läuten der Glocken, das einzige Geräusch, das die Stille der Nacht durchbrach und gleichzeitig das Nahen des Tages ankündigte. Lange konnte es nicht mehr dauern, bis die Dämmerung zwischen die Häuser kroch und das Leben auf den Straßen von neuem erwachte.

Manchmal vermisste sie die Ruhe des Klosters, die Stille, die innerhalb der Mauern geherrscht hatte, trotz der harten Hand, mit der die Äbtissin die Nonnen und Klosterschülerinnen zur Arbeit angetrieben hatte. Sie war sehr jung gewesen, als ihr Vater sie dorthin gebracht hatte, ein Privileg, wie er nicht müde wurde zu betonen, da die Nonnen gewöhnlich vor allem die Töchter Adliger aufnahmen. Doch nach dem Tod ihrer Mutter hatte es niemanden im Haus des Sievert Petersen gegeben, der sich um die Erziehung eines Mädchens hätte kümmern können. Die Nonnen hatten sie viel gelehrt, nicht nur lesen und schreiben und ein wenig rechnen, was man auch in den Winkelschulen in der Stadt lernen konnte, sondern sie hatten ihr auch Latein beigebracht und geduldig ihre Fragen nach den Zusammenhängen der Welt beantwortet. Eine Weile hatte Christine mit dem Gedanken gespielt, ihren Vater zu bitten, dass sie den Schleier nehmen und als Novizin im Kloster bleiben durfte, doch sie wusste, dass sie ihm etwas schuldig war. Ihre Brüder und ihre Mutter waren der Pest zum Opfer gefallen, sie war ihm als einziges Kind geblieben, und sie würde eines Tages heiraten und ihren Gemahl unterstützen müssen, wenn er die Geschäfte ihres Vaters übernahm.

Heiraten … Lautlos ließ sie das Wort über die Zunge gleiten. Es schmeckte seltsam und fremd. Adelstöchter wurden früh verheiratet, doch die Kaufleute warteten meist etwas länger. Ihr blieb also noch ein wenig Zeit. Dennoch hörte sich ihr Vater bestimmt schon um und überlegte, welche Verbindung seinem Geschäft Vorteile bringen konnte.

Für einen Moment tauchte das Bild des blonden Jungen in dem schlichten Kittel wieder vor ihr auf, der jeden Markttag auf dem Brunnen hockte und sie anstarrte, ohne jemals etwas zu sagen. Er gefiel ihr, mit seinem hellen Haarschopf, der die Farbe von frischem Honig hatte, und den schönen, dunkelblauen Augen. Sie hatte sich bereits mehrfach dabei ertappt, dass sie bewusst einen Vorwand gefunden hatte, um die Spezereienhändlerin aufzusuchen und nahe an dem Brunnen vorbeizugehen, ihm ein kurzes Lächeln zuzuwerfen, ehe sie sich rasch wieder abwandte, damit er ihr Erröten nicht bemerkte.

Doch sie schob den Gedanken von sich. Das war ebenso eine Träumerei wie all die schönen Verse über die ewige Liebe, die sie im Kloster heimlich gelesen hatte. Liebe gehörte in Bücher, in Gedichte, nicht in das Leben einer Kaufmannstochter, deren Vater Gehorsam einforderte. Jeder hatte seinen Platz, und sie würde eines Tages die Gemahlin eines erfolgreichen Kaufherrn sein.

Seufzend schob Christine die Decke beiseite und setzte sich auf. Es war kühl in der Kammer, aber die Nächte ließen bereits erahnen, dass der Frühling nahte. Christine überlegte, die kleine Lampe mit der Kerze mitzunehmen, um sie an der Glut in der Küche zu entzünden, doch sie verwarf den Gedanken wieder.

Obwohl sie erst wenige Monate zurück in der Stadt war, war ihr das Haus so vertraut, dass sie sich blind zurechtfand.

Vorsichtig öffnete sie die Tür und warf einen Blick in die Stube, die düster und verlassen war. Der Kachelofen verströmte noch einen Rest von Wärme, und durch die Ritzen der Fensterläden fiel das fahle Licht des Monds.

Eine Bewegung auf der Bank am Ofen ließ sie zusammenfahren, doch sie entspannte sich sogleich wieder, als sie das leise Miauen hörte, mit dem sich Federchen, die gescheckte Hauskatze, an ihre Beine schmiegte. Behutsam ließ sich Christine in die Hocke nieder und streichelte das weiche Fell des Tieres.

»Du bist ja auch noch wach«, flüsterte sie und nahm die Katze, die behaglich zu schnurren begann, vorsichtig hoch. Federchen war ein Geschenk ihres Vaters, als sie aus dem Kloster zurückgekehrt war, ein Fellknäuel mit großen, verschlafenen Augen, das bequem in eine Hand gepasst hatte. Inzwischen war sie zu einer stattlichen Katze herangewachsen, die den Mäusen in der Küche und auf dem Speicherboden nachstellte und längst der Liebling der Mägde war.

»Hast du Hunger, meine Süße?«, flüsterte Christine und kraulte den Hals des Tieres, das wie zur Bestätigung sein Schnurren noch verstärkte. »Komm, wir sehen nach, ob wir etwas Milch für dich finden.«

Leise, um niemanden zu wecken, schlich Christine durch die Stube und zum Durchgang, der hinab in die Diele führte. Trotz der Kälte fühlte sich das Holz der Treppe warm an unter ihren bloßen Füßen.

Die Diele und die Dornse, in der die Küche untergebracht war, lagen dunkel und still da, doch aus der Schreibstube fiel ein matter Lichtschein, der sich in den Unebenheiten des backsteinernen Fischgrätmusters fing.

Unschlüssig verharrte Christine. Vielleicht sollte sie besser wieder gehen, ehe man sie bemerkte. Wenn ihr Vater bis jetzt noch arbeitete, wollte er sicher nicht gestört werden. Doch sie war neugierig, was so wichtig sein konnte, dass er sich die Nacht um die Ohren schlug. Und er hatte doch selbst gesagt, sie solle fragen, wenn sie etwas nicht verstehe, und sich alles erklären lassen.

Vorsichtig kletterte Christine die restlichen Stufen hinab und huschte hinüber zur Dornse. Lautlos trat sie in den Türspalt. Ihr Vater saß an dem Tisch neben dem Fenster, bekleidet mit einem schweren Mantel und einer Kappe gegen die Kälte, vor sich das Geschäftsbuch und einen Haufen Papiere und Schreibtafeln, die sich über die Tischplatte verteilten. Auf dem irdenen Leuchter steckten zwei Kerzen, die weit heruntergebrannt waren, und neben dem Tintenfass standen ein Krug und ein Becher.

Christine räusperte sich, einmal, dann ein zweites Mal, bis ihr Vater schließlich aufsah. Er blinzelte in das Dämmerlicht und fuhr sich mit dem Handrücken über die Augen. Überraschung spiegelte sich auf seiner Miene, als er sie schließlich zu erkennen schien.

»Christine, Liebes. Was tust du hier?«

»Dasselbe könnte ich Euch auch fragen, Vater«, erwiderte sie sanft und trat an den Tisch. »Ist es so wichtig, dass Ihr Euch die Nacht um die Ohren schlagen müsst?«

Sievert Petersen seufzte und legte die Feder beiseite. Mit einer ausladenden Geste deutete er auf die Unterlagen. »Ich habe mich viel zu lange nicht darum gekümmert, und wenn man es dann tun will, ist es schnell zu spät. Ehe man sich versieht, ist alles verloren.« Er lächelte matt. »Ich wollte wissen, wie es tatsächlich um uns steht.«

»Und?«, fragte Christine bang. Sie hatte nie auch nur einen Gedanken daran verschwendet, dass ihr Vater wirklich bankrott sein konnte. Nicht ihr Vater! Doch als sie den müden Blick sah, mit dem er zu ihr aufschaute, zerrann ihre Zuversicht wie Eis, wenn man es zu nah ans Feuer brachte.

Sievert Petersen schüttelte langsam den Kopf. »Ich hatte gehofft, wir schaffen es, ohne auf Grootehus' Angebot eingehen zu müssen. Aber ich fürchte, uns bleibt keine andere Wahl. Der Krieg gegen die Dänen lässt alle vorsichtig sein, und ich kann mich nicht darauf verlassen, von anderer Seite einen Kredit zu bekommen. Und selbst wenn, es würde die Schwierigkeiten nur herauszögern, nicht aber beheben. Dabei gäbe es ein gutes Dutzend Kaufleute, denen ich lieber einen Gefallen schuldig wäre als Grootehus. Doch leider ist er es, der mir dieses Angebot macht.«

»Was ist zwischen Euch und Grootehus vorgefallen?«, erkundigte sich Christine zögerlich. »Er handelt doch vor allem mit Flandern und Norwegen und nicht mit russischen Pelzen.«

Ihr Vater sah sie einen Moment lang verblüfft an, dann schmunzelte er plötzlich. »Du hast eine gute Beobachtungsgabe. Ja, es stimmt, geschäftlich kommen wir uns nicht mehr in die Quere. Hier geht es um ältere Geschichten.«

Christine nickte und wartete darauf, dass ihr Vater fortfuhr zu erzählen, doch Sievert Petersen schwieg und starrte nur nachdenklich in die Kerzenflamme. Unruhig rieb Christine den einen Fuß an ihrem Unterschenkel. Die Kälte im Kontor kroch ihr allmählich in die Knochen und ließ sie frösteln.

»Es bleibt mir jedenfalls nichts anderes übrig«, murmelte Sievert Petersen schließlich und warf einen gedankenverlorenen Blick auf das Rechnungsbuch. »Vielleicht ist es sogar besser, alte Feindschaften zu begraben. Ich fürchte, es kommen unruhige Zeiten auf uns zu.«

»Was meint Ihr damit?«

»Albrecht von Braunschweig marschiert auf Bremervörde. Es kann jeden Tag die Nachricht eintreffen, dass die Burg gefallen ist. Und nur der Himmel weiß, was die Oldenburger dann tun werden.«

»Sie werden kaum das Diktum des Papstes in Frage stellen«, sagte Christine bestimmt.

Ihr Vater lächelte schwach. »Das tun sie schon seit fast zwei Jahren. Manchmal wünschte ich, wir wären den Bischof und seinen Hof los und könnten alle Macht in die Hände des Rats legen. Letztendlich sind es doch unsere Interessen, die der Stadt zu Blüte und Reichtum verholfen haben. Aber vielleicht fahren wir mit Albrecht von Braunschweig nicht schlecht. Er ist noch sehr jung, und nach allem, was man hört, nicht sehr durchsetzungsstark.«

Christine nickte leicht, aber sie schwieg. Sie verstand zu wenig von Politik, und die Nonnen hatten sie stets gelehrt, den Mund zu halten, wenn sie nichts Sinnvolles beizutragen hatte.

»Der Rat überlegt übrigens, eine Schoß zu erheben, um endlich die Gefangenen des Grafen von Hoya auszulösen«, fuhr ihr Vater fort, mehr zu sich selbst, als an Christine gerichtet. »Das wird vielen nicht gefallen, aber irgendwann muss einfach etwas geschehen. Uns würde es einen gewissen Spielraum verschaffen, wenn wir das Lösegeld für deinen Oheim nicht in voller Höhe aufbringen müssen. Aber wir werden dennoch das Geld von Grootehus brauchen, um wieder auf die Beine zu kommen. Es ist widersinnig, ein paar verlorene Schiffe und eine falsche Entscheidung, und schon bin ich gezwungen, seine Almosen anzunehmen!« Er langte nach der Kanne, um sich nachzuschenken, doch es war nicht mehr als ein Tropfen, der in den Becher hinabfiel. Seufzend stellte er sie wieder ab. In seinem Blick lag mit einem Mal eine unendliche Traurigkeit, die Christine fast mehr erschreckte als die Resignation, die in seinen Worten mitgeklungen war. Sievert Petersen war am Ende, wenn ihm niemand aufhalf, und aus irgendeinem unerfindlichen Grund schien Grootehus genau das tun zu wollen. Christine betete insgeheim, dass ihr Vater wusste, was er tat. Sie war entschlossen, ihm zu helfen, wo immer es ging.

Behutsam löste sie die Krallen der Katze aus ihrem Hemd und setzte das empört maunzende Tier auf den Boden, ehe sie hinter den Stuhl ihres Vaters trat und die Arme um seine Schultern legte. Der Geruch von Wein stieg ihr in die Nase, als sie ihm einen sachten Kuss auf die Wange gab. »Wir schaffen das,

Vater«, flüsterte sie und zwang sich zu einem Lächeln. »Ich werde tun, was ich kann, um Euch zu helfen.«

Sie spürte, wie ihr Vater seine schwielige Hand auf ihre legte und sie sanft drückte. »Bist ein gutes Kind«, murmelte er. »Und klug. Wie deine Mutter.« Er schwieg kurz, ehe er fortfuhr. »Wir werden bald einen Ehemann für dich suchen müssen. Es wird Zeit ... Gibt es jemanden, den du im Auge hast?«

Für einen Moment tauchte wieder der blonde Junge vor ihren Augen auf, doch Christine verscheuchte den Gedanken sofort. Wenn sie heiraten sollte, dann musste es ein Kaufmannssohn sein, jemand, der wusste, wie man ein Handelshaus leitete und womöglich etwas Geld mitbrachte. »Nein«, sagte sie daher leise und schüttelte den Kopf. »Ich kenne niemanden.«

»Wir werden schon jemanden finden, der dir auch gefällt, mein Vögelchen.« Sievert Petersen drückte noch einmal ihre Hand, eine beruhigende, tröstende Geste. »Und nun geh schlafen. Die Nacht ist ohnehin bald vorbei.«

Bremen, Anfang April 1362

Das leise Klappern der Schreibtafeln, die aufeinander gestapelt und zusammengeschoben wurden, durchbrach die geschäftige Stille, die seit geraumer Zeit im Kontor herrschte, doch Lambrech schaute nicht auf. Gedankenversunken studierte er die Zahlen im Rechnungsbuch, machte sich nebenbei Notizen auf einer Tafel und rechnete leise murmelnd zusammen. Die Geschäfte liefen gut, viel besser, als er erwartet hatte. Sievert Petersen hatte die Pelze tatsächlich halbwegs gewinnbringend an einen Kaufmann aus Paderborn verkaufen können, den Lambrech ihm genannt hatte. Er kannte den Paderborner schon eine ganze Weile, ein Schlitzohr, das vor allem minderwertige Ware zu günstigen Preisen einkaufte, um sie weiter im Süden zu verhökern. Der Kerl hatte auch nur einen flüchtigen Blick in die Fässer geworfen, ehe er die Ware bezahlt und gleich verladen hatte. Doch Lambrech kümmerte das wenig, solange der Schaden abgeglichen war. Und da Grootehus lediglich als Geldgeber in das Geschäft verstrickt war, würde man ihm die Sache kaum zum Vorwurf machen können, zumal der Alte seit seiner Gefangenschaft einen ausgesprochen guten Ruf genoss, was seine Rechtschaffenheit und Glaubwürdigkeit anging.

Zufrieden warf er einen letzten Blick auf die Zahlen, die Hinnert fein säuberlich im Rechnungsbuch vermerkt hatte, und sah dann hinüber zu dem Schreiber, der unter dem Fenster saß und die Notizen abglich, die er unten am Hafen gemacht hatte. Es waren wieder einige Koggen eingelaufen, darunter eine mit Tuchen, die Grootehus' Partner aus Brügge geschickt hatte. Beim Entladen hatte sich Lambrech nicht zum ersten Mal gefragt, ob es nicht sinnvoll wäre, selbst einmal nach Flandern oder London zu reisen und den Markt dort in Augenschein zu nehmen. Doch er war hier unersetzlich. Vielleicht könnte er Grootehus überreden, Henric dort hinzuschicken, wenn der Junge so weit war. Irgendwann würde er Verantwortung übernehmen müssen, und wo konnte er das besser lernen als in der Fremde? Nicht umsonst schickten viele Kaufleute ihre Erben für einige Zeit fort.

Hinnert schien seinen Blick bemerkt zu haben und schaute auf. Das schmale Lächeln ließ sein Gesicht noch frettchenhafter erscheinen. Mit einem knappen Nicken deutete er auf das Buch. »Zufrieden?«

»Es sieht gut aus«, sagte Lambrech und verstaute das Buch in der Truhe, in der alle wichtigen Papiere aufbewahrt wurden. »Sieh zu, dass du die Waren von heute noch vermerkst. Ist alles eingelagert?«

Hinnert nickte und setzte zu einer Antwort an, wurde aber durch ein Klopfen unterbrochen.

In der Tür stand Halbbein-Jannes, die Kappe vor sich in den Händen haltend. Hinter ihm drängten sich zwei weitere Knechte, Lastenträger, die Lambrech heute Morgen zum Entladen der Kogge mitgenommen hatte.

Verwundert runzelte Lambrech die Stirn. Eigentlich sollten die Träger doch den Karren beladen und einen Teil des heute eingegangenen Tuchs direkt an das Dominikanerkloster liefern. »Was wollt ihr?«

Halbbein-Jannes fuhr sich mit der schwieligen Hand durch die Reste seines Haupthaars. »Nun, Herr, es geht nich um mich«, begann er zögerlich und wechselte einen schnellen Blick mit seinen Begleitern. »Genauer gesagt, geht's nich mal um meine Leute, sondern um seine.« Er deutete auf einen jungen Kerl mit struppigem, aschblondem Haar, der verlegen den Kopf senkte, den Blick auf seine Kappe gerichtet, die er zwischen den Fingern wrang.

Lambrech nickte und schaute Jannes abwartend an.

»Nun, es geht auch nich wirklich um ihn, sondern um seinen Bruder. Der is Gerber, unten an der Balge.«

»Und was kann ich für einen Gerber tun?«, fragte Lambrech ruhig.

»Ihr nichts, nein.« Jannes schüttelte hastig den Kopf und griente dann. »Aber der alte Grootehus. Der is doch im Rat, und wir haben da gehört ... Nun, diese Sache mit den Gefangenen ...«

»Was hat Grootehus damit zu tun?«

»So 'n Gerber hat nich viel zu beißen. Hat auch noch ein Weib und vier Kinder. Und dann haben wir gehört, dass der Rat diese Steuer erheben will. Wegen den Gefangenen. Wir wolln fragen, ob der Herr Grootehus uns hilft und dafür sorgt, dass sein Bruder nich noch mehr Abgaben zahlen muss.«

Lambrech strich sich nachdenklich über das Kinn, während sein Blick von Jannes zu den beiden Knechten wanderte, die sichtlich verlegen seine Antwort erwarteten. Dieser Gerber war sicher nicht der Einzige, dem eine zusätzliche Steuer weh tat, noch dazu zu einem Zweck, den er nicht einsehen konnte. Eigentlich war es die Sache des Rats, sich um die Ruhe in der Stadt zu sorgen, doch die Ratsherren schienen viel zu sehr mit dem Konflikt zwischen den Oldenburgern und dem Braunschweiger beschäftigt, als dass sie sich um die Sorgen und Nöte der kleineren Handwerker scherten. Auf jeden Fall sollte er ein Auge darauf halten, gleichgültig, ob Grootehus dem Anliegen Gehör schenkte oder nicht.

»Ich werde Arnulf Grootehus deine Bitte vortragen«, versprach er daher. »Sobald er zurück ist.«

»Danke.« Jannes nickte. »Könnt Grootehus sagen, dass die Leute unzufrieden sind. Wär nich gut, wenn der Rat das nich hören würde.« Die anderen beiden nickten bestätigend.

»Er wird es erfahren. Und nun geht wieder an die Arbeit. Die Brüder von St. Katharinen warten schon auf ihr Tuch.«

Nachdenklich schaute Lambrech ihnen nach und wartete, bis die Schritte verklungen waren, dann wandte er sich an Hinnert, der die Unterhaltung schweigend verfolgt hatte. »Kennst du den Jungen?«

»Den blonden?« Hinnert verzog den Mund zu einem breiten Grinsen. »Sicher. Ein kräftiger Kerl, arbeitet gut, hält den Mund und jammert nicht.«

»Und den Bruder?«

»Den Gerber? Nein.« Hinnert deutete ein Kopfschütteln an und streckte mit einem Ächzen die Beine aus. »Soll ich ihn mir anschauen?«

»Nein.« Lambrech nahm eine der Schreibtafeln in die Hand und strich gedankenverloren über die Buchstaben, die er mit dem Griffel in das Wachs geritzt hatte. »Du sollst dich nur umhören. Unter den Knechten, den Schiffern und Handwerkern. Ich möchte wissen, was da so geredet wird.«

»Fürchtet Ihr Unruhen?«

»Zumindest Unzufriedenheit.« Lambrech zuckte mit den Schultern. »Ich weiß lieber, was auf uns zukommt. Damit ich Grootehus notfalls dazu überreden kann, etwas zu unternehmen.«

Hinnert nickte langsam. Sein Blick wanderte zur Tür. »Wie Ihr wünscht«, murmelte er. »Wie Ihr wünscht.«

*

Die monotone Stimme des Vorlesers legte sich über das Schmatzen der Domschüler, die ihre Grütze löffelten. Daniel hielt den Blick starr auf seine Schale gerichtet. Wie mechanisch führte er den Löffel zum Mund, während er sich zwang, die Blicke zu ignorieren, mit denen Willem ihn maß. Er spürte die unausgesprochene Drohung, die darin lag, auch ohne dass er aufschaute. Erst gestern hatte Willem ihn wieder abgefangen und ihm deutlich gemacht, dass er nicht länger warten wollte. Daniel war klar, dass er das Problem nicht ewig vor sich herschieben konnte. Wenn er Ruhe vor Willems Nachstellungen haben wollte, blieb ihm nichts anderes übrig, als endlich diese verfluchten Seiten zu kopieren.

Im Dormitorium schliefen nur die Schüler, die auch in den Gebäuden des Domstifts lebten, sei es, dass sie bereits für eine kirchliche Laufbahn ausersehen waren, sei es, dass sie aus ärmeren Verhältnissen stammten und wie er für die niederen Ämter und den Chorgesang bestimmt waren. Die Söhne der Patrizier und Adligen, die die Schule lediglich besuchten, um eine gute Ausbildung zu erhalten, verbrachten meist nur die Unterrichtszeiten im Stift und lebten ansonsten in ihren Familien. Dennoch wälzten sich für Daniels Geschmack in dieser Nacht viel zu viele Jungen auf den harten Pritschen des Schlafsaals, schnarchten und grunzten oder stöhnten leise im Schlaf.

Daniel hatte die Augen geschlossen und lag still, doch an Schlaf war nicht zu denken. Sein Herz wummerte in der Brust, dass er meinte, es müsse im ganzen Saal zu hören sein, aber die anderen schienen entweder taub oder so sehr in ihrem eigenen Schnarchen gefangen, dass sie ihn nicht hörten. Das dumpfe Dröhnen der Glocken durchbrach die nächtliche Stille. Stumm zählte Daniel mit, bis auch der letzte Glockenschlag verklungen war. Jetzt noch ein paar Augenblicke warten, dann konnte er sich auf den Weg machen. Seine Lippen formten lautlos Zahlen, während er regungslos dalag und lauschte. Doch es blieb still, kein Knarren der hölzernen Stufen, keine hastigen Schritte auf den Gängen, wenn jemand zum Abort eilte. Als er bei hundert angekommen war, begann er noch einmal von vorn, schob dann vorsichtig die Decke beiseite und setzte sich auf. Das Stroh piekste an seinen Füßen, doch es war besser, die Schuhe hierzulassen, damit er keine unnötigen Geräusche machte.

Der Weg zum Scriptorium war nicht weit, und dennoch erschien es Daniel heute wie eine Ewigkeit, bis er endlich vor der schweren Eichentür stand und sie vorsichtig aufdrückte. Das

Knarzen der eisernen Angeln durchbrach die Stille wie ein jäher Schrei. Daniel hielt erschrocken die Luft an, aber es blieb still, gespenstisch still.

Er wartete noch einen Moment, bis sein rasendes Herz zur Ruhe gekommen war, und schob dann die Tür ein Stück weiter auf, gerade genug, dass er hindurchschlüpfen konnte. Mondlicht fiel durch die Fensteröffnung hinein und tauchte den Raum in ein schummriges Silber. Daniel trat an das Pult, an dem er zuletzt gearbeitet hatte. Schon vor Tagen hatte er die Stellen herausgesucht, die Willem haben wollte. Vermutlich würde der Dicke enttäuscht sein, wenn er den Text tatsächlich in den Händen hielt, schließlich hatte die Äbtissin vom Rupertsberg beim Verfassen vor allem das Entstehen neuen Lebens im Auge gehabt. Aber das sollte nicht Daniels Sorge sein, solange Willem endlich Ruhe gab.

Mit zittrigen Händen zog Daniel die beiden Wachstafeln hervor, die er tags zuvor hier versteckt hatte, klappte sie auf und suchte leise murmelnd im lateinischen Text nach einer Stelle, an der er ansetzen konnte. Das Blut rauschte in seinen Ohren, und er ertappte sich dabei, ständig auf die Tür zu lauschen, auf Schritte, die er jeden Augenblick erwartete, und einen empörten Ausruf, wenn man ihn entdeckt hatte. Unsinn, schalt er sich selbst, niemand würde sich mitten in der Nacht durch Zufall hierher verirren, geschweige denn nach ihm suchen. Wer um diese Uhrzeit durch das Stiftshaus schlich, hatte es entweder eilig, zum Abort zu gelangen, oder selbst kein Interesse, dass man ihn entdeckte.

Kaum beruhigt beugte sich Daniel über das Buch und versuchte, im schwachen Licht etwas zu entziffern. Es war anstrengender, als er gedacht hatte. Dennoch kam er überraschend gut voran, auch wenn er immer wieder über die beste Übersetzung für einzelne Wörter nachgrübelte. *Libido* … Verlangen traf es vielleicht am besten. Und *studium* … Bemühen oder Eifer für den Akt selbst? Daniel kratzte sich nachdenklich am Kopf. Er hatte keine Erfahrung damit, woher sollte er wissen, welches Wort am besten passte? Ob die Äbtissin es gewusst hatte, als sie dieses Werk verfasste?

Daniel war so in seine Gedanken vertieft, dass er erst herumfuhr, als eine Hand grob seine Schulter packte.

»Was tust du hier?«, zischte Johan und verstärkte den Griff, als wolle er verhindern, dass Daniel sich losriss und türmte. »Conrad hat also doch recht gehabt!« Grob schob er ihn beiseite, ohne die Hand von Daniels Schulter zu nehmen, und warf einen raschen Blick auf die aufgeschlagenen Seiten der *Causae et Curae*. Seine Lippen bewegten sich stumm, und Daniel verfolgte verschreckt, wie die Augen des Scholasters über die lateinischen Zeilen glitten und dann über die bereits übersetzten auf der Wachstafel. Am liebsten wäre er auf der Stelle im Erdboden versunken. Stumm flehte er Gott an, einen Blitz vom Himmel zu schicken, der ihn in ein Häufchen Asche verwandelte, doch nichts dergleichen geschah. Stattdessen fuhr Johan wieder herum, die buschigen Brauen so tief in die Stirn gezogen, dass die Augen kaum noch zu erkennen waren. Daniel zuckte zusammen, als die Hand seine Wange traf.

»Was denkst du dir eigentlich, Bursche?« Johan riss die Tafeln vom Pult und wedelte damit durch die Luft. »Ist es das, was du hier zu lernen meinst?«

»Bruder Anselm hat mir aufgetragen, es zu kopieren«, brachte Daniel stammelnd hervor. Das entsprach sogar der Wahrheit, zumindest zum Teil.

Johans Augen verengten sich. »So ist das also? Nun, dann fragen wir ihn doch mal selbst.«

Ehe Daniel etwas einwenden konnte, hatte sich der Scholaster das Buch und die halbbeschriebenen Wachstafeln unter den Arm geklemmt, packte die Kerze und schob den Jungen vor sich her hinaus aus dem Scriptorium.

Noch nie war Daniel der Weg zu Anselms Kammer so lang vorgekommen. Verzweifelt suchte er nach Ausreden, doch er wusste, dass es dafür zu spät war. Anselm würde ihm wahrscheinlich rechts und links eine Maulschelle verpassen, dass ihm noch drei Tage die Ohren klangen, und ihn danach von der Schule werfen lassen. Vielleicht fand man einen Platz bei den Küchenknechten für ihn, wenn er Glück hatte, oder man schickte ihn in irgendein entlegenes Kloster in der Einöde, wo er als Laienbruder Demut und Gehorsam lernen sollte.

Daniel strauchelte, als Johan ihn grob zurückhielt und mit der Faust gegen die Tür zu Anselms Kammer bollerte.

Nach dem dritten Klopfen erschien Anselms hagerer Kopf in der Türöffnung. Verschlafen blinzelte der Chorherr in das Licht der Kerze, schaute erst zu dem Scholaster, dann starrte er Daniel an. Mit einem Schlag schien er hellwach.

»Was ist geschehen?«

»Ich habe ihn im Scriptorium angetroffen, wie er das hier übersetzt hat.« Johan wedelte grimmig mit den *Causae et Curae* und drückte Anselm die Wachstafeln in die Hand. »Er ist so unverfroren, zu behaupten, dass du es angeordnet hast.«

Anselm kniff die Augen zusammen. Im flackernden Schein der Kerze schien er Schwierigkeiten zu haben, die feinen Zeichen auf dem Wachs zu entziffern, doch seine Miene verhärtete sich zusehends. Schließlich ließ er die Tafel sinken und schaute Daniel an, lange, mit einem Blick, den der Junge beim besten Willen nicht zu deuten wusste. Dann wandte er sich an Johan und streckte die Hand nach dem Buch aus. »Ich habe ihn tatsächlich beauftragt, eine Kopie des Werkes anzufertigen. Allerdings nicht mitten in der Nacht«, sagte er knapp. »Wenn es dir recht ist, kümmere ich mich darum.«

Johans Gesichtsausdruck verriet, dass es ihm keineswegs recht war, aber er nickte widerwillig und ließ endlich Daniels Schulter los.

Anselm öffnete die Tür etwas weiter und bedeutete Daniel mit einer knappen Geste, hineinzukommen.

»Setz dich.« Der Chorherr wies auf eine wurmstichige Truhe, das einzige Möbelstück neben dem Bett und einem Tisch mit Stuhl, die beide schon bessere Zeiten erlebt hatten.

Eilig kam Daniel der Aufforderung nach und sah sich verstohlen um. Da Anselm im hinteren Teil des Stiftshauses eine kleine Kammer unterhielt, die er als Apotheke nutzte, war Daniel noch nie in die Verlegenheit geraten, ihn hier aufzusuchen. Der Chorherr hatte eine einfache Laterne entzündet. Unter dem Fenster, das von einem Holzladen verschlossen war, stand in einer Mauerecke ein Bildnis der heiligen Elisabeth, offensichtlich der einzige Schmuck, den er sich gönnte. Während die meisten Chorherren Wert auf eine standesgemäße Unterkunft legten, schien Anselm sein asketisches Leben auch auf seine Räumlichkeiten auszuweiten.

Daniel wagte nicht zu atmen, während der Domherr leise murmelnd die Aufzeichnungen überflog.

Dann endlich ließ Anselm die Tafeln sinken und schaute auf. »Für wen ist das?«

Daniel stockte, fuhr sich mit der Zunge über die Lippen. »Das ist ... für mich.«

»Schluss!« Mit einem Knall schlug Anselm die Wachstafel auf den Tisch, dass der Rahmen mit einem lauten Krachen zerbarst. »Ich will keine weiteren Lügen von dir hören! Du brauchst keine Übersetzung, um das zu verstehen. Also, für wen ist das?«

»Das kann ich nicht sagen«, murmelte Daniel und verkroch sich noch tiefer zwischen seine Schultern. »Es war ... Teil einer Abmachung.«

»Was für eine Abmachung?« Anselms Blick bohrte sich förmlich in Daniels Augen, der unfähig war, den Kopf abzuwenden und nur hilflos zurückschaute. »Ich will jetzt die Wahrheit hören.«

Daniel biss sich auf die Lippe und schwieg, obwohl er genau wusste, dass er damit alles nur noch schlimmer machte. Aber Willem würde ihn wahrscheinlich totschlagen, wenn er erfuhr, dass er geredet hatte. Oder Schlimmeres tun.

Anselms Blick wurde schärfer. »Raus mit der Sprache!«

Daniel zögerte, dann begann er kleinlaut zu erzählen. Von seiner Schwärmerei für Christine, von den nächtlichen Ausflügen, den Dingen, die er dabei gesehen hatte, von den Gegenleistungen, die er erbringen musste. Nur Willems Namen nannte er nicht. Dann erzählte er von dem letzten Mal, von seinem schlechten Gewissen und davon, dass er sich nicht entziehen konnte. Dass er es bei der Beichte verschwiegen hatte, aus Scham, und nun fürchtete, dass Gott ihn für seine Lüge bestrafen würde. Die Begegnung mit Bruder Conrad ließ er weg, damit es nicht danach aussah, als wollte er von sich ablenken, und wenn er etwas vermeiden wollte, dann war es, dass Anselm an seiner Aufrichtigkeit zweifelte.

Anselm hatte ihm schweigend zugehört. Nun saß er da, das Kinn auf die hageren Hände gestützt, und betrachtete Daniel, enttäuscht und zornig, wie es ihm schien, und gleichzeitig auf eine seltsame Weise nachdenklich. Daniel senkte den Blick und schluckte. »Das war alles«, sagte er beschämt. »Ich habe wohl ... ziemlich viel falsch gemacht.«

»Wenigstens bist du in der Lage, das selbst zu erkennen«, bemerkte Anselm, ohne etwas an seiner Haltung zu verändern. »Ich sollte dich morgen vor das Kapitel schleppen und mir in Ruhe ansehen, wie sie dich von der Schule werfen. Ich frage mich, ob du mir überhaupt jemals zugehört hast. Ich hatte nicht gedacht, dass du so schwach und so ... wankelmütig bist!« Anselm erhob sich ruckartig und machte ein paar Schritte durch die Kammer, ehe er herumfuhr und die Reste der Wachstafel vom Tisch wischte. Daniel presste die Lippen aufeinander und schwieg. Er spürte, wie seine Wangen heiß wurden vor Scham. Er hatte den Domherrn zutiefst enttäuscht, und das brannte noch mehr als die Angst davor, aus dem Stift verstoßen zu werden.

Anselm ließ sich mit einem tiefen Seufzer wieder auf den Stuhl fallen. »Du machst es mir nicht einfach, Junge«, knurrte er, mehr zu sich selbst. »Was denkst du dir eigentlich? Schleichst dich nachts ins Scriptorium, damit du anderntags ein paar Huren zuschauen kannst, wie sie es mit ihren Freiern treiben? Und dann fertigst du Übersetzungen an, die nicht einmal unser werter Scholaster besser hinbekommen würde! Du bist begabt, Junge!«, hob er in einer hilflosen Geste die Hände. »Gott hat mehr mit dir vor, als aus dir einen einfachen Schreiber oder Chorsänger zu machen. Aber dazu musst du lernen, deine Seele gegen die Einflüsse der Dämonen zu festigen, ehe sie dich ins Verderben reißen.«

»Ich werde tun, was Ihr verlangt«, murmelte Daniel betreten. »Alles, jede Buße, was immer Ihr für notwendig haltet.«

»Das freut mich zu hören. »Ich werde dich nämlich fortschicken.«

»Fort?« Daniel riss den Kopf hoch. Seine Augen weiteten sich vor Entsetzen. »Bitte, tut das nicht! Ich weiß, ich habe Fehler gemacht, aber ich verspreche Euch, dass ich Buße tun werde. Tragt mir auf, was Ihr für richtig haltet, ich verspreche Euch, dass ich nie wieder ...«

Anselm unterbrach ihn mit einer knappen Geste. »Versprich nichts, was du nicht halten kannst. Du wirst niemals ein guter Kleriker. Du bist geschaffen für die Welt, nicht für das Leben mit Gott. Alles andere wäre eine Lüge vor Gott und vor der Welt. Deshalb wirst du nach Bologna gehen.«

»Bologna?!«

»Noch vor Pfingsten. Es bricht demnächst eine Pilgergruppe nach Rom auf, der du dich anschließen wirst. Betrachte die Reise als Buße, die ich dir auferlege. Unterwegs hast du viel Zeit, über deine Sünden nachzudenken und Gott um Vergebung zu bitten. Geh barfuß, wenn es dir richtig scheint, oder trage das Gepäck eines Reisegefährten. Faste, wann immer es möglich ist. Nur sieh zu, dass du noch am Leben bist, wenn du Italien erreichst!« Anselm machte eine kurze Pause, schöpfte Luft. »Du wirst einige Jahre dort bleiben und lernen, mit allem Einsatz, den du aufbringen kannst. Wir werden dir eine Empfehlung mitgeben, und du wirst dort Medizin studieren.«

»Medizin? Ich soll ...« Daniel starrte den Chorherrn an. Kein Wort konnte auch nur halbwegs ausdrücken, was in ihm vorging. Oder die unzähligen Fragen in Worte fassen, die über ihn einbrachen wie eine Flutwelle. *Bologna* – das lag irgendwo in Italien, aber das war schon alles, was er darüber wusste. Und dass es dort eine Universität gab, deren Ruf über die Alpen bis an die Nordsee vorgedrungen war. Aber wie –? Und vor allem, warum ausgerechnet er?

Anselm lehnte sich in seinem Stuhl zurück und drückte die Finger auf seine Nasenwurzel, sichtlich erschöpft. »Ich werde nicht jünger, und das Kapitel braucht einen Arzt, der sich neben dem Seelenheil auch um die körperliche Gesundheit der Chorherren sorgt. Du lernst schnell, Junge, und du weißt jetzt schon mehr über Krankheiten und ihre Behandlung als mancher Trottel, der in den Spitälern Unheil stiftet, ohne dass er helfen würde. Ich will, dass du alles tust, um so viel zu lernen, wie du dort lernen kannst. Du bist kein Novize und wirst auch niemals ein Kleriker werden, aber ich will, dass du dich um einen anständigen Lebenswandel bemühst. Denn wenn du zurückkommst, wirst du dem Erzbischof und dem Stift dienen – als weltlicher Chorherr.«

Daniel starrte ihn mit offenem Mund an.

Bremen, 30. April 1362

Ganz Bremen schien an diesem Tag auf den Beinen zu sein, um den Einzug des neuen Erzbischofs mitzuerleben. Das lange Ringen um den Bischofsstuhl war endlich beendet. Mit Hilfe seiner welfischen Verwandten war es Albrecht von Braunschweig gelungen, die Burg Bremervörde zu belagern und den Provisor zur Aufgabe zu zwingen, woraufhin sich Moritz von Oldenburg auf die Burg Hagen an der Wesermünde zurückgezogen hatte. Am Heldentor wurde Albrecht nun vom Rat und dem Domkapitel empfangen, um dann in einem prachtvollen Umzug zum Dom zu ziehen, wo das Hochamt stattfand. Entlang der Straßen, die den Prozessionsweg säumten, drängten sich die Schaulustigen, begierig, den neuen Stadtherrn mit eigenen Augen zu sehen. Teilweise hatten sie sogar Platz auf umgestürzten Fässern oder Karren gesucht, um einen besseren Blick auf die Straße zu haben, durch die der junge Erzbischof reiten musste.

Christine fühlte sich unwohl in der Masse, die sich rund um den Domhof scharrte und deren vielhundertfaches Gemurmel in ihren Ohren sauste und brauste wie das Surren eines Bienenstocks. Am liebsten wäre sie zu Hause geblieben, doch ihr Vater hatte darauf bestanden, dass sie sich zu einem solchen Anlass zeigte und sich unter die haltlos plappernden Kaufmannsfrauen mischte, die sie neugierig beäugten. Obwohl sie ihr bestes Kleid trug und den halben Morgen damit verbracht hatte, sich angemessen zu schmücken, fühlte sich Christine mit den Zöpfen und dem einfachen Tuch, das sie um die Schultern geschlungen hatte, wie eine Bauernmagd unter all den herausgeputzten Frauen. Mit einem freundlichen Lächeln versuchte sie, deren Blicke zu erwidern. Lange konnte es nicht dauern, und sobald der junge Erzbischof erschienen war, könnte sie verschwinden, raus aus dem Gewühl und Gewimmel, das ihr den Atem zu nehmen drohte.

»Der werte Herr Albrecht lässt uns ziemlich lange warten«, sagte eine Stimme neben ihr. Flüchtig schaute sie auf und blickte in ein offenes, freundliches Gesicht mit etwas zu eng stehenden Augen, die ihr verschwörerisch zuzwinkerten.

»Vielleicht liebt er den dramatischen Auftritt«, erwiderte sie und lächelte höflich, ehe sie den Blick wieder abwandte, um deutlich zu machen, dass ihr der Sinn nicht nach einem Gespräch stand.

»Christine Petersen, habe ich recht?«, erkundigte sich der junge Mann unbeeindruckt. »Ihr seid also die Tochter, die Sievert Petersen so eifersüchtig versteckt? Ich wusste immer, dass er ein Geizkragen ist.«

»Versteckt ist nicht richtig«, bemerkte Christine kühl. »Ich bin erst vor einigen Monaten aus dem Kloster zurückgekehrt, sodass mein Vater wenig Gelegenheit hatte, mich vorzustellen.« Das war eine glatte Lüge, schließlich bot sich die Gelegenheit spätestens sonntags nach dem Kirchgang, doch Christine war nicht gewillt, die Versäumnisse ihres Vaters vor diesem Fremden auszubreiten.

»Berent Hollemann.« Er neigte mit einem spöttischen Grinsen den Kopf. »Es ist mir eine Freude, Euch kennenzulernen.«

Christine nickte knapp, die Lippen fest aufeinandergepresst, damit er nicht sah, wie sie zitterten. Sie wollte sich nicht unterhalten, aber offensichtlich war er gut darin, das zu übersehen. »Verzeiht, ich habe dort jemanden gesehen, den ich noch begrüßen möchte«, bemerkte sie, und es klang schnippischer als geplant. Flüchtig nickte sie dem Mann zu und zog das Tuch enger um die Schultern, um sich, gefolgt von ihrer Magd, einen Weg durch die Menschenmasse zu bahnen. Sie spürte noch die

Blicke, die Berent Hollemann ihr nachwarf. Stumm betete sie, dass sich der Erzbischof nicht mehr zu viel Zeit ließ.

*

Daniel trat von einem Fuß auf den anderen. Der Kittel kratzte unangenehm an seinem Hals, und er fröstelte im kühlen Schatten des Portals, wohin er sich verzogen hatte, nachdem er in dem Gedränge beinahe Willem in die Arme gelaufen wäre. In den vergangenen Wochen war Daniel ihm konsequent aus dem Weg gegangen, aber als Willem ihn vor zwei Tagen dann doch zur Rede gestellt hatte, hatte er sich natürlich nicht mit Daniels Ausrede abspeisen lassen. Daniels Kiefer schmerzte immer noch von dem Kinnhaken, den ihm der Dicke verpasst hatte. Zum Glück war im nächsten Moment Bruder Johan vorbeigekommen.

Vermutlich hätte er seine Ruhe, wenn er Willem einfach gab, was er wollte. Aber Anselm hatte ihm deutlich gemacht, dass er mehr Vertrauen in ihn setzte, als er verdiente, und Daniel war fest entschlossen, dieses Vertrauen nicht zu enttäuschen. Gewöhnlich schickte man die Söhne Adliger fort, um Theologie zu studieren und ihren Platz im Domstift einzunehmen, während er nur der Sohn eines einfachen Kaufmanns war. Als Chorherr würde er Pfründe erhalten, über eigenes Vermögen verfügen und dem Erzbischof als Berater zur Seite stehen – Dinge, von denen er nicht zu träumen gewagt hatte. Und als weltlicher Chorherr wäre er noch nicht einmal durch ein Gelübde gebunden.

Unruhe und vereinzelte Rufe ließen ihn aufblicken.

»Er kommt«, hauchte neben ihm Veit, ein schmächtiger, für sein Alter ungewöhnlich kleiner Junge mit flachsblonden Locken, der Daniel oft hinterherdackelte wie ein Hündchen. Veit stammte aus einer ärmeren Familie, war der fünfte Sohn eines Handwerkers, der kaum einen guten Kleriker, dafür mit seiner reinen, klaren Stimme aber einen umso besseren Chorsänger abgeben würde.

Daniel stellte sich auf die Zehenspitzen und versuchte, über die Schultern der vor ihm Stehenden zu spähen. Tatsächlich war Bewegung in die Menge gekommen, und nun erkannte er auch die Reiter, die sich näherten, Kriegsknechte zunächst, die das Banner des Hauses Braunschweig-Lüneburg vor sich hertrugen, dann folgten die Ratsherren in ihren besten Gewändern, weitere hohe Herren und schließlich auf einem weißen Zelter ein dürrer, junger Mann in einem prachtvollen Mantel, der weit über die Kuppe seines Pferds ausgebreitet war.

»Ich dachte, er wäre älter«, hörte Daniel Veit neben sich wispern und nickte zustimmend. Der junge Erzbischof wirkte auf den ersten Blick linkisch und ein wenig steif, und er schien diese Unsicherheit durch Arroganz überspielen zu wollen. Die schmalen Schultern wurden unter dem schweren Stoff des Mantels nahezu erdrückt, und die sorgsam gelegten Haare unter der Kappe wirkten eher gekünstelt als fürstlich.

Der Domdechant und die anderen Dignitäten waren vorgetreten und warteten geduldig, bis ein Knappe dem jungen Erzbischof beim Absteigen half und mit geschickten Handgriffen den Mantel neu ordnete. Schweigen hatte sich über den Platz gelegt, als Albrecht nun die Hand mit dem Bischofsring ausstreckte. Fasziniert beobachtete Daniel, wie sich die Dignitäten kurz anschauten und dann betont würdevoll vor ihrem neuen Bischof das Knie beugten, um nacheinander den Bischofsring zu küssen. Ein selbstzufriedenes Grinsen kräuselte die Lippen des jungen Erzbischofs, ehe er sich schwungvoll umdrehte und mit seinem Gefolge in den Dom eintrat.

»Komm.« Veit zupfte an Daniels Ärmel, doch Daniel streifte die Hand mit einem unwilligen Brummen ab. Sein Blick war auf eine Gestalt gefallen, die sich unweit des Doms mit Hilfe einer dicken Magd einen Weg durch die Menge bahnte. Sein Herz schlug schneller. Sie drehte ihm den Rücken zu, doch Daniel hätte sie unter Tausenden wiedererkannt.

»Ich komme nach«, raunte er Veit zu und schlüpfte hinaus auf den Platz. Für einen Moment meldete sich eine mahnende

Stimme in seinem Kopf, die ihn daran erinnerte, dass er sich nichts mehr zuschulden kommen lassen wollte, doch er verdrängte den Gedanken genauso schnell wieder. Bei all der Unruhe würde niemand darauf achten, ob er an der Messe teilnahm oder nicht. Und wer wusste, ob er bis zu seiner Abreise noch Gelegenheit bekam, Christine zu sehen.

Ohne sich um die empörten Rufe zu scheren, drängelte er sich durch die Menge, bis er den Platz hinter sich gelassen hatte und die Straße entlangeilte, in die Christine und die Magd eingebogen waren. Auch hier herrschte noch reges Treiben, aber er kam wesentlich schneller voran. Noch eine Ecke, dann hatte er sie eingeholt und dann …

Gerade noch sah er, wie sie in ein Haus eintraten, dann schlug die Tür hinter ihnen zu. Hilflos ließ Daniel den Blick über die Häuserreihen wandern, Backsteinbauten mit hohen Giebeln, Häuser wohlhabender Kaufleute. Sein Hals wurde eng bei dem Gedanken, einfach zu klopfen. Sie kannte ihn ja nicht einmal, und was sollte er ihr auch sagen? Im schlimmsten Fall warf man ihn gleich wieder raus, im besten Fall konnte er tatsächlich mit ihr sprechen – und dann?

Daniel atmete tief durch, stieß die Luft mit einem leisen Pfeifen zwischen den Zähnen aus und versuchte das Wummern in seiner Brust zu ignorieren. Zögerlich trat er auf die Tür zu, hinter der sie verschwunden war, und klopfte, zaghaft erst, dann etwas beherzter. Sein Kopf schien mit einem Mal leer, seine Gedanken wie eine diffuse Wolke. Er sollte gehen, ehe es zu spät war, beschwor er sich, er würde ohnehin kein Wort über die Lippen bekommen. Doch gerade, als er sich abwenden wollte, wurde die Tür geöffnet, und die dicke Magd gaffte ihn an.

»Was willst du?«

»Ich …« Daniel räusperte sich und spannte die Schultern, konnte aber nicht verhindern, dass seine Stimme kratzig klang. »Ich muss mit Christine Petersen sprechen. Es ist wichtig.«

Die Magd glotzte erstaunt, wie eine Kuh vor dem Wasser. Dann nickte sie langsam.

»Komm herein. Ich rufe die junge Herrin.«

Staunend sah Daniel sich in der Diele um, während die Magd schnaufend im hinteren Teil des Hauses verschwand. Rechts und links des Eingangs war je eine geräumige Dornse abgetrennt, wodurch die Diele selbst schmaler war, als es bei Häusern dieser Art üblich war. An der Stirnseite des Raumes prangte ein Wandgemälde, das eine Jagdszene zeigte, und die Seitenwände waren geschmückt mit Darstellungen der Seefahrt, Koggen im Sturm, die unter dem Schutz des Heiligen Jakobus segelten. Daniel trat näher und betrachtete die Gesichter der Seeleute, aufgerissene Münder und geweitete Augen dort, wo keine Rettung in Sicht war, während diejenigen, die den Heiligen Jakobus erblickt hatten, fromm die Hände falteten und von einer himmlischen Ruhe erfasst schienen.

»Es ist schön, nicht wahr?«, riss ihn eine helle Stimme aus seiner Betrachtung. Hastig fuhr Daniel herum.

Auf den hölzernen Stufen, die vom Hinterhaus hinab in die Diele führten, stand das Mädchen, auf dem Arm eine gescheckte Katze.

Daniel wollte etwas antworten, doch er brachte keinen Ton hervor, sondern starrte sie nur an. Sie trug ein grünes Kleid, und ihre Haare umflossen die schmalen Schultern. Im gedämpften Licht der Diele erschien sie ihm noch schöner, eine Helena, deren Anblick ihn zu einem kopflosen Paris werden ließ. »Ihr … du bist nicht im Dom«, brachte er schließlich hervor und hätte sich im nächsten Moment ohrfeigen können. Er redete daher wie ein dummer Küchenknecht.

Christine runzelte die Stirn und warf einen kurzen Blick über die Schulter, wo die dicke Magd wieder aufgetaucht war und sich mit verschränkten Armen hinter ihr aufbaute. »Mir war nicht gut«, erwiderte sie schließlich, als wisse auch sie nicht, was sie sagen sollte. »Was tust du hier?«

Daniel fuhr sich mit der Zunge über die Lippen. »Ich … wollte dich sehen, ehe ich fortgehe. Nach Bologna«, schob er schnell hinterher. »Ich werde dort Medizin studieren.«

Das Mädchen nickte, und ein flüchtiges Lächeln huschte über ihr Gesicht. »Dann bist du lange fort.«

»Einige Jahre.« Daniel starrte sie immer noch an. Verzweifelt suchte er nach Worten, mit denen er das Gespräch fortsetzen konnte, doch er fand keine, die nicht albern oder dumm geklungen hätten.

Das Mädchen hatte den Kopf gesenkt, während ihre feinen Finger durch das Fell der Katze strichen, die behaglich schnurrte. Es schien ihm wie eine Ewigkeit, die sie einfach nur dastanden und schwiegen, bis Daniel schließlich den Blick abwandte.

»Ich muss gehen«, murmelte er. »Leb wohl. Ich ... ich werde an dich denken.« Hastig fuhr er herum. Als er bereits an der Tür war, rief ihn ihre Stimme noch einmal zurück.

»Warte doch!«

Langsam drehte er sich um. Sie stand immer noch auf der hölzernen Stiege, die Finger im Fell der Katze vergraben, aber um ihren bezaubernden Mund zuckte ein Lächeln.

»Ich habe dich beobachtet, auf dem Markt. Du hast auf mich gewartet.« Sie zögerte kurz. »Kommst du zurück?«

Daniel nickte und hob den Blick, und zum ersten Mal wagte er es, ihr in die Augen zu schauen. »Natürlich.«

Bremen, Anfang Mai 1362

Die Liebfrauenkirche war kaum besucht an diesem Nachmittag. Ein Küster wechselte die abgebrannten Kerzen in den Leuchtern des Chorraums, vor dem Marienaltar knieten ein älterer Mann und zwei Frauen, ins Gebet vertieft. Der Duft nach Weihrauch und Wachs hing in der Luft, und nach dem unruhigen Treiben auf den Straßen erschien Henric die Stille im Kirchenschiff fast unwirklich, wie in einer anderen Welt. Rasch schlug er ein Kreuzzeichen und machte ein paar Schritte in den mächtigen Hallenbau hinein. Im Innern der Kirche war es kühler als draußen, doch seltsamerweise fror er nicht.

Es war eine seltsame Unruhe, die ihn hier hertrieb. Bei seinem Besuch bei Petersen hatte er sich einen hartnäckigen Schnupfen eingefangen, der nur langsam abgeklungen war, sodass er in den letzten Wochen viel Zeit zum Nachdenken gehabt hatte, über sich und seinen Vater und über seine Arbeit, wenn er die Grootehus'schen Geschäftsbücher führte. Und über das, was nicht in den Büchern auftauchte.

Vor dem Marienaltar sank Henric auf die Knie. Seine Lippen murmelten ein Gebet, doch die Worte erschienen ihm hohl und leer. Geheuchelt. Vielleicht sollte er endlich seinen Beichtvater aufsuchen und ihm davon berichten, was ihm auf der Seele brannte. Der alte Pater war ohnehin fast blind und taub, er würde ihm einige Gebete auftragen und ein gottgefälliges Leben, ohne wirklich zu verstehen, was Henric ihm erzählen wollte. Für einen Moment hatte er wieder das Bild seiner Mutter vor Augen, ihr ruhiges, schönes Gesicht. Sie hätte ihn gescholten für das furchtsame Schweigen, mit dem er seinen Vater in Schutz nahm. Sie hätte niemals geschwiegen.

Das leichte Klopfen eines Stocks auf den Steinplatten ließ Henric zusammenfahren. Verwirrt blinzelte er in das Zwielicht, bis er Arnulf Grootehus erkannte. Der Alte stand auf seinen Stock gestützt, die sonst so grauen Wangen zu einem erfreuten Lächeln verzogen, und schaute zu ihm herab.

»Ich wollte dich nicht stören, Junge«, hob er beschwichtigend die Hand, als Henric Anstalten machte, sich zu erheben. »Ich habe dich nur gesehen und wollte wissen, ob es dir besser geht.«

»Danke, es geht schon.« Henric lächelte flüchtig. »Ich wollte jetzt sowieso gehen.« Er kam wieder auf die Beine und bekreuzigte sich rasch.

Grootehus sah ihn aufmerksam an, beide Hände auf den Stock gelegt. »Übernimm dich nicht, Junge. Auf ein paar Tage kommt es nicht an. Begleitest du mich ein Stück?« Er deutete mit seinem Stock zum Ausgang. »Ich wollte mir ein wenig die Beine vertreten bei dem guten Wetter.«

Henric schaut auf, nickte dann zögerlich. »Gern«, murmelte er. Bislang hatte Grootehus von sich aus noch nie mehr als ein paar geschäftliche Dinge mit ihm besprochen. Aber der Alte schien heute ungewöhnlich gut gelaunt – und Gesellschaft zu suchen.

Trotz des Frühlingswetters trug der Kaufmann einen schweren Mantel mit Zobelbesatz und eine Pelzmütze. Ein vergnügter Zug umspielte den verkniffenen Mund, als sie die Kirche verließen, und es hätte Henric nicht gewundert, wenn der Alte ein fröhliches Lied vor sich hin gepfiffen hätte. »Gehen wir hinunter zur Schlachte. Ich wollte ohnehin einen Blick auf die Schiffe werfen. Hollemann und Doneldey lassen morgen zwei Koggen mit Korn nach Bergen auslaufen. Die Preise sind zurzeit sehr gut.«

»Mein Vater hat bereits genug Korn aufgekauft, um halb Norwegen zu versorgen. Wenn nichts schiefgeht, treffen die

Schiffe vor Hollemanns Koggen in Bergen ein.« Henric streifte hastig seine Trippen über die Schuhe und bemühte sich, mit dem überraschend sicher ausschreitenden Kaufmann Schritt zu halten. Von der Gichterkrankung war nichts zu spüren, aber Henric hatte mal gehört, dass die Schmerzen in Schüben kamen und wieder gingen.

»Dein Vater ist ein guter Mann. Du solltest achtgeben, was er tut, und vor allem, wie er es tut. Bei ihm kannst du viel lernen.« Grootehus' schlaffe Wangen hoben sich zu einem Grinsen. »Vermutlich wäre er einer meiner erbittertsten Konkurrenten, wenn er nicht mein Partner wäre.«

Henric wich Grootehus' Blick aus. Er sollte dem Alten endlich von den Unregelmäßigkeiten in den Geschäftsbüchern erzählen, beschwor er sich. Aber er konnte nicht. Er war inzwischen sicher, dass das keine Unachtsamkeiten waren, dazu tauchten sie zu oft und zu regelmäßig auf. Doch wenn es kein Versehen war, bedeutete das, dass sein Vater den Alten mutwillig hinterging. Daher nickte Henric nur knapp, die Unterlippe zwischen die Zähne gezogen.

Dem Kaufmann schien sein plötzliches Unbehagen jedoch nicht aufzufallen. »In den nächsten Tagen wird übrigens Lutger eintreffen«, fuhr er gutgelaunt fort, während er im Vorbeigehen einen anderen Ratsherrn begrüßte. »Du bist doch ganz gut mit ihm befreundet, oder?«

»Ja, das waren wir. Ehe er fortging«, sagte Henric schnell und bemühte sich um ein Lächeln, froh, dass das Gespräch eine andere Wendung nahm. »Dann ist seine Lehrzeit beendet?«

»Die wahre Lehrzeit beginnt erst, wenn man sich beweisen muss. Ich werde ihm einige Geschäfte anbieten, an denen er sich versuchen kann. Es wird Zeit, dass er auf eigenen Beinen steht. Gott allein weiß, wann er mich abberuft.« Grootehus seufzte leicht. »Lutger wird übrigens bald heiraten, wenn er zurückkommt. Eine Tochter von Meinold Doneldey. Hübsches Mädchen. Sie wird ihm gefallen.«

»Dann kennt er sie noch nicht?«, fragte Henric. Er staunte

immer noch über die ungewohnte Vertraulichkeit, die der Alte an den Tag legte.

»Aus Kindertagen«, nickte Grootehus. »Sie bringt eine gute Mitgift ein, und als Schwiegersohn der Doneldeys und mein Erbe wird Lutger einer der reichsten Bürger der Stadt sein. Doch um ein Geschäft aufzubauen, braucht er Männer, denen er vertrauen kann. Partner. Am besten Familie oder Freunde, die er ebenso gut kennt wie sich selbst.« Grootehus lächelte und wandte sich Henric zu. Der wässrige Blick des Kaufmanns schien mit einem Mal ungewohnt klar, als er Henric geradewegs in die Augen schaute. »Ich habe dabei an dich gedacht, mein Junge. Du wirst ihn doch unterstützen? Als Freund und Vertrauter? Wie dein Vater mir zur Seite gestanden hat, als ich seiner Hilfe bedurfte?«

Henric schluckte, nickte dann rasch. »Natürlich bin ich sein Freund«, hörte er sich selbst sagen. »Und wenn Ihr wünscht ...«

»Nicht *ich* wünsche, Junge.« Grootehus schnalzte gespielt missbilligend mit der Zunge. »Letztendlich ist es Lutgers Entscheidung. Aber ich werde ihn entsprechend beraten. Und was dich angeht, ich habe mit der Kaufmannschaft gesprochen. Es steht nichts dagegen, dass wir deine Lehrzeit bald beenden. Wenn du noch ein wenig Erfahrung im Kontor gesammelt hast, werde ich Lutger vorschlagen, dass du eine Weile nach Antwerpen gehst. Es ist nicht gut, nur im eigenen Saft zu schwimmen.«

Henric hielt abrupt inne. »Wie meint Ihr das? Wollt Ihr mich ...«

»... zum Gesellen machen, ja.« Grootehus nickte zufrieden. »Von mir kannst du nicht mehr viel lernen. Den letzten Schliff wirst du dir in der wahren Lehrzeit holen.

Henric starrte den Alten ungläubig an. Geselle – das war ihm bislang so unendlich weit weg erschienen. »Ist es nicht zu früh dafür?«

»Keineswegs. Du bist zu bescheiden, Junge.« Grootehus

klopfte ihm aufmunternd auf den Rücken. »Ein Kaufmann darf vieles sein, aber nicht zu bescheiden. Sonst wird er nur übers Ohr gehauen. Das Geschäft ist kein Zuckerschlecken, und die Raubtiere lauern überall. Umso wichtiger ist es, zuverlässige Partner zu haben. Ehrlichkeit und Zuverlässigkeit kann man nicht überprüfen, wenn die Handelspartner fernab in Bergen oder Antwerpen mit meinem Geld Geschäfte machen. Aber es zahlt sich aus. Und glaube mir, Junge, ich habe eine Nase für solche Dinge.« Er tippe mit dem Knauf seines Stocks an seine Nasenspitze und zwinkerte Henric verschwörerisch zu. »Ich bin mir sicher, dass Lutger in dir einen ebenso zuverlässigen Partner haben wird wie ich in deinem Vater. Aber eins merke dir, Junge.« Er beugte sich etwas vor und blickte Henric eindringlich an. »Es ist verlockend, die Schwäche anderer auszunutzen und schnelles Geld anzuhäufen. Oft geht es auch gut, und man kann jahrelang so fortfahren, bis man irgendwann satt und reich im Kreise seiner Lieben sein Leben beendet, geachtet und bewundert für das, was man erreicht hat. Aber unser oberster Richter lässt sich nicht täuschen, und wer nicht zu Lebzeiten tugendhaft gehandelt hat, für den ist es im Jenseits zu spät. Aufrichtigkeit und Ehrlichkeit stehen auch einem Kaufmann gut zu Gesicht. Ehrlichkeit, Henric, ist die Tugend, auf der sich mein Erfolg gründet. Sei ehrlich, aber hart in Verhandlungen. Behandele deine Leute gut, dann hintergehen sie dich nicht. Und sei sparsam, aber immer großzügig denjenigen gegenüber, die auf deine Gnade angewiesen sind – barmherzig. Dann wird Gott deine Mühen belohnen.«

Henric nickte nur stumm.

*

Lutger kehrte zwei Tage später zurück. Hätte Henric ihn zufällig auf der Straße getroffen, hätte er ihn wahrscheinlich kaum erkannt. Aus dem dünnen Jüngling mit den viel zu langen Armen und Beinen war ein kräftiger, junger Mann geworden, mit einem Kreuz, das jedem Lastknecht Ehre gemacht hätte. Das goldblonde Haar trug er kinnlang, und auf den Wangen ließ er sich einen feinen Bart stehen, der einen seltsamen Kontrast zu dem verschmitzten Lächeln bildete, das seine Lippen fast unaufhörlich umspielte. Die Kleidung war aus teurem, italienischem Tuch und bunt, wie es wohl seit neuestem Mode war. Einzig seine lebhaften Augen, die ein wenig zu weit auseinanderstanden, erinnerten Henric noch an den Freund, der vor gut drei Jahren aufgebrochen war, um auf Geheiß seines Vaters in Lübeck das Handwerk eines Kaufmanns zu lernen.

Grootehus hatte Lutger freudig in die Arme geschlossen, als er plötzlich in der Diele stand und die Knechte anwies, sein Gepäck in die Kammer zu bringen, die er früher bewohnt hatte. Agnes hielt sich still im Hintergrund und trat erst auf Aufforderung ihres Gatten hervor, um ihren Stiefsohn mit einem steifen Kuss auf die Wange zu begrüßen. Doch wenn es dem Alten aufgefallen war, so überspielte er es geschickt und wies die Magd an, einen Krug Bier zu bringen, um auf die Rückkehr seines Sohns und Erben anzustoßen.

Lutger nahm sich kaum Zeit, Lambrech zu begrüßen, ehe er Henric um den Hals fiel und ihm einen Knuff in die Rippen versetzte. »Bei allen Heiligen, ich hätte dich kaum erkannt! Da schaue ich mich nach einem schlaksigen Jungen um und vergesse dabei ganz, dass bei euch die Zeit ja auch nicht stehengeblieben ist! Gut siehst du aus, Henric!«

»Du auch, Lutger.« Henric erwiderte das Lächeln. Er war erleichtert, wie unkompliziert das Wiedersehen ausfiel. Zwei Worte, und es war alles wieder so wie damals, ehe Lutger fortgegangen war.

»Du solltest mal nach Lübeck reisen«, plauderte Lutger weiter, während er Henric in Richtung Tisch schob. »Dagegen ist unser Bremen alt und muffig. Fast überall bauen sie mit Stein, und in den Kontoren werden Waren von Venedig bis Nowgorod gehandelt. Pelze und Bernstein, Brokat und italienische Weine. Und Hering.« Lutger verzog gespielt das Gesicht. »Wenn du jeden zweiten Tag Heringsfässer verlädst, kannst du bald keinen Hering mehr sehen. Es stinkt alles danach, die Kleidung, die Haare, die Haut …«

»Deshalb schaffen wir den Hering auch nach England und nehmen stattdessen Tuch auf, das stinkt nicht«, ließ sich der alte Grootehus vernehmen, der inzwischen Platz genommen hatte. Er klopfte mit dem Knauf seines Stocks auf die Tischplatte, ein untrüglicher Befehl zum Setzen. Die junge Magd, die seit ein paar Tagen im Haus arbeitete, eilte mit einem Krug Bier und einigen Bechern herbei, die sie auf dem Tisch abstellte. Henrics Blick folgte ihr, als sie wieder in der Küche verschwand. Frauke hieß sie, eine Friesin mit einem etwas zu breiten Mund und Grübchen, die sich beim Lachen bildeten. Und sie lachte viel und gern, ein süßes Lachen, das Henric vom ersten Moment an aufgefallen war.

»Erst gestern ist eine Ladung Laken eingetroffen«, unterbrach Grootehus' Stimme seine Gedanken. »Ein Teil davon ist bereits verkauft. Gut verkauft. Für den Erzbischof kann's nicht teuer genug sein. Das bringt mehr Gewinn als alle Spielereien, die sich nett anhören, aber nur der Eitelkeit und Neugier dienen. Gegen Wind und Wetter schützen englische Loden besser als das feine Zeug, das die Italiener mitbringen. Die Wolle ist fett und dicht, genau das Richtige, um einen erzbischöflichen Hintern warm zu halten.«

»Spielereien!« Lutgers Mundwinkel zuckten amüsiert, während er nach dem Bierkrug langte und ungefragt einschenkte. »Wer nichts wagt, bleibt ewig auf der Stelle stehen. Und irgendwann stellt man fest, dass die Welt einen überrollt hat.« Schwungvoll schob er Henric einen Becher hinüber, sodass das Bier über den Rand schwappte. »Ihr wart lange nicht mehr draußen, Vater. Sonst wüsstet Ihr, dass sich die Nachfrage geändert hat. Was handelt Ihr? Pelze, habe ich gehört, und Hering, Bier, Korn und Tuch. Wer Geld hat, gibt es nicht für

Bremer Bier oder Korn aus. Wenn Ihr wirklich Gewinn machen wollt, dann müsst Ihr auch auf andere Waren setzen. Gründet eine Handelsgesellschaft und schafft italienischen Wein nach Bremen. Und Glas aus Murano. Und … Bernstein! Sucht Euch einen Partner in Lübeck und holt Bernstein von der Ostsee hierher. Man wird es Euch aus den Fingern reißen.«

»Oder mich für meine Torheit auslachen«, erwiderte Grootehus trocken. »Ich habe einen Partner, mit dem ich Schonen und Reval anfahre. Vom Bernstein lassen wir trotzdem die Finger.«

»Das ist, mit Verlaub gesagt, dumm.«

Grootehus hob eine Braue. »Vergiss nicht, dass es immer noch mein Geschäft ist, Junge. Ich habe es aufgebaut, mit Mut und Fleiß, aber nicht, indem ich mich tollkühn in windige Geschäfte stürze, die mich mehr kosten, als sie einbringen.«

»Wein und Bernstein sind solide Geschäfte!«

»Hast du durchgerechnet, was dich der Transport italienischen Weins auf Karren kosten würde? Ganz abgesehen von dem Risiko, dass deine teuren Fässer irgendwo verlorengehen könnten?«

»Das gleiche Risiko tragt Ihr bei jeder Kogge, die Ihr nach Bergen schickt.«

»Ein Risiko, das ich kalkulieren kann. Und mit dem ich kalkuliere.«

»Das könnt Ihr mit Fuhrwerken genauso gut«, beharrte Lutger. Sein Blick fing für einen Moment den Henrics, doch der verbarg sich hastig hinter seinem Bier, in der Hoffnung, nicht nach seiner Meinung gefragt zu werden.

»Wir dürfen nicht ewig auf unserem Korn und unseren Heringen sitzenbleiben, Vater«, sagte Lutger eindringlich. »Wenn ich eins in Lübeck gelernt habe, dann, dass ein Kaufmann bereits bankrott ist, wenn er sich auf dem ausruht, was er hat. Wir müssen unser Geld arbeiten lassen.«

»Wie wir *mein* Geld arbeiten lassen, ist immer noch meine Entscheidung«, unterbrach ihn Grootehus ungewohnt barsch, sodass Agnes, die neben ihrem Mann hockte, erschrocken hochsah. Seine Augen blitzten. »Ich fahre fast alle Häfen entlang der Nordsee an! Ich weiß, was ich tue!«

»Ihr bleibt bei dem, was Ihr immer getan habt«, konterte Lutger hartnäckig. »Schickt jemanden nach Venedig oder Florenz und lasst Euch selbst ein Bild machen. Ich kenne dort jemanden, der …«

»Ach, daher weht der Wind.« Grootehus' Brauen hatten sich finster zusammengezogen. »Du willst nach Italien?«

»Ja.« Lutger lehnte sich zurück, die Arme vor der Brust verschränkt, die Unterlippe trotzig vorgeschoben – eine Geste, die Henric noch von früher an ihm kannte. »Ich will nach Italien. Um dort zu lernen. Die Italiener sind uns in vielem voraus. Ich kann dort viel mehr lernen als bei allen Kaufleuten Lübecks zusammen! Gebt mir etwas Geld, und ich werde es Euch beweisen. In einem Jahr zahle ich es Euch doppelt zurück.«

Eine Weile maßen sich die beiden mit Blicken, bis Grootehus schließlich harsch sagte: »Nichts wirst du tun. Du bist mein Erbe, der einzige, der mir geblieben ist. Und du wirst hierbleiben und lernen, was dich erwartet, wenn unser Herr mich zu sich ruft! Morgen wird Suterman dir alles zeigen, und dann wirst du dich bei Doneldey vorstellen und um die Hand seiner Tochter anhalten. Ich habe nicht drei Jahre auf dich gewartet, nur damit du gleich wieder nach Italien aufbrichst!« Grootehus atmete heftig, als er geendet hatte, und starrte seinen Sohn an, der wütend zurückfunkelte. Dann sprang Lutger auf und packte seine Kappe.

»Ich bin an der Schlachte«, verkündigte er knapp. »Heringe zählen!«. Die Tür knallte hinter ihm ins Schloss.

Der Alte sank auf seinem Stuhl zusammen und seufzte tief. Sein Gesicht schien mit einem Mal noch grauer als sonst.

»Henric, geh ihm nach«, wies er müde an. »Erklär es ihm. Damit er versteht.«

Henric nickte und erhob sich eilig. Als er nach seinem Mantel griff, fiel sein Blick auf seinen Vater. Lambrech hatte dem ganzen Streit stumm beigewohnt, und auch jetzt schien er nachdenklich, das Kinn auf die Finger gestützt und den Blick in die Ferne gerichtet. Doch in seinen Mundwinkeln zuckte ein unbestimmtes Lächeln, zu fein, als dass es Grootehus bemerken würde, aber Henric kannte seinen Vater. Und er ahnte, worüber er nachdachte.

Hastig warf er sich den Mantel über die Schultern und beeilte sich, seinem Freund zu folgen.

Lutger lehnte an der Hauswand und hob den Kopf, als Henric auf die Straße trat. Ein schmales Lächeln huschte über sein Gesicht, verschwand aber gleich wieder. »Hat mein Vater dich geschickt, um auf mich aufzupassen?«

Henric schüttelte den Kopf und überging den bitteren Unterton in Lutgers Stimme. »Ich soll dir erklären, wie das Geschäft läuft.«

Lutger lehnte den Kopf zurück an die Backsteinmauer und stieß einen tiefen Seufzer aus. »Wozu schickt er mich fort, damit ich anderswo lerne, wenn er nicht einen Fingerbreit von dem abweichen will, was er immer schon getan hat?«

Henric hob die Schultern und ließ sie wieder fallen. Was sollte er Lutger darauf auch antworten? Er selbst hatte deutlich weniger Ahnung vom Handelsgeschäft als der Freund und kannte nur das, was er tagtäglich im Kontor mitbekam.

Lutger schien auf eine Antwort zu warten, schüttelte dann aber den Kopf, ehe Henric etwas erwidern konnte, und stieß sich von der Wand ab. »Soll nicht dein Problem sein«, murmelte er. »Es ist schön, dich wiederzusehen. Wenigstens ein Gesicht, das noch genauso ist, wie ich es in Erinnerung hatte. Sag, läuft das Geschäft denn wirklich?«, erkundigte er sich, nachdem sie ein wenig die Straße entlanggegangen waren und sicher sein konnten, dass man sie vom Kontor aus nicht mehr hören konnte.

»Ganz gut. Dein Vater zählt zu den wohlhabendsten Kaufleuten der Stadt. Er hat gute Partner in Antwerpen und Bergen, und er ist misstrauisch genug, sich nicht übers Ohr hauen zu lassen.«

»Er oder Lambrech? Seien wir doch ehrlich, Henric. Dein Vater ist es, der dafür sorgt, dass die Geschäfte laufen. Trotz der Verbohrtheit des Alten.« Lutger schüttelte den Kopf und seufzte. »Vermutlich könnte er das Doppelte oder Dreifache erwirtschaften, wenn der Alte nicht so stur wäre. Aber das war ja schon immer so.«

»Dein Vater geht keine Risiken ein«, wandte Henric vorsichtig ein. »Er weiß, was wie viel Gewinn abwirft, und damit rechnet er.«

»Henric!« Lutger hielt abrupt inne und drehte sich zu ihm um. »Genau das habe ich gerade schon einmal gehört. Keine Risiken, nur das, was man kalkulieren kann … Glaubst du wirklich, dass das ein Handelshaus auf Dauer reich machen kann?«

»Dein Vater war zumindest recht erfolgreich damit.«

»War«, betonte Lutger missmutig. Er legte den Kopf in den Nacken, atmete tief durch und versetzte Henric dann einen freundschaftlichen Knuff. »Lassen wir das. Es gibt spannendere Dinge. Hast du eigentlich ein Mädchen?«

»Ich?« Henric starrte ihn einen Moment lang verdattert und ziemlich überrumpelt an. »Wieso …«

»Na, ich dachte nur. Wegen der Kleinen vorhin.« Lutger zwinkerte ihm zu.

Henric spürte, wie er mit einem Schlag rot wurde. Sicher bemerkte er die Blicke, die Frauke ihm zuwarf, aber es gehörte sich nicht und würde nur Ärger machen, wenn er mit ihr anbandelte. Dennoch konnte er nicht verleugnen, dass er immer wieder danach horchte, ob er ihre Schritte auf der Diele hörte.

Lutgers Grinsen wurde noch eine Spur breiter, aber zu Henrics Erleichterung hakte er auf sein verlegenes Gestammel hin nicht weiter nach. »Kennst du das Ding eigentlich, das mein Vater für mich ausgesucht hat?«, fragte er stattdessen.

Henric schüttelte den Kopf. »Er hat mir davon erzählt, aber ich habe sie noch nicht gesehen.«

»Schade. Sonst hättest du mir vielleicht sagen können, ob es sich lohnt zu bleiben oder ob ich besser rechtzeitig fliehen sollte.« Lutger lachte, wurde dann aber sofort wieder ernst. »Sag, Henric, was würdest du tun? Wenn du eine Frau heiraten müsstest, die du gar nicht willst? Weil sie hässlich ist oder Warzen hat oder ... du eine andere liebst?«

»Ich weiß es nicht.« Henric überlegte kurz. »Davon bin ich noch weit entfernt. Ich müsste sowieso erst einmal dafür sorgen, dass ich Frau und Kinder ernähren könnte.«

»Du bist immer so verflucht vernünftig. Vielleicht sollte ich dir mal ein paar Mädchen vorstellen. Ist die Tochter der Wirtin aus dem Bären immer noch so hübsch?«

»Lutger ...« Henric blieb stehen. »Hör bitte auf.«

»Oh, entschuldige.« Lutger hob abwehrend die Hände, doch das verschwörerische Zwinkern, das er Henric zuwarf, strafte seine Abbitte Lügen. »Aber du hast recht, ich sollte damit aufhören. Schließlich muss *ich* eine warzennasige, flachbrüstige Doneldey heiraten, nicht du. Komm, lass uns zur Schlachte gehen, und du erzählst mir unterwegs ein wenig von Vaters Geschäften. Darüber redest du wohl lieber als über Mädchen.«

»Ach, halt doch den Mund«, grummelte Henric, aber er konnte nicht verhindern, dass er erneut rot wurde.

Bremen, Mitte Mai 1362

»Du isst wenig.«

Daniel schreckte auf, als ihn die Stimme seines Vaters aus den Gedanken riss. Ein flüchtiges Lächeln huschte über sein Gesicht, und er legte hastig den Löffel zur Seite, mit dem er schon eine ganze Weile in der Grütze herumgerührt hatte. »Ich habe keinen Hunger«, log er.

Lambrech hob eine Augenbraue. »Das Fasten scheinen sie dir ja recht erfolgreich beigebracht zu haben. Oder hast du vor der Messe heimlich etwas aus der Küche stibitzt?«

Daniel schüttelte den Kopf und presste die Lippen zusammen, während er den Löffel wieder aufnahm und widerwillig in den grauen Brei eintauchte. Es war wie immer, er wusste, warum er den Besuch bei seiner Familie so lange aufgeschoben hatte. Er hatte den Sonntag abgewartet, bis sein Vater und Henric ohnehin die Messe besuchten, um sie vor der Kirche abzupassen. Lambrech hatte ihn eingeladen, gemeinsam mit ihnen zu essen, aber Daniel war der verwunderte Blick nicht entgangen, mit dem er ihn gemessen hatte. Es überraschte Daniel nicht. So selten, wie er sich seit dem Tod der Mutter zu Hause blicken ließ, musste sein Vater zwangsläufig davon ausgehen, dass er nur kam, weil er nun etwas von ihnen wollte.

Entsprechend gespannt war die Stimmung in der Stube. Sogar Mette schien das zu spüren. Anders als sonst saß sie still da und schaute mit ihren großen Kinderaugen von einem zum anderen. Sie war gewachsen, seit er sie das letzte Mal gesehen hatte, stellte Daniel fest, ein bildschönes Mädchen mit blonden Ringellocken, die ihr immer wieder ins Gesicht fielen. Fast bedauerte er es, dass er seine kleine Schwester so selten sah, aber sie häufiger zu besuchen würde bedeuten, auch seinen Vater häufiger sehen zu müssen, und darauf legte er wenig Wert.

»Warum bist du nun tatsächlich hier?« Lambrech hatte den Napf mit der Grütze von sich weggeschoben und musterte ihn. »Hast du Ärger?«

»Nein, überhaupt nicht.« Daniel schüttelte hastig den Kopf und zwang sich zu einem unverbindlichen Lächeln. »Im Gegenteil. Es läuft alles gut. Ich wollte mich verabschieden.«

»Verabschieden?« Lambrech schien einen Augenblick ernsthaft verblüfft. »Hat man dich in das Gefolge des Bischofs berufen?«

»Nein, ich ...« Daniel stockte, auf der Suche nach den richtigen Worten. Er bemerkte, dass auch Henric seinen Löffel beiseitegelegt hatte und verwundert die Stirn runzelte. Daniel holte tief Luft. Am besten sagte er es freiheraus.

»Ich gehe nach Bologna«, erklärte er und sprach gleich weiter, ohne seinem Vater Gelegenheit zu geben einzuhaken. »Ich werde dort Medizin studieren und nach meiner Rückkehr als Chorherr in das Kapitel aufgenommen. Ich bin einige Jahre fort, so bald wie möglich breche ich auf.«

Er verstummte, als er Lambrechs Blick bemerkte. Daniel kannte das verräterische Zucken in den Augenwinkeln seines Vaters.

»Bologna ...« Lambrech sprach das Wort gedehnt, als müsse er es sich erst auf der Zunge zurechtlegen. Seine Miene verriet mit keiner Regung, was er dachte, als er Daniel musterte. »Eine weitreichende Entscheidung«, bemerkte er schließlich. »Aber es ist erfreulich, dass der Bischof dich zu schätzen scheint.«

»Der Bischof hat damit nichts zu tun«, widersprach Daniel rasch. »Das ist eine Entscheidung des Kapitels. Anselm war Leibarzt des alten Bischofs. Mit dem neuen hat er nichts zu tun.«

»Du willst mir erklären, dass das Kapitel dich ohne Absprache mit dem Bischof zum Studieren schickt?« Lambrech runzelte die Stirn. »Und dann gehst du tatsächlich davon aus, bei deiner Rückkehr Domherr zu werden?«

»Der Bischof sitzt in Bremervörde und interessiert sich einen Dreck für die Stadt! Das Kapitel braucht Ärzte, wenn Anselm stirbt.«

»Du bist ein Esel, Daniel.« Sein Vater sah ihn fast mitleidig an, doch seine Augen funkelten plötzlich von mühsam unterdrücktem Zorn. »Erkennst du nicht, dass du nichts als ein Spielball bist? Es geht nicht um dich. Es geht um Macht und wer was durchsetzen kann! Du solltest dich lieber an den Bischof halten, anstatt dich auf einen alten Domherrn zu verlassen, der seinen Einfluss schwinden sieht. Anselm benutzt dich, nichts weiter! Und du Esel fühlst dich auch noch gebauchpinselt.«

»Ihr habt keine Ahnung, wovon Ihr redet!« Daniel sprang auf und stieß dabei an den Tisch, sodass die Schalen ins Wanken kamen. Mette heulte erschreckt auf. »Bleibt bei Eurem Hering oder was immer Ihr auf Euren Koggen um die Welt schafft! Ihr habt Euch nie auch nur einen Pfennig um mich geschert! Erzählt mir also nicht, was richtig wäre!« Er war ein Narr gewesen, anzunehmen, dass Lambrech seine Vorbehalte gegenüber dem Kapitel vergessen und sich für ihn freuen würde.

»Ich bin dann in ein paar Jahren zurück«, sagte er trotziger, als ihm lieb war, während er seine Trippen aufklaubte und umständlich hineinschlüpfte. »Lebt wohl.«

Als er auf der Schwelle stand, wartete er einen kurzen Moment, ob noch irgendetwas kommen würde, doch sein Vater schwieg.

Daniel knallte die Tür hinter sich zu.

*

Henric bemühte sich redlich, den Nachmittag mit nützlichen Dingen zu vertun, aber letztendlich lief es darauf hinaus, dass er mit Mette zur Schlachte ging. Obwohl heute nicht gearbeitet wurde, war das Mädchen begeistert von den Koggen, die hier vor Anker lagen und sich sanft in der Dünung des Flusses wiegten. Geduldig erzählte Henric seiner kleinen Schwester, was er über die Schiffe und die Häfen, die sie anliefen, wusste, und stellte einmal mehr fest, dass es viel zu wenig war. Vielleicht sollte er Lutger bitten, ihm das eine oder andere beizubringen. Er bewegte sich wie selbstverständlich in der Welt der Patrizier und Fernhändler, während Henrics Horizont kaum über den Rand seines Schreibpults hinausreichte.

Als sein Vater zur Vesper immer noch nicht zurück war, ließ Henric Mette bei der alten Magd zurück und machte sich auf den Weg zum Grab seiner Mutter. Jetzt gegen Abend war es kühler geworden, und trotz der Sonne fröstelte Henric in dem Wind, der durch die Gassen strich.

Den Mantel eng zusammengezogen, betrat Henric den Kirchhof und wandte sich nach rechts, wo sich die neueren Gräber befanden. Eine Ratte huschte beiseite und verschwand raschelnd unter einem Busch, und aus der Kirche drang gedämpft der Gesang der Chorschüler zu ihm heraus.

Henric schlug ein Kreuzzeichen und murmelte ein kurzes Gebet, ehe er seinen Weg zwischen den Gräbern fortsetzte. Er kam nicht oft hierher, aber er wusste, dass sein Vater sich an diesen Ort zurückzog, wenn er allein sein wollte.

Tatsächlich entdeckte er Lambrech im Schatten der Mauer, an der der Gedenkstein für seine Mutter lehnte. Sein Vater stand dort, regungslos, als sei er selbst nur eine Statue, die über die Ruhe der Toten wachte.

Henric verlangsamte seine Schritte, blieb schließlich stehen und wartete, doch Lambrech schien ihn nicht zu bemerken. Einen Moment lang spielte er mit dem Gedanken, einfach wieder zu gehen, doch dann zog er die Schultern zurück und räusperte sich leise.

Es dauerte einen Moment, bis Lambrech den Kopf wandte und zu ihm hinübersah. Henric entging nicht der Anflug von Ärger, der in seinen Augen aufblitzte.

»Ich habe Euch gesucht«, erklärte er schnell, ehe sein Vater etwas sagen konnte.

»Ich sehe es.« Die Stimme seines Vaters klang ruhig, aber Henric wusste, dass das oft täuschen konnte. »Ist etwas geschehen?«

»Nein, ich habe mich nur gewundert, dass Ihr noch nicht zurück seid.«

Sein Vater nickte langsam. In einer andächtigen Geste ließ er die Finger über den rauen Stein streichen, dann hob er den Kopf. »Lass uns zurückgehen«, sagte er knapp und trat an Henric vorbei.

Henric blieb wie angewurzelt stehen. Sein Blick hing an dem Stein, den ein Steinmetz recht kunstvoll behauen hatte. Lambrech hatte damals keine Kosten geschaut, um seiner Gemahlin ein würdiges Andenken zu verschaffen.

»Vater?«

Lambrech hielt inne. »Was ist noch?«

»Wegen Daniel …« Henrics Zunge glitt über seine Lippen, während er überlegte, wie er am besten fragen sollte. »Ihr habt ihn doch seit Jahren kaum gesehen. Warum beschäftigt Euch sein Weggehen so sehr?«

Für einen Moment spiegelte sich Erstaunen auf Lambrechs Gesicht, vermutlich, weil er die Frage nicht erwartet hatte. Doch anstelle der harschen Erwiderung, mit der Henric insgeheim gerechnet hatte, nickte er anerkennend. »Du hast eine gute Beobachtungsgabe. Mitunter«, schränkte er gleich wieder ein. »Erinnerst du dich an den Tag, an dem deine Mutter gestorben ist?«

Henric nickte langsam.

»Sie hat euch damals ein Versprechen abgenommen. Ein Versprechen, das deinem Bruder offensichtlich wenig bedeutet.«

Lambrech öffnete die Hand, und Henric erkannte das Bernsteinkreuz, das seine Mutter früher getragen hatte.

»Warum habt Ihr das?«, fragte er tonlos. »Ich dachte, es hätte sie ins Grab begleitet.«

»Es war ein Geschenk, das ich ihr zur Hochzeit gemacht habe. Sie hat es mir zurückgegeben, ehe sie gestorben ist, als Ermahnung daran, den Schwur zu achten, den ihr euch gegeben habt.«

Henric starrte auf das Schmuckstück, streckte dann zaghaft die Hand aus und berührte mit den Fingerspitzen die feingearbeitete Schnitzerei. Es fühlte sich eigentümlich warm an, wie von einem glimmenden Feuer erfüllt.

»Was habt Ihr denn von Daniel erwartet?«, fragte er leise. »Er war doch ohnehin der Kirche versprochen.«

»Die Kirche ist ein mächtiger Spieler.« Lambrech zog die Hand mit dem Kreuz wieder zurück. »Du glaubst doch nicht, dass das Kapitel und die Bischofskurie frei von Verflechtungen sind. Es gibt kaum eine Patrizierfamilie, die nicht einen Sohn unter den Domherren oder Vertrauten des Bischofs hat.«

»Dann müsste es Euch doch recht sein, wenn man Daniel für eine höhere Karriere ausersehen hat.«

Lambrech kräuselte verächtlich die Lippen. »Daniel lässt sich hin- und herschieben wie eine Schachfigur und ist auch noch stolz darauf. Was zählt das Wohlwollen eines Domherrn, wenn er den Erzbischof für sich gewinnen könnte? Albrecht von Braunschweig steht gegen Kapitel und Bürgerschaft ziemlich alleine da. Die Kaufleute sind wenig begeistert, unserem Hirten seine Seidengewänder und Huren zu finanzieren, und dem Kapitel geht es ähnlich. Albrecht braucht Leute, die ihn unterstützen, und er ist großzügig gegenüber seinen Verbündeten. Daniel wäre es bei seinem Geschick sicher bald gelungen, sich unentbehrlich zu machen. Und damit für uns nützlich.«

»Was meint Ihr damit?«

»Nützlich für dich und mich«, erklärte Lambrech ungeduldig. »Stattdessen lässt er sich zum Spielball machen und geht fort, obwohl es gerade jetzt wichtiger wäre denn je, dass er bliebe. Es wird viel geschehen in den nächsten Jahren, Henric, und ich hatte auf ihn gezählt.«

Henric nickte langsam. »Was hätte er denn für Euch tun können? Grootehus hat doch sicher eigene Verbindungen zum Kapitel und zur Kurie.«

»Es geht nicht um Grootehus.« Lambrechs Blick wanderte wieder zu dem Grabstein, dann sah er Henric an. Ein bitterer Zug lag auf seinem Gesicht. »Unsere Familie hatte es früher nicht nötig, den Steigbügelhalter für einen gichtigen Greis zu spielen. Suterman war ein guter Name. Mein Vater fuhr von Hamburg aus noch nach Visby und Schottland, Bergen und London. Und er brachte Bernstein ins Reich. Klaren, kostbaren Bernstein, den Könige und Fürsten kauften. Dann machte er einen Fehler. Er ließ sich übers Ohr hauen, verlor sein Vermögen und endete im Schuldturm, wo er irgendwann umgekommen ist oder immer noch schmachtet. Ich habe Hamburg damals verlassen und bin nach Bremen gegangen, weil es mir besser erschien, neu anzufangen, als zu versuchen, auf den Ruinen des Geschäfts Halt zu finden. Ich hatte kein Geld und keinen Namen mehr, der mir Kredite verschafft hätte, also habe ich bei Grootehus angefangen, anfangs als Gehilfe und Verwalter, später als Partner. Ich habe deiner Mutter versprochen, dafür zu sorgen, dass wir eines Tages wieder dort sein werden, wo wir einmal waren.« Lambrechs Blick wurde eindringlicher. »Ihr seid meine Söhne. Es ist unser gemeinsames Ziel, Henric. Eines Tages wirst du erben, was ich aufgebaut habe, und vielleicht an meiner statt im Rat sitzen.«

»Aber … was kann ich dafür tun?«

»Dich immer daran erinnern, was du deiner Mutter geschworen hast«, antwortete Lambrech knapp. Er trat ein paar Schritte zurück. »Deine Mutter wusste von meinen Zielen. Sie hat sie immer gutgeheißen. Daher auch der Bund, den sie euch abverlangt hat. Sie *wollte,* dass wir gemeinsam zurückerlangen, was man uns entrissen hat.« Lambrechs Hand wanderte wieder zu der Gürteltasche, zog die Kette erneut hervor. Einen Moment betrachtete er sie versonnen, dann hielt er sie Henric hin.

»Nimm sie«, forderte er ihn auf. »Behalte sie und erinnere dich immer daran, was du versprochen hast. Du wirst mich nicht auch noch verraten.«

Henric starrte ungläubig auf die Kette, dann blickte er auf. »Das … werde ich«, sagte er leise.

*

Christine hatte die Hände in den Schoß gelegt und versuchte, nicht da zu sein. Stumm starrte sie auf die halbgeleerte Schale mit dem Braten, der inzwischen längst kalt geworden war, ebenso wie der Rest des fürstlichen Mahls, das die Magd zur Feier des Tages aufgetischt hatte. Aber weder ihr Vater noch ihr Oheim schienen sich darum zu scheren. Sie taten das, was sie fast immer taten, wenn sie aufeinandertrafen – sie stritten. Und das in einer Lautstärke, dass Federchen längst hinter dem Ofen verschwunden war und die Mägde sich schleunigst in den Hinterhof verzogen hatten, als gäbe es dort heute besonders viel zu tun.

Ihr Oheim saß auf dem Stuhl am Kopfende des Tischs und hatte die Arme verschränkt, während er seinen Bruder mit finster umwölbter Stirn anfunkelte. Ihr Vater war aufgesprungen und marschierte mit ausladenden Schritten durch die Diele, um an der Tür wieder herumzufahren. Sein Gesicht war hochrot angelaufen, und seine Finger griffen immer wieder in den Kragen, als wolle er ihn sich jeden Augenblick vom Hals reißen.

Erst gestern Nachmittag war ihr Oheim unerwartet eingetroffen, nachdem Sievert Petersen endlich das geforderte Lösegeld hatte zahlen können. Christine hatte ihn kaum erkannt. Sie hatte immer noch den stämmigen, gutgelaunten Mann mit spöttisch blinzenden Augen und unbändigen, rotblonden Locken vor Augen, der er gewesen war. Doch Zähne und Haare waren ihm ausgefallen, und was noch an Büscheln auf der fleckigen Kopfhaut geblieben war, hatte die Farbe von schmutziggrauem Spülwasser. Er war hager geworden, was unter seiner viel zu weiten Kleidung besonders auffiel. Tiefe Furchen hatten sich zwischen Nase und Mund gegraben und verliehen ihm einen verhärmten, harten Ausdruck. Dennoch war er erstaunlich guter Stimmung und streitwillig genug, um ihrem Vater die Stirn zu bieten.

»Du bist undankbar, Thade«, fuhr Sievert herum und starrte seinen Bruder aus verengten Augen an. »Seit Jahren setze ich alles in Bewegung, um dich aus diesem Kerkerloch zu befreien, und du kommst hierher und machst mir Vorwürfe!«

»Soll ich vor dir auf die Knie fallen?« Thades Stimme triefte vor bissigem Spott. »Ich kann auch gleich wieder meine Sachen packen und nach Reval reisen oder wo immer du mich brauchst. Dann musst du dir nicht anhören, was ich von diesem aufgeblasenen Kerl halte, der euer neuer Erzbischof ist.«

»Versündige dich nicht«, erwiderte Sievert scharf. »Außerdem ist er auch dein Bischof.«

»Bedauerlicherweise.« Thade löste mit einem tiefen Seufzer die Arme und erhob sich ächzend. »Du wirst es nicht hören wollen, Sievert, aber dieser aufgeblasene Einfaltspinsel wird uns noch alle ruinieren. Glaubt nicht, dass ihr leichtes Spiel mit ihm haben werdet. Er wird sich nicht so einfach lenken lassen wie sein Vorgänger.«

»Er wird sich damit abfinden, wie es ist«, erwiderte Christines Vater brüsk. »Am besten reist du so schnell wie möglich wieder ab und machst dich nützlich, anstatt uns mit deinem Geunke aufzureiben.«

»Keine Sorge.« Thade lächelte, aber es wirkte unecht und eine Spur zu giftig. »Du wirst mich nicht länger als notwendig beherbergen müssen. Aber wenn du jetzt so freundlich bist und mich in Ruhe diesen köstlichen Braten essen lässt? Es wäre Verschwendung, ihn verkommen zu lassen.«

»Lass es dir nur schmecken. Ich werde derweil ein wenig Luft schnappen. Vielleicht sollte ich auch an der Schlachte vorbeischauen, ob meine Ware sicher in den Speichern liegt. Schließlich bezahle ich damit ja dein Lösegeld!«

Die Tür krachte hinter Sievert ins Schloss.

Thade blickte dem Bruder eine Weile nach, dann ließ er sich wieder auf seinen Stuhl fallen und langte nach seiner Schale. »Isst du nichts, Kleines?«

Christine lächelte flüchtig. »Ich habe keinen Hunger. Verzeiht bitte, aber ich möchte mich auch zurückziehen.«

»Ich scheine wahrlich nicht willkommen zu sein«, stellte Thade nüchtern fest.

»Natürlich seid Ihr willkommen«, versicherte Christine hastig. »Ich bin nur etwas müde.«

»Dann geh schon, Kind. Der Braten mundet mir auch, wenn ich ihn ohne Gesellschaft esse – soweit meine verbliebenen Zähne ihn noch beißen können.« Er verzog den Mund zu einem schiefen Grinsen.

Christine nickte und erhob sich, lief die Treppe hinauf in ihre Kammer.

Es war heiß heute, und die Luft staute sich in dem engen Raum, sodass Christine die Fensterläden aufstieß und einen Moment den frischen Wind genoss. Dann ließ sie sich auf ihrem Bett nieder und holte die Kassette hervor, in der sie ihre wenigen Habseligkeiten aufbewahrte. Es war nicht viel, ein Buch, das die Äbtissin ihr zum Abschied geschenkt hatte, zwei bunte Seidenbänder und ein paar Münzen. Sacht ließ sie die Bänder durch die Finger gleiten und bewunderte die Farben, die im Sonnenlicht noch kräftiger erschienen. Sie erinnerte sich noch gut, wie sie sie gekauft hatte, an einem jener Tage, an dem der blonde Junge auf dem Brunnen gesessen und sie beobachtet hatte.

Mit einem bedauernden Seufzer legte sie die Bänder zurück. Das würde jetzt vorbei sein, wenn er fortging. Sie konnte sich Bremen ohne ihn kaum vorstellen, aber irgendwann würde auch er nur noch eine Erinnerung sein.

Vorsichtig holte sie ein weiteres, dünnes Buch hervor, das ganz unten in dem Kästchen lag. Die Seiten waren zwischen zwei schmucklose Holzdeckel gebunden und mit einer Schnur verschlossen, schlicht, aber zweckmäßig. Behutsam löste sie die Verschnürung und schlug die erste Seite auf. Es handelte sich um ein altes Geschäftsbuch, das sie aus dem Kontor ihres Vaters mitgenommen hatte und bei dem sie hoffte, dass ihr Vater es nicht vermisste.

Rasch schlüpfte sie aus ihren Schuhen und zog die Beine unter den Rock auf das Bett, während sie die Aufzeichnungen mit dem Finger verfolgte und versuchte, Tidemans Schrift zu entziffern. Da waren Wachs und Pelze verzeichnet, Bier und Korn, einige Fässer Hering sowie die Bestimmungs- oder Herkunftsorte. Es war nicht das erste Mal, dass Christine in dem Buch las, aber jedes Mal entdeckte sie neue Handelsverbindungen, von denen sie nichts gewusst hatte. Sie blätterte ein paar Seiten weiter und setzte an einer anderen Stelle an, dann wanderte ihr Finger zu der Spalte mit den Ein- und Ausgaben, die ohne Unterschied untereinander aufgeführt waren. Stumm dankte sie ihrem Vater, dass er sie zu den Nonnen auf die Schule geschickt hatte. Es fiel ihr nicht schwer, die Zahlen zu vergleichen und die Gewinnspanne auszurechnen. Manche Waren hatte ihr Vater günstig eingekauft und zu einem horrenden Preis wieder abgeschlagen. Christine fragte sich, warum er sich überhaupt mit den anderen Dingen belastete, deren Gewinn dagegen minimal schien.

Ein Geräusch an der Tür ließ sie aufschrecken. Hastig klappte sie das Buch zu und drückte es an ihre Brust. »Wer ist da?«

Anstatt einer Antwort wurde die Tür einen Spalt breit aufgedrückt, und Federchen drängte sich hinein, flitzte zu ihr hinüber und sprang mit einem Satz auf das Bett, um sich schnurrend gegen ihren Rücken zu drängen.

Verblüfft legte Christine das Buch beiseite. »Wo kommst du denn her?«, murmelte sie.

»Sie saß vor deiner Kammer und wollte hinein.«

Christine fuhr herum. Ihr Oheim stand in der Tür, stützte sich mit einer Hand am Sturz ab und musterte sie unverhohlen. Dann fiel sein Blick auf das Buch, das neben ihr lag. »Du liest?«

»Im Kloster hielt man es für eine angemessene Beschäftigung für junge Mädchen.«

»Solange es sich um anständige Lektüre handelt, nehme ich an. Ich darf doch?«

Ohne eine Antwort abzuwarten, trat Thade neben das Bett und streckte die Hand nach dem Buch aus. Christine lag eine scharfe Erwiderung auf der Zunge, doch sie schluckte sie hinunter und nickte nur leicht. Was sollte sie auch anderes tun. Wenn sie es verboten hätte, hätte sie erst recht seinen Argwohn erregt.

Thade schlug das Buch auf und blätterte die Seiten zwischen den Fingern durch. »Warum liest du Geschäftsbücher?«, fragte er verblüfft. »Und vor allem, woher hast du das?«

»Aus dem Kontor«, murmelte Christine und zog Federchen auf ihren Schoß. »Ich will lernen, wie man die Geschäfte führt.«

»Und warum?« Thade schaute sie verwundert und eine Spur belustigt an, in der Art, wie man ein kleines Kind ansah, über dessen Spiele man sich amüsierte

Christine erwiderte den Blick trotzig. »Ich werde eines Tages alles erben, und ich habe nicht vor, es auf Gedeih und Verderb meinem zukünftigen Gemahl zu überlassen. Daher möchte ich verstehen, wie das alles abläuft. Ich denke, das ist mein gutes Recht.«

»Recht vielleicht nicht, aber es ist verständlich.« Thades Blick wanderte erneut über Christines Gesicht und weiter über ihren Körper. »Du bist erwachsen geworden, seit ich dich das letzte Mal gesehen habe«, bemerkte er.« Du bist eine schöne, junge Frau geworden, um die sich die Söhne dieser Stadt reißen werden.« Thade lächelte schwach und gab ihr das Buch zurück. »Weiß dein Vater davon?«

Christine schüttelte den Kopf. »Nein, und er muss es auch nicht erfahren. Er gibt sowieso nicht viel auf meine Meinung.«

»Sievert ist ein Narr, aber das war er schon immer. Nur ein Narr würde den Rat einer klugen Frau ablehnen. Ich wünsche dir einen Gemahl, der mehr Weitsicht besitzt.« Thade schaute zur Tür und dann wieder zu Christine. »Ich werde bald wieder nach Reval aufbrechen, du hast deinen Vater ja gehört«, sagte er mit einem bedauernden Lächeln. »Aber wenn du möchtest, könnten wir die verbleibende Zeit nutzen, dass ich dir beibringe, was du nicht aus den Büchern lernen kannst.«

Christine schaute ihn überrascht an, dann nickte sie mit einem ehrlichen Lächeln. »Gern.«

Bremen, Mitte Mai 1362

»Verflucht!« Lutger langte nach Henrics Arm, während er, auf einem Bein balancierend, versuchte, seine verlorene Trippe aus einer Pfütze zu angeln. »Halt mich mal fest!« Mit einer Hand krallte er sich in Henrics Kittel und beugte sich weit vor.

Henric schwindelte. Ihm war so übel, dass er sich am liebsten in die nächste Straßenecke übergeben hätte. Die Welt schien sich unaufhaltsam um ihn zu drehen. Fahrig packte er Lutgers Wams, krallte seine Finger in den dicken Stoff – und schaffte es nicht mehr, ihn wieder loszulassen, als Lutger plötzlich das Gleichgewicht verlor und bäuchlings in der Pfütze landete. Ehe er sich versah, lag Henric neben ihm. Fauliger Gestank biss sich in seine Nase, als er den Kopf anhob und angewidert die Brühe ausspuckte, die er in den Mund bekommen hatte.

»Hab sie!« Lutger stemmte sich hoch und hob mit einem triumphierenden Grinsen den Holzschuh.

Henric nickte müde, während er sich das Dreckwasser aus dem Gesicht strich. Es war ein langer Abend gewesen, mit viel mehr Bier, als er hätte trinken wollen. Aber Lutger hatte eine Runde nach der anderen bestellt und am Ende die Wirtin mit viel Gebettel und schönen Worten davon überzeugen können, dass er bei ihr anschreiben durfte.

Lutger lachte trunken und packte Henrics Arm. »Du stinkst wie 'n nasser Hund«, bemerkte er lallend und zog Henric hoch. Prüfend hielt er die Nase an Henrics durchweichtes Hemd und verzog angewidert das Gesicht. »Nee, schlimmer. Wie 'ne Jauchegrube.«

»Du nicht besser«, murmelte Henric, als er schwerfällig wieder auf die Füße kam. »Außerdem ist mir kalt.«

»Kein Wunder. Bist ja auch nass wie 'n ertrunkener Seemann.« Lutger runzelte die Stirn und schien für einen Moment scharf nachzudenken. »Ist zu spät fürs Badehaus. Gehen wir zu mir. Irgendwer wird schon noch wach sein und uns heißes Wasser machen.«

Henric ließ sich widerstandslos von Lutger mitziehen. Ihm war es gleichgültig, wohin es ging, solange er aus den durchnässten Klamotten kam und sich irgendwo hinlegen konnte. Mühsam kämpfte er die Übelkeit nieder, die erneut sauer in seinem Hals aufstieg. Er war ein Narr, sich so zulaufen zu lassen, aber er hatte nicht recht eine Wahl gehabt.

Das Grootehus'sche Haus lag im tiefen Schlummer, als sie es schließlich erreichten, ebenso wie der Rest der Straße. Lutger hämmerte mit der Trippe gegen die Tür, wartete ein paar Atemzüge, dann klopfte er erneut.

»Ist denn niemand mehr wach?«, brüllte er, als sie hörten, wie innen der Riegel zurückgeschoben wurde und die Tür einen Spaltbreit aufging. Frauke blinzelte sie schlaftrunken an, die Haare nur notdürftig unter eine Haube geschoben und eine grobe Decke um die Schultern geschlungen. Ihre Augen weiteten sich, als sie sie erkannte. »Bei der Heiligen Jungfrau ... Ist alles in Ordnung mit Euch?«

»Ja, nun lass uns schon rein«, schnarrte Lutger. »Und mach uns etwas Wasser heiß. Leise. Muss der Alte nicht mitbekommen.«

Frauke starrte sie an, nickte dann stumm und huschte zurück in die Küche, von wo aus im nächsten Moment das leise Scheppern der Töpfe erklang.

»Und bring uns noch 'n Bier!«, rief Lutger, während er, auf Henric gestützt, zum Tisch wankte. »Oder gleich 'nen ganzen Krug!«

»Muss das sein?« Henric ließ sich mit einem ergebenen Seufzer auf die Bank fallen. Seine Lider schienen unendlich schwer. »Ich hab, ehrlich gesagt, mehr als genug.«

»Einen Becher kannst du noch«, grinste Lutger, »zum Einschlafen.«

»Wenn Ihr weiter so herumschreit, dürft Ihr Euch nicht wundern, wenn der Herr wach wird«, meinte Frauke trocken, als sie mit einem Krug und zwei Bechern wieder aus der Küche kam.

»Ist nicht schlimm, nicht wahr, Henric? Wir haben ja hübsche Gesellschaft.« Lutgers Hand schnellte vor und umschloss Fraukes Unterarm. »Komm, setz dich ein wenig zu uns und trink mit uns. Wusstest du eigentlich, dass mein Freund dich mag?«

Henric spürte, wie ihm das Blut mit einem Schlag in die Wangen schoss. Entsetzt starrte er Lutger an, der den Blick mit einem breiten Grinsen erwiderte, während er die sich sträubende Magd auf seinen Schoß zog.

»Nun stell dich nicht so an, ich tu dir ja nichts«, lallte Lutger und schlang beide Arme um das Mädchen. Mit einem sehnsüchtigen Seufzer versenkte er seine Nase in Fraukes Haar, das mittlerweile offen über ihren Rücken quoll.

»Lasst mich bitte los«, bettelte die Magd, die sich in seinem Griff wand. »Ich mache Euch das Wasser heiß, und dann lasst mich bitte gehen.«

»Gehen?« Lutger runzelte die Stirn und blinzelte verständnislos zu ihr hinauf. »Wohin willst du denn gehen? Hier hast du doch alles, was du brauchst.« Seine Hand tastete nach ihrer Brust und blieb dort, während er wohlig seufzte, liegen.

»Bitte, Herr«, winselte Frauke. Ihr Blick flog hilfesuchend zu Henric. »Lasst mich meine Arbeit machen und dann wieder schlafen gehen.«

»Nichts da.« Lutger löste einen Arm, um nach dem Bierkrug zu tasten, und schenkte ein, wobei er die Hälfte verschüttete. »Hier, der ist für dich«, hielt er Frauke den Becher unter die Nase. »Dann wirst du vielleicht etwas freundlicher.«

»Lutger, lass sie.« Henrics Stimme schwankte, und er musste sich am Tisch abstützen, um nicht in sich zusammenzusacken. Wenigstens gehorchte seine Zunge ihm noch, auch wenn es kaum mehr als ein Nuscheln war, das er zustande brachte. »Sie will nicht.«

»Ach was. Sie will nur mit mir nicht.« Lutgers Blick wanderte wieder zu Henric. Ein süffisantes Grinsen machte sich plötzlich auf seinem Gesicht bereit. »Weißt du was? Ich hab 'ne gute Idee. Wird Zeit, dass ich mal ein bisschen nachhelfe.«

Unvermittelt sprang er auf und drängte Frauke in Richtung Küche. »Komm her, Henric!«, rief er lallend. Er schubste die Magd leicht, sodass sie in die dunkle Dornse hineinstolperte, und ehe sich Henric versah, wurde er hinterhergeschoben. »Na los, nimm sie dir«, griente Lutger, dann schlug er die Tür hinter ihnen zu. Draußen wurde etwas über den Boden gezogen, und ein Stuhl kippte krachend um.

»Lutger!« Henric taumelte zur Tür und drückte dagegen, doch sie öffnete sich nicht. Wütend trommelte er mit den Fäusten gegen das verrußte Holz. »Lutger, lass uns raus!«

»Morgen«, tönte es undeutlich von draußen. »Und nun nimm sie dir endlich.«

»Lutger, hör auf!« Henrics Stimme klang nun fast kläglich. »Mach auf! Bitte!« Wieder hämmerte er gegen die Tür. Aber es geschah nichts, keine Schritte vor der Tür, keine Antwort, nichts. Schließlich hielt er erschöpft inne. Im Haus war es still, nur das leise Blubbern des Wassers, das Frauke auf die Feuerstelle gesetzt hatte, war zu hören.

»Er ist weg«, murmelte die Magd.

Henric nickte langsam und fuhr sich mit dem Unterarm über die Augen, dann wandte er sich zu dem Mädchen um. Die junge Friesin hatte die Decke wieder eng um sich geschlungen und hielt den Kopf gesenkt. Das weizenblonde Haar hing ihr zerzaust über die Schultern, die Haube hatte sie wahrscheinlich irgendwo in der Diele verloren.

»Blöder Esel.« Henric seufzte und schlang sich fröstelnd die Arme um den Körper. Die nassen Klamotten klebten klamm und kalt an seiner Haut. »Keine Angst«, murmelte er und bemühte sich vergeblich, das Zittern in seiner Stimme zu unterdrücken. »Ich tu dir nichts.«

»Ich weiß«, sagte sie leise, und Henric meinte, ein leichtes Lächeln über ihre Lippen huschen zu sehen. Ihr Blick glitt zu der Feuerstelle und dann wieder zu ihm. »Das Wasser ist warm. Willst du dich waschen?«

»Ich stinke wahrscheinlich wie 'ne Kloake«, nuschelte Henric und hob die Mundwinkel zu einem verlegenen Grinsen. »War auch so ein Einfall von Lutger. Er wollte seine Trippe aus 'ner Pfütze retten.«

»Er hat manchmal seltsame Einfälle.« Frauke lächelte schwach und trat an den Herd. Die Decke rutschte ein Stück beiseite, als sie nach dem Topf griff und ihn vorsichtig vom Feuer nahm, und Henric erhaschte einen kurzen Blick auf das dünne Hemdchen, das sie darunter trug. Hastig wandte er den Kopf ab und starrte auf den groben Holztisch, der von zahlreichen Messern und Hackbeilen tief zerfurcht war.

»Es war nicht meine Idee«, murmelte er.

»Das weiß ich auch.« Frauke hatte ihm immer noch den Rücken zugedreht, als sie sagte: »Zieh dich aus.«

»W-wie?«

»Du sollst dich ausziehen«, wiederholte die Magd. Er sah ein Lächeln in ihrem Gesicht, als sie sich ihm wieder zuwandte. »Oder willst du dich in den nassen Sachen erkälten?«

Henric schüttelte hastig den Kopf, zögerte aber dann noch, ehe er schließlich das Hemd über den Kopf zog. Ohne aufzusehen, nahm er das Tuch, das sie ihm reichte, und begann, sich abzuwaschen. Das warme Wasser tat gut. Ihm war immer noch schwindelig, aber zumindest konnte er wieder halbwegs klar denken.

Sein Blick glitt zu Frauke, die neben der Feuerstelle stand und ihn beobachtete, die Arme unter der Decke verschränkt und den Kopf zwischen die Schultern gezogen. In dem rötlichen Zwielicht, das die Glut verströmte, wirkte ihr Haar wie flüssiges Gold und ihre Haut weich und warm. Sie war schön, fiel ihm mit einem Mal auf, und er spürte, wie sich etwas in seiner Bruche regte.

Frauke schien es ebenfalls nicht entgangen zu sein. Ein leises Schmunzeln umspielte ihren Mund, als sie ihm einen zweiten Lappen gab, ohne den Blick von ihm zu nehmen. »Die Beinkleider auch. Die stinken fast noch mehr als das Hemd.«

Henrics Wangen brannten, als er sich hastig umdrehte und die Verschnürungen löste. Er hätte viel dafür gegeben, in diesem Moment weit weg zu sein, aber es gab Wünsche, die eben nicht zu erfüllen waren. Rasch streifte er die Beinkleider ab und ließ sie neben dem Kittel auf den Boden fallen. Der grobe Stoff war schwer von dem Schmutzwasser, das er in sich aufgesogen hatte. Einen Moment zögerte Henric, dann löste er auch die Bruche, die seine Blöße bedeckte. »Hast du noch eine Decke?«, nuschelte er, ohne sich umzudrehen.

»Wasch dich erst mal, dann sehen wir weiter.«

Henric hörte hinter sich Stoff rascheln, und er zuckte zusammen, als sich eine Hand an seinen Rücken legte und sacht, wie zufällig, hinabstrich.

»Soll ich dir helfen?«, hörte er ihre Stimme neben sich wispern. Der Lappen fuhr feucht und warm über seine Haut, seinen Rücken und seine Arme, dann wanderte er langsam nach vorne, strich über seinen Bauch, sich vorsichtig herantastend.

Lutger, du verdammter Idiot, stieß er stumm einen Fluch aus, während er dastand, unfähig, etwas zu sagen oder gar zu tun. Immer drängender pochte das Blut in seinen Lenden und hatte längst die Kälte vertrieben. Seine Hände krallten sich zu Fäusten, trieben die Fingernägel in den Ballen, während sein Geist ihn verzweifelt mahnte, wie falsch es war, was er hier tat, lasterhaft und unredlich. Es hatte etwas Rauschhaftes, Tierhaftes, wie die Begierde an ihm zerrte und ihn drängte, sich umzudrehen und sich das Mädchen einfach zu nehmen. Er hatte die Männer immer verabscheut, die sich ihre Mägde ins Bett holten, weil sie hübscher und jünger waren als die Ehefrauen und obendrein keine Wahl hatten, wenn sie ihren Herrn nicht verärgern wollten. Und Lutger hatte Frauke keine Wahl gelassen.

»Lass mich … bitte«, brachte er mühsam hervor und atmete tief durch. »Ich will das nicht.«

Für einen Moment stockten die Liebkosungen, dann spürte er, wie sich Fraukes Körper sacht an seinen Rücken schmiegte. Die Arme hatte sie um seine Hüfte gelegt, und ihre Fingerspitzen glitten scheinbar ziellos über seinen Bauch.

»Glaube ich dir nicht«, wisperte sie neben seinem Ohr. Ihr Atem strich warm seinen Hals entlang, während ihre Hand langsam zwischen seine Beine glitt und ihn streichelte, zögerlich erst, dann immer bestimmter. »Du willst mich doch.«

Henric keuchte auf und riss den Kopf in den Nacken, als sie ihn berührte und die Begierde wie ein Feuerstoß durch seinen Körper brandete. Schwindel überkam ihn, und es war nur zum Teil das Bier, das seinen Geist fortriss in einen Taumel aus Lust und Verlangen.

»Bitte … es ist … nicht recht«, presste er gequält hervor, ehe seine Stimme in ein tiefes Stöhnen überging.

Frauke antwortete nicht, aber zu seiner Enttäuschung zogen sich ihre Hände plötzlich zurück. Doch ehe er sich so weit gefangen hatte, dass er etwas sagen konnte, war sie wieder vor ihm, drängte sich gegen ihn und zog seinen Kopf herab, um ihn leidenschaftlich zu küssen.

Henric riss sie an sich und erwiderte den Kuss, erzitterte unter ihren Berührungen. Seine Hand tastete über ihren Rücken, ihren Hintern, als sie ein Bein um ihn schlang und ihn fordernd mit sich auf die Decke zog, die sie irgendwann fallen gelassen hatte. Henric spürte noch, wie die Bedenken ein letztes Mal aufschrien, er sollte gehen, aufstehen, doch er schob sie beiseite und gab sich ganz dem Taumel aus Begierde und Leidenschaft hin, der ihn erfasste.

Bremen, Ende Mai 1362

Die Marienstatue schien zu lächeln im matten Licht der Kerzen, als Daniel schließlich das letzte Ave Maria gesprochen hatte und den Kopf hob. Der Duft von Weihrauch und Wachs hing in der Luft, und irgendwo hinter ihm tappten eilige Schritte durch das Kirchenschiff. Ein Luftzug ließ die Kerzenflammen zittern, dann standen sie wieder still.

Langsam ließ Daniel die Perlen des Rosenkranzes durch seine Finger gleiten. Morgen war es endlich so weit. Ein mulmiges Gefühl machte sich in seinem Bauch breit, während er daran dachte, dass er alles hinter sich lassen würde, was sein Leben bislang bestimmt hatte, die Domschule, Anselm und das Spital, seine Familie ... und Christine.

Daniel seufzte leise, als er sich ihr Bild vor Augen rief. Bis er sie wiedersehen würde, konnte viel geschehen. Vielleicht wartete sie auf ihn, bis er zurückkehrte, als studierter Doktor der Medizin und Domherr. Dann war er jemand, zwar kein reicher Kaufmann, aber doch nicht viel schlechter.

Er spürte, wie ein Lächeln über seine Lippen strich. Es war ein schöner Gedanke, der ihn in der Fremde begleiten sollte.

Er schlug ein Kreuzzeichen und erhob sich langsam. Es gab noch einiges zu tun, ehe sie morgen in aller Frühe aufbrechen würden. Die Pilgergruppe, die er begleitete, bestand aus einigen Mönchen und einer Handvoll Bürger, die in der Heiligen Stadt am Grab des Heiligen Petrus beten wollten. Die Aussicht, ein halbes Jahr oder länger in Gesellschaft knurriger, frommer Männer zu reisen, behagte Daniel nicht, aber er hatte keine Wahl. Zumal das ja bereits Teil der Buße war, die Anselm ihm auferlegt hatte.

Geschickt wand er den Rosenkranz um den Gürtel und machte sich auf den Weg zum Kapitelhaus. Anselm hatte ihm nach der Sext zu verstehen gegeben, dass er ihn zu sprechen wünschte, und Daniel hatte nicht vor, den Domherrn warten zu lassen. Über sein Verschwinden nach dem Einzug des Erzbischofs hatte Anselm kein Wort verloren, aber er hatte Daniel in den nächsten Tagen spüren lassen, dass er verärgert war. Und Daniel war sich durchaus bewusst, dass alles, was sich in so wundersamer Weise für ihn und seine Zukunft ergeben hatte, allein vom Wohlwollen seines Gönners abhing.

Anselm saß im Erker unter dem Fenster, die Knie in eine Decke gehüllt und in der Hand ein Buch. »Ich hatte dich früher erwartet«, bemerkte er, ohne aufzuschauen.

»Ich habe um eine gute Reise gebetet«, antwortete Daniel wahrheitsgemäß und schloss die Tür hinter sich.

»Komm her«, befahl Anselm mit einer knappen Geste. Im Schatten des Erkers wirkte er ungewohnt hinfällig und alt. Eigentlich war er das auch, rief Daniel sich in Erinnerung, doch der straffe Gang und das bestimmte Auftreten täuschten meist darüber hinweg, dass der Domherr bereits den Herbst seines Lebens erreicht hatte. Auf einmal beschlich Daniel die Angst, sein Gönner könne verstorben sein, wenn er aus Bologna zurückkehrte. Im Kapitel gab es sonst kaum jemanden, der ihm wohlgesonnen war, zumindest nicht in dem Maße wie Anselm. Doch man würde ihn wohl kaum zum Studieren fortschicken, um ihm dann die niederen Weihen zu erteilen und zum Chorsänger zu machen.

Er spürte Anselms Blick auf sich ruhen, und seine Hände krampften sich unwillkürlich in den Stoff seines Kittels.

»Du hast alles vorbereitet?«, fragte der Domherr. »Dich von allen verabschiedet?«

Daniel nickte langsam.

Anselms Augen glitten über sein Gesicht, suchten für einen

Moment seinen Blick und wanderten weiter, über den schlichten Kittel und schließlich zu Daniels Fäusten, die sich immer noch in den Stoff ballten. Ein leichtes Schmunzeln zuckte über Anselms Lippen. »Heute stehst du das letzte Mal als mein Schüler vor mir, mit schweißnassen Händen und einem Gesicht, als würde ich dich jeden Moment in der Schlachte versenken. Eine seltsame Vorstellung.« Er deutete auf den Tisch. »Bring mir die Bücher, die dort liegen. Und dann setz dich.«

Daniel nahm die drei in Leder gebundenen Bücher, die er Anselm reichte, ließ sich dann auf einen Hocker nieder und verharrte abwartend.

Der Domherr schlug die Bücher nacheinander auf, warf einen kurzen Blick hinein. »Sie sind gut geworden. Du hast eine saubere, klare Schrift. Eng genug, um nicht zu viel Pergament zu verschwenden, aber deutlich, dass man nicht lange rätseln muss.« Er hielt sie Daniel auffordernd hin. »Sie sind für dich.«

»Für mich?!« Daniel starrte ihn verdutzt an. Bücher waren kostbar, nicht nur wegen des Pergaments, sondern auch wegen des enormen Aufwands, den es kostete, eine Schrift zu kopieren, wie er in den vergangenen Monaten am eigenen Leib erfahren hatte. Nie hatte er damit gerechnet, dass Anselm ihn die medizinischen Werke abschreiben ließ, um sie ihm dann zu schenken. »Aber …«

»Nun nimm schon. Ehe ich es mir anders überlege.«

Daniel griff nach den Büchern und legte sie auf seinen Schoß, vorsichtig fast, als handele es sich dabei um rohe Eier. »Danke«, stammelte er.

»Ein Studium der Medizin dauert«, erklärte Anselm ernst. »Es werden Jahre vergehen, die du fort sein wirst. Dazu kommt die Reise, die dich ebenfalls viele Monate kosten wird.« Ein müdes Lächeln legte sich in seine Mundwinkel. »Das ist eine lange Zeit. Zu lange vielleicht. Ich werde nicht jünger, und nur der Herr selbst weiß, wann er mich zu sich ruft. Ich werde Vorsorge treffen, aber es ist mir lieber, wenn es mir noch vergönnt ist, deine Rückkehr zu erleben. Daher solltest du nicht zögern.« Aus den Falten seiner Albe zog er eine Schreibtafel hervor, die er Daniel reichte. »Ich schicke dich nach Bologna, weil dort ein guter Freund von mir unterrichtet, Silvio Gaterni. Wir haben einst zusammen studiert, doch während ich zurück über die Alpen gezogen bin, ist er dort geblieben. Er genießt einen ausgezeichneten Ruf. Gib ihm das hier. Ich habe aufgezählt, was du schon alles gelernt hast, und bitte ihn, dass man deine Studienzeit verkürzt. Vermutlich wird man dich prüfen, aber darum mache ich mir keine Sorgen. Du wirst auf der Reise immer wieder Zeit haben, um zu lernen. Avicennas *Kanon der Medizin* und Arnald von Villanova sollten jedem Arzt geläufig sein wie die Heilige Schrift. Die Äbtissin lehrt man zwar nicht, aber sie mag dir helfen, dich daran zu erinnern, was es heißt, einem Sterbenden den Schweiß von der Stirn zu waschen oder den richtigen Kräutersud für die Bauchschmerzen eines Ratsherrn zu finden.« Er schmunzelte kurz. »Man lernt viel aus den Büchern der Gelehrten, aber vergiss nie, deinen Kopf zu gebrauchen. Wenn dir etwas falsch vorkommt, hol eine zweite Meinung ein. Und vertrau am Ende immer Gott. Unser Herr richtet, und er allein entscheidet, wer stirbt und wer genesen wird.«

Daniel nickte langsam. Andächtig strichen seine Finger über das geglättete Leder, das sich eigentümlich warm anfühlte. Es war ein wahrhaft fürstliches Geschenk, das der alte Domherr ihm machte, und er schwor sich, das Vertrauen nicht zu enttäuschen. »Ich weiß nicht, wie ich Euch danken soll.«

»Verlier sie nicht, sie sind vermutlich das Kostbarste, was du in den nächsten Jahren besitzen wirst. Und nun geh und pack deine Sachen. Vor Sonnenaufgang brecht ihr auf.«

Daniel nickte und erhob sich rasch, die Bücher fest an sich gedrückt. Doch ehe er die Tür öffnete, hielt er noch einmal inne und drehte sich um. »Ihr habt viel für mich getan.«

»Gott hatte den seltsamen Einfall, dich mit bemerkenswerten Geistesgaben auszustatten«, seufzte Anselm. »Offensichtlich entspricht es nicht seinem Plan, aus dir einen Chorsänger zu machen. Wer wäre ich also, wenn ich mich seinem Wunsch widersetzen würde? Enttäusche weder ihn noch mich.«

»Das werde ich nicht.« Daniel lächelte. »Danke.«

Leise zog er die Tür hinter sich ins Schloss.

Draußen auf dem Gang blieb Daniel erst einmal stehen und atmete tief durch, ehe er sich auf den Weg in die Küche machte.

Beladen mit allerlei geräucherten Würsten, Brot und hartem Käse sowie einem Schlauch Dünnbier kehrte er wenig später zum Dormitorium zurück. Er war so sehr in freudige Gedanken vertieft, dass er Willem erst bemerke, als dieser sich ihm in den Weg stellte und ihm einen kräftigen Stoß vor die Brust versetzte, der ihn zurücktaumeln ließ.

»Sieh an, die kleine Ratte!« Ein dünnes Lächeln kräuselte Willems Lippen, während er sich in voller Breite vor Daniel aufbaute. »Du willst doch wohl nicht gehen, ohne deine Schulden zu begleichen?«

»Ich schulde dir nichts mehr«, erwiderte Daniel eine Spur zu schnell. Sein Herz raste, während er rasch einen Schritt zurück machte und die Bücher mit beiden Armen umschlang. »Lass mich endlich in Ruhe.«

Willems Blick verdüsterte sich. »Ich mag es nicht, wenn man mich hintergeht«, knurrte er. »Vor allem nicht so hinterhältige Ratten wie du.«

»Vielleicht findest du unter den jüngeren Schülern eine neue Ratte, die dir Texte oder Bilder kopiert, damit du dich daran erfreuen kannst«, gab Daniel bissig zurück. »Oder du lernst, dieses Ding da auf deinem Hals zu benutzen und beschaffst dir die Bücher selbst. Und nun lass mich durch!«

Seine Knie zitterten, als er versuchte, sich an Willem vorbeizudrängen.

»Stehengeblieben!« Willems Pranke schnellte vor und riss Daniel an der Schulter herum, sodass er mit einem Schmerzenslaut gegen die Wand prallte. Noch ehe Daniel sich fangen konnte, traf ein Hieb seinen Kiefer und schleuderte seinen Kopf zurück an die Wand. Bunte Lichter tanzten vor seinen Augen, die Knie sackten unter ihm weg.

»Und die behalte ich!« Ehe sich Daniel versah, hatte Willem ihm die Bücher entrissen und versetzte ihm einen weiteren groben Rempler, mit dem er Daniel zurück an die Wand stieß.

»Was ist denn hier los?«

Die dürre Stimme war nicht laut, aber scharf genug, dass Willem erschrocken herumfuhr. Daniel linste hoch und frohlockte innerlich, als er Bruder Conrad erkannte, der mit hochrotem Kopf und zusammengepressten Lippen dastand und sie mit seinen Blicken geradezu zu erdolchen schien. Plötzlich wusste Daniel, wie er Willem ein für allemal loswerden konnte.

Willem sah den Mönch an, dann wieder zu Daniel, ehe sein Blick langsam zu den beiden Büchern in seiner Hand wanderte. Das dritte war zu Boden gefallen und lag aufgeschlagen zwischen Conrads Füßen. Daniel konnte deutlich erkennen, wie es in Willems Gesicht arbeitete, als suche er verzweifelt nach einer Ausflucht, die den Bibliothekar zufriedenstellen könnte.

»Nun, was ist?« Conrads Blick hatte etwas Lauerndes, wie der eines Hahns, der unschlüssig war, ob die ihm entgegengestreckte Hand ihn füttern oder vertreiben wollte. »Raus mit der Sprache! Was ist hier los?«

»Willem hat mich erpresst!«, stieß Daniel hervor. Mit einem Stöhnen, das er kaum spielen musste, stemmte er sich mühsam auf die Beine.

»Das stimmt nicht! Ich …«, begann Willem, wurde aber sofort wieder von Conrad unterbrochen. Der Bibliothekar hatte die Augen zu schmalen Spalten verengt, aus denen er Daniel finster musterte. »Rede, Bursche«, zischte er. »Oder ich sorge dafür, dass ihr beide eures Lebens nicht mehr froh werdet hier.«

Das war eine Drohung, die Daniel wenig berührte, aber das brauchte er sich jetzt ja nicht anmerken zu lassen. Stattdessen warf er einen gespielt furchtsamen Blick zu Willem, der immer noch stumm dastand und nicht zu wissen schien, was er tun sollte.

»Er will, dass ich ihm noch mehr sündhafte Texte kopiere«, erklärte Daniel dem Bibliothekar eilig. »Er hat mir gedroht, mir ansonsten die Bücher wegzunehmen. Er will sie verkaufen … oder verbrennen, um mir eins auszuwischen«, fügte er leise hinzu, mit einem Blick auf Willem, der immer noch unschlüssig da stand.

»Verbrennen?« Conrads Kopf ruckte herum. In seinem Gesicht spiegelte sich Ungläubigkeit und schließlich brodelnder Zorn. Mit einem Aufschrei riss er Willem die Bücher aus der Hand. »Gib die sofort her, du einfältiger Trampel! Und lass ja deine Finger davon! Du!« Er deutete auf Daniel. »Geh ins Dormitorium! Und du«, wandte er sich an Willem mit einer Stimme, die nichts Gutes verhieß, »du kommst mit mir! Ich will hören, was der Scholaster dazu zu sagen hat.«

Daniel spürte noch den vernichtenden Blick, den Willem ihm zuwarf, ehe er eilig in Richtung Dormitorium verschwand. Er hatte sich in dem Bibliothekar nicht getäuscht. Wenn es außer dem Heiland und der Jungfrau Maria etwas gab, was Conrad heilig war, dann waren es Bücher.

Um Willem würde er sich vorerst keine Gedanken mehr machen müssen. Und morgen wäre er ohnehin auf dem Weg nach Bologna.

Zufrieden pfeifend begann Daniel, seine Sachen zusammenzupacken.

Teil II

1366

Bremen, Mitte Mai 1366

Hinnert stand im Schatten eines Lagerschuppens und rührte sich nicht. Ein zufällig Vorbeieilender hätte den dunklen Umriss womöglich gar nicht wahrgenommen, doch Lambrech wusste, wo er zu suchen hatte. Lautlos trat er neben ihn und verharrte ebenfalls. Ein leises Zungenschnalzen zeigte ihm an, dass Hinnert ihn bemerkt hatte.

»Sie treffen sich dort drüben«, berichtete Hinnert leise und deutete mit einem Nicken auf ein Flussschiff, das unweit ihres Beobachtungspostens am Ufer lag. Es war dunkel, aber Lambrech meinte, im fahlen Mondlicht Gestalten zu erkennen, die sich auf dem Deck versammelt hatten.

»Bekannte?«, murmelte er. Er lehnte sich an die Bretterwand und schob die Hände unter die Achseln. Es war kühl heute Nacht, mit einem scharfen Wind, der von Norden her über den Fluss strich. Eine Nacht, in der die Verschwörer keine Sorge haben mussten, dass sich jemand zufällig an die Schlachte verirrte.

»Ein paar Schuhmacher, die ich schon länger beobachte«, sagte Hinnert. »Außerdem zwei Bäcker und ein Knochenhauer und der junge Gerber, dem Ihr die Schoß bezahlt habt.«

»Es scheint ihn nicht davon abzuhalten, weiter unzufrieden zu sein.«

»Er ist einer der Wortführer.« Hinnert sprach, ohne sich zu Lambrech umzudrehen. Vereinzelt drangen Wortfetzen vom Schiff zu ihnen herüber, zu leise, als dass Lambrech sie verstanden hätte. Das Wiesel musste ein erstaunlich gutes Gehör haben.

»Sie setzen auf den Erzbischof«, fuhr Hinnert leise fort. Seine Stimme klang unaufgeregt, gleichmäßig, ohne unnötige Höhen. »Wenn ich das richtig verstanden habe, hoffen sie darauf, dass Albrecht in den Streit im Rat eingreift und die Macht wieder an sich reißt.«

Lambrech nickte langsam. Eine Katze huschte an ihnen vorbei und sprang auf ein Fass mit Fischresten. Kurz leuchteten ihre Augen auf, als sie sie anblickte, dann war sie wieder in der Dunkelheit verschwunden. »Beobachte sie weiter. Achte darauf, ob sie sagen, wann es so weit sein soll.«

Das Wiesel deutete ein Nicken an.

Ohne einen Gruß zog sich Lambrech wieder zurück. Er hielt sich im Schatten der Lagerschuppen, bis er sich weit genug entfernt hatte, um wieder offen auf die Straße zu treten.

Sein Gefühl hatte ihn also nicht getrogen. Er hatte gewusst, dass unter den Handwerkern etwas vor sich ging, es aber nicht zu fassen bekommen. Hinnert war es gewesen, der ihm den nötigen Hinweis gegeben hatte, und er war zuversichtlich, dass dem Wiesel nichts entging, was auf dem Schiff gesprochen wurde. Dass es nicht mehr lange dauern konnte, bis über Bremen die Hölle hereinbrach, daran hatte er keine Zweifel.

Fortuna meinte es gut mit ihm.

Bologna, Ende Mai 1366

Die Mittagshitze lag ungewöhnlich drückend über der Stadt. Seit Wochen hatte es nicht geregnet, sodass der Staub inzwischen unerträglich war, und an den Bäumen rings um die Universität hatten sich die ersten Blätter schon bräunlich verfärbt.

Trotz der dicken Steinwände und der schmalen Fenster erschien Daniel der Unterrichtsraum wie ein Glutofen. Die stehende Luft trieb ihm den Schweiß aus allen Poren und machte ihn schläfrig, sodass er sich zwingen musste, die Augen offen zu halten und dem Professor mit halbwegs interessierter Miene zu lauschen, während dieser die Grundlagen der Medizin vortrug.

»Die Medizin aber hat nach Galen drei Grundpfeiler, die einander stützen und ohne die das Haus der Heilkunde unweigerlich zum Einsturz gebracht würde«, las er mit monotoner Stimme vor. »Das erste ist die Physiologie, womit er die Dinge benennt, die wir als *Res naturales* kennen, die natürlichen Lebensvorgänge. Das zweite bezeichnet er als Pathologie. Sie ist die Lehre von all dem, was wir als *Res contra naturam* oder als Krankheit bezeichnen. Sie befasst sich mit den Ursachen und der Entstehung, Entwicklung und Beschreibung von Krankheiten. Der dritte aber ist die Therapie, wobei wir Diät, Heilmittel und Chirurgie zu trennen haben. Wichtig ist vor allem die Diät, die uns lehrt, ein gesundes Leben zu führen oder es so zu ordnen, dass eine Heilung möglich ist. Dabei ist stets das rechte Maß zu beachten, vor allem bei den *Res non naturales:* Licht und Luft, Essen und Trinken, Bewegung und Ruhe, Schlafen und Wachen, den inneren Vorgängen und Ausscheidungen unseres Körpers sowie Gemütsbewegungen und Affekte.«

Daniel unterdrückte nur mühsam ein Gähnen. Seine Hand spielte mit dem Griffel, den er neben der Schreibtafel abgelegt hatte.

Er kannte Galens Systematik der Medizin zur Genüge, sodass die Vorlesung ihm nicht viel Neues bescherte. Galen zählte zu den Werken, die Anselm ihm ans Herz gelegt hatte, sodass Daniel ihn bereits sorgsam studiert und verinnerlicht hatte. Ebenso wie Avicennas *Kanon,* den er bald auswendig rezitieren konnte. Er hatte ohnehin feststellen müssen, dass sich die Vorstellungen, die er vom Medizinstudium gehabt hatte, als Wolkenschlösser entpuppten. Anstatt am Krankenbett zu lernen, verbrachten sie die meiste Zeit in den Unterrichtsräumen und kämpften gegen die Müdigkeit an, während der Professor oder ein Magister aus einem medizinischen Werk vorlas und erwartete, dass man mitschrieb und das Mitgeschriebene auswendig lernte.

»Ein Ungleichgewicht der Säfte ist zu erkennen an der Farbe des Urins«, las der Professor soeben, ohne von seinem Buch aufzublicken. »Bei demjenigen, dessen Wesen vom Blute geprägt ist, sollte der Urin rot wie Gold sein, das ebenfalls seinem Wesen entspricht.«

Das eifrige Kratzen der Griffel auf den Wachstafeln und die angestrengten Gesichter seiner Kommilitonen zeigten Daniel an, dass sie eifrig jedes Wort notierten, um es später auf haltbarere Materialien zu übertragen. In der Ferne läuteten die Glocken bereits zur Sext. Eine Stunde noch, und er musste sich bei Silvio Gaterni melden, um ihn bei seinen täglichen Krankenbesuchen zu begleiten, dem Höhepunkt von Daniels Woche.

Der Professor hatte ihn dank Anselms Schreiben mit offenen Armen empfangen und gleich unter seine Fittiche genommen. Dennoch war es Daniel anfangs nicht leichtgefallen, sich einzuleben. Nach der langen Reise von Bremen über die Alpenpässe bis nach Bologna war er ausgemergelt und voller Erwartung in eine Stadt gekommen, deren Sprache er nicht sprach und deren Bevölkerung und Gebräuche ihm fremd waren. Er hatte einige Zeit gebraucht, bis er sich an den straff organisierten Tagesablauf und die fast mönchischen Vorschriften des Kollegs gewöhnt hatte. Immerhin hatte er einigermaßen schnell gelernt, das Kauderwelsch zu verstehen, das die Leute hier sprachen und das ihm wie eine Verhöhnung des Lateinischen vorkam.

Daniel zuckte zusammen, als der Professor das Buch zuschlug. »Die nächste Lesung findet morgen zur gleichen Zeit statt«, teilte er mit gleichbleibend monotoner Stimme mit. »Mein Gehilfe nimmt den Obolus entgegen.«

Erleichtert sprang Daniel auf, kramte ein paar Münzen aus seinem Geldbeutel und warf sie in die Schale, mit der der Gehilfe herumging. Dann eilte er hinaus.

Wenig später saß er fertig umgezogen vor dem Kolleg im Schatten der Mauer, als der Arzt kam und ihn mit einer ungeduldigen Geste heranwinkte. Gaterni war ein hagerer, kahlköpfiger Mann mit großen, hervorstehenden Augen, der ein wenig an einen Lurch erinnerte. Seine Haut war faltig und von winzigen, rötlichen Pusteln übersät, ein Leiden, das er trotz Heilbädern und Wallfahrten nicht in den Griff bekam. Das sei wohl Gottes Wille, pflegte er zuweilen zu spotten, der ihm die Fähigkeit verliehen habe, Todgeweihte wieder ins Leben zurückzurufen, während er sich selbst nicht zu heilen vermochte.

Heute schien Gaterni jedoch nicht in der Stimmung zum Spotten. »Beeil dich, wir sind spät«, schnarrte er und marschierte mit hektischen Schritten voran. Daniel und Gaternis Gehilfe, der einen großen Korb mit allerlei medizinischen Utensilien bei sich trug, beeilten sich, ihm zu folgen.

»Giovanni, gib Daniel den Korb und geh zum Apothecarius«, befahl Gaterni, ohne sich im Gehen umzudrehen. »Ich brauche Theriak und Mohn. Spute dich.«

»Ist etwas geschehen?«, erkundigte sich Daniel atemlos,

nachdem er den Korb übernommen hatte und ein paar Schritte laufen musste, um wieder aufzuschließen. »Gehen wir nicht zum Spital?«

»Später«, sagte Gaterni knapp. »Vincenzo Bentivoglio hat nach mir geschickt. Und einen Bentivoglio lässt man nicht warten.«

Der Professor schien davon auszugehen, dass der Name Daniel etwas sagte, also nickte Daniel nur und folgte dem Arzt, der beim Laufen seinen Talar leicht angehoben hatte, damit sich der Straßendreck nicht im Saum fing.

Schweiß perlte auf seiner Stirn, als sie schließlich einen protzigen Palazzo unweit des Rathauses erreichten. Gaterni klopfte notdürftig den Staub von der Kleidung, wischte sich mit dem Ärmel über die Glatze und pochte gegen die Tür. Es dauerte keine zwei Atemzüge, bis geöffnet wurde und ein Diener sie zu den Schlafgemächern führte.

Es war dunkel in dem Raum, bis auf eine einzelne Öllampe. Der Gestank von Krankheit und Urin schlug ihnen entgegen und nahm Daniel im ersten Moment die Luft.

Der Kranke lag auf einem breiten Bett, gestützt durch zahlreiche Decken. Seine Haut wirkte wächsern im Licht der Kerzen. Viel zu scharf stach die Nase aus dem eingefallenen Gesicht hervor, und die gefalteten Hände auf der Decke erschienen Daniel wie die Krallen eines Skeletts. Neben dem Bett hockte eine ältere, rundliche Frau auf einem Stuhl, die sich erhob, als Gaterni und Daniel eintraten.

»Professore Gaterni«, begrüßte sie ihn mit einer ungewöhnlich tiefen Stimme. »Ich danke Euch, dass Ihr gekommen seid.«

»Guten Abend, Signora Bentivoglio«, erwiderte der Arzt den Gruß und neigte den Kopf. »Wie geht es ihm?«

Ein Schatten schob sich über das runde Gesicht der Frau. »Schlecht. Er jammert und schreit. Nur Euer Trank vermag ihn für eine Weile zu beruhigen.«

Gaterni nickte wissend und trat an ihr vorbei an das Bett.

Signore Bentivoglio lag teilnahmslos da, die Augen halb geschlossen, und Daniel war sich nicht einmal sicher, ob er verstand, was um ihn herum geschah. Vermutlich handelte es sich bei dem Trank um eines der Schmerzmittel aus Mohn und Wein, das die Sinne benebelte.

Behutsam tastete Gaterni Oberkörper und Bauch des Patienten ab, bedeutete Daniel, ihn aufzurichten, damit er seinen Rücken ansehen konnte, dann fühlte er den Puls und schlug anschließend die Decke beiseite.

Daniel sog zischend Luft zwischen den Zähnen ein, als er auf Gaternis Anweisung hin das Tuch löste, das die Blöße des Kranken bedeckte, und darunter ausgemergelte Hüftknochen zum Vorschein kamen, die wie zwei Pflugscharen vorstanden. Der Unterbauch hingegen war nicht eingefallen, wie Daniel es im ersten Moment erwartet hatte, sondern prall und fest, und als Gaterni ihn aufforderte zu fühlen, spürte er etwas Unregelmäßiges, Festes unter der Haut, das an einer Seite mit dem Hüftknochen verwachsen schien.

»Isst er und trinkt ausreichend?«, wandte sich Gaterni an die Frau.

Signora Bentivoglio schüttelte betrübt den Kopf. »Nichts mehr, höchstens einen Schluck verdünnten Wein.«

»Es ist wichtig, dass er trinkt. Bekommt er zu wenig Flüssigkeit, gerät das Gleichgewicht der Säfte durcheinander, und er vertrocknet innerlich. Habt Ihr Urin aufgefangen?«

»Dort.« Die Frau deutete auf eine Schüssel, die auf einer Truhe stand. »Es ist nicht viel.«

»Daniel, nimm das Uringlas und schau es dir an.«

Daniel beeilte sich, der Aufforderung nachzukommen. Der Urin stank bestialisch, ein beißender Geruch, der in seiner Nase brannte, sodass er sich zwingen musste, daran zu schnuppern, ehe er einen Fensterladen öffnete, um genug Licht zu haben, damit er die Farbe beurteilen konnte.

»Dunkel, fast braun«, teilte er Gaterni mit. »Mit rötlichen Schlieren.«

»Das dachte ich mir.« Der Arzt nickte zufrieden und wandte sich wieder an die Hausherrin. »Lasst etwas Wein erhitzen. Ich werde ihm etwas gegen seine Schmerzen geben und Euch eine Rezeptur dalassen, nach der Ihr einen Tee zubereitet, den Ihr ihm gebt. Er muss jede Stunde einen Becher trinken.«

Signora Bentivoglio reagierte nicht sofort. Ihr Blick ruhte auf dem ausgemergelten Leib ihres Gemahl. »Er wird sterben, oder?«

Gaterni nickte langsam. »Er wird sterben, wahrscheinlich noch vor Mariae Himmelfahrt«, sagte er ernst. »Das Geschwür ist weiter gewachsen. Dagegen sind wir machtlos. Ich kann nur versuchen, sein Leiden zu lindern.«

Signora Bentivoglio seufzte leise und nahm die Hand des Kranken zwischen ihre Finger. Ein wehmütiges Lächeln lag auf ihren Lippen, während sie ihrem Gemahl zärtlich die wenigen Haare aus der Stirn strich. »Dann soll es wohl so sein«, sagte sie leise.

»Ihr solltet einen Priester rufen, solange er noch sprechen kann.« Gaterni nahm ein kleines Messer, eine Schale und einige Verbände aus dem Korb.

»Das werde ich tun.« Die Frau senkte den Blick, dann ließ sie die Hand ihres Mannes los und erhob sich schnell. »Ich kümmere mich darum, dass Ihr bekommt, was Ihr benötigt«, murmelte sie und eilte fast fluchtartig aus der Kammer.

»Magister Gaterni?«, hob Daniel an, als sie den Palazzo verlassen hatten und auf dem Weg zum Spital waren.

»Was gibt es noch?«

Daniels Finger glitten über das Flechtwerk des Korbs, während er überlegte, wie er seine Frage am besten ausdrücken sollte. »Hätte es eine ... eine Möglichkeit gegeben, dieses Geschwür zu heilen?«

»Keine, die zu verantworten wäre«, erwiderte Gaterni knapp. »Wie kommst du darauf?«

Daniel zuckte hilflos mit den Schultern. »Es ist ... Ich dachte nur ... Hätte man es nicht entfernen können, als es noch nicht so groß war?«

Gaterni machte eine ungeduldige Geste und seufzte leise. »Man kann manche Geschwüre entfernen. Herausschneiden. Das ist allerdings Aufgabe der Bader und Chirurgen, nicht eines Arztes. Bei Signore Bentivoglio wäre es hingegen äußerst schwierig gewesen. Das Geschwür ist in seinem Inneren gewuchert. Man hätte den Bauch öffnen müssen, und das hätte seinen Tod bedeutet.«

Daniel nickte. Das hatte ihm auch Anselm bereits erklärt: die Unversehrtheit des menschlichen Körpers, die es zu erhalten galt. Daher handelte es sich bei den Leichen, die der Universität für die halbjährliche Anatomiesektion zur Verfügung gestellt wurden, fast ausschließlich um Verbrecher, für die das Zerlegen ihres Körpers nach dem Tod Teil der Strafe war.

»Außerdem kann man schwer vorhersagen, wie sich diese Erkrankungen entwickeln«, fuhr Gaterni fort. »Die meisten Geschwüre bringen früher oder später den Tod. Aber es passiert bisweilen, dass ein Patient viele Jahre mit einem solchen Geschwür lebt, und sehr selten kommt es vor, dass es sogar wieder verschwindet. Niemand weiß, welchen Gesetzen diese Erkrankungen folgen. Man kann mit weißbeeriger Mistel und einigen anderen Mitteln das Wachstum aufhalten, aber letztendlich liegt unser aller Leben in Gottes Hand.«

Daniel knetete die Unterlippe zwischen den Zähnen, während er nachdachte. »Warum weiß man so wenig darüber?«, fragte er schließlich. »Wenn es ein Leiden ist, das häufig auftritt, müsste man doch mehr darüber wissen.«

Gaterni stieß einen tiefen Seufzer aus. »Du fragst zu viel«, brummte er. »Hör in den Vorlesungen aufmerksam zu. Und lies Galen. Da wirst du alle Antworten finden, die du suchst.«

Daniel schwieg, obwohl ihm die Erwiderung auf der Zunge brannte, dass er all das schon getan hatte. Vielleicht war er nicht gründlich genug gewesen. Aber vielleicht irrte Gaterni auch, und er konnte die Antwort dort nicht finden.

Bremen, Ende Mai 1366

»Wie viele Fässer sind bereits verladen?«

Henric verdrehte insgeheim die Augen, ehe er von seinen Unterlagen aufsah. Vor ihm stand Hinnert, in der Hand eine Schreibtafel und den Griffel hinter das Ohr geklemmt, wie er es sich zur Gewohnheit gemacht hatte.

»Woher soll ich das wissen?«, gab er gereizt zurück und wandte sich wieder den Zahlen zu, die er noch durchrechnen musste. »Frag Halbbein-Jannes, der kümmert sich darum.«

»Der ist an der Schlachte. Sonst hätte ich ihn schon gefragt.«

Henric seufzte innerlich. Seit zwei geschlagenen Stunden versuchte er, die Liste mit den Waren, die gestern aus Bergen eingetroffen waren, zu überprüfen, aber andauernd kam jemand und wollte etwas von ihm. Zum Glück würde er bald wieder aufbrechen. In spätestens einer Woche reiste er nach Brügge, um dort die Messen zu besuchen und einige ihrer Handelspartner zu treffen.

»Warte einen Moment, dann zähle ich sie für dich und rechne es dir aus«, sagte er bissig und erhob sich. Hinnert konnte sehr wohl zählen und auch sehr passabel rechnen, aber er schien es darauf anzulegen, möglichst viele Aufgaben auf Henric abzuwälzen.

Er hatte gerade den Fuß auf die Stufe gesetzt, als die Tür zur Straße aufgerissen wurde. Verblüfft drehte Henric sich um und erkannte zu seiner Überraschung die Ratsherren Martin Prindeney und Dietrich Merck, die mit großen Schritten die Diele durchquerten.

»Wo ist Arnulf Grootehus?«, erkundigte sich Prindeney barsch, ohne sich mit einer Grußformel aufzuhalten.

»In seiner Kammer. Gott zum Gruß«, erwiderte Henric höflich. »Soll ich ihm etwas ausrichten?« Verstohlen musterte er die beiden Herren. Prindeneys Gesicht war rot angelaufen, und auf seiner Stirn trat eine Ader bläulich hervor. Der dickliche Merck hingegen tupfte sich mit einem Tuch den Schweiß von der Stirn, während seine Augen rastlos durch die Diele glitten.

»Wir müssen mit ihm sprechen.« Merck wischte sich mit einer fahrigen Bewegung über den Nacken. »Es ist dringend.«

Henric zögerte. Grootehus war vor zwei Wochen gestürzt und hütete seitdem das Bett mit einer Beinwunde, die sich einfach nicht schließen wollte. Gewöhnlich wollte der Kaufmann niemanden sehen, wenn er sich krank fühlte, nicht einmal seine Frau, die die letzten Wochen damit verbracht hatte, vor Liebfrauen Almosen an die Bettler zu verteilen und für ihr Seelenheil zu beten. »Ich weiß nicht, ob er sich wohl genug fühlt.«

»Hast du nicht gehört, Bursche? Es ist dringend!« Prindeneys Blick verdüsterte sich. »Also mach dich auf den Weg und bring ihn her.«

»Nun lasst gut sein, und sagt Grootehus, dass wir hier sind«, mischte sich Merck beschwichtigend ein. Seine feisten Wangen hoben sich zu einem hilflosen Lächeln. »Seid so freundlich.«

Henric wollte gerade etwas erwidern, als eine Stimme von der Tür ihn zusammenfahren ließ. »Lasst den Jungen. Ich werde Euch zu ihm führen.«

Im Eingang war Lambrech erschienen, der den beiden Ratsherren nun höflich zunickte. »Es geht um die Sitzung, nehme ich an?«

»Ihr wisst darüber Bescheid, Suterman?«, fragte Merck.

»Manches spricht sich schneller herum, als man meinen möchte.«

Prindeney nickte grimmig. »Grootehus sollte so schnell wie möglich davon erfahren.«

»Das denke ich auch. Henric, besorge etwas Bier für die Ratsherren. Und steh nicht im Weg herum«, fügte er mit einer unwirschen Geste hinzu.

Nur langsam löste Henric die geballten Fäuste, während er seinem Vater und den Ratsherren hinterhersah und versuchte, den aufkommenden Ärger zu unterdrücken. Obwohl er inzwischen mehr Zeit auf Reisen verbrachte als zu Hause, behandelte ihn sein Vater immer noch wie einen dummen Jungen. Wobei Henric wusste, dass er selbst seinen Teil dazu beitrug. Meist reichte ein zurechtweisender Blick, dass er nicht mehr zu widersprechen wagte. Oder er blieb stumm, weil ihm keine Erwiderung einfiel, die scharf genug wäre, dass Lambrech sie ernst nehmen würde.

Während er in die Küche ging, um das Bier zu holen, zählte Henric still die Tage, bis er endlich wieder aufbrach und seinen Vater nicht mehr sehen müsste.

Grootehus' Schlafkammer, die er wenig später betrat, schien aus allen Nähten zu platzen. In der Nische am Fenster saß Elisabeth, Lutgers junge Frau, ein zartes Persönchen mit rosigen Wangen und einem etwas dümmlichen Gesichtsausdruck, den ihr zauberhaftes Lächeln jedoch wieder wettmachte. Auf dem Schoß hielt sie das weiße Hündchen, das Lutger ihr geschenkt hatte. Trotz der geöffneten Fensterläden war es düster in der Kammer und die Luft muffig. Den meisten Raum nahm das große Bett ein, auf dem Grootehus halb aufgerichtet saß. Daneben standen die beiden Ratsherren und redeten auf ihn ein, während Lambrech im Hintergrund blieb und sich den Bart strich.

»Ah, Henric!« Grootehus stemmte sich ein wenig hoch und schenkte Henric ein herzliches Lächeln, ohne sich darum zu kümmern, dass er Merck gerade ins Wort gefallen war. »Komm herein und leiste uns Gesellschaft. Ich werde gerade über die neuesten Ratsgeschäfte in Kenntnis gesetzt. Als ob man nicht einmal ohne mich auskommen würde.«

»Du nimmst die Dinge nicht ernst, Arnulf«, bemerkte Prindeney und bedachte Henric mit einem knappen Blick. »Es sind dieses Mal keine belanglosen Streitigkeiten. Es ist bitterer Ernst.«

»Dir ist alles ernst, Martin.« Grootehus lächelte fein, ließ sich dann aber wieder zurück auf die Decken sinken und zog mit schmerzverzerrtem Gesicht das rechte Bein ein wenig an. »Henric, sei so gut und reiche den Herren Ratsmännern Bier, damit sie sich wie zu Hause fühlen können.«

Henric verteilte das Bier in die mitgebrachten Becher, doch als er sich dann wieder zur Tür wenden wollte, rief Grootehus ihn zurück. »Nein, setz dich und bleib. Vielleicht brauche ich deinen klugen Kopf noch.«

Prindeney warf Henric einen missmutigen Blick zu. »Arnulf, wir sollten es nicht zu sehr an die große Glocke hängen.« Sein Blick glitt weiter zu Elisabeth. »Zumindest jetzt noch nicht.«

»Unsinn.« Grootehus machte eine abwehrende Geste. »Ich habe keine Geheimnisse vor meiner Schwiegertochter. Und ebenso wenig vor meinem Gesellen. Wobei du natürlich gehen kannst, wenn es dir zu langweilig wird, mein Kind«, wandte er sich mit einem Lächeln an Elisabeth. Sichtlich erleichtert nickte die junge Frau und erhob sich, strich ihren Rock glatt, während sie mit der anderen Hand den zappelnden Hund festhielt. Grootehus sah ihr lächelnd nach, während sie sich artig von den Besuchern verabschiedete und hinausschwebte. Zurück blieb ein leichter Hauch von Rosenöl.

»Ein hübsches Ding«, bemerkte Merck mit einem anerkennenden Nicken.

»Oh ja. Und sie liebt meinen Lutger abgöttisch.« Grootehus lächelte wehmütig. Dann spannte sich seine Miene. »Also, was habt Ihr mir zu sagen?«

»Es scheint, als sei nun genug Pech ins Feuer gegossen worden«, seufzte Merck. Seine speckigen Finger drehten den Becher, während er zu berichten begann.

Die Konflikte hatten sich merklich verschärft. Vereinzelt hatten sich Handwerker in den letzten Monaten empört, was den Rat dazu veranlasst hatte, einen Gehorsamsschwur einzufordern, um seine Macht zu festigen. Doch gerade dieser Schwur hatte für neuen Zündstoff gesorgt. In der Sitzung heute waren die Streitigkeiten eskaliert, und vier Ratsherren hatten unter Protest die Stadt verlassen, mit der Ankündigung, unter Waffen zurückzukehren. »Wahrscheinlich wenden sie sich an den Bischof«, schloss Merck seufzend. »Albrecht harrt nur auf eine Gelegenheit, gegen uns vorzugehen. Jetzt haben wir ihm einen Vorwand geliefert, und die Zünfte werden ihn begeistert unterstützen, wenn er ihnen die richtigen Versprechen macht.«

»Unsinn.« Grootehus schüttelte entschieden den Kopf. »Der Bischof hat vor drei Jahren erst den Landfrieden besiegelt. Er würde das Bündnis brechen und sich selbst ins Unrecht setzen, wenn er jetzt in die Stadt einfällt.«

»Glaubst du wirklich, dass ihn das aufhalten wird?« Prindeney schnaubte verächtlich. »Arnulf, du kennst diesen verlogenen Heuchler doch! Wenn es ihm nützt, die Kontrolle über die Stadt zu erlangen, wird er alles versuchen. Seine Verschwendungssucht kostet ihn Unsummen! Er braucht Geld! Und das kann er sich bei uns holen – wenn er nur einen Grund findet, uns in die Knie zu zwingen.«

»Ihr seht allzu schwarz«, erwiderte Grootehus, doch Henric entging das leichte Zögern in seiner Stimme nicht. »Er hat genug Einnahmen aus der Stadt, dazu die Ländereien. Warum sollte er es auf einen Konflikt ankommen lassen?«

»Weil er seit Jahren darauf wartet. Seit dieses verfluchte päpstliche Schreiben ihm den Sessel des Erzbischofs zugesichert hat.«

»Versündige dich nicht.« Grootehus schlug ein Kreuzzeichen und warf Prindeney einen warnenden Blick zu.

»Ich möchte nicht wissen, was die Braunschweiger das gekostet hat«, knurrte dieser unbeeindruckt und setzte den Becher zu einem tiefen Schluck an. »Uns schimpfen sie Krämerseelen, aber die Pfaffen sind kein Stück besser, wenn's darum geht, ihre Pfründe zu verteilen. Glaub mir, Albrecht wird die Gelegenheit nutzen. Und wir werden dafür bluten.«

Grootehus schien ein Stück tiefer in die Decken zu sinken. »Die Streitigkeiten ziehen sich schon zu lange hin. Ich habe immer gesagt, wir müssen versuchen, eine Versöhnung herbeizuführen. Stattdessen ist es nun so weit, dass der Streit sogar unsere eigenen Reihen auseinanderreißt.« Er schaute auf. »Was wollt ihr jetzt eigentlich von mir? Ich bin nur ein alter Mann, der nicht einmal alleine den Nachttopf nutzen kann.«

»Wir wollten dich um Rat fragen«, sagte Merck.

»Meinen Rat?« Grootehus schüttelte langsam den Kopf. »Was soll ich euch anderes raten, als dass ihr versucht, mit den Abgereisten zu einer Einigung zu kommen. Schickt ihnen einen Boten nach, der ihnen ein Angebot macht.«

»Das wird der Rat nicht zulassen.« Merck schnitt eine unglückliche Grimasse. »Du hast keine Ahnung, welch unversöhnliche Worte gefallen sind.«

»Dann solltet ihr euch auf eine längere Auseinandersetzung mit dem Bischof einstellen«, seufzte Grootehus. »Wenn die Abgereisten Albrecht tatsächlich um Hilfe bitten.«

»Bleibt nur zu hoffen, dass wir uns irren und Albrecht doch sein Wort hält«, sagte Prindeney düster.

»Solltet Ihr nicht besser Eure Familien in Sicherheit bringen?«, wandte Lambrech ein, der die ganze Zeit über stumm zugehört hatte. »Wenn sich Eure Befürchtungen bewahrheiten, wird der Bischof Kriegsknechte aufbieten.«

»Malt den Teufel nicht an die Wand, Suterman«, brummte Grootehus. »Noch ist nicht einmal gesagt, dass er überhaupt eingreift. Eine Flucht wäre ein falsches Signal.«

Prindeney nickte. »Das denke ich auch. Es könnte als Zeichen von Angst missdeutet werden. Und es gibt zu viele in der Stadt, die insgeheim hoffen, dass der Bischof den Rat zerschlägt und sie an unserer Stelle einsetzt. Wir müssen jetzt vor allem Geschlossenheit zeigen.«

»Deshalb wollten wir auch mir dir sprechen, Arnulf.« Merck zögerte, wechselte einen kurzen Blick mit Prindeney, der ein leichtes Nicken andeutete. »Du hast doch mit Sievert Petersen eine Handelsgesellschaft, nicht wahr?«

»Ja. Wie kommst du darauf?« Grootehus schaute verdutzt.

»Er ist Wortführer derjenigen, die sich von Albrecht eine Lösung erhoffen«, sagte Prindeney knapp.

»Ist er bei denen, die abgereist sind?«

»Nein, aber er hat die Versammlung gleich nach ihnen verlassen. Und keinen Hehl daraus gemacht, dass er ihre Ansichten teilt.« Mercks Wangen schlackerten unter einem tiefen Seufzer. »Er ist gewiss niemand, der Unruhe will, er hat genug Sorgen. Seine Tochter ist ja immer noch nicht verheiratet. Vielleicht kannst du ihn wieder auf unsere Seite ziehen. Es gab schon Stimmen, die ihn als Verräter einsperren und vor ein Gericht stellen wollten.«

»Ich kann es versuchen. Wenn ich wieder auf den Beinen bin«, murmelte Grootehus. »Aber mehr als das kann ich nicht tun.«

Die beiden Ratsherren verabschiedeten sich, dann geleitete Henric sie hinaus. Auf den Weg zurück in das Kontor kam sein Vater ihm entgegen.

»Wie viel Platz hast du noch auf dem Schiff?«, fragte Lambrech unvermittelt.

»Es sind noch einige Stapel frei«, erwiderte Henric. »Warum?«

»Du wirst alles verladen lassen, was noch auf dem Speicher ist.«

»Alles? Aber …«

»Ich möchte, dass alle Speicher leer sind«, unterbrach ihn Lambrech knapp. »Geh mit Hinnert die Listen durch und überlegt, was du zu einem anständigen Preis in Antwerpen losschlagen kannst. Schau dich nach Fuhrwerken um und schafft fort, was ihr fortschaffen könnt. Braunschweig, Lüneburg, Hamburg, mir ist es gleichgültig.«

»Aber das ist ein Verlustgeschäft.«

»Ich nehme lieber einen geringen Verlust in Kauf, schlage die Waren aber los, als sie ganz zu verlieren, weil der Speicher abgebrannt ist«, erwiderte Lambrech in einem Tonfall, der deutlich machte, dass er darüber nicht streiten würde. »Am besten begibst du dich gleich an die Arbeit.«

»Ihr rechnet wirklich damit, dass es zu Kämpfen kommt?«, fragte Henric.

»Ich rechne mit allem.«

»Dann wisst ihr mehr darüber ...«

»Zerbrich dir nicht den Kopf über Dinge, die du nicht verstehst«, winkte Lambrech barsch ab. »Kümmere dich lieber darum, was ich dir gesagt habe.«

Stumm starrte Henric seinen Vater an. Seine Hand hatte sich im Stoff seines Hemds zu einer Faust geballt. Dann senkte er den Kopf und nickte. »Natürlich, Vater«, murmelte er.

Bremen, 29. Mai 1366

Lambrech erwachte, als Schritte die Stiege zu seiner Schlafkammer hochpolterten und im nächsten Moment die Tür aufgerissen wurde. Eine Verwünschung brummelnd, stemmte er sich auf die Unterarme hoch und blinzelte in das Licht der Laterne.

»Was ist?«, knurrte er, während er auszumachen versuchte, wer ihn mitten in der Nacht aus dem Schlaf riss.

»Sie sind da«, keuchte eine Stimme, die Lambrech zu seinem Erstaunen als Hinnerts erkannte. Der dürre Schreiber stolperte um das Bett herum und rüttelte Lambrech an der Schulter. »Ihr müsst etwas tun!«

»*Wer* ist da?« Ungeduldig streifte Lambrech die Hand ab und setzte sich auf. Ein schneller Blick auf die Fensteröffnung verriet ihm, dass es noch mitten in der Nacht war. Irgendwo in der Ferne meinte er gedämpften Lärm zu hören.

»Nimm die Laterne weg und hör auf, in Rätseln zu reden«, befahl er knapp und packte Hinnerts Handgelenk. »Was ist los?«

Der Schreiber gehorchte sofort. Sein Bärtchen zuckte, als er sich auf der Truhe neben dem Bett niederließ und die Laterne betont sorgsam neben sich abstellte. »Kriegsknechte«, sagte er, nachdem er noch einmal tief Luft geholt hatte. »Es sind Kriegsknechte in der Stadt. Sie sind an der Schlachte gelandet und haben bereits die Tore genommen.« Seine Zungenspitze tippte gegen die Oberlippe, die immer noch vor Anspannung zitterte. »Es war ein gut vorbereiteter Streich. Niemand wusste davon, und niemand hat sie vorher bemerkt.«

Lambrech murmelte einen unterdrückten Fluch und schlug die Decke zurück. Seit Wochen hörte sich Hinnert um, damit sie rechtzeitig gewarnt waren, sollte der Erzbischof sich tatsächlich auf die Seite der geflohenen Ratsherren schlagen. Wahrscheinlich hatte Albrecht von Anfang an geplant, die Stadt mit einem schnellen Handstreich unter seine Kontrolle zu bringen. Und wie es schien, war ihm das gelungen. Vermutlich eilten seine Kriegsknechte schon von Haus zu Haus. Wenn sie die Ratsherren und ihre Familien im Schlaf überraschten, würde sich kaum nennenswerter Widerstand bilden.

»Geh und hol Halbbein-Jannes und eine Handvoll seiner Leute«, ordnete er an, während er ein Hemd überwarf. »Sie sollen sich bewaffnen und zu Grootehus' Haus gehen. Schick jemanden zu Prindeney und Merck. Und zu Doneldey. Sie müssen gewarnt werden. Lass den Kahn bereitmachen, der unten am Speicher liegt.«

»Wozu das?«

»Albrechts Ritter wären Narren, wenn sie nicht zuerst die Tore und den Markt besetzen würden. Wir müssen über die Weser.«

»Und von dort aus weiter?«

»Das wird sich zeigen. Wo ist Henric?«

»Noch bei Grootehus, nehme ich an. Vermutlich bei seinem Liebchen.«

Lambrech unterdrückte einen Fluch. »Dann kümmere ich mich selbst darum. Beeil dich!«

Hinnert langte nach seiner Laterne und huschte hinaus. Seine Schritte polterten auf der Treppe, dann hörte Lambrech ihn durch die Stube eilen, laut genug, dass auch die alte, schwerhörige Magd aufgeschreckt sein musste. Einen Moment lang überlegte er, sie ebenfalls mitzunehmen, verwarf den Gedanken aber sofort wieder. Das Haus sah nicht aus, als ob viel zu holen sei, und eine Greisin hatte wenig zu befürchten bei marodierenden Kriegsknechten. Vermutlich war sie am sichersten, wenn sie hierblieb.

Lambrech zog die Gugel über den Kopf und nahm den Mantel, dann eilte er nach unten. Hoffentlich war es nicht schon zu spät.

*

Jemand polterte an die Tür, dass Henric und Lutger erschrocken aufblickten und Frauke hastig von Henrics Schoß rutschte.

»Macht auf!«, brüllte eine Stimme. »Ihr müsst fort! Macht auf!«

Lutger schob den Becher beiseite und warf Henric einen kurzen Blick zu, ehe er sich erhob und langsam den irdenen Kerzenleuchter vom Tisch nahm. »Wer ist da?«, rief er misstrauisch.

»Ich bin's, Jannes!« Wieder polterte es an der Tür. »Lasst mich rein!«

»Ich hoffe, du hast einen triftigen Grund, Jannes«, knurrte Lutger, stellte dann aber den Leuchter zur Seite und hob den Riegel aus den Aufhängungen.

»Bei Marias Arsch, 's wird aber auch Zeit!« Mit einem Fluch stieß Halbbein-Jannes die Tür auf und humpelte herein, gefolgt von einer Handvoll weiterer Gestalten, die Henric flüchtig kannte, einfache, grobe Kerle, die auf den Schiffen und im Lager arbeiteten.

»Was soll das?« Lutger hatte sich breitbeinig vor der Tür aufgebaut. »Was wollt ihr?«

»Euch hier rausholn, eh sie Euch auch noch holn.« Jannes grinste und entblößte eine breite Zahnlücke, wurde aber sofort wieder ernst, als Lambrech neben ihn trat. Henric spürte den Blick, den sein Vater ihm zuwarf, ehe er sich an Lutger wandte.

»Kriegsknechte des Bischofs sind in der Stadt«, erklärte Lambrech knapp. »Holt Eure Frau. Ich wecke Euren Vater. Ihr müsst so schnell wie möglich hier fort.«

»Moment ...« Lutger blinzelte in das Kerzenlicht. »Ihr

glaubt doch nicht ernsthaft, dass wir das Haus schutzlos zurücklassen?«

»Doch, das glaube ich.« Lambrech sprach ruhig, aber sein Tonfall ließ erahnen, dass er nicht in der Stimmung war zu streiten. »Wenn Ihr geht, und die Kriegsknechte kommen, plündern sie vielleicht ein paar silberne Becher. Wenn Ihr hier seid und Euch ihnen in den Weg stellt, nehmen sie sicher gern Euren Kopf dazu. Und den Eurer Frau. Hinnert«, wandte er sich an den Schreiber, der wie ein Schatten hinter ihm aufgetaucht war, »nimm dir zwei Männer und such im Kontor zusammen, was nicht verlorengehen darf. Jannes, behalte die Straße im Auge. Und ihr beide«, drehte er sich wieder zu Lutger und Henric um, »ihr solltet euch jetzt schleunigst in Bewegung setzen und Elisabeth und den Alten holen!«

Wenig später waren alle in der Diele versammelt. Der alte Grootehus wirkte blass und erschöpft und ließ sich von zwei Knechten stützen, während seine Frau die Hände rang und leise vor sich hin jammerte. Elisabeth wirkte verstört und klammerte sich mit einer Hand an Frauke, mit der anderen an Lutger, der zu Henrics Erstaunen ein Schwert gegürtet hatte.

»Unten an der Schlachte liegt ein Boot, das uns aus der Stadt bringt«, erklärte Lambrech kurz. »Von dort aus werden wir …« Er brach mitten im Satz ab, als vor dem Haus Rüstungen schepperten. Ein Ruf gellte, ein zweiter folgte.

»Sie kommen! Jannes, verbarrikadiert die Tür!« Lambrech wies die Knechte mit einer hektischen Geste an, den Alten hochzunehmen. »Durch den Hof! Beeilt euch!« Er packte eine Laterne und stürmte voran.

Dunkelheit umfing sie, nur das fahle Rund des Mondes spendete ein wenig Licht. Ein schmaler Durchgang führte vom Hof in eine wenig begangene Seitengasse, die hinab zum Fluss führte. Der Lärm und die Schreie klangen inzwischen gar nicht mehr so weit entfernt, und Henric meinte, am Himmel einen Feuerschein zu erkennen.

»Gott behüte uns«, murmelte er, während sie sich zwischen den engen Hauswänden hindurchzwängten. Es stank nach Unrat, altem Fisch und Kot. Blind hasteten sie voran, die taumelnde Laterne im Blick, mit der Lambrech vorwegeilte.

Plötzlich öffnete sich die Gasse, und vor ihnen erstreckte sich der Marktplatz. Fast wäre Henric gegen Lutger und Frauke geprallt, die abrupt stehengeblieben waren und auf ein Feuer starrten, das mitten auf dem Platz loderte. Fauchend schlugen die Flammen in den Nachthimmel und sprühten ein Meer aus Funken empor.

»Der Roland«, wisperte Elisabeth, die mit weit aufgerissenen Augen an Lutgers Arm hing. »Sie verbrennen den Roland.«

»Weiter«, zischte Lutger und zog sie hastig mit sich zurück in den Schatten. »Beeilt euch!«

Erst jetzt bemerkte Henric die Bewaffneten, die sich auf dem Platz versammelt hatten. Grölen, kehliges Lachen mischte sich mit dem Prasseln des Feuers. Er spürte, wie sein Hals eng wurde. Ein falscher Blick in ihre Richtung, und man würde sie entdecken.

Im letzten Moment konnte Henric Elisabeth ausweichen, die vor ihm ins Straucheln geriet. Ihre Hand rutschte von Lutgers Arm, mit einem erstickten Aufschrei stürzte sie zu Boden.

»Lisa!«

Noch in der Bewegung fuhr Lutger herum und sank neben seiner Frau auf die Knie. »Lisa, ist alles in Ordnung?«, flüsterte er besorgt, während er ihr aufhalf. Sie schluchzte leise, nickte aber und versuchte, wieder hochzukommen. Als sie jedoch auftreten wollte, knickte ihr Fuß weg, und sie stieß einen jämmerlichen Schmerzenslaut aus.

Henric hörte Lutger leise fluchen. Er warf einen Blick über die Schulter, aber man schien sie noch nicht bemerkt zu haben. Eilig ging er neben Elisabeth in die Knie, tastete fieberhaft im Dunkeln nach ihrem Arm. »Wir müssen hier weg«, flüsterte er ungeduldig.

»Wäre ich nie drauf gekommen«, fauchte Lutger zurück. »Hilf mir, verdammt.«

Gemeinsam zogen sie Elisabeth wieder auf die Beine. »Ist nicht mehr weit«, versuchte Lutger sie zu beruhigen, während sie sich wieder in Bewegung setzten. »Nur die Straße noch, und dann sind wir da.«

Das war hoffnungslos untertrieben, aber Henric verkniff sich das bissige Schnauben, das ihm schon im Mund brannte. Wenigstens versuchte Elisabeth jetzt mitzuhelfen, während sie weiterhasteten. Hinter ihnen wurde der Lärm allmählich leiser, je weiter sie sich vom Marktplatz entfernten. Die anderen schienen ihr Zurückbleiben nicht bemerkt zu haben und waren längst in der Dunkelheit verschwunden. Unruhe brannte in ihm auf bei dem Gedanken, dass Frauke irgendwo dort vorn war bei seinem Vater und den anderen. Henric betete innerlich, dass ihr nichts geschah und sie die anderen unten am Fluss wiedertrafen. Ansonsten wüsste er nicht, wie sie aus der Stadt entkommen könnten.

An der nächsten Kreuzung blieb Lutger stehen und blickte sich um, ehe er Henric mit einer Kopfbewegung bedeutete, sich nach rechts in eine breitere Gasse zu wenden. Hufgetrappel erklang und ebbte ab. Eine Frau kreischte, dazwischen das hysterische Gebell eines Hundes.

Die nächste Gasse führte sie wieder in Richtung Schlachte. Die Häuser waren kleiner und eng aneinander gebaut, aufgereiht wie an einer Perlenkette. Henric kannte sich hier nicht gut aus, aber es konnte jetzt nicht mehr weit sein.

Plötzlich stieß Elisabeth einen erstickten Laut aus, als sich aus dem Schatten vor ihnen zwei Gestalten lösten. Einer hob prüfend die Laterne in ihre Richtung. Metall schepperte und blitzte auf, als das Licht auf die Rüstung fiel. Kriegsknechte!

»Zurück«, zischte Henric und zog Elisabeth und Lutger hastig mit sich, ohne die Männer aus den Augen zu lassen. Vielleicht hatten sie Glück, und die beiden hatten sie noch nicht bemerkt.

Doch diese Hoffnung zerschlug sich schon im nächsten Moment.

»Was haben wir denn da?«, hörte er einen der beiden lallen. Schwankend machte der Kerl einen Schritt auf sie zu. »Wo wollt ihr denn hin mit eurer Hure, he? Hübsches Vögelchen.«

»Schiebt sie uns mal rüber ans Licht«, lachte der andere. »Wir wollen sie uns mal angucken!« Auffordernd schwenkte er die Laterne.

»Verschwindet!«, fauchte Lutger. Trotz der Dunkelheit bemerkte Henric, wie sich die Hand des jungen Kaufmanns um den Schwertknauf legte. »Verschwindet, oder es ist das Letzte, was ihr tut!«

»Na, wer wird denn so unfreundlich sein!« Der vordere drehte den Kopf zu seinem Kumpan, das Grinsen dämonisch verzerrt im Licht der Kerze. Dann schnellte er vor.

Henric stieß einen erschrockenen Schrei aus und schaffte es gerade noch, Elisabeth mit sich herumzureißen, als sich der Kriegsknecht auf Lutger stürzte und mit ihm zusammen zu Boden ging. Er hörte die Rüstung klirren und Lutgers gequälten Schmerzenslaut, dann wurde seine Aufmerksamkeit schlagartig auf den anderen Angreifer gelenkt, der überraschend schnell auf ihn zuwankte.

»Los, lauf!« Henric gab Elisabeth einen Stoß, der sie zurück in die Gasse stolpern ließ. Sein Herz raste, als er im Schein der Laterne die Narben auf dem Gesicht des Angreifers erkannte. Das war kein Handwerksgeselle, mit dem man sich im Wirtshaus schlug, sondern ein Kämpe, der ganz andere Schlachtfelder gesehen hatte …

Henrics Kopf flog zur Seite, als ihn der Hieb traf. Für einen Moment tanzten bunte Lichter vor seinen Augen, und gnädige Dunkelheit begann sich über seinen Geist zu legen. Wie durch Nebel sah er die massige Gestalt, die sich vor ihm aufbaute, hörte das erschrockene Wimmern hinter sich. Verflucht, warum rannte sie nicht fort, fuhr es ihm durch den Kopf, während seine Hände Halt an der Hauswand suchten. Er durfte jetzt nicht ohnmächtig werden, sonst war Elisabeth verloren. Mit zusammengebissenen Zähnen und zitternden Knien drückte sich Henric von der Wand ab und warf sich mit aller Kraft gegen den Kriegsknecht, der gerade die Faust zu einem weiteren Schlag hob.

Offensichtlich hatte der Mann nicht damit gerechnet, dass Henric einen Gegenangriff wagen würde. Mit einem verblüfften Laut stolperte er zurück, kam ins Straucheln und fiel der Länge nach um.

Sofort war Henric bei ihm und holte aus, doch die Pranke des Kriegsknechts packte in einer schnellen Bewegung sein Handgelenk und bog es herum. Mit einem Aufschrei rollte sich Henric zur Seite und versuchte sich zu befreien, doch der Kerl war bereits über ihm und ließ den Arm fahren, um mit beiden Händen Henrics Hals zu packen und zu würgen. Henric rang nach Luft, versuchte verzweifelt, die Arme wegzuzerren. Schwindel verschleierte seinen Blick, während er sich aufbäumte, in der verzweifelten Hoffnung, den Angreifer abschütteln zu können. Doch der drückte die Finger immer tiefer in Henrics Hals. Henric spürte, wie seine Kräfte schwanden, die Glieder erlahmten wie nach einer langen Reise. Feuer brannte in seinen Lungen, ließ ihn vergeblich nach Luft schnappen, während seine Gegenwehr langsam erstarb und Schwärze vor seinen Blick zog.

Dann war der Druck mit einem Mal weg. Hustend schnappte er nach Luft und ließ den Kopf zurücksinken, wobei die Dunkelheit vor seinen Augen langsam wich. Einen Moment lang verspürte er den Wunsch, einfach liegenzubleiben, doch dann packte ihn jemand grob an der Schulter und zerrte ihn hoch.

»Steh auf!«, herrschte ihn Lutger an und stieß ihn gegen die Hauswand, während seine Beine noch wankten und unter ihm nachzugeben drohten.

Henric blinzelte, hustete wieder. Der Kriegsknecht lag vor ihm im Dreck, das Gesicht seltsam verzerrt und den Mund wie zum Schrei aufgerissen. Die gebrochenen Augen glänzten im

Licht der Laterne. Zwei Schritte weiter erkannte er den anderen. Dunkles Blut quoll aus einer Wunde in seiner Seite und mischte sich unter den Schmutz der Straße.

»Wir müssen weg«, zischte Lutger und riss Henric aus seiner Erstarrung. »Kannst du laufen?«

Laufen? Henric nickte zögernd, obwohl er keine Ahnung hatte. Seine Beine fühlten sich an wie Wachs, das man zu lange in die Sonne gelegt hatte. »Woher … Wie hast du das gemacht?«, flüsterte er.

»Ich habe in Lübeck gelernt, das Ding nicht nur zum Schmuck herumzuschleppen.« Lutger deutete mit einem knappen Nicken auf das Schwert in seiner Hand. Sein Blick zuckte unruhig umher, während er die Laterne umtrat, sodass sie erlosch. »Nimm du Elisabeth, ich gehe voran.«

Henric folgte ihm, die zitternde Elisabeth im Arm, die sich an ihn klammerte wie eine Ertrinkende. Vielleicht waren sie das auch, Ertrinkende. Nur dass es keine Sturmflut war, die über sie kam, sondern ein Meer aus Blut, das die Bürger der Stadt selbst heraufbeschworen hatten.

*

Ein Ruf schreckte Christine aus dem Schlaf. Türen knallten, und jemand brüllte etwas, was sie nicht verstand. Kerzengerade saß sie im Bett und starrte in die Dunkelheit, während ein eisiger Schauer über ihre Haut kroch. Irgendetwas stimmte da nicht. Federchen war zu ihr auf die Decke gesprungen und fauchte leise, das Fell gesträubt.

»Keine Angst«, flüsterte Christine, mehr um sich selbst zu beruhigen als die Katze. Mit angehaltenem Atem lauschte sie in die Dunkelheit. Draußen auf der Straße waren Stimmen zu hören, die etwas brüllten, dazwischen ein schmerzerfüllter Aufschrei, der nach kurzer Zeit erstarb. Hufschlag hallte zwischen den Häusern wieder, und das Schnarren und Scheppern von Metall.

»Vater?«, versuchte sie kläglich. Ihre Stimme klang heiser, eher ein Wispern als ein Rufen. Unten im Haus bellten Befehle, Schritte polterten in der Diele.

Federchen schmiegte sich gegen ihre Hand und maunzte leise. Erschrocken fuhr Christine zusammen und ärgerte sich im nächsten Moment über ihre Schreckhaftigkeit. Was immer da unten vor sich ging, wenn ihnen jemand etwas Übles wollte, war es gleichgültig, ob sie hier oben blieb oder hinunterging.

Entschlossen schlug sie die Decke beiseite und schwang die Beine aus dem Bett. Die Holzdielen fühlten sich warm und vertraut an unter ihren bloßen Füßen. Die Katze auf dem Arm, ging sie zur Tür, wo sie noch einmal stehenblieb, um zu horchen. Von unten waren Stimmen zu hören, eine davon sprach erhitzt, während die andere, die sie als ihren Vater erkannte, müde klang.

Sie drückte Federchen enger an ihre Brust, stieß vorsichtig die Tür der Kammer auf und ging langsam in Richtung Diele. Mit klopfendem Herzen blieb sie im Schatten des Durchgangs stehen.

»Es liegt nicht an mir, diese Entscheidungen zu treffen«, hörte sie den anderen sagen. Er schien sich zu bemühen, ruhig zu sprechen, aber Christine hörte deutlich die unterdrückte Wut in seiner Stimme.

»Ihr lasst Euch bereitwillig als Handlanger gebrauchen?«, gab ihr Vater giftig zurück. »Ich habe viel von Euch gehalten, Hollemann, aber Ihr enttäuscht mich sehr.«

Hollemann! Christine erstarrte, als ihr bewusst wurde, woher sie die Stimme kannte. Berent Hollemann, der ihr seit ihrer ersten Begegnung am Domhof immer wieder wie zufällig über den Weg lief, mit seinem dreisten Lächeln und der gespielten Höflichkeit, mit der er seine Kappe vor ihr lüftete.

»Bei allen Heiligen, versteht Ihr denn nicht, was gerade geschieht?«, fuhr Berent auf. »Ihr habt doch selbst gesagt, dass der Rat ...«

»Nicht so!«, fuhr ihm Sievert Petersen ins Wort. »Herrgott, Ihr gebt die Stadt dem Untergang preis!«

»Ich tue gar nichts. Und der Bischof sorgt nur dafür, dass wieder Frieden herrscht.«

»Frieden!«, wiederholte Sievert Petersen bitter. »Wenn das seine Vorstellung von Frieden ist, möchte ich nicht wissen, was für ihn Krieg bedeutet!«

Berent schien etwas erwidern zu wollen, hielt dann aber inne. Sein Blick wanderte zu den Stufen zum Hinterhaus.

Christine zuckte zusammen, aber es war zu spät, um sich ungesehen zurückzuziehen. Gute Miene zum bösen Spiel, beschwor sie sich. Sie hatte nichts Unrechtes getan.

Hastig zwang sie ein Lächeln auf ihr Gesicht und trat aus den Schatten.

»Christine, haben wir Euch etwa geweckt?« Die Schärfe war aus Berents Stimme verschwunden, als er auf sie zuging und ihr die Hand reichte, um ihr bei den letzten Stufen zu helfen.

»Ich habe Stimmen gehört«, antwortete sie und schenkte ihm ein schüchternes Lächeln. Berent und ihr Vater waren nicht allein. Erst jetzt entdeckte sie Tideman, der auf der Bank an der Wand hockte, nur in ein schlichtes Hemd gehüllt, ebenso wie die Magd, die unaufhörlich gähnte und mit großen Augen zur Tür starrte, wo zwei bewaffnete Männer in Rüstung standen. Christine zuckte zusammen und drückte Federchen an ihre Brust, als ihr bewusst wurde, dass sie nur im dünnen Hemd und mit offenen Haaren vor ihnen stand. Sie hatte viel über solche Kerle gehört, deren Handwerk der Krieg war, finstere Gestalten, die auch in Friedenszeiten nicht zimperlich waren.

»Es ist alles in Ordnung, meine Liebe«, erklärte Berent und verzog die Lippen zu einem beruhigenden Lächeln. »Nur ein wenig Unruhe in der Stadt. Die beiden sind zu Eurem Schutz hier.« Berent deutete mit einem Nicken auf die Kriegsknechte. »Geht am besten einfach wieder schlafen.«

Christine blinzelte. Das konnte nicht sein Ernst sein, sie einfach so wieder ins Bett zu schicken, obwohl augenscheinlich nichts in Ordnung war. Draußen auf der Straße herrschte immer noch Lärm, und ein Blick auf ihren Vater verriet ihr, dass er um Beherrschung rang. Offensichtlich hatte Hollemann die beiden Wachhunde nicht nur mitgebracht, um sie zu schützen.
»Natürlich«, murmelte sie. »Ich bin ohnehin müde. Gute Nacht, Vater«, wandte sie sich an Sievert Petersen, der mit finsterem Blick nur kurz aufschaute. Federchen immer noch an sich gedrückt, ging Christine zurück in ihre Kammer, bemüht, ihren Schritt ruhig zu halten.

»Schlaf du nur«, wisperte Christine, als sie wieder im Bett lag, und streichelte dem Tier zärtlich durch das Fell. »Ich passe auf dich auf.« Auf dich und auf mich, fügte sie in Gedanken hinzu.

Sie musste eingenickt sein, denn es dämmerte bereits zum Morgen, als sie das nächste Mal die Augen öffnete. Sie konnte sich gar nicht erinnern, sie geschlossen zu haben, doch nun war es still, eine gespenstische, fast beunruhigende Stille nach dem Lärm der Nacht.

Behutsam hob sie die schlafende Katze von ihrem Schoß und bettete sie neben sich auf die Decken. Die Dielen knarrten leicht unter ihren Füßen, während sie hinaushuschte.

Ihr Vater saß in seiner Schlafkammer am Fenster, das weit offen stand und kühle Nachtluft in das Zimmer ließ. Er war vollständig angezogen, eine Decke lag auf seinen Schultern. Er hatte sich nicht die Mühe gemacht, die Kerzen an dem Leuchter zu entzünden, sodass nur das schwache Licht der Morgendämmerung den Raum erhellte.

Sievert Petersen drehte kurz den Kopf, dann starrte er wieder hinaus in die schwindende Nacht. Irgendwo in der Ferne waren Rufe und Gelächter zu hören, und Christine meinte, Feuerschein zu erkennen. »Ich habe mich schon gefragt, wann du kommst.«

Christine blickte zu Boden. »Verzeiht, Vater, ich wollte nicht unverschämt sein.«

»Das bist du nicht. Du lässt dich nur nicht damit abspeisen, dass man dich fortschickt.« Sievert seufzte, dann drehte er sich langsam zu ihr um. Er betrachtete sie, ein wehmütiges Lächeln auf den Lippen. »Ich habe mir oft gewünscht, du wärst als Sohn geboren. Heute mehr denn je.«

»Ich versuche für Euch zu sein, was Ihr von mir erwartet.« Christine ging neben ihm in die Hocke und blickte mit einem unsicheren Lächeln zu ihm hoch.

»Ich weiß«, sagte er sanft und legte die Hand auf ihren Kopf, eine leichte und dennoch ungemein beruhigende Berührung. »Ich sollte Gott danken, dass er mir dich gelassen hat.«

»Was geschieht hier, Vater?«

Sieverts Blick wanderte wieder zum Fenster. »Der Bischof hat seine Kriegsknechte geschickt. Ich hatte gehofft, dass es nicht so weit kommen würde.«

»Aber warum? Ich dachte, es herrscht Frieden.«

Sievert lachte kurz und trocken auf. »Den Frieden haben wir selbst gebrochen, als wir es nicht mehr geschafft haben, unsere Streitigkeiten unter uns auszutragen. Den Erzbischof um Unterstützung zu bitten war ein Fehler. Wenn der Schafsbock Hilfe beim Wolf sucht, um den anderen Bock zu zerfleischen, darf er sich nicht wundern, wenn der Wolf sich am Ende die gesamte Herde einverleibt.«

Christine blieb einen Moment stumm, dann fragte sie leise: »Und was wollte Berent Hollemann?«

»Er wollte uns beschützen. Wie er es gesagt hat.« Ihr Vater seufzte. »Und er hat um deine Hand angehalten.«

»Er hat was?« Entgeistert starrte sie ihn an.

Sievert verzog den Mund. »Na ja, genauer gesagt, hat er mir mitgeteilt, dass er dich zu heiraten gedenkt. Ein dreister Kerl. Kennst du ihn näher?«

Christine schüttelte langsam den Kopf. »Nur flüchtig«, murmelte sie.

»Ich habe uns Bedenkzeit ausbedungen. Allerdings fürchte ich, dass uns keine Wahl bleibt. Ich habe schon zu viele Bewerber vor die Tür gesetzt.«

Das hatte er in der Tat, obwohl in den vergangenen Jahren der eine oder andere dabei gewesen war, der Christine durchaus gefallen hätte. Aber bislang hatte niemand vor den kritischen Augen ihres Vaters Gnade gefunden.

Berent Hollemann. Christine rief sich noch einmal sein Gesicht vor Augen, mit dem vorwitzigen Lächeln und dem dunklen Haarschopf. Sie hätte es schlechter treffen können.

»Hollemann versteht nicht, dass ich nicht begeistert bin über das Eingreifen des Bischofs«, fuhr ihr Vater fort. »Er glaubt, nur weil ich die Vormacht des Rats angeprangert habe, dass ich mich glücklich schätzte über das, was heute Nacht dort draußen geschieht. Siehst du den Feuerschein?« Sievert deutete aus dem Fenster. »Der Roland.«

Christine blickte hinaus in die Morgendämmerung. Der Feuerschein war trotz der zunehmenden Helligkeit noch gut zu erkennen. »Was tun sie da?«

»Sie verbrennen das, was die Bürgerschaft in langen Kämpfen mühsam errungen hat. Sie verbrennen unsere Rechte. Und wir haben sie gerufen.«

»Ihr nicht, Vater.« Vorsichtig löste sie seine Hand von ihrem Scheitel. »Ihr habt getan, was Ihr für richtig hieltet.«

»Nein, ich habe diesem Treiben hier ebenso Tür und Tor geöffnet. Ich habe die Stadt verraten, als ich den Geflohenen riet, Hilfe beim Erzbischof zu suchen. Aber, bei Gott, ich hatte erwartet, dass er vermittelt und nicht seine Kriegsknechte schickt!« Sievert hob in einer verzweifelten Geste die Arme. »Wie können wir darauf bestehen, unsere Geschicke selbst zu lenken, wenn wir es nicht einmal fertigbringen, unsere Streitigkeiten zu lösen? Es ist nur folgerichtig, dass sie den Roland verbrennen. Wir selbst haben das Feuer daran gelegt.«

»Eines Tages wird man einen neuen errichten. Aus Stein, damit man ihn nicht noch einmal verbrennen kann.« Christine lehnte die Wange an seine Schulter und spürte die Wärme, die vom Körper ihres Vaters ausging, das sachte Heben und Senken seiner Brust, aber sie wusste, dass er mit seinen Gedanken kaum bei ihr war. »Was fürchtet Ihr, Vater?«, flüsterte sie.

Sievert seufzte tief. »Ich fürchte mich davor, was Albrecht mit der Stadt vorhat. Er wird Forderungen haben, die uns wahrscheinlich nicht gefallen. Ich fürchte mich davor, was geschieht, wenn die Geflohenen zurückkehren. Und mächtige Verbündete gefunden haben. Hast du gehört, was heute Nacht in der Stadt vor sich ging? Die Schreie? Wir werden das wieder erleben – und wieder, solange kein Frieden herrscht. Und beim nächsten Mal werden wir die Gejagten sein.«

Christine antwortete nicht. Sie saß nur da, den Kopf an die Schulter ihres Vaters gelehnt, und starrte hinaus auf die Stadt.

Delmenhorst, 2. Juni 1366

Obwohl man die Fenster weit aufgerissen hatte, war es drückend heiß in dem Raum, in dem sich die vertriebenen Ratsherren versammelt hatten. Fliegen, angelockt aus dem Stall unterhalb des Fensters, brummten und setzten sich auf jedes Stück schweißnasse Haut.

Der alte Grootehus hatte sich einen Stuhl gesucht und sich einen Schemel unter den Fuß schieben lassen. Seine Wangen waren gerötet, und er wirkte angestrengt. Doch seine wachen Augen verrieten, dass er aufmerksam den Schilderungen des dicken Merck folgte, der ausschweifend von seiner Flucht berichtete.

Der Graf von Delmenhorst hatte den Vertriebenen bereitwillig Obdach gewährt für die Dauer ihrer Verbannung. Zwar hielt er sich selbst bedeckt und wollte keine Fehde mit dem Erzbischof wagen, aber es war offensichtlich, wem sein Wohlwollen galt. Vermutlich lag dies nicht zuletzt an seinen mächtigen Nachbarn, den Grafen von Oldenburg, mit denen er ebenso wenig in Streit geraten wollte wie mit dem Braunschweiger, dachte Lambrech, der sich an das Fenster zurückgezogen hatte und schweigend lauschte. Er zählte nicht zu den führenden Kaufleuten der Stadt, aber man hatte ihn dennoch dringend gebeten, bei dieser Besprechung dabei zu sein. Innerlich frohlockte er, während er nach außen eine bedachte Miene zur Schau trug. Man brauchte ihn, und das war gut so.

Es war ihnen tatsächlich geglückt, unbeschadet aus der Stadt zu entkommen und sich bis nach Delmenhorst durchzuschlagen. Bereits am nächsten Morgen waren andere Flüchtlinge eingetroffen, der Kaufmann Prindeney mit seiner Familie, Doneldey und einige mehr, die sich dem Zugriff des Bischofs durch Flucht entzogen hatten. Es schien sich zudem herumgesprochen zu haben, dass sie sich hier versammelten, denn nach zwei, drei Tagen trafen weitere Vertriebene ein, die sich zunächst anderswohin gewandt hatten, bis sie von der Zusammenkunft hörten.

»Nach allem, was ich weiß, hat der Erzbischof verfügt, dass ein neuer Rat gewählt wird«, berichtete Merck soeben und tupfte sich erneut den Schweiß von der Stirn. »Er will dabei auf die Grundlagen von 1330 zurückgreifen.«

»Habt Ihr ernsthaft mit etwas anderem gerechnet?« Doneldey schnaufte verächtlich. Der Patrizier gehörte zu den angesehensten Familien Bremens, und allein die Tatsache, dass es Kaufleute gab, die mit dem Erzbischof und den Zunftmeistern gemeinsame Sache machten, schien ihn tief zu erschüttern. »Er schafft sich einen Rat, der ihm gehorcht wie ein Rudel folgsamer Hunde.«

»Die Zunftmeister werden sein Vorhaben begeistert begrüßen«, seufzte ein anderer Patrizier, den Lambrech nur vom Sehen kannte. »Schließlich gibt er ihnen, was sie immer schon haben wollten. Eine Beteiligung an der Führung der Stadt.«

»Unsere Vorfahren haben die Freiheit vom Bischof erstritten«, fuhr Doneldey ihm über den Mund. »Es steht den Zünften nicht zu, etwas zu fordern, woran sie nie Anteil hatten. *Wir* sorgen dafür, dass Bremens Reichtum genährt wird, nicht sie.«

»Falls wir ihnen das so sagen, werden sie uns nicht gerade mit offenen Armen empfangen, wenn wir versuchen, die Stadt zurückzuerobern. Oder habt Ihr etwas, was Ihr ihnen versprechen könnt?«

»Vielleicht ist das gar nicht notwendig«, merkte Lambrech an.

»Sprecht nicht in Rätseln, Suterman«, schnarrte Prindeney. Er hatte bei den Unruhen seinen ältesten Sohn verloren, und seitdem wechselte er zwischen dumpfem Brüten und rasender

Ungeduld. »Wenn Ihr mehr wisst als wir, dann lasst uns daran teilhaben.«

Lambrechs Mundwinkel zuckte unwillig, aber er schluckte die scharfe Antwort, die ihm auf der Zunge lag, herunter. Er brauchte diese selbstgefälligen Kaufherren noch, die seit Tagen nichts Besseres zu tun hatten, als sich selbst zu bemitleiden. Er brauchte ihr Wohlwollen, und nie hatte er besser dagestanden als jetzt.

»Ich habe heute Morgen Nachricht aus Bremen erhalten«, sagte er daher ruhig. »Der neue Rat ist inzwischen zusammengetreten. Kaufleute und Handwerker, wie Ihr schon angenommen habt«, er nickte in Doneldeys Richtung. »Der Bischof hat ihn sogleich zusammengerufen und seine Forderungen gestellt. Unter anderen verlangt er die Bereitstellung eines Kredits.«

»Ha!« Prindeney fegte mit einer heftigen Geste seinen Becher beiseite. »Dieser fette Wanst prasst, was das Zeug hält, und wir dürfen es am Ende bezahlen?«

»Es sieht so aus. Eure Empörung wird übrigens in der Stadt durchaus geteilt.«

»Wenn er eine Weile so weitermacht, sorgt er ganz alleine dafür, dass die Stimmung sich dreht«, folgerte der alte Grootehus aus seiner Ecke. Er sprach langsam und leise, dennoch erstarb das Gemurmel augenblicklich. »Wie verlässlich sind diese Neuigkeiten?«

»Absolut verlässlich.« Wenn Hinnert zu etwas taugte, dann war es, Dinge herauszufinden und Stimmungen einzufangen. Lambrech hatte ihn bei der Flucht in Bremen zurückgelassen, mit dem eindringlichen Auftrag, ihn über alles, was in der Stadt geschah, auf dem Laufenden zu halten. Das tat Hinnert nun, indem er Boten nach Delmenhorst schickte. Der letzte war heute Morgen in aller Frühe angekommen.

»Wenn das stimmt, macht sich Albrecht unter seinen neuen Verbündeten keine Freunde. Und spielt uns damit in die Hände«, brummte Doneldey. »Wir haben bereits Nachricht an den Grafen Christian von Oldenburg geschickt. Wenn jemand Albrecht mit Freude in die Schranken verweist, dann die Oldenburger.«

»Sie werden allerdings eine Gegenleistung einfordern«, warf Merck ein.

»Und wenn schon. Das lässt sich aushandeln.« Doneldey winkte ab. »Die Frage ist, was wir sonst unternehmen können. Je länger wir zögern, desto mehr setzen sich Albrechts Geschöpfe fest.«

»Wir könnten Boten zum Hansetag schicken«, schlug Merck vor.

Der Patrizier, dessen Name Lambrech nicht einfallen wollte, schüttelte entschieden den Kopf. »Die Hanse hat sich bislang keinen Deut um uns geschert.«

»Das könnte daran liegen, dass wir uns bislang auffallend zurückgehalten haben, wenn es darum ging, die Hansepolitik zu unterstützen«, erwiderte Lambrech. Seine Lippen bildeten ein feines Lächeln. »Eine einzige Kogge haben wir gestellt, als gegen Waldemar Atterdag und seine Dänen zu den Waffen gerufen wurde.«

»Die mit Mann und Maus untergegangen ist«, bemerkte Prindeney lakonisch. »Aber wenn Ihr meint, dass wir uns dort Unterstützung erhoffen können, dann schickt jemanden nach Lübeck. Vielleicht Euren Sohn, Grootehus? Er war doch lange Zeit in Lübeck?«

Der Alte nickte müde. »Ich werde ihm nachher sagen, dass er unverzüglich aufbrechen soll.«

»Gut.« Doneldey schnalzte mit der Zunge. »Den Grafen von Oldenburg, die Hanse ... Wir sollten jede Unterstützung suchen, die wir finden können. Schon allein, um die Rechtmäßigkeit unseres Anliegens deutlich zu machen. Schließlich hat Albrecht den Landfrieden gebrochen, den er selbst geschlossen hat.«

»Und genau das sollten wir nutzen«, sagte Lambrech und fuhr gleich fort, als er in die fragenden Gesichter der Ratsherren sah: »Er hat uns den Vorteil selbst in die Hände gespielt. Sein Angriff ist unrecht, und das sollten wir nicht müde werden, bei unseren Verbündeten zu betonen. Wir müssen versuchen, auch die in Bremen Zurückgebliebenen von unserer Sache zu überzeugen. Wir brauchen Boten, die in die Stadt gehen und die Unzufriedenheit schüren. Versprecht Messen, um unsere gerechte Sache zu betonen. Und versprecht Vergebung für die, die sich wieder auf Eure Seite schlagen.«

»Damit sie beim nächsten Mal erneut die Kriegsknechte des Bischofs zu Hilfe holen?«, brummte Doneldey.

»Nein, damit sie Euch mit offenen Armen empfangen, anstatt mit dem Knüppel in der Hand«, erwiderte Lambrech. »Ihr könnt später immer noch einen neuen Schwur einfordern und den neuen Rat davonjagen. Doch dazu müssen wir erst einmal wieder in der Stadt sein.«

»Das klingt vernünftig.« Doneldey musterte Lambrech nachdenklich, während er an dem schweren Siegelring drehte, den er an der rechten Hand trug. »Ihr seid nicht dumm, Suterman. Und Ihr denkt vorausschauend. Möge Gott geben, dass Ihr recht behaltet.«

Lambrech wartete, bis sich die Versammlung aufgelöst hatte, ehe er den alten Grootehus zur Seite nahm und ihn um eine kurze Unterredung bat.

Bei dem Sitz des Grafen handelte es sich um eine Wasserburg mit einem schmalen Hof, der durch die Flüchtlinge nun noch beengter schien als sonst. Lambrech war daher nicht undankbar, als Grootehus vorschlug, vor die Tore zu gehen, wo man etwas mehr Ruhe hatte. Hier draußen ging ein leichter Wind vom Meer her, der die Hitze zwar nicht vertrieb, sie aber erträglicher machte. Schafe grasten auf den Weiden rings um die Burginsel, ein Mädchen döste unter einem Baum bei einer Handvoll Gänse, und vom Fluss stieg der Gestank der Gerberei zu ihnen hinauf, der unerträglicher wurde, je schwerer die Hitze auf den Ort drückte.

»Ein friedlicher Tag, nicht wahr?«, begann der Alte nach einer Weile, die er schweigend dahingehumpelt war. Beiläufig winkte er den Bauern auf dem Feld zu, die dabei waren, Heu zu wenden. »Tut mir einen Gefallen und quält einen alten Mann nicht unnötig, wenn er ohnehin schlecht zu Fuß ist. Was wollt Ihr mit mir besprechen?«

»Petersen.«

Grootehus wedelte unwillig mit der Hand. »Ein Verräter. Was ist mit ihm?«

»Ein Verräter und dennoch einer Euer wichtigsten Partner«, erwiderte Lambrech ruhig. »Ein großer Teil Eures Vermögens steckt zurzeit in Geschäften, die Euch an ihn binden. Sein Untergang wäre verheerend für Euch. Kurz vor dem Überfall haben wir große Summen in den Ostseehandel gesteckt, und auch bei der Fahrt nach Reval ist er nicht unerheblich beteiligt.«

Grootehus starrte ihn an, blinzelte im Sonnenlicht. Er fuhr sich mit dem Handrücken über die Augen. »Warum habt Ihr mir das nicht früher gesagt?«

»Weil ich erst einmal abwarten wollte, ob sich das Problem von alleine löst«, erklärte Lambrech ruhig.

»Er hat mich … nun ja, sehr enttäuscht«, murmelte Grootehus mehr zu sich selbst. »Ich habe versucht, mit ihm zu reden, aber er hat mir nicht einmal zugehört.« Er starrte einen Moment nachdenklich vor sich hin, dann hob er den Kopf. »Wie schlimm steht es?«

»Wenn alles verloren ist, was Ihr zurzeit in Geschäfte mit Petersen investiert habt, seid Ihr so gut wie bankrott. Vielleicht besteht die Möglichkeit, einen Teil zu retten, wenn wir …«

»Nein, ich will keine Möglichkeiten hören«, unterbrach ihn der Alte und wedelte mit der Hand. »Ich will Gewissheiten.«

»Die gibt es im Moment nicht. Weder für Euch noch für Petersen.«

Grootehus nickte langsam, den Blick auf den Fluss gerichtet, dessen bräunliche Wasser träge dahinflossen.

Lambrech musterte den Alten verstohlen. Die lange Verletzung und die Unruhen der letzten Tage hatte ihn stärker mitgenommen, als auf den ersten Blick ersichtlich war. Er war müde, zu erschöpft, um noch Entscheidungen zu treffen, und wenn Lutger nicht wäre, hätte er sein verbliebenes Vermögen wahrscheinlich längst einem Stift vermacht, um sich in ein Spital einzukaufen und seinen Lebensabend in Gebet und Muße zu verbringen. Doch das würde Lambrech auf jeden Fall verhindern.

»Was schlagt Ihr vor?«, fragte Grootehus schließlich leise.

»Wenn es Euch recht ist, werde ich Petersen davon überzeugen, dass er unsere Sache unterstützen sollte. Er wäre ein wertvoller Verbündeter innerhalb der Stadtmauern. Ich muss ihm im Gegenzug allerdings versprechen können, dass ihm und seiner Tochter nichts geschehen wird.«

Grootehus nickte müde. »Ich werde sehen, was ich machen kann. Tut, was Ihr für richtig haltet, Suterman«, murmelte er. »Ich vertraue auf Euch.«

Lambrech neigte den Kopf, um das zufriedene Lächeln zu verbergen, das in seinen Mundwinkeln lag. Alles lief so, wie er es erwartet hatte.

Bremen, 10. Juni 1366

»Den Zug solltest du noch einmal überdenken.«

Christine schaute überrascht auf. Sie hielt die weiße Dame noch in der Hand, um den dunklen Turm zu schlagen, hinter dem ihr Vater seinen König verschanzt hatte. Mit einem raschen Blick erfasste sie abermals die Stellung der Figuren und ihre möglichen Züge, dann stieß sie den Turm beiseite und stellte die Dame auf dem Feld ab. »Schach«, verkündete sie entschlossen.

Sievert schüttelte schmunzelnd den Kopf. »Du denkst schnell, aber nicht gründlich genug, Kind«, tadelte er. »So wirst du dieses Spiel nie beherrschen.«

»Bitte redet nicht, sondern macht Euren Zug. Oder versucht Ihr nur, mich zu verunsichern?«

»Erst wenn du selbst überlegst, ob du deinen Fehler findest.«

Christine runzelte die Stirn, betrachtete aber noch einmal die Situation auf dem Spielbrett. Ihre Dame stand sicher, und im nächsten Zug würde sie … Christine stockte. »Der Springer.«

»Eine mächtige Figur, und unberechenbar für die, die seine Bewegungen nicht vorhersehen.« Ein wissendes Grinsen lag um Sieverts Mund. Er nahm die Figur und schlug Christines Dame beiseite. »Es sieht nicht gut für dich aus.«

Christine kniff die Lippen zusammen, während sie angestrengt auf das Spielfeld starrte. Seit ihr Oheim Thade seinem Bruder bei einem seiner letzten Besuche die kunstvoll geschnitzten Figuren als Bezahlung für zwei verlorene Fässer dagelassen hatte, unterwies Sievert sie bei jeder sich bietenden Gelegenheit im Schachspiel. Es fördere Aufmerksamkeit und Geist, wurde er nicht müde zu betonen, Eigenschaften, die einem Kaufmann gut zu Gesicht standen. Zwar würde Christine nur die Gemahlin eines Kaufmanns sein, doch schaden könne es ihr nicht.

»Zwei Züge, und du bist matt.«

Ärgerlich schob Christine die Haare zurück. Es war ihr noch nie gelungen, ihren Vater zu schlagen, und heute sah es auch nicht danach aus. »Den Bauern?«, fragte sie vorsichtig.

»Das ist deine Entscheidung.« Sievert lehnte sich zurück, um die Hände vor dem Bauch zu verschränken. Christine hasste diese Geste. »Den Bauern.« Entschlossen zog sie die Figur zwei Felder vor.

Ihr Vater löste die Finger und wollte gerade seinen Zug machen, als sich die Magd leise räusperte. »Verzeiht, Herr«, sagte sie. »Ihr habt Besuch.«

»Besuch?« Sievert hob eine Braue. »Etwa schon wieder der junge Hollemann?«

»Nein, Herr. Kommt doch selbst, bitte.«

Christines Vater erhob sich mit einem ergebenen Seufzer. »Das führen wir noch zu Ende«, drohte er spielerisch, ehe er sich auf den Weg in die Diele machte.

Christine überlegte, ob sie ihm folgen sollte, entschied sich dann aber dagegen. So hatte sie wenigstens Zeit, ihren nächsten Zug zu überdenken. Frustriert stützte sie das Kinn auf die Fäuste und starrte auf die Figuren. Es musste doch noch eine Möglichkeit geben! Mehrere Züge vorausdenken, rief sie sich die Ermahnung ihres Vaters ins Gedächtnis. Wenn ihr Vater nun seinen zweiten Turm zog, konnte sie vielleicht den Bauern nehmen und …

»Ihr spielt Schach?«

Überrascht fuhr sie hoch. Sie war so in Gedanken versunken gewesen, dass sie die Schritte nicht gehört hatte.

Ihr Vater war zurückgekommen, und er hatte Besuch mitgebracht. Christine stutzte, als sie Lambrech Suterman erkannte, den Verwalter des alten Grootehus. Aber war Grootehus nicht geflohen? Was bei allen Heiligen machte Suterman hier, und dazu noch in dem groben Kittel eines Lastknechts?

»Von Zeit zu Zeit. Es lenkt ab und übt den Geist«, hörte sie ihren Vater antworten. »Meine Tochter Christine kennt Ihr?«

»Natürlich.« Ein schmales Lächeln flog über Sutermans Lippen, und Christine spürte den Blick seiner stechenden Augen einen Moment zu lange auf sich ruhen. »Eine Schönheit. Ihr könnt Euch glücklich schätzen.« Christines Schultern zogen sich unbehaglich zusammen, aber sie zwang sich, das Lächeln zu erwidern.

»Seid uns willkommen«, sagte sie höflich und erhob sich, den Kopf artig gesenkt. »Es überrascht mich, Euch hier in der Stadt zu sehen.«

»Das denke ich mir. Aber ich habe einige Dinge mit Eurem Vater zu besprechen. Ihr hättet die Güte, uns allein zu lassen?«

Christine warf einen unsicheren Blick zu ihrem Vater, doch Sievert nickte nur.

»Natürlich«, murmelte sie und neigte leicht den Kopf. Dann wandte sie sich ab und verließ gemessenen Schrittes den Raum.

*

Lambrech wartete, bis die Schritte des Mädchens verklungen waren, dann ließ er sich unaufgefordert auf einem der Stühle nieder. Seine Finger strichen andächtig über die kunstvoll geschnitzten Schachfiguren, die ein Vermögen wert sein mussten. Petersen hatte die Gesellschaft mit dem alten Grootehus gut getan, seine Geschäfte blühten, man musste keinen Blick in die Bücher werfen, um das festzustellen.

Sievert Petersen setzte sich auf den anderen Stuhl und verschränkte die Hände vor dem Bauch, eine augenscheinlich entspannte Geste, doch Lambrech entging nicht das Zucken um seinen Mund.

»Was wollt Ihr von mir?«, kam Petersen ohne Umschweife zur Sache.

Lambrech lächelte und lehnte sich ebenfalls zurück. Seine Hand glitt über die Lehne, die in einem geschnitzten Hundekopf endete, eine hervorragende Arbeit. Es gab in der Tat viel, was Petersen zu verlieren hatte. »Ich bin hier, um Euch zu warnen«, sagte er ruhig.

»Warnen?« Petersen hob beide Augenbrauen. »Ich wüsste nicht, dass ich mich in Gefahr befände.«

»Nun, vielleicht noch nicht. Wobei ich Euch mehr Weitblick zugetraut hätte. Jemand, der seinen Gegner beim Schach mit so wenigen Zügen in die Enge treibt, sollte die Lage besser erfassen können.« Er schmunzelte. »Ihr habt Euch mit den Bischöflichen zurechtgefunden, habe ich gehört? Eure Tochter soll sogar Johann Hollemanns Sohn heiraten. Und das, nachdem der Vater sein Haus und sein Vermögen in den Dienst des Erzbischofs gestellt hat. Deutlicher kann man sich kaum zu einer Seite bekennen.«

Petersen musterte Lambrech unter zusammengezogenen Augenbrauen. »Ihr erzählt mir nichts Neues. Was wollt Ihr?«

Lambrech lächelte fein. »Habt Ihr Euer Haus schon einmal verlassen, seit dieser tumbe Narr von einem Bischof dem Rat vorgibt, was er zu beschließen hat? Oder sind Euch die Sitzungen zuwider? Verständlich, immerhin lässt sich Albrecht seine Unterstützung teuer bezahlen. Wahrscheinlich wird es nicht der letzte Kredit sein, den er aus Euch herauspresst. Wir wissen alle, dass Geld für unseren Bischof nur dazu dient, seine Liebschaften zu unterhalten und seinen Haushalt fett und träge werden zu lassen.« Zufrieden registrierte Lambrech den harten Zug, der sich um Petersens Mund gebildet hatte. Es musste den Kaufmann bitterlich schmerzen, sein mühsam erwirtschaftetes Geld einem Prasser wie Albrecht in den Rachen zu stopfen.

»Ihr seid nicht der Einzige, dem das ein Dorn im Fleisch ist«, fuhr er fort. »Wenn Ihr hinausgegangen wärt, wüsstet Ihr es wahrscheinlich. Die Bremer sind unzufrieden. Es gärt in den Straßen, und Euer werter Stadtkommandant unternimmt nichts, um die Stimmung zu beruhigen. Warum sollte er auch? Albrecht hat die Stadt mit Gewalt erobert, und er wird sie notfalls mit Gewalt verteidigen. Auch gegen die eigenen Bürger. Das wird noch mehr Unmut hervorrufen, und die Stadt wird sich gegen ihren Herrn wenden, um ihre Freiheit zu verteidigen.« Er beugte sich vor, nahm einen weißen Bauern, der einsam vor den Reihen der schwarzen Figuren stand, und betrachtete ihn nachdenklich. »Eigentlich hättet Ihr den Zug vorhersehen müssen«, murmelte er und stellte ihn wieder zurück auf das Brett, ein Feld weiter nach vorn.

Ein flüchtiger Blick zu Petersen zeigte ihm, dass der Kaufmann ihm aufmerksam zuhörte, äußerlich gelassen, nur die Falte zwischen seinen Augenbrauen vertiefte sich zusehends.

»Dabei wird es nicht bleiben. Womit wir bei dem zweiten Zug sind, den Ihr hättet voraussehen können.« Lambrech streckte die Hand nach einem weißen Läufer aus, hielt aber inne und legte nur den Finger auf die Spitze der Figur. »Die Bischöflichen haben die Stadt mit Gewalt wieder unter die Knute des Erzbischofs gezwungen. Damit ist Albrecht zu weit gegangen. Er hat seinen eigenen Landfrieden gebrochen und sich ins Unrecht gesetzt. Seine Feinde, die Oldenburger, werden sich auf ihn stürzen wie gierige Hunde. Graf Christian lechzt danach, ihm den Rock zu stutzen.« Er schob den Läufer mit sanftem Druck schräg über das Brett, bis er am Rand zum Stehen kam. »Außerdem hat er vergessen, dass die Hanse kaum tatenlos zusieht, wie ein Stadtherr die Bürgerschaft entmachtet. Boten sind zum Hansetag nach Lübeck unterwegs, und sie werden bitterlich über das Unrecht klagen, das der Stadtherr dem Rat angetan hat. Ihr könnt Euch denken, wie die Antwort ausfallen wird.« Er zwinkerte Petersen kurz zu und schob dann einen Turm, der bislang unbeachtet dagestanden hatte, drei Felder zur Seite. »Zuletzt vergesst die Geflohenen nicht. Sie sitzen in der Verbannung und harren nur darauf, zurückzukehren und die Bischöflichen mit Mann und Maus aus der Stadt zu vertreiben. Und mit den Verrätern abzurechnen.« Er tippte gegen einen Bauern und stieß ihn ein Feld voran, dann lehnte er sich zurück. »Schachmatt.«

Unter halbgeschlossenen Lidern beobachtete er Petersen. Der Kaufmann starrte auf das Schachspiel, aber sein Blick schien durch das bemalte Brett hindurchzugehen und sich irgendwo weit darunter zu verlieren. Langsam, als sträube er sich selbst dagegen, beugte er sich schließlich vor und nahm den schwarzen König vom Feld, betrachtete ihn einen Moment und stellte ihn dann vor sich auf den Tisch.

»Seid Ihr gekommen, um mir Angst zu machen, Suterman?«, fragte er leise.

»Habt Ihr Angst?«

Petersen gab einen höhnischen Laut von sich. »Ich wäre wohl ein Narr, wenn ich keine hätte. Meint Ihr, all die Züge, die Ihr mir aufgezeigt habt, waren mir nicht längst bewusst? Ich weiß, dass ich alles verlieren werde. Aber ich kann nicht fort. Wie Ihr bereits festgestellt habt, habe ich mich zu fest an den Bischof fesseln lassen, um mich wieder loszureißen. Ganz abgesehen davon, dass mich dann die Hunde zerfleischen werden, die ihm nachfolgen. Ihr habt selbst gesagt, man dürstet nach Rache gegenüber den Verrätern? Ich bin einer dieser Verräter in ihren Augen, und vielleicht nicht zu Unrecht.«

Lambrech bedachte ihn mit einem langen, abschätzenden Blick. »Ich kann Euch helfen. Wenn Ihr mir dafür einen Gefallen erweist.«

»Wie wollt Ihr mir helfen?« Petersen schüttelte den Kopf. Fast bedächtig fuhren seine Finger die feinen Verzierungen nach, die der Künstler der Figur des Königs beigefügt hatte. »Ich bin gefangen, hier, wo ich nun stehe. Daher kann ich nichts anderes tun, als abzuwarten und zu Gott zu beten, dass er sich meiner Tochter barmherzig zeigt.«

»Euer Schicksal ist für Arnulf Grootehus nicht ohne Belang. Ihr wisst selbst, dass Eure Geschäfte inzwischen zu eng zusammengewachsen sind, als dass man einen Teil lösen könnte, ohne dass der andere Schaden davon trägt. Es wäre für Grootehus also ein schwerer Schlag, sollte man Euch als Verräter hinrichten und Euer Vermögen einziehen.«

»Es wird ihn schmerzen, aber kaum genug, um mir die Hand zu reichen.«

»Ihr irrt Euch. Vergesst nicht, dass ich seine Geschäfte führe.« Lambrech beugte sich vor, die Ellenbogen auf die Lehne gestützt, und sah Petersen über die aufeinandergelegten Fingerspitzen hinweg an. »Er wird mir glauben, wenn ich ihm erkläre, dass er Euch braucht. Sein Einfluss unter den Geflohenen ist groß. Er kann dafür sorgen, dass man Euch ungeschoren davonkommen lässt.«

Petersen zögerte. »Warum solltet Ihr das tun? Es ist bereits das zweite Mal, dass Ihr zu mir kommt, um mir zu helfen. Was versprecht Ihr Euch davon?«

»Für mich? Nichts.« Lambrech lächelte fein. »Ich bitte Euch nur um eine Gegenleistung, die Euch nicht schwerfallen wird zu gewähren. Zumal ich Euch damit einer weiteren Sorge entledige.«

»Und die wäre?«, fragte Petersen misstrauisch.

»Eure Tochter.«

Einen Moment lang starrte der Kaufmann Lambrech verdutzt an, dann schüttelte er entschieden den Kopf. »Meine Tochter ist verlobt und wird in wenigen Wochen heiraten. Ihr könnt nicht verlangen, dass ich den jungen Hollemann vor den Kopf stoße.«

»Das müsst Ihr auch nicht«, erwiderte Lambrech ruhig. »Seinen Kopf wird er ohnehin verlieren.«

Petersen öffnete den Mund, klappte ihn aber wieder zu, ohne etwas zu sagen. Schwer ließ er sich auf den Stuhl zurücksinken und schloss die Augen.

»Ihr bindet Eure Tochter an einer Verräter, wenn Ihr sie mit dem jungen Hollemann verheiratet«, fuhr Lambrech leiser fort und beugte sich etwas vor. »Wollt Ihr sie bereits nach wenigen

Wochen zur Witwe machen? Sie ist zu jung und zu hübsch, um den Witwenschleier zu nehmen. Außerdem ist damit Euer Problem, keinen Erben zu haben, nicht gelöst. Im schlimmsten Fall hat Hollemann sie bereits geschwängert, ehe man ihm den Kopf abschlägt, und Ihr werdet Mühe haben, einen neuen Bewerber um ihre Hand zu finden. Zumal sie nicht mehr allzu jung ist. Die Zeit läuft Euch davon, Petersen.«

Der Kaufmann atmete scharf ein. »Lasst mich! Kehrt zu Grootehus zurück. Lasst mich allein. Ich will nachdenken.«

»Tut das.« Lambrech legte die Hände an die geschnitzten Mäuler und erhob sich schwungvoll. »Aber lasst Euch nicht zu viel Zeit. Die Hunde haben die Witterung aufgenommen. Sie werden nicht mehr lange warten.«

»Wie kann ich Euch Bescheid geben?«

»Mein Gehilfe wird übermorgen bei Euch vorbeikommen. Bis dahin solltet Ihr wissen, wo Ihr steht.« Er warf einen Blick auf das Schachfeld und nahm die weiße Dame auf, die unbeteiligt neben dem Brett gestanden hatte. Vorsichtig, fast zärtlich strich er über das madonnenhafte Antlitz, das der Künstler der Figur verpasst hatte. »Ich weiß, dass sie Euch viel wert ist«, sagte er milder. »Ich habe selbst eine Tochter und kann nachempfinden, dass es Euch nicht leichtfällt, sie fortzugeben. Aber es ist das Beste – für sie und für Euch.« Behutsam setzte er die Elfenbeinfigur wieder ab und deutete einen knappen Gruß an. »Denkt gut nach, ehe Ihr Euren Zug macht.«

*

Lambrech Suterman war längst gegangen, als Christine in die Stube zurückkehrte. Es war inzwischen Abend geworden, die Sonne stand bereits tief, und trotz der geöffneten Fensterläden war es dämmrig in dem Raum. Ihr Vater saß noch an dem Tisch, genauso, wie sie ihn verlassen hatte. Er hatte den Ellenbogen aufgestützt, sein Blick schien ins Leere zu gehen, während seine Finger zwei Schachfiguren drehten.

Langsam trat Christine näher, blieb dann wieder stehen und wartete schweigend, bis ihr Vater den Kopf hob und zu ihr aufsah. Ein flüchtiges Lächeln zog über sein Gesicht. »Da bist du ja, mein Engel.« Er stellte die Figuren, den schwarzen König und die weiße Dame, zurück auf das Brett und straffte die Schultern. »Wollen wir noch eine Runde wagen?«, fragte er eine Spur zu fröhlich. Ohne eine Antwort abzuwarten, begann er, die Figuren zurechtzurücken.

Christine beobachtete ihn einen Moment schweigend, dann ließ sie sich auf den zweiten Stuhl nieder und suchte seinen Blick. »Was wollte Suterman?«

Sievert schaute auf und lächelte schnell. »Nichts. Nichts, worüber du dir den Kopf zerbrechen solltest, mein Engel.«

Christine zögerte. Es passte nicht zu ihrem Vater, dass er sie so abfertigte. Irgendetwas musste vorgefallen sein, und es beschäftigte ihn. Behutsam legte sie die Hand auf seine und schaute ihn an. »Was ist geschehen?«, fragte sie leise. »Ich muss Euch nur ansehen, um zu wissen, dass Ihr nicht über das Wetter gesprochen habt. Was tut er überhaupt in der Stadt?«

Sievert seufzte tief, aber er zog seine Hand nicht zurück, sondern wandte sich ihr zu. Er betrachtete sie mit einem Blick, als sähe er sie zum ersten Mal, eingehend, bewundernd fast, und mit einem gewissen Stolz, den Christine so noch nicht bei ihm gesehen hatte.

»Du bist wirklich eine Schönheit geworden«, stellte er leise fest. »Wie deine Mutter, Gott hab sie selig. Dein Gemahl wird sich glücklich schätzen können.« Sievert wandte den Kopf ab und schaute erneut auf die Schachfiguren. Gedankenverloren schob er die Bauern in eine Reihe. »Magst du Berent Hollemann?«

Christine runzelte überrascht die Stirn. Wie kam er auf diese Frage? Ob sie Berent mochte? Er sah gut aus, und er hatte etwas, was Frauen anzog.

»Ich denke schon«, sagte sie daher und lächelte schief. »Genug, um mit ihm glücklich zu sein, hoffe ich.«

»Du wirst ihn nicht heiraten.«

Christine blinzelte. »Wie meint Ihr das?«

»Wie ich es sagte. Du wirst ihn nicht heiraten.« Sievert legte die Handfläche auf das Schachbrett und drückte sich entschlossen hoch. »Ich werde ihm heute noch mitteilen, dass die Verlobung aufgelöst ist.«

»Aber warum? Ihr habt doch gestern erst ...«

»Es ist mir gleichgültig, was ich gesagt habe!«, fuhr er auf. Seine Augenbrauen zitterten. »Ich habe nun anders entschieden. Du heiratest ihn nicht!«

Christine zuckte erschrocken zurück. Noch nie hatte er sie so schroff angefahren. »Warum?«, wisperte sie. »Warum so plötzlich?«

»Frag nicht«, erwiderte er barsch. »Und nun geh. Ich muss über einige Dinge nachdenken.«

Christine wollte sich schon abwenden, hielt dann aber doch noch einmal inne. »Vater, ich ...«, begann sie zögerlich, räusperte sich, um das Zittern aus ihrer Stimme zu vertreiben. »Ihr werdet Berent Hollemann und seinen Vater sehr verärgern. Denkt an die Leute des Bischofs. Johann Hollemann kann Euch sehr schaden, wenn er es will. Es ist sicher ein Fehler ...«

Sieverts Kopf ruckte herum, die Augen verengt. »Sag mir nicht, was ich tun soll oder nicht«, zischte er. »Du hast mir zu gehorchen. Und das war das letzte Wort! Geh!«

Christines Finger gruben sich in den Stoff ihres Kleids. Ohne noch etwas zu erwidern, stürzte sie hinaus.

Bologna, Mitte Juni 1366

Die markige Stimme des Professors peitschte durch den Unterrichtsraum, scharf und zügig wie die Klinge des Dissectors, der über die Leiche gebeugt stand. Mit geübter Hand setzte er Schnitt für Schnitt, zog die Haut zurück und eröffnete den Bauchraum gemäß den Anweisungen des Ostensors, der schließlich Organ für Organ mit seinem Stock aufzeigte und bezeichnete. Ein übler Gestank stieg aus der geöffneten Bauchhöhle auf, und das Summen der Fliegen lag in der Luft.

Daniel hörte neben sich jemanden würgen, einen jungen Studenten aus Nürnberg, der erst vor einem halben Jahr nach Bologna gekommen war.

»Nicht zu tief einatmen«, raunte er ihm zu, aber es war schon zu spät. Mit einer grünlichen Gesichtsfarbe und die Hand fest vor den Mund gepresst, drängte sich der Nürnberger aus dem Pulk der Studenten und floh nach draußen, von wo im nächsten Moment Würgegeräusche zu hören waren.

Daniel schmunzelte matt. Fast jedem erging es früher oder später so, vor allem im Sommer, wenn die Leichen, die der Universität zum Sezieren zur Verfügung standen, bereits aufgedunsen waren und beim Öffnen einen Gestank verströmten, dass selbst der Dissector gegen die Übelkeit ankämpfen musste. Auch Daniel war es so ergangen, doch inzwischen hatte er sich daran gewöhnt. Seit dem Besuch bei Signore Bentivoglio und dem Gespräch mit Gaterni zweifelte er jedoch daran, dass aus den Leichenschauen besondere Erkenntnisse zu ziehen waren. Meistens lief die anatomische Vorlesung so ab, dass der Professor auf dem Katheder saß und aus den einschlägigen

Werken zitierte, während der Ostensor den Dissector anwies, was er zu sezieren hatte. Unglücklicherweise beherrschten viele Ostensoren und Dissectoren nur unzureichend Latein, sodass Vortrag und Sectio selten zueinander passten. Als Daniel Magister Gaterni einmal darauf angesprochen hatte, hatte der ihm erklärt, dass es bei der Vorlesung nicht darum gehe, den geöffneten Leib zu betrachten, sondern zu lernen, was bei Galen dazu geschrieben stand.

Es dämmerte bereits, als die Sektion endlich zum Ende kam und die Studenten den Raum verließen. Daniel bummelte mit den letzten hinaus, immer noch in Gedanken versunken.

»He, Daniele!«, tönte ein Ruf über den Hof.

Daniel blieb stehen und wandte sich zu seinem Kommilitonen Francesco um. Ganz gewöhnen würde er sich wahrscheinlich nie an die seltsame Aussprache seines Namens, aber alle Versuche, seinen Freunden das nachklingende *e* auszureden, waren kläglich gescheitert.

»Na, denkst du wieder an dein Mädchen?«, grinste Francesco, nachdem er zu ihm aufgeschlossen hatte.

»Nicht, nachdem ich mir gerade angesehen habe, wie dieser Metzger die Gedärme zerlegt«, erwiderte Daniel betont gelassen. Tatsächlich hatte er in letzter Zeit kaum an Christine gedacht. Inzwischen war es vier Jahre her, dass er Bremen verlassen hatte, und mit der Zeit waren auch die Erinnerungen verblasst. Gelegentlich fragte er sich, ob sie inzwischen geheiratet oder einen Liebsten gefunden hatte, doch er verdrängte diese Gedanken schnell wieder. Wenn er an sie dachte, sah er immer noch das Mädchen mit den roten Locken vor sich, das ihn anlächelte, auch wenn ihm klar war, dass sie sich wahrscheinlich ebenso verändert hatte wie er selbst. Die Kleidung, die er damals aus Bremen mitgebracht hatte, passte ihm längst nicht mehr, und seit einiger Zeit schabte er sich den Bartflaum von den Wangen, auch wenn seine Kommilitonen mehrfach versucht hatten, ihn zu überreden, sich zumindest für einige Zeit einen Bart stehen zu lassen, um Wetten abzuschließen, ob dieser ebenso blond sein würde wie sein Haupthaar.

Francesco vergewisserte sich mit einem schnellen Blick, dass keiner der Magister in unmittelbarer Nähe war, und beugte sich zu Daniel hinüber. »Ich gehe noch zu Antonia. Kommst du mit? Ein Krug.«

»Hast du etwas zu feiern?«

»Eher zu betrauern. Mein Vater hat mir aus Lucca geschrieben und mir mitgeteilt, dass er nicht daran denkt, mir vor Jahresende Geld zu schicken. Da kann ich den Rest auch noch versaufen.«

»Soll ich dir etwas leihen?«

»Du bist doch selbst arm wie eine Kirchenmaus. Nein. Leiste mir einfach Gesellschaft, während ich mein Elend versuche zu vergessen.«

»Das verspricht ja ein lustiger Abend zu werden …«

Francesco zwinkerte Daniel verschwörerisch zu. »Vielleicht ist Maria ja auch da. Na, was meinst du, eh?«

»Überredet«, sagte Daniel. »Ich ziehe mich nur kurz um.«

Antonia war die Wirtin einer kleinen Taverne unweit des Kollegs, die für ihren billigen, aber guten Rotwein bekannt war. Außerdem hatte sie zwei hübsche Töchter – für die Studenten ein weiterer Grund, die bärbeißige Wirtin aufzusuchen, die keinen Hehl draus machte, dass sie wenig für die Scholaren übrig hatte. Ganz im Gegensatz zu ihren Töchtern Maria und Lucia, die ihren Spaß daran hatten, den jungen Kerlen den Kopf zu verdrehen.

Kaum hatten sie sich an einen der Tische im Schatten der Arkaden gesetzt, als auch schon Maria zu Daniel und Francesco herüberkam, in der Hand zwei leere Weinkrüge, um die Taille ein Beutelchen für die Zeche gebunden. Mit einem koketten Lächeln stützte sie sich auf die Tischplatte. »Na, ihr beiden Hübschen? Einen Krug Wein? Oder was kann ich euch bringen?« Ihr Blick wanderte kurz über Daniels Gesicht.

»Wein ist gut«, nickte Francesco und warf einen kleinen

Beutel auf die Tischplatte, aus dem es leise klimperte. »Von dem Roten.

Maria fischte in einer schnellen Bewegung den Geldbeutel vom Tisch, öffnete die Verschnürung und zog ein paar Münzen heraus. Wie zufällig glitten ihre Finger über Daniels Nacken, ehe sie hüftschwingend im Inneren der Taverne verschwand.

Francesco starrte ihr nach, dann starrte er Daniel an. »Was hast du denn mit der angestellt?«

»Nichts.« Daniel spürte, wie ihm das Blut in die Wangen schoss. Ihm war nicht entgangen, dass Maria schon lange ein Auge auf ihn geworfen hatte, und vor ein paar Tagen hatte sie ihn abgepasst, als er zurück zum Kolleg gehen wollte, und zu einem Spaziergang eingeladen. Was dann gefolgt war, hatte ihn in einen Rausch aus Euphorie und Glück versetzt, wie er ihn noch nie zuvor erlebt hatte.

Francescos Mund verzog sich zu einem breiten Grinsen, und er versetzte Daniel einen kräftigen Knuff gegen die Schulter. »Mann, da treibst du es mit einem der schönsten Weiber von Bologna und machst ein Gesicht, als wollte man dir gleich dein bestes Stück abschneiden! Wie war sie denn?«

»Gut, denke ich.« Daniel hatte mal gehört, dass jemand so etwas über eine Hure gesagt hatte, aber er hatte keine Ahnung, was das bedeutete. Es war ein überschäumendes, gigantisches Gefühl gewesen, aber er hatte nicht das Bedürfnis, es Francesco in allen Einzelheiten darzulegen.

»Oh Mann, Daniele, ich wünschte, sie würde mich auch mal ranlassen.« Francesco blickte sehnsüchtig zum Eingang der Taverne, wo Maria verschwunden war. »Was hast du ihr denn erzählt, dass sie …?«

»Gar nichts.« Daniel zuckte mit den Schultern und grinste dann leicht. »Sie scheint mich zu mögen.«

»Mögen! Pah! Vermutlich wollte sie nur wissen, ob du überall so hell bist wie auf dem Kopf.«

Daniel zuckte erneut mit den Schultern. »Wer weiß.«

»Du wirst es mir vermutlich nicht sagen?«

»Nein.«

Francesco brummelte und leerte seinen Becher. »Weiber«, seufzte er aus tiefem Herzen. »Lassen wir das. Wie geht es dir, wenn du nicht gerade die begehrenswerteste Frau von Bologna flachlegst?«

»Sie ist für dich doch nur begehrenswert, weil sie dich nicht will«, spottete Daniel, wurde dann jedoch ernst. »Ich war bei der Sectio.«

Francesco blies die Wangen auf. »Ich werde wohl nie verstehen, warum du dir das antust. Du warst doch erst bei der letzten dabei.«

»Die ist über ein halbes Jahr her.«

»Na und? Es wird doch ohnehin das Gleiche gelesen.«

»Richtig. Herz, Lunge, Milz und Leber ... Wobei der Dissector heute die Leber freigelegt hat, als gerade über den Darm vorgetragen wurde.«

»Ist alles im Bauch«, stellte Francesco fest und schenkte sich nach. »Warum interessiert dich das so? Du kennst Galen doch in- und auswendig.«

»Weil ich wissen möchte, was wirklich geschieht im Körper, wenn er erkrankt ist.«

»Warum? Wichtig ist, dass du weißt, wie du Lahme wieder zum Springen bringst. Dafür bezahlen sie dich. Wie du das machst, ist gleichgültig.«

Daniel seufzte. »Du verstehst nicht, was ich meine.«

»Nein«, gab Francesco offen zu, während er verstohlen zu Maria linste, die Wein und Eintopf an den Nachbartisch brachte. »Du machst dir wie immer zu viele Gedanken. Überlass das Schneiden den Chirurgen und Wundärzten und bleib bei dem, was Geld einbringt.«

»Woher soll ich wissen, dass der Chirurg, den ich hinzuziehe, wirklich weiß, was er tut? Wir lernen einfach viel zu wenig über den Körper und die Organe. Und das gefällt mir nicht.«

»Dann frag doch einen Bader oder so, ob er dich beim Schneiden zuschauen lässt. Oder ... oh nein, das traust du dich doch nicht.« Er verzog die Lippen zu einem breiten Grinsen.

»Was traue ich mich nicht?«

»Nicht so wichtig.«

»Raus mit der Sprache.«

Francesco fuhr mit dem Finger gemächlich den Rand seines Bechers nach. Dann beugte er sich zu Daniel hinüber und senkte die Stimme. »Du hättest gern eine Leiche, nicht wahr? Ich wüsste, wo du eine bekommen könntest.« Er warf einen Blick über die Schulter, ehe er leiser fortfuhr: »Du weißt, wo die Universität ihre Leichen herbekommt, eh? Schwerverbrecher. Und nun rate einmal, wo man einen toten Schwerverbrecher herbekommt.«

»Vom Henker«, murmelte Daniel.

Francesco nickte eifrig. »Vom Henker. Der verkauft sogar die Seele seiner Großmutter, wenn man ihm nur genug Geld bietet.«

Daniel nahm einen bedächtigen Schluck aus seinem Becher und ließ den Wein einen Moment lang auf der Zunge liegen. Der Vorschlag klang ungeheuerlich. Eine Leiche heimlich aufzuschneiden war ein Verbrechen, das schwer gesühnt wurde. Jedoch nur, wenn man erwischt wurde.

»Woher weißt du das?«, hakte er nach, um Zeit zum Nachdenken zu gewinnen.

»Man hört und erfährt viel, wenn man Augen und Ohren offen hält.« Francesco grinste, ließ den Blick prüfend über Daniels Gesicht wandern. »Mit den paar Münzen, die du noch hast, wirst du bei ihm allerdings nicht weit kommen. Der Kerl tut alles für Geld, aber nichts ohne. Wusstest du, dass er mit Reliquien handelt? Angeblich Geschenke der Verurteilten, die um ihr Seelenheil bangen. Er ist ja ein frommer Mann, der Henker. Aber wenn du mich fragst, ich hätte da eine Idee, wo die ganzen Knöchelchen herkommen ...«

»Reliquien.« Daniel rieb sich das Kinn. Die Idee war ungeheuerlich und würde ihn wahrscheinlich geradewegs in die tiefsten Schlünde der Hölle stürzen, aber er konnte ja später immer noch Buße tun. »Meinst du, er ließe mit sich reden?«

Francesco verschluckte sich fast an seinem Wein. »Du hast doch nicht ernsthaft vor, das zu machen?«

»Doch. Und du wirst mir helfen.«

»Ich?!«

»Du braucht Geld, oder? Ich habe eine Idee, wie du zu Geld kommen kannst.«

Eine Woche später

Wie mahnende Zeigefinger ragten die zahllosen Geschlechtertürme hinter ihnen in den Nachthimmel. Dazwischen stand bleich und rund der Mond, und Daniel beschlich erneut die Frage, ob sie das Ganze nicht doch besser sein lassen sollten. Es war eine sternenklare Nacht und ungewöhnlich kühl für die Jahreszeit. Bei Tag hatte Daniel den Weg ohne Schwierigkeiten gefunden, doch bei Nacht war er jetzt froh, dass der Vollmond die Umgebung in ein kaltes, silbriges Licht tauchte.

Es war ein Wagnis, das mit einem Schlag alles vernichten konnte, was das Leben ihm an Gefälligkeiten erwiesen hatte. Wenn man sie erwischte, würde der Verweis von der Universität noch ihr geringstes Problem sein. Dennoch hatte Daniel ungeduldig darauf gewartet, Nachricht von dem Henker zu erhalten, der ihm eine passende Leiche besorgen wollte.

Wie von Francesco prophezeit, hatte der Henker bereitwillig zugestimmt, nachdem Daniel ihm eine größere Summe in Aussicht gestellt hatte. Er hatte keine weiteren Fragen gestellt, sondern Daniel nur das Vorgehen erklärt, mit einer Ruhe, die erahnen ließ, dass er das nicht zum ersten Mal tat.

»Hast du das Geld?«, flüsterte Francesco, bestimmt zum fünften Mal, seit sie aufgebrochen waren. Ein leichtes Zittern lag in seiner Stimme.

»Natürlich«, antwortete Daniel zum fünften Mal und legte die Hand prüfend auf den Beutel, der ungewohnt schwer an seinem Gürtel hing. Es war ihm nicht leichtgefallen, Avicennas *Kanon* zu verkaufen, aber er hatte keine andere Möglichkeit gesehen, an genügend Geld zu kommen. Außerdem hatte er sich ein Skalpell und einige weitere medizinische Gerätschaften anfertigen lassen, die er heute Nacht sicher benötigen würde.

Vor ihnen tauchte im Schatten der Mauer das Haus auf, ein niedriges Gebäude, das sich vor der hoch aufragenden Stadtmauer zu ducken schien. Daniel verlangsamte seine Schritte, blieb schließlich stehen.

»Was ist?«, zischte Francesco.

»Es ist … nichts«, flüsterte Daniel mit rauer Stimme. Nun gab es kein Zurück. »Gehen wir.«

Er holte noch einmal tief Luft, dann klopfte er an.

Der Henker war ein breitschultriger Mann mit ungewöhnlich großen Händen und verschlagen dreinblickenden Augen. »Wir hatten nicht ausgemacht, dass du jemanden mitbringst«, knurrte er mit einem finsteren Blick auf Francesco, nachdem er die Tür wieder hinter ihnen geschlossen hatte.

»Ich weiß. Aber ich brauche seine Hilfe.« Daniel nestelte den Geldbeutel hervor. Seine Hand zitterte, als er dem Henker den Beutel reichte. »Mein Teil unserer Abmachung.«

Der Henker bleckte die Zähne und entblößte dabei eine Reihe gräulicher Stummel. Achtlos ließ er den Beutel auf einen Tisch fallen und bedeutete Daniel, ihm zu folgen. »Wenn die Glocken zur Prim läuten, seid ihr verschwunden«, knurrte er, ohne sich zu ihnen umzudrehen. »Und ihr habt den Kerl wieder so hergerichtet, dass er morgen verbuddelt werden kann. Ansonsten werde ich abstreiten, dass ich euch hereingelassen habe.«

Daniel nickte stumm, während sie ihm eine steinerne Treppe hinab in einen weitläufigen Kellerraum folgten. In einem Mauervorsprung klebten zwei Kerzenstummel, die unruhige Schatten an die Wände warfen und nur erahnen ließen, wie weit sich das Gewölbe noch erstreckte. Staunend sah sich Daniel um. Er hatte in Bologna schon einige dieser großen Keller gesehen, die angeblich noch aus der Zeit der Römer stammten. Es war kühl zwischen den Steinmauern, und ein dumpfer, muffiger Geruch hing in der Luft.

»Dort drüben«, wies der Henker auf einen grob zusammengezimmerten Tisch, auf dem der Körper eines Mannes lag. Daniel zog hastig einen Zipfel seines Mantels vor die Nase, als er näher trat. Der Mann war offensichtlich erhängt worden, ein breites Würgemal zog sich über seinen Hals. Er war noch jung, höchstens ein paar Jahre älter als Daniel und Francesco. Die Zunge war blau angelaufen und hing halb aus dem geöffneten Mund. Er trug einen einfachen Kittel, von dem ein beißender Gestank nach Kot und Urin ausging.

»Wickelt ihn hier ein.« Der Henker warf ihnen ein grobes Stück Stoff zu. »Und bindet es ordentlich zu, verstanden?«

»Was hat er verbrochen?« Daniel riss sich endlich vom Anblick der Leiche los und setzte seine Tasche ab, um das Bündel mit den Instrumenten und ein paar Lappen hervorzuholen.

»Geht dich nichts an«, knurrte der Henker und wandte sich ab. Seine schweren Schritte polterten auf der Treppe, dann war es still.

Daniel warf einen fragenden Blick zu Francesco, der stumm auf den Leichnam starrte. »Alles in Ordnung mit dir?«

»Wie? Ja, natürlich.« Francesco lächelte schnell, dann sah er sich prüfend um. »Wir brauchen mehr Licht.«

»Ich habe zwei Lampen dabei. Und etwas Öl. Ich hoffe, das reicht aus.«

»Der lebt ja nicht mehr, also musst du keine Angst haben, dass das Skalpell ausrutscht«, grinste Francesco, im Bemühen, die Anspannung ein wenig aufzulockern. Er trat an den Tisch heran und schnüffelte, verzog angewidert das Gesicht. »Hast du auch an Wasser gedacht?«

»Um ihn zu säubern? Nein.« Daniel sah nicht auf, während er vorsichtig das Öl in die Tonlampen füllte und den Docht hineindrückte. »Wir haben nicht viel Zeit. Es muss so gehen.«

»Meinst du wirklich, irgendjemand nimmt uns ab, dass wir beim Hurenwirt waren, wenn wir zurückkommen und nach Scheiße stinken?«

»Wir können ja sagen, dass wir nicht gezahlt haben und dafür in der Jauchegrube gelandet sind ... Das war ein Scherz«, fügte er schnell hinzu, als Francesco den Mund verzog. »Wir sollten zeitig genug aufbrechen, dass wir uns noch waschen können.« Daniels Blick wanderte über den mageren Körper. »Wir machen nur den Torso. Für mehr haben wir keine Zeit«, entschied er und schnürte das Bündel mit den Instrumenten auf. Jetzt, da es endlich so weit war, spürte er nur noch aufgeregte Erwartung. Erst als er sah, wie Francesco ein Kreuzzeichen schlug und ein kurzes Gebet murmelte, legte er das Skalpell wieder beiseite und tat es ihm nach. Einen kurzen Moment hielt er inne und bat die Heiligen Cosmas und Damian um Fürsprache und Verzeihung für das, was er jetzt tun würde. Dann warf er Francesco ein aufmunterndes Lächeln zu und begann, den stinkenden Kittel aufzuschneiden.

Plötzlich stutzte er. »Was ist das denn?«

»Was?«

»Das Mal hier.« Daniel trat einen Schritt zur Seite, damit Francesco besser sehen konnte. Auf dem Bauch des Mannes, knapp unterhalb des Rippenbogens, hatte die Haut eine schwärzliche Verfärbung, wie ein Muttermal, nur größer, dunkler und mit unklaren Rändern, wie die Arme eines Kraken.

»Das ist doch kein Pestmal?«, hauchte Francesco. Selbst im schummrigen Licht der Öllampen konnte Daniel erkennen, wie der Italiener blass wurde.

»Unsinn. Pestmale findet man unter den Achseln und an den Leisten. Komm, lass uns nachsehen, ob es noch mehr von diesen Flecken gibt.«

Mit einiger Mühe wuchteten sie den Körper zur Seite, doch so sehr sie auch suchten, sie entdeckten keine weiteren Auffälligkeiten.

»Fang endlich an«, flüsterte Francesco mit einem bangen Blick zur Treppe. Daniel nickte und gab Francesco die Lampe, damit er ihm leuchtete. Dann setzte er das Skalpell an. Die

Klinge glitt überraschend flüssig durch Haut und Muskelschichten. Sie hielten den Atem an, als er schließlich die Zangen nahm, um vorsichtig die Hautlappen beiseitezuschieben. Ein beißender Gestank nach Fäulnis und Tod schlug ihnen wie eine Faust entgegen.

»Puh«, murmelte Francesco. »Stinkt das bei Lebenden auch so?«

Daniel zuckte mit den Schultern und beugte sich wieder über die Leiche. Es kostete ihn Überwindung, die Öffnung zu erweitern. Übelkeit kroch sauer in ihm hoch, und sein Magen zog sich rebellierend zusammen.

»Wird … gleich besser«, presste er mit zusammengebissenen Zähnen hervor.

Tatsächlich ließ der Gestank nach einer kurzen Weile nach, und das Atmen wurde wieder leichter. Als Daniel genug Muskelschichten gelöst und beiseitegeschoben hatte, bat er Francesco, die Lampe auf dem Brustbein abzustellen und Mondino de Luzzis *Anathomia* auf der Tasche zu holen. Mondino hatte vor einigen Jahrzehnten in Bologna gelehrt und ein Standardwerk zur Sektion verfasst, das Daniel bereits im letzten Jahr kopiert hatte. Zwar kannte er es in weiten Teilen auswendig, aber er wollte jetzt keinen Fehler machen.

Francesco begann vorzulesen, während Daniel, seinen Ausführungen folgend, Organ für Organ freilegte. Es war etwas anderes, vom Aufbau des Körpers zu lesen, als diesen nun unmittelbar anschauen und anfassen zu können. An einigen Stellen fiel es Daniel schwer, zu entscheiden, um was es sich bei dem Gebilde handelte, das er gerade unter den Darmschlingen freilegte, sodass sie gemeinsam überlegten, bis sie zu einer Lösung kamen. An anderer Stelle kamen sie auch nach reiflicher Überlegung nicht weiter, lasen die Passage aus der *Anathomia* zweimal, dreimal, doch sie konnten die beschriebenen Strukturen beim besten Willen nicht finden. Daniel kam zu dem Schluss, dass ihnen irgendwo ein Fehler unterlaufen sein musste, aber er war viel zu euphorisch, um sich darüber zu ärgern. Mit Finger und Handkante maß er Größe und Abstand zwischen den Organen aus und ließ Francesco diese in das Buch nachtragen, löste vorsichtig das Herz aus dem Brustraum und öffnete einen Lungenflügel, überprüfte den Sitz der Nieren und der Milz und arbeitete sich dann weiter hinunter in die Leistengegend. Längst hatten sie jedes Gefühl für Zeit verloren. Irgendwann hatte Francesco Öl in die Lampen nachgefüllt, und als Daniel schließlich die Instrumente beiseitelegte und den vom langen gebückten Stehen schmerzenden Rücken streckte, waren die Kerzen ganz heruntergebrannt.

Francesco unterdrückte mühsam ein Gähnen. »Wir sollten langsam gehen«, bemerkte er.

Daniel nickte matt. Sein Blick glitt über die Organe, die sie sorgfältig neben der Leiche abgelegt hatten. Er stutzte.

»Schau dir noch mal die Leber an«, murmelte er und nahm den schweren, blutigen Klumpen mit beiden Händen hoch, um ihn ins Licht zu halten. »Die Unterseite sieht anders aus.«

Francesco nickte. »Irgendwie verwachsen.«

»An der Lunge sind mir auch ein paar Stellen aufgefallen, die seltsam sind.« Daniel legte die Leber wieder zur Seite und beugte sich über die Leiche, um mit der Zange an den Lungenflügeln zu zupfen. »Siehst du, hier? Diese Wucherung? Gesund scheint der Mann nicht mehr gewesen zu sein.«

»Wenn das so weitergewuchert wäre, wäre er wahrscheinlich daran gestorben und nicht an dem Strick um seinen Hals«, vermutete Francesco.

Daniel nickte. Vorsichtig hob er die Organe zurück in den Bauchraum, bemüht, alles halbwegs an seinen Platz zu setzen. Dann wischte er sich die Hände an einem Tuch ab und suchte die grobe Nadel und den Faden aus der Tasche, die er wohlweislich mitgenommen hatte.

»Moment, wir sind noch nicht ganz fertig«, hielt Francesco ihn auf. Seine Zähne blitzten im Schein der Lampen. »Oder hast du das vor lauter Eifer vergessen?«

»Nein, aber du wirst kaum ein Stück Leber mitnehmen wollen.« Daniel schüttelte seine Hand ab und begann, den Bauchraum mit groben Stichen zuzunähen. »Fang schon einmal an«, schlug er vor und deutete mit einem Nicken auf das Skalpell. »Drei Knöchelchen auf jeder Seite, nicht mehr.«

Francesco brummte, nahm sich dann aber den Arm des Toten und führte die Klinge über dessen Handrücken.

»Verflucht!«

»Was ist?«

»Ich habe mich geschnitten.« Francesco drückte den Mund auf seinen Handballen, aus dem dunkles Blut hervorquoll. »Verdammt scharf, das Ding«, nuschelte er.

Daniel seufzte. »Nimm besser ein Tuch.«

»Es geht schon.« Francesco betrachtete seine Hand missmutig.

»Nimm ein Tuch«, wiederholte Daniel nachdrücklich, während er den letzten Faden anzog und einen groben Knoten daraufsetzte. Er warf Francesco eins der Tücher zu, das dieser ungeschickt auffing und sich um den Handballen wand. Wortlos reichte er Daniel das Skalpell.

Den Handrücken freizulegen gestaltete sich schwieriger, als Daniel angenommen hatte. Kräftige Sehnen zogen sich über die Knochen, die er Schicht für Schicht lösen musste, um an die Handwurzel zu gelangen. Schließlich hatte Daniel mehrere Knöchelchen herausgeschnitten und reihte sie sorgsam neben der Leiche auf, ehe er die zurückgeschobene Haut wieder über den Handrücken zog und mit wenigen Stichen fixierte.

Francesco nahm einen der Knochen zwischen die Finger und beäugte ihn skeptisch. »Und du meinst, dass das klappt?«

»Wenn der Henker so etwas verkaufen kann, warum du nicht auch?«

»Sie sehen so … so frisch aus.«

»Lass sie ein paar Wochen liegen. Dann ändert sich das.« Daniel säuberte die Instrumente, um sie wieder zu verpacken. Es wurde Zeit, dass sie hier verschwanden. In Gedanken sprach er stumm ein Gebet, während er das Tuch ausbreitete, das der Henker ihnen gegeben hatte. Jetzt, da die erste Euphorie abgeklungen war, kehrten die Bedenken zurück, bohrender als zuvor. Unsinn, schalt er sich. Der Tote war vermutlich ein Mörder oder gar Schlimmeres gewesen, sein Seelenheil war ohnehin verloren. Und was den Reliquienschwindel anging ... Er hatte Francesco nur den Vorschlag gemacht, die Handknöchelchen gutgläubigen Pilgern als Reliquien anzudrehen, mit der Umsetzung hatte er nichts zu tun. Ohnehin hatte er keine andere Wahl gehabt, redete Daniel sich ein, während er Francesco anwies, die Leiche ein Stück anzuheben, damit er das Tuch unter ihrem Rücken durchschieben konnte.

Sorgsam begann er, es zu verschnüren, als Francesco plötzlich innehielt und ihm mit einer knappen Geste bedeutete, still zu sein. »Da ist jemand«, flüsterte er.

Daniel lauschte. Da waren Stimmen, leise nur, aber deutlich zu vernehmen. Sein Herz tat einen Sprung, als sein Blick zur Treppe wanderte, die hinauf in den Wohnraum des Henkers führte. Wo zuvor nur Dunkelheit geherrscht hatte, fiel jetzt dämmriges Licht die Stufen hinab. Und er hörte Schritte und das Knarzen von Holz.

»Licht aus!«, zischte Daniel und unterdrückte einen Fluch. Wer auch immer den Henker um diese Zeit aufsuchte, er durfte auf keinen Fall mitbekommen, dass sie hier waren.

Die Schwärze fiel wie ein Tuch, als die Öllampen erloschen, und Daniel brauchte einen Moment, bis sich seine Augen an die Dunkelheit gewöhnt hatten. Von oben war nun Gelächter zu vernehmen, und kurz darauf das Scheppern von Ton.

»Die trinken«, wisperte Francesco, der sich um den Tisch herum zu Daniel geschlichen hatte. Selbst im Dunkeln konnte Daniel deutlich erkennen, wie der Kommilitone die Knöchelchen umklammerte, als glaube er selbst, dass sie von Gebeinen der Heiligen stammten und ihm helfen könnten.

»Da rüber«, flüsterte Daniel und wies auf den hinteren Teil des Kellers. »Da sehen sie uns nicht.«

»Meinst du, sie kommen?«, fragte Francesco und verstummte im nächsten Moment, als oben Schritte polterten. Daniel und Francesco rafften ihre Taschen an sich und huschten hastig tiefer in die Dunkelheit.

Daniels Hals schien wie zugeschürt, als am Treppenansatz zwei Männer erschienen, die gemächlich hinabstiegen. Im Schein des Leuchters, den der vordere trug, konnte er deutlich den massigen Schädel des Henkers erkennen. Die zweite Gestalt war untersetzt, mit einem fast tonnenförmigen Bauch, über dem sich ein fleckiger Kittel spannte. Das Gesicht wirkte im unruhigen Licht der Kerzen plump und gerötet, mit tiefliegenden Augen und der aufgedunsenen Nase eines Trinkers. Daniels Herz tat einen Satz. Er kannte den Mann! Besser, als ihm lieb sein konnte ...

»Giacomo!« Francesco packte Daniel am Arm. »Das ist Giacomo!« Obwohl er geflüstert hatte, kam es Daniel vor, als würde seine Stimme von dem Gewölbe widerhallen.

»Still!«, zischte Daniel und drängte sich mit angehaltenem Atem enger an die Wand. Der Leichenträger war oft in der Universität anzutreffen, so oft, dass er sie bestimmt erkennen würde. Er durfte sie auf keinen Fall sehen!

Daniel murmelte ein stummes Gebet, während sein Blick den beiden Männern folgte. Zum Glück erhellten die Kerzen am Leuchter nur die unmittelbare Umgebung, sodass Francesco und er im Dunkel verborgen blieben. Er wagte sich nicht zu rühren, als die beiden an den Tisch traten und der Henker prüfend das Licht über den Leichnam fließen ließ. »Den hier kannst du dann auch gleich mitnehmen«, brummte er.

Giacomo trat näher, verzog die Nase. »Was war denn mit dem? Der stinkt ja fürchterlich.«

»Hat sich noch kräftig vollgeschissen«, grinste der Henker. Im flackernden Schein der Kerzen wirkte sein Gesicht fremdartig, unnatürlich, wie die verzerrte Grimasse eines der Dämonen, die die Steinmetze an die Kirchenportale meißelten.

»Dann hat er vorher 'nen ganzen Korb faule Eier gefressen.«

»Was weiß ich.« Der Henker machte eine wegwerfende Handbewegung und stellte den Leuchter ab. »Komm, pack mit an. Bin froh, wenn ich den endlich los bin.«

Giacomo kicherte. »Warum hast du ihn nicht einfach hängen lassen, bis wir ihn wegbringen können?«

»Ich kenne seine Familie«, erwiderte der Henker knapp. »Hab seinem Vater versprochen, dass die Raben nicht an ihn rangehen.«

»Dafür lässt du ihn von Ratten annagen, wie?« Der Leichenträger kicherte erneut, dann packte er mit beiden Händen die Schultern des Toten und stieß dabei gegen eine der Öllampen, die Daniel und Francesco nicht mehr geschafft hatten einzupacken. Mit lautem Geschepper fiel sie zu Boden und zersprang.

Daniel zuckte zusammen und kniff die Augen zu. Er spürte, wie Francesco neben ihm erstarrte. Lautlos begann er zu beten, brach aber gleich wieder ab. Nach allem, was sie heute getan hatten, war es doch ein Hohn, jetzt um Hilfe zu flehen. Dennoch gelobte er still, drei Kerzen zu stiften und ein Jahr unentgeltlich im Armenspital zu dienen, sollte er wohlbehalten nach Bremen zurückkehren.

»Was ist das?« Giacomo glotzte im Dämmerlicht auf die Scherben.

»Eine Lampe«, sagte der Henker gleichmütig und packte die Beine des Leichnams. »Habe ich wohl vergessen.«

Daniel sah deutlich, wie es hinter der Stirn des Totenträgers arbeitete, dann breitete sich ein Grinsen auf seinem Gesicht aus. »Verstehe ...«

»Nichts verstehst du«, unterbrach ihn der Henker brüsk. »Und jetzt hältst du am besten dein versoffenes Maul. Lass uns den Kerl zum Karren bringen. Ich habe oben noch eine Flasche Wein, die danach schreit, geöffnet zu werden.«

Giacomo grunzte etwas, nahm aber bereitwillig die Leiche hoch und half, sie die Treppe hinaufzuschleppen. Der Henker ließ noch einmal den Blick durch den dunklen Keller schweifen, dann waren die beiden verschwunden.

Francesco atmete neben ihm erleichtert aus und drückte einen flüchtigen Kuss auf die Faust, in der er die Knöchelchen verborgen hielt. »Heilige Mutter Maria, das war knapp.«

Daniel nickte, während er noch den Schritten nachlauschte. »Wir sollten hier schleunigst verschwinden«, flüsterte er.

»Sobald der Kerl wieder weg ist«, gab Francesco ebenso leise zurück. »Ich mag ihm nicht in die Arme laufen.«

Es dauerte noch eine Ewigkeit, bis die Stimmen aus der Stube verklangen und sie sich endlich nach oben wagten. Mittlerweile war es hell geworden, Vögel zwitscherten in den Büschen rings um das Haus, und das Feuer war heruntergebrannt. Der Henker saß breitbeinig auf seinem Hocker und stocherte mit einer Eisenstange in der Glut.

»Ich hatte gesagt, zur Prim seid ihr fort«, knurrte er, ohne sich umzudrehen. »Nun verschwindet!«

Daniel öffnete den Mund, um etwas zu erwidern, schloss ihn dann aber wieder und nickte stumm. Hastig verließen sie das Haus und eilten den schmalen Weg hinunter zum Bach. Die Morgenluft war klar und kühl, und Daniel hatte das Gefühl, noch nie etwas Schöneres gerochen zu haben. Tief sog er die Luft in sich auf und genoss das Prickeln der ersten Sonnenstrahlen auf seinem Gesicht.

Francesco saß auf einem Stein und sah ihn an. In seinem Blick lag Müdigkeit, aber auch tiefe Erleichterung. »Hast du gefunden, was du gesucht hast?«

»Ja.« Daniel lächelte und strich sich die klebrigen Haare aus der Stirn. »Ja, ich denke schon.«

Bremen, 29. Juni 1366

Der Henker arbeitete schnell und präzise. Sein kahler Schädel glänzte in der Mittagssonne, als er sich wieder aufrichtete und einen Gehilfen heranwinkte, um den leblosen Körper des Enthaupteten auf den bereitstehenden Karren zu hieven. Der Geruch von Blut hing in der Luft und mischte sich mit dem Schweiß der zahlreichen Schaulustigen, die gaffend die Hälse reckten und jeden Kopf, der unter dem herabsausenden Henkersbeil fiel, mit lauten Rufen bejubelten.

Es war nicht die erste Hinrichtung, die Christine mit ansah, doch nichts, was sie bislang erlebt hatte, glich diesem blutigen Taumel, mit dem man Rache nahm an den Anhängern des Bischofs. Ihr Vater hatte ihr geraten, dem Schauspiel fernzubleiben, doch sie wollte dabei sein. Sie war kein kleines Mädchen mehr, das beim Anblick von Blut in Entsetzen ausbrach.

Starr ruhte ihr Blick auf der zurechtgezimmerten Empore, auf der man den Richtblock aufstellt hatte. Sie hatte ihr bestes Kleid angelegt und die Haare sorgsam zurechtgemacht. Sie würde Haltung bewahren, nichts würde darauf hindeuten, wie es in ihrem Inneren aussah.

Die Bischöflichen waren ebenso schnell wieder vertrieben worden, wie sie gekommen waren. Graf Christian von Oldenburg hatte die Stadt im Handstreich genommen und die geflohenen Ratsmitglieder in ihre alten Rechte eingesetzt. Unverzüglich hatte man den neugewählten Rat abgesetzt und die Führung der Stadt wieder fest in die Hände der Patrizierfamilien gelegt. Von den Zunftmeistern hatte man einen Gehorsamsschwur gefordert, den diese widerwillig leisteten.

Und dann hatte man sich der Verräter angenommen, wie man die Unterstützer der Bischöflichen inzwischen nannte – Tagelöhner, Handwerker, Kaufleute, sogar Ratsherren. Christine war nicht einmal überrascht, dass man ihren Vater unbehelligt ließ, ihn sogar zu den abendlichen Sitzungen in Doneldeys Haus einlud, bei denen man über die Zukunft der Stadt sprach. Sie machte sich nichts vor: Er hatte rechtzeitig seinen König in Sicherheit gebracht, ein geschickter Zug – und sie war der Bauer, den er dafür hatte opfern müssen. Seit Sutermans Besuch hatte Christine mit ihrem Vater nicht mehr als ein paar belanglose Floskeln ausgetauscht. Erst hatte sie noch erwartet, dass er mit ihr reden würde, ihr vielleicht erklären, was geschah, doch er tat es nicht. Und das bedrückte Christine stärker als alles andere. Letztendlich war sie nicht mehr als eine Ware, mit der man sich einen Vorteil erkaufte.

Christine zwang sich, den Kopf gehoben zu halten und den Blick nicht abzuwenden, als schließlich Johann Hollemann und seine Söhne vor den Richtblock geführt wurden. Ein Priester sprach ein Gebet und zeichnete vor dem Kaufmann ein Kreuz in die Luft, ehe der Henker ihn vor den Richtblock stieß und ihn in die Knie zwang. Für einen Moment hielt die Menge den Atem an, dann fuhr das Beil hinab. Nach dem dritten Hieb kippte der schwere Körper zur Seite.

Wie nah Leben und Tod doch zusammenlagen, dachte Christine, während sie zusah, wie das Blut über die Kanten des Podests rann. Ein Hieb des Henkers beendete all das, wofür der Kaufmann zeit seines Lebens gearbeitete hatte. Doch sie empfand kein Mitleid. Es war seine Entscheidung gewesen, mit den Wölfen zu spielen, da war es nur recht, wenn man ihn gemeinsam mit den Raubtieren erschlug.

Ihr Blick war starr, als schließlich Berent herangeführt wurde. Seine Haare hingen zerzaust bis auf die Schultern, und seine Lippen zitterten.

Christine spürte kaum, wie sich ihre Fingernägel tiefer in die Handballen gruben. Wie betäubt starrte sie hinauf zum Richtblock, unfähig, den Kopf abzuwenden oder etwas zu rufen, während rings um sie herum Stimmen geiferten, weiteres Blut forderten. Ihre Lippen formten ein stummes Gebet, als der Henker herantrat, Berents Kopf an den Haaren packte und ihn auf den Block zwang. Trotz der Panik sah sein Gesicht immer noch schön aus, verwegen und gleichzeitig ungemein verletzlich. Der junge Kaufmann atmete stoßweise, wirr glitt sein Blick über die gaffende Menge. Christine wollte die Hand heben, aber ehe sie sich bemerkbar machen konnte, schloss er die Augen. Ein mildes Lächeln lag auf seinen Lippen, als das Beil hinabfuhr.

Christine wandte sich um. Ohne noch einmal zurückzuschauen, drängte sie sich durch die Menge, sodass die Magd Schwierigkeiten hatte, ihr zu folgen. Sie spürte nicht die Hände, die an ihr zerrten, sah nicht die Gesichter, die wild gestikulierend vor ihr auftauchten. Erst als sie den Marktplatz erreicht hatte und der Lärm allmählich leiser wurde, verlangsamte sie ihren Schritt und atmete tief durch.

Es war vorbei. Ein einziger Hieb, und ... Sie mochte nicht mehr daran denken. Berent Hollemann hatte gespielt und verloren, doch für sie würde das Spiel weitergehen. Als Bauer, den man dem Gegner opferte.

Drei Wochen später

Henric räusperte sich. »Ihr habt mich gerufen?«

Das Gespräch verstummte, und die drei Männer wandten sich ihm zu. Grootehus hatte sich am Ofen niedergelassen, der trotz der sommerlichen Wärme bollerte. Lambrech lehnte am Schreibpult und blätterte in einem Geschäftsbuch. Henric blieb zögerlich in der Tür stehen, als er Doneldey erkannte, der ihn mit unverhohlener Neugierde musterte.

»Henric! Wir haben gerade von dir gesprochen.« Ein Lächeln erhellte Grootehus' Gesicht. »Komm herein. Ihr kennt den jungen Suterman?«, wandte er sich an Doneldey. »Er hat bei mir erst als Lehrling und Geselle gearbeitet, und jetzt ist er mein Partner. Ein geschickter junger Mann.«

»Aber ja. Ihr vergesst, wir hatten in Delmenhorst das Vergnügen.« Doneldey lächelte schmal. »Kommt herein, junger Mann, aber lasst die Tür offen. Es ist entsetzlich drückend hier drinnen.«

Henric löste sich von der Tür. Unschlüssig blickte er umher, da es keinen Stuhl mehr gab, und blieb dann neben dem Schreibpult stehen. »Ich wollte Euer Gespräch nicht unterbrechen«, sagte er. »Wenn ich störe, kann ich mich auch erst um die Einweisung der Träger kümmern.«

»Ach was, Ihr bleibt hier«, unterbrach ihn Doneldey mit einer jovialen Geste. »Wir haben ein wenig geplaudert.«

»Doneldey erzählte uns gerade, dass der Erzbischof zähneknirschend den Landfrieden wieder eingesetzt und sich auf seine Besitzungen zurückgezogen hat«, sagte Grootehus. »Gott sei Dank ist der Spuk damit zu Ende.«

»Dann hat er die Stadt aufgegeben?«

»Mehr oder weniger. Es bleibt ihm nichts anderes übrig bei einem starken Rat und mit den Oldenburgern im Nacken.« Ein selbstzufriedenes Grinsen kräuselte Doneldeys Lippen. »Wir haben gestern über ein neues Stadtsiegel beschlossen. Ein Prachtstück. Es wird Zeit, Albrecht deutlich zu machen, wer Herr in der Stadt ist.«

Henric nickte. Für die Kaufleute war es sicher günstiger, einen Rat aus Ihresgleichen zu wählen, als unter einem Stadtherrn zu leben, dessen Interessen sich stark von den ihren unterschieden. In Brügge hatte Henric immer wieder Klagen über die Handelspolitik der Fürsten und Herrscher gehört, die sich nach Bündnissen, Krieg und Frieden richteten und nicht nach dem Geldsäckel ihrer Kaufleute, die im ungünstigsten Fall mit überhöhten Zöllen und Handelssperren zu kämpfen hatten. Eine Stadt, deren Geschicke von den Kaufleuten gelenkt wurden, orientierte sich an deren Interessen – und letztendlich kam das all ihren Bürgern zugute.

»Nun, auf jeden Fall könnt Ihr beruhigt in die Zukunft blicken«, hielt Doneldey mit zufriedener Miene fest. »Aber seht zu, dass Ihr in nächster Zeit nicht zu viel reist. Jungverheiratete Frauen mögen das nicht gern.«

»Verheiratet?« Henric meinte, nicht recht gehört zu haben. Entgeistert starrte er Lambrech an. »Was soll das heißen?«

»Er weiß es noch gar nicht?«, fragte Doneldey amüsiert. Mit einer beinahe väterlichen Geste winkte er Henric heran. »Mein Junge, Euer Vater hat Euch eine der besten Partien ganz Bremens verschafft. Was sage ich, *die* beste Partie ganz Bremens.«

Henric wurde mit einem Mal kalt. Man hatte ihn verlobt, ohne dass er davon wusste. Ohne dass er gefragt wurde. Ihm war, als hätte er einen schweren Stein geschluckt, der nun in seinem Hals festsaß und ihm die Luft abdrückte. Und Frauke …

»Wann gedachtet Ihr, mir das mitzuteilen?«, wandte er sich seinem Vater zu. Seine Stimme klang rau. »Oder dachtet Ihr, das sei nicht notwendig?«

»Deshalb haben wir dich rufen lassen«, erwiderte Lambrech ruhig. »Du wirst morgen früh zu Sievert Petersen gehen und um die Hand seiner Tochter anhalten.«

»Petersen?« Henric glaubte sich verhört zu haben. »Ich soll diese Christine Petersen heiraten?!«

»Ich wüsste nicht, dass der Mann noch mehr Töchter hat.«

»Aber ...« Henric stockte, als er in die Gesichter der Kaufleute sah, die ihn teils missfällig, teils amüsiert betrachteten. *Wie das Äffchen eines Gauklers,* kam ihm in den Sinn, *ein Äffchen, das meinte, alle Freiheit zu genießen und doch an seinen Herrn gekettet war.* Er spürte, wie Zorn in ihm aufstieg. Wahrscheinlich war er Teil eines Abkommens, bei dem sie ihn verkauft hatten wie ein Stück Vieh!

»Was ist los, Junge?«, erkundigte sich der alte Grootehus. »Solltest du dich nicht freuen? Das Mädchen ist eine Schönheit.«

Henric nahm seinen ganzen Mut zusammen. »Ich werde sie nicht heiraten.«

»Wie war das?« Doneldey stieß einen amüsierten Laut aus, als hätte er soeben einen Witz gemacht. »Mein guter Lambrech, mir scheint, Ihr solltet Eurem Jungen mal ein paar Huren spendieren, damit er lernt, was er mit so einem hübschen Ding anfangen kann!«

»Ich werde sie nicht heiraten«, wiederholte Henric bestimmter. Er schluckte, straffte die Schultern. »Wenn ich jemanden heirate, dann Frauke!«

Einen Moment lang war es so still in der Kammer, dass man eine Schreibfeder fallen gehört hätte. Dann durchbrach Lambrechs sonore Stimme das Schweigen.

»Das wirst du dir aus dem Kopf schlagen«, sagte er leise, aber in einem Tonfall, der deutlich machte, dass er keinen Widerspruch mehr duldete. »Du kannst sie dir ins Bett holen, wenn dir danach ist, aber du wirst dieses Ding nicht heiraten.«

»Ich habe ihr mein Versprechen gegeben«, beharrte Henric, der sich bemühte, Lambrechs Blick zu erwidern. Sein Kiefer zitterte. »Ich werde es halten, und wenn Ihr alle Tore der Hölle aufstoßt, um mich daran zu hindern!«

Doneldey hatte erstaunt eine Augenbraue hochgezogen und lehnte sich in seinen Stuhl zurück, als beobachte er ein amüsantes Schauspiel, während Grootehus sichtlich hilflos zwischen Henric und seinem Vater hin- und herschaute und seine Finger nervös den Knauf seines Stocks umspielten.

»Meinst du?« Ruhig, fast gelassen trat Lambrech von dem Pult ans Fenster und verschränkte die Arme, während er das Treiben auf der Straße beobachtete. »Du bist ein Narr, Henric, aber das mag deiner Jugend geschuldet sein. Deshalb sollten wir es dir nicht nachtragen. Diese Magd, Frauke, wird Bremen verlassen. Du wirst sie nicht wiedersehen.«

»Das ... das könnt Ihr nicht machen!« Hilfesuchend wandte Henric den Blick zu Grootehus. Mitgefühl lag in den Augen des Alten, doch er wandte sich ab.

»Und was soll dann aus ihr werden?«

Lambrech hob die Schultern. »Hübsche Dinger wie sie kommen immer über die Runden. Vielleicht überlasse ich sie auch Halbbein-Jannes und seinen Leuten. Die könnten eine Magd gebrauchen, die für sie kocht und ihnen zu Diensten ist.«

Henric spürte, wie ihm das Blut in die Wangen schoss, heiß und grell, sodass er sich zwingen musste, die Fäuste wieder zu senken, die er schon erhoben hatte. Verzweifelt starrte er zu Doneldey, dann zu Grootehus, aber er wusste, dass er verloren hatte. Wenn er nicht zulassen wollte, dass man Frauke diesen Kerlen zum Fraß vorwarf. Es war keine leere Drohung, die Lambrech aussprach, nicht vor den beiden Ratsherren, die wahrscheinlich ebenso dachten wie er.

»Versprecht mir, dass ihr nichts geschieht«, flüsterte er. Seine Augen brannten, als er zu Lambrech aufsah, und seine Zunge fühlte sich unendlich schwer an. »Versprecht es mir, und ich werde dieses Mädchen heiraten.«

Bremen, Ende August 1366

»Ja, ich will.«

Henric blickte starr auf den Talar des Priesters. Die Worte schmeckten bitter, ein wenig gallig auf der Zunge, aber nun waren sie ausgesprochen. Hinter sich hörte er das leise Getuschel der Hochzeitsgäste, das wieder verstummte, als sich der Priester der jungen Frau neben ihm zuwandte und sie fragte, ob sie bereit sei, Henric als ihren Ehemann anzunehmen. Ihre Antwort war kaum zu vernehmen, aber sie war ohnehin müßig. Sie würde sich ebenso wenig wie er dem Willen ihres Vaters widersetzen. Zögerlich legte sie ihre Hand auf die seine, hob den Blick zu einem kurzen Lächeln.

Es war ein trüber, wolkenverhangener Tag, der keinen Regen, aber auch keine Sonne versprach. Henrics Blick glitt über das Markttor und die steinerne Fassade von Liebfrauen, während der Priester ein Tuch um ihre Hände wand und einen Segen sprach. Er fühlte sich leer und müde, wie nach einem langen Kampf. Letztendlich war es das auch gewesen, ein langer, innerer Kampf, von dem er doch von Anfang an gewusst hatte, dass er ihn verlieren würde. Nein, es war keine Niederlage, es war vernünftig und richtig, mahnte eine andere Stimme in ihm, der er zu gern glauben würde, wenn er sich nicht so elend dabei fühlte.

»… als Mann und Frau.«

Ein leises Räuspern des Priesters ließ ihn zusammenzucken. Mit fahrigem Blick wandte er sich seiner Braut zu und schlug den Schleier zurück. Er hatte Christine Petersen bereits gesehen, als er bei ihrem Vater um ihre Hand angehalten hatte, doch heute hatte man sie mit besonders viel Kunstfertigkeit zurechtgemacht. Ihre Augen standen groß in dem hellen Gesicht, ihre Haut schimmerte wie Alabaster, die Haare hingen ihr offen über den Rücken und leuchteten selbst in dem grauen Tageslicht wie flüssiges Kupfer. Sie schien um ein Lächeln bemüht, aber Henric konnte ihr ansehen, wie viel Kraft es sie kostete. Dabei bewahrte sie deutlich besser Haltung als er.

Rasch beugte er sich vor und gab ihr einen flüchtigen Kuss, kaum eine Berührung der Lippen, dann hatte er seiner Pflicht Genüge getan.

Die Brautmesse lief an Henric vorbei, als ob nur sein Körper anwesend sei, sein Geist aber nicht in der Lage, den Worten des Priesters zu lauschen. Auch als sie schließlich die Kirche verließen und die Segenswünsche der Hochzeitsgäste entgegennahmen, war ihm, als bewege er sich in dumpfen Nebeln, die jeden Ton, jede Empfindung dämpften.

»Alles Gute.«

Henric hob den Kopf, als er die Stimme seines Vaters hörte, und zwang sich zu einem Lächeln. Neben Lambrech stand Mette, die der Vater für diesen Tag aus dem Kloster hatte holen lassen. Sie hatte sich sehr verändert, war gewachsen und obwohl nur vier Jahre vergangen waren, war wenig von dem leicht pummeligen Kind geblieben, das unter Tränen die Stadt verlassen hatte. Er hätte sie vielleicht gar nicht erkannt, wären da nicht die grünen Katzenaugen, die ihrem Gesicht etwas Besonderes, Koboldhaftes verliehen.

»Alles Gute, Henric«, sagte sie mit ihrer hellen Kinderstimme und stellte sich auf die Zehen, um ihm einen Kuss auf die Wange zu geben, dann wandte sie sich strahlend der Braut zu und umarmte sie stürmisch. »Wenn ich heirate, werde ich auch ein so schönes Kleid haben«, verkündete sie, nachdem sie sich wieder von ihrer Schwägerin gelöst hatte und Christine bewundernd betrachtete.

»Du kannst dann das hier haben«, sagte Christine, und ein warmes Lächeln huschte über ihr Gesicht.

Henric wandte sich rasch ab und nahm ein paar weitere Glückwünsche entgegen, ohne seine Frau anzusehen. Irgendwie mussten sie diesen Tag durchstehen, und die Nacht und dann würde sich schon alles einstellen. Irgendwie.

Grootehus hatte sich angeboten, das Hochzeitsmahl im Gildenhaus auszurichten, wo genug Platz für die Gäste war. Er hatte weder Kosten noch Mühen gescheut. Musikanten spielten auf, Krüge mit teurem italienischem Wein machten die Runde, Berge von nach Mandeln und Petersilie duftendem Geflügel, Wild und helles Brot aus Weizen türmten sich auf der Tafel, und als Krönung hatte er einen ganzen gesottenen Ochsen auftragen lassen.

Henric saß zwischen seiner Frau und ihrem Vater, nagte an einem Stück Huhn, die Hand am Becher, den er immer wieder auffüllen ließ. Der Wein dämpfte die Unruhe, die in ihm wühlte. Nur verschwommen nahm er die Gespräche um sich herum wahr, das dröhnende Lachen eines Kaufmanns, das Gekicher eines jungen Mädchens, Rufe, die die Musikanten aufforderten, etwas Schnelleres zu spielen.

Ein Mann rückte seinen Stuhl heran, ließ sich darauffallen und lehnte sich zurück, um Henric mit schiefgelegtem Kopf zu mustern. »Ihr seid also der Glückliche, der unsere Christine bekommen hat. Meinen Segen.« Er zwinkerte Henric zu und hob prostend seinen Becher. »Ich bin Thade Petersen, Christines Oheim.«

Henric nickte leicht. Er hatte von diesem Thade schon gehört, ihn aber noch nie selbst getroffen. Der Mann, der vor ihm saß, sah älter aus als Sievert Petersen, obwohl er der jüngere der Brüder war. An Haaren waren ihm nur noch wenige Büschel um die Ohren geblieben, und der Mund schien nahezu zahnlos, aber das Funkeln in seinen Augen ließ erahnen, dass er alles andere als ein Greis war.

»Freut mich«, murmelte Henric und nahm einen Schluck, kniff anschließend die Augen zusammen, um den Schwindel zu vertreiben, der die Halle schwanken ließ. So langsam sollte er beim Wein vorsichtig sein, wenn er den Abend noch erleben wollte. »Euer Bruder hat von Euch erzählt.«

»Nichts Gutes, nehme ich an.« Thade schmunzelte. Seine Fingerspitzen zeichneten die Verzierungen des Bechers nach, während er Henric eingehend betrachtete. »Ich habe gehört, dass Ihr viel reist?«, fuhr er fort, nachdem Henric stumm blieb.

»Das ist notwendig. Zumindest noch eine Weile«, murmelte Henric knapp. Er hatte es aufgegeben, sich an diesem Tag um Höflichkeit zu bemühen.

»Dann könnt Ihr Euch doppelt glücklich schätzen, dass Ihr Christine habt.« Thade lächelte ungemindert freundlich. »Sie wird Euch eine große Stütze ein. Achtet gut auf sie. Christine ist ein Juwel.«

»Ihr wird es an nichts fehlen.«

»Werdet Ihr in Sieverts Haus wohnen? Platz ist dort genug.«

Henric schüttelte den Kopf. »Ich will versuchen, möglichst bald ein eigenes Haus für uns zu finden. So lange werden wir noch bei meinem Vater bleiben.«

Verwundert hob der Oheim eine Braue.

»Ich möchte nicht von den Almosen meines Schwiegervaters leben«, fuhr Henric fort, schärfer als beabsichtigt. »Ich bin verheiratet, also werde ich auch für meine Frau sorgen.«

»Könnt Ihr das denn?« Thade hielt die Brauen immer noch hochgezogen, ein zweifelnder Ausdruck schlich sich unter seine gutgelaunten Züge. »Ihr arbeitet für den alten Grootehus, und Christine ist anderes gewohnt, als in einer engen, zugigen Stube zu hocken und auf Euch zu warten.«

»Es wird ihr an nichts fehlen«, wiederholte Henric und erhob sich, schwankte leicht. »Und nun entschuldigt mich bitte. Mir ist nicht gut.«

Ohne sich um die verwunderten Blicke zu kümmern, drängte er sich an den Tischen vorbei und nach draußen.

Die Luft war angenehm frisch, als er auf den abendlichen Marktplatz trat, wo zu dieser Zeit nur noch wenig Treiben herrschte. Seufzend lehnte er sich gegen die Wand einer Litte und schloss die Augen. Am liebsten würde er einfach gehen und die Feiernden ihrem Vergnügen überlassen. Vielleicht fand er noch einen Schiffer, der morgen früh auslief, nach Reval oder Bergen, gleichgültig, wohin. Thade hatte recht, er würde seine Frau ohnehin nicht viel sehen, wenn er weiterhin reiste, und er war schon immer gern unterwegs gewesen … Es würde ablenken und die Gedanken an Frauke vertreiben, die ihm kaum Luft zum Atmen ließen. Grootehus hatte sie fortgeschickt zu einem befreundeten Kaufmann in Münster, und Henric hatte nicht einmal mehr Gelegenheit gehabt, sich zu verabschieden. Stattdessen war er nun verheiratet – ein Gedanke, den er immer noch nicht fassen konnte.

Als er die Augen öffnete, stand sein Vater vor ihm.

Henric verzog den Mund zu einem knappen Lächeln. »Bist du hier, um sicherzugehen, dass ich nicht verschwinde?«

»Auch.« Lambrech überging die Bitterkeit in Henrics Stimme. »Man vermisst dich. Du solltest dich wieder zu deiner Gemahlin gesellen.«

»Der besten Partie in ganz Bremen. Ich weiß.« Mit einem leisen Seufzer stieß sich Henric von der Wand ab, doch sein Vater hielt ihn zurück. »Warte.«

»Was wollt Ihr jetzt noch von mir? Ich habe doch getan, was Ihr verlangt habt.«

»Du tust es nicht für mich, sondern für dich.« Lambrechs Hand legte sich auf Henrics Brust, wo er unter dem Hemd das Bernsteinkreuz trug. »Du bist mein einziger verbliebener Sohn. Vergiss nicht, was du der Familie schuldest.«

Henric schob Lambrechs Hand beiseite. »Der Familie oder Euch?«, fragte er leise.

Lambrech hob die buschigen Brauen, und sein Bart zuckte wie unter einem amüsierten Lächeln. »Du tust gerade so, als machte ich das alles nur für mich, Junge.«

Macht Ihr das nicht auch?, dachte Henric, aber er sprach es nicht aus. Er wusste nicht, was er glauben oder denken sollte.

Vielleicht würde er eines Tages klarer sehen, mit etwas Abstand und aus der Entfernung.

»Ich sollte zurückgehen«, murmelte er. »Ihr sagtet ja, man vermisst mich schon.«

Lambrech trat beiseite, doch als Henric gerade an ihm vorbeigehen wollte, fasste er das Handgelenk seines Sohnes und hielt ihn zurück. »Vergiss es niemals.«

*

Die Hochzeitsgäste hatten Fackeln und Laternen entzündet, mit denen sie das junge Paar durch die nächtlichen Straßen führten. Anfangs hatte Christine erwartet, dass sie zum Haus ihres Vaters ziehen würden, doch zu ihrer Verwunderung schlugen sie einen anderen Weg ein. Ihr Herz machte einen erschrockenen Satz. Bislang war sie davon ausgegangen, dass Henric bei ihnen einziehen würde. Schließlich war Sievert Petersen um einiges vermögender als die Sutermans.

Vorsichtig sah sie zu ihrem Mann hoch, der schweigend neben ihr ging, und rang mit sich, ob sie ihn fragen sollte. Doch es würde ohnehin nichts ändern. Vielleicht hätte man sie gefragt, wenn sie sich in den vergangenen Wochen darum gekümmert hätte, was ihr Vater und ihr Bräutigam besprachen, aber es war ihr gleichgültig gewesen, so als beträfe es nicht sie.

Das Haus, vor dem der Zug schließlich zum Stehen kam, war nicht ganz so klein, wie sie befürchtet hatte, wenn es auch armselig erschien im Vergleich zu den steinernen Häusern der Patrizier.

Eine alte Frau mit einem zahnlosen Mund und gütigen Augen öffnete ihnen und humpelte zur Seite, damit Henric sie über die Schwelle geleiten konnte.

Die Hochzeitsgäste drängten sich vor dem Haus und riefen ihnen noch allerlei anzügliche Ratschläge nach, die Christine die Schamesröte ins Gesicht trieben, dann schloss sich die Tür hinter ihnen, und sie standen in der Stube.

Das gesamte Erdgeschoss wurde von einem einzigen Raum eingenommen, der zugleich Küche und Wohnraum zu sein schien. An der Kochstelle, in der noch die Glut glomm, lag eine Decke, offensichtlich der Schlafplatz der Alten, die nun an ihnen vorbeischlurfte und den Kerzenständer zurück auf den Tisch stellte.

»Ich weiß, Ihr seid etwas anderes gewohnt«, sagte Henric, der ihre Hand losgelassen hatte. Das gedämpfte Licht der Kerze warf unruhige Schatten auf sein ernstes Gesicht, das vermutlich gar nicht unansehnlich war, wenn er einmal lächelte. »Eines Tages werden wir auch in einem Steinhaus wohnen, wie es für Euch angemessen ist. Das verspreche ich Euch.« Mit einem leisen Seufzer ging er zum Tisch hinüber, um Mantel und Kappe abzulegen.

Christine wagte nicht, sich zu rühren. Ihr Blick huschte zu der Magd und dann weiter durch den Raum. Es gab kaum Möbel außer dem großen Tisch und den Bänken, dazu eine Truhe, die wohl zur Aufbewahrung des persönlichen Hab und Guts diente. Neben der Kochstelle standen Fässer für Wasser und Vorräte, und an der Decke baumelten zwei Knoblauchzöpfe und ein paar Würste, die man zum Schutz vor Ratten und Mäusen dort aufgehängt hatte. Nichts deutete darauf hin, dass hier ein Kaufmann lebte, kein Schreibpult, keine Bücher. Wenn sie es richtig gesehen hatte, gab es nicht einmal einen Speicherboden. »Führt Ihr Eure Geschäfte von hier aus?«, fragte sie nach einer Weile zögerlich, als Henric immer noch keine Anstalten machte, sich zu rühren.

»Nein.« Er schüttelte leicht den Kopf und drehte sich zu ihr um. »Noch arbeite ich in Grootehus' Kontor. Auch das wird sich irgendwann ändern.«

Christine nickte, grub die Finger in den weichen Stoff ihres Kleids. »Kann ich … Euch unterstützen? Ich verstehe einiges von Buchhaltung«, versicherte sie schnell, als er die Brauen zusammenzog. »Ich habe bei meinem Vater gelernt, wie man die Bücher führt und Aufstellungen macht.«

»Euer Platz ist hier«, unterbrach er sie barsch. »Ihr seid meine Frau, und es ist Eure Aufgabe, dafür zu sorgen, dass der Haushalt in Ordnung gehalten wird.«

Christine schluckte, senkte rasch den Blick, um die Enttäuschung zu verbergen, die bitter in ihr aufstieß. Der Haushalt ... Was war das schon in dieser Kate, mit Henric und seinem Vater und einer alten Magd? Sie hatte auch ihrem Vater den Haushalt geführt, aber das war etwas anderes gewesen. Und sie hatte immer Anteil an seinen Geschäften genommen, und wenn sie nur in der Diele saß, während ihr Vater Verhandlungsgespräche führte, oder sie ihn beim Abendmahl nach seiner Arbeit fragte. Hier würde sie alleine sein mit einer zahnlosen Alten, die mehr schlecht als recht für Ordnung sorgte. »Wie Ihr wünscht«, murmelte sie.

Sie hörte Stoff rascheln, als er sich von dem Tisch löste und neben sie trat. Einen Moment schien es, als wolle er die Hand heben und sie berühren, aber dann wandte er sich ab und nahm die Kerze vom Tisch.

»Wenn Ihr möchtet, suche ich eine Zofe für Euch«, sagte er, ohne sich zu ihr umzudrehen. »Ihr solltet jemanden haben, der Euch zur Hand geht. Nun«, er seufzte, »lasst Euch heute von Berte aus dem Kleid helfen, ich warte so lange hier unten.«

Christine nickte leicht, während sich das Band, das sie seit ein paar Wochen um ihren Hals zu spüren meinte, enger zuzog. Sie hatte insgeheim gehofft, dass er es vielleicht noch herauszögern würde. Es war nicht unüblich, die Ehe nicht in der ersten Nacht zu vollziehen, da sie dann besonders anfällig für böse Geister war, doch ihm schien eher daran gelegen, es rasch hinter sich zu bringen.

Die alte Magd, die bislang stumm am Feuer gehockt hatte, kam schwerfällig auf die Beine und bedeutete Christine, ihr die schmalen Stiege hinauf zu folgen.

Die Kammer, in die die Alte sie brachte, war eng, enger als ihr Raum zu Hause. Im Haus ihres Vaters, ihr Zuhause war nun hier, verbesserte sie sich in Gedanken, während die Alte mit überraschend flinken Fingern begann, sie aus ihrem Oberkleid herauszuschälen.

»Brauchst keine Angst zu haben«, gurrte sie. »Da müssen alle durch. Und der Henric ist ein guter Junge.«

»Ich habe keine Angst«, behauptete Christine und hob die Arme, damit die Alte die Verschnürungen besser öffnen konnte. Sie hoffte inständig, dass sie schwerhörig genug war, um das Zittern in ihrer Stimme zu überhören. »Lass, ich mache das schon«, schob sie die Hand der Magd beiseite, als die vergeblich versuchte, den Blumenkranz und den Schleier zu lösen. Rasch entwirrte sie den Kranz aus ihrem Haar, schaute sich kurz suchend um und legte ihn schließlich auf das Fußende des Bettes.

»Gott meint's gut mit dem jungen Herrn«, nuschelte die Magd und nahm eine Strähne von Christines Haar in die Hand, ließ sie bewundernd durch die Finger gleiten. Christine fröstelte und schlang sich unwillkürlich die Arme um die Brust. Nur noch mit einem dünnen Kittel bekleidet, huschte sie unter die Decke und zog diese bis zum Kinn herauf, als könne sie darunter Schutz finden. Stumm lag sie da und lauschte, während die Alte ihren Gemahl holte.

Ihr Magen zog sich zu einem winzigen Kloß zusammen, als sie schließlich Schritte auf der Treppe hörte und es dann zaghaft klopfte, ehe die Tür einen Spaltbreit aufgeschoben wurde und Henric sich hindurchzwängte. Sorgsam verschloss er die Tür wieder und drehte sich zu ihr um.

Christine drückte sich noch tiefer unter die Decke, als sie seinen Blick spürte, der langsam über ihr Gesicht und weiter über ihren Körper wanderte, der sich unter dem dünnen Wollstoff abzeichnete. Scham trieb ihr das Blut in die Wangen.

»Keine Angst«, hörte sie ihn murmeln, hörte, wie er näher kam und sich auf die Bettkante setzte, so weit von ihr entfernt, wie es möglich war. »Ich will das ebenso wenig wie Ihr. Aber es ist unsere Pflicht. Ich versuche, Euch nicht weh zu tun.«

Christine konnte keinen Laut hervorbringen, sodass sie nur stumm nickte.

Er erhob sich wieder, Stoff raschelte, dann spürte sie, wie die Decke angehoben wurde und er neben sie kroch. Zögerlich wandte sie sich ihm zu. Sein Atem roch nach Wein, und seine Hand fühlte sich schwielig an, als er vorsichtig über ihre Wange strich.

»Ich habe keine Angst«, wisperte sie.

Für einen Moment hielt er inne, ein wehmütiges Lächeln huschte über seine Züge, verschwand jedoch ebenso schnell wieder. Hilfesuchend sah Christine zu ihm auf. »Sagt mir, was ich tun muss«, flüsterte sie tonlos.

»Tut einfach nichts.« Seine Stimme klang rau, als er sich über sie beugte und sie küsste. Christine schloss die Augen, öffnete leicht die Lippen, bereit, ihn zu empfangen, wie sie es in den Büchern gelesen hatte. Doch sie wartete vergeblich auf das süße Versprechen, das die Dichter in schönen Worten besangen. Henrics Lippen schmeckten kalt, ein wenig nach Wein, nach Widerwillen, der ihr einen tiefen Stich versetzte, als sie dessen gewahr wurde. Sie war fast erleichtert, als er wieder von ihr abließ und sie den Kopf zur Seite drehen konnte, während seine Lippen über die weiche Haut an ihrem Hals strichen. Behutsam schob sich seine Hand unter ihr Hemd, streichelte über ihre Brüste, den Bauch hinab zu den Oberschenkeln. Als seine Finger zwischen ihre Beine wanderten, zuckte Christine zusammen.

»Keine Angst«, flüsterte seine Stimme neben ihrem Ohr. »Ich werde vorsichtig sein.«

Sie zwang sich zu einem beschwichtigenden Lächeln. Langsam tasteten sich die Finger weiter vor, schoben das Hemd hoch. Sein Körper drängte sich gegen ihren, schob sich über sie und drückte vorsichtig ihre Beine auseinander. Christine presste die Lider aufeinander, ihre Hand krallte sich in das Laken. Erschrocken keuchte sie auf, als er in sie eindrang und ein kurzer, stechender Schmerz sie durchfuhr.

Er hielt inne, die Hände aufgestützt, den Blick aber abgewandt. »Habe ich Euch weh getan?«, murmelte er.

Christine biss sich auf die Lippen, schüttelte stumm den Kopf. Es brannte immer noch, aber der Schmerz schien bereits wieder nachzulassen.

Langsam bewegte er sich weiter in ihr, erst zögerlich, dann mit immer kräftigeren Stößen. Christine hielt die Augen geschlossen, doch ihr ganzer Körper war angespannt, während sie versuchte, ruhig zu atmen. Ihre Fingerspitzen gruben sich tief in das Bett, sie zog die Lippen zwischen die Zähne und presste sie fest aufeinander, um keinen Schmerzenslaut von sich zu geben. Scham brannte in ihr, trieb ihr Tränen in die Augen, die sie vergeblich wegzublinzeln versuchte. Doch Henric würde sie ohnehin nicht sehen.

Mit einem keuchenden Laut stieß er noch einmal zu, dann ließ die Spannung seines Körpers nach, und er stützte sich schwer auf die Unterarme. Sein Atem beruhigte sich nur langsam, als er sich schließlich aus ihr zurückzog und von ihr herunterrollte.

Christine lag stumm da. Sie zitterte, und es war nicht die Kühle der Nacht, die sie frösteln ließ. Das sollte es also sein, das Unaussprechliche, der Höhepunkt der Liebe, den die alten Dichter besangen und die Kirchenväter verteufelten. Sie verstand nicht, wie man etwas Hehres, Wunderbares darin sehen konnte. Alles, was sie fühlte, war Schmutz, wie ein Tier, das von fleischlicher Lust getrieben wurde, und Scham, die tiefer brannte als der Schmerz. Vielleicht war Liebe tatsächlich nur ein Traum und nicht für die Menschen gemacht.

Henric regte sich neben ihr. Sein Blick wich ihrem aus, als sie ihn ansah, glitt über ihre Schulter hinab zu den Decken, die bei ihren Füßen lagen. Der Blütenkranz war auf den Boden gefallen.

»Ich werde dafür sorgen, dass Ihr es nicht bereut«, sagte er leise. »Ich verspreche Euch, sobald ich kann, werde ich Euch ein Leben bieten, wie Ihr es gewohnt seid. Gebt mir nur etwas Zeit.«

Christine lächelte matt. »Ich danke Euch«, flüsterte sie. Zögerlich richtete sie sich auf und zog eine der Decken zu sich hoch. Sie fror immer noch, aber der dünne Stoff gab ihr ein Gefühl von Sicherheit und Schutz. »Ihr seid ein guter Mann«, sagte sie nach einer ganzen Weile, die sie stumm nebeneinander lagen, er nackt und den Blick ins Dunkel gerichtet, sie in die Decke eingerollt, die Beine angezogen und die Arme eng an den Körper geschmiegt. Ihre Stimme war ein Wispern, ein huschender Schatten, der sich im Raum verlor. »Es wird eine gute Ehe, wenn wir aufeinander achten. Achtung ist wichtiger als Liebe.«

Sie hörte ihn neben sich aufmerken, die dunklen Haare waren ihm ins Gesicht gefallen, das im matten Licht der Kerze weicher wirkte und ihn fast jungenhaft erscheinen ließ.

»Liebe ist etwas für Träume und Dichter«, fuhr sie flüsternd fort, ehe er etwas fragen konnte. »Pyramus und Thisbe bringen einander den Tod. Wie Frühlingsblumen, die den Sommer nicht überdauern, während das Moos über viele Jahre Bestand hat.« Sie konnte ihm deutlich ansehen, dass er nicht verstand, was sie meinte. Woher auch, wurde ihr schmerzlich bewusst, er war Kaufmann, und in den Winkelschulen der Stadt las man keinen Ovid und keine lateinischen Verse.

»Verzeiht bitte«, sagte sie leise, senkte die Lider. Die Hand, die sie schon aus der Decke gelöst hatte, um sie an seine Wange zu legen, glitt zurück, blieb auf ihrem Bauch liegen.

»Ihr müsst Euch nicht entschuldigen«, hörte sie ihn murmeln. »Schlaft besser.«

Christine nickte leicht und wandte sich ab, den Blick auf das geschlossene Fenster gerichtet, unter dem die Kerze mittlerweile fast heruntergebrannt war. Hinter ihr richtete sich Henric auf, zog eine Decke über die Schulter und drehte sich zur anderen Seite weg. Kurz darauf zeigte ihr sein gleichmäßiger Atem, dass er eingeschlafen war. Doch sie konnte nicht schlafen. Regungslos lag sie da, starrte in die erlöschende Kerzenflamme, während stumme Tränen über ihre Wange rannen.

Teil III

1368–1370

Bremen, August 1368

»Und Ihr wart wirklich in Italien?«

Daniel schmunzelte. Es war bestimmt das fünfte Mal, dass der Karrenlenker ihm diese Frage stellte. Für den wettergegerbten Mann mit der Hakennase und den einfältigen Augen musste Italien ebenso weit von seiner heimatlichen Kate entfernt sein wie das himmlische Jerusalem.

»Wie ich schon sagte, ich war sechs Jahre dort«, nickte er freundlich. »In Bologna.« Er glaubte zwar nicht, dass sich der Kerl den Namen der Stadt merken konnte, aber das war auch gleichgültig, solange er etwas Gesellschaft hatte und der Karren ihn Bremen näher brachte.

Es war ein Glücksfall gewesen, dass er den Mann im letzten Gasthaus getroffen hatte. Zufällig hatte Daniel gehört, wie er am Nachbartisch mit ein paar Tagelöhnern darüber sprach, dass er morgen weiter nach Bremen fahren würde, und Daniel hatte sogleich sein letztes Geld zusammengekratzt und dem Karrenlenker angeboten, damit er ihn mitnahm. So ruckelten sie nun mit einem Wagen voller Salzfässer der Stadt entgegen.

Der Karren kam aus Lüneburg, wie der Mann ihm erzählt hatte. Salz war kostbar, vor allem, um Hering für die Fastenzeit einzusalzen, der sich teuer wieder ins Binnenland verkaufen ließ. Er fahre allerdings lieber Salz als Hering, hatte der Kerl hinzugefügt und dabei lauthals gelacht. Schließlich stinke das Salz nicht so, dass die Weiber schon von weitem abdrehten, wenn er auftauche.

Mit einem wohligen Seufzer streckte Daniel die Beine aus und versuchte, einen bequemeren Sitz auf dem harten Kutschbock zu erlangen. Einzelne Wolken trieben über einen tiefblauen Himmel wie versprengte Schäfchen, und von den Feldern stieg der Duft von frischem Heu auf.

»Warum seid Ihr nicht in Italien geblieben?«, hakte der Karrenlenker nach. »Konntet Ihr nicht?«

»Oh doch.« Daniel schmunzelte erneut. »Aber es gibt jemanden, den ich unbedingt wiedersehen will.«

»Ein Mädchen?«

»Das schönste in ganz Bremen. Eine Nymphe mit Haaren wie Gold und Kupfer und Augen wie Gebirgsseen im Sonnenlicht.« Er hatte seine Zweifel, dass der Karrenlenker jemals einen Gebirgssee zu Gesicht bekommen hatte, geschweige denn wusste, was eine Nymphe war, aber der Mann schien zu verstehen, was Daniel ihm sagen wollte.

»Ihr wart sechs Jahre fort? Glaubt Ihr nicht, dass sie inzwischen einen anderen hat?«

»Und wenn. Ich werde der glücklichste Mann der Welt sein, wenn ich sie nur einmal wiedersehe.«

»Oder der unglücklichste, wenn sie einen Schleier trägt«, griente der Fahrer.

Daniel blinzelte. »Nun verdirb mir nicht die Wiedersehensfreude. Treib lieber deine Gäule an. Heute Nacht will ich in Bremen schlafen.«

»Das werdet Ihr schon, keine Sorge«, versicherte er, ließ aber vorsichtshalber die Peitsche knallen, woraufhin die Zugtiere ihren Schritt für einen Moment beschleunigten.

Die Sonne stand noch hoch über dem flachen Marschland, als sie die Stadt schließlich erreichten. Der Fuhrknecht setzte Daniel in der Nähe des Marktplatzes ab und verabschiedete sich wortreich, ehe der Karren rumpelnd zwischen den Häusern verschwand. Nun, da er endlich angekommen war, verspürte Daniel ein mulmiges Gefühl im Magen.

Auf dem Markt herrschte reges Treiben. Rufe gellten über den Platz, ein Bauer trieb eine Rotte Schweine an ihm vorbei.

Nach den Monaten der Reise, die er meistens in Gesellschaft, aber oftmals schweigend durch ländliche Gebiete und einsame Wälder gereist war, kam ihm der Trubel der Stadt zu grell und schrill vor. So war er fast erleichtert, als er den Domhof erreichte und an die Tür des Kapitelhauses klopfte.

Im ersten Moment tat sich nichts, sodass Daniel sich schon fragte, ob er sich vielleicht in der Zeit geirrt hatte und gerade ein Stundengebet stattfand. Dann aber öffnete sich die Tür, und ein gebeugter Mönch mit einem kahlen Kopf und abstehenden Ohren blinzelte ihm fragend entgegen.

»Gott zum Gruß«, neigte Daniel den Kopf und bemühte sich um ein freundliches Lächeln. Er kannte den Mönch nicht, und es war anzunehmen, dass dieser ihn ebenso wenig kannte. Mit seiner verstaubten, zerschlissenen Kleidung, den Bartstoppeln im Gesicht und den zu langen Haaren musste er auf den ersten Blick wirken wie ein Bedürftiger, der um Almosen bitten wollte.

Und in der Tat, das Gesicht des Mönchs verfinsterte sich, und ehe Daniel sein Gesuch vortragen konnte, blaffte er: »Kommt morgen früh wieder. Die Speisung ist vorbei.«

»Ich bin nicht hier, um etwas zu erbitten.« Daniel schob schnell einen Fuß in die Tür, ehe der Mönch sie ihm vor der Nase zuschlug. »Mein Name ist Daniel Suterman. Man hat mich vor sechs Jahren von hier nach Bologna geschickt, um Medizin zu studieren.«

Der Mönch legte den Kopf schief, als versuche er, das Gesagte mit der abgerissenen Gestalt in Verbindung zu bringen, die vor ihm stand. Die kleinen Äuglein blitzten misstrauisch. »Warte«, brummte er.

Es dauerte nicht lange, und er kehrte zurück, einen dicklichen Augustiner im Schlepptau, dessen Schnaufen schon von weitem zu hören war. Als er in die Tür trat, war Daniel, als würde ihm das Blut in den Adern gefrieren.

Vor ihm stand Willem. Sein Gesicht war immer noch so fleischig, wie Daniel es in Erinnerung hatte, und die kleinen Äuglein blitzten hinterhältig. Er war höchstens noch dicker geworden, das Gewand spannte sich über dem wuchtigen Leib, und auf seinen Wangen zeichneten sich feine rote Äderchen ab.

»Sieh an«, griente der Dicke und stemmte die Fäuste an die Stelle, wo man unter den Fleischmassen eine Hüfte erahnen konnte. »Hätte nicht gedacht, dich jemals wiederzusehen. Haben dich die Wegelagerer also nicht an den nächsten Baum geknüpft?«

»Nein, das müssen sie versäumt haben.« Daniel hatte sich wieder gefangen, zumindest weit genug, um einigermaßen klar zu denken. Wie es aussah, hatte man Willem damals also nicht von der Schule geworfen. Im Gegenteil. Wenn der Mönch ihn herbeiholte, musste Willem eine gewisse Stellung innerhalb des Kapitelhauses haben. Unwillkürlich sträubten sich die Härchen in Daniels Nacken.

»Haben sie dich aus Bologna rausgeworfen, oder hast du aufgegeben, weil du dein Geld verhurt hast?«

»Weder noch.« Daniel zwang sich zu einem freundlichen Lächeln. »Ich habe mein Studium abgeschlossen und bin nun zurück. Ich habe eine weite Reise hinter mir, ich bin müde und hungrig und wäre dir überaus dankbar, wenn du mich nun zu Anselm führen würdest.«

»Warum sollte ich das tun?«, erkundigte sich Willem langgezogen. Er bewegte sich kein Stück. »Ich könnte dir ebenso gut die Tür vor der Nase zuschlagen und behaupten, du wärest nie hier gewesen. Bruder Gernot wird das gerne bezeugen«, fügte er mit einem Blick auf den Mönch hinzu, der grimmig nickte.

Daniel seufzte innerlich. Das fing ja gut an. Es stand zu hoffen, dass Anselm sein Versprechen bald wahrmachte und man ihn möglichst schnell ins Kapitel aufnahm. Als Domherr wäre er vor Willems Anfeindungen wahrscheinlich sicher. Wobei sich Daniel nicht einmal da so sicher war.

»Lass diese Spielchen, Willem«, sagte er laut und bemüht,

sich den Ärger nicht allzu deutlich anmerken zu lassen. »Wir wissen beide, dass das Kapitel eine Menge Geld in mein Studium gesteckt hat und dass man meine Rückkehr erwartet. Wenn du mich jetzt hier stehenlässt, komme ich eben zur Vesper in den Dom. Und werde Anselm erzählen, was vorgefallen ist. Das hilft weder dir noch mir weiter.«

Willems Stirn verdüsterte sich. Amüsiert stellte Daniel fest, dass man immer noch deutlich erkennen konnte, wann der Dicke versuchte nachzudenken. Welchem Umstand Willem auch den Augustinerrock zu verdanken haben mochte, seine Scharfsinnigkeit war es mit Sicherheit nicht.

»Komm rein«, brummte Willem schließlich und trat einen Schritt zur Seite. Sein Gesicht sprach Bände, aber er hielt den Mund und drehte sich wortlos um. Erleichtert schulterte Daniel sein Gepäck und folgte ihm.

Im Kapitelhaus schien die Zeit stehengeblieben zu sein. Selbst der Geruch nach Kerzenwachs, Pergament und einem Hauch Weihrauch, der in den Gewändern der Domherren mitschwang, war immer noch derselbe. Daniel wunderte sich daher auch nicht, als Willem vor der bekannten Tür zu Anselms Kammer stoppte. Doch anstatt anzuklopfen, fuhr Willem herum, sodass Daniel erschrocken einen Schritt zurück machte.

»Hör mir gut zu, du Ratte«, zischte der Dicke. »Man hat mich wegen dir und deinen Lügen beinahe von der Schule gejagt. Glaub nicht, dass ich auch nur ein Gran davon vergessen habe. Noch einmal werde ich das nicht mitmachen!«

Ehe Daniel etwas erwidern konnte, wandte er sich ab und donnerte mit der Faust gegen das Holz.

»Ihr habt Besuch«, rief er, stieß dann die Tür auf, ohne eine Antwort abzuwarten.

Der Domherr saß am Tisch und blickte von den Aufzeichnungen auf, an denen er gearbeitet hatte. Anselm war gealtert. Seine ohnehin schon eingefallene Gestalt wirkte noch gebeugter, seine Wangen hohl, und die Lippen schienen gänzlich verschwunden zu sein. Flecken überzogen den kahlen Schädel, und die Nase stand noch schärfer hervor als damals. Nur seine Augen, die in tiefen Höhlen lagen, hatten nichts von ihrem stechenden Glanz verloren, als er den Kopf hob und missbilligend die Stirn runzelte. Dann fiel sein Blick auf Daniel, und Erkennen breitete sich auf seinem Gesicht aus.

»Daniel!« Mit wenigen Schritten war er bei ihm und fasste Daniels Hand. »Dem Himmel sei Dank! Ich habe deine Nachricht aus Osnabrück bekommen, aber ich habe noch nicht mit dir gerechnet.«

»Ich hatte Glück unterwegs«, erwiderte Daniel und erwiderte das Lächeln.

»Bruder Willem, sei so gut, geh in die Küche und sag Bescheid, dass wir heute einen Esser mehr haben«, wandte sich Anselm an Willem.

Einen kurzen Moment schien es, als wollte Willem widersprechen. Dann aber verschloss sich sein Gesicht, und er wandte sich wortlos ab.

Anselm drückte die Tür hinter ihm zu und musterte Daniel eingehend. »Du hast dich verändert«, stellte er fest. »Aus dem unnützen Jungen ist ein Mann geworden. Ich hoffe, nicht ebenso unnütz. Du hast dein Studium abgeschlossen?«

Daniel nickte. »Ich soll Euch die besten Grüße von Professor Gaterni ausrichten. Er hat mir etwas für Euch mitgegeben.« Mit einem Ächzen hob er den Beutel über den Kopf und kramte ein in Leder gewickeltes Päckchen hervor. »Ich hoffe, es hat die Reise gut überstanden.«

Anselm nahm es ihm fast zu eilig aus der Hand und löste das Leder. Zärtlich strichen seine Hände über den Einband des Buchs, dann schlug er es auf, streckte die Arme aus und kniff die Augen zusammen, um die Buchstaben besser lesen zu können.

»Ein wahrlich fürstliches Geschenk«, murmelte er, als er es schließlich wieder sinken ließ. »Ich wünschte, ich könnte ihm selbst danken. Silvio ist einer der besten Ärzte, die ich kenne.

Und ein wahrlich guter Freund dazu. Nun«, fuhr er mit festerer Stimme fort, »ich wollte ohnehin gerade ins Spital aufbrechen. Da kannst du mir gleich zeigen, was du bei ihm gelernt hast. Der Novize, der mir sonst den Korb trägt, hat die Würmer und hockt den ganzen Tag schon auf dem Abort. Gott scheint sich etwas dabei gedacht zu haben, dich gerade heute zurückkehren zu lassen.«

Eigentlich war Daniel hundemüde und hungrig, doch er konnte Anselm die Bitte schlecht abschlagen. »Jetzt gleich?«

»Wann denn sonst? Wir haben nicht mehr viel Zeit bis zur Vesper. Und später erzählst du mir, wie es dir in Bologna ergangen ist.«

»Es hat sich einiges getan, seit du fort warst«, hob Anselm schließlich an, nachdem er im Apothecarium noch einige irdene Fläschchen mit Theriak und ein paar Salben und Kräuter eingepackt hatte und sie auf dem Weg zum Spital waren. Obwohl der Domherr äußerlich hinfällig wirkte, hatte Daniel Mühe, mit ihm Schritt zu halten. »Die Nachrichten haben sich wahrscheinlich nicht bis nach Bologna verbreitet?«

Daniel schüttelte den Kopf. »Ich habe nichts gehört. Aber es scheint mir wenig verändert.«

»Das täuscht.« Anselm schmunzelte. »Gott hat dem Menschen die Fähigkeit gegeben, Unglücke schnell wieder zu vergessen, und er hat gut daran getan, ansonsten würde der Mensch wohl sein Leben lang von Gram und Kummer gebeugt dahergehen und das Gemeinleben bliebe auf der Strecke.«

»Ihr klingt, als hätte die Pest die Stadt heimgesucht.«

»Gott behüte, vor dieser Geißel hat er uns verschont.« Anselm schlug ein Kreuzzeichen. »Nein, es gab Aufstände gegen den Rat, Unstimmigkeiten, die der Erzbischof genutzt hat, um die Stadt in seine Gewalt zu bringen.«

»Der Erzbischof?« Daniel blinzelte fragend. Er hatte bei Albrecht von Braunschweig immer noch den jungen, bemüht herrschaftlich aussehenden Mann vor Augen, dem mehr an seinem goldbestickten Mantel gelegen schien als an der Stadt.

»Albrecht brauchte Geld, und das erhoffte er sich von den Kaufleuten. Es gab Kämpfe in der Stadt, Bremer gegen Bremer.« Anselm seufzte. »Einige Domherren bedauern es, dass sich Albrecht nun endgültig aus Bremen zurückgezogen hat, weil sie wohl lieber einen starken Bischof als einen starken Rat aus Pfeffersäcken hätten. Ich bin mir nicht sicher, was das geringere Übel ist.«

»Wisst Ihr, wie es ... meiner Familie geht?« Daniel musste sich auf die Zunge beißen, um nicht nach Christine zu fragen.

»Deinem Vater ist meines Wissens nichts geschehen. Deinem Bruder auch nicht. Er hat übrigens geheiratet.«

Daniel sah den Domherrn fragend an.

»Eine Kaufmannstochter. Sie hat angeblich eine stattliche Mitgift in die Ehe eingebracht. Man hört über deinen Bruder ohnehin nur Gutes. Er scheint ein geschickter Kaufmann zu sein und obendrein anständig. Das hat man selten.«

Daniel lachte. »Henric war immer schon fast ein Heiliger. Wie kommt es eigentlich, dass Willem den Augustinerrock trägt?«, fragte er.

»Wie meinst du das?« Anselm hob den Kopf, ohne seine Schritte zu verlangsamen.

»Als ich fortging, sah es eher aus, als wäre die Arbeit eines Küchenjungens noch zu gut für ihn.«

»Wenn man die richtige Familie mit dem nötigen Geld hat, kann man dem Bischof den Pisspott klauen, ohne dass das Folgen hätte. Sein Vater hat ein paar umfangreiche Stiftungen gemacht, was die Dignitäten ungewöhnlich milde gestimmt hat.« Anselm seufzte. »Ansonsten hätte man ihn wohl fortgejagt. Wobei man mit dir dann das Gleiche hätte tun müssen. Du solltest dich allerdings von ihm fernhalten«, riet Anselm ernster. »Der Junge ist heimtückisch – und er hat Einfluss. Der Domdekan hält große Stücke auf ihn, weiß der Himmel warum.«

Daniel nickte leicht. Anselm hatte recht, er sollte aufpassen, dass er Willem nicht unterschätzte.

*

Christine löste behutsam Elisabeths Hand und erhob sich von der Bettkante.

»Du gehst schon?« In Elisabeths Stimme schwang leise Enttäuschung mit.

Christine nickte. »Morgen ist Mariae Himmelfahrt, und ich muss mich darum kümmern, dass etwas Anständiges auf den Tisch kommt. Mein Schwiegervater sieht es nicht gern, wenn es an Feiertagen nur Gerstengrütze gibt.«

»Das würde Lutger auch nicht wollen.« Elisabeth lächelte schwach und legte die Hände auf den Bauch, der sich deutlich unter der Bettdecke wölbte. Nach der langen Zeit, in der sie vergeblich auf eine Schwangerschaft gehofft hatte, hatte Gott ihre Gebete endlich erhört. Allerdings zerrte der Zustand stärker an Elisabeths zarter Gestalt, als gut war, sodass sie auf Anraten der Hebamme nun schon über Wochen das Bett hütete.

Christine wusste nicht, ob es Einsamkeit gewesen war oder etwas anderes, was die junge Frau dazu getrieben hatte, ihre Freundschaft zu suchen. Als Lutgers Ehefrau hatte Elisabeth Henric und sie häufig besucht, und nachdem Henric wieder einmal nach Flandern aufgebrochen war, war sie trotzdem gekommen und hatte ihr Gesellschaft geleistet.

»Du solltest dich schonen.« Zärtlich strich Christine über Elisabeths Stirn. Sie hatte Fieber, wie schon die letzten Tage immer wieder. Der Mönch, der gelegentlich nach ihr sah, hatte sie zur Ader gelassen und kalte Wadenwickel empfohlen, doch bislang hatte sich keine Besserung eingestellt.

»Tue ich denn irgendetwas anderes?« Elisabeths Mundwinkel zuckte müde. »Ich bin nur noch eine Last.«

»Du bekommst ein Kind.«

Elisabeth nickte leicht, ihre Lider senkten sich. »Wenn ich gewusst hätte, dass es so schwer ist …«

»… hättest du es trotzdem bekommen.« Christine nahm ihre Finger, drückte sie leicht. »Es ist unser Los als Frauen. Auch Maria hat Jesus Christus unter Schmerzen zur Welt gebracht.«

»Du hast leicht reden«, nuschelte Elisabeth. »Du bekommst ja keins.«

Christine schwieg betroffen. Es stimmte. Obwohl Henric ihr regelmäßig beiwohnte, hatte sie noch nicht das geringste Anzeichen einer Schwangerschaft bemerkt. Anfangs war ihr das ganz recht gewesen, doch im Laufe der Zeit fragte sie sich immer häufiger, welche Sünde sie begangen haben könnte, dass Gott sie mit Unfruchtbarkeit strafte.

Elisabeth schien ihr Stocken bemerkt zu haben. »Entschuldige bitte«, sagte sie leise.

»Es ist schon gut.« Christine zwang sich zu einem Lächeln und zog ihre Hand zurück. »Ich muss jetzt wirklich gehen. Morgen komme ich wieder.«

Elisabeths Blicke folgten ihr, während sie ihren Schleier zurechtzupfte und ans Fenster trat, um die Läden aufzuschieben und frische Luft in die muffige Kammer zu lassen. »Ist Henric denn zurück?«

Christine schüttelte leicht den Kopf. »Nein, aber wir erwarten ihn bald zurück.«

»Vermisst du ihn?«

Verblüfft wandte sich Christine wieder ihrer Freundin zu. Sie hatte sich noch nie Gedanken darüber gemacht. Seit ihrer Hochzeit lebten sie zusammen, und doch nebeneinander her. Sie achteten einander, und im Laufe der Zeit hatte sie sich sogar daran gewöhnt, ihren ehelichen Pflichten nachzukommen, ohne sich jedes Mal beschmutzt und wund zu fühlen. Sie fühlte sich sicherer, wenn er zu Hause war, aber vermissen …

»Ich weiß es nicht«, murmelte sie und nahm ihren Korb auf. »Vielleicht. Ich muss jetzt wirklich los.«

Elisabeth nickte leicht und zog die Decke etwas höher. »Komm bitte morgen wieder, ja?«

»Versprochen.« Christine schenkte ihr ein schwaches Lächeln, dann verließ sie die Schlafkammer und machte sich auf den Weg in die Diele, um ihre Magd einzusammeln. Das junge Ding, das Henric für sie eingestellt hatte, war hübsch, aber leider nicht sehr klug. Und faul, wie Christine einmal mehr feststellte, als sie die Stiege zur Diele hinabstieg und noch aus den Augenwinkeln sah, wie das Mädchen aufsprang und eilig eine der Trippen zur Hand nahm, die sie ihr aufgetragen hatte zu reinigen, während sie wartete. Offensichtlich hatte das Mädchen die Zeit lieber zum Plauschen genutzt.

»Komm. Wir gehen«, sagte Christine barsch und drückte ihr den Korb in die Hand.

Nachdem sie ein paar Einkäufe auf dem Markt erledigt hatte, bat Christine die Magd, alles nach Hause zu bringen, und wandte sich selbst in Richtung Weser. Jetzt im Hochsommer floss der Strom träge dahin, an einigen Stellen kaum tief genug, dass die schwerbeladenen Koggen bis zur Schlachte kamen. Gemächlich schlenderte sie am Ufer entlang und blieb schließlich stehen. In einiger Entfernung hockten zwei ärmlich gekleidete Frauen am Ufer und wuschen Kleidungsstücke aus, ansonsten war weit und breit niemand zu sehen. Vorsichtig löste Christine den Schleier und die Bänder und schüttelte die langen Locken über den Rücken aus. Rasch streifte sie die Trippen und die Schuhe ab, legte sie neben den Schleier auf die Uferböschung und raffte den Rock bis zu den Knien.

Sie zuckte zusammen, als das kalte Wasser ihre Zehen umspülte. Mit zusammengebissenen Zähnen machte sie einen Schritt nach vorn, dann noch einen, bis ihr das Wasser an die Waden reichte. Langsam ließ das stechende Kribbeln nach, und sie spürte, wie die Strömung sacht ihre Haut umschmeichelte, während der Wind über ihr Gesicht strich und ihre Haare leicht anhob. Mit einem leisen Seufzer schloss sie die

Augen. Es fühlte sich so frei und unbeschwert an – wie damals, als sie noch nächtelang wach gelegen und von dem Jungen vom Markt geträumt hatte, in Welten eingetaucht war, die sie nur aus Büchern und Gedichten kannte. Ein sanftes Lächeln stahl sich auf ihr Gesicht. Sie hatte viel zu lange nicht mehr daran gedacht. Es war ein Traum, aber ein schöner Traum, der sie den Alltag einen Moment vergessen lassen konnte. Es konnte keine Sünde sein, in Gedanken ihren Geist fliegen zu lassen, solange er nur wieder zu ihrem Gemahl zurückkehrte, wenn der Morgen graute …

»Christine?«

Sie fuhr zusammen, und ein kalter Schauer rann über ihre Haut, als sie die Stimme erkannte. Hastig drehte sie sich um und erwischte gerade noch den Saum ihres Rocks.

Am Ufer stand Henric und betrachtete sie mit einem Gesichtsausdruck, den sie nicht recht einzuordnen wusste. Sein Blick folgte ihr, als sie mit einigen schnellen Schritten das Wasser verließ und den Rock hochnahm, um die Böschung hinaufzusteigen. Stumm reichte er ihr die Hand, um ihr zu helfen, dann bückte er sich und reichte ihr den Schleier und die Haarbänder.

»Danke«, murmelte sie atemlos. Mit fahrigen Fingern strich sie die Haare zusammen und wand notdürftig die Bänder darum, ehe sie den Schleier feststeckte.

»Was tust du hier?« In seiner Stimme schwang Verärgerung mit.

»Ich …« Christine stockte. Wie sollte sie ihm erklären, dass sie einfach nur alleine sein wollte? Mit sich und Gott und ihren Träumen? Er würde es doch nicht verstehen, er kannte keine Träume, nur seine Arbeit, der er mit bienenhafter Gewissenhaftigkeit nachging. »Mir war danach«, murmelte sie und vermied es, ihn anzublicken.

Sie hörte ihn tief durchatmen. »Was denkst du dir dabei, mit offenem Haar und unbedeckten Waden durch den Fluss zu waten – wie eine Dienstmagd?«, fuhr er sie mit einer Schärfe an, die sie von ihm bislang nicht kannte. »Hat dich jemand gesehen?«

Darauf kam es ihm also an, dachte sie bitter – darauf, was man über sie redete. Sie konnte es ihm nicht einmal verübeln, schließlich kämpfte er darum, in der Kaufmannsgilde zu Ansehen zu kommen und nicht länger nur der Geselle des alten Grootehus zu sein.

»Verzeih«, sagte sie leise, den Blick auf ihre bloßen Zehen gerichtet, die sich in das satte Gras der Uferböschung bohrten. »Es war töricht von mir.«

»Töricht, ja. Warum hast du nicht wenigstens Dirte mitgenommen?«

Weil die Magd eine dumme Gans ist, die unablässig schnattert, wenn man sie lässt, wollte Christine antworten, doch sie hob nur stumm die Schultern und ließ sie wieder fallen.

»Komm«, sagte er rau. »Wir gehen nach Hause.«

Christine verbiss sich die Frage, wie er darauf gekommen war, sie am Fluss zu suchen, und nickte nur stumm. Sie wollte ihn nicht noch mehr verärgern. »Wenn ich gewusst hätte, dass du kommst, wäre ich da gewesen«, sagte sie zaghaft.

»Ich konnte früher zurückkehren als erwartet«, antwortete Henric knapp und wandte sich ab, um zurück in Richtung Stadt zu gehen. Christine beeilte sich, ihm zu folgen, verlangsamte ihre Schritte wieder, als sie zu ihm aufgeschlossen hatte. Ihre Hand strich hilflos über seinen Arm.

»Es wird nicht wieder vorkommen«, murmelte sie.

Ein mattes Lächeln zuckte auf Henrics Lippen. »Stell mich nicht bloß, Christine«, sagte er leise und ohne sie anzusehen. »Ich verlange nicht viel, aber um dieses eine bitte ich dich. Mach keinen Narren aus mir.«

Christine nickte stumm und senkte den Blick.

*

Am nächsten Tag scheuchte Christine die Mägde trotz des Feiertags schon früh am Morgen hoch, um das Haus auf Vordermann zu bringen. Sie ließ die Stube auskehren, den Tisch abschrubben und die Fensterläden abwischen, während sie Berte genaue Anweisungen gab, wie sie sich das Essen gedacht hatte. Dann holte Christine das Silbergeschirr hervor, ein Teil ihrer Mitgift, das einst ihrer Mutter gehört hatte. Bislang hatte sie noch keinen Anlass gehabt, es aufzudecken, sodass sie eine ganze Weile damit beschäftigt war, die Flecken wegzupolieren. Am Vorabend war noch ein Bote mit einer Nachricht gekommen, dass Henrics Bruder aus Italien zurück sei und sie zum Essen besuchen wolle. Christine frohlockte innerlich. Das war das erste Mal, dass jemand zum Essen vorbeikam, seit sie hier lebte. Wenn sie es heute gut anstellte, konnte sie Henric und seinen Vater vielleicht davon überzeugen, hin und wieder Gäste einzuladen, Kaufleute oder Freunde, die Leben in das Haus brachten. Und sie konnte Henric beweisen, dass sie ihm eine gute Ehefrau war.

Der Duft von gewürztem Lammfleisch, Knoblauch und frischer Petersilie zog bereits durch das Haus, als sie schließlich von der Messe zurückkamen und Christine rasch in ihrer Kammer verschwand, um sich umzuziehen. Sie hatte einige Kleider aus der Zeit vor ihrer Hochzeit mitgebracht – farbenprächtige Überkleider mit ungehörig tiefen Armausschnitten und teuren Bortenbesätzen –, die zu tragen sie bislang jedoch wenig Gelegenheit gehabt hatte. Bei den Kirchgängen bestand Henric darauf, dass sie sich eher schlicht kleidete, und zu den Kaufmannsfesten war ihr Gemahl nur selten in der Stadt.

Sie wählte ein grünes Kleid mit hellen Besätzen, das sie schon lange nicht mehr getragen hatte. Noch während sie damit beschäftigt war, den feinen Stoff zurechtzuziehen, hörte sie von unten Stimmen. Der Besuch war früher als erwartet. Hektisch stopfte sie eine letzte Haarsträhne unter den Schleier, strich noch einmal über das Kleid, ob alles so saß, wie es sollte, dann atmete sie tief durch und verließ die Kammer.

Sie stand noch auf der Stiege, als der Gast sich zu ihr umdrehte.

Er war älter geworden, kein Junge mehr, aber sie hätte ihn wohl überall sofort erkannt. Die blonden Haare, die ihm in vorwitzigen Locken ins Gesicht fielen, die Augen – und vor allem das Lächeln, das in dem Moment zu gefrieren schien, als sein Blick auf sie fiel. Ihre Hand klammerte sich an den Handlauf der Stiege, sodass die Knöchel weiß hervortraten, und für einen Moment befürchtete sie, dass ihre Beine unter ihr nachgeben würden.

»Da bist du ja, Christine«, hörte sie Henrics Stimme sagen, wie aus weiter Ferne. »Wir haben uns schon gefragt, wo du bleibst.«

Christine blinzelte, zwang sich dann, die Hand wieder zu lösen. Ihr Herz raste, dass sie meinte, es müsse im ganzen Haus zu hören sein. Langsam, so gut es ihre zitternden Knie zuließen, stieg sie die letzten Stufen hinab.

»Verzeiht, ich habe etwas länger gebraucht«, sagte sie leise und hob den Blick, als sie sich Henrics Bruder zuwandte. Zusammenreißen, ermahnte sie sich stumm. Sie durfte sich nichts anmerken lassen.

»Seid uns herzlich willkommen.« Sie nahm seine Hände, und es gelang ihr sogar irgendwie, ein freundliches Lächeln auf ihr Gesicht zu zwingen. »Henric hat schon viel von Euch erzählt.«

»So viel es eben zu erzählen gab«, schmunzelte Henric. »Christine, das ist mein Bruder Daniel. Daniel, das ist Christine, meine Frau. Sie ist die Tochter von Sievert Petersen.«

Daniels Lippen formten etwas, was sich mit viel Mühe als »Angenehm« verstehen ließ. Er starrte Christine immer noch an, als wäre sie ein Gespenst. Erst als Henric ihn bat, sich zu setzen, schien er aus seiner Erstarrung zu erwachen.

»Gott hat dich wahrlich reichlich belohnt«, bemerkte Daniel leichthin und ein wenig zu vergnügt. »Meinen Glückwunsch.«

»Danke.« Henric lächelte und setzte sich ebenfalls. Christine kannte ihren Gemahl inzwischen gut genug, um zu wissen, dass ihm Daniels und ihr Erschrecken nicht aufgefallen war. Anders als Lambrech, der ihr einen langen, forschenden Blick zuwarf, ehe er sich einen Stuhl heranzog.

Christine bekam wenig von dem Gespräch mit, das sich bald zwischen den Männern entspann. Daniel. Er hieß also Daniel. Wie betäubt saß sie da, bemühte sich um eine freundliche, belanglose Miene. Das Essen, das Dirte auftrug, duftete verführerisch, doch Christine brachte kaum einen Brocken herunter. Daniel aß ebenfalls wenig, was aber außer ihr niemandem aufzufallen schien. Dafür sprach er dem Rotwein umso reichlicher zu und hielt Dirte immer wieder seinen Becher zum Nachschenken hin.

Das Gespräch verstummte, als Christine sich unvermittelt erhob. »Verzeiht, aber ich habe Elisabeth versprochen, noch einmal bei ihr vorbeizuschauen«, sagte sie und war selbst erstaunt, wie flüssig ihr die Ausrede über die Lippen ging. »Es geht ihr nicht sehr gut«, setzte sie rasch hinzu.

Aus den Augenwinkeln erkannte sie, wie Henric die Stirn runzelte, aber er schwieg und nickte nur. »Soll Dirte dich begleiten?«

»Nein.« Christine schüttelte den Kopf, lächelte schnell. »Es ist ja nicht weit.«

Henrics Gesicht war anzusehen, dass es ihm ganz und gar nicht passte, doch ehe er etwas erwidern konnte, wandte sich Christine an Daniel. »Es war schön, Euch kennengelernt zu haben«, sagte sie artig und zwang sich, ihn anzusehen. Er hatte immer noch diese wunderbaren Augen, die so verlegen lächelten, und für einen Moment ertappte sie sich bei dem Wunsch, die Hand nach ihm auszustrecken, ihn einfach zu berühren.

»Ich hoffe, wir sehen uns wieder.« Daniels Stimme klang freundlich und gelassen.

Christine nickte, wandte den Blick ab und klaubte den Korb auf, der neben der Kochstelle stand. Sie spürte noch den Blick ihres Schwiegervaters auf sich ruhen, dann schloss sich die Tür hinter ihr. Ihre Hände zitterten. Strafte Gott sie für ihre Träume, indem er sie Wirklichkeit werden ließ, gerade jetzt, da sie unerreichbarer waren denn je? Weil sie in Gedanken einen anderen begehrte als ihren Gemahl, dem sie vor Gott die Treue gelobt hatte? Oder stellte er sie auf die Probe, um die Standhaftigkeit ihres sündigen Fleisches zu erproben?

Entschlossen zog Christine die Schultern zurück. Die Zeit der Träume war vorbei, sie musste ihn vergessen. Elisabeth würde sie ablenken. Elisabeth hatte genug Sorgen, dass ihr ihre eigenen nichtig und selbstsüchtig dagegen erscheinen würden.

*

Daniel starrte noch immer auf die Tür, die sich hinter Christine geschlossen hatte, bis ihm auffiel, dass er ihr schon zu lange nachsah. Mit glühenden Wangen nahm er einen Schluck von dem schweren Rotwein.

Eine Weile lauschte er halb anwesend dem Gespräch, in dem es um die Schwiegertochter des alten Grootehus ging, die allem Anschein nach unmittelbar vor der Niederkunft stand. Unter anderen Umständen hätte Daniel angeboten, nach der jungen Frau zu sehen, doch im Moment war er froh, dass niemand daran dachte, ihn zu fragen.

Viel früher als geplant, verabschiedete sich Daniel schließlich und eilte hinaus auf die Straße, wo er sich blinzelnd umschaute, in der irrigen Hoffnung, Christine irgendwo zu entdecken, die vielleicht gewartet hatte. Aber warum sollte sie auf ihn warten? Sie war eine verheiratete Frau, die Gemahlin seines Bruders. Seine Schwägerin.

Der Gedanke traf ihn wie ein Faustschlag. Warum ausgerechnet Henric, warum nicht irgendein dahergelaufener Kaufmannsspross, den er aus tiefster Seele hassen durfte, weil der Christine besaß und er nicht?

Mit einem Wutschrei hieb er die Faust gegen ein herumstehendes Fass, verlor dabei das Gleichgewicht und fand erst im letzten Moment wieder Halt. Seine Finger pressten sich in das

Holz, dass es weh tat, und er rang keuchend nach Luft, während die Welt sich um ihn herum zu drehen begann.

»Seid Ihr verletzt?« Aus den Augenwinkeln erkannte er einen Franziskaner, der ihn besorgt beäugte. »Kann ich etwas für Euch tun?«

»Nein, es … ich habe nur zu viel getrunken.« Daniel richtete sich mühsam auf und zwang ein zerknirschtes Lächeln auf sein Gesicht. Dass er betrunken war, war nicht einmal gelogen, und er war froh, dass er noch nicht den Habit eines Chorherrn trug.

Der Mönch schaute immer noch skeptisch. »Ihr solltet besser nach Hause gehen«, meinte er schließlich.

Daniel deutete ein Nicken an. Nach Hause … ja, er sollte nach Hause gehen. Hier gehörte er nicht mehr hin, zu Henric und Christine, die sicher bald viele glückliche Kinder um sich scharen würden. Für einen Moment spürte er, wie Neid gallig in ihm aufstieg, Neid auf seinen Bruder, und der leise, verführerische Wunsch, Henric möge von seiner nächsten Reise nicht zurückkehren. Erschrocken kniff Daniel die Lider zusammen und zwang den Gedanken beiseite.

»Ich komme schon zurecht«, murmelte er und ließ den Mönch kurzerhand stehen.

Taumelnd eilte er die Gasse entlang, spürte kaum, wie sich der Straßendreck in seinen Schuhen hochsog. Vor sich sah er die ungleichen Türme des Doms auftauchen, im nächsten Moment öffnete sich die Gasse zum Marktplatz. Ihm war, als blicke er in einen Tunnel, während er sich einen Weg zwischen den Litten hindurch zum Domhof bahnte.

Er fand sich eingehüllt von tröstendem Schatten, als er das Seitenportal des Doms erreichte und ins Innere des Gotteshauses eintauchte.

Es war still. Bis zum nächsten Stundengebet würde es noch eine Weile dauern, nur der Weihrauch von der Messe am Morgen hing noch in der Luft. Licht fiel durch die Fenster und warf verspielte Muster auf den Steinboden.

Daniel zuckte zusammen, als er Schritte aus Richtung der Sakristei hörte, und eilte hinüber zur Krypta. Nur mit Mühe unterdrückte er den Würgereiz, als der Wein ihn sauer aufstoßen ließ. Er atmete durch, sog die Luft in die Lungen, ehe er in den dunklen, kühlen Raum eintrat.

Er war nur selten hier gewesen, aber er wusste, dass viele Mönche und Domherren in die Krypta kamen, wenn sie Stille suchten, um sich in sich selbst zu versenken und Gott nahe zu sein.

Langsam, einen Schritt nach dem anderen, ging Daniel weiter in die unterirdische Kammer hinein. Eine einzelne Kerze brannte vor dem Kreuz, offensichtlich war vor nicht allzu langer Zeit jemand hier gewesen. Das flackernde Licht fing sich in der Deckenwölbung, tastete mit warmen Fingern über die sorgfältig gefügten Steine.

»Pater noster qui es in caelis.« Daniels Lippen formten wie von selbst die bekannten Worte, ein Wispern nur, das aber hundertfach von den Wänden zurückgeworfen schien. »Sanctificetur nomen tuum.« Langsam sank er auf die Knie, bis er den harten Stein unter sich spürte. Er betete weiter, während er sich nach vorn beugte, die Stirn auf den Boden gedrückt, die Hände in die Ritzen zwischen den Bodenplatten gekrallt. »Adveniat regnum tuum.« Er fühlte sich entsetzlich leer. »Et dimitte nobis debita nostra.«

Er spürte den Schmerz, als seine Fingerkuppen sich in den Stein gruben. »Debita nostra«, murmelte er, die Augen geschlossen. Was blieb ihm noch, nachdem ausgerechnet sein Bruder die Frau geheiratet hatte, die er liebte? Warum hatte sie nicht gewartet? Alles hätte er für sie aufgegeben, die Pfründe, das Kapitel, alles. Doch es war zu spät. Und er, er begehrte die Frau seines Bruder mit jeder Faser seines Körpers, mit jedem Atemzug mehr.

»Sanctificetur nomen tuum.« Sein Kopf rutschte zur Seite, die raue Oberfläche schrammte rau über seine Wange. »Adveniat regnum tuum ...« Sein Flüstern erstarb.

Schritte erklangen auf den steinernen Stufen. Eine Laterne flammte auf und erhellte die dumpfe Dunkelheit der Krypta.

Daniel blieb regungslos liegen, die Arme seitlich ausgestreckt, die Wange an dem kühlen Stein, und blinzelte in das Licht. Längst hatte er jedes Gefühl für Zeit und Schmerz verloren, lag hier in der Dunkelheit und hatte kaum gespürt, wie die Kälte der Steinplatten in seinen Körper gezogen war. Irgendwann war die Kerze neben dem Kreuz erloschen, es musste eine Ewigkeit her sein.

Die Schritte näherten sich langsam, verharrten dann, und das Licht der Laterne fiel auf Daniels Gesicht.

»Willst du dir den Tod holen?« Anselms Stimme klang ruhig.

Daniel antwortete nicht. Er starrte an dem alten Domherrn vorbei zu der Wand, an der er inzwischen jede Fuge und jede Unebenheit zu kennen meinte. Sich den Tod zu holen, das war vielleicht nicht das Schlechteste, was ihm geschehen konnte. Dann wäre sein Seelenschmerz zu Ende.

Er hörte Anselm leise seufzen. »Hat der Herr dich auch noch mit Stummheit geschlagen?«

»Ich bete«, flüsterte Daniel tonlos, ohne den Blick zu heben. Seine Lippen waren ausgedörrt und spröde.

Anselm stieß ein ungläubiges Schnauben aus. »Hier unten?«

»Mein Fleisch ist schwach.«

»Ich weiß. Das war es schon immer.« Der Domherr ging ächzend neben ihm in die Knie. »Niemand ist ohne Sünde.«

»Gott straft mich«, murmelte Daniel. Sein Blick glitt zu Anselm und an ihm vorbei zur Decke, an der das Licht der Laterne unruhige Schatten warf.

Anselm runzelte die Stirn. »Was ist geschehen?«

Daniel schluckte, zögerte einen Moment. »Ich habe aus Neid und Missgunst Dinge gedacht, die schändlicher sind als alles, was Ihr Euch vorstellen könnt«, flüsterte er erstickt.

»Ach, ich kann mir vieles vorstellen.« Ein leichtes Schmunzeln umzuckte Anselms Mund. »Dieses Mädchen?«

Daniel riss die Augen auf. »Woher …?«

»Ich bin nicht blind. Und ich habe ein gutes Gedächtnis. Christine Petersen hieß sie, nicht wahr? Und jetzt ist sie die Frau deines Bruders.«

Daniel nickte wortlos. Er spürte Anselms knochige Hand, die seine Schulter fasste. »Ich habe dir damals schon gesagt, dass du sie vergessen sollst«, hörte er den Domherrn sagen. »Finde deine Liebe zu Gott und schenke deiner Seele Ruhe. Keine irdische Liebe kann das bewirken, was die Gottesliebe vermag.«

Ein seliges Lächeln huschte über Daniels Gesicht. Was blieb ihm denn anderes? Was sollte er noch der irdischen Liebe nachjagen, da Christine unerreichbar für ihn war? »Ich will Gott lieben und der Welt entsagen.«

Einen Augenblick lang war es still in der Krypta, dann antwortete Anselm ruhig: »Das wirst du nicht.«

Daniel blinzelte. »Warum nicht?«

»Weil Flucht der falsche Grund ist. Steh auf.« Der alte Chorherr erhob sich mit einem leisen Stöhnen und rieb sich den Rücken.

»Ich bete.«

»Du sollst aufstehen, habe ich gesagt«, wiederholte Anselm schärfer.

Daniel zögerte, dann zog er langsam die Arme an sich heran und versuchte, sich aufzurichten. Seine Gliedmaßen kribbelten unangenehm, als erwachten sie aus einem langen Schlaf. Es dauerte einen Moment, bis er sich tatsächlich hochstemmen konnte.

Anselm wartete geduldig, bis Daniel sich aufgesetzt hatte. »Du gehst jetzt nach oben und lässt dir ein Bad bereiten«, sagte er ruhig, aber Daniel entging nicht die Drohung, die in seiner Stimme mitschwang. »Anschließend legst du dich schlafen. Wenn dein Kopf wieder klar ist, reden wir.«

»Ihr könnt mir nicht verbieten, mein Leben Gott zu weihen«, entgegnete Daniel trotzig, während er schwankend aufstand. »Ich werde ...«

Die Ohrfeige kam, ohne dass Daniel die geringste Bewegung an Anselm wahrgenommen hatte. Überrascht und verwirrt zugleich starrte er den alten Chorherrn an, der den Arm langsam wieder sinken ließ und die Hand schüttelte, als habe ihm der Schlag selbst weh getan.

»Du wirst tun, was ich dir sage«, sagte Anselm leise. »Es gibt viele schlechte Gründe, einem Orden beizutreten. Liebeskummer ist einer der schlechtesten.«

Daniel wollte zu einer Verteidigung ausholen, doch Anselm hieß ihm mit einer verärgerten Geste, zu schweigen.

»Ich will dich morgen pünktlich bei der Prim sehen, verstanden? Die Zeit der Reise ist vorbei. Du hast Pflichten, die du nicht versäumen solltest.«

Daniel nickte stumm. Regungslos saß er da und wartete, bis sich das Licht entfernt hatte und Dunkelheit die Krypta wieder umfing. Dann erhob er sich mühsam und schlich hinaus.

Bremen, Ende August 1368

Das Krachen der Holzschwerter hallte durch die Flussniederung. Henric biss die Zähne zusammen, als er sich mit aller Kraft gegen die Waffe lehnte und Lutger mit einem Aufschrei zurückdrängte. Der andere kam ins Straucheln, ruderte wie wild mit den Armen. Dann verlor er das Gleichgewicht und plumpste hintenüber, wobei das Schwert seiner Hand entglitt und einige Schritte neben ihm zu Boden fiel. Die schmutzigen, zerlumpten Kinder, die sich regelmäßig hier einfanden, um ihnen zuzusehen, kicherten, verstummten aber sofort wieder, als Lutgers vernichtender Blick sie traf.

»In der Schlacht wäre das Euer Tod gewesen«, bemerkte Christian von Gruenig trocken. Der alte Ritter lehnte locker auf seinem Stab, ohne den er keinen Schritt zu tun schien. Regungslos hatte er den Kampf bislang verfolgt. Jetzt deutete er mit der Stabspitze auf das Schwert. »Hebt es auf. Für heute reicht es.«

Henric sah, dass Lutger protestieren wollte, doch dann nickte der junge Kaufmann nur, während er sich langsam aufrappelte. »Es ist heute nicht mein Tag.«

»Dann kühlt Euren Kopf und macht es morgen besser.« Der alte Ritter sammelte die Übungsschwerter ein und verstaute sie in einem Sack, den er sich über die Schulter warf. Mürrisch nickte er Henric zu. »Ihr entwickelt Euch, junger Mann. Da ist ein Ritter an Euch verlorengegangen. Aber wenn der Herrgott Euch lieber als Pfeffersack sehen will, steht es mir nicht zu, darüber ein Klagelied anzustimmen.« Er spuckte aus, wandte sich dann ohne einen weiteren Gruß ab und stapfte zurück in Richtung Stadt.

Lutger sah ihm missmutig nach. »Manchmal frage ich mich, warum ich mir das antue«, murmelte er.

Henric hob die Schultern und löste das alte, wattierte Wams, das er zum Schutz übergeworfen hatte. In der Sommerhitze staute sich die Wärme unter dem gefütterten Stoff, er war jedes Mal schweißgebadet, wenn sie mit dem Fechtunterricht fertig waren. Einige Zeit nach dem Einfall der bischöflichen Kriegsknechte hatte Lutger einen Waffenmeister angeheuert, um seine in Lübeck erworbenen Kampffertigkeiten weiter auszubilden. Es zählte schließlich zu den Pflichten eines Bürgers, die Stadt zu verteidigen. Zwar konnte man seinen Anteil dadurch abgelten, dass man Kriegsknechte anheuerte, doch damit gab sich Lutger nicht zufrieden, und er hatte Henric so lange bearbeitet, bis dieser sich bereit erklärt hatte, ihm Gesellschaft zu leisten. Christian von Gruenig hatte sich dabei als gute Wahl erwiesen, trotz seiner ruppigen Art und der unübersehbaren Abneigung, die er gegen Kaufleute hegte. Der landlose Ritter aus dem Gefolge der Grafen von Oldenburg lebte inzwischen davon, reichen Kaufmannssöhnen beizubringen, an welchem Ende man ein Schwert anfassen musste, um sich nicht selbst zu verletzten.

Henric zog auch das Hemd über den Kopf und ging hinunter zum Wasser, um sich notdürftig zu säubern. Lutger folgte ihm, nachdem er die gaffenden Kinder mit ein paar wüsten Drohungen zurück in Richtung Stadt gejagt hatte.

»Du bist in Gedanken bei Elisabeth, nicht war?«, fragte Henric beiläufig, während er mit beiden Händen Wasser schöpfte und sich ins Gesicht schüttete.

Lutger antwortete nicht gleich, sondern ließ sich mit einem schweren Seufzer neben ihm ins Ufergras nieder. Sein Blick wanderte stromabwärts zur Stadt, die wie eine gefräßige Kröte in der Mittagssonne am Fluss kauerte. »Ich mache mir Sorgen um sie«, sagte er schließlich. »Elisabeth ist so zart und schwach. Seit Wochen kommt sie kaum noch aus ihrer Kammer. Vor zwei Tagen hat die Hebamme gesagt, dass es sehr schwer werden würde. Ich habe Angst um sie, Henric.« Lutger sprach leise. »Ich weiß nicht, was ich tun soll … wenn ihr etwas geschieht. Manchmal wünschte ich, sie wäre niemals schwanger geworden. Entschuldige bitte«, fügte er schnell hinzu. »Ich weiß, deine Frau wartet vergeblich.«

»Es ist schon gut«, murmelte Henric. Tatsächlich berührte ihn das bislang wenig. Wenn er es sich genau überlegte, war es ihm sogar ganz recht. Im Gegensatz zu Lutger liebte er seine Frau nicht. Er achtete das Eheversprechen und schätzte sie für die Arbeit, die sie verrichtete, ohne einmal zu jammern, aber er blieb ihr innerlich fern. Ein Kind würde ihn enger an sie binden, als ihm lieb war.

Lutger schüttelte den Kopf und knuffte Henric dann mit einem schiefen Grinsen in die Seite. »Lass uns mal wieder in den Bären gehen, hm? Die Wirtstöchter fragen dann und wann nach dir.«

»Lutger, hör auf«, seufzte Henric. »Ich habe eine Frau.«

»Nun gut, deine Frau ist nicht krank.«

»Ich werde wohl nie verstehen, wie du zu deinen Huren gehen kannst, obwohl du Elisabeth liebst«, bemerkte Henric.

»Das eine hat mit dem anderen nichts zu tun.«

»Du hast ihr Treue geschworen.«

»Henric!« Lutger hob die Hände, ließ sie wieder fallen. »Elisabeth ist eine wundervolle Frau, die beste, die ich mir wünschen könnte. Aber ich kann sie nicht auch noch bedrängen, wenn sie ohnehin schon krank ist.«

»Du könntest dich in Enthaltsamkeit üben.«

Lutger starrte ihn einen Moment an, dann lachte er freudlos auf. »Das ist ein Vorschlag, wie er nur von dir kommen könnte.« Seufzend ließ er sich zurück auf das Gras fallen und schloss die Augen. »Bete für mich, mein heiliger Freund, dass mein Sohn gesund zur Welt kommt«, murmelte er. »Vielleicht erhört Gott dich eher als mich.«

»Dann hätte er mich erhört, als ich um das Leben meiner Mutter gefleht habe. Aber ich werde eine Kerze stiften, wenn du möchtest.«

»Danke.« Ein flüchtiges Lächeln huschte über Lutgers Gesicht. »Wenn das Kind da ist und es Elisabeth besser geht, werde ich nach Lübeck aufbrechen«, fuhr er nach einer Weile fort. »Was soll ich auch in Bremen? Mein Vater füttert mich wie ein Hündchen mit kleinen Krediten, um mich bei Laune zu halten. Die Entscheidungen überlässt er deinem Vater. In Lübeck braucht man mich wenigstens.«

Henric nickte leicht. Er hatte davon gehört. Der Dänenkönig Waldemar Atterdag war erneut mit den wendischen Hansestädten in Konflikt geraten, sodass die Seepassage in die Ostsee seit einiger Zeit mit hohen Zöllen und Risiken verbunden war. Die Hansestädte hatten sich daraufhin im vergangenen Jahr in Köln versammelt und eine Konföderation beschlossen, um gegen den Dänenkönig vorzugehen, und zogen nun in den Krieg.

»Weißt du, Henric«, seufzte Lutger, »ich wünschte, die alten Pfeffersäcke würden ein wenig weiter schauen als bis zum Rand ihrer Geldschatulle. *Der Sund geht Bremen nichts an, also wird Bremen sich heraushalten.* Was erwarten sie dann von der Hanse, wenn Bremen einmal Hilfe braucht? Aber sie sind genauso kurzsichtig wie mein Vater. Alles bleibt, wie es ist, und die Heringe dreht man am liebsten im eigenen Salz.«

»Zählst du mich auch schon zu den alten Pfeffersäcken?«, erkundige sich Henric mit einem müden Lächeln.

Lutger linste zu ihm hoch und verzog das Gesicht zu einer spöttischen Grimasse. »Nein, du bist mein Heiliger. Mein Vorbild, der, der ich sein sollte, wenn mein Fleisch nicht so schwach und sündig wäre.«

»Nenn mich nicht einen Heiligen«, murmelte Henric beklommen. Er sollte Lutger endlich die Wahrheit sagen über die Unterschlagungen, die sich durch die Bücher zogen wie die Perlen eines Rosenkranzes. Doch er konnte nicht. Er ahnte inzwischen, dass sein Vater davon wusste, ja immer davon gewusst hatte, auch wenn er Henrics Fragen ausgewichen war. Seine Hand zuckte unwillkürlich zu dem Bernsteinkreuz, das er um den Hals trug, seit dem Tag, an dem sein Vater es ihm geschenkt hatte. Es wäre Verrat an seinem Vater und seiner Familie, ein Bruch des Schwurs, den er geleistet hatte.

Lutger stemmte sich mit einem leisen Stöhnen hoch. »Sag mal, Henric, wenn man dich eine Weile entbehren kann, würdest du mit mir nach Lübeck kommen?«

Henric blinzelte verdutzt. »Nach Lübeck? Du meinst in den Krieg?«

»War nur ein Einfall.« Lutger warf einen raschen Blick zum Himmel, um den Sonnenstand abzuschätzen. »Lass uns zurückgehen. Ich möchte nach Elisabeth sehen.«

Henric erhob sich ebenfalls, zögerte dann aber. »Wenn du mich brauchst, schick ruhig nach mir. Ich bin weder Arzt noch Hebamme, aber wenn ich dir helfen kann …«

»Danke.« Lutger lächelte, und dieses Mal wirkte es nicht spöttisch, sondern ehrlich. »Ich bin froh, dass ich dich als Freund habe.«

»Ich auch.« Henric versuchte, das Lächeln zu erwidern.

Bremen, September 1368

Der Dom erstrahlte im Licht der Kerzen. Der Gesang Hunderter Stimmen stieg empor und erfüllte das Kirchenschiff wie mit Lobliedern der Engel. Zwischen den mächtigen Pfeilern drängten sich die Gläubigen, ehrfurchtsvoll die Hände erhoben und den Blick auf den Chorraum gewandt, wo die Domherren thronten, die Gesichter ernst und streng, und doch von einem inneren Feuer erfüllt, wie es nur von Gott gegeben sein konnte.

Daniels Finger glitten über das warme Holz, auf dem seine Hand ruhte, während er voller Würde der Messe lauschte. Ein herablassendes Lächeln zuckte in seinen Mundwinkeln, als sein Blick auf Willem fiel, der dort unten auf den Steinstufen kniete. Er hatte es nicht verhindern können, dass die Domherren Daniel ins Kapitel wählten. Zerfressen vor Neid, hockte er nun da, den Stiernacken demütig gebeugt, gefangen in den Fesseln, die ihm sein Augustinerrock anlegte. Nie wieder würde er die Hand gegen Daniel erheben. Daniel, Domherr, Kanoniker, Arzt.

Voller Genugtuung wandte Daniel den Blick wieder ab. Weltlicher Kanoniker. Er stutzte leicht. Was tat er eigentlich hier oben auf dem Chorgestühl? Donner grollte. Sein Platz war im Kirchenraum, nicht hier unter den geistlichen Herren. Hastig sah er sich um, doch die Gesichter der anderen schienen gleichmütig, als störte es sie nicht, dass er unter ihnen weilte.

Erneute krachte es. Das musste ein schweres Gewitter sein, das dort draußen tobte. Besorgt wandte Daniel den Blick hinauf zur Decke. Möge Gott geben, dass sie hielt.

Beim nächsten Donnern splitterte die Decke. Steine flogen umher, krachten auf das Chorgestühl. Regen folgte, ein weiterer Donnerschlag, dass Daniel meinte, der ganze Dom müsse zerbersten.

Daniel schrak auf. Sein Herz raste, und er brauchte einen Moment, um zu verstehen, dass er sich nicht im Dom befand, sondern in seinem Bett. Seinem Bett in der Kammer im Kapitelhaus, die er bezogen hatte, bis er eine neue Bleibe fand, die seinem Stand angemessen war.

Noch ehe er einen klaren Gedanken fassen konnte, hämmerte es an der Tür. »Daniel?«, rief eine zaghafte Stimme. »Bist du wach?«

Es klang nach Veit, der inzwischen Chorsänger war und ihm seit seiner Ankunft wieder auf Schritt und Tritt folgte.

»Ich komme gleich«, rief Daniel zurück, schob die Decke beiseite und setzte sich auf. Was zur Hölle wollte der mitten in der Nacht?

»Da ist jemand, der dich sprechen will«, kam es nun durch die Tür. »Er ließ sich nicht abwimmeln. Er sagt, er sei dein Bruder.«

»Henric?« Daniel war mit einem Schlag hellwach. »Ich komme sofort!«

»Was machst du hier, Henric?«, empfing Daniel Henric wenig später am Eingang, bemüht, seine Unruhe zu verbergen. »Ist Chris…, ist deiner Frau etwas geschehen?«

»Christine geht es gut. Elisabeth Grootehus bekommt ihr Kind. Und es sieht schwierig aus.«

»Elisabeth Grootehus, die Frau von deinem Freund Lutger?« fragte Daniel, während sie durch die nächtlichen Straßen eilten. In Gedanken verfluchte er die Trippen, die ihm nach den Jahren im Süden ungewohnt und hinderlich vorkamen, sodass er sich sehr konzentrieren musste, um nicht zu stolpern.

»Es hat gestern Abend begonnen, aber es geht wohl nicht

voran. Die Hebamme hat geraten, dringend einen Arzt zu rufen.«

»Ist sie noch da?«

»Ja, sie wartet auf dich.«

»Gut.« Daniel atmete erleichtert aus. Er selbst hatte bislang höchstens zwei oder drei Geburten miterlebt, und in allen Fällen war die Gebärende am Ende verstorben. Doch das musste er Henric nicht unter die Nase reiben. Vielleicht stand es ja gar nicht so schlimm um die junge Frau und die ganze Aufregung war umsonst.

Das Haus lag ruhig, als sie die Diele betraten. Am Tisch saß ein gutaussehender, junger Mann, vor sich einen Krug Bier, den er offensichtlich schon weitgehend geleert hatte. Sein Blick wirkte glasig, als er den Kopf hob und ihnen entgegenblickte. »Da bist du ja wieder«, nuschelte er. »Ist das dein Bruder?«

Henric nickte. »Das ist Daniel. Er ist Arzt.«

»Dann tut endlich was, irgendetwas, damit es aufhört!« Mit einer barschen Handbewegung fuhr der Mann über die Tischplatte und verfehlte nur knapp den Krug. »Ich halte es nicht mehr aus!«

»Ich kümmere mich darum.« Henric lächelte gehetzt, fasste Daniel am Arm und schob ihn die Stufen hinauf zu den Wohnräumen. »Rette Elisabeth und ihr Kind«, flüsterte er eindringlich. »Ich versuche, Lutger zu beruhigen, ehe er noch irgendjemandem an die Gurgel springt.«

»Bring ihn dazu, mit dir zu beten.« Daniel hob matt den Mundwinkel. »Es lenkt ihn ab, und ein wenig göttlichen Beistand wird die Frau vermutlich verdammt nötig haben.«

Henric starrte ihn einen Augenblick verständnislos an, dann nickte er und hastete wieder hinunter in die Diele. Daniel atmete tief ein und wandte sich der Kammer zu, die Henric ihm gewiesen hatte.

Es war dunkel in dem kleinen Raum, und es stank nach Blut und Urin. Die Fensterläden waren geschlossen, zwei Kerzenständer neben dem Bett spendeten ein unruhiges Licht, in dem die Konturen verschwammen. Auf dem Bett lag eine junge Frau, ein bleiches Häufchen Elend mit fiebrigen Augen und fahlen Lippen. Die Haare klebten feucht an den Schläfen, und ihr Blick war stumpf, als sie den Kopf drehte und Daniel entgegenblickte. Neben ihr hockte eine dickliche Frau, offensichtlich die Hebamme. Als er eintrat, fuhr ihr Kopf herum, und sie funkelte ihn unter tief zusammengezogenen Brauen an.

»Was tut Ihr hier?«, blaffte sie, ehe er etwas sagen konnte. »Verschwinde, aber ein bisschen plötzlich!«

»Er ist der Arzt.«

Daniel zuckte zusammen, als er die Stimme erkannte. Erst jetzt entdeckte er Christine, die etwas außerhalb des Lichtkegels der Kerzen neben der Gebärenden auf der Bettkante kauerte und Elisabeths Stirn kühlte. Henrics Frau wirkte ebenfalls erschöpft und übernächtigt, aber ihre Stimme klang überzeugt genug, dass die Züge der Hebamme sich ein wenig lockerten.

»Scheint, als bräuchten wir Euch heute noch«, murmelte sie.

Daniel zwang sich, den Blick von Christine abzuwenden, und trat an das Bett. »Wie weit ist sie?«, fragte er leise.

»Zu weit.« Die Hebamme seufzte und richtete sich auf, einen bedauernden Blick auf die junge Frau werfend, die mit geschlossenen Augen dalag. Die Anspannung ihrer Arme verriet die Schmerzen, die sie litt. Schweiß perlte auf ihrer Stirn, ihr Atem ging stoßweise, offensichtlich war sie zu erschöpft, um noch zu jammern. »Das Kind liegt quer, und ich kann es nicht drehen. Sie quält sich schon zu lange und hat bereits viel Blut verloren. Bis zum Morgengrauen, länger wird sie nicht mehr durchhalten. Aber das Kind lebt.«

Daniel nickte langsam, während sein Blick zu der Schwangeren glitt, die sich an Christines Hände klammerte, als könne diese ihr die Schmerzen und die Angst nehmen. »Willst du, dass ich versuche, es zu drehen?«, fragte er leise.

Die Hebamme hob hilflos die schweren Schultern. »Versucht es.«

Zögerlich ließ sich Daniel auf der Bettkante nieder. Sein Blick streifte Christine, die ihn aufmerksam beobachtete, dann begann er, vorsichtig zu tasten. Sofort stöhnte die Gebärende auf.

»Keine Angst«, murmelte Daniel, mehr um sich selbst zu beruhigen. »Ich versuche nur zu spüren, wo das Kind liegt.«

Er war sich nicht sicher, ob die junge Frau ihn überhaupt noch hörte, aber zumindest entspannte sie sich ein wenig.

Christines Hand glitt über ihre Stirn. »Was geschieht, wenn … wenn es nicht gedreht werden kann?«, fragte sie leise.

Die Hebamme gab die Antwort. »Dann wird er sie aufschneiden.«

Zwei Wochen später

Es herrschte reges Treiben an diesem Morgen vor dem Spital. Zwei Bäckergesellen brachten Brot, offenbar vom Vortag, und übergaben es einem hageren Mönch, der damit im Innern des Gebäudes verschwand, ohne sich um die zahlreichen Bettler zu scheren, die auf den Stufen hockten und um Almosen baten.

Henric sah sich etwas verloren um, ehe er sich auf einer niedrigen Mauer neben dem Eingang niederließ und sich umschaute. Er war sich immer noch nicht sicher, ob es eine gute Idee war, hierherzukommen, aber Daniel war sein Bruder, und er wusste niemanden sonst, dem er vertrauen konnte.

Daniel hatte Elisabeth Grootehus nicht retten können, und auch das Kind, das er mit Hilfe der Hebamme aus dem Leib der Sterbenden geschnitten hatte, war seiner Mutter zwei Tage später gefolgt. Zunächst hatte Henric geglaubt, Lutger würde wahnsinnig vor Trauer und Schmerz. Dann war er in dumpfes Brüten verfallen, das fast schwerer zu ertragen war als das Toben und Henric hilflos sein ließ, sodass er erleichtert gewesen war, als Lutger langsam wieder zu Sinnen kam.

»Und was tut Ihr hier?«, riss ihn eine Stimme unvermittelt aus den Gedanken.

Henric hob die Hand gegen die Sonne und blinzelte, um den Mann zu erkennen, der sich vor ihm aufgebaut hatte. Ein Franziskaner, wie er an der braunen Kutte erkannte, vermutlich einer der Brüder aus dem nahen Kloster, die im Spital arbeiteten. Der Mann hatte die Fäuste in die Hüfte gestemmt, den Kopf schiefgelegt. Misstrauisch wanderten seine Augen über Henrics Kleidung, die nicht zu einem Bettler passte.

»Ich warte nur auf meinen Bruder, Daniel Suterman«, erwiderte Henric und lächelte schnell, um seine Unruhe zu überspielen. »Ich muss mit ihm sprechen.«

Der Mönch verengte die Augen ein wenig, nickte dann aber. »Er müsste bald kommen«, brummelte er. »Gewöhnlich taucht er um diese Zeit hier auf. Wartet, dann werdet Ihr ihn nicht verpassen.«

Henric dankte kurz und sah dem Mann nach, bis er im Innern des Spitals verschwunden war. Dann blickte er wieder suchend die Straße entlang. Er hatte Daniel seit jener schrecklichen Nacht nicht mehr gesehen, aber er ahnte, dass sein Bruder sich bewusst ferngehalten hatte nach den wüsten Drohungen, mit denen Lutger ihn nach Elisabeths Tod bedacht hatte.

Henric zuckte zusammen, als er Daniels blonden Haarschopf in der Menge entdeckte. Einen kurzen Moment zögerte er, dann stieß er sich von der Mauer ab und ging auf ihn zu.

Daniel hielt inne, musterte ihn sichtlich verdutzt. »Henric, was …«

»Ich muss dringend mit dir sprechen.« Ein schiefes Lächeln huschte über Henrics Gesicht. »Hast du einen Augenblick Zeit?«

Das Zögern war Daniel deutlich anzusehen, ehe er nickte. »Komm mit«, deutete er zum Eingang. »Drinnen haben wir Ruhe.«

Henric folgte ihm, als Daniel ihn durch das Spital in einen angrenzenden Kreuzgang führte. Im Vergleich zu der Unruhe auf der Straße wirkte die Stille hier fast unwirklich, nur das Summen der Bienen und das leise Zwitschern der Vögel in den Büschen waren zu hören.

Daniel blieb stehen und drehte sich zu ihm um. Das Unbehagen war aus seinem Blick gewichen, doch das Lächeln wirkte immer noch unsicher.

»Du bist wegen Lutger Grootehus hier?«

Henric schüttelte langsam den Kopf, nickte dann aber.

»Nein, das heißt, nicht direkt.« Er holte tief Luft, zwang sich, das Lächeln zu erwidern. »Ich habe eine Bitte an dich, Daniel.«

Der Bruder schaute ihn fragend an.

»Es geht schon um Lutger …, aber vor allem um mich«, fuhr Henric fort. »Lutger wird nach Lübeck fahren und sich dem Krieg gegen den Dänenkönig anschließen. Er hat mich gebeten, ihn zu begleiten.«

»Und du hast zugesagt.«

Henric nickte. »Ich kann ihn nicht alleine lassen, jetzt, nach Elisabeths Tod. In drei Tagen brechen wir auf. Ich habe alles geregelt, Vater wird sich um die noch laufenden Geschäfte kümmern.«

»Dann wünsche ich dir alles Gute«, erwiderte Daniel. »Und was soll ich dabei tun?«

»Ich möchte dich bitten, dass du auf meine Frau achtgibst.«

Daniel blinzelte, überrascht, wie es schien. »Warum gerade ich?«

»Weil du mein Bruder bist.« Henric lächelte schwach. »Und weil ich dir vertraue. Ich wüsste nicht, wen ich sonst fragen sollte.«

»Warum fragst du nicht Vater? Er wohnt mit euch in einem Haus.«

»Ich möchte nicht, dass Vater sich um mehr kümmert als um das Geschäftliche. Dafür hat er bereits eine Vollmacht«, erwiderte Henric ernst. »Aber Christine wäre ihm ausgeliefert. Das will ich verhindern.«

Daniel nickte langsam. »Und der alte Grootehus? Oder irgendwelche Freunde?«

»Ich möchte Christine niemandem anders anvertrauen. Und dem Altem geht es nicht gut. Niemand weiß, wie viel Zeit Gott ihm noch gibt.«

»Was ist mit seiner Frau? Ich meine, sie ist doch noch nicht alt.«

»Hilfst du mir?«, unterbrach Henric ihn ruhig. Sein Blick lag auf Daniels Gesicht. »Ich habe dich noch nie um etwas gebeten, aber dieses eine Mal weiß ich nicht, an wen ich mich sonst wenden soll. Du hast es mir einmal versprochen, erinnerst du dich?«

Daniel nickte langsam. Er hatte die Unterlippe zwischen die Zähne gezogen und schien zu überlegen. Einen Moment lang war sich Henric sicher, er würde doch noch ablehnen.

»Ich werde auf Christine achten«, murmelte Daniel schließlich. »So gut ich es vermag.«

»Danke.« Henric lächelte erleichtert.

Bremen, Dezember 1368

Daniel roch Bruder Conrad bereits, ehe er ihn hörte, der säuerliche, muffige Altmänneratem, der ihm immer einige Schritte vorauswehte. Mit einem tiefen Seufzer richtete er sich auf und drehte sich langsam um, während er sich fragte, was dem alten Mönch jetzt wohl wieder eingefallen war, um ihn vom Lesen abzuhalten?

Conrad war gealtert in den Jahren, die Daniel fortgewesen war. Die fleckige Haut hing in trockenen Falten an Wangen und Hals, sein Rücken war noch krummer, als Daniel ihn in Erinnerung hatte, und seine Hände zitterten, wenn sie sich nicht an dem Stock festhielten, der ihm ein steter Begleiter geworden war. Daniel kannte dieses Zittern, er hatte es bei einem reichen Bankier in Bologna gesehen, den Gaterni fast täglich aufgesucht hatte. Gaterni hatte ihm erklärt, dass die Unruhe von einer Krankheit herrühre, die vor allem alte Leute befalle und über kurz oder lang zum Tod führe. Nachdem Conrad Daniels vorsichtige Anfrage, ob er ihn untersuchen solle, abgelehnt hatte, hatte Daniel aber keinen weiteren Versuch gemacht, ihm zu helfen.

»Sucht Ihr etwas?«, erkundigte sich Daniel freundlich, bemüht, das misstrauische Funkeln des Greises nicht zu beachten. Es war bereits das fünfte Mal, dass Conrad ihn unterbrach, und seine Begründungen wurden von Mal zu Mal nichtiger.

»Ich schaue nur, dass Ihr auch ja keine Seiten herausreißt«, knurrte der Bibliothekar.

Für einen Moment starrte Daniel ihn verblüfft an, dann machte er einen Schritt zur Seite und forderte Conrad mit einer ärgerlichen Geste auf, näher zu treten. »Bitte, seht nach. Der Domdekan wird erfreut sein, wie pflichtbewusst Ihr Euch um die Bibliothek sorgt.«

Conrad bedachte ihn mit einem übellaunigen Blick, war sich aber nicht zu schade, tatsächlich an das Pult zu treten und mit peinlicher Genauigkeit die Seiten durchzublättern, um jede einzeln zu überprüfen.

Schweigend sah Daniel ihm zu, wandte sich dann ab und verließ eilig die Bibliothek, ehe ihm weitere Bemerkungen herausrutschten, die kaum angetan wären, das Verhältnis zu dem alten Mönch zu verbessern. Er hatte gehofft, dass die Schikanen ein Ende hätten, jetzt, da er kein einfacher Domschüler mehr war, aber solange Conrad über die Bücher herrschte, würde er wohl niemals in Ruhe lesen können. Seit Daniels Wahl in das Kapitel ließ auch Willem keine Gelegenheit aus, ihn zu schikanieren. Und zu Daniels Leidwesen hatte der Dicke inzwischen dazugelernt. Seine Angriffe waren nicht mehr so plump und offensichtlich wie früher, sondern geschickter, hinterhältiger. Oft waren es Kleinigkeiten, die einem Außenstehenden kaum auffallen mochten, eine falsche Nachricht, die Daniel davon abhielt, rechtzeitig zum Chorgebet zu erscheinen, vertauschte Heilmittel oder falsch beschriftete Tiegel – und eben Conrad, der sich auf Willems Seite geschlagen zu haben schien und Daniel bei jedem Schritt das Gefühl vermittelte, unerwünscht zu sein. Daniel versuchte, darüber hinwegzusehen, aber es fiel ihm zunehmend schwer. Er durfte nur nicht die Beherrschung verlieren, sonst hätte Willem gewonnen.

Missmutig ging er zu seiner Kammer und zog die Tür hinter sich zu. Wenn er schon nicht zum Lesen kam, sollte er etwas Sinnvolles tun und im Spital nach dem Rechten zu sehen. Rasch holte er Mantel und Tasche und füllte sie im Apothecarium mit allem Nötigen auf, dann machte er sich auf den Weg. Es war kalt, aber wenigstens regnete es nicht. Seit er aus Bologna zurückgekehrt war, hatte er sich noch nicht wieder an die feuchte Kälte gewöhnen können, die durch Mark und Bein ging. Frierend zog er den Kopf tiefer zwischen die Schultern und stapfte durch die Straßen in Richtung Schnoor.

Als er einige Stunden später das Spital verließ, trug der Wind bereits das dumpfe Läuten von St. Martini durch die Gassen. Unschlüssig warf Daniel einen Blick zum Himmel, von dem zwischen den engstehenden Giebeln nur ein schmaler Streifen zu sehen war. Nicht mehr lange, und es würde dunkel sein. Die Tage waren schnell wieder kurz geworden. Seit seiner Rückkehr floss die Zeit nur so an ihm vorbei. Eigentlich sollte er zurück zum Dom, um die Vesper nicht zu verpassen, aber dann würde er wieder Willem über den Weg laufen, und das war das Letzte, was ihm an diesem Tag noch fehlte. Vielleicht war es der richtige Zeitpunkt, endlich das Versprechen einzulösen, das er schon eine ganze Weile vor sich herschob.

Auf die anfängliche Euphorie, Christine sehen zu können, war Ernüchterung gefolgt, als er sich klargemacht hatte, dass er wahrscheinlich weder in Körper noch Geist stark genug war, Christine aufzusuchen, ohne sie unentwegt anzustarren und wirr vor sich hin zu stammeln. Seine Arbeit bot ihm zum Glück genug Gründe, den Besuch aufzuschieben. Aber er hatte es Henric versprochen, und wenn er es nicht langsam hinter sich brachte, würde Henric zurück sein, ehe er sich ein einziges Mal bei ihr hatte blicken lassen.

Daniel verlangsamte seine Schritte, als er sich dem Haus im Stephaniviertel näherte. Er war lange nicht mehr hier gewesen, zuletzt bei dem kurzen Besuch nach seiner Rückkehr aus Bologna. Auf sein Klopfen öffnete die junge Magd mit mürrischer Miene. Ihr Gesicht hellte sich jedoch schlagartig auf, als sie ihn erkannte, und ein breites Lächeln entblößte eine Reihe schlechter Zähne. »Oh, Ihr seid es!«

»Ist deine Herrin zu Hause?«, erkundigte sich Daniel freundlich, ohne das Lächeln zu erwidern. Das Mädchen war nicht unansehnlich, solange sie den Mund geschlossen hielt, das war ihm schon bei seinem letzten Besuch aufgefallen, aber ihm war nicht zum Schäkern zumute.

»Sie ist da«, nickte die Magd. Ihre Hand zupfte beiläufig an dem Kleid, während sie ihn mit kokett gesenktem Blick hereinbat.

Die Stube war aufgeräumt und sauber. Frisches Stroh lag auf dem Boden ausgestreut. Der Duft von gebackenem Geflügel hing in der Luft und erinnerte Daniels Magen schmerzhaft daran, dass er heute noch nichts gegessen hatte.

Christine saß an dem Tisch, das Stickzeug vor sich ausgebreitet, und unterhielt sich mit einem blonden Mädchen, das ihr neugierig zuschaute. Sie hob den Kopf, als er eintrat, und einen Wimpernschlag lang erstarrte ihre Miene. Doch schon im nächsten Moment zauberte sie ein unverbindliches Lächeln auf ihre Züge. »Daniel. Wie freundlich, dass Ihr uns besuchen kommt!«

»Daniel?« Der Kopf des blonden Mädchens flog herum und schaute ihn ungläubig an. Dann sprang sie auf und warf sich ihm mit einem Jauchzen um den Hals.

»M-Mette?«, stammelte Daniel und legte wie von selbst die Arme um seine kleine Schwester. Nie im Leben hätte er sie erkannt, wenn sie ihm auf der Straße begegnet wäre. Sie war groß geworden, ein hochgewachsenes Mädchen mit feinen, fast ebenmäßigen Zügen, wäre da nicht die vorwitzige Stupsnase, die ihr schon als Kind ein schalkhaftes Aussehen verliehen hatte. »Was machst du denn hier?«

»Vater hielt es für an der Zeit, mich aus den tristen Klostermauern zu befreien, ehe ich selbst noch zu einer Heiligen werde«, lachte Mette und löste sich, um Daniel eingehend zu betrachten. »Ich hätte dich nicht erkannt, wenn ich nicht wüsste, wer du bist. Du bist Domherr, habe ich gehört?«

»Ja, Domherr und Arzt.«

»Ein guter Arzt, wenn man dem Gerede der Stadt Glauben schenken will«, ergänzte Christine, die sich in einer geschmeidigen Bewegung erhob und auf Daniel zutrat. Sie lächelte freundlich, aber ihr Blick wich ihm aus, nicht so offensichtlich, dass es einem Außenstehenden auffallen würde, sondern beiläufig, als würde ihre Aufmerksamkeit eher zufällig abgelenkt. »Wenn Ihr wegen Eures Vaters hier seid, habt Ihr Euch eine unglückliche Zeit ausgesucht. Er ist noch im Kontor.«

»Ich bin eigentlich hier, weil Henric mich gebeten hat, nach Euch zu sehen, solange er fort ist. Hat er Euch nichts davon gesagt?«

Christine schüttelte den Kopf. Falls sie überrascht war, verbarg sie es gut hinter der Maske der zuvorkommenden Hausherrin. »Er trifft solche Entscheidungen meist, ohne dass ich etwas davon weiß.«

»Du bleibst aber doch hoffentlich ein wenig?« Mette griff nach seinem Arm. »Wenn du schon einmal hier bist, kannst du uns Gesellschaft leisten.«

»Daniel hat sicher wenig Zeit. Es war schon freundlich, dass er nach uns geschaut hat.«

»Ich bleibe gern, Mette«, sagte Daniel rasch, ehe Christine weitere Einwände erheben konnte. Davon gab es ohne Frage reichlich: Er würde die Vesper verpassen, es wäre dunkel, wenn er wieder aufbrach, und außerdem ... starrte er Christine schon wieder so unverfroren an. Sein Herzschlag dröhnte ihm in den Ohren, und seine Hände waren feucht, dass er sie unwillkürlich an seinem Hemd abwischte.

Christine sah ihn an, den Kopf ein wenig schiefgelegt, als versuche sie, in seinem Blick zu forschen. Ein flüchtiges Lächeln huschte über ihr Gesicht. »Gut, dann leistet uns noch etwas Gesellschaft. Dirte, bring ein paar von den getrockneten Pflaumen und etwas zu trinken! Und schür das Feuer, es ist kühl.«

»Macht Euch keine Umstände«, bat Daniel rasch. »Schließlich habe ich Euch unangekündigt überfallen.«

»Du kannst uns gerne öfter überfallen«, grinste Mette, die neben Christine auf die Bank kletterte und sich vorbeugte, um eine schwarzweiß gefleckte Katze hochzuheben. Das Tier maunzte empört und wand sich in dem Griff, bis Mette es auf

Christines Schoß absetzte, wo es vorsichtig mit den Krallen an Christines Rock zupfte und sich dann zusammenrollte. Christine legte ihr Stickzeug beiseite, um die Katze zu streicheln. Verstohlen beobachtete Daniel, wie ihre Finger liebevoll durch das dichte Fell strichen. Ob Christine ihren Gemahl mit ebensolcher Zärtlichkeit berührte? Daniel konnte es sich kaum vorstellen. Der ernste, stets beherrschte Henric und Zärtlichkeiten, das passte einfach nicht zusammen. Vermutlich erschien ihm schon ein schlichter Kuss als Sünde. Plötzlich spürte er den unnachgiebigen Drang, Christines Gesicht in seine Hände zu nehmen und sie zu küssen, ihr zu zeigen, dass Liebe mehr sein konnte als die pflichtbewusste, scheue Aufmerksamkeit ihres Gatten, der fast schon ein Heiliger war, bewundernswert, aber tödlich langweilig.

Er erschrak, als Christine den Blick hob und ihm geradewegs in die Augen sah. Blut schoss ihm in die Wangen, sodass er sich hastig abwandte. Seine Zunge fühlte sich an, als hätte jemand sie gleich ein Dutzend Mal verknotet, und auf einen Schlag war ihm wieder bewusst, warum er Christine lieber hatte fernbleiben wollen. »Eine niedliche Katze«, nuschelte er schnell.

»Ein Geschenk meines Vaters. Sie heißt Federchen.« Wenn Christine etwas bemerkt hatte, überging sie es. Sie hob die Katze von ihrem Schoß und übergab sie Mette, ehe sie ihm etwas von dem Dünnbier einschenkte, das die Magd auf den Tisch gestellt hatte.

»Daniel kann wunderbare Geschichten erzählen«, behauptete Mette, während sie nun die Katze kraulte. »Die besten, die ich kenne.«

»Daran erinnerst du dich noch?« Daniel schmunzelte.

»Es ist so ziemlich das Einzige, woran ich mich erinnere. Du warst zu Besuch und hast hier auf der Bank gesessen und erzählt, während es draußen in Strömen gegossen hat.«

»Dann weißt du das noch besser als ich.«

»Was hat er denn erzählt?«, erkundigte sich Christine. Sie klang amüsiert. »Heiligengeschichten?«

»Das wäre eher etwas für Henric gewesen«, grinste Daniel. Er lehnte sich in dem Stuhl zurück und zwinkerte Mette zu. »Also gut. Es geht um einen jungen Mann und seine Liebste, die den Namen Thisbe trug.«

»Pyramus und Thisbe?« Christine sah überrascht auf.

»Ihr kennt die Geschichte?«

»Ja, es ist eine meiner Lieblingsgeschichten.« Christines Blick wurde warm. »In dem Kloster, in dem ich unterrichtet wurde, gab es ein Buch mit den Werken von Ovid. Ich habe sie geliebt.«

Daniel nippte an seinem Becher, um das strahlende Lächeln zu verbergen, das in seinen Mundwinkeln zuckte. Dann begann er zu erzählen, von den beiden Liebenden, die einander nicht sehen durften und nur über einen Spalt in der Wand miteinander sprechen konnten. Von ihrer geplanten Flucht, dem Löwen, der Thisbes Kleid zerriss und blutbefleckt liegenließ, von Pyramus, der es fand und sich selbst das Leben nahm, in dem Glauben, die Geliebte sei tot. Und von Thisbe, die zurückkehrte und ihren Liebsten sterbend vorfand und ihm folgte, sodass sie im Tod endlich vereint waren.

Die Augen der beiden lagen auf ihm, Mettes Blick mit fiebriger Erwartung, wie die Geschichte ausgehen mochte, Christines dagegen mit einem sanft entrückten Lächeln, als weilten ihre Gedanken längst anderswo. Das Stickzeug hatte sie nicht wieder angerührt.

Bremen, Februar 1370

Der Alte lag ruhig. Er hatte die Augen geschlossen und nur den Mund leicht geöffnet, durch den die Luft rasselnd entwich, als würde bei jedem Atemzug Wasser in seiner Lunge hochgespült und wieder zurückgeworfen.

»Ich gehe besser wieder und lasse Euch zur Ruhe kommen«, sagte Lambrech leise und erhob sich von dem Hocker, auf dem er gesessen hatte, während er dem Alten Bericht über den Stand der Geschäfte gemacht hatte. Seit der Rückkehr von seiner letzten Wallfahrt hatte sich Grootehus' Zustand rapide verschlechtert. Angefangen damit, dass das offene Bein sich allen Heilungsversuchen zum Trotz nicht schließen wollte, war dann ein Husten dazugekommen und der Druck auf der Brust, den der Franziskanerpater mit Aderlass zu mildern versuchte. Geholfen hatte das natürlich nichts, aber Lambrech hatte auch nichts anderes erwartet.

Der Alte blinzelte matt, deutete mit einer schwachen Geste auf den Wasserkrug.

Lambrech seufzte innerlich und trat an den Tisch, um einen Becher einzuschenken und an die spröden Lippen des Greises zu setzen. Eigentlich wäre das die Aufgabe seiner Gemahlin gewesen, aber Agnes verbrachte die Tage im Gebet anstatt an der Seite ihres Gatten.

»Danke«, murmelte Grootehus, als er den Becher wieder fortschob.

»Soll ich den Arzt noch einmal kommen lassen?«, erkundigte sich Lambrech ruhig.

Die Lider des Alten hoben sich ein wenig. »Aber nicht diesen Knochenhauer«, murmelte er, und ein dünnes Lächeln zog über seinen Mund.

»Ich sehe, was ich tun kann«, versprach Lambrech und ging zur Tür. Erleichtert atmete er auf, als er die Kammer verlassen hatte und dem Gestank nach Krankheit und Tod entkommen war. Er suchte den Alten nur auf, wenn es unausweichlich war. Der Anblick des Siechenden erinnerte ihn zu sehr daran, dass auch er sich eines Tages Gottes Gericht stellen musste – ein Gedanke, den er gern verdrängte. Lieber schickte er großzügig nach Ärzten, die sich um den Alten kümmerten. Beim letzten Mal war es einer der städtischen Bader gewesen, ein grober Kerl, der sich eher auf die Entfernung von Zähnen und Gliedmaßen verstand als auf die Behandlung eines siechen Greises. Einen Moment lang spielte Lambrech mit dem Gedanken, Daniel rufen zu lassen, aber er verwarf den Einfall gleich wieder. Es war besser, bei den Badern und dem Franziskanerpater zu bleiben.

In den eineinhalb Jahren, die Daniel nun wieder in Bremen war, hatte er sich einen Ruf als guter und vor allem gewissenhafter Arzt gemacht, und ein gewissenhafter Heilkundiger, der womöglich ein Heilmittel fand, war das Letzte, was Lambrech gebrauchen konnte. Es war ihm nicht unrecht, wenn alles so blieb, wie es war – zumindest, bis es eine Nachricht von Lutgers Verbleib gab.

Als er das Kontor betrat, fand er Hinnert dort vor, der unruhig auf und ab lief. Lambrech kannte seinen Gehilfen inzwischen lange genug, um jede Regung des Frettchengesichts zu deuten, doch heute bedurfte es nicht einmal eines besonderen Geschicks, um zu erkennen, dass etwas nicht stimmte.

»Du willst mir doch was erzählen«, bemerkte Lambrech, während er an den Tisch trat und sich niederließ.

»Die Kogge aus Flandern ist eingelaufen«, platzte es aus dem Schreiber heraus. »Die gesamte Ladung ist schadhaft. Das Tuch ist angeschimmelt, und was die Feuchtigkeit überstanden hat, ist knotig gewebt. Wir können die ganze Ladung abschreiben!«

»Vermerke, wer uns das Zeug geschickt hat. Und sorge dafür, dass er beim nächsten Mal genau solchen Unrat zurückbekommt.«

»Und was machen wir mit der Ladung?«

»Entsorg das verschimmelte Zeug irgendwo. Verschenk es an die Bettler, wahrscheinlich erkennen die nicht einmal, dass mit dem Tuch etwas nicht stimmt. Und den Rest spendest du den Franziskanern. Sollen sie daraus Laken für ihr Spital oder Gott weiß was machen.«

Hinnert nickte. Sein Bärtchen zitterte. »Ihr scheint den Verlust nicht allzu schwer zu nehmen«, bemerkte er.

»Das Tuch wird nicht besser, wenn ich mich darüber aufrege. Außerdem ist es eine gute Gelegenheit, etwas für unser Seelenheil zu tun.« Lambrech lehnte sich zurück und verschränkte die Finger über dem Bauch. »Ich hatte gestern übrigens eine interessante Unterhaltung mit Doneldey.«

Das Frettchen hob fragend eine Augenbraue, rührte sich aber nicht.

»Es ging um Mette – und Doneldeys Vetter. Wenn die Mitgift stimmt, ist er bereit, sie zu heiraten.«

»Doneldeys Vetter?« Hinnert blinzelte. »Ist das nicht dieser fette Greis mit dem Krötengesicht?«

»Genau der.« Lambrech schmunzelte. »Seine letzte Gemahlin hatte einen Unfall. Ist in den Fluss gefallen und ertrunken. Mette gefällt ihm.«

»Weiß Eure Tochter schon davon?«

»Natürlich.«

»Ich nehme nicht an, dass sie begeistert ist?«

»Sie wird sich fügen.« Lambrech hob gleichmütig die Schultern. »Einen Doneldey stößt man nicht von der Bettkante, selbst wenn er Warzen und faule Zähne hat.«

Hinnert legte den Kopf schief. »Wegen der Mitgift sprecht Ihr sicher mit Grootehus?«

»Sofern das nötig ist. Zurzeit dürfte er kaum begreifen, worum es eigentlich geht.« Lambrech beugte sich vor, um eine der Schreibtafeln zu nehmen, die Hinnert auf dem Tisch gestapelt hatte. »Sorg dafür, dass dieser Franziskaner heute Abend noch einmal vorbeikommt. Er soll ihm die Beichte abnehmen und ihn zur Ader lassen.«

Hinnert nickte, aber er machte keine Anstalten, sich zu bewegen. »Fortuna meint es gut mit Euch«, bemerkte er langsam. Seine dunklen Augen blitzten. »Es scheint, als würde sich alles fügen, wie Ihr es Euch erhofft habt.«

»Es wird auch Zeit«, brummte Lambrech, während er die Tafel aufklappte und die Eintragungen überflog. »Wobei ich mir überlegen muss, was ich mit Henrics Weib mache.«

»Weil sie keinen Erben gebiert?«

Lambrech nickte. »Ich werde ihm eine Frist setzen, wenn er zurückkommt. Sie sind dann lang genug verheiratet. Wenn die Kleine dann nicht bald in Umständen ist, muss etwas geschehen. Vielleicht solltest du dich schon einmal umhören nach heiratsfähigen Mädchen, die in Frage kämen. Oder einträglichen Witwen.«

Hinnert strich sich über das Bärtchen. »Ihr solltet nur bedenken, dass Ihr dann Petersens Erbe verliert. Und die Mitgift.«

»Darüber mache ich mir Gedanken, wenn es so weit ist.« Lambrech lächelte dünn. »Auch dafür wird sich eine Lösung finden.«

*

Christines Hand glitt von dem Türrahmen. Ein eisiger Schauer rann über ihre Haut, und ihr Herz krampfte sich zusammen, während sie langsam begriff, was sie da eben gehört hatte. Eigentlich war sie hergekommen, um mit ihrem Schwiegervater über Henrics Geschäfte zu sprechen, ihn zu bitten, ihr einen Teil der Verantwortung zu überlassen. Doch dann hatte sie die Stimmen hinter den halbgeschlossenen Fensterläden gehört, war stehengeblieben und hatte gelauscht. Sie hatte nicht alles verstanden, aber das, was sie erfahren hatte, reichte aus, um zu erfassen, was Lambrech beabsichtigte.

Stumm stand sie da, während sie spürte, wie es ihr die Luft nahm. Sie musste hier fort, schnell, ehe Lambrech oder Hinnert sie bemerkten. Fahrig raffte sie den Rock, drehte sich um und eilte davon.

Bremen, März 1370

»Wenn Ihr den Zug macht, verliert Ihr.« Christine schob die Hände unter die Oberschenkel, während sie angestrengt auf das Schachbrett blickte.

Daniel hatte sich über den Tisch gelehnt, um den Springer umzusetzen, hielt nun aber in der Bewegung inne und sah unter hochgezogenen Augenbrauen zu ihr auf. »Tue ich das?«

»Ihr gebt Eure Deckung auf. Zwei Züge, und Ihr seid matt.«

»Wäre das nicht ein Risiko, das ich eingehen sollte?«

Christine hob die Schultern. »Wenn Ihr das Spiel verlieren wollt?«

Ein leises Schmunzeln umspielte seinen Mund, ehe er den Springer auf das Feld setzte. Er wusste, dass sie es nicht mochte, wenn er ihre Warnungen in den Wind schlug. Aber in diesem Fall hatte sie unrecht. »Ihr seid dran.«

Christine nahm ihren Turm und zog ihn entschlossen über das Brett. »Euer Zug.«

Daniel zwinkerte ihr zu. »Ihr traut mir nicht zu, dass ich Euch schlage, nicht wahr?«

»Nicht, wenn Ihr so weitermacht. Ich mag es nicht, wenn man mich gewinnen lässt.«

»Dann versuche ich, Euch nicht zu verärgern.« Daniels Hand glitt suchend über die Figuren, verharrte kurz über dem Springer, griff dann aber doch zu dem Läufer zwei Felder weiter. In einer raschen Bewegung zog er ihn quer über das Brett und schob einen von Christines Bauern beiseite. Ein zufriedenes Grinsen breitete sich auf seinem Gesicht aus, als er sich zurücklehnte und die Finger über dem Bauch verschränkte. »Schach und matt.«

Verdutzt starrte Christine auf das Spiel. »Wie habt Ihr denn das gemacht?«, stieß sie schließlich hervor.

»Ich habe meiner Lehrerin aufmerksam zugeschaut.« Das Grinsen auf seinem Gesicht wurde weicher. »Ich glaube, niemand spielt so gut und durchdacht Schach wie Ihr.«

»Ihr übertreibt«, murmelte Christine, aber ein rosiger Hauch strich über ihre Wangen.

Schnell begann er, die Figuren wieder aufzustellen, bevor er sich noch der Versuchung hingab, Christine zu berühren. Obwohl sie sich seit nun anderthalb Jahren fast wöchentlich sahen, gelang es ihm nicht, so unbeschwert mit ihr umzugehen, wie er es eigentlich sollte. Heute war noch nicht einmal jemand hier, auf den er hätte achtgeben müssen. Mette war ausgeflogen und die Mägde auf dem Markt. »Noch einmal?«, fragte er beiläufig.

Christine antwortete nicht gleich, sondern blickte nachdenklich auf ihre Hände. »Wie gut kennt Ihr Euren Vater?«, fragte sie unvermittelt.

Überrascht sah Daniel auf. »Nicht sehr gut«, antwortete er zögerlich. »Ich war sechs Jahre alt, als man mich in die Domschule gegeben hat. Warum fragt Ihr?«

»Weil es mir schwerfällt, ihn einzuschätzen.« Christines Mundwinkel zuckte. »Er macht mir Angst.«

»Mir auch manchmal. Aber bislang hat er nur gebellt, nicht gebissen.«

»Mein Vater ist der Meinung, dass er sehr wohl beißen kann«, sagte Christine leise. »Und dass ich mich in Acht nehmen sollte.«

»Wovor?« Daniel runzelte die Stirn. Was konnte Lambrech gegen Christine haben? Nachdem er alles daran gesetzt hatte, sie mit Henric zu verheiraten?

»Ich habe über Jahre keine Kinder bekommen. Und damit keinen Erben. Henric braucht aber einen Erben.« Sie hob den Kopf, suchte seinen Blick. »Wenn Henric zurückkehrt und wieder nichts geschieht, wird er mich verstoßen. Oder töten, damit er die Mitgift nicht zurückzahlen muss.«

Daniel starrte sie einen Moment lang ungläubig an. Dann schüttelte er entschieden den Kopf und erhob sich rasch, um neben ihr in die Hocke zu gehen. »Das ist Unsinn«, sagte er sanft, zögerte, nahm dann vorsichtig ihre Hand. Ihre Finger zitterten leicht. »Henric wäre ein Narr, wenn er Euch verstoßen würde.«

»Ihr wisst doch selbst, dass er tut, was sein Vater ihm sagt«, murmelte sie. Ihr Daumen strich gedankenversunken über seinen Handrücken. Ein Schauer rann über seinen Rücken.

»Wie kommt Ihr überhaupt auf die Idee, er könnte Euch loswerden wollen?«, fragte Daniel leise. Er roch den Duft ihres Haares, das nur einen Spann von seinem Gesicht entfernt unter dem Schleier zusammengesteckt war, nicht nach Rose, wie er es sich immer vorgestellt hatte, sondern frischer, lebendiger, wie ein Feld von Frühlingsblumen, die unter den ersten Sonnenstrahlen ihre Kelche öffneten.

»Euer Vater hört sich um. Nach unverheirateten Mädchen und reichen Witwen.« Christine schluckte leise.

»Na und?« Daniel lächelte sanft und streichelte beruhigend ihren Arm. »Vielleicht will er selbst wieder heiraten. Es ist ja eine halbe Ewigkeit her, dass unsere Mutter gestorben ist.«

Christine schüttelte den Kopf. »Das hätte er früher machen können, wenn er es ernsthaft gewollt hätte.« Sie sah ihn an. »Ich habe gehört, was er vorhat. Ich habe Angst, Daniel. Wenn Henric mich verstößt, bin ich gebrandmarkt. Für immer.«

»Das wird nicht geschehen. Henric liebt Euch doch.« Daniel legte die Arme um sie und zog sie an sich heran, ehe er wirklich verstand, was er gerade tat, ob es noch Trost war oder etwas anderes. Sie sah so verzweifelt, so schön aus, wie sie da vor ihm saß, die Augen weit aufgerissen, schutzbedürftig. Seine Lippen strichen über ihren Schleier, als sie den Kopf an seine Brust lehnte und die Augen schloss.

»Er liebt mich nicht«, flüsterte sie. »Vermutlich ist er froh, mich los zu sein.«

»Dann wäre er ein noch größerer Narr, als ich bislang angenommen habe.«

Ein freudloses Lächeln huschte über Christines Lippen. »Ihr übertreibt schon wieder.«

»Ich übertreibe nie«, murmelte Daniel. Sacht legte er die Hand unter ihr Kinn und hob es an, bis sie wieder zu ihm aufsah. »Jeder Mann wäre ein Narr, der Euch verstoßen wollte. Ihr seid klug, wunderschön …«

Er sah das Blinzeln in ihren Augen, die leicht geöffneten Lippen. Seine Haut kribbelte wie von tausend Käfern. Alles in ihm brannte vor Verlangen danach, sie endlich zu küssen, diese Lippen zu kosten. Ihre Miene veränderte sich, schaute fragend und ein wenig verwirrt, doch ehe sie etwas sagen konnte, hatte er sie herangezogen und küsste sie.

Er spürte, wie sie sich spannte. Ihre Hände lagen auf seiner Brust, aber sie stieß ihn nicht fort. Langsam, als kämpfe sie gegen sich selbst an, erwiderte sie seinen Kuss. Schutzsuchend drängte sie sich gegen ihn, schlang die Arme um seinen Hals. Er spürte ihren festen Leib in seinen Armen, die Brüste unter dem Kleid, roch ihren Duft, den er niemals wieder aufgeben wollte.

Dann zuckte sie ohne Vorwarnung zurück und stieß ihn von sich weg. Mit weit aufgerissenen Augen starrte sie ihn an und fuhr langsam mit dem Handrücken über ihre Lippen.

»Christine, ich …« Daniel streckte die Hand nach ihr aus, aber sie wich zurück.

»Jungfrau Maria, was haben wir getan?«, stammelte sie fassungslos, ohne den Blick von ihm zu nehmen.

Daniel lächelte schwach. Zu gern hätte er ihr gesagt, dass sie alles war, was er begehrte, dass jeder Moment mit ihr all seine Sehnsüchte aufwog, und wenn er sie nur anschauen durfte. Aber die Art, wie sie ihn anstarrte, verriet ihm, dass jedes Wort, jede beschwichtigende Geste zu viel war. Was war er auch für ein Narr!

»Bitte geht.« Ihre Stimme war nur ein heiseres Flüstern. »Wir sollten uns nicht mehr sehen.«

»Christine, bitte, es tut mir leid, ich …«

»Bitte geht!« Ihre Unterlippe zitterte, als sie zu ihm aufsah. Tränen schimmerten in ihren Augenwinkeln. »Verschwindet, bitte!«

Daniel schluckte, dann langte er nach seinem Mantel und hastete hinaus. Er hörte noch ihr Schluchzen, ehe die Tür hinter ihm ins Schloss fiel.

*

Daniel öffnete träge ein Auge und verscheuchte die Fliege, die sich auf seinem Bauch niedergelassen hatte. Hier unten an der Schlachte schien es diese Viecher das ganze Jahr über zu geben, als suchten sie sich auch unter den Menschen den übelsten Unrat heraus.

Daniel ruckte den Kopf zur Seite, als sich die Fliege auf seine Nase setzen wollte. Im selben Moment durchzuckte ihn ein jäher Schmerz, wie von einem glühenden Stück Eisen, das jemand mit aller Kraft durch seinen Schädel rammte. Stöhnend sank er zurück und hob die Hand, um sie über die Augen zu legen, denen selbst das gedämpfte Licht zu grell erschien. Dabei stieß er gegen etwas Weiches, das neben ihm lag. Ein unwilliges Knurren ertönte, dann raschelte das Strohlager, und etwas zog die stinkende Decke beiseite, die halb über ihn ausgebreitet lag.

Erneut bewegte Daniel den Kopf zur Seite, dieses Mal aber langsamer und vorsichtig, damit sein gequälter Schädel Zeit hatte, sich darauf einzustellen. Langsam wanderte sein Blick durch die enge Kammer, die einfachen Holzwände entlang hinauf zur Decke, bis zu dem staubgrauen Vorhang, der den Raum von anderen abtrennte. Irgendwo hörte er leise Stimmen murmeln und das vertraute Plätschern, als jemand den Nachttopf benutzte. Am Fuß des Strohlagers konnte er seine Sachen ausmachen.

Mit einem leisen Seufzer schloss Daniel die Augen, während er noch versuchte, sich zu erinnern, wie er hierhergekommen war. Er hatte getrunken, das war klar. Nachdem er aus Henrics Haus geflohen war, war er eine ganze Weile am Fluss entlanggegangen, bis er schließlich diese Spelunke aufgesucht hatte, und dort …

Neben ihm bewegte sich etwas unter der Decke. Ein schmaler, schmutziger Arm streckte sich, ein zweiter folgte, dann ertönte ein herzhaftes Gähnen. Umständlich setzte die Frau sich auf und schob die wirren Locken aus dem Gesicht.

»Guten Morgen, Süßer«, sagte sie gutgelaunt und blies eine Haarsträhne zur Seite, die sich vorwitzig auf ihre Nase gesetzt hatte. »Hatte nicht damit gerechnet, dass du vor Mittag aufwachst.«

Daniel verzog den Mund zu einem unsicheren Grinsen, während er verzweifelt versuchte, die Frau einzuordnen. Eine flüchtige Bekannte vielleicht, oder eher … eine Hure. Gütige Maria, wie tief war er gesunken, dass er seinen Schmerz um Christine mit billigem Fusel und einer Dirne zu vergessen suchte! Verstohlen linste er zu ihr hoch, als sie aufstand und noch einmal mit einem herzhaften Gähnen die Arme von sich streckte, um dann ohne jede Scham über ihn hinwegzusteigen und sich auf einen Eimer in der Zimmerecke zu hocken.

»Du schaust, als ob du es mit dem Leibhaftigen selbst getrieben hättest«, bemerkte die Frau, der sein Blick offensichtlich nicht entgangen war. Ein verführerisches Lächeln legte sich auf ihre Lippen, während es zwischen ihren Beinen plätscherte. »Wenn du willst, versüß ich dir den Morgen noch ein wenig. Du hast doch sicher noch ein paar Münzen in deiner Geldkatze, oder?«, fügte sie gurrend hinzu.

Daniel war sich keineswegs sicher, ob er nach dem gestrigen Abend überhaupt noch Geld hatte. Ekel überkam ihn, als sie sich erhob, die letzten Tropfen abschüttelte und der scharfe Gestank nach Urin zu ihm herüberwehte. Nur mit Mühe konnte er die Übelkeit zurückdrängen, die in seinem Hals aufstieg.

»Ich geh besser«, murmelte er hastig und setzte sich auf. Sofort bohrte sich ein weiteres, glühendes Eisen in seinen Schädel, ließ ihn gequält aufstöhnen.

»Hast gestern ziemlich viel getrunken«, hörte er die Hure. »Hatte nicht gedacht, dass du überhaupt noch kannst. Hast du Ärger gehabt? Oder ist es ’ne Frau?«

Eine Frau … ja, es war eine Frau. Die wunderbarste Frau auf Erden. Die ihn davongejagt hatte. Daniel kniff die Augen zusammen, erhob sich dann vorsichtig und blieb schließlich schwankend stehen. Der Raum schien sich um ihn zu drehen, aber wenigstens kippte er nicht gleich wieder um. Mit einem gemurmelten Abschiedsgruß taumelte er hinaus. Stöhnend rieb er sich die Schläfen, ehe er sich in Bewegung setzte, sich immer wieder an den Budenwänden abstützend und stumme Gebete murmelnd, dass ihn niemand sah.

Er musste es nur ins Kapitelhaus schaffen, da konnte er sich verkriechen und schlafen.

Welcher Heilige auch immer sich sonst seiner Gebete annahm, heute schien er taub zu sein. Daniel hatte gerade den Domhof erreicht, als ihm Willem entgegenkam, begleitet von zwei weiteren Augustinern. Daniel wollte sich unauffällig an ihnen vorbeidrücken, in der Hoffnung, man würde ihn übersehen, doch den Gefallen tat ihm Willem nicht.

Er trat Daniel in den Weg und stellte sich breitbeinig vor ihm auf. »Wo kommst du denn her? Bist du in eine Jauchegrube gefallen, eh?« Angewidert verzog er das feiste Gesicht.

»Nein, ich habe zu viel Weihrauch abbekommen«, knurrte Daniel. »Lass mich vorbei.«

»Warte!« Willems Stimme klang scharf, und Daniel ertappte sich dabei, wie er erschrocken zusammenzuckte. Ärgerlich richtete er sich auf und versuchte, den schmerzenden Schädel zu ignorieren. Willem hatte ihm nichts zu befehlen.

»Der Domdekan will dich sehen. Eigentlich schon gestern Abend, aber bedauerlicherweise warst du ja nicht da. Ich würde ihn nicht warten lassen«, fügte er mit einem Blick zum Kapitelhaus hinzu. »Er hat eine Versammlung einberufen. Jetzt gleich. Und er erwartet deine Anwesenheit.«

»Und deine nicht?«, brummte Daniel, ohne eine Antwort zu erwarten. Immerhin gab Willem ihm jetzt den Weg frei.

»Ich würde mich an deiner Stelle waschen«, riet er. »Wobei das wahrscheinlich auch keine Rolle mehr spielt.«

Daniel runzelte verwirrt die Stirn, fühlte sich aber noch zu betrunken, um über den tieferen Sinn der Worte nachzudenken. Ohne Willem weiter zu beachten, stolperte er hinüber zum Kapitelhaus und in seine Kammer, wo er der Länge nach auf das Bett fiel. Seine Lider fühlten sich unendlich schwer an.

Die Versammlung war schon in vollem Gange, als Daniel wenig später den Saal betrat, darauf konzentriert, einen Fuß vor den anderen zu setzen und nicht zu straucheln. Er spürte die Blicke der Domherren mehr, als er sie sah, und zwang sich, den Kopf gesenkt zu halten, bis er seinen Platz erreicht hatte und sich setzen konnte. Unruhe kam auf, erstarb aber gleich wieder, als der Domdekan das Wort ergriff und zusammenfasste, worüber sie gerade beraten hatten.

Daniel bekam nicht viel von all dem mit. Sein Kopf rauschte, und er kämpfte gegen die Übelkeit an, die seinen Magen zusammenzog und bitter in seinen Rachen drängte. Lass es nicht allzu lange dauern, betete er stumm und hielt den Blick starr auf seine Hände gerichtet. Er ahnte, dass Anselm ihn beobachtete, aber er schämte sich zu sehr, um den Blick zu erwidern. So oft schon hatte der Domherr ihm angeboten, ihm die Beichte abzunehmen, um seine Seele zu entlasten, doch er hatte es immer wieder hinausgezögert, und als er schließlich gegangen war, waren es nur Belanglosigkeiten, die er seinem Beichtvater erzählte.

Er zuckte zusammen, als ihm sein Nachbar den Ellbogen in die Seite stieß. Verwirrt hob er den Blick und stellte mit Erschrecken fest, dass alle Augen auf ihn gerichtet waren.

»Daniel Suterman«, dröhnte der Domdekan mit seiner donnernden Stimme. »Braucht Ihr eine weitere Einladung?«

»Verzeiht, ich war in Gedanken«, murmelte Daniel und erhob sich rasch, während er sich fragte, worum es eigentlich gerade ging. Die Gesichter der Domherren wirkten angespannt bis feindselig, aus einigen schlug ihm blanke Verachtung entgegen. Verstört blieb Daniel in der Mitte der Versammlung stehen, die Hände in die Albe gekrallt, als könne er daran Halt finden.

»Es wurden Vorwürfe gegen Euch erhoben, zu denen wir eine Stellungnahme erwarten«, begann der Domdekan, ein gewichtiger, in die Jahre gekommener Augustiner mit fliehender Stirn. »Ihr seid durch kein Gelübde gebunden, doch mit Eurer Wahl in das Domkapitel habt Ihr Euch bereit erklärt, den Geboten des Zusammenlebens zu folgen.«

»Das tue ich auch«, begann Daniel nuschelnd, wurde aber sofort wieder unterbrochen.

»Ich habe Euch mehrmals aufgefordert, an den Horen teilzunehmen. Offensichtlich erachtet Ihr jedoch andere Dinge als vordringlich.«

»Ich kann schlecht einen Patienten halb versorgt liegenlassen«, wandte Daniel ein und ärgerte sich, dass seine Stimme zitterte. Er zog die Schultern zurück, atmete tief durch. »Meine Pflichten als Arzt …«

»Es geht nicht um Eure Pflichten als Arzt!«, donnerte der Domdekan. »Ihr treibt Euch herum, sauft, hurt, entehrt die Frauen …«

»Wer behauptet das?« Daniel war mit einem Schlag ernüchtert. »Wer verbreitet solche Lügen?«

»Es sind keine Lügen«, ließ sich Willems Stimme vernehmen.

Daniel fuhr herum. Der dicke Augustiner war aus dem Schatten eines Pfeilers getreten und schob eine dürre Gestalt vor sich her, die Daniel flehentliche Blicke zuwarf.

Es war Veit, der nun zitternd stehenblieb, offensichtlich

überfordert von der Situation und der Aufmerksamkeit, die die Domherren ihm schlagartig zuwandten.

»Seit seiner Rückkehr ist es Daniel Suterman nur darum gegangen, die Pfründe abzugreifen«, ergriff Willem das Wort, ohne auf eine Erlaubnis des Domdekans zu warten. »Ich kenne ihn noch aus unserer gemeinsamen Zeit in der Domschule und weiß, wie verschlagen er ist. Daher habe ich diesen braven Bruder hier beauftragt, ein Auge auf ihn zu halten.« Willem packte Veit am Arm und zerrte ihn nach vorn. Der Junge sah aus, als würde er jeden Augenblick in Tränen ausbrechen.

Daniel schloss die Augen und stöhnte innerlich. Was für ein abgekatertes Spiel! Gewöhnlich krähte kein Hahn nach dem Lebenswandel eines Domherrn, der kein Gelübde abgelegt hatte. Viele Adlige verschafften ihren Dritt- oder Viertgeborenen eine Pfründe, um sie versorgt zu wissen, ohne dass irgendjemand die Einhaltung der Stundengebete verlangte.

»Was ich erfahren habe, besorgt mich zutiefst«, fuhr Willem fort. »Nicht nur, dass er sich mit Huren und anderem zwielichtigen Gesindel trifft, nein, er versäumt die Horen, um sich an seiner Schwägerin zu vergehen! Seiner Schwägerin, wohlgemerkt, der Gemahlin seines Bruders, der ein braver und ehrlicher Bürger dieser Stadt ist!«

»Das ist eine Lüge!« Daniel machte einen Schritt nach vorn. Er konnte es ertragen, wenn sein eigener Namen in den Schmutz gezogen wurde, aber wenn Willem Christine angriff, ging er zu weit. »Christine ist eine ehrbare Frau, die sich keine Sünde zuschulden hat kommen lassen! Das schwöre ich, so wahr ich hier stehe!«

»Bestreitet Ihr etwa, dass Ihr Eure Schwägerin aufsucht, um ihr unzüchtige Geschichten vorzutragen? Geschichten wie die, die Ihr schon als Schüler heimlich gelesen habt, um damit Unzucht mit Euch selbst zu treiben?« Willems Augen blitzten.

»Das ist eine Lüge«, keuchte Daniel. Sein Gesicht glühte, und er musste seine ganze Beherrschung aufwenden, um sich nicht auf Willem zu stürzen und ihn zu würgen, bis ihm die hinterhältigen Schweinsäuglein aus dem Gesicht quollen.

»Dann erklärt mir und den anwesenden Herren doch bitte, was Ihr dort treibt, wenn Ihr Eure Schwägerin aufsucht? Sie hat Euch abgewiesen, nicht wahr? Und dann habt Ihr in Eurer Wollust Aufnahme bei einer Hure gesucht, und zwar in einem der heruntergekommensten Ställe, die man in Bremen finden kann. Heftet nicht der Gestank noch an euch?« Er machte einen Schritt auf Daniel zu, als wolle er an ihm schnuppern.

Daniel wich zurück. Er wurde mit einem Mal totenbleich. Veit, die kleine Ratte. Er musste jeden Schritt beobachtet haben, den er tat. Oh, das hatte Willem alles gut eingefädelt.

»Was habt Ihr zu den Vorwürfen zu sagen?«, tönte wieder die Stimme des Domdekans.

Langsam hob Daniel den Kopf. Die Gesichter vor seinen Augen verschwammen, aber das war gleichgültig. »Ich habe nichts mehr zu sagen«, antwortete er überraschend klar. »Ihr habt mich einst nach Bologna geschickt, damit ich Medizin studiere und Euch und dem Erzbischof als Arzt diene. Das habe ich getan, und ich habe meine Pflicht gewissenhaft erfüllt. Allerdings bin ich machtlos, wenn sich immer wieder Ratten finden, die nur darauf lauern, über mich herzufallen. Ja, ich war bei dieser Hure. Ja, ich habe meiner Schwägerin mit Ovids Versen darüber hinweggeholfen, dass mein Bruder in den Krieg gezogen ist. Wenn das eine Sünde sein soll, dann möchte ich den sehen, der ohne Sünde ist.«

»Ihr lenkt ab«, warnte der Domdekan. »Bruder Willem hat noch mehr Dinge, die man Euch vorwirft.«

»Das denke ich mir.« Daniel lächelte bitter. »Und selbst, wenn ich um Vergebung bettele und Buße tue, wird er nicht ruhen, ehe er wieder neue Vorwürfe gefunden hat.« Daniel wandte sich Willem zu, der verblüfft die Augenbrauen hob. »Als Nächstes wirst du mir vermutlich vorhalten, dass ich nach Bologna geschickt wurde, um dem Erzbischof als Leibarzt zu dienen, und nicht, um auf Kosten des Kapitels hier zu leben und mich gelegentlich um das entzündete Furunkel am Hintern unseres Dompriors zu kümmern.«

»Ganz recht«, räusperte sich Willem, der augenscheinlich noch nicht erfasst hatte, worauf Daniel hinauswollte. »Es war nie so ausgemacht.«

»Deshalb werde ich heute noch abreisen und in den Dienst unseres Hirten treten, anstatt mich weiter den Rattenbissen auszusetzen. Vor der Sext bin ich fort und werde in Zukunft einen Bogen um die Stadt machen! Gott möge Euch beschützen.«

Gemurmel brandete auf, als Daniel sich umdrehte und langsam aus der Mitte heraustrat. Er spürte Veits verzweifelten Blick in seinem Rücken, aber er wollte ihm nicht vergeben. Er hätte nie gedacht, dass er sich so in einem Menschen täuschen könnte. Aber das war jetzt vorbei. Willem würde sich einen anderen zum Schikanieren suchen müssen und Christine … Christine hatte ihn fortgeschickt. Das Leben ging auch ohne sie weiter.

Als er an der Tür angekommen war, drehte er sich noch einmal um. Zwischen den Domherren schien ein Streit ausgebrochen, lautstark riefen sie durcheinander. Nur Anselm saß stumm da und sah ihm nach, doch sein Blick war verschlossen.

Bremen, Mai 1370

Die Bäume warfen bereits lange Schatten, als Henric die Stadtmauern erreichte. Mehr als eineinhalb Jahre war er fort gewesen, aber es kam ihm wie gestern vor, dass er gemeinsam mit Lutger aufgebrochen war.

Noch nie war ihm der Weg zum Grootehus'schen Haus so lang vorgekommen wie an diesem Nachmittag, an dem er bis auf die Knochen durchnässt und frierend durch die Straßen irrte wie ein Fremder. Er spürte die verwunderten Blicke, mit denen man ihn maß, und einen Moment lang spielte er mit dem verlockenden Gedanken, erst nach Hause zu gehen, seine Gemahlin zu begrüßen und etwas Trockenes anzuziehen, ehe er Grootehus aufsuchte. Doch Christine hatte es sicher nicht eilig, ihn wiederzusehen, und er musste es hinter sich bringen.

Henric hielt inne, als er schließlich vor dem großen Kaufmannshaus stand. Sein Blick glitt hinauf zu dem kunstvoll aus Backsteinen gefügten Giebel und weiter hinab über die Fensterläden, die zum Teil geschlossen waren. Das Haus schien düsterer als damals, und ungewohnt still. Henric schluckte, aber der Strick um seinen Hals, der sich mit jedem Schritt enger zusammengezogen hatte, ließ sich nicht abschütteln. Langsam hob er die Hand, ließ sie gegen das schwere Holz der Tür fallen. Er hatte nie geklopft früher, sondern war ein- und ausgegangen, doch das war früher gewesen. Heute war Lutger tot und er der Bote.

Schritte näherten sich, und eine Frauenstimme, die etwas rief. Die Tür wurde geöffnet, und die Magd, die Grootehus eingestellt hatte, nachdem er Frauke fortgeschickt hatte, blinzelte ihm fragend entgegen, bis sie ihn erkannte und ein erschrockenes Glucksen von sich gab. »Henric, bei allen Heiligen! Ihr seid zurück!«

»Das bin ich.« Henric bemühte sich um ein Lächeln, aber er spürte, dass es zu einer schiefen Grimasse geriet. »Ich ... muss zu Arnulf Grootehus.«

»Arnulf Grootehus ist krank«, tönte hinter der Magd eine Stimme. Das Mädchen warf einen scheuen Blick über die Schulter und huschte beiseite, um Lambrech Platz zu machen, der im Eingang zum Kontor stehengeblieben war. Die Augenbrauen hatten sich fragend zusammengezogen.

»Willkommen zurück. Warum bist du hier und nicht zu Hause?«

»Lutger ist tot«, sagte Henric erschöpft. »Ich bin hier, um es Grootehus mitzuteilen.«

Für einen kurzen Moment sah es aus, als wollte Lambrech etwas sagen, doch dann nickte er nur knapp und bedeutete ihm, in das Kontor einzutreten. Mit einer Handbewegung scheuchte er die Magd fort.

Dankbar schloss Henric die Tür hinter sich und sah sich einen Moment unschlüssig um, ehe er den Kopf in den Nacken legte und für einen kurzen Moment die Augen schloss. Erst jetzt spürte er, wie erschöpft er war.

»Du bist sicher, dass er tot ist?«, erkundigte sich Lambrech.

Henric blinzelte. »Wie ... wie meint Ihr das?«

»Ob du gesehen hast, dass er gestorben ist.«

»Ja«, murmelte Henric. »Er ist gefallen. Vor Helsingborg. Ich war dabei.«

»Das tut mir leid«, sagte Lambrech, ohne sonderlich überzeugend zu klingen. »Wurde er in Dänemark bestattet?«

»In Lübeck. Jakob Pleskow hat dafür gesorgt, dass er ein gutes Begräbnis bekommen hat. Wenn Arnulf Grootehus es wünscht, können Lutgers Gebeine nach Bremen gebracht werden.«

»Wenn der Alte das noch erleben wird. Hat Lutger ein Testament hinterlassen?«

»Woher soll ich das wissen?«

»Du bist sein Freund.«

»Und als solcher schiele ich nicht auf seinen Nachlass«, bemerkte Henric bissig.

Lambrech zuckte mit den Schultern. »Es eilt nicht. Wie geht es dir?«

»Ich dachte schon, Ihr fragt gar nicht mehr.« Henric schlang die Arme enger um den Körper. Er konnte nicht verhindern, dass seine Zähne klappernd aufeinanderschlugen.

»Du lebst, das ist offensichtlich«, bemerkte Lambrech schlicht. Sein Blick glitt über Henrics erbärmliche Erscheinung. »Du solltest dich allerdings umziehen und aufwärmen, wenn du an deiner Gesundheit hängst.«

Henric seufzte leise. »Ist Arnulf Grootehus da? Ich würde es gern hinter mich bringen.«

»Er ist oben. Aber erschrick nicht. Er ist sehr krank.«

»Das war er doch schon immer.«

»Nicht wie jetzt. Mach dir selbst ein Bild. Und schone ihn nicht. Er hat ein Recht darauf, zu erfahren, was mit seinem Sohn geschehen ist.«

Henric nickte matt. Immer noch zitternd erhob er sich, die Hand seines Vaters ignorierend, und machte sich auf den Weg zu den Wohnräumen. Als er schließlich vor der Tür zu Grootehus' Schlafkammer stand, zögerte er jedoch. Warum sollte er den Alten nicht einfach in Frieden sterben lassen? Weil es eine Lüge war, meldete sich eine andere Stimme hartnäckig zu Wort. Er konnte den alten Mann nicht anlügen. Grootehus würde es ihm ansehen, und das wäre schlimmer als jede Wahrheit, so schmerzlich sie auch sein mochte.

Henric atmete tief durch, dann klopfte er, wartete einen Moment und öffnete vorsichtig die Tür.

Ein dumpfer, unangenehmer Geruch hing in der Luft, als hätte man hier oben seit Wochen nicht mehr gelüftet. Trotz der Warnung seines Vaters machte er unwillkürlich einen Schritt zurück, als sein Blick auf den Greis fiel, der dort aufgestützt auf einen Stapel Decken ruhte. Der alte Grootehus war nur noch ein Schatten seiner selbst. Aufgedunsen lag er da, mit rasselndem Atem und nach Luft schnappend. Als Henric an das Bett trat, hob er schwerfällig den Kopf. Sogleich hellten sich seine Züge auf.

»Henric!«, rief er, während er versuchte, sich auf die Unterarme aufzurichten. »Gott sei's gelobt, du bist zurück!«

»Pscht«, machte Agnes, die stumm neben ihm gesessen hatte. Sie wollte ihn schon zurückdrücken, aber er schob ihre Hand kurzerhand zur Seite. »Lass mich, Weib. Henric ist zurück.«

Mit einem Satz war Henric an dem Bett und zwang sich zu einem beschwichtigenden Lächeln. »Ihr solltet besser liegenbleiben.«

»Das tue ich schon lange, mein Junge«, seufzte Grootehus. ließ sich aber doch wieder zurücksinken. Seine Hand tastete nach Henrics. »Ich bin noch nicht tot. Auch wenn mich das dumme Weib so behandelt.«

Es war Agnes' Miene nicht anzusehen, ob die Bemerkung sie verletzte. Stumm erhob sie sich und strich das schlichte Kleid glatt. Ihr Blick wich Grootehus aus. »Ruft nach mir, wenn Ihr mich braucht.«

»Geh nur«, winkte der Alte ab. »Geh und bete um mein Seelenheil. Dann tust du wenigstens etwas Sinnvolles.«

Ohne ein weiteres Wort huschte Agnes hinaus.

Grootehus wartete, bis ihre Schritte verklungen waren. »Verzeih, aber sie ist ein dummes Ding, das nicht versteht, wann es zu schweigen hat. Jemand hat ihr gesagt, dass unser Herr mich bald zu sich rufen wird, und seitdem belästigt sie mich mit ihrem geistlosen Geschwätz. Ich wünschte, sie hätte etwas mehr von deiner Gemahlin. Wie geht es ihr?«

Henric schüttelte den Kopf. »Ich weiß es nicht. Ich bin gleich hierhergekommen.« Seine Zunge fuhr über die Lippen. Unterwegs war er dieses Gespräch wieder und wieder durchgegangen, hatte sich Worte zurechtgelegt, doch jetzt war alles fort, zurückgeblieben war nur Leere, die seinen Geist lähmte.

Grootehus' Finger legten sich um Henrics Hand, drückten sie kurz. »Ich freue mich, dass du hier bist. Noch dazu gesund und wohlbehalten. Sag, wann kommt Lutger? Hat er noch zu tun?«

Henric erstarrte innerlich. Er wollte seine Hand zurückziehen, sich aus der vertraulichen Geste lösen, aber er konnte nicht. Hilflos sah er den Alten an, dessen Lächeln langsam erlosch.

»Lutger kommt doch, oder?«

Henric senkte den Blick. »Lutger ist tot.«

Jetzt war es heraus, doch die Erleichterung, die er sich insgeheim erhofft hatte, blieb aus. Zaghaft hob er den Blick und beobachtete die Miene des Alten, der stumm dalag, Henrics Hand noch zwischen den Fingern. Sein Blick schien durch ihn hindurchzugehen.

»Er ist bei der Belagerung von Helsingborg gefallen«, berichtete Henric leise, um überhaupt etwas zu sagen. »Er hat heldenhaft gekämpft. Die Lübecker haben ihn mit allen Ehren bestattet. Jakob Pleskow selbst will ihm die Totenmessen lesen lassen.«

»Tot.« Grootehus' Stimme klang hohl.

Henric wollte noch etwas erwidern, aber er schwieg und biss sich auf die Lippe, während er wartete, dass der Alte irgendetwas sagte.

»Du solltest zu deiner Gemahlin gehen«, murmelte Grootehus schließlich und zog die Hand zurück. Seine Augen glitten haltlos durch den Raum. »Sie wird sich freuen, dich wohlbehalten zu sehen.«

»Kann ich etwas für Euch tun?«, fragte Henric leise, ohne Anstalten zu machen aufzustehen.

Grootehus hob müde den Kopf. Ein flüchtiges Lächeln huschte über seine fahlen Züge, das gleich wieder erlosch. »Nein. Geh nur. Alles, was ich brauche, ist Ruhe.« Grootehus schloss die Augen. Ein gequälter Seufzer kam über seine Lippen. »Sei so gut und lass mich allein.«

*

Lambrech blieb an diesem Abend nicht lange im Kontor, sondern überließ es Hinnert, die eben eingetroffenen Waren aus Paderborn aufzunehmen. Gutgelaunt schlug er den Weg zum Badehaus bei St. Katherinen ein. Es gab einige Badehäuser in Bremen, aber nur eins, wo er finden konnte, was er suchte.

»Ist Doneldey da?«, begrüßte er den feisten Bader, während er aus den Trippen schlüpfte und den Mantel von den Schultern nahm. Der dicke Godeke kannte jeden seiner wohlhabenden Gäste gut, schließlich nahm er das Doppelte von dem, was sich die Bader am Fluss bezahlen ließen. Dafür war sein Wasser auch meistens sauber, seine Mägde waren zurückhaltend und geschickt, und neben Bier hatte er trinkbaren Wein vorrätig, den die Ratsherren zu schätzen wussten.

Godeke wog den schweren Kopf. »Kommt drauf an, welchen Doneldey du suchst«, sagte er gedehnt und in einem Tonfall, der deutlich machte, was er erwartete.

Lambrech seufzte leise und nestelte zwei Münzen aus der Geldkatze. Er hatte dem Bader schon ein halbes Vermögen in den Rachen geschoben und konnte nur hoffen, dass es sich eines Tages auszahlen würde.

Mit einer Schnelligkeit, die man dem behäbigen Mann kaum zugetraut hätte, schnappte sich Godeke die beiden Münzen und ließ sie in dem Beutel an seinem Gürtel verschwinden.

»Die obere Kammer. Ist noch alleine.«

»Gut.« Lambrech nickte zufrieden. »Gib mir einen Krug Wein und zwei Becher. Und lass mir ein wenig Zeit, ehe du deine Mägde hineinschickst.«

»Ich schick sie rein, ehe das Wasser kalt wird«, brummelte der Bader und wandte sich dann ab, um das Gewünschte zu holen. »Soweit ich weiß, ist er ohnehin mit ein paar anderen Herren verabredet.«

»Danke«, sagte Lambrech knapp. Das hieß, dass er nicht viel Zeit hatte, wenn er mit Doneldey noch alleine sprechen wollte. Oben klopfte er kurz mit der Schuhspitze gegen die Tür, ehe er sie mit der Schulter aufdrückte.

Die Luft selbst schien zu schwitzen in der engen Kammer, die von einer Handvoll Kerzenständer erhellt wurde. Dampf hatte sich an der Decke festgesetzt, sammelte sich an den Balken und lief in feinen Rinnsalen die Wände hinab. Es roch nach feuchtem Holz und aromatischen Kräutern, die der Bader dem Wasser zugesetzt hatte.

Doneldey hatte seinen schweren Körper an die Wand des Zubers gelehnt, die Augen halb geschlossen. Die schütteren Haare klebten ihm am Schädel, sein Gesicht war gerötet von der Wärme, die auch Lambrech den Schweiß auf die Stirn trieb. Vor ihm hatte man ein Brett über die Wanne gelegt, auf dem ein Teller mit abgenagten Hühnerbeinen und ein Krug Bier standen.

Der Kaufmann blinzelte mit halbgeschlossenen Augen zu Lambrech hoch und löste einen Arm vom Zuberrand, um ihn gemächlich ins Wasser gleiten zu lassen.

»Sieh an«, sagte er gedehnt. »Mit Euch habe ich nicht gerechnet. Wollt Ihr mir Gesellschaft leisten, um zu plaudern? Oder treibt Euch der Wunsch nach Körperreinigung hierher?«

»Beides, in gewisser Weise.« Lambrech stellte den Krug und die Becher auf dem Brett ab. »Ich hörte, dass Ihr hier seid.«

»Und da habt Ihr Euch gedacht, Ihr nutzt die Gelegenheit.« Doneldey lachte leise, machte eine auffordernde Geste.

»Eure Geschäfte laufen gut?«, erkundigte sich der Ratsherr, nachdem Lambrech sich entkleidet und in das warme Wasser hatte gleiten lassen. Er klang nicht ernsthaft interessiert.

»Ich kann nicht klagen.« Lambrech schenkte von dem Wein ein und reichte Doneldey einen Becher. »Allerdings geht es Arnulf Grootehus nicht gut.«

»Das ist nichts Neues. Er ist seit Monaten nicht zur Messe erschienen. Seid Ihr deshalb hier?«

»Auch.« Lambrech nahm einen langsamen Schluck, ließ den Wein einen Moment im Mund ruhen, ehe er ihn herunterschluckte. Es war wirklich ein guter Tropfen, den der dicke Godeke verkaufte, und jede Münze wert. »Mein Sohn ist heimgekommen.«

Doneldey hob überrascht eine Augenbraue. »Wann das?«

»Heute Nachmittag. Alleine.« Lambrech setzte den Becher erneut an, ohne jedoch zu trinken. Verstohlen beobachtete er Doneldeys Mienenspiel, dessen gleichmütige Fassade mit einem Mal ins Wanken kam, als er zu verstehen schien.

»Grootehus hat keinen Erben mehr«, stellte Doneldey schließlich mit ruhiger Stimme fest, als plaudere man über den Pelzkragen eines Ratsherrn beim Kirchgang. »Wenn ich das richtig sehe, ist damit seine Gemahlin die Erbin, dieses blasse, hühnerbrüstige Geschöpf.«

»Ein Geschöpf, das Grootehus' Vermögen lieber den Minoriten spenden würde, als das Geschäft zusammenzuhalten.«

»Was geht mich das an? Ich habe noch nie einem Konkurrenten nachgetrauert.«

»Einem Konkurrenten nicht, aber einem verlässlichen Verbündeten.« Lambrechs Finger drehten gedankenverloren den Becher. »Es ist gar nicht lange her, dass Ihr jeden Verbündeten dringend benötigt habt, um Euch im Rat zu behaupten. Zurzeit mag Frieden herrschen, aber niemand weiß, wann Albrecht den nächsten Versuch unternimmt, die Stadt unter seine Knute zu zwingen. Es ist gut möglich, dass Ihr bald wieder Eure Getreuen um Euch scharen müsst. Und dann wird Euch eine wichtige Stimme fehlen.«

»Worauf wollt Ihr hinaus?« Doneldey betrachtete ihn aus verengten Augen. Wie ein alter Löwe, der einen Rivalen taxiert, um abzuschätzen, ob er ihn fürchten muss, ging es Lambrech durch den Kopf. Von Doneldey hing vieles ab, bei ihm durfte er sich keinen Fehler erlauben.

»Ihr solltet Euch Gedanken darüber machen, mit wem Ihr die fromme Witwe wieder verheiratet, sollte unser Herr den

Alten zu sich holen«, sagte er ruhig, ohne Doneldeys Blick auszuweichen. »Eure Stimme hat Gewicht. Niemand wird Euch widersprechen, wenn Ihr jemanden bestimmt. Und überdies … wäre Euch derjenige zu Dank verpflichtet.«

»Und Ihr hättet nichts dagegen, derjenige zu sein?« Ein dünnes Lächeln umspielte Doneldeys Lippen.

»Ihr wüsstet zumindest, was Ihr von mir zu erwarten habt. Dankbarkeit«, sagte Lambrech ernst. »Außerdem kennt niemand Grootehus' Geschäfte besser als ich.«

»Wohl wahr.« Doneldey schwieg einen Moment, führte dann den Becher zum Mund. »Ein guter Tropfen«, bemerkte er anerkennend. »Und sicher nicht billig. Ihr lasst Euch Euren Aufstieg einiges kosten, Suterman. Bietet Ihr dem Bischof demnächst ebenso viel für meinen Kopf, damit er Euch als Dank zum Bürgermeister macht?«

»Wenn ich das täte, wäre ich als Kaufmann erledigt«, erwiderte Lambrech und stellte seinen Wein auf dem Brett ab. »Ich weiß, wem ich dankbar sein muss. Würde ich mich gegen Arnulf Grootehus stellen wollen, so hätte ich das schon vor Jahren getan. Nun liegen die Dinge aber so, dass entweder alles, was ich für Grootehus erarbeitet habe, unter den freigiebigen Händen seiner Witwe zerrinnt, oder ich muss mit ansehen, wie ein anderer die Früchte erntet, die ich gesät habe. Beides missbehagt mir.«

Doneldey schien einen Moment lang nachzudenken. Sein Blick ruhte auf Lambrechs Gesicht.

»Ihr habt Euch in der Vergangenheit schon das eine oder andere Mal als nützlich erwiesen«, bemerkte er schließlich gemächlich und nippte an seinem Wein. »Sehen wir es so. Ich schulde Euch noch einen Gefallen für Eure Hilfe während der Unruhen. Nun helfe ich Euch, und wir sind quitt. Und – Suterman«, setzte er rasch hinzu, als Lambrech sich schon bedanken wollte. »Ich verlasse mich darauf, dass Ihr mir nicht in den Rücken fallt. Sonst werde ich Euch zerquetschen wie eine Strandkrabbe.«

Das hoffst du zumindest, dachte Lambrech, aber er neigte nur respektvoll den Kopf vor Doneldey.

*

Christine sah von ihrem Stickzeug auf, als die Tür zur Straße aufging. Missmutig runzelte sie die Stirn, während sie sich noch fragte, wer sich um diese Zeit hierher verirrte. Im nächsten Moment fiel ihr Blick auf den Mann im Eingang, und ihr Herz stockte, als sie ihn erkannte, trotz des Barts und der fremden Kleidung, die schwer an ihm herabhing.

»Henric«, hauchte sie, während sie die Hand langsam sinken ließ und ihn anstarrte wie ein Gespenst, das aus den Tiefen der Moore aufgestiegen war. Das konnte nicht sein. Oder doch?

»Ich bin zurück«, murmelte Henric unnötigerweise. Er löste sich von der Tür und kam langsam zu ihnen an den Tisch.

»Henric! Endlich!« Mette, die noch halb auf der Stiege stand, sprang die letzten Stufen hinab und flog ihm um den Hals. »Beim gütigen Jakobus, endlich!«

»Mette?« Überraschung spiegelte sich auf seinem Gesicht, dann schloss er die Arme um seine Schwester. »Was machst du denn hier?«

»Vater will mich verheiraten, aber ich werde das verhindern«, grinste sie und löste sich aus der Umarmung. »Ich bin so froh, dass du wieder da bist.«

»Das sind wir alle«, ließ Christine sich leise vernehmen. Ihre Wangen waren immer noch eiskalt, aber sie erhob sich, die Handflächen an dem Rock abwischend.

»Christine.« Ein mattes Lächeln zuckte um Henrics Mund. »Du bist wohlauf, wie ich sehe.«

»Willkommen daheim, Henric.« Schüchtern griff sie seinen Arm und zog ihn mit sich zum Tisch, wo er sich schwer auf einen Stuhl fallen ließ. »Du wirkst erschöpft. Warte einen Moment, dann macht Dirte dir etwas zu essen.«

Henric antwortete nicht gleich. Seine Augen wanderten

langsam durch die Stube, als sehe er sie zum ersten Mal, kehrten dann wieder zu Christine zurück und musterten sie mit einem Ausdruck, den sie nicht zu deuten wusste.

»Stimmt etwas nicht?«, fragte sie unsicher.

Er schüttelte den Kopf. »Nein, entschuldige bitte.« Mit einem tiefen Seufzer stemmte er sich hoch. »Ich habe keinen Hunger. Esst nur. Ich brauche ein wenig Ruhe«, murmelte er.

Christine starrte ihm entgeistert nach, während er ohne ein weiteres Wort die Stiege hinauf zur Schlafkammer kletterte und kurz darauf die Tür schlug.

Sie blieb noch lange mit Mette in der Stube sitzen, bis sie ihm schließlich folgte. Vor der Tür hielt sie einen Moment inne und atmete tief durch, um die Gedanken zu ordnen. Wahrscheinlich würde er ohnehin schlafen.

Vorsichtig, um keinen Lärm zu machen, öffnete sie die Tür und zog sie wieder hinter sich zu. Als sie sich zum Bett umdrehte, erkannte sie, dass sie sich getäuscht hatte.

Henric lag dort, halb zugedeckt und die Arme hinter dem Kopf verschränkt. Sein Blick ging ins Leere, und Christine war sich nicht einmal sicher, ob er sie überhaupt bemerkt hatte.

Einen Moment lang zögerte sie, überlegte, einfach wieder hinauszuschlüpfen und in die Stube zurückzukehren. Ihre Hand lag schon an der Tür, als Henric plötzlich den Kopf hob und sie ansah, ein langer, müder Blick.

»Soll ich dir etwas zu essen holen?«, flüsterte Christine. Sie räusperte sich, weil ihre Stimme in ihren eigenen Ohren heiser klang. »Es ist noch etwas da.«

»Nein, lass gut sein. Ich sollte sowieso schlafen.« Er drehte sich auf die Seite und blies die Kerze aus.

Christine hörte die Decke rascheln, dann war es still. Regungslos stand sie da, während sie spürte, wie Tränen in ihren Augen aufstiegen. Ärgerlich blinzelte sie sie fort. Sie musste sich zu ihm legen, sosehr sich alles in ihr dagegen sträubte.

Vorsichtig tastete sie sich zum Bett hinüber und versuchte,

im Dunkeln ihr Kleid auszuziehen. Von Federchen war nichts zu hören, wahrscheinlich hatte die Katze mitbekommen, dass ihr Platz an Christines Seite wieder belegt war.

Rasch kroch Christine unter die Decke, die ungewohnt warm war. Eine Weile lauschte sie Henrics Atem, der ruhig und gleichmäßig ging, während sie selbst versuchte, möglichst keinen Laut zu machen. Morgen, morgen schon würde alles anders sein, redete sie sich stumm ein. Morgen würde er mit ihr reden, und alles würde gut.

»Warum schläfst du nicht?«

Henrics Stimme ließ sie zusammenzucken. Zaghaft streckte sie die Hand nach seiner Schulter aus. »Entschuldige. Ich versuche zu schlafen. Es ist nur … Es ist ungewohnt.«

Henric schwieg lange. Gerade, als sie die Hand zurückziehen wollte, murmelte er: »Lutger ist tot.«

Christine hielt die Luft an. Lutger – sie konnte nicht behaupten, dass sie dem selbstverliebten Kerl sonderlich viel Sympathie entgegengebracht hätte. Aber er war Henrics Freund gewesen. Sein einziger Freund, soweit sie das überblickte.

»Das tut mir leid«, flüsterte sie und hoffte, dass es mitfühlend genug klang. »Ich … Kann ich etwas für dich tun?«

Das Bett knarrte, als Henric sich zu ihr umdrehte. Es war zu dunkel, um etwas zu sehen, aber sie spürte, dass er sie anschaute. Du bist seine Gemahlin, beschwor sie sich stumm, du musst jetzt für ihn da sein. Zögerlich ließ sie die Hand, die auf seiner Schulter gelegen hatte, den Arm hinabgleiten, bis sie seine Finger fühlte.

»Ich kann dich ablenken, wenn du willst«, flüsterte sie tonlos, während sie seine Hand an ihre Brust führte. »Vielleicht … kommst du danach besser zur Ruhe.«

Einen Moment lang war es still. Dann entwand sich Henric ihr und drehte sich um. »Schlaf«, brummte er schroff. Das Rascheln des Stoffs zeigte an, dass er die Decke über die Schultern zog.

Christine lag stumm da und starrte in die Dunkelheit, während die nächtliche Kühle langsam an ihr hochwanderte. Sie hätte erwartet, dass sie weinen würde, aber da war nichts, nur ein schmerzhafter Stich, der kalte Leere hinterließ. Langsam drehte sie sich auf die Seite und rollte sich unter der Decke zusammen.

Morgen.

Wenige Tage später

Den ganzen Nachmittag hatte Lambrech mit Prindeney und dem jungen Dettenhusen über den Aufbau einer gemeinsamen Gesellschaft verhandelt, die nach Danzig, Reval und Schonen führen sollte. Es fing bereits an zu dämmern, als sie endlich zu einer Einigung kamen, und er musste sich Mühe geben, seine Zufriedenheit über das Abkommen nicht allzu deutlich zur Schau zu tragen. Die anderen sollten nicht das Gefühl haben, er habe sie übervorteilt. Aber sie hatten nicht viel Erfahrung mit dem Ostseehandel und mussten sich auf das verlassen, was er ihnen zusagte. Hering, Wachs, Häute, russische Pelze und Bernstein, Waren, die außer Petersen sonst niemand in Bremen handelte. Nun musste nur noch der Alte sterben, und er konnte sich endlich um den Bernsteinhandel kümmern. Prindeney hatte zwar Bedenken gehabt, aber der junge Dettenhusen war sofort Feuer und Flamme gewesen für das Gold der Ostsee. Noch brauchte Lambrech die beiden, aber sobald es möglich war, würde er den Bernstein ganz für sich vereinnahmen. Zwei, drei Jahre vielleicht, und jeder Stein, der nach Bremen kam, würde durch seine Hände gehen.

Gutgelaunt verließ er das Prindeney'sche Haus und überlegte schon, noch einen Abstecher in die Alte Kogge zu unternehmen, als sein Blick auf Hinnert fiel, der sich an einer Hausecke herumdrückte und nun schnurstracks auf ihn zuhielt. Offensichtlich gab es an diesem Tag doch etwas, was nicht nach seinen Wünschen lief.

Der hagere Schreiber schloss zu ihm auf.

»Du hast auf mich gewartet?«, erkundigte sich Lambrech im Gehen.

»Grootehus.«

»Was ist mit ihm?«

»Er ist aufgestanden.«

Lambrech runzelte die Stirn. Seit Monaten hatte der Alte sein Bett nicht verlassen, geschweige denn seine Kammer. »Hat er seinen Pisspott nicht gefunden?«

»Nein.« Die Wieselaugen huschten unruhig umher. »Er will die Bücher sehen.«

Lambrech hielt abrupt inne, sodass Hinnert beinahe in ihn hineingestolpert wäre. »Er will *was*?«

»Die Bücher sehen«, wiederholte Hinnert. Seine Finger spielten nervös mit seinem Bärtchen. »Er will seinen Nachlass richten.«

Lambrech holte tief Luft und drehte die Augen gen Himmel. Dabei lief doch gerade alles so gut. »Was hat er vor?«, erkundigte er sich mühsam beherrscht.

»Ich hab's vom Gesinde gehört. Da er keinen Erben hat, will er den größten Teil seines Vermögens der Kirche übertragen. Und den Rest verteilen.«

»Er traut seiner werten Gattin wohl nicht mehr zu als ich«, brummte Lambrech.

»Für die hat er eine Spende für St. Katherinen vorgesehen. Damit man sie im Kloster aufnimmt.«

Damit machte der Alte alles zunichte, was Lambrech aufgebaut hatte. Mochten ihn alle Dämonen der Hölle heimsuchen! Mühsam zwang Lambrech seine Wut hinunter. Er musste jetzt klar denken, wenn er nicht alles verlieren wollte.

»Hat er die Bücher schon eingesehen?«, fragte er schließlich.

Hinnert schüttelte den Kopf. »Ich habe ihm gesagt, ich müsste noch etwas nachtragen. Wollte erst Rücksprache mit Euch halten. Ich meine … so alt und wirr kann er gar nicht sein, dass ihm nichts auffällt. Das ist unser Ende.«

»Nein, das ist es nicht. Ich möchte, dass du ihm die Bücher zeigst«, sagte er ruhig. »Alle, auch die alten.«

Hinnert glotzte ihn ungläubig an. »Ist das Euer Ernst?«

»Vertrau mir.« Lambrech lächelte schmal. »Zeig ihm die Bücher. Alles andere wird sich ganz von alleine regeln.«

Zwei Tage später

Lambrech klopfte und schob die Tür zu Grootehus' Kammer auf, ohne auf eine Antwort zu warten. Es war unerwartet hell in dem Raum. Jemand hatte die Fensterläden aufgestoßen, sodass frische Luft hineindrang und den Gestank nach Krankheit und Tod vertrieb. Das Bett war sauber bezogen, und man hatte einen schmalen Tisch davorgeschoben, sodass der Alte, auf der Bettkante sitzend, die Bücher studieren konnte.

Der Blick, mit dem Grootehus Lambrech maß, wirkte überraschend klar. Als hätte Lutgers Tod seine Lebensgeister neu entfacht, ging es Lambrech durch den Kopf, während er die Tür hinter sich schloss.

»Ihr wolltet mit mir sprechen?«

»Das wollte ich, in der Tat«, bestätigte der Alte leise, aber in seiner Stimme schwang eine gefährliche Schärfe mit. Vor ihm lag aufgeschlagen eins der Geschäftsbücher, daneben ein Fetzen alten Pergaments, auf dem einige Zahlen notiert waren. »Ich glaube, Ihr habt mir etwas zu erklären.«

Lambrechs Lippen kräuselten sich zu einem leisen Schmunzeln. »Fragt, was Ihr wissen wollt.«

»Warum?«

»Was, *warum*?

»Warum habt Ihr das gemacht?« Der Alte wies mit einer Handbewegung auf die Bücher. Seine Stimme drohte mit einem Mal zu kippen. »Warum habt Ihr mich betrogen? Was habe ich Euch getan?«

»Ihr seid ein alter Narr«, erwiderte Lambrech ruhig und verschränkte die Arme vor der Brust. »Ein blauäugiger alter Narr.«

Der Zug um Grootehus' Mund verhärtete sich. Mit einem Ruck schob er den Tisch zurück und kam auf die Beine, eine elende, aufgedunsene Gestalt in einem schlichten Hemd, das ihm um die aufgequollenen Beine schlackerte. »Ihr hattet das alles immer schon geplant, nicht wahr? Vom ersten Moment an, als Ihr in mein Haus kamt.«

»Ihr wart eine leichte Beute. Ebenso wie Euer Sohn, ich musste nur genug Geduld haben.«

Grootehus' Blick war schwer zu deuten. Trauer lag darin, abgrundtiefe Enttäuschung, Aufgewühltheit – und Wut.

»Gott vergebe mir, dass ich ein solcher Tor war!«, zischte er und machte einen unsicheren Schritt auf Lambrech zu. Rote Flecken tanzten auf seinen Wangen. »Aber glaubt mir, Ihr werdet dafür büßen. Ich werde dafür sorgen, dass man Euch zur Rechenschaft zieht. Und Ihr werdet noch beten, dass man Euch möglichst schnell hinrichtet!«

»Das glaube ich kaum.« Lambrech hielt dem Blick gelassen stand. Sein Mundwinkel zuckte verächtlich. »Meint Ihr, ich hätte diesen Moment nicht vorhergesehen? Ich habe Vorkehrungen getroffen. Ihr habt nur noch die Wahl, zu schweigen und friedlich in Eurem Bett dem Herrn entgegenzutreten oder Euch in Euren letzten Tagen noch unnötigen Ärger und Leid zu bereiten. So oder so wird Euer Vermögen mir gehören und mir die Tore öffnen, die man mir bislang immer vor der Nase zugeschlagen hat.«

Grootehus hielt inne, starrte ihn an. Sein Atem ging schnappend. Die Hand fand Halt an dem Bettpfosten, den er umklammerte wie ein Ertrinkender. »Ihr seid der Teufel, Suterman«, stieß er flüsternd hervor. »Ein Dämon in Menschengestalt. Lutger hatte immer recht gehabt, Euch nicht zu trauen. Was war ich nur für ein verblendeter Narr!«

Lambrech lachte verächtlich. »Ihr wart so freundlich, Lutger selbst aus dem Weg zu schaffen, indem Ihr ihn mit Eurem Misstrauen in diesen Krieg gedrängt habt. Ihr wart ohnehin sehr nützlich. Über Euch bin ich an Petersen und seine Tochter herangekommen. Euer Zaudern hat mir geholfen, mir Doneldey und Prindeney zu verpflichten. Und dank Eures Geldes werde ich bald den Sitz im Rat einnehmen, den Ihr hinterlasst – Ihr habt ja nun keinen anderen Erben mehr.«

»Ihr …« Mit einem kaum noch menschlich zu nennenden Laut ließ Grootehus den Bettpfosten fahren und taumelte auf Lambrech zu. Hart stieß er Lambrech gegen die Tür, sodass dieser überrascht aufkeuchte.

»Ich bringe Euch um!« Grootehus' Stimme überschlug sich, während er versuchte, Lambrechs Kehle zu fassen zu bekommen. »Ich bringe Euch mit meinen eigenen Händen um!«

Seine Bewegungen waren schwerfällig, wie die eines Bären, aber seine Finger drückten sich schmerzhaft in Lambrechs Hals.

Stirb endlich, fluchte Lambrech stumm. In seinem Rücken spürte er das Holz der Tür, gegen die ihn Grootehus mit aller Kraft drängte, als wolle er ihn mit seiner Körpermasse erdrücken. Der Franziskaner hatte Lambrech versichert, dass jede Aufregung für Grootehus tödlich sei. Offensichtlich noch nicht tödlich genug.

Grob wischte er die zugreifenden Hände beiseite und versetzte dem Alten einen kräftigen Stoß in Richtung Bett. Grootehus taumelte zurück, riss die Arme hoch, konnte sich aber nicht mehr fangen. Mit einem hässlichen Geräusch prallte sein Kopf gegen das Bett, und er sank stumm in sich zusammen.

Lambrech atmete tief durch, ehe er neben dem leblosen Körper in die Knie ging. Seine Finger tasteten nach Grootehus' Hals, fanden aber keinen Puls mehr.

Langsam richtete sich Lambrech wieder auf und schlug ein Kreuzzeichen, während er sich mit der anderen Hand über die Kehle strich, wo sich die Finger des Alten in seine Haut gegraben hatten.

Ein Geräusch ließ ihn herumfahren, und er konnte nur im letzten Moment einen Fluch unterdrücken.

Hinter ihm stand Henric, das Gesicht kreidebleich, die Augen weit aufgerissen. Fassungslos starrte er auf den leblosen Grootehus. Dann wanderte sein Blick zu Lambrech.

»Ist er ... tot?«

»Ich denke es zumindest«, antwortete Lambrech, der seine Stimme bereits wieder unter Kontrolle hatte. »Er hat sich aufgeregt und ist gestürzt.«

Wortlos drängte Henric an ihm vorbei und kniete neben dem Alten nieder. Mit einer fast zärtlichen Geste strich er ihm die Haare aus der Stirn, legte den Handrücken an die leblose Wange. Er schaute auf. »Ihr habt ihn umgebracht«, flüsterte er tonlos.

»Das habe ich nicht. Es war ohnehin nur noch eine Frage der Zeit, bis Gott ihn zu sich geholt hätte.«

Mit einem Ruck stand Henric auf. In seinen Augen brodelte eine schwer zu bestimmende Mischung aus Wut, Schmerz und Hilflosigkeit. »Was habt Ihr mit ihm gemacht?«

Lambrech seufzte leise. »Ich habe gar nichts mit ihm gemacht. Er wollte die Geschäftsbücher sehen.«

»Die ...« Henric stockte, und er wurde schlagartig blass. »Er hat es gewusst?«

»Nein.«

»Warum wollte er dann die Bücher sehen?«

Lambrech warf einen kurzen Blick auf den Gang, aber offensichtlich hatte niemand etwas von dem Lärm mitbekommen. Dennoch schloss er die Tür, ehe er sich Henric wieder zuwandte. Sein Blick glitt prüfend über das Gesicht seines Sohnes, der verzweifelt bemüht schien, eine steinerne Fassade zu wahren. Einen Moment lang zweifelte Lambrech, ob es wirklich gut war, ihn ins Vertrauen zu ziehen. Aber wenn ein Handelshaus Suterman über seinen Tod hinaus Bestand haben sollte, musste er das tun.

»Grootehus hatte vor, sein Vermächtnis neu zu ordnen«, erklärte er daher, ohne den Blick von Henric zu nehmen. »Er wollte einen Großteil seines Vermögens den Minoriten spenden. Dafür wollte er einen Einblick in die Kassenbücher. Ich habe sie ihm gewährt, weil ich wusste, dass die Aufregung ihm zusetzen würde.«

»Ihr … habt ihn umgebracht.«

»Nein, er hat sich selbst umgebracht«, widersprach Lambrech ernst. »Es kam mir jedoch sicher nicht ungelegen. Um meinet- und um deinetwillen. Er hätte alles zerstört, was wir aufgebaut haben«, fuhr er rasch fort, als Henric den Mund zu einer Erwiderung öffnete. »Lutgers Tod scheint ihm den Verstand geraubt zu haben. Er wollte alles weggeben, um noch ein paar Gebete mehr für seinen Seelenfrieden zu erkaufen. Wir hätten mit nichts dagestanden.«

»Das tun wir doch jetzt auch.« Henrics Unterlippe zitterte. »Lutger ist tot. Der Alte ist tot. Die Gildenoberen werden nicht lange zögern, die fromme Agnes mit irgendjemandem zu verheiraten, und der wird Euch nicht brauchen! Ebenso wenig wie mich!«

»Oh doch, das wird er.« Ein feines Lächeln glitt über Lambrechs Züge. »Gerade dich wird er brauchen. *Ich* werde Agnes Grootehus heiraten.«

Henric starrte ihn an, blinzelte, als dauere es etwas, bis er die Bedeutung der Worte verstanden hatte. Sein Blick glitt wieder zu dem leblosen Körper am Fußende des Bettes.

»Ihr habt das alles geplant«, flüsterte er heiser. »Ihr habt ihn umgebracht, um an das Erbe zu kommen.«

»Es war der einzige Weg, meine Ziele zu erreichen. Und damit auch deine Ziele.«

»Meine Ziele?« Henric ballte die Fäuste. »Es ging Euch doch nie um mich! *Ihr* giert nach Grootehus' Vermögen! Ich bin Euch dazu ebenso Mittel zum Zweck wie all die anderen! Aber ich hätte nie gedacht, dass Ihr dafür … dass Ihr jemanden umbringt!«

»Manchmal müssen Dinge getan werden, die man nicht tun möchte«, erwiderte Lambrech hart. »Außerdem habe ich ihn nicht umgebracht.«

»Ihr habt es in Kauf genommen!« Mit einem verzweifelten Laut wischte Henric Lambrechs Hand, die seinen Arm fassen wollte, weg. »Lasst mich in Ruhe!«

»Halt den Mund und hör zu!« Barsch packte Lambrech das Handgelenk seines Sohnes und zwang ihn, zu ihm aufzusehen. »Meinst du nicht, ich bin es leid, in einer winzigen Bude zu hausen? Aber du willst deiner kleinen Patrizierin doch genauso etwas bieten! Oder soll sie sich damit abfinden, einen Verlierer und Versager zum Mann zu haben? Wenn ich Agnes Grootehus geheiratet habe, werde ich dafür sorgen, dass du endlich das Leben leben kannst, das deine Mutter sich für dich erträumt hat! Mit Grootehus' Geld werde ich umsetzen, was ich schon immer geplant habe. Wir werden Bremen beherrschen und Könige und Fürsten mit Bernstein beliefern! Von London bis Nowgorod wird man unseren Namen mit Ehrfurcht aussprechen. Unseren, Henric! Du bist mein Sohn, der einzige, der mir geblieben ist! Wofür täte ich das alles, wenn nicht dafür, dass unser Name noch in zweihundert Jahren in einem Zug mit den Mächtigen der Stadt genannt wird?«

Henric starrte ihn an. Der Zorn in seinen Augen war erloschen, doch an seine Stelle war Verachtung getreten, tiefe Verachtung, die Lambrech innerlich erschaudern ließ.

»Ich habe dich nie darum gebeten«, sagte Henric mit einer Ruhe, die schneidender war als jedes Toben. Mit einem Ruck befreite er sein Handgelenk aus Lambrechs Griff und riss das Bernsteinkreuz von seinem Hals. »Ich will nichts mehr mit dir zu tun haben.«

»Du vergisst deinen Schwur. Du hast deiner Mutter …«

»Lass mich mit Mutter in Ruhe!«, fuhr Henric auf. Seine Augen schimmerten verdächtig. »Ich will es nicht hören! Du hast gewonnen. Mach mit dem Geld, was du willst, aber lass mich in Ruhe!«

Er wollte sich an Lambrech vorbeidrängen, doch der hielt ihn abermals zurück.

»Was wirst du tun, wenn du hier rausgehst?«, zischte er. »Wirst du aller Welt erzählen, ich hätte den Alten umgebracht?«

Henric starrte ihn an, die Lippen fest aufeinandergepresst, schüttelte dann kaum merklich den Kopf. »Ich werde niemandem etwas erzählen. Mit deinen schmutzigen Geheimnissen will ich nichts mehr zu schaffen haben. Ich werde fortgehen und dir nicht mehr in die Quere kommen. Und nun lass mich durch.«

»Du bist mein Sohn«, beharrte Lambrech scharf. »Dankst du mir so für alles, was ich für dich getan habe?«

»Du hast meine Seele der Verdammnis preisgegeben! Ich bin nicht mehr dein Sohn!«

Lambrechs Augen verengten sich, während er Henrics Blick standhielt, aber er spürte, dass er verloren hatte. Zumindest für den Moment.

»Dann geh«, sagte er schroff und trat zur Seite. »Aber sei versichert, du wirst es bereuen.«

»Bis zum Jüngsten Gericht nicht.« Henric wandte den Kopf ab und drängte sich grob an ihm vorbei.

Lambrech sah ihm nach, bis die Schritte auf der Treppe verklangen, eine Tür schlug und dann wieder Ruhe einkehrte. »Was glaubst du, mein Junge, du wirst dich noch umsehen«, murmelte er. Seine Finger fischten nach dem Bernsteinkreuz, das Henric auf den Boden geschleudert hatte. Nun galt es erst einmal, dafür zu sorgen, dass alles den Gang nahm, den er vorgesehen hatte. Um Henric würde er sich später kümmern.

*

Henric war ohne ein Wort des Abschieds an der verdutzten Magd vorbeigerauscht und hatte die Tür hinter sich zugeschlagen. Wut und Schmerz tobten in seiner Brust, während er blind die Straße entlangtaumelte und verzweifelt versuchte, seine Gedanken zu ordnen.

Er hatte es immer gewusst. Er hatte gewusst, was sein Vater

tat, und er hatte ihm kein Einhalt geboten. Wenn seine Seele nun der Verdammnis anheimfiel, dann war das die gerechte Strafe für seine Feigheit. Warum hatte er es nicht früher fertiggebracht, seinem Vater zu widersprechen? Vielleicht hätte er den Tod des Alten verhindern können.

Nein, wusste Henric, es war nur noch eine Frage der Zeit gewesen, bis Gott Grootehus zu sich gerufen hätte, aber er hätte vielleicht verhindern können, dass er so ... so elendig starb.

Henric holte tief Luft, während er sich zwang, langsamer zu gehen. Er musste fort. Wenn er blieb, würde er sein Leben lang von den Almosen seines Vaters abhängig sein und hündisch den Befehlen nachkommen. Seine Hände ballten sich unwillkürlich zu Fäusten, als er darüber nachdachte, wie sehr Lambrech ihn in all den Jahren benutzt hatte, seine Freundschaft zu Lutger, die Förderung durch den Alten, die Ehe mit Christine ... Immer wieder hatte er sich auf den verfluchten Schwur berufen.

Als Henric die Tür zu ihrem Haus aufdrückte, hielt er überrascht inne.

Christine stand mit bloßen Füßen mitten im Raum auf einem Schemel. Den Schleier hatte sie abgelegt, die Haare fielen ihr wie ein rotgoldener Wasserfall über den schmalen Rücken. Sie trug nur ihr Unterkleid und darüber gerafft einen grünen Seidenstoff, den sie wie ein Kleid an ihren Körper hielt. Mette stand hinter hier und zupfte an ihr herum.

»Henric! Was machst du denn hier?«, entfuhr es Mette.

Dasselbe sollte ich euch auch fragen, dachte Henric stumm, während er in aller Ruhe die Tür hinter sich zuzog und Christine Gelegenheit gab, eilig von dem Schemel zu klettern. Sie hielt den Blick gesenkt, und ihre Wangen schienen zu glühen, während sie mit fahrigen Fingern versuchte, den Stoff höher um die Schultern zu schlagen.

»Ich bin früher zurück«, sagte er knapp und schlüpfte aus den Trippen, die er mit einem Tritt in die Ecke beförderte. Ein rascher Blick verriet ihm, dass auf der Bank noch weitere

Stoffbahnen lagen, ein halbes Vermögen. Hoffentlich hatte Christine das nicht gekauft, betete er still. Er brauchte jetzt jeden Groschen, wenn er von hier fortwollte.

»Was macht ihr?«, erkundigte er sich betont beiläufig.

Christine schien etwas erwidern zu wollen, doch Mette war schneller. »Mein grauenhafter Verlobter hat die Stoffe schicken lassen«, erklärte sie und verzog das Gesicht. »Mit der Aufforderung, daraus angemessene Kleider schneidern zu lassen. Er hält mich wohl für eine Bettlerin.«

Bislang warst du das auch, zumindest in den Augen eines Doneldey, dachte Henric bitter, aber er sprach es nicht aus. Wenn Lambrech sein Vorhaben durchsetzte, wäre er reich genug, um seiner Tochter eine ganze Truhe voller Kleider aus italienischer Seide schneidern zu lassen.

»Christine hat nicht geglaubt, dass sie ein solches Grün tragen kann«, plauderte Mette ungerührt weiter und klaubte nebenbei die Stoffe von der Bank, um sie mehr schlecht als recht zusammenzurollen. »Dabei steht es ihr ausgezeichnet.«

»Ich bin früher zurückgekommen, weil ich eine Entscheidung getroffen habe«, sagte Henric unvermittelt. »Ich werde Bremen verlassen.«

»Was?« Mettes Augen weiteten sich. »Aber warum?«

»Arnulf Grootehus ist tot. Mich hält nichts mehr. Alle meine Geschäfte hingen an ihm. Mit seinem Tod erlischt auch die Gesellschaft. Woanders wird es leichter sein, neu anzufangen.« Unterwegs hatte er einen Moment lang überlegt, den beiden Frauen die Wahrheit zu sagen, aber er war wieder davon abgekommen. Er hätte es Christine nicht verdenken können, das Wissen um Lambrechs Verrat zu verbreiten. Aber trotz allem, was sein Vater getan hatte, war er immer noch sein Vater, den er geschworen hatte zu unterstützen.

»Du könntest mit meinem Vater reden«, schlug Christine zögerlich vor. »Er ...«

»Nein«, unterbrach Henric sie barscher als nötig. »Ich werde fortgehen. So bald wie möglich.«

Christine starrte ihn an. Ihr Blick schwankte, und sie schien etwas sagen zu wollen, dann wandte sie sich ab und zog den Seidenstoff enger um ihre Schultern.

»Und wohin willst du?«, fragte Mette.

»Nach Lübeck.« Henric lächelte matt. »Ich habe dort Bekannte und Freunde, die mir helfen werden.«

»Hast du denn genug Geld, um dort neu anzufangen?«

Eine gute Frage. Wenn er ehrlich war, hatte er keine Ahnung, wie es um seine Finanzen stand. Die Härchen in seinem Nacken stellten sich auf, als ihm klar wurde, dass Lambrech volle Verfügungsgewalt über sein Vermögen hatte und wahrscheinlich gerade dabei war, die Abrechnungen zu überarbeiten. Sein Vater hatte die Gewinne wohl kaum in einer Geldkassette weggeschlossen. Also waren die Geschäftsbücher alles, was er in der Hand hatte.

»Ich muss zurück ins Kontor«, murmelte er. Abrupt stand er auf und wollte zur Tür gehen, doch Mette versperrte ihm den Weg.

»Nimm mich mit.«

»Mitnehmen? Wohin?«

»Nach Lübeck.«

»Du willst ... Und dein Verlobter?«

»Eben drum. Ich will diesen widerlichen Greis nicht heiraten, und wenn er Vater noch so viel einbringt! Ich will weg von hier.«

Henric schüttelte langsam den Kopf. »Ich kann dich nicht mitnehmen. Du stehst unter Vaters Gewalt.«

»Na und? Damit er mich verkaufen kann wie ein Stück Vieh?« Mettes Unterlippe zuckte. »Ich bin doch kein Ballen flandrisches Tuch, das man einfach verscherbeln kann!«

»Es ist deine Pflicht, deinem Vater zu gehorchen«, erwiderte Henric matt.

»Was würdest du denn an meiner Stelle machen?«, fuhr Mette auf. »Hättest du ihm widerstandslos gehorcht, wenn er dich gezwungen hätte?«

Henric öffnete den Mund, schloss ihn aber gleich wieder. Es gab keine passende Antwort darauf, keine, die Christine nicht verletzen würde. »Du bleibst hier«, knurrte er daher nur und schob Mette grob zur Seite. »Räum den Stoff weg und bring ihn zum Schneider, wie es dein Verlobter wünscht. Ich bin im Kontor.«

Ohne Christine noch einmal anzusehen, ging er mit schnellen Schritten hinaus. Hinter sich hörte er Mette noch etwas rufen, dann schlug er die Tür hinter sich zu und eilte den Weg zurück, den er gekommen war.

*

Christine hatte einen Kerzenleuchter entzündet und saß mit ihrer Stickerei in der Stube, als die Tür ging. Mit banger Erwartung sah sie auf, wartete geduldig, bis Henric den Mantel abgelegt hatte, dann erhob sie sich lautlos und glitt an der schlafenden Mette vorbei zu ihm hinüber.

»Lass mich«, murmelte er und drängte an ihr vorbei zur Stiege.

Christine presste die Lippen aufeinander, während sie stumm dastand und auf seine Schritte lauschte, bis sie in der Schlafkammer verklangen. Ihre Brust bebte vor Enttäuschung und Anspannung, dass sie es am liebsten laut herausgeschrien hätte. Seit seiner Rückkehr beantwortete er alles, was sie tat, um die Ehe erträglicher zu machen, mit unverhohlener Ablehnung. Doch dieses Mal würde sie sich nicht so einfach fortschicken lassen.

Mit einem raschen Blick versicherte sie sich, dass Mette noch schlief, raffte ihren Rock und kletterte die Stiege hinauf.

Henric stand am Fenster, gegen die Wand gelehnt und den Blick auf den nächtlichen Hinterhof gerichtet. Er schaute auf, als sie in die Kammer schlüpfte und die Tür wieder lautlos hinter sich schloss.

»Geh schlafen«, murmelte er. »Lass dich nicht stören.«

»Ich will nicht schlafen.« Zögernd trat sie neben ihn. »Warum willst du Bremen wirklich verlassen?«, fragte sie leise.

Überrascht schaute er auf, wandte den Blick aber sofort wieder ab. »Das habe ich dir erklärt«, brummte er. »Wenn du willst, kannst du hierbleiben. Ich werde dich zu nichts zwingen. Wir können um eine Auflösung unserer Ehe bitten. Mit einer entsprechenden Spende wird man die Kinderlosigkeit gewiss als Grund anerkennen. Du könntest zu deinem Vater zurück und wärst nicht länger an mich gebunden.«

Christine nickte langsam und presste die Lippen aufeinander, um die Verbitterung zurückzudrängen, die wie klebriger Harz in ihrer Kehle zu haften schien. »Ich habe dich vor Gott geheiratet und dir Gehorsam geschworen«, murmelte sie und räusperte sich, weil ihre Stimme in ihren eigenen Ohren heiser und kläglich erschien. »Wenn du mich nicht mehr haben willst, werde ich gehorchen.«

Henric antwortete nicht gleich, sondern starrte weiter hinaus auf den Hof. Im fahlen Licht des Mondes schien sein Gesicht eingefallener als sonst und von einer tiefen Verzweiflung erfasst, die er vergeblich zu verbergen versuchte.

»Ich stelle es dir frei«, sagte er schließlich, ohne sie anzusehen. »Ich kann verstehen, wenn du mir nicht nach Lübeck folgen willst. Zumal ich mein Versprechen nicht halten kann.« Langsam wandte er sich zu ihr um. Seine Augen flackerten. »Ich werde vom Wohlwollen meiner Bekannten dort abhängig sein. Ich habe fast nichts mehr oder gerade noch genug, um die Reise zu bezahlen. Es ist alles weg. Er hat es in den anderen Geschäften aufgehen lassen. Er wusste genau, dass er mich in der Hand hat. Er hat mich erledigt, ohne dass ich etwas dagegen unternehmen kann.«

Christine schwieg, dann hob sie zögerlich die Hand und berührte Henrics Arm. »Sprich mit meinem Vater«, sagte sie leise.

»Ich will keine Almosen.«

»Ich rede auch nicht von Almosen, sondern von einem Kredit.« Ein schiefes Lächeln huschte über ihre Lippen. »Du würdest meinem Vater das Geld zurückzahlen, sobald du kannst. Nur so viel, dass wir nach Lübeck reisen können und etwas für den Anfang haben. Der Rest wird sich ergeben.«

Henric schwieg, aber die Art, wie er die Unterlippe zwischen die Zähne gezogen hatte, verriet Christine, dass er nachdachte. »Würde dein Vater mir denn Geld geben?«, fragte er schließlich. »Bislang hatte ich nicht das Gefühl, dass er viel von mir hält.«

»Er wird es. Und er wird es gern tun.«

»Es wird eine ganze Weile dauern, ehe ich es zurückzahlen kann«, murmelte Henric. »Das Geld wird ihm fehlen.«

»Mein Vater ist reich«, lächelte Christine matt. »Wenn es dich beruhigt, kann ich ihn auch bitten, mir einen Teil als Mitgift zu geben. Nachdem dein Vater meine ursprüngliche Mitgift veruntreut hat.«

Henric nickte leicht, mehr in Gedanken als wirklich zustimmend. »Ich werde darüber nachdenken. Lass uns nun schlafen.« Er seufzte und löste sich vom Fenster, um die Läden zu schließen. »Danke«, sagte er leise.

Bremen, Anfang Juni 1370

Es war Sievert Petersen anzusehen, dass es ihm keineswegs behagte, seine Tochter auf dem Bock eines Fuhrwerks abreisen zu sehen, aber er verlor kein Wort darüber.

»Gebt acht unterwegs«, wandte er sich stattdessen an Henric und legte ihm in einer väterlichen Geste die Hand auf die Schulter. »Ich werde beten, dass Gott und der heilige Christopherus über Euch wachen.«

»Danke.« Henric lächelte flüchtig. Noch immer war es ihm unangenehm, in Petersens Schuld zu stehen, doch er hatte keine andere Möglichkeit gesehen. Er brauchte Geld, allein für die Reise, und wenn Christine und er nicht auf der Straße sitzen wollten, auch für eine Unterkunft.

Petersen hatte zu Henrics Erleichterung keine Fragen gestellt, sondern ihm das Geld gegeben, von dem Henric zwei Wagenladungen Bier einkaufen und die Fuhrknechte bezahlen konnte. Sie würden mit dem Bier nach Lüneburg fahren, es dort verkaufen und dafür Salz aufnehmen, das sie mit nach Lübeck brachten. Alles Weitere würde sich dann zeigen.

Es war nicht viel, was sie außer den Waren mitnahmen aus Bremen. Eine Kiste mit Kleidung, Christines Schachspiel und ihre silbernen Teller, eine Tasche mit Henrics Geschäftsunterlagen – mehr brauchten sie für den Anfang nicht.

»Verabschiedet Euch von Christine«, sagte Henric und löste sich aus Petersens Griff. »Wir haben jetzt alles.«

Der alte Kaufmann nickte und wandte sich dem Karren zu, während Henric noch einmal die Taue prüfte, mit denen die Fässer befestigt waren. Sein Vater war nicht gekommen, aber er hatte auch nicht damit gerechnet. Er hoffte nur, dass Christine wusste, worauf sie sich einließ. Federchen, die verängstigt auf ihrem Schoß hockte, schien jedenfalls wenig begeistert zu sein.

Die Fuhrwerke rumpelten gemächlich die Straße entlang, die aus der Stadt hinaus und über das flache Marschland führte. Auf den Feldern, an denen sie vorbeikamen, arbeiteten Bauern, die nur kurz den Kopf hoben und grüßten.

Sie waren schon eine ganze Weile unterwegs, als sie sich einer Baumgruppe näherten, in deren Schatten sich beim Näherkommen etwas bewegte. Henric stutzte und kniff die Augen zusammen, um gegen die helle Mittagssonne etwas zu erkennen.

Es war Mette. Sie trug ein schlichtes Kleid, das sie wahrscheinlich Dirte gestohlen hatte, und hatte die Haare zu lockeren Zöpfen geflochten. Ihre Schuhe hielt sie in der einen Hand, in der anderen ein Bündel.

Während er sie noch entgeistert anstarrte, spürte Henric Zorn in sich aufsteigen. Er hatte seiner Schwester klar zu verstehen gegeben, dass sie in Bremen bleiben sollte, doch es schien sie nicht zu kümmern. Ganz zu schweigen von dem Ärger, der ihm mit dem verschmähten Verlobten bevorstand, wenn herauskam, wohin Mette verschwunden war.

»Bist du vollkommen übergeschnappt?«, fuhr er sie an und sprang von dem Karren, der inzwischen zum Stehen gekommen war. »Was machst du hier?«

»Das Gleiche wie ihr. Ich verlasse Bremen«, gab sie grinsend zurück. »Ich werde den Greis nicht heiraten.«

»Oh doch, das wirst du. Ich werde dich zurückbringen. Und wenn ich dich an den Haaren zurück in die Stadt zerren muss!«

Er machte schon einen Schritt auf Mette zu und packte grob ihren Arm, sodass sie einen erschrockenen Laut ausstieß.

»Lass sie.« Christines Stimme ließ ihn innehalten. Sie klang ruhig, aber überraschend bestimmt. »Es ist ohnehin zu spät.

Wenn wir jetzt umkehren, werden wir einen ganzen Tag verlieren. Der dich Geld kostet.«

»Darum geht es nicht«, schnaubte Henric, ohne Mette loszulassen. »Ich habe ihr gesagt, dass ich sie nicht mitnehmen werde, und sie ...«

»... wird die nächste Gelegenheit nutzen, die sich bietet, wenn du sie jetzt zurückbringst.« Christine lächelte beschwichtigend, als sich sein Gesicht verdüsterte. »Lass sie, Henric. Sie will ebenso wenig bleiben wie du, und sie wird sich nicht einsperren lassen.«

Henric starrte sie noch einen Moment finster an und sah dann wieder zu Mette, die trotzig zurückstierte. Er fluchte innerlich. Konnte denn nicht einmal etwas so laufen, wie er es bestimmt hatte? Warum mussten sich ausgerechnet jetzt noch die Weiber gegen ihn verbünden?

»Wie bist du überhaupt hierhergekommen?«, brummte er.

»Zu Fuß.«

»Den ganzen Weg?«

Mette nickte.

»Lass sie uns begleiten«, hob Christine abermals an. »Was kümmert dich Doneldey, wenn wir in Lübeck sind? Wenn er dir gram ist, kannst du damit leben. Man muss seine Konkurrenten nicht lieben.«

Henric zögerte immer noch. Er hatte kein Recht, Mette mitzunehmen. Sie unterstand der Gewalt ihres Vaters, und der war wahrscheinlich alles andere als erfreut, wenn er von ihrer Flucht erfuhr. Auf der anderen Seite konnte es ihm gleichgültig sein, ob sein Vater wütete und tobte. Es ging ihn nichts mehr an.

Henric seufzte tief. »Dann soll sie bleiben«, beschied er, fügte jedoch an Mette gewandt hinzu: »Aber nur, wenn du von nun an tust, was ich dir sage. Ansonsten werde ich dich auf der Stelle nach Bremen zurückschicken. Ist das klar?«

»Natürlich.« Ehe Henric sich versehen konnte, fiel Mette ihm um den Hals. »Danke.«

»Danke nicht mir«, knurrte er und schob sie sanft, aber bestimmt von sich weg. Mette hatte eine Art, dass man ihr nicht lange böse sein konnte, und es ärgerte ihn, dass er ihr insgeheim bereits wieder vergab. »Ich bin mir nicht sicher, ob das eine gute Entscheidung war.«

Mette grinste.

*

»Sind sie fort?« Lambrech nahm die Hand vom Fensterrahmen und wandte sich zu Hinnert um, der neben der Tür stehengeblieben war.

Der Schreiber räusperte sich. »Sie sind heute Vormittag abgefahren.«

»Also doch«, murmelte Lambrech. Sein Blick glitt wieder hinaus auf die Straße, wo dichtes Treiben herrschte. Der Jahrmarkt hatte begonnen, und halb Bremen schien auf den Beinen zu sein, um die Auslagen der Krämer oder die Gaukler zu bestaunen. »Er hat es tatsächlich gewagt.«

»Eure Tochter … Nun, sie ist auch verschwunden«, druckste Hinnert. »Die Magd hat es mir erzählt. Seit heute früh.«

Lambrech fuhr herum, seine Augen weiteten sich ungläubig. »Mette?«

»Sie ist fort. Und ihre Kleidung auch.« Hinnert schaute auf seine Fußsitzen und wippte unbehaglich vom Absatz auf den Ballen und wieder zurück. »Ich nehme an, dass Henric sie mitgenommen hat.«

»Dieser Hund!« Lambrech ballte die Hand zur Faust, ließ sie auf das Schreibpult knallen. Klirrend zersprang das Tintenfass auf dem Backsteinboden, die Tinte zerrann zu einem schwarzen Fleck, der sich rasch vergrößerte.

Lambrech atmete tief durch, seine Augen fixierten Hinnert, der sichtlich unwohl auf die Zerstörung blickte. »Er hat mich verraten«, sagte er leise, aber die Schärfe in seiner Stimme hätte Taue zertrennen können. »Nach allem, was ich für ihn getan habe. Doch das wird er büßen. Oh ja, das wird er büßen.

Denn das schwöre ich dir, Henric«, fuhr er leise fort, die Hände auf das Schreibpult gestützt. »Du wirst eines Tages zu mir zurückkehren. Und dann wirst du mich anflehen, dich wieder aufzunehmen. Du wirst es noch bereuen, meine Hand ausgeschlagen zu haben.«

Teil IV

1375 – 1378

Lübeck, Juni 1375

»Eier, Zwiebeln und ein Stück Zicklein für Sonntag.« Christine legte das flache Ende des Griffels sinnierend auf die Unterlippe, ehe sie sich wieder über die Schreibtafel beugte und noch etwas hinzufügte. »Schau, ob du Kohl bekommen kannst. Und Äpfel.«

»Äpfel schmecken jetzt nicht mehr«, murrte Mette, die hinter Christine stand und ihr mäßig interessiert über die Schulter schaute. »Die sind schrumpelig und fühlen sich auf der Zunge an wie Mehl.«

»Du sollst sie ja auch nicht so essen. Zusammen mit dem Zicklein und Mandeln und Rosinen schmecken sie noch gut.«

Mette seufzte tief. »War es das für heute?«

»Es gäbe noch genug zu tun, aber ich habe keine Lust, mich den ganzen Tag deiner Laune auszusetzen.« Christine klappte die Schreibtafel zusammen, wand das Lederband darum und reichte sie ihrer Schwägerin. »Hier. Da dein Gedächtnis ja ebenso löchrig ist wie ein Heringsnetz. Du solltest langsam aufbrechen, sonst gibt es kein Fleisch mehr.«

»Ich gehe ja schon«, brummte Mette und verzog sich Richtung Diele.

Christine sah ihr stirnrunzelnd nach. Sie schätzte Mette sehr, nach ihrer Ankunft in Lübeck war sie die einzige Vertraute gewesen, die sie in der fremden Stadt hatte. Allerdings schien sie in den letzten Jahren zu viel Nachsicht mit dem Mädchen gezeigt zu haben. Anstatt zu helfen und Christine zur Hand zu gehen, tat Mette geradezu so, als sei jede Bitte um Mitarbeit eine Zumutung, und trieb sich, so oft sie konnte, mit ihren Freundinnen in der Stadt herum. Sie würde mit Henric reden müssen, beschloss Christine, sobald sich eine Gelegenheit bot.

Vorsichtig raffte sie ihren Rock und ging hinüber zur Diele. Auf dem Speicherboden knarzten Schritte, und das gleichmäßige Scharren und Kreischen der Seilwinde zeigte an, dass die Knechte den Karren immer noch nicht fertig entladen hatten. Christine konnte es gar nicht lange genug dauern. Sie liebte die Geschäftigkeit im Haus, die groben Knechte mit ihrer breiten Aussprache, die Kaufleute, die sich tagtäglich hier einfanden, um mit Henric zu sprechen. Es war kein Vergleich zu dem engen Haus im Bremer Stephaniviertel, in das sich höchstens einmal ein Freund der Familie verirrt hatte.

In der ersten Zeit in Lübeck hatten sie bei Jakob Pleskow gewohnt, doch so weitläufig das Patrizierhaus auch sein mochte, für eine zweite Familie wurde es neben Pleskows sieben Kindern dann doch zu eng. Pleskow hatte ihnen daraufhin ein Haus in der Mengstraße überlassen. Als schließlich ein entfernter Verwandter von Pleskows Frau aus der weitläufigen Warendorpsippe starb und dieses großzügige Dielenhaus hier zum Verkauf stand, hatte Henric sofort zugeschlagen. Dennoch hätte er den Kauf nicht stemmen können, wenn seine Geschäftsfreunde ihm nicht einen großzügigen Kredit gewährt hätten. Christine war selig gewesen, als sie endlich das Haus bezogen hatten. Es war kleiner als die Häuser der Lübecker Ratsherren und auch kleiner als ihr Elternhaus, aber es hatte abgetrennte Schlafkammern für Henric und sie und für Mette und eine geräumige Diele mit einer Dornse, in der das Kontor untergebracht werden konnte. Außerdem gab es einen Hinterhof mit einer Latrinengrube und genug Platz für einen Schuppen und eine Handvoll Hühner, um die sich die junge Magd kümmerte, die Henric eingestellt hatte. Alles in allem erging es ihnen nicht schlecht, wenn man bedachte, unter welchen Umständen sie hierhergekommen waren.

Da es keine abgetrennte Küche gab, war die Kochstelle einfach an der Längsseite der Diele untergebracht. Über dem Feuer simmerte ein Eintopf aus dem letzten Wintergemüse und Getreidegrütze. Marieke, die Magd, hockte daneben auf dem Boden und sortierte trockene Erbsen aus. Kichernd beobachtete sie Federchen, die weggerollte Erbsen zu erhaschen versuchte.

Christine betrachtete die beiden schmunzelnd, als die Tür zur Straße aufgestoßen wurde. Die freundliche Begrüßung lag ihr schon auf der Zunge, doch sie verstummte augenblicklich, sobald ihr Blick auf das Gesicht des Besuchers fiel, das rot angelaufen war. Die Augen schienen fast gänzlich unter den Brauen zu verschwinden, während er auf sie zukam. Hinter ihm betraten zwei Knechte und ein Schreiber die Diele, blieben aber stumm neben der Tür stehen. »Wo ist er?«

»Meint Ihr meinen Gemahl?« Christine bemühte sich um ein zuvorkommendes Lächeln. Rasch musterte sie ihr Gegenüber, ein Kaufmann zweifellos, schon älter und wohlhabend, der erlesenen Kleidung nach zu urteilen. »Ihr wollt mit ihm sprechen?«

»Wen denn sonst?«, blaffte der Mann ungeduldig. »Wo ist er?«

»Hier bin ich.«

Henric stand auf der Stiege, die zum Speicherboden führte. Das Wams hatte er abgelegt, und Schweiß perlte auf seiner Stirn. Offensichtlich hatte er den beiden Knechten geholfen, die Kornsäcke umzulagern, wie er es häufiger tat, wenn die Arbeit im Kontor es zuließ. Die letzten beiden Sprossen bewältigte er mit einem Satz und klopfte die Hände an seinem Hemd ab, während er den Besucher mit einem freundlichen Nicken begrüßte. »Odo Karsbek. Ich hatte nicht mit Euch gerechnet.«

»Das hättet Ihr aber besser«, fauchte der Mann und trat auf Henric zu, die Fäuste in die Hüfte gestemmt. »Oder habt Ihr gedacht, dass Ihr so einfach davonkommt?«

»Was meint Ihr?« Henric runzelte fragend die Stirn.

»Das hier.« Mit einer knappen Geste befahl Karsbek einen seiner Knechte zu sich heran, der einen Beutel geschultert hatte. Auf einen Wink seines Herrn nahm er ihn herunter und kippte ihn vor Henrics Füßen aus.

Christine schlug entsetzt die Hand vor den Mund, als sich mit einem Schlag der beißende Gestank von fauligem Fisch im Raum ausbreitete. Auch Henric wich zurück, den Blick ungläubig auf die Heringsreste gerichtet, die bunt schillerten und offensichtlich bereits am Verwesen waren. »Was ist das?«, keuchte er.

»Der Hering, den Ihr mir verkauft habt«, erklärte Karsbek knapp. »Ihr erinnert Euch? Letzte Woche, unten am Hafen.«

»Das ist nicht der Hering, der in meinen Fässern war. Ich habe jedes einzelne überprüft.«

»Lügt nicht!« Karsbeks machte einen Schritt vor und packte Henrics Arm. »Ihr seid ein elender Betrüger, Suterman! Ich verlange, dass Ihr mir augenblicklich den Schaden bezahlt! Bis auf den letzten Pfennig!«

Mit einer kurzen Bewegung befreite sich Henric aus dem Griff. »Ich werde Euch nichts bezahlen, was ich nicht verschuldet habe!«, blaffte er zurück. »Meine Fässer waren in Ordnung. Alle. Weiß der Himmel, wie dieser … dieser Abfall zu Euch gekommen ist!«

Karsbeks Augen funkelten bedrohlich. Sein Blick wanderte kurz zu Christine, hing dann wieder an Henric. »Hört auf zu lügen, Suterman. Ihr dachtet wohl, ihr macht einen schnellen Gewinn, wie? Seid Ihr deshalb nach Lübeck gekommen, weil Euch in Bremen die Luft zu dünn wurde? Eins sage ich Euch«, er senkte drohend die Stimme, »wir brauchen keine Betrüger wie Euch hier in Lübeck. Zahlt mir den Schaden zurück, oder ich werde dafür sorgen, dass Ihr keinen Fuß mehr auf die Erde bekommt.«

»Wendet Euch an den, der Euch dieses faule Zeug angedreht hat«, gab Henric barsch zurück. »Ich habe damit nichts zu tun.«

»Hört schon auf mit diesen Lügen!«, fuhr ihm Karsbek grob über den Mund. »Wir wollen doch mal sehen, ob Ihr nicht zur Besinnung kommt.« Mit einer knappen Geste winkte er seine Knechte heran. Ehe Christine sich versah, hatten sie sie gepackt und hielten sie fest umklammert. Im ersten Moment war sie starr vor Schreck, doch ehe sie schreien konnte, drückte der Knecht ihr seine schwielige Hand auf den Mund, dass sie meinte, ersticken zu müssen.

»Lasst sie sofort los!«, hörte sie Henrics Stimme scharf fordern, und sie hörte auch Karsbek etwas antworten, doch sie verstand seine Worte nicht mehr. Blut rauschte in ihren Ohren, Panik schnürte ihr die Kehle zu, während sie verzweifelt nach Luft rang. Irgendwo polterten Schritte, sie erkannte die beiden Knechte auf der Stiege, Claas und Berndt, die ein Stück Holz in der Hand hielten, ein Ruf gellte durch die Diele, aufgebrachte Stimmen.

Dann war die Hand plötzlich weg, und sie stolperte nach vorn, prallte gegen Henric, der sie auffing. Gierig sog sie Luft ein und musste im nächsten Moment würgen, als der Gestank des Herings in ihrer Kehle brannte. Hustend klammerte sie sich an Henrics Arm, während sie langsam wieder zu Atem kam.

»... anders klären«, hörte sie eine Stimme sagen, die ihr bekannt vorkam. Vorsichtig hob sie den Kopf. Ihr Blick fiel auf Karsbek, der sich abgewandt hatte und mit einem Mann sprach, der in der Tür stehengeblieben war. Er war nicht mehr jung mit seinem vollen, weißen Haar und dem ebenmäßigen Bart, der ein flächiges Gesicht mit einer scharfgeschnittenen Nase umrahmte. Ein Kragen aus Schneefuchs schmückte den halblangen Mantel, den er sich trotz des frühlingshaften Wetters locker über die Schultern gelegt hatte. Begleitet wurde er von einem dürren Jüngling, der eine Tasche mit Schreibmaterialien über der Schulter trug und mit eingezogenem Kopf hinter seinem Herrn stand und offensichtlich versuchte, nicht da zu sein.

»Was gibt es da noch zu klären?«, knurrte Karsbek gerade. »Euer feiner Schützling hat mich um ein Vermögen geprellt!«

»Und er sagt, dass er es nicht war«, antwortete der Mann ruhig, den Christine als Jakob Pleskow erkannte. Manchmal hatten die unangekündigten Besuche des Ratsherrn auch etwas Gutes, dachte sie insgeheim. »Abgesehen davon ist er nicht mein Schützling, sondern mein Partner.«

»Über den Ihr Eure Hand haltet«, grollte Karsbek. »Ob Partner oder nicht, so einfach kommt er mir nicht davon!«

»Bringt die Sache vor einen Schiedsmann«, sagte Pleskow, in einem Tonfall, der deutlich machte, dass er das eher als Anordnung denn als Vorschlag verstand. »Klärt es anständig. Wenn Suterman tatsächlich etwas mit der Sache zu tun hat, wird er für den Schaden aufkommen. Nicht wahr, Henric?«

Henric nickte leicht. Noch immer hielt er Christine am Arm. Sein Blick glitt zu Karsbek. »Verlasst nun mein Haus«, sagte er leise, aber Christine spürte den drohenden Unterton. »Und nehmt Eure Kettenhunde mit.«

Karsbek schien etwas erwidern zu wollen, drehte sich dann aber zu Pleskow um. »Ich hoffe, die Schiedsmänner wissen zwischen Recht und Unrecht zu unterscheiden«, knurrte er. »Gehabt Euch wohl.« Er nickte knapp und schritt zur Tür, die seine Knechte schwungvoll hinter sich zuwarfen.

Pleskow seufzte leise und wandte sich an Henric. »Was habt Ihr mit der Sache zu tun?«

»Nichts«, antwortete Henric. »Ich kann mir das alles auch nicht erklären.«

»Vielleicht wollte dir jemand schaden«, schlug Christine leise vor und löste sich von ihrem Gemahl, um ihre Haare zu richten, die sich unter dem Schleier gelöst hatten. Ihr Herz pochte immer noch, aber ihr Atem hatte sich wieder beruhigt. Ihr war nicht entgangen, dass Henric sich nicht nach ihrem Befinden erkundigt hatte, aber sie sah darüber hinweg. »Hätte denn jemand Gelegenheit gehabt, die Fässer auszutauschen? Dein Zeichen darauf zu malen wäre ja nicht schwer.«

»Sie standen noch einen Tag im Speicher unten an der Trave«, überlegte Henric. »Gut möglich, dass sich jemand daran zu schaffen gemacht hat.«

»Könnt Ihr das beweisen?« Pleskow sah Henric fragend an, der jedoch den Kopf schüttelte.

»Es waren nur Heringsfässer. Wenn ich für jeden toten Fisch einen Knecht abstelle, der darauf aufpasst, kann ich gleich betteln gehen.«

»Es müssen recht viele Heringsfässer gewesen sein, wenn Karsbek von einem Vermögen spricht«, merkte Pleskow an. »Könnt Ihr ihm den Kaufpreis zurückzahlen, wenn er Recht bekommt?«

»Nein.« Henric seufzte. »In zwei oder drei Monaten vielleicht. Wenn alles gutgeht. Das Geld ist in Form von Korn auf dem Weg nach Bergen. Und ich habe nichts, womit ich auf die Schnelle eine solche Summe flüssig machen könnte.«

»Dann solltet Ihr Euch umsehen, ob Ihr Zeugen findet. Oder einen günstigen Geldverleiher aufsuchen. Kopf hoch, Junge«, lächelte Pleskow, als Henric den Kopf sinken ließ. »Das wird nicht so heiß gegessen, wie es gekocht wird. Allerdings solltet Ihr herausfinden, wer Euch schaden will. Um im Notfall gewappnet zu sein.«

Henric seufzte erneut. »Es ist ja nicht das erste Mal. Seit ich in Lübeck bin, erlebe ich immer wieder solche Schikanen. Ich fürchte fast, mein Vater steckt dahinter.«

»Solange Ihr keine Beweise habt, um ihn vor dem Kaufmann anzuklagen, könnt Ihr wenig unternehmen«, stellte Pleskow nüchtern fest. »Übrigens habe ich aus Bremen erfahren, dass er in den Rat gewählt wurde. Gegen einigen Widerstand zwar, aber er sitzt im Rat.«

»Dann hat er sein Ziel ja erreicht«, murmelte Henric, ein bitterer Zug umspielte seine Mundwinkel.

»Ich danke Euch. Ohne Euer Eingreifen hätte es übel ausgehen können.«

»Karsbek ist bisweilen ein wenig unbesonnen, aber er weiß

Recht und Unrecht zu unterscheiden«, sagte Pleskow. »Wartet ab, wenn die Schiedsmänner zu Euren Gunsten entscheiden, wird er die Sache vergessen. Der Verlust mag ihm weh tun, aber es bringt ihn nicht um. Doch ich bin eigentlich nicht wegen Karsbek hier«, wechselte er unvermittelt das Thema. »Thomas Morkerke, Perzeval und ich haben etwas mit Euch zu besprechen. Wenn es Euch recht ist, kommt doch übermorgen zum Essen vorbei. Meine Herdrade lässt es sich nicht nehmen, etwas vorzubereiten. Sie würde sich freuen, wenn Ihr auch kämet«, wandte er sich mit einem verbindlichen Lächeln an Christine, die der Unterhaltung bislang nur stumm gefolgt war. Jetzt erwiderte sie das Lächeln schnell und warf einen fragenden Blick zu Henric.

»Er ist ohnehin überstimmt«, schmunzelte Pleskow. »Oder Ihr müsst Herdrade erklären, warum Ihr Eure bezaubernde Gattin daheim einsperrt, Henric.«

»Natürlich wird sie mitkommen«, beeilte sich Henric zu betonen.

»Bringt das mit Karsbek in Ordnung, damit Ihr Euch neuen Dingen zuwenden könnt«, nickte Pleskow. »Ihr seid ein aufgeweckter junger Mann, Henric Suterman. Und aufrichtig dazu. Das ist mehr, als man von vielen Kaufleuten sagen kann. Solange es Männer wie Euch gibt, ist mir um Lübecks Zukunft nicht bang. Doch nun verzeiht mir, ich muss weiter. Im Rat werden heute ein paar Dinge besprochen, die nicht unwichtig sind.« Pleskow winkte den dürren Schreiber zu sich heran, der geduldig in einer Ecke gehockt und gewartet hatte. »Merkt Euch, Henric, wenn man erst mit der Eröffnung der Ratssitzung wartet, bis Ihr erschienen seid, dann sitzt Ihr tief genug im Sattel«, sagte er, während er schon zur Tür ging.

»Eigentlich habe ich keinen Ehrgeiz, in den Rat gewählt zu werden.« Henric lächelte schwach. »Das war das Ziel meines Vaters, nicht meins.«

»Ihr seid nicht Euer Vater.« Pleskow drehte sich noch einmal um. »Reichtum birgt Macht und Verantwortung. Solange die Verantwortung über die Macht siegt, ist es eine ehrenhafte Sache, die Geschicke der Stadt zu lenken. Ich weiß, dass Ihr niemand seid, der Verantwortung abwälzt, wenn sie ihm angetragen wird. Im Gegenteil, ich bin mir sicher, Ihr wärt ein vorzüglicher Ratsherr. Denkt darüber nach.« Er zwinkerte Henric zu. »Wir sehen uns übermorgen. Pünktlich.«

*

Es dunkelte bereits, als sie sich am übernächsten Tag auf den Weg zu Pleskows Haus machten. Henric hatte kurz überlegt, Mette mitzunehmen, damit sie ein wenig herauskam und er sie den Ratsherren vorstellen konnte, aber seine Schwester hatte auf den Vorschlag höchst unwillig reagiert, sodass er ihn schnell wieder fallengelassen hatte.

Der bucklige Knecht, der im Hause Pleskow auch die Rolle eines Torwächters übernahm, öffnete ihnen. Herdrade Pleskow, eine rundliche Frau mit vollem Gesicht und freundlichen Augen, stieß einen erfreuten Ruf aus, als sie sie bemerkte.

»Christine, Liebes, wie schön, dass Ihr gekommen seid«, strahlte sie und fasste Christines Hände. »Ich habe bereits letzten Sonntag bei der Messe nach Euch Ausschau gehalten.«

»Mir war nicht wohl«, entgegnete Christine mit einem schüchternen Lächeln.

»Nicht wohl?« Herdrade machte einen Schritt zurück, ohne Christines Hände loszulassen, und musterte sie prüfend. »Sagt nur, Kind, seid Ihr in besseren Umständen?«

»Nun sei nicht so neugierig, Weib.« Jakob Pleskow trat neben seine Frau und legte die Hand auf ihre Schulter. »Ich bin sicher, du wirst eine der Ersten sein, die davon erfährt, wenn es so weit ist.«

»Es ist das Vorrecht einer alten Frau, neugierig zu sein«, konterte Herdrade, schenkte Christine aber ein entschuldigendes Lächeln und ließ ihre Hände fahren. »Nun kommt, setzt Euch! Mein Gemahl hat eigens ein Ferkel schlachten lassen.«

Sie waren die letzten, wie sie feststellen mussten. Henric begrüßte die anwesenden Ratsherren mit ihren Gemahlinnen und zog einen Stuhl für Christine zurück, ehe er sich selbst setzte. Respektvoll glitt sein Blick über die Gäste, die sich heute Abend hier versammelt hatten. Johannes Perzeval, ein ältlicher Mann mit tiefen Tränensäcken, war neben Pleskow einer der einflussreichsten Bürger der Stadt und hatte in diesem Jahr den Ratsvorsitz inne. Henric mochte seine ruhige, unaufdringliche Art, mit der er Konflikte schlichtete und Entscheidungen fällte. Neben ihm saß Thomas Morkerke, den Henric noch aus dem Dänenkrieg kannte. Vor drei Jahren erst war er auf einer Fahrt von holsteinischen Adligen gefangen genommen worden und nur gegen das Versprechen, sich um eine Lösegeldzahlung zu kümmern und danach wieder zurückzukehren, freigelassen worden. Natürlich hatte Morkerke nicht daran gedacht, sich erneut in Gefangenschaft zu begeben, sondern hatte sich durch einen Lehnsherrn von dem Schwur befreien lassen. Der Dritte im Bunde war Johann Schepenstede, der als einer der reichsten Bürger Lübecks galt und seit diesem Jahr der St. Petrikirche vorstand.

»Henric Suterman muss ich euch ja kaum vorstellen«, sagte Pleskow und ließ sich am Kopf der Tafel nieder. »Seine Frau Christine ist übrigens die Tochter von Sievert Petersen aus Bremen.«

»Petersen habe ich bei meinem letzten Besuch dort nicht getroffen, aber dafür Euren Vater, Suterman.« Thomas Morkerke beugte sich etwas vor, um besser zu Henric hinübersehen zu können. »Er war an mich herangetreten wegen einer Schiffsladung russischem Wachs. Wir hatten ein sehr anregendes Gespräch. Ein harter Verhandlungspartner, Euer Vater.«

Henric nickte leicht und zwang sich zu einem unbestimmten Lächeln. »Wie geht es ihm?«, fragte er, weil es die Höflichkeit gebot.

»Recht gut, würde ich sagen.« Morkerke hielt der Magd seinen Becher hin, damit sie ihm einschenken konnte. »Seine Geschäfte scheinen gut zu laufen. Doneldey gehört zu seinen engsten Freunden. Und er muss äußerst wohlhabend sein. Es gab Ochsen, obwohl nicht einmal Feiertag war, und der Wein war unvergleichlich. Burgund, kein Rheinwein. Ich habe selten etwas so Gutes genossen. Warum seid Ihr eigentlich nicht in Bremen geblieben?«, erkundigte er sich neugierig.

»Das ist eine lange Geschichte«, erwiderte Henric, während er noch überlegte, wie viel er preisgeben sollte. »Mein Vater und ich waren uns in vielen Dingen nicht einig. Aber es freut mich, zu hören, dass es ihm gutgeht«, sagte er schnell und bemühte sich um ein unverfängliches Lächeln. Zum Glück verzichtete Morkerke darauf, weiter nachzufragen. Bei den sich bald entspannenden Gesprächen hielt Henric sich zurück und lauschte, während die Mägde Spanferkel und Schüsseln mit Brot und Tunke auftrugen. Herdrade wusste wortreich eine Geschichte zum Besten zu geben von einer Kaufmannstochter, die sich mit einem Sattlergesellen eingelassen hatte und von dem erbosten Vater mitten im Schäferstündchen aufgestöbert wurde. Während der Sattler halbwegs glimpflich aus der Sache herausgekommen war, musste der Kaufmann mehrere Tage mit schweren Kopfschmerzen das Bett hüten, nachdem ihm der Verführer seiner Tochter kräftig einen übergezogen hatte. »Das Volk wird zu dreist«, schloss Herdrade und sah dabei ihren Mann missbilligend an. »Der Rat muss dringend etwas unternehmen, um dem Pöbel seine Grenzen aufzuzeigen. Es geht nicht an, dass ein dahergelaufener Kerl sich an so einem jungen Ding vergreift.«

»Wäre es nicht eher Aufgabe der Mütter, ihre Töchter an die Leine zu legen?«, wandte Perzeval ein.

»Darum geht es nicht«, erklärte Herdrade bestimmt, »sondern um das Prinzip!«

»Seien wir froh, dass wir in Lübeck Frieden haben«, wandte Pleskow beschwichtigend ein. »Anderswo stürmen die Handwerker die Häuser der Patrizier und erzwingen sich Stimmrecht im Rat. Da sollten wir mit unseren braven Bürgern zufrieden sein. Möchte noch jemand Wein?«, beendete er die Diskussion, ehe Herdrade weitere Einwände erheben konnte.

Der Abend war weit fortgeschritten, als Pleskow sich schließlich erhob und die Ratsherren und Henric in das Kontor bat.

Die Dornse, in der Pleskow seinen Geschäftsraum unterhielt, war um einiges geräumiger, als es die Grootehus'sche gewesen war. In einer Ecke stand ein Kachelofen, um den herum einige Lehnstühle aufgestellt waren.

»Ihr fragt Euch sicher, was wir von Euch wollen«, wandte Pleskow sich Henric zu, nachdem sie sich gesetzt hatten.

Henric blinzelte zu ihm herüber und nippte an seinem Wein. »Wahrscheinlich bietet Ihr mir ein Geschäft an, das ich nicht ausschlagen kann.«

Pleskow lachte auf. »So kann man es auch sagen. Wobei Ihr alles ablehnen könnt, wenn Euch der Sinn danach steht. Ob das klug wäre, ist eine andere Sache.«

»Was schlagt Ihr mir denn vor? Oder besser, warum ausgerechnet mir?«

»Nun«, hob Pleskow an, »Ihr habt vor Helsingborg schon bewiesen, dass Ihr jemand seid, auf den man bauen kann. Ihr seid ein kluger, arbeitsamer und vor allem aufrichtiger junger Mann. Um es kurz zu machen, ich halte Euch für eine Bereicherung der Stadt, und ich will Euch helfen, in Lübeck noch weiter Fuß zu fassen. Ihr habt bereits viel geschafft. Euer Geschäft wächst, Ihr habt das Bürgerrecht erworben, aber Ihr seid für viele immer noch der Bremer. Eure Waren gehen nach Bergen und weiter nach Flandern, nicht wahr? Orte, mit denen Ihr immer schon Handel getrieben habt.«

»Ich bin damit zufrieden«, erwiderte Henric zögerlich. »Es wirft genug Gewinn ab.«

»Ihr werdet immer in dem Tümpel verharren, in dem Ihr schwimmen gelernt habt«, mischte sich Perzeval ein. »Es sei denn, Ihr schwimmt Euch eines Tages frei.«

»Und wie soll das aussehen?« Henric sah ihn skeptisch an.

Er war bislang durchaus zufrieden gewesen, auch wenn die großen Reichtümer ausblieben.

»Wir möchten Euch ein Angebot machen.« Pleskow wechselte einen kurzen Blick mit Perzeval, der kaum sichtbar nickte. »Mein Sohn Herman kehrt diesen Monat aus Rostock zurück, hoffentlich um ein paar Erfahrungen reicher und ein paar Flausen ärmer. Ich werde ihm einen Teil seines Erbes als Kapital auszahlen, damit er sein eigenes Geschäft aufbauen kann. Eine Gesellschaft, die neu gegründet wird. Die Herren hier«, er deutete auf die Ratsherren, »haben sich bereit erklärt, als Geldgeber teilzuhaben, und ein paar weitere Kaufleute, mit denen ich gesprochen habe, sind ebenfalls nicht abgeneigt. Allerdings würde der Aufbau der Gesellschaft in der Art, wie sie mir vorschwebt, bedeuten, dass man zunächst reisen muss. Dummerweise hat Herman eine ungeheure Angst vor Schiffen und dem Meer, seit er als Kind beinahe beim Schwimmen unter eine Kogge geraten und ertrunken wäre. Und ich kann nicht von einem Geldgeber verlangen, selbst zu reisen.«

»Ihr wollt, dass ich das übernehme«, schloss Henric.

»So ist es.« Pleskow nickte. »Ihr seid bereits in London, Brügge und Antwerpen gewesen und habt Erfahrung damit.«

»Ich habe allerdings kein Geld, das ich einbringen könnte. Zumindest keines, das unmittelbar verfügbar wäre.«

»Das wäre nicht das Problem.« Pleskow lehnte sich vor, die Unterarme auf die Knie gestützt, während er Henric ansah, und auf einmal hatte er nichts mehr von dem gutgelaunten Gastgeber, sondern war Jakob Pleskow, der Geschäftsmann, der sich aus eigener Kraft an die Spitze der lübischen Bürgerschaft gearbeitet hatte. »Wir kaufen Euch in die Gesellschaft ein. Sobald alles angelaufen ist und genug Gewinn abwirft, dass Ihr die Geldgeber auszahlen könnt, werden die sich zurückziehen, sodass die ganze Sache in Euren Händen liegt. Wir profitieren alle davon, am meisten aber Herman und Ihr, wenn Ihr Euch geschickt anstellt.«

Henric schwieg und knetete nachdenklich die Unterlippe

zwischen den Zähnen. Es war ein Risiko, aber eins, das er wagen könnte. Sofern er alle Faktoren richtig einschätzte. »Warum tut Ihr das?«, fragte er schließlich. »Ich meine, warum fördert Ihr mich, indem Ihr mich in eine Gesellschaft einbindet, nach der sich so mancher die Finger lecken würde?«

»Weil Ihr nicht der Einzige seid, der einmal klein angefangen hat«, ergriff Perzeval wieder das Wort. »Ihr wisst wahrscheinlich nicht, dass weder Jakob Pleskow noch ich aus Lübeck stammen? Jakob ist aus Visby, und ich bin aus Braunschweig hierhergekommen. Fremde, die das Bürgerrecht gekauft haben und nun die Geschicke der Stadt leiten.« Er lachte leise. »Ich denke, vielen ist das gar nicht mehr bewusst.«

»Wir sind jedoch nicht die Einzigen«, nickte Pleskow bedächtig. »Es gibt viele Kaufleute oder auch Handwerker, die hierhergekommen sind und das Bürgerrecht erworben haben. Das ist es, was Lübeck ausmacht, und mit Lübeck fast alle Städte der Hanse: Wir haben keinen Herrn über uns außer den Kaiser und Gott. Wer hierherkommt und Bürger wird, hat sich selbst dafür entschieden. Das ist die bürgerliche Freiheit, die wir uns nicht nehmen lassen. Und deshalb unterstützen wir Männer, die der Stadt nützlich sein können. Nicht für uns, sondern für Lübeck. Ich will, dass es auch nach meinem Tod Bürgermeister und Ratsherren gibt, die einem König Waldemar entgegentreten und auf Hansetagen die Interessen unserer Stadt verfechten. Ich bin mir sicher, dass es Lübeck nur zum Vorteil gereichen kann, Euch zu fördern.«

»Das klingt uneigennützig.« Henric blickte unsicher zwischen den Ratsherren umher. Es waren schöne Worte, aber wer sagte ihm, dass es die Wahrheit war? Lambrech hätte wahrscheinlich ähnliche Beschwichtigungen gefunden und Versprechungen gemacht. Und ihn letztendlich als Tanzbären in den Rat geführt, wo er auf seinen Befehl hin bald hierhin, bald dorthin getapst wäre.

Pleskow hob die Schultern und ließ sie wieder fallen. »Es zwingt Euch niemand, unser Angebot anzunehmen«, sagte er leichthin. »Ich würde es sehr bedauern, aber es ist Eure Entscheidung. Freiheit bedeutet auch, sich gegen etwas zu entscheiden.«

Henric nickte langsam. Freiheit. Das war es, was Lambrech ihm nicht gewährt hatte. »Entschuldigt mein Zögern«, murmelte er. »Ich bin Euch dankbar für alles, was Ihr für mich tut. Worum soll es in der Gesellschaft eigentlich gehen?«

»Wachs, Häute und vor allem Pelze. Waren, die auch Euer Schwiegervater handelt und die Euch vertraut sein dürften.«

»Dann geht die Fahrt nach Reval?«

Pleskow schüttelte langsam den Kopf. »Nein, Reval steuern wir bereits an. Es geht nach Nowgorod.«

*

Ein Knecht hatte Christine bereits nach Hause gebracht, während sie noch gesprochen hatten. Henric ließ sich Zeit auf dem Heimweg. Er musste erst einmal verdauen, was Pleskow ihm vorgeschlagen hatte. Nowgorod, das lag am Ende der bekannten Welt, von Bremen aus war es nur ein Name gewesen, der abenteuerlich und fremdartig klang, in Lübeck hatte er dagegen schon manches Mal einen Kaufmann von Nowgorod erzählen hören. Doch er selbst hielt sich bislang an Geschäfte, die er überschauen und abschätzen konnte, solide Geschäfte, die wenig Risiko mit sich brachten. Es war einfach, und immerhin reichte es zum Leben. Aber er hatte Christine mehr versprochen als nur Leben, und nachdem sie ihm schon nach Lübeck gefolgt war, fühlte er sich ihr stärker denn zuvor verpflichtet. Nowgorod war ein Wagnis. Aber der Gedanke an die Reise, der ihn im ersten Moment mit Schrecken erfüllt hatte, gefiel ihm besser, je länger er darüber nachdachte.

Vorsichtig öffnete Henric die Tür seines Hauses und schlüpfte hinein. Als er gerade die Trippen abstreifen wollte, hielt er verblüfft inne und hob die Laterne. Das schwache Licht schälte eine Gestalt aus dem Dunkel, die regungslos am Tisch saß. Der Kerzenschein fiel auf Christines Gesicht, die müde zu ihm hochblinzelte. »Ich habe auf dich gewartet.«

»Du hättest ruhig schon schlafen gehen können.« Henric legte Mantel und Kappe ab und deutete mit der Laterne in Richtung der Stufen. »Komm, lass uns ins Bett gehen. Es ist spät.«

Christine machte keine Anstalten, sich zu erheben. »Was wollte Pleskow von dir?«

Henric seufzte leise. »Hat das nicht Zeit bis morgen?«

Christine sah ihn stumm an, in ihren Augen lag eine unausgesprochene Bitte.

Missmutig stellte Henric die Laterne auf der Treppe ab und drückte seinen Rücken durch, der vom langen Sitzen heute Abend ganz steif geworden war. »Sie bieten mir die Teilhabe an einer Handelsgesellschaft«, murmelte er.

»Das ist doch gut, nicht wahr?«

»Grundsätzlich ja.« Henric seufzte erneut und wandte sich Christine dann langsam wieder zu. Sie saß nur in einem dünnen Hemd an dem Tisch, eine Decke um die Schultern gezogen, und sah ihn mit großen Augen an. »Ich muss reisen. Es wird meine Aufgabe sein, die Geschäftskontakte zu knüpfen.«

Christine nickte langsam. »Mit welchem Ziel?«

»Nowgorod.«

Einen Moment lang war es still.

»Das heißt, ich bin wieder alleine. Womöglich ein halbes Jahr oder länger.«

»Es ist nicht anders möglich.«

Christine senkte den Kopf und nickte leicht. »Natürlich.«

Henric blickte hilflos zu ihr hinab. Er ahnte, dass ihre Betrübnis nicht damit zusammenhing, dass er fortging. Er war nicht blind, er wusste, dass er ihr nicht mehr bedeutete als sie ihm. Aber sie hatte außer ihm und Mette niemanden in Lübeck, dem sie sich anvertrauen konnte. Wenn er unterwegs starb oder etwas Unvorhergesehenes geschah, wäre sie eine kinderlose Witwe in einer fremden Stadt, den Entscheidungen der Ältermänner ausgeliefert.

»Jakob Pleskow wird dich unterstützen«, sagte er daher. »Ich kann seine Gemahlin bitten, sich um dich zu kümmern. Außerdem hast du ja auch noch Mette.«

»Mette macht eher Ärger, als dass sie mir helfen könnte«, murmelte Christine.

»Wie meinst du das?«

Christine holte tief Luft und sah ihn an. »Du musst dringend einen Ehemann für sie finden.«

»Ist etwas vorgefallen?« Henric runzelte verdutzt die Stirn.

»Sie war wieder fort.«

»Fort?«

Christine nickte, ohne auf seine entgeisterte Miene einzugehen. »Sie hat sich aus dem Haus geschlichen, kurz nachdem wir aufgebrochen sind. Marieke hat es mir gesagt. Es kann so nicht weitergehen, Henric.« Christine sah ihm nun geradewegs ins Gesicht. »Sie widersetzt sich mir und mault, wann immer ihr etwas nicht passt. Vielleicht hört sie auf dich eher als auf mich. Jedenfalls geht es nicht, dass deine unverheiratete Schwester nachts alleine durch die Stadt strolcht!«

Henric nickte langsam, während er innerlich verzagte. Als ob er nicht schon an genug Fronten kämpfte. »Wo ist sie jetzt?«

»Sie schläft«, sagte Christine und wies mit dem Kopf in Richtung Treppe.

Henric seufzte leise und nahm die Laterne wieder auf. Fast beiläufig strich seine Hand über Christines Schulter.

»Nicht mehr heute«, murmelte er. »Lass uns auch schlafen gehen.«

Unwille lag in Christines Blick, als sie zu ihm aufschaute, und für einen Moment erwartete er, dass sie ihm widersprechen würde. Doch sie nickte nur und erhob sich.

Bremervörde, Juli 1375

Die Kerze flackerte noch einmal auf, dann erlosch sie. Mit einem leisen Seufzer ließ Daniel die Feder sinken und bedachte den Kerzenständer mit einem missmutigen Blick. Das fehlte nun auch noch. Schniefend zog er die Decke enger um die Schultern und langte nach der Schale mit den Wachsstummeln, doch seine Finger tasteten ins Leere.

Es war kalt in Burg Bremervörde, eine feuchte, durchdringende Kälte, die durch Mark und Bein zog und in jedem Stein des Gemäuers zu stecken schien. Der Burgkaplan hatte ihm erklärt, dass der Erzbischof, um Holz zu sparen, nur seine eigenen Räumlichkeiten heizen ließ. Daniel war das im Grunde gleichgültig, er wusste nur, dass er noch nie so gefroren hatte wie in diesem verregneten Sommer. Das Ergebnis war ein hartnäckiger Schnupfen, der ihn nun bereits seit Pfingsten gefangen hielt und keine Anstalten machte, besser zu werden.

Rasch ging er die Treppe hinunter und über den Hof zu dem Gebäude, in dem er die Küche wusste. Wenn er einen der Diener zu greifen bekam, dann am ehesten dort. Eine Handvoll Hühner lief gackernd vor ihm davon, und vom Stall her rief ihm ein Knecht einen fröhlichen Gruß zu. Er hatte dem Jungen im letzten Herbst das Bein geschient, das ihm der bischöfliche Lieblingshengst zerschlagen hatte. Monate waren vergangen, bis alles wieder verheilt war. Der Hengst dagegen hatte den Winter nicht überlebt. Bei einem Jagdausflug war er auf einem matschigen Wegestück ins Straucheln gekommen und gestürzt und hatte sich dabei beide Vorderläufe gebrochen. Auf Betreiben des Bischofs hatte man Daniel eilig zur Unglücksstelle gebracht, trotz aller Beteuerungen, dass er sich kaum mit Tieren auskannte. Allerdings wusste auch er, dass ein gebrochenes Bein für ein Pferd das Todesurteil bedeutete. Die Laune des Bischofs war daraufhin über Wochen noch schlechter gewesen als zuvor, und er ließ Daniel noch lange spüren, dass er ihm den Tod des Hengstes nachtrug. Im Frühjahr hatte Albrecht bereits ein neues Jagdross erworben, einen feurigen Fuchs, der ein Vermögen gekostet haben mochte. Dafür wurde das Feuer im großen Saal nur noch abends für ein paar Stunden entfacht.

Die Wärme der Küche umschlang ihn wie eine sehnsüchtige Geliebte, kribbelte auf seinen Wangen und trieb das Blut unter die Haut, während der herbe Geruch nach Buchweizengrütze seinen Magen zu einem empörten Grummeln verleitete. Daniel verzog das Gesicht bei dem Gedanken, dass ihm inzwischen Buchweizen als ein Festmahl erschien und ein beheizter Raum als ungebührender Luxus. Er hatte sich das Leben am erzbischöflichen Hof anders vorgestellt.

»Ich brauche Kerzen«, wandte er sich ohne Umschweife an die beiden Diener, die auf der Bank neben der Herdstelle hockten. »Meine sind restlos heruntergebrannt.«

»Kerzen hättn se alle gern«, brummelte der Ältere. »Gibt keine mehr. Nich vor Mariae Himmelfahrt.«

»Bis dahin sind es noch Wochen!«

Der Kahlköpfige zuckte mit den Schultern. »Is Pech. Die, die noch da sind, sind für die Messe.«

»Und wie soll ich dann arbeiten?«, fragte Daniel entgeistert.

Der Diener hob erneut die Schultern und ließ sie wieder fallen. »Woher soll ich das wissen? Ihr seid nicht der Erste, der hier ankommt. Seh ich aus, als könnte ich Wachs scheißen?«

Hilflos starrte Daniel ihn an.

»Und Talglichter?«

Der Kahlkopf winkte ab. »Nichts mehr da.«

Eilig fuhr Daniel herum und verließ die Küche, ehe er auch noch anfing, um Buchweizengrütze zu betteln. Auf dem Hof wehte ein schneidender Wind. Eigentlich hätte es längst Sommer sein müssen, aber in diesem Jahr scherten sich die Jahreszeiten wenig um den Kalender.

Zurück in seiner Kammer, warf Daniel einen giftigen Blick zu der schmalen Fensteröffnung, die er mit einigen alten, eng beschriebenen Pergamentseiten abgedichtet hatte. Als Schutz gegen Wind und Regen war der Augustinus durchaus zu gebrauchen, auch wenn Anselm vermutlich der Schlag treffen würde bei dem Gedanken, dass sein geliebter Kirchenvater als Windfänger herhielt. Daniel fand ihn dort ganz gut aufgehoben. Dummerweise dämmte das Pergament aber nicht nur die Kälte, sondern auch das Licht, sodass es selbst bei Tag zu dunkel war, um die Bücher zu studieren, die der Bischof Daniel gegeben hatte.

Mit einem tiefen Seufzer ließ Daniel sich auf den Stuhl fallen und barg für einen Moment den Kopf zwischen den Händen. Nein, so hatte er sich seine Arbeit hier nicht vorgestellt. Seit seiner Ankunft war es von Jahr zu Jahr schlimmer geworden, und er mochte sich nicht ausmalen, wie er den nächsten Winter überstehen sollte. Wahrscheinlich jagte Albrecht seine Kurie dann höchstpersönlich zum Torfstechen. Verstohlen blickte er zu dem Brief hinüber, der seitlich an dem Tintenfässchen lehnte. Er hatte sich nicht überwinden können, ihn wegzuwerfen, obwohl er Henrics Bitte auf gar keinen Fall Folge leisten wollte. Wobei ihm der Gedanke in den letzten Tagen zunehmend verlockend erschienen war.

Mit einem Ruck erhob er sich und klappte sein Buch zu, um es sich unter den Arm zu schieben. Es half nichts, hier herumzusitzen und zu jammern. Wenn er etwas an dem Zustand ändern wollte, musste er sich an den wenden, der dafür verantwortlich war.

Albrecht saß im Erker seines Gemachs und aß, als der Novize Daniel hineinführte. Trotz der Wärme, die der Kachelofen verbreitete, hatte er sich einen schweren Pelzmantel um die

Schultern gelegt. Unwillig sah er auf und leckte das Fett von den beringten Fingern, die er anschließend achtlos am Mantel abwischte.

»Sieh an, der Herr Doctor«, knurrte er. »Gibt es einen Grund, dass Ihr mich beim Essen stört, oder schwebt Ihr mit Euren Gedanken noch in Euren Büchern?«

»Ich …« Daniel wollte antworten, verstummte aber gleich wieder, als sein Magen sich mit einem schaurigen Knurren zusammenzog. Er schluckte, während er versuchte, den Blick von dem gebackenen Geflügel abzuwenden, das sich da so appetitlich auf dem Teller des Bischofs türmte.

Albrechts Augenbrauen zogen sich drohend zusammen.

»Ich wollte Euch nicht stören«, sagte Daniel hastig und hob den Kopf. »Es gibt nur eine Schwierigkeit mit der Aufgabe, die Ihr mir übertragen habt.«

»Aufgabe?« Albrechts rechte Augenbraue wanderte ein Stück nach oben.

»Der Codex aus Fulda. Ihr habt mir aufgetragen, zu prüfen, ob er besser ist als Euer Exemplar und es sich lohnt, dass Eure Kopisten ihn abschreiben.«

Albrecht machte eine verächtliche Geste und beugte sich vor, um nach einem Hühnerschenkel zu langen. »Und? Wie … ist er so?«, erkundigte er sich kauend.

»Für einen Codex recht leicht, was auf dünnes Pergament schließen lässt«, gab Daniel zurück, während er sich nur mühsam beherrschte, dem Erzbischof das Buch nicht einfach auf den Teller zu knallen. Wozu machte er sich die Mühe, wochen-, ja monatelang bei Kälte und schlechtem Licht die Handschrift zu prüfen, wenn Albrecht nicht einmal mehr wusste, worum es überhaupt ging? »Um Weiteres sagen zu können, bräuchte ich Kerzen. Oder wenigstens Talglampen.«

»Dann lasst Euch welche geben.«

»Es gibt keine.«

Albrecht rupfte nur einen größeren Fetzen Fleisch von dem Knochen und verschlang ihn in einem Stück. Seine Zunge fuhr über die fettglänzenden Lippen. »Nun, dann ist es wohl so. Was ist das noch einmal für ein Buch?«

»Isidorus von Sevilla. Die *Etymologiae*.«

»Worum geht es da?«

Daniel seufzte innerlich. »Es handelt sich um ein gelehrtes Werk, das alles Wissen vereint. Es gibt Abschnitte zu Grammatik, Rhetorik, Arithmetik, Musik ...«

»Bei Judas' Eiern! Was wollte ich denn damit?«, unterbrach ihn Albrecht entgeistert.

»Das kann ich Euch nicht sagen. Lesen, nehme ich an.«

Albrechts Miene verfinsterte sich schlagartig. »Werd nicht frech, Bursche!«

»Verzeiht.« Daniel senkte demütig den Kopf, obwohl ihm viel eher danach war, dem Bischof seine Hühnerschenkel mitsamt Silberteller in den Schlund zu stopfen. Am besten quer. Seine Finger ballten sich zur Faust und streckten sich wieder. »Es scheint naheliegend, das Buch kopieren zu lassen, damit Ihr darin lesen könnt.«

Albrecht machte ein unschlüssiges Geräusch, als wüsste er nicht genau, ob er Daniel verzeihen oder ihn für eine erneute Frechheit strafen solle.

»Am besten schickt Ihr es gleich nach Fulda zurück«, beschloss er, während er mit dem Fingernagel Fleischreste zwischen den Zähnen hervorpulte. »Sobald jemand dorthin aufbricht, bei dem man sicher sein kann, dass es auch ankommt.«

»Vielleicht sollte ich das gleich übernehmen«, murmelte Daniel.

»Ihr?« Albrecht sah auf. »Was wollt Ihr in Fulda?«

Daniel hob mit einem bitteren Lächeln die Schultern. »Studien betreiben. Ich habe gehört, es gibt eine umfangreiche Bibliothek dort.« Und wahrscheinlich waren die Mönche in Fulda nicht gezwungen, Augustinustexte vor die Fenster zu nageln, damit sie beim Lesen nicht erfroren.

»Nun, warum nicht?« Der Bischof lehnte sich zurück und beäugte Daniel mit schiefgelegtem Kopf. »Ich müsste mir ohnehin überlegen, was ich mit Euch anfange, wenn mein Vetter eintrifft.«

»Euer Vetter?«

»Ich habe meinen Vetter Konrad angeboten, als Leibarzt an meinem Hof zu kommen«, erläuterte Albrecht, griff nach seinem Becher und deutete damit auf die Karaffe, wohl als Aufforderung, ihm nachzuschenken.

Daniel ignorierte die Geste. »Ihr habt bereits einen Leibarzt.«

»Dann habe ich alsbald zwei.«

»Wenn Ihr mich nicht nach Fulda schickt. Das hieße aber, mich aus meinen Verpflichtungen zu entlassen.«

»Das wäre mir durchaus recht.« Albrechts Hand ruckte erneut in Richtung Wein. »Und nun reicht mir endlich die Karaffe und verschwindet. Es gibt doch sicher einen Küchenjungen oder eine Waschmagd, die Ihr zusammenflicken müsst.«

Daniel verengte die Augen, sagte aber nichts, während er langsam nach der Karaffe griff und Albrecht einschenkte. Dann stellte er den Wein wieder auf den Tisch und machte einen Schritt zurück. »Bin ich entlassen?«

»Ihr könnt gehen.« Albrecht wedelte mit der Hand. »Von Euren Verpflichtungen seid Ihr hiermit befreit, bis Ihr zurückkommt. Und von Euren Pfründen auch. Sind sie wenigstens einträglich?«

»Nein, sie sind erbärmlich«, antwortete Daniel tonlos. Ohne ein weiteres Wort ging er hinaus.

Daniel hielt nicht an, bis er seine Kammer erreicht und die Tür hinter sich zugeschlagen hatte, dass es wahrscheinlich noch draußen auf dem Hof zu hören war. Er fühlte sich unendlich schwer. Wenn er das gerade richtig verstanden hatte, hatte der Erzbischof ihm soeben die wenigen Einkünfte genommen, die er hatte. Restlos. Und ihn mehr oder weniger fortgejagt.

Er holte tief Luft und öffnete die Augen. Langsam löste er sich von der Tür und ließ die Finger sanft über die Maserung der Pultplatte gleiten, die sich im Laufe der Jahre tief in das Holz eingefressen hatte. An das Tintenfass gelehnt, stand da immer noch der Brief, den er nun hochnahm und aufklappte, um ihn erneut zu überfliegen.

Es war vermutlich wirklich an der Zeit, zu gehen. Allerdings nicht nach Fulda.

Bremen, September 1375

Der Schankraum im Salzfass war an diesem Abend gut besucht. Stimmen surrten und brummten, sodass es mitunter schwer war, sein eigenes Wort zu verstehen. Der Markttag war herum, und die Bauern der umliegenden Dörfer kamen hierher, um den Tag bei dem, Gerüchten zufolge, besten Bier der Stadt ausklingen zu lassen.

Lambrech gab nicht viel auf solche Gerüchte. Sie waren jedoch nützlich, um einen Fremden in das Salzfass zu lotsen.

Der junge Mann, der ihm gegenübersaß, schien dann auch durchaus zufrieden mit dem Bier, von dem Lambrech inzwischen den zweiten Krug geordert hatte. Die vollen Wangen waren gerötet, und die wasserblauen Augen blickten glasig, aber selig unter den weißblonden Locken hervor. Tideke Karsbek hieß der Kerl, der Sohn eines reichen Kaufmanns aus Lübeck. Lambrech hatte mit dem Vater in den vergangenen Jahren ein paar Mal flüchtig zu tun gehabt, aber er war doch überrascht gewesen, als der junge Mann heute Mittag unvermittelt im Kontor stand. Sie hatten ein wenig über Wachs gesprochen, das Karsbek aus dem Osten bezog, und Tideke hatte Lambrech einige Geschäfte vorgeschlagen, die zu gut waren, als dass sie allein den Grund für den Besuch liefern konnten. Kein Kaufmann machte solche Angebote, wenn er damit nicht einen anderen Zweck verfolgte, und sei es, dem Gegenüber in seiner Gier Sand in die Augen zu streuen. Lambrech war daraufhin vorsichtiger geworden und hatte den Jungen schließlich zu einem Krug Bier ins Salzfass eingeladen, um ihm die Zunge zu lösen.

Wenigstens diese Rechnung schien aufzugehen. Tideke sprach dem Bier eifrig zu und plauderte ausgiebig über sein Leben und seine Familie in Lübeck.

»Möchtet Ihr noch etwas?«, erkundigte Lambrech sich und hob fragend den Krug, als Tideke gerade Luft holte.

Der junge Kaufmann nickte, wartete, bis Lambrech aufgefüllt hatte. Einen Moment lang starrte er nachdenklich auf den Bierschaum, als hätte er vergessen, wo er gerade war.

»Eigentlich hat mich mein Vater ja aus einem ganz anderen Grund zu Euch geschickt.« Er schnitt eine bierselige Grimasse. »Geht um diesen Suterman.«

So, daher wehte also der Wind. Ein leises Lächeln lag auf Lambrechs Lippen. »Ich nehme an, Ihr meint nicht mich?«

»Euch?« Der junge Karsbek blinzelte verwirrt, schüttelte dann hastig den Kopf. »Nein, Euren Sohn. Diesen Henning Suterman.«

»Henric«, berichtigte Lambrech ruhig. Er hatte in den letzten Jahren immer wieder versucht, herauszufinden, wie es Henric ergangen war, aber die Nachrichten waren spärlich gewesen. Einmal hatte er Hinnert nach Lübeck geschickt, doch auch der hatte wenig Interessantes zu berichten. Henric schien ein arbeitsames, zurückgezogenes Leben zu führen und besaß einen guten Leumund. Umso gespannter war er, was der junge Karsbek mit Henric zu schaffen hatte.

»Henric, ja. Also, dieser Henric Suterman ... Er ist Euer Sohn, nicht wahr?«

»Das stimmt. Zumindest war er das einmal. Gibt es Neuigkeiten von ihm?«

»Wie? Ja, natürlich.« Tideke grinste trunken. »Deshalb hat mein Vater mir ja aufgetragen, mit Euch zu sprechen. Er wird nächstes Frühjahr nach Nowgorod aufbrechen. Also Henric Suterman, nicht mein Vater.«

»Nowgorod.« Lambrech strich sich nachdenklich durch den Bart. »Wie kommt er dazu?«

»Jakob Pleskow steckt dahinter. Er fördert Suterman.«

»Und Euer Vater hat etwas gegen Pleskow?«, schlussfolgerte Lambrech. Er nippte an seinem Bier, ohne den jungen Kaufmann aus den Augen zu lassen.

»Es geht nicht nur darum.« Tideke lächelte etwas dümmlich. Sein Gesicht verschwand hinter dem Becher, und als er ihn wieder absetzte, hatte er einen weißen Bart aus Bierschaum an der Oberlippe kleben. »Suterman hat meinen Vater betrogen.«

Lambrech hob verwundert eine Augenbraue, sagte aber nichts. Sollte Henric erkannt haben, dass Ehrlichkeit allein einen Kaufmann nicht weit brachte? Falls dem so war, hatte er sich aber äußerst ungeschickt angestellt. Solche Dinge sprachen sich schnell herum. »Hat Euer Vater ihn nicht zur Rechenschaft gezogen?«

»Doch, hat er.« Tideke nickte eifrig. »Aber diese Strandkrabbe hat sich herausgeredet. Die Schiedsmänner haben ihm dann auch noch Recht gegeben. Wahrscheinlich waren die Pleskow noch etwas schuldig.«

»Warum ging es denn?«

»Hering.« Tideke verzog den Mund. »Gammeligen Hering.«

Lambrech verschränkte die Arme vor der Brust. »Und was will Euer Vater nun von mir?«, erkundigte er sich gedehnt. »Ich werde sicher nicht für die Betrügereien meines Sohnes aufkommen.«

Tideke lehnte sich ein wenig zurück. »Wie steht Ihr zu Henric Suterman?«

Lambrech verzog die Lippen zu einem Schmunzeln, aber es war ein bitteres Schmunzeln. »Er war einmal mein Sohn, ehe er mich und seine Familie verraten hat«, erklärte er ruhig. »Er hat ein Versprechen gebrochen, das er am Totenbett seiner Mutter geleistet hat. Wir sind fertig miteinander.«

»Ihr wünscht ihm den Tod?« Tideke blinzelte.

Lambrech hob die Schultern. »Der Tod ist häufig nicht die ärgste Strafe.« Er nahm einen Schluck aus seinem Becher und sah dann wieder den jungen Kaufmann an, der nachdenklich die Unterlippe mit den Fingern knetete. »Ihr fragt mich das nicht ohne Grund, nicht wahr? Was habt Ihr vor?«

»Mein Vater bittet Euch um Hilfe.« Tideke klang zögerlich, als sei er sich nicht sicher, wie viel er preisgeben dürfe. Doch dann schüttelte er den Kopf und lehnte sich vor, den Blick eindringlich auf Lambrech gerichtet. »Wir wollen ihn loswerden«, sagte er und senkte die Stimme. »Mein Vater lässt sich nicht ungestraft betrügen und zum Narren machen von einem Emporkömmling, der nicht mehr ist als ein Fisch in der Pleskow'schen Bugwelle. Ich habe vorgeschlagen, dass man ihm einfach den Schädel einschlagen lässt, aber mein Vater war dagegen. Ihr kennt ihn besser als jeder andere und wisst, wie er zu fassen ist. Deshalb hat mein Vater mich zu Euch geschickt.« Erwartungsvoll sah er Lambrech an, mit glasigen Augen, die sichtlich Mühe hatten, ihr Ziel festzuhalten.

Lambrech musterte ihn nachdenklich, während er den Blick ruhig erwiderte. Er hätte nie gedacht, dass sein treuer, dumpfer Henric es bei all seiner Frömmigkeit schaffen könnte, sich unter den Kaufleuten Feinde zu machen. Offensichtlich hatte er ihn unterschätzt.

»Ich werde Euch helfen«, sagte er schließlich gedehnt, ohne den jungen Kaufmann aus den Augen zu lassen. »Und ich habe auch schon eine Ahnung, wie wir es anfangen können.«

Lübeck, 20. Oktober 1375

Es war ein sonniger Herbsttag, als Kaiser Karl IV. mit seiner Gemahlin und einigen hohen Reichsfürsten Lübeck besuchte. Der Rat und die Geistlichkeit hatten ihn am Burgtor willkommen geheißen und geleiteten ihn in einer feierlichen Prozession quer durch die Stadt zum Dom. Überall an den Straßenrändern und Plätzen drängten sich die Menschen, um einen Blick auf das Kaiserpaar zu erhaschen, sodass die Waffenknechte des Rats alle Mühe hatten, den Weg für die Prozession frei zu halten. Vermutlich war dies die einzige Gelegenheit, einmal einen leibhaftigen Kaiser zu Gesicht zu bekommen. Lübeck unterstand als unmittelbare Reichsstadt zwar dem Kaiser, doch der ließ sich höchst selten im Norden blicken. Dass er sich gerade jetzt hierher verirrte, hatte daher auch wenig mit der Stadt selbst zu tun als vielmehr mit den jüngsten Nachrichten, die aus Dänemark eingetroffen waren. Waldemar, der große Dänenkönig, lag im Sterben, und auf allen Bäumen saßen nun die Krähen und lauerten darauf, sich die besten Stücke aus dem Leichnam herauszupicken, noch ehe er ganz erkaltet war. In Lübeck war Kaiser Karl nahe genug am Geschehen, um zu beobachten und notfalls schnell handeln zu können.

Mette hatte sich aus dem Staub gemacht, kaum dass das Gedränge dicht genug war, dass sie unbemerkt aus Christines Nähe verschwinden konnte. Nun hockte sie abseits des Trubels auf dem Fass und wartete. Der beißende Gestank der nahen Gerbereien wehte zu ihr hinüber, und sie spürte die fragenden Blicke, als die Färbergesellen mit ihren vollen Bottichen an ihr vorbei und hinunter zum Fluss gingen. Offensichtlich gab es noch Menschen, die trotz des hohen Besuchs ihre Arbeit verrichteten, dachte Mette vergnügt. Ihr Blick glitt die enge Straße entlang, an der die Buden der Handwerker und Tagesknechte lagen. Christine wäre wahrscheinlich wenig begeistert, wenn sie wüsste, dass sie sich hier herumtrieb, aber das störte Mette nicht.

»So alleine, Prinzessin?«

Mette fuhr herum, sodass sie beinahe vom Fass gerutscht wäre. Erst im letzten Moment konnte sie sich fangen und krallte die Fingerkuppen in das Holz, um sich mühsam wieder hochzuziehen.

»Du bist ein Schuft, Jan!«, schimpfte sie, aber sie konnte das breite Lächeln nicht unterdrücken, das sich wie von selbst über ihr Gesicht legte und ihre Wangen warm werden ließ.

»Ein Schuft in Euren Diensten, Prinzessin«, grinste der junge Mann, der unvermittelt hinter ihr aufgetaucht war. »Erlaubt Ihr, dass ich Wiedergutmachung leiste?«

Mette blinzelte keck zu ihm hoch. »Hier auf offener Straße? Schadet das nicht deinem Ruf?«

»Deinem eher als meinem.« Jans Gesicht näherte sich ihrem langsam, bis sie meinte, seinen Atem auf ihrer Haut zu spüren.

Mette hielt die Luft an und schloss die Augen, während sich ihre Finger nur noch tiefer in das Holz krallten. »Hattest du jemals den Eindruck, ich schere mich um meinen Ruf?«, flüsterte sie.

»Das solltest du aber«, raunte er. Seine Stimme war jetzt fast direkt neben ihrem Ohr. Sie fühlte, wie sich die Härchen in ihrem Nacken aufstellten und sich ein angenehmes Rieseln über ihren Rücken ausbreitete. »Schließlich bist du die unverheiratete Jungfer und ich der Schuft, der sie verführt und dem Untergang preisgibt.«

»Dann küss mich endlich, Jan Karsbek, oder ich trete dich dorthin, wo es dir wirklich weh tut«, hauchte Mette und legte den Kopf zurück.

Doch es geschah nichts. Stattdessen hörte die sanfte Berührung plötzlich auf, und im nächsten Moment fühlte sie sich gepackt und über seine Schulter geworfen.

»Jan!« Mette kreischte auf und hieb mit den Fäusten auf seinen Rücken ein. »Lass mich wieder runter!«

»Zuerst versprichst du mir, mich nicht zu treten, wenn du nicht bekommst, was du willst«, hörte sie ihn grinsend sagen. Er legte eine Hand auf ihr Hinterteil. »Sonst muss ich doch Gewalt anwenden.«

»Du lässt mich sofort wieder runter!« Mette zappelte mit Armen und Beinen, soweit sein Griff es zuließ, doch er ging leise summend ein paar Schritte die Straße entlang, ohne sich um die Färber zu kümmern, die das seltsame Schauspiel mit unschlüssiger Miene verfolgten.

»Lass mich bitte wieder runter«, flehte Mette und ließ die Arme kraftlos hängen. »Bitte.«

»Warum nicht gleich so? Dein Wunsch ist mir Befehl, Prinzessin.« Unerwartet sanft ließ er sie herab und hielt sie fest, als sie zu straucheln drohte.

»Danke«, murmelte sie und löste die Hände, die sich an seinen Unterarm geklammert hatten. »Du hattest mir doch einen Ausflug versprochen. Oder bleiben wir hier und genießen den Duft des Unrats, in dem die Gerber ihr Leder walken?«

»Nicht ganz, ich habe dir eine Überraschung versprochen.« Auffordernd hielt er ihr die Hand hin.

Mette zögerte, ehe sie danach griff. Seine Hand fühlte sich gut an, warm und stark, und sie spürte, wie sich erneut dieses warme Gefühl in ihrer Magengrube festsetzte, das ihr das Blut in die Wangen trieb. Zum Glück sah Jan sich nicht um.

Schon bald hatte sie zwischen den engen Gassen und Buden jede Orientierung verloren. Jan schien sich hier hingegen bestens auszukennen, obwohl man das von dem Sohn eines Ratsherrn kaum annehmen sollte. Aber Jan war anders, ein streunender Kater, der sich ungern anbinden ließ und dem das Leben, das sein Vater und seine Brüder führten, wenig bedeutete. Er war ein wenig wie sie, stellte Mette fest. Deshalb war sie wohl auch so fasziniert von ihm gewesen, als sie ihn das erste Mal getroffen hatte, in der Sonntagsmesse, als er unaufhörlich zu ihr hinübergestarrt hatte, sodass sie sich kaum noch auf die Litanei des Pfaffen hatte konzentrieren können …

Das Haus, zu dem er sie heute führte, hatte schon bessere Tage gesehen. Die Fensterläden hingen zum Teil schief herab, und die Tür sah aus, als sei sie bereits einmal eingetreten und wieder zusammengeflickt worden. An einem Balken hing ein hölzernes Schild, auf dem jemand mit wenig Geschick einen gelben Vogel gemalt hatte.

»Eine Schenke?« Mette blieb stehen und runzelte die Stirn. »Besteht deine Überraschung darin, mir zu zeigen, wie viel billigen Fusel du verträgst?«

»Unsinn.« Jan legte einen Arm um ihre Hüfte und zog sie an sich heran. »Das ist der Gelbe Hahn. Hierhin gehe ich nicht, um zu trinken.« Jan gab ihr einen spielerischen Kuss auf die Wange und zog sie, ohne noch etwas zu sagen, mit sich in das Gebäude. Neugierig sah Mette sich um, während sich ihre Augen allmählich an das schummrige Licht gewöhnten. Der Schankraum war nicht besonders groß und bot gerade einmal Platz für vier Tische. Wände und Decke waren dunkel vom Ruß. Neben der Herdstelle führte eine schmale Treppe hinauf in den ersten Stock, der vermutlich als Schlafsaal diente. Die Schenke war annähernd leer, bis auf den Wirt, der gerade dabei war, einen Kessel über die Feuerstelle zu hängen, und zwei einsamen Gästen.

Jan steuerte zielsicher auf den Tisch der beiden zu, Mette mit sich ziehend.

»Wartet ihr schon lange?«, sprach er sie an, ohne sich mit einer Begrüßung aufzuhalten.

Der ältere der beiden, ein muskelbepackter Kerl mit Händen wie Schaufelblätter, sah zu ihnen auf und verzog das grobe Gesicht zu einem Grinsen. »Jan Karsbek. Wir hatten kaum noch mit dir gerechnet.«

»Ich wurde aufgehalten.« Jan warf einen kurzen Blick zu Mette, dann sah er wieder zu den beiden Fremden. »Das ist Mette Suterman. Die Schwester des Kaufmanns, falls ihr ihn kennt. Mette, das sind Gode Rinnmer, seines Zeichens Knochenhauermeister, und der schweigsame Kerl dort heißt Hinrich Paternostermaker. Er ist aber trotz des Namens kein Perlendreher, sondern ebenso Kaufmann wie dein Bruder.«

Mette nickte leicht und musterte die beiden flüchtig. Wenn das die Überraschung sein sollte …

Paternostermaker schien ihre Enttäuschung bemerkt zu haben, er drehte den Kopf ein wenig und sah sie unverhohlen an. Mette fröstelte unwillkürlich unter dem stechenden Blick, aber sie zwang sich, ihm nicht auszuweichen.

»Warum bringst du sie hierher?« Paternostermakers Stimme klang überraschend voll und angenehm.

»Ich wollte, dass sie euch kennenlernt«, antwortete Jan leichthin. Grinsend legte er den Arm um sie, als sei sie ein einfaches Tavernenmädchen. »Sie steht uns gar nicht so fern.«

»Was steht, ist wohl eher das zwischen deinen Beinen«, spottete der Gode Genannte. Sein Blick wanderte unverhohlen über Mettes Gesicht und weiter über ihren Körper. »Hübsches Ding.«

»Ich bin kein Ding«, bemerkte Mette kühl.

»Oh, verzeiht.« Gode nahm einen tiefen Schluck aus seinem Becher. »Hast einen guten Geschmack, Jan. Feurig und wild. Du solltest dich nur hüten, dir so ein Weib ans Haus zu ketten. Glaub mir, ich weiß, wovon ich rede.«

»Ich bin nicht hier, um Jans neueste Eroberung zu bewundern«, unterbrach Paternostermaker scharf. »Wir warten bereits den halben Tag, und dann taucht er auf und hat ein … ein Mädchen im Arm!«

»Es tut mir leid«, beschwichtigte Jan. »Ich dachte nur …«

»Vielleicht solltest du weniger denken, hm?« Paternostermaker kniff ein Auge zu und stierte Jan mit dem anderen an. »Du denkst mit deinem Schwanz, und wenn du doch deinen

Kopf benutzt, ist er zu benebelt vom Wein, als dass da noch etwas Brauchbares herauskommen würde.«

»Ich bin nicht betrunken!«

»Heute nicht.« Paternostermaker erhob sich rumpelnd und ließ zwei Münzen auf die Tischplatte fallen. »Wir sehen uns«, schnarrte er und drehte sich abrupt um.

Verdutzt sah Jan ihm nach, bis die Tür hinter ihm zuschlug. Der Wirt hob kurz den Kopf, wandte sich dann kopfschüttelnd wieder seinem Kessel zu.

»Tja, du hast ihn heute auf dem falschen Fuß erwischt«, seufzte der Knochenhauer und leerte seinen Becher, drehte ihn um, um sicher zu gehen, dass auch wirklich nichts mehr darin war, und stellte ihn auf dem Tisch ab. Ein lautes Rülpsen ertönte.

»Ist denn etwas geschehen?«

»Das Schiff, das er seit Wochen dringend erwartet, ist von Seeräubern aufgebracht worden. Alles weg, futsch. Läuft zurzeit nicht gut für Paternostermaker. Geh morgen zu ihm und berichte, was du herausgefunden hast.« Gode gähnte. »Ich werd dann auch mal aufbrechen. Mein Weib wartet sicher schon mit dem Essen.« Müde grinsend erhob er sich, rückte seine Kappe zurecht und machte sich auf den Weg nach draußen.

Mette starrte ihm nach. »War das deine Überraschung?«, fragte sie entgeistert.

»Nein, das waren nur zwei Freunde, die ich dir vorstellen wollte.« Jan lächelte schief und schob seine Hand über die Tischplatte, um sie auf Mettes Finger zu legen.

»Was ist denn so Besonderes an ihnen?«, fasste Mette nach. Die Zeit, die sie und Jan miteinander hatten, war viel zu kostbar, als dass sie sie mit schlechtgelaunten Kerlen vertun sollten.

Jan schob die Lippen gegeneinander, als müsse er einen Moment nachdenken. »An Gode Rinnmers nichts, soweit ich das beurteilen kann. Aber Hinrich Paternostermaker sollte man kennen, wenn man in Lübeck lebt.«

Mette blinzelte misstrauisch.

»Du musst ihn hören, Mette. Der Mann ist faszinierend, auch wenn es auf den ersten Blick nicht den Anschein hat. Außerdem werden dich seine Ideen begeistern.«

»Vielleicht ergibt sich ja noch eine Gelegenheit«, murmelte Mette. Sie rutschte etwas auf ihrem Stuhl umher, während sie den Blick durch den Schankraum wandern ließ. »Bleiben wir eigentlich hier, bis ich wieder fort muss, oder gehen wir noch woanders hin?«

Jan folgte ihrem Blick und schmunzelte. »Wir können uns einen schöneren Ort suchen, wenn du möchtest.«

»Ich möchte«, nickte Mette.

*

Es war bereits dunkel, als Mette schließlich nach Hause ging. Beschwingt eilte sie die Straße entlang, leise vor sich hin summend und die Trippen in der Hand, die an diesem trockenen Tag ohnehin kaum nötig gewesen wären. Schwungvoll öffnete sie die Tür zur Diele, ließ sie hinter sich zufallen und lehnte sich für einen Moment dagegen, um Atem zu schöpfen und ihre Gedanken zu ordnen, die wirr umeinandertaumelten wie Möwen im Herbststurm. Ihre Haut brannte immer noch, dort, wo Jan sie berührt hatte, und für einen winzigen Moment hatte sie ernsthaft den Gedanken erwogen, sich nie wieder zu waschen. Zum Glück setzte der Verstand nach einer Weile wieder ein, sonst würde Jan sie vermutlich nach ein, zwei Monaten nicht einmal mehr mit spitzen Fingern anfassen mögen.

Mette atmete noch einmal tief durch und stieß sich dann von der Tür ab, um in die Diele hineinzugehen. Es war still, nur die Tür zum Kontor stand einen Spaltbreit offen und zeichnete einen schmalen Lichtstreifen auf den Backsteinboden. Ein leises Knurren ließ sie zusammenfahren. Erstaunt stellte sie fest, dass es ihr eigener Magen gewesen war.

Leise, um nicht noch mehr Lärm zu machen, legte sie die Trippen neben der Tür ab und huschte hinüber zu der Herdstelle, wo sie in einem Korb das Brot wusste.

»Wo warst du?«

Mettes Herz klopfte hoch bis zum Hals, während sie sich langsam umdrehte. Die Tür zur Dornse war offen und in dieser Tür lehnte Henric. In einem Stoßgebet dankte Mette Gott dafür, dass er in dem Halbdunkel nicht sehen konnte, wie ihr das Blut in die Wangen schoss. Zusammenreißen, schalt sie sich stumm und zog die Schultern zurück.

»Guten Abend, Henric«, sagte sie und war selbst erstaunt, wie leicht ihr die Worte über die Lippen gingen. »Ich wollte dich nicht stören. Tut mir leid.«

»Du störst mich nicht.« Ein müdes Lächeln glitt über seine Lippen, aber es erreichte seine Augen nicht. »Kommst du bitte kurz mit herein? Ich muss mit dir reden.«

Mette nickte beklommen und folgte ihm in die Dornse. Unschlüssig blieb sie stehen, bis Henric die Tür hinter ihr schloss und sie mit einer Geste aufforderte, sich zu setzen. Er selbst ließ sich hinter seinem Arbeitstisch nieder, vor sich zwei aufgeklappte Wachstafeln, auf denen er offensichtlich gerade noch geschrieben hatte.

»Wo kommst du her?«, begann er ohne Überleitung und stützte die Ellenbogen auf der Tischplatte auf, die Finger ineinander verschränkt. »Warst du wieder bei einer ... Freundin?« Die Art, wie er das Wort aussprach, machte Mette deutlich, dass diese Ausrede wohl ausgedient hatte.

»Und wenn nicht?«, gab sie schnippisch zurück. »Ich habe viele Freunde in Lübeck.«

Henric schaute sie über seine Fingerspitzen hinweg an, prüfend, als suche er etwas in ihrem Gesicht. »Es ist ein Mann, nicht wahr?«

»Ja, es ist ein Mann. Und ehe du fragst, nein, ich habe nichts Unrechtes getan.«

»Bist du von allen guten Geistern verlassen?!«

Sie zuckte erschrocken zusammen, als er so jäh auffuhr. Mühsam unterdrückter Zorn funkelte in seinen Augen, als er sich zu ihr hinüberbeugte. »Was glaubst du, was du tust? Du machst uns alle zum Gespött! Ist dir das klar?!«

»Gar nichts tue ich!«, rief sie und sprang ebenfalls auf. »Ich liebe ihn! Und du wirst mir das nicht verbieten!«

»Oh, doch, das werde ich. Wer ist es?«

Mette erwiderte stur seinen Blick, die Lippen fest aufeinander gepresst. »Jan Karsbek. Der jüngste Sohn von Odo Karsbek.«

»Karsbek.« Henric starrte sie an, als habe sie gerade den heiligen Jakobus persönlich genannt. Dann ließ er sich langsam zurück auf den Stuhl sinken. »Es wird höchste Zeit, dass du heiratest. Ich habe es schon viel zu lange hinausgeschoben«, seufzte er. Seine Finger fuhren über die Kanten der Schreibtafeln.

»Ich habe ja nicht einmal eine anständige Mitgift«, bemerkte Mette bissig. »Und, hast du schon jemanden im Auge? Einen reichen, alten Sack, der dir geschäftliche Vorteile bringt, wenn er sich auf mich wälzen darf?«

»Ich bin mir nicht sicher, ob ich mir Freunde mache, wenn ich dich verheirate«, erwiderte Henric müde, ohne auf ihren Spott einzugehen. »Außerdem bin ich nicht wie unser Vater. Du sollst zufrieden sein mit der Wahl.«

»Dann rede mit Odo Karsbek.« Mit einem Satz war Mette neben ihm und fasste seinen Arm. »Er ist reich genug, dass auch Jan ausreichend erben wird, um mich zu unterhalten. Ich brauche nicht viel.«

Henric schloss die Augen und massierte seine Nasenwurzel zwischen den Fingern. »Du weißt selbst, wie Karsbek zu mir steht«, murmelte er. »Ich fürchte, das wird wenig erfolgreich sein.«

»Versuch es. Bitte.« Mette schaute ihn flehentlich an. »Wenn du versuchst, ihn zu überzeugen, und er es ablehnt, verspreche ich dir, dass ich mich fügen werde. Nur versuch es, bitte.«

Henric blinzelte. »Ist das ein Handel, den du mir da vorschlägst?«

»Wenn du so willst, ja.« Mette erwiderte seinen Blick.

»Warum ausgerechnet Jan Karsbek?«, fragte Henric plötzlich.

»Weil ich ihn will. Und ihn auch bekommen werde.«

»Das wird in der Tat schwierig ohne anständige Mitgift. Odo Karsbek wird mir wahrscheinlich vorwerfen, ich wollte ihn über den Tisch ziehen. Aber ich kann es versuchen. Unter zwei Bedingungen«, schränkte er gleich wieder ein. »Du wirst ab jetzt Christines Anweisungen befolgen und nicht den halben Tag über fort sein, ohne dass jemand weiß, wo du steckst. Ich möchte nicht, dass du ihr unnötigen Ärger bereitest.«

Mette nickte. »Gut. Und die zweite Bedingung?«

»Wenn mein Gespräch mit Odo Karsbek ohne Ergebnis bleibt, schlägst du dir diesen Jan aus dem Kopf. Und heiratest, wen ich für dich aussuche.«

»Abgemacht.« Mette sprang auf und hielt ihm die Hand hin. »Dann ist das unser Handel.«

»Das ist unser Handel.« Henric schlug ein. Er lächelte schwach. »Ich hoffe, du weißt, dass man sich an Abmachungen hält.«

»Solange du dich an deine hältst, werde ich das auch tun.« Mette zog die Hand zurück.

Lübeck, Anfang November 1375

Ein steifer Wind fuhr zwischen den Bäumen hindurch und riss die letzten Blätter mit sich, die trudelnd durch die Luft tanzten. Kahle Äste reckten sich wie knochige Finger in den Himmel, der das typische Grau eines Novembertages zeigte.

Daniel blieb stehen und schaute missmutig über den Weg hinaus in die Ferne, wo er inzwischen deutlich Lübeck ausmachen konnte mit seinen zahlreichen Kirchtürmen und den beiden Flussarmen, die es umschlossen hielten wie eine Mutter ihr Kind. Einen Teil der Strecke hatte er auf Fuhrwerken mitfahren können, doch in den letzten Tagen hatte ihn das Glück verlassen. Je näher er seinem Ziel kam, desto langsamer ging es voran, sodass er sich schon fragte, ob es Zufall sein konnte oder ob irgendeine höhere Macht verhindern wollte, dass er Lübeck erreichte. Vielleicht scheute er sich auch selbst vor der Ankunft, schließlich bedeutete Lübeck nicht nur Henrics warmes Herdfeuer, sondern auch Christine, der er sich geschworen hatte aus dem Weg zu gehen. Doch das war inzwischen mehr als fünf Jahre her.

Humpelnd setzte er sich wieder in Bewegung und verfluchte in Gedanken seine Schuhe. Nicht einen Fetzen Haut hatte er noch an den Füßen, der nicht voller Blasen oder aufgescheuert war. Wenn er erst in Lübeck war, würde er keinen Schritt mehr tun, schwor er sich, und wenn er sich tragen lassen musste.

Es schien Markttag zu sein, die Brücke zum Stadttor war vollgestopft mit Karren und blökendem Vieh, und Daniel atmete erleichtert auf, als er endlich das Tor passiert hatte und dem Gedränge entkommen konnte. Schnaufend humpelte er durch die Straßen, fragte sich durch in Richtung Marienkirche, die Henric ihm in dem Brief genannt hatte. Lübeck war groß, größer als Bremen, und es trug seinen Wohlstand offen zur Schau. Noch nie hatte Daniel so viele und vor allem so große Dielenhäuser aus Backstein gesehen, eines prächtiger als das andere, säumten sie die Straßen und hoben ihre Giebel majestätisch gen Himmel.

Schließlich stand er vor dem Haus, das Henrics sein musste. Die Fensterläden waren geöffnet, und Stimmen drangen hinaus auf die Straße, dazwischen ein fröhliches Lachen, das Daniel zu seiner Verwunderung als Mettes erkannte.

Als er klopfte, verstummten die Stimmen für einen Moment, dann hörte er leichte Schritte und die Tür wurde aufgerissen.

Mette öffnete den Mund, als wolle sie etwas sagen, doch die Worte schienen ihr im Hals steckenzubleiben. Ungläubig starrte sie ihn an.

»Gott zum Gruß, Mette.« Er lächelte zaghaft. »Lässt du mich herein?«

»Daniel!« Mette stieß einen spitzen Schrei aus und flog ihm um den Hals. »Was machst du denn hier?«, fragte sie, nachdem sie sich wieder von ihm gelöst hatte und ihn ausgiebig musterte, ohne seine Arme loszulassen.

»Ich habe ihn gebeten, zu kommen«, erklang Henrics Stimme hinter ihr. Lächelnd lehnte er in der Tür. »Willkommen zu Hause, Daniel.«

»Danke für deine Einladung«, sagte Daniel beklommen, während er sich von Mette löste, um seinen Bruder flüchtig zu umarmen. Die vergangenen Jahre waren nicht folgenlos an Henric vorbeigegangen. Zwar waren seine Haare voll wie eh und je und hatten immer noch das kräftige Dunkelbraun, das auch ihre Mutter gehabt hatte, doch sein Gesicht wirkte hagerer, schärfer. Er hatte einiges von der Weichheit und dem Träumerischen verloren, aber das stand ihm gut. Er wirkte entschlossener und erwachsen.

»Komm herein«, forderte ihn Henric auf und lächelte. »Du musst müde und ausgehungert sein nach der Reise.«

Dankbar folgte Daniel Henric in die Diele, die überraschend groß war. Der Duft nach Fleischbrühe und frischem Brot hing in der Luft und ließ Daniels Magen augenblicklich knurren. An der Kochstelle stand eine hagere Magd mit Pferdegesicht, die ihm grüßend zunickte, ehe sie sich wieder dem Topf zuwandte. Henric schien es tatsächlich gut ergangen zu sein, seit er Bremen verlassen hatte, stellte Daniel bewundernd fest. Offensichtlich hatte er als Kaufmann seine Bestimmung gefunden.

»Ist Christine nicht da?«, fragte er möglichst beiläufig, während er seinen Mantel ablegte und sich mit einem Seufzer auf die Bank fallen ließ. Er sollte eigentlich die Schuhe ausziehen und die Verletzungen versorgen, ehe sie sich entzündeten, doch das würde bedeuten, noch einmal aufstehen zu müssen, also beschränkte er sich darauf, die schmerzenden Füße auszustrecken.

»Sie kommt jeden Moment zurück. Sie ist auf dem Markt«, erklärte Henric und setzte sich ebenfalls. Er schmunzelte. »Seit sie Vater nicht mehr im Nacken hat, führt sie den Haushalt viel sicherer. Und sie ist sparsam.«

»Die richtige Gemahlin für einen aufstrebenden Kaufmann.« Daniel verzog die Lippen zu einem missglückten Grinsen, wurde aber sofort wieder ernst. »Entschuldige, ich bin müde und rede Unsinn.«

»Wie war die Reise?«, erkundigte sich Henric. Er schien Daniels Bemerkung einfach zu übergehen.

»Gut – und anstrengend. Ich weiß kaum noch, wie ich es damals bis Bologna und wieder zurück geschafft habe. Das müssen andere Füße gewesen sein. Ein schönes Haus übrigens.« Bewundernd schaute er sich um. »Genug Platz für einen anständigen Haushalt und einen Stall voller Kinder.«

»Auf die Kinder warten wir immer noch.« Henrics Lächeln geriet für einen kurzen Moment schief.

»Dafür haben wir genug Platz, dass du hier wohnen kannst, solange du willst. Du bist mir stets willkommen.«

»Danke, aber wenn ich länger in Lübeck bleibe, möchte ich mich lieber nach einer eigenen Unterkunft umschauen.« Daniel lächelte entschuldigend. Er hatte unterwegs lange darüber nachgedacht, und es erschien ihm so am sinnvollsten. »Ich will dir nicht mehr als nötig auf der Tasche liegen. Schließlich bin ich Arzt und kann mir meinen Unterhalt selbst verdienen.«

»Indem du im Spital arbeitest?« Henric hob eine Augenbraue.

»Im Spital oder woanders.« Daniel zuckte mit den Schultern. »Ich kenne Lübeck nicht. Aber krank werden die Menschen hier wie dort.«

»Vorerst bleibst du erst einmal hier«, bestimmte Henric, und verstummte dann, als die Tür sich öffnete.

Die Frau, die die Diele betrat, trug einen Mantel gegen die Kälte und eine Kapuze über dem Schleier, aber auch in hundert Jahren und unter Schichten von Sackleinen hätte Daniel Christine erkannt. Sie stutzte kurz, übergab der jungen Magd den Korb und kam dann zu ihnen, ruhigen Schrittes, als hätte sie erwartet, ihn hier zu sehen.

»Daniel«, lächelte sie freundlich. »Seid gegrüßt. Henric hat mir erzählt, dass Ihr kommen würdet.«

»Er hat mich darum gebeten«, antwortete Daniel, während er zu ihr hochschaute. Sie war noch genauso schön, wie er sie in Erinnerung hatte, eine zerbrechliche Nymphe, deren Bewegungen von göttlicher Anmut begleitet schienen. Nur ihr Gesicht wirkte ein wenig blass unter dem Schleier, und ihre Augen blickten unruhig.

»Er hat Sorge, dass ich mich verloren fühle, wenn er fort muss.« Ihr Mundwinkel zuckte amüsiert bei dem Blick auf ihren Ehemann. Sie legte den Mantel ab und setzte sich zu ihnen. »Hat man Euch einfach so gehen lassen in Bremen?«

»Der Bischof hat derzeit keinen Bedarf für mich. Dafür umso mehr für meine Pfründe.« Daniel hob kurz die Schultern, um die Beklommenheit abzustreifen, die ihn in dem Moment befallen hatte, da sie den Raum betreten hatte. Er fragte sich, ob sie ihm nachtrug, was zwischen ihnen vorgefallen war, sie ließ sich zumindest nichts anmerken. »Jedenfalls bin ich zurzeit mittellos, beim Domkapitel nicht gelitten und hatte die Wahl, Albrecht als eine Art besserer Bader zu dienen und mir den Hintern abzufrieren oder Henrics Angebot zu folgen. Die Wahl ist mir nicht schwergefallen. Offensichtlich spürt Henric, wenn man ihn braucht.«

»Ich brauche dich ja ebenso«, gab Henric zurück. »Wem sollte ich meine Frau und mein Geschäft besser anvertrauen als meinem Bruder?«

Christine lächelte flüchtig und schob eine Haarsträhne zurück, die sich unter ihrem Schleier gelöst hatte. »Wenn Ihr aus Bremen kommt … habt Ihr etwas von meinem Vater gehört?«, fragte sie Daniel.

»Nicht viel.« Daniel zögerte, entschied dann aber, dass es besser war, wenn sie die Wahrheit kannte. »Er ist krank. Seit einiger Zeit, soweit ich weiß. Allerdings war ich nicht viel in Bremen in den letzten Jahren.«

Christine nickte schwach. »Ich sollte ihm schreiben«, murmelte sie.

»Ich würde dich gern einigen Leuten vorstellen«, wandte sich Henric an Daniel, als wolle er rasch ablenken, ehe sie das Thema noch weiter vertieften. »Du bist dir sicher, dass du wirklich nicht bei uns wohnen willst?«

»Nein.« Daniel schüttelte entschieden den Kopf, schickte aber einen dankbaren Blick hinterher. »Sei mir nicht böse, aber das hier ist dein Leben. Wenn ich als Arzt arbeiten will, brauche ich meinen eigenen Raum. Und ich denke, es geht hier nicht immer so ruhig zu wie heute, oder?« Er deutete mit dem Kopf in Richtung Kontor.

»Habt ihr schon an das Haus in der Mengstraße gedacht?«, schlug Christine zaghaft vor und sah Henric an.

»Eine gute Idee«, nickte Henric. »Dort haben wir gewohnt, ehe ich das hier gekauft habe. Es ist nicht groß, aber für den Anfang sollte es reichen. Doch nun iss erst einmal und ruh dich aus. In der Nähe gibt es ein nettes Badehaus mit hübschen Mägden, die dich wieder herrichten können. Sonst überlege ich mir noch, ob ich dich heute Nacht wirklich hier schlafen lasse oder nicht lieber draußen bei den Hühnern.«

Zwei Tage später

Als sie die Stufen zum Ratskeller hinabstiegen, war Daniel dankbar, dass Henric darauf bestanden hatte, ihm auch ein neues Hemd und Beinkleider zu kaufen. Zwar stand er, da Henric ihm tatsächlich das Haus in der Mengstraße überlassen und obendrein noch ein paar Möbel für ihn in Auftrag gegeben hatte, schon tief in dessen Schuld, doch mit seinen alten Sachen wäre er sich unter den kostbar gekleideten Ratsherren vorgekommen wie ein Bettler.

Die Männer schauten auf, als sie sich dem Tisch näherten. Ein älterer Patrizier mit grauem Bart hob grüßend seinen Krug.

»Da seid Ihr ja endlich, Suterman!«, rief er. »Ich hörte, Karsbek hat Euch hochkant rausgeworfen?«

»Gott zum Gruß. Ja, hat er.« Henric trat an den Tisch und nickte den versammelten Ratsherren grüßend zu. »Er hat mir sogar gedroht, seinen Hund und seine Knechte auf mich zu hetzen.«

»Gütige Mutter Gottes, was habt Ihr denn angestellt!«, rief ein anderer Kaufmann lachend aus. »Habt Ihr ihm saures Bier verkauft? Oder war es wieder vergammelter Hering?«

»Der Hering, den ich ihm übergeben habe, war nicht vergammelt. Und nein, es ging um meine Schwester. Ich habe Odo Karsbek gefragt, ob er sich vorstellen kann, seinen jüngsten Sohn mit ihr zu verheiraten.«

»Diesen Herumtreiber? Seid froh, dass er Euch rausgeworfen hat! Mit dem Jungen hättet Ihr nur Ärger gehabt. Setzt Euch«, der Kaufmann klopfte auffordernd auf den Stuhl neben sich. »Wir haben uns schon gefragt, wo Ihr bleibt.«

»Ich habe meinem Bruder seine neue Bleibe gezeigt«, antwortete Henric und deutete auf Daniel, der neben ihm stehengeblieben war und unschlüssig in die Runde blickte.

»Das ist also Euer Bruder.« Der Ältere stützte den Ellenbogen auf der Tischplatte auf und musterte Daniel interessiert. »Ihr seid aus Bremen gekommen, richtig?«

»Vor zwei Tagen«, bestätigte Henric, ehe Daniel etwas erwidern konnte, und setzte sich zu den anderen an den Tisch. Dankend nahm er den Becher entgegen, den man ihm reichte. Mit einer Kopfbewegung bedeutete er Daniel, sich zu ihnen zu gesellen.

Daniel zwang sich zu einem unverbindlichen Lächeln und ließ sich auf der Bank nieder. Seine Augen glitten über die fremden Gesichter, während Henric ihm die einzelnen Kaufleute vorstellte. Das also war Henrics Welt, die ihr Vater immer erstrebt und erst mit Grootehus' Tod erreicht hatte. Henric hatte nicht erst über eine Leiche hinwegsteigen müssen, und doch klopften ihm die Ratsmänner wohlwollend auf die Schulter. Vermutlich würde es nicht lange dauern, bis ihm ein Sitz im Rat angetragen wurde. Daniel fühlte einen Stich bei der Erkenntnis, wie sehr das Schicksal seinen Bruder begünstigte, doch er vertrieb den Gedanken sofort wieder. Wenn jemand Gottes Wohlwollen verdient hatte, dann Henric.

»Und Ihr seid Arzt?«

Daniel lächelte schnell. »So ist es. Ich habe in Bologna Medizin studiert und habe vor, mich hier niederzulassen, solange Henric mich braucht.«

»Bologna.« Der Mann, den Henric ihm als Johannes Perzeval vorgestellt hatte, nickte anerkennend. »Es ist gut, einen richtigen Arzt in unseren Mauern zu wissen. Außer Euch gibt es nur den Juden Abraham. Der versteht zwar sein Handwerk, aber wenn ich die Wahl habe, gehe ich doch lieber zu einem anständigen Christen.«

»Habt Ihr Euch schon das Heilig-Geist-Spital angesehen?«, erkundigte sich ein anderer, ein feister Mann mit rotglänzenden Wangen, dessen Namen Daniel als Johann Schepenstede verstand.

»Bedauerlicherweise noch nicht«, antwortete er entschuldigend. »Ich werde das in den nächsten Tagen nachholen. Zurzeit richte ich mich noch ein. Sobald alles fertig ist, stehe ich Euch mit meinen Künsten gern zur Verfügung.«

»Vielleicht könnt Ihr Euch jetzt schon nützlich machen.« Der ältere Patrizier, Jakob Pleskow, wenn Daniel nicht irrte, warf einen bedeutungsvollen Blick zu seinem Sohn. Der junge Mann schien unter den Augen seines Vaters zu schrumpfen. »Herman hat seit einer Woche eine Art Geschwür unter der Achsel, weigert sich aber, damit zum Bader zu gehen. Er ist der Meinung, es würde von alleine wieder verschwinden. Vielleicht könnt Ihr ein Auge darauf werfen und mir sagen, ob er recht hat oder ob ich befürchten muss, dass meinem Sohn in absehbarer Zeit der Arm abfault.«

»Ist es rot oder schwärzlich?«

Pleskow stieß den jungen Mann mit dem Ellbogen an.

»Rot«, wimmerte der. »Und es schmerzt, wenn ich den Arm hebe.«

»Ist es auch warm?«

»Ich glaube schon.« Der junge Pleskow warf einen unsicheren Blick zu seinem Vater.

Daniel seufzte. »Um Genaueres sagen zu können, müsste ich es sehen. Dazu müsstet Ihr Euch allerdings ausziehen.«

»Hier?« Der junge Pleskow wirkte nicht sehr begeistert.

»Natürlich hier«, donnerte sein Vater. »Dann können wir uns gleich ein Bild von Euren Künsten machen, Suterman.«

Daniel nickte ruhig und rutschte von der Bank. Geduldig wartete er, bis der junge Kaufmann den Gürtel gelöst und das Wams umständlich über den Kopf gezogen hatte. Sein Gesicht bot einen erbarmenswürdigen Anblick.

»Das reicht«, sagte Daniel und hielt seinen Arm zurück, als er auch das Hemd abstreifen wollte. »Hebt den Stoff hier an der Seite einfach ein wenig an.«

Der junge Pleskow tat wie geheißen, die Augen fest zusammengekniffen. Vorsichtig schob Daniel das Hemd hoch und hielt die Luft an, als ihm der Gestank nach kaltem Schweiß entgegenschlug. Ein Bad wäre eines der ersten Dinge, die er dem jungen Mann anraten würde, dachte er, während er vorsichtig über die gerötete Stelle strich. Pleskow zuckte zusammen und stieß einen leisen Schmerzenslaut aus.

»Ich fürchte, das muss in der Tat aufgeschnitten werden«, verkündete Daniel, als er sich wieder aufrichtete und dem jungen Kaufmann mit einem Wink zu verstehen gab, dass er sich wieder anziehen könne. »Es hat sich Eiter gebildet, der nicht abfließen kann. Wenn es nicht geöffnet wird, dringt es weiter in den Körper vor und vergiftet ihn von innen heraus. Ich komme heute Abend noch bei Euch vorbei. Und beim nächsten Mal lasst das besser gleich erledigen. Mit Ausflüchten macht Ihr alles nur noch schlimmer.« Der junge Kaufmann war leichenblass geworden, aber er nickte widerspruchslos.

Daniel wischte sich die Hände an seinem Hemd ab und nahm wieder am Tisch Platz. Pleskow beobachtete ihn dabei, den Kopf abgestützt. Ein Lächeln umspielte seine Lippen.

Henric wirkte zufrieden, als sie sich schließlich auf den Rückweg machten.

»Pleskow war sehr von dir angetan.«

»War er das?« Daniel schmunzelte. »Weil ich seinem störrischen Sohn das Gleiche erzählt habe, was er ihm auch schon gesagt hat?«

»Nicht nur das. Ich glaube, du hast ihm gefallen.«

»Das war wohl nicht schwer.«

Henric lachte auf. »Unterschätz Pleskow nicht. Er beobachtet genau, ehe er über jemanden urteilt. Du hast ihn sehr schnell von dir überzeugt.« Er wurde wieder ernst. »Das konntest du immer schon. Du hast eine Art, Menschen für dich einzunehmen, um die ich dich immer schon beneidet habe. Sie fressen dir aus der Hand.«

»Bislang hat mir das nicht viel genutzt.« Daniel seufzte. »Du siehst ja, wohin es mich gebracht hat.«

»Du bist Domherr. Und Arzt.«

»Ja, und mittellos.«

»Das ist nicht deine Schuld. Nehme ich zumindest an.«

Daniel lächelte schwach. Natürlich war es auch seine Schuld. Er hätte dem Domdekan nicht die Stirn bieten müssen, und wenn er sich mehr um die erzbischöflichen Fürze und weniger um die gebrochenen Gliedmaßen seiner Untergebenen gekümmert hätte, säße er wahrscheinlich heute noch in Bremervörde und müsste sich um sein Auskommen keine Sorgen machen.

»Es ist auch gleichgültig«, murmelte er. »Solange die Herren Patrizier ihre Wehwehchen zu mir tragen und mich dafür entlohnen, dass ich ihnen Wurmkraut und Theriak verordne, soll es mir recht sein.«

»Warum bleibst du nicht auf Dauer in Lübeck und heiratest eine ihrer Töchter?«

»Ich soll was?!« Daniel blieb abrupt stehen und starrte ihn an.

»Heiraten.« Henric hielt ebenfalls inne. »Du hast kein Gelübde abgelegt, es spricht doch nichts dagegen.«

»Ich habe nicht vor zu heiraten«, fuhr ihm Daniel eine Spur zu barsch über den Mund. »Und komm nicht auf die Idee, mich verkuppeln zu wollen.«

Henric schwieg betroffen, aber seine Wangen wurden mit einem Mal schlagrot und verrieten Daniel, dass er ins Schwarze getroffen hatte. Daniel seufzte. Sein Bruder war noch nie ein guter Lügner gewesen.

»Ist schon gut«, murmelte Daniel versöhnlicher. »Lass diese Dinge bitte mich entscheiden, ja? Ich weiß nicht einmal, ob ich überhaupt jemals heiraten will.«

»Entschuldige bitte. Ich wollte dich nicht … überrumpeln.«

»Es ist schon gut«, wiederholte Daniel und versetzte Henric halbherzig einen Knuff in die Rippen. »Vergessen wir das einfach.«

*

Das Haus war längst zur Ruhe gekommen, als Henric die Feder aus der Hand legte und sich mit einem tiefen Seufzer zurücklehnte. Er rieb die Nasenwurzel zwischen den Fingern, während er in Gedanken noch einmal durchging, was er heute Abend alles zusammengetragen hatte. Die Geschäfte liefen gut. Die Heringszeit war vorbei, der Fisch eingesalzen und verkauft, und er würde einen Brief an seinen Partner in Brügge schreiben, wegen der Laken, die er nach Visby und Riga bringen wollte. Wenn er im Frühjahr nach Nowgorod aufbrach, musste er alles geregelt haben, damit die Geschäfte weiterliefen, während er fort war. Morgen früh würde er erst einmal Johann Schepenstede und Johannes Perzeval aufsuchen und die Abrechnungen durchgehen. Damit hätte er wieder einen Teil der Kredite getilgt, die sie ihm bewilligt hatten. Es ging voran, schneller, als er bei seiner Ankunft in Lübeck zu hoffen gewagt hatte. Es war, als sei eine Last von ihm gefallen, nachdem er es endlich geschafft hatte, Bremen und seinen Vater zu verlassen.

Leise gähnend schob er den Deckel auf das Tintenfässchen, legte die Feder daneben und nahm den Kerzenleuchter auf. Das Licht warf unruhige Schatten an die Wände der Diele, als er das Kontor verließ und die steile Treppe zu den Schlafkammern hinaufstieg.

Zu seiner Überraschung war Christine noch wach. Sie saß auf der Bettkante und blickte durch die geöffneten Fensterläden hinaus in den Nachthimmel, der sich, von dichten Wolken durchzogen, über die Giebel der umliegenden Häuser spannte. Auf ihrem Schoß hatte sich leise schnurrend Federchen zusammengerollt, die sich während Henrics Abwesenheit einen Platz in ihrem Ehebett erkämpft hatte und nicht bereit war, diesen wieder zu räumen. Wenigstens sorgte sie dafür, dass sie keine Mäuse unter den Betten hatten.

»Du kommst spät«, sagte Christine leise und wandte sich ihm zu, die Fingerspitzen im Fell der Katze vergraben. »Hast du noch gearbeitet?«

»Ich bin die Abrechnungen durchgegangen«, murmelte Henric, während er den Gürtel und die Beinkleider löste und abstreifte. Fröstelnd schlug er die Arme um den Oberkörper und kroch rasch unter die Decke. Die Nächte waren kalt inzwischen, und es würde nicht mehr lange dauern, bis es den ersten Frost gab.

Mit einem leisen Seufzen hob Christine Federchen beiseite. Ihre Füße waren eisig, als sie zu Henric unter die Decke kroch.

»Bist du zufrieden?«, fragte sie leise, während er sich aufrichtete, um die Kerzen zu löschen.

»Womit?«

»Mit deinen Geschäften.« Er meinte sie im Dunkeln lächeln zu hören. »Du hast lange gebraucht.«

»Es war viel.« Henric seufzte müde und ließ sich zurück auf die Matratze sinken, streckte die Arme über den Kopf. »Es sieht gut aus.«

Christine schwieg, aber er konnte spüren, dass seine Antwort sie nicht zufriedenstellte. »Du hast Daniel das Haus gezeigt?«, wechselte sie das Thema. »Gefällt es ihm?«

»Er schien angetan. Jetzt müssen nur noch Möbeln gezimmert werden, dann kann er einziehen.«

»Er braucht eine Magd oder jemanden, der ihm den Haushalt führt.«

»Ich werde Marieke beauftragen, sich darum zu kümmern. Sie ist ein gutes Mädchen«, sagte er leise. »Ich war übrigens bei Odo Karsbek.«

»Karsbek?« Christine hob überrascht den Kopf. »Was wolltest du von ihm?«

»Mette hat mich gebeten, ihn zu fragen, ob er seinen jüngsten Sohn mit ihr verheiratet. Er hat mich hinausgeworfen.«

»Das hätte ich dir gleich sagen können.« Mit einem leisen Seufzer ließ Christine den Kopf wieder sinken. »Jan Karsbek ist es also.«

»Sie wird ihn sich aus dem Kopf schlagen müssen.«

Christine lächelte matt. »Du kennst deine Schwester. Sie ist ein wenig wie euer Vater, vielleicht nicht so bösartig, aber ebenso beharrlich. Und du bist zu weich, um ihr lange Widerstand zu leisten.«

Henric brummte etwas, schwieg aber. »Ich werde mich nach einem geeigneten Ehemann für sie umschauen«, murmelte er dann. »Am besten noch, ehe ich aufbreche.«

Christine schien zu nicken, und er spürte, wie ihre Hand die Decke hinabglitt zu der Katze, die es sich zwischen ihnen bequem gemacht hatte und nun leise zu schnurren begann. Einen Moment lang dachte Henric darüber nach, ob er heute Nacht einmal wieder seine ehelichen Rechte einfordern sollte. Er war nicht blind und spürte, dass Christine sich ihm eher aus Pflichtgefühl als aus Leidenschaft hingab. Er würde sie auch lieber in Ruhe lassen, wenn er nicht immer noch darauf hoffen würde, dass sie doch noch eines Tages einen Erben zur Welt brächte.

»Hast du eigentlich schon darüber nachgedacht, wer dein Geschäft in der Zwischenzeit führen soll?«, fragte sie nach einer Weile, in der sie stumm nebeneinander gelegen hatten. »Es ist freundlich von Daniel, dass er uns helfen will, aber er ist kein Kaufmann.«

»Muss er auch nicht sein«, brummte Henric und drehte sich zur Seite, sodass er Christine den Rücken zuwandte. »Ich wollte dir die Verwaltung überlassen.«

Einen Moment lang schien sie sprachlos, dann spürte er ihre Hand, die zaghaft seine Schulter berührte.

»Ist das dein Ernst?«, flüsterte sie ungläubig.

»Du hast oft genug betont, dass du dich mit der Arbeit im Kontor auskennst«, murmelte er, ohne sich umzudrehen. »Ich werde alles regeln, dass du möglichst wenig Aufwand damit hast. Meine Partner werden Bescheid wissen.«

Einen Moment war es still, dann hörte er den Stoff rascheln und spürte, wie sie sich über ihn beugte.

»Danke«, hauchte sie und küsste ihn auf die Wange, sacht

nur, aber die Berührung ließ Henric erstaunt aufblicken. Im Dunkeln konnte er ihr Lächeln nur erahnen.

»Du musst mir nicht danken«, murmelte er. »Ich bin ja nur ein paar Monate fort. Wenn alles glattläuft, bin ich im Herbst wieder zurück.«

Bremen, November 1375

Fluchend zog Lambrech den Mantel über den Kopf und stolperte die Straße entlang, die sich längst wieder in einen Sumpf aus Pfützen und Schlamm verwandelt hatte. Das Licht seiner Laterne warf nur einen schwachen Lichtkegel, kaum genug, um zu sehen, wohin er trat. Nicht, dass das noch einen Unterschied gemacht hätte. Lambrech hielt einen Moment inne und kniff die Augen zusammen, während ihm das Wasser über Hut und Kragen den Hals entlangrann und sich irgendwo unter dem Hemd verlor. Alles um ihn herum schwankte, als befände er sich nicht in einer verregneten Gasse, sondern auf den Planken eines Schiffs, das von der Dünung sanft auf und ab geschaukelt wurde. Vermutlich war es kalt, kam ihm in den Sinn, doch davon spürte er nichts. Ihn wärmten das sanfte Glühen des Würzweins, den Merck allzu reichlich ausgegeben hatte, und der Nachklang der Leidenschaft, die die Hure mit ihren geschickten Finger in ihm geweckt hatte. Es wäre wohl ein rundum gelungener Abend geworden, wenn nicht ausgerechnet jetzt ein Regenguss über die Stadt niedergehen würde, als wollte Gott das sündige Treiben kurzerhand von den Straßen spülen.

Er hatte keinen trockenen Fetzen Stoff mehr am Leib, als er schließlich das Haus erreichte. Unwillig strich er sich das Wasser aus dem Gesicht, während er mit ungeschickten Fingern die Tür öffnete und hineinstolperte.

Es war warm in der Diele, seit er einen weiteren Kachelofen gekauft und angeordnet hatte, ihn Tag und Nacht am Laufen zu halten. Das Ding hatte zwar ein Vermögen verschlungen, aber das war es Lambrech wert, solange ihm seine Handelspartner den Gefallen taten, vor Neid zu erblassen.

»Dirte!«, brüllte er mit schwankender Stimme nach der Magd. »Wo steckst du, faules Stück? Mach mir heißes Wasser!«

»Sie ist oben bei Eurer Gemahlin«, tönte eine Stimme vom Kontor.

Lambrech blinzelte, brauchte einen Moment, ehe er im schwachen Licht der Talglampen Hinnert erkannte, der in der Tür zur Dornse stand, die Arme vor der Brust verschränkt.

»Was hat das Weib denn schon wieder?«, murrte Lambrech, während er die nassen Klamotten abstreifte.

»Sie hat sich einen bösen Husten eingefangen. Seit drei Tagen übrigens«, setzte Hinnert mit ruhiger Stimme hinzu. Sein Bärtchen schien leicht zu zittern.

»Dann soll sie einen Arzt rufen.« Endlich hatte Lambrech es geschafft, seinen Gürtel zu lösen, der sogleich neben dem Mantel auf dem Boden landete. Was kümmerte ihn dieses farblose Geschöpf, das offensichtlich nicht einmal in der Lage war, ihm einen Erben zu gebären? Seit Monaten schon hatte er es vermieden, ihr Bett zu teilen, und sich stattdessen lieber an Godekes dralle Bademägde gehalten.

»Was machst du eigentlich noch hier?«, fragte er ungehalten und nestelte an den Verschnürungen seiner Beinkleider herum, die nass und klamm an seinen Beinen klebten.

»Ich habe auf Euch gewartet. Prindeney war hier.«

»Und?« Prindeney hatte ihm gerade noch gefehlt. Seit letzten Monat zwei Koggen in einem Unwetter gesunken waren und die komplette Ladung dabei verlorengegangen war, lag er ihm wegen der Verluste in den Ohren. Dabei hatten sie diese Dinge vorher einvernehmlich geregelt, nur war Prindeney offensichtlich zu betrunken gewesen, um sich an Einzelheiten zu erinnern. Zum Glück hatte Lambrech ihr Abkommen schriftlich festgehalten, mit Prindeneys krakeliger Unterschrift darunter. Was den Patrizier nicht davon abhielt, es anzuzweifeln.

»Er hat wegen der Abrechnungen nachgefragt.« Hinnerts

Stimme klang ruhig, doch seine Lider flackerten, wie immer, wenn ihm etwas nicht gefiel, er das aber nicht aussprechen wollte. »Er erwartet, dass Ihr Euch morgen bei ihm meldet.«

»Da kann er lange warten«, brummte Lambrech. »Soll er sich an die Schiedsmänner wenden. Ich habe seine Unterschrift, das reicht, um jede Klage abzuschmettern.«

»Da ist noch etwas anderes.« Hinnert zog eine Wachstafel aus dem Ärmel hervor, die mit einem Lederband umschlungen und mit einem Siegel verschlossen war. »Das ist vorhin für Euch abgegeben worden. Aus Lübeck.«

»Lübeck?« Mit einem Mal war Lambrech hellwach. »Gib her«, raunzte er und hielt Hinnert auffordernd die Hand hin.

»Das Siegel sieht aus wie das eines Adligen«, bemerkte der Schreiber, ohne die Neugierde in seiner Stimme zu unterdrücken.

»Manche Kaufleute legen darauf Wert.« Lambrech verfluchte seine Trunkenheit, während er mit ungeschickten Fingern versuchte, das Wachs zu brechen. Ihm schwindelte, und er sehnte sich nach nichts mehr als nach seinem Bett, aber das musste warten. Er hatte das Siegel sofort erkannt und ahnte, dass der Inhalt nichts mit dem üblichen Geschäftsgeplänkel zu tun haben würde.

Die Schrift verschwamm vor seinen Augen, während er die wenigen Zeilen überflog. Ein zufriedenes Grinsen zuckte in seinen Mundwinkeln, als er die Tafel sinken ließ.

»Du wirst morgen früh nach Lübeck aufbrechen«, verkündete er Hinnert, der immer noch an den Türrahmen gelehnt stand und ihn beobachtete. »Du reist auf dem schnellsten Weg und hältst dich von Bekannten fern. Halbbein-Jannes soll dich begleiten. Ich werde dir Geld geben, das du Odo Karsbek aushändigst, und nur ihm. Verstanden?«

Hinnert nickte leicht. »Es geht um Henric, nehme ich an?«

»Henric will nach Nowgorod. Und Karsbek hat jemanden gefunden, der uns helfen kann, ihm das Genick zu brechen. Du wirst sehen, er wird noch winseln, dass ich ihn wieder bei mir aufnehme.«

Nowgorod, Anfang Mai 1376

»Und, entspricht Nowgorod Euren Erwartungen?«

Henric schwang sich von dem Wagen und streckte den Rücken durch. Die letzten Tage auf unebenen Wegen auf einem Ochsenkarren waren ihm durch Mark und Bein gegangen. Mehr als einmal hatte er sich gewünscht, das holprige Gefährt gegen die schwankenden Planken einer Kogge eintauschen zu können.

»Das kann ich noch nicht beurteilen. Vielleicht, wenn Ihr mir etwas mehr von der Stadt gezeigt habt«, antwortete er dem untersetzten Kaufmann, der ihm nachfolgte und vorsichtig von dem Bock kletterte. Johann Warendorps hieß er, aus der einflussreichen Sippe der Warendorp, ein rotwangiger, schweinsnasiger Mann, dem auch die übelsten Widrigkeiten der Reise nicht die gute Laune verderben konnten. Sie hatten sich zufällig in Riga getroffen und beschlossen, die Reise gemeinsam fortzusetzen, um sich die Transportkosten zu teilen.

Der Hof der Hansekaufleute, der nach der Kirche Peterhof hieß, war ein eigenes, von einer Holzpalisade umgebenes Viertel. Es verfügte nur über ein einziges Tor, an dem jetzt am frühen Nachmittag ein stetes Kommen und Gehen herrschte. Die russischen Fuhrknechte hatten die Karren bis auf den Platz vor die Peterskirche gefahren und hockten nun abwartend auf dem Bock.

»Ich zeige Euch schon alles, was man kennen muss. Kommt, lasst uns erst einmal sehen, dass wir ein paar Tragknechte finden, damit wir das Zeug abgeladen bekommen«, schlug Warendorp vor und klopfte auf die in Wachstuch eingeschlagenen Ballen. »Die beiden Wilden da warten nur darauf, dass sie endlich wegkönnen und sich ihren Ausflug in die Stadt mit ein paar Krügen von ihrem Fusel versüßen. Davon solltet Ihr übrigens die Finger lassen, Suterman. Man muss wohl als einer dieser Rus geboren sein, um das Zeug zu vertragen. Mir hat's beim letzten Mal den Rachen und den Bauch weggebrannt und einen Schiss beschert, dass ich drei Tage nicht aufstehen konnte.«

»Ich werde es berücksichtigen«, schmunzelte Henric und sah sich um. »Wo können wir die Waren denn lagern?«

»Der heilige Petrus wacht über alles.« Warendorp deutete mit einem breiten Grinsen auf die Kirche, die im Gegensatz zu den anderen Gebäuden ganz aus Stein errichtet worden war. »Da drinnen. Zumindest so lange, bis wir einen Lagerschuppen haben. Da findet Ihr übrigens auch die Waage und alles, was so an Schriftkram nötig ist. Ja, wir rücken eng zusammen hier in Nowgorod«, lachte er und winkte Henric, ihm zu folgen. »Wenn's hochkommt, sind vielleicht zweihundert Kaufleute mit ihren Helfern hier. Im Sommer etwas mehr, im Winter etwas weniger.«

Henric nickte. Er wusste, dass sich die Nowgorodfahrer in Sommer- und Winterfahrer unterschieden, die jeweils nur für eine Handelssaison hierbleiben durften, ehe sie in ihre Heimatstädte zurückkehrten. Er selbst hatte von vornherein nicht vor, länger als notwendig zu bleiben. Wenn alles gut lief, würde er für die folgenden Jahre Partner finden, die die Fahrten an seiner Stelle unternahmen, sodass er die Geschäfte von Lübeck aus führen konnte.

»Passt auf, Suterman.« Warendorp war stehengeblieben und legte ihm die Hand auf die Schulter, was ein wenig seltsam wirkte, da der Kaufmann fast eineinhalb Köpfe kleiner war als Henric. »Wir bringen unsere Waren sicher unter, melden uns beim Ältermann und anschließend zeige ich Euch die Stadt. Dafür zahlt Ihr später das Bier im Gasthaus. Was meint ihr?«

Eigentlich war Henric überhaupt nicht danach. Er wusste inzwischen, dass ein Abend mit Warendorp lang werden konnte.

Alles in ihm sehnte sich danach, endlich in Ruhe zu schlafen und sich keine Sorgen mehr zu machen – außer über die Tatsache, ob die Decke zu dünn war für den russischen Frühling. Aber wahrscheinlich hätte er Warendorp damit verärgert, und außerdem sollte er die Gelegenheit nutzen, die Stadt kennenzulernen. Gleich morgen würde er anfangen müssen, nach Abnehmern zu suchen für seine Laken und die Silberbarren, die er die ganze Reise über wie seinen Augapfel gehütet hatte, um von dem Geld dann Pelze und Wachs aufzukaufen.

»Also gut«, seufzte er und rollte langsam die schmerzenden Schultern. »Ich zahle das Bier und Ihr zeigt mir alles.«

»Abgemacht!« Warendorp hielt ihm die Hand hin, und Henric schlug ein.

»Na also! Euer erstes Handelsabkommen in Nowgorod«, griente Warendorp und packte seine Schulter, um ihn in Richtung Kirche zu schieben. »Trinken wir darauf, dass noch viele folgen.«

Als sie später im Wirtshaus saßen, fühlte Henric sich von Kopf bis Fuß zerschlagen. Am liebsten wäre er gleich in dem Badehaus geblieben, auf das Warendorp ihn im Vorbeigehen hingewiesen hatte.

Der Lübecker kannte sich tatsächlich gut in Nowgorod aus und wusste zu allem eine Geschichte zu erzählen, die er entweder selbst oder ein naher Freund oder Verwandter erlebt haben wollte. So hatte Henric erfahren, dass es außer der Kirche, den Lagerschuppen und den hölzernen Wohnhäusern einige Läden, eine Bäckerei, eine Krankenstube und sogar ein Gefängnis im Peterhof gab. Natürlich hatte Warendorp ihm auch das Brauhaus gezeigt, wo die Kaufleute ihr eigenes Bier herstellten, anstatt es auf den umständlichen Handelswegen hierherzuschaffen.

Anschließend waren sie durch die Stadt geschlendert, die beherrscht wurde von den Höfen der Bojaren, burgähnliche, von hölzernen Palisaden umgebene Anwesen. Mit den Rus müsse man lernen umzugehen, dann seien sie friedlich und gute Handelspartner, hatte Warendorp ihm unterwegs erzählt. Besonderer Beliebtheit erfreuten sich hier vor Ort feinere Waren für die Oberschichten, hatte er ausgeführt, gefärbtes Tuch, Wein und Glas, die viel Geschick beim Transport erforderten, dafür aber rasch Abnehmer fänden.

Als Warendorp dann noch angefangen hatte, ihm die Wahl der Ältermänner und die Schra, die Hofordnung von Nowgorod, zu erklären, hatte Henric freundlich abgewinkt. Ihm brummte der Kopf, sodass er heilfroh gewesen war, als sie endlich das Wirtshaus erreicht hatten und tatsächlich noch einen Platz in der vollen Schankstube fanden.

Auch wenn der Schinken zu salzig und das Brot zu trocken war, hatte Henric nach den Strapazen der letzten Tage das Gefühl, noch nie zuvor etwas so Köstliches gegessen zu haben. Mit einem zufriedenen Seufzer lehnte er sich schließlich zurück, streckte die Beine aus und schaute müde durch den Schankraum, während er mit einem Ohr Warendorp lauschte, der über die Beschaffenheit der verschiedenen Pelzarten sprach und woran man minderwertige Waren erkennen könne.

»Ihr müsst aufmerksam sein, Suterman, sonst seid Ihr Euer Geld schneller los, als Ihr Ave Maria sagen könnt«, schloss er mit einem bekräftigenden Nicken und legte den Kopf in den Nacken, um den letzten Rest aus seinem Becher zu leeren. »Warum handelt Ihr eigentlich nur Pelze?«

Henric zuckte träge mit den Schultern und langte nach seinem Bier. »Pelze, Honig, Wachs, Häute … Ich werde sehen, was sich ergibt.«

»Auch Bernstein?«

Henric lachte auf. »Mein Vater hat davon geträumt, das ganze Reich mit Bernstein zu beliefern. Ich lasse lieber die Finger davon.« Schmunzelnd nippte er an dem Bier, das überraschend gut schmeckte. »Außerdem obliegt der Handel mit Rohbernstein dem Deutschen Orden, wenn ich das richtig gehört habe. Ich habe nicht vor, mich mit den Kreuzrittern anzulegen, wenn ich durch das Ordensland zurückreisen muss.«

»Es gibt Möglichkeiten, das Bernsteinregal zu umgehen. Man muss nur wissen, wie man es geschickt anstellt. Ihr könnt ein Vermögen damit machen.«

»Und mir eine Menge Ärger einhandeln. Nein danke.« Henric ließ erneut den Blick durch den Schankraum wandern. »Als ich Bremen verlassen habe, habe ich mir geschworen, ehrlich mein Geld zu verdienen. Damit bin ich bislang nicht schlecht gefahren.«

»Kaum ein Kaufmann kann es sich leisten, ehrlich zu sein«, bemerkte Warendorp überraschend trocken. »Man wird Euch schneller übers Ohr hauen, als Euch lieb ist.«

»Und wenn, dann muss ich eben sehen, dass ich wieder auf die Beine komme.« Henric stutzte, blinzelte in das dämmrige Licht. »Das ist doch …«

Ohne auf Warendorps fragenden Blick einzugehen, stellte Henric seinen Becher ab und erhob sich, um an einen der Nachbartische zu treten.

»Thade Petersen?«

Der Angesprochene hob überrascht den Kopf und runzelte die Stirn. Er schien einen Moment zu brauchen, um Henric zu erkennen, dann sprang er mit einem erfreuten Ausruf auf.

»Henric! Wie kommst du hierher?« Er fasste Henrics Schultern. »Bist du etwa unter die Nowgorodfahrer gegangen?«

»Sonst wäre ich kaum hier.« Henric lächelte schief, während er Thade betrachtete. Er kannte Christines Oheim nur flüchtig von dessen Besuchen in Bremen und wusste nicht viel mehr über ihn, als dass Christine ihn sehr schätzte, er aber im ständigen Streit mit seinem Bruder stand und sich deshalb nicht eben oft in Bremen aufhielt. Die vielen Reisen schienen ihm jedoch gut zu tun. Die Falten um seine Augen waren ein wenig tiefer geworden, und die wenigen Haarbüschel grauer, aber ansonsten wirkte er immer noch so gesund und kräftig, wie Henric ihn in Erinnerung hatte.

»Komm, setz dich zu uns.« Thade deutete auf einen freien Stuhl an dem Tisch. »Du musst mir unbedingt erzählen, wie es Christine geht. Hat sie dir mittlerweile einen Sohn geschenkt? Oder bist du zu den Rus geflohen, weil es dir in deinem eigenen Haus zu laut wurde?« Erwartungsvoll sah er ihn an.

»Nein, leider nicht«, schüttelte Henric den Kopf. »Aber Christine ist noch jung. Irgendwann wird Gott unsere Gebete erhören. Ich bin nicht alleine hier«, fügte er zögerlich hinzu und warf einen Blick zu Warendorp, der neugierig zu ihnen hinüberschaute.

»Dann setze ich mich zu euch. Wir haben ohnehin alles besprochen, was es zu besprechen gibt«, sagte er und nickte den Kaufleuten grüßend zu, ehe er seinen Krug nahm und Henric zu dem Tisch neben dem Feuer folgte. Henric stellte Warendorp vor, der Thade unverhohlen musterte.

»Ihr seid also mit Sutermans Gemahlin verwandt.« Es war mehr eine Feststellung als eine Frage. »Aus Bremen, richtig? Dann habt Ihr eine weite Reise bis hierher zurückgelegt.«

Grinsend hob Thade die Schultern. »Ich bin lieber unterwegs, als in einer staubigen Schreibstube zu vermodern.«

»Verständlich.« Warendorp nickte zustimmend.

»Seit wann fährst du denn schon nach Nowgorod?«, erkundigte sich Henric.

»Seit drei Jahren. Es hat ein wenig gedauert, bis ich deinen Schwiegervater davon überzeugen konnte, es zu wagen.«

»Lohnt es sich?«

»Es geht. Aber nachdem dein Vater den Bergenhandel an sich gerissen hat, blieb meinem Bruder nichts anderes übrig, als auf andere Waren umzusteigen.«

Henric verzog betreten den Mund. Sein Vater ging anscheinend noch genauso rücksichtslos vor wie damals.

»Mein Bruder ist übrigens ernsthaft krank«, sagte Thade über Henrics Schweigen hinweg. »Christine ist seine Erbin. Du solltest dich beizeiten darum kümmern, dass ihr jemanden findet, der die Erbschaft für euch abwickelt, wenn ihr nicht selbst nach Bremen kommen wollt.«

»Ich spreche mit ihr, wenn ich zurück bin«, versprach Henric. »Vermutlich wird Christine ihn sehen wollen.«

»Dann sollte sie sich beeilen«, sagte Thade knapp, lächelte dann aber wieder. »Da ich dich hier noch nie getroffen habe, nehme ich an, dass du den ersten Sommer in Nowgorod verbringst?«

»Ja, und ich hoffe, dass nicht zu viele folgen müssen. Ich bin vor allem hier, um ein paar Verträge zu schließen und vertrauenswürdige Handelspartner zu finden.«

»Vertrauenswürdig? Die Rus?« Warendorp lachte auf. »Reich und leicht um den Finger zu wickeln, das sind sie. Aber vertrauen solltet Ihr ihnen nicht.«

»Vielen nicht, das stimmt.« Thade schaute Henric an. »Ich kenne allerdings einen Bojaren, den ich dir vorstellen könnte. Kein einfacher Mann, aber aufrichtig. Und einflussreich. So etwas darf man nicht außer Acht lassen. Wir gehen gleich morgen zu ihm.«

»Du hast doch sicher deine eigenen Geschäfte, um die du dich kümmern musst«, wandte Henric ein und wechselte einen kurzen Blick mit Warendorp, der ihnen interessiert zuhörte.

»Meine Geschäfte können einen Tag warten«, wischte Thade den Einwand beiseite. »Trinken wir lieber auf unser Wiedersehen. Da muss man erst ans Ende der Welt reisen, um von dir und Christine etwas zu hören.«

»Dann auf unser Wiedersehen«, stimmte Henric erleichtert ein. »Und auf die Hilfe, ohne die ich hier wohl aufgeschmissen wäre«, fügte er mit einem Blick auf Warendorp hinzu.

Der Kaufmann hob gönnerisch seinen Becher.

*

Am nächsten Morgen holte Thade Henric in seinem Quartier ab, das ihm der Ältermann für die Dauer seines Aufenthalts zugewiesen hatte. Über Nacht hatte es noch einmal gefroren, sodass die Dächer der Holzhäuser und der Peterskirche von feinem Raureif bedeckt waren wie von pudrigem Zucker, den man über die Schindeln gestäubt hatte. Fröstelnd schob Henric die Hände unter die Achseln und zog den Kopf tief in den Pelzkragen seines Mantels, während er Thade und seinem Gehilfen folgte.

»Man gewöhnt sich daran«, schmunzelte der Bremer, der eine Kappe aus dichtem Winterzobel trug. »Warte noch zwei oder drei Wochen, dann ist der Winter endgültig vorbei. Der Sommer hier ist herrlich, nicht so nass wie in Bremen.«

»Regen würde mir gerade noch fehlen.« Henric grinste schief. »Wo gehen wir eigentlich hin?«

»Zu Andrej Newski. Einem Bojaren mit reichlich Einfluss und Geld. Übrigens ein entfernter Nachkomme des Alexander Newski. Das solltest du wissen, wenn du ihm begegnest.«

Henric hatte keine Ahnung, wer dieser Alexander Newski war, aber er nickte pflichtbewusst.

»Fürst Andrej ist kein einfacher Mensch«, fuhr Thade fort, während sie den Platz vor der Kirche überquerten. Hier herrschte bereits emsiger Betrieb. Zwei Fuhrwerke mit Weinfässern waren gerade angekommen und wurden entladen, sodass sie einen Moment warten mussten, ehe sie ihren Weg fortsetzen konnten. »Er ist aufbrausend und schnell beleidigt. Außerdem hat er etwas gegen Kaufleute. Wie die meisten Adligen, denen wir zu mächtig werden. Dennoch ist Fürst Andrej ein wertvoller Handelspartner. Er liebt flandrisches Tuch und venezianisches Glas und weiß, dass er mit uns leben muss, wenn er seinen Reichtum mehren will. Deshalb lässt er karrenweise Pelze und Häute nach Nowgorod bringen. Hervorragende Qualität. Zurzeit sucht er nach neuen Handelspartnern, um seine Waren loszuwerden. Seine letzten Partner hat er vergangene Woche in einem Wutanfall von seinem Hof werfen lassen, weil er der Meinung war, dass sie ihn betrogen haben.«

»Klingt nach einem angenehmen Zeitgenossen«, murmelte

Henric. Sie hatten inzwischen den Peterhof durch das Tor verlassen und schritten nun auf der ungepflasterten Straße zwischen Holzhäusern entlang, vor denen Handwerker ihrer Arbeit nachgingen und Kinder sie staunend begafften.

»Dummerweise ist der Tolk nicht in der Stadt«, fuhr Thade fort und bog in eine Seitenstraße ein, die an einem palisadenbewehrten Hof vorbeiführte.

»Tolk?« Henric hatte allmählich das Gefühl, tatsächlich nichts über diese Stadt zu wissen.

Thade nickte knapp. »Der Übersetzer, Schreiber, er macht alles mögliche. Fürst Andrej hat zwar einen Mann in seinen Diensten, der Deutsch spricht, aber eigentlich ist es mir lieber, wenn wir jemanden dabei haben, dem wir auch vertrauen können, dass er alles richtig übersetzt. Wir sind übrigens da«, deutete er auf einen weiteren Hof, der um einiges größer war als die, an denen sie bislang vorbeigekommen waren. Das Tor stand offen, wurde aber bewacht von zwei bedrohlich wirkenden Hünen, bei deren Anblick Henric erschrocken zusammenzuckte. Noch nie im Leben hatte er solche Menschen gesehen. Ihre Gesichter schienen fast völlig hinter den Wangenknochen zu verschwinden, und ihre Augen glichen dunklen Schlitzen, aus denen sie ihn unverhohlen musterten.

»Mongolen«, raunte Thade ihm zu und schob ihn sanft, aber bestimmt in Richtung Tor. »Fürst Andrej stellt seinen Einfluss gern zur Schau. Da unterscheidet ihn nichts von unseren Kaufleuten.« Er zwinkerte und wechselte dann ein paar Worte mit den Wächtern, die Henric misstrauisch beäugten, dann winkte er Henric, ihm eilig zu folgen.

Auch auf dem Hof herrschte bereits Leben. Henric entdeckte ein paar Handwerker, die einen Schlitten vor den Schuppen gezogen und auf den Kopf gedreht hatten, um die Kufen mit einem Hobel zu bearbeiten, und eine aufgeregte Schar Gänse wich ihnen schnatternd aus.

Das Haupthaus war wie der ganze Hof aus Holz errichtet. Neugierig sah Henric sich um, als sie die Halle betraten. Stroh raschelte unter ihren Schuhen, und einer der beiden riesigen Hunde, die vor dem Feuer ruhten, hob träge den Kopf. Die Wände waren behängt mit Teppichen, die eindeutig nicht aus dem Reich der Rus stammten, sondern wahrscheinlich aus der Werkstatt eines flandrischen Bildwirkers. Ein breiter Tisch nahm den hinteren Teil des Raumes ein, flankiert von Bänken, die mit Fellen bedeckt waren. Am Kopf der Tafel saß ein Mann in einem zobelbesetzten Überrock, der den Kopf auf die Hand gestützt hatte und auf etwas starrte, was Henric bei genauerem Hinsehen als Schachbrett erkannte. Der Blick des Rus verfinsterte sich, als er aufsah.

Thade blieb stehen und hieß Henric mit einer knappen Geste, neben ihm zu bleiben. Er sagte etwas in einer Sprache, die Henric nicht verstand, und neigte grüßend den Kopf. Henric beeilte sich, es ihm gleichzutun.

Die Augen des Mannes wanderten zu dem Diener, der sie hineingeführt hatte. Er bellte einen kurzen Befehl und forderte die beiden Kaufleuten mit einer Handbewegung auf, näher zu treten.

»Er lässt seinen Übersetzer holen«, flüsterte Thade Henric zu, ohne das gewinnende Lächeln auch nur einen Moment schwinden zu lassen.

»Was hast du ihm gesagt?«, raunte Henric zurück.

Thade grinste. »Nur eine Begrüßung. Es ist nie verkehrt, seine Handelspartner in ihrer Sprache ansprechen zu können.«

Fürst Andrej wartete geduldig, bis sie an den Tisch herangetreten waren und bedeutete ihnen dann, sich zu setzen. Verstohlen musterte Henric den Bojaren, dessen spitzes Gesicht fast vollständig unter einem dunklen Bart verschwand. Einzig die stechenden Augen, die prüfend von Thade zu ihm und wieder zurück wanderten, ließen Henric erahnen, dass er den Mann nicht unterschätzen sollte.

Eine Dienerin trug ein Tablett mit Gläsern und einem Krug aus venezianischem Glas herein und schenkte ihnen einen schweren Wein ein, der annähernd die Farbe von Blut hatte.

Fürst Andrej griff nach einem der Gläser, das er dann bedächtig zwischen den Fingern drehte.

»Willkommen in Nowgorod, Thade Petersen«, sagte er mit einem starken Akzent. Seine Stimme klang tiefer, als Henric es angesichts seiner schmächtigen Gestalt angenommen hätte.

»Es freut mich, Euch wiederzusehen«, antwortete Thade langsam, wobei er jedes einzelne Wort betonte, wohl damit der Bojar ihn besser verstand.

Dennoch blinzelte der Rus fragend, wandte dann den Kopf zum Eingang, von wo soeben ein Mann herbeigeeilt kam, der sich demütig verbeugte, ehe er neben den Lehnstuhl seines Herrn trat.

Fürst Andrej sagte etwas in seiner dunklen, rauchigen Sprache, und der Dolmetscher übersetzte.

»Andrej Newski heißt Euch auf seinem Hof willkommen. Er freut sich, Euch wiederzusehen, Thade Petersen. Er fragt, wer Euer Begleiter sei, den er hier noch nie gesehen hat.«

Thade warf Henric einen kurzen Blick zu, wandte sich dann an den Bojaren. »Das ist Henric Suterman aus Lübeck, der Ehemann meiner Nichte. Er ist dieses Jahr zum ersten Mal in Nowgorod.«

Der Übersetzer sprach etwas mit seinem Herrn. »Fürst Andrej möchte wissen, warum Ihr ihn hierherbringt. Er will mit Lübeckern nichts mehr zu schaffen haben.«

»Oh, ich habe von dem Zerwürfnis gehört.« Thade lächelte fein. »Doch dein Herr kann mir glauben, dass es keinen ehrbareren Mann in Lübeck gibt als Henric Suterman.«

Fürst Andrej runzelte die Stirn, als der Dolmetscher ihm Thades Worte wiedergab. Seine Hand zwirbelte den mächtigen Bart, während er die Augen verengte und Henric mit undurchsichtiger Miene musterte. Henric zuckte zusammen, als der Bojar ihn ansprach. Fragend schaute er zu dem Übersetzer.

»Mein Herr möchte wissen, womit Ihr handelt«, sagte der Mann. »Ihr seht jung aus. Womit habt Ihr Thade Petersens Vertrauen errungen?«

Henric warf einen hilfesuchenden Blick zu Thade, doch der hob nur die Schultern, als wolle er sagen, dass er nicht gefragt worden sei. Henric räusperte sich und wandte sich wieder an den Bojaren.

»Sagt ihm, dass ich flandrische Laken und Silber dabei habe, Die Tuche sind gefärbt und von bester Qualität. Ich kann gern etwas holen lassen, damit Ihr Euch ein Bild machen könnt.«

Fürst Andrej runzelte die Stirn, als der Dolmetscher ihm Henrics Worte übersetzte, schwieg aber und schaute Henric weiterhin abwartend an. Seine Miene wirkte abweisend.

Henric atmete tief durch, bemüht, sich seine Unsicherheit nicht allzu deutlich anmerken zu lassen. »Zu den anderen Fragen ... Ich habe bei Arnulf Grootehus in Bremen gelernt und führe seit ein paar Jahren mein Geschäft in Lübeck. Mit Laken kenne ich mich gut aus, weiß also, was ich Euch anbiete. Im Pelzhandel bin ich noch ein Neuling und muss mich darauf verlassen, dass Ihr mich nicht übervorteilt.« Er lächelte flüchtig. »Thade Petersens Vertrauen ... Nun, vermutlich vertraut er mir, weil ich seine Nichte geheiratet habe. Meine Frau Christine. Sie spielt übrigens auch leidenschaftlich gern Schach«, fügte er mit einem Blick auf das Schachbrett hinzu.

Bang beobachtete er den Bojaren, solange der Dolmetscher noch übersetzte. Unvermittelt beugte Fürst Andrej sich vor und fixierte Henric aus zusammengekniffenen Augen, dann deutete er auf das Schachbrett und fragte etwas.

»Mein Herr möchte wissen, ob Ihr die Regeln dieses Spiels kennt.«

Henric spürte plötzlich einen schweren Kloß in seinem Hals, der ihm die Luft abdrückte. Die Regeln ... Christine hatte einmal versucht, es ihm beizubringen, aber er hatte keinen Gefallen daran gefunden.

»Henric kann sicher Schach spielen«, hörte er Thades Stimme neben sich. »Nicht wahr?«

»Ein wenig«, murmelte er und nahm einen schnellen Schluck von dem Wein, der tatsächlich sehr schwer und unerwartet süß war. »Möchte ... möchte der Fürst, dass ich mit ihm eine Partie spiele?«

Der Bojar deutete ein Kopfschütteln an, als der Übersetzer ihm Henrics Frage vortrug, und sagte wieder etwas. Henric beobachtete das Ganze mit gemischten Gefühlen.

»Fürst Andrej hat das Spiel geschenkt bekommen«, führte der Dolmetscher aus. »Allerdings weiß er nicht, wie man es spielt. Ihr könnt es ihm erklären.«

Henrics Augen wanderten zu dem Bojaren, der ihn immer noch mit ruhigem Blick maß. Heiliger Jakobus, wo hast du mich da wieder hingeführt, sandte er ein stummes Stoßgebet zum Himmel. Verzweifelt versuchte er sich zu erinnern, wie die Figuren gesetzt werden mussten. »Ich kann es versuchen«, sagte er zögerlich und stellte das Weinglas ab, um den Stuhl näher an den Tisch heranzurücken.

Der Bojar beobachtete ihn interessiert und lehnte sich zurück, eine Hand auf der Lehne. Seine Finger strichen über die kunstvolle Verzierung, die einen brüllenden Löwen darstellte.

Langsam, um Zeit zum Nachdenken zu gewinnen, nahm Henric die Figuren von dem Brett und stellte sie neu auf, wie er es bei Christine viele dutzend Male gesehen hatte.

»Tausch den Turm mit dem Springer«, hörte er Thade neben sich wispern.

Dankbar lächelte er ihm zu und schob die Figuren zurecht, bis schließlich alles so stand, wie er es in Erinnerung hatte.

»Das ist die Ausgangssituation«, wandte er sich an den Dolmetscher, der ebenso neugierig zusah wie sein Herr. »Bitte übertrage jetzt Satz für Satz, damit er mich versteht.«

Der Übersetzer nickte und sagte etwas zu Fürst Andrej, der ihn fragend anstieß. »Mein Herr wünscht, dass Ihr nun anfangt.«

Henric war erstaunt, wie viel er von Christines Erklärungen noch im Kopf hatte. Schritt für Schritt unterwies er den Bojaren in dem Spiel, das für ihn nicht minder unbekannt war als für sein Gegenüber. Fürst Andrej bestand darauf, dass sie gleich eine Partie spielten, die der Bojar haushoch verlor. Bereits in der zweiten Partie schien er jedoch begriffen zu haben, worauf es ankam, sodass er Henric knapp schlug, und im dritten Spiel dauerte es nur wenige Züge, bis Henric feststellen musste, dass er matt gesetzt worden war.

»Ihr seid gut«, bemerkte er mit ehrlicher Anerkennung.

Der Dolmetscher lächelte mild. »Fürst Andrejs Vorfahren waren nicht umsonst gefeierte Heerführer.«

»Ich habe davon gehört. Alexander Newski«, nickte Henric und griff nach seinem Weinglas, das zu seiner Enttäuschung aber bereits leer war. Konnte es sein, dass er während des Spiels so viel getrunken hatte? Dabei brauchte er doch einen klaren Kopf.

»Fürst Andrej sagt, Ihr gefallt ihm«, übersetzte der Dolmetscher die Worte seines Herrn, der rundum zufrieden wirkte, während er die Schachfiguren wieder in die Ausgangsposition setzte. »Er würde sich freuen, wenn Ihr ihn während Eures Aufenthalts in Nowgorod wieder besuchen kämet.«

»Gern, aber es gibt sicher Kaufleute …«, begann Henric, doch Thade fuhr ihm über den Mund.

»Mein Neffe besucht den Fürsten sehr gern«, sagte er freundlich lächelnd. »Wenn er ihm ein Stück seiner Laken zeigen darf.«

Fragend schaute der Bojar den Dolmetscher an, nickte dann, als dieser ihm die Antworten mitteilte.

»Mein Herr erwartet Euch morgen und möchte einen Blick auf Eure Waren werfen«, wandte der Mann sich wieder an Henric. »Wenn sie so gut sind, wie Ihr sagt, kann er sich vorstellen, mit Euch ins Geschäft zu kommen.«

Henric nickte und empfand auf einmal ein tiefes Gefühl der Erleichterung. »Er erhob sich. »Ich werde morgen früh wieder hier sein. Und bis dahin werde ich ein wenig üben, damit ich dem Fürsten ein ebenbürtiger Gegner sein kann.«

Der Bojar nickte großmütig, rief sie aber noch einmal zurück, als sie sich schon zum Gehen gewandt hatten. Auf einen

Befehl hin kam ein Diener herein, der eine kleine Silberschatulle vor seinem Herrn abstellte. Behutsam öffnete der Bojar das Kästchen und zog eine filigrane Kette hervor, an der ein Medaillon aus milchigem Bernstein baumelte.

»Für Euer Weib«, übersetzte der Dolmetscher. »Mit seinen besten Grüßen.«

»Danke«, stammelte Henric. Seine Finger strichen bewundernd über die kunstvolle Arbeit. Jemand hatte das Antlitz der Mutter Gottes in den Bernstein geschnitten und dabei geschickt die Farbunebenheiten genutzt, um Licht und Schatten herauszuarbeiten. »Sie wird sich sehr über Euer Geschenk freuen.«

Der Bojar nickte zufrieden.

»Du hast dich gut angestellt.« Thade klopfte Henric anerkennend auf die Schulter, als sie sich wenig später auf den Rückweg zum Peterhof machten.

»Weil ich zufällig ein wenig Schach spiele«, grinste Henric, der nur schwer das Hochgefühl unterdrücken konnte, das ihn innerlich vor Freude und Erleichterung taumeln ließ. Auf der Reise waren seine Gedanken tausendfach um die Frage gekreist, wie er am besten Kontakt zu den Händlern der Rus aufnehmen sollte. Nun war es ihm förmlich in den Schoß gefallen, und dafür würde er dem heiligen Petrus noch heute eine Kerze stiften.

Thade schmunzelte. »Man braucht manchmal auch einfach Glück.«

»Glück und die richtigen Bekannten.« Henric hob den Kopf und sah ihn an. »Ohne deine Hilfe stünde ich jetzt noch ganz am Anfang. Du weißt, dass du dir damit selbst Konkurrenz schaffst.«

»Natürlich. Aber das ist nicht von Belang. Wenn es dir und Christine hilft, ein sorgenfreies Leben zu führen, dann ist es mir das Opfer wert. Du musst wissen, Henric«, fuhr er ernster fort, während sie das Tor passierten, »wenn mein Bruder das Zeitliche segnet, ist Christine die letzte Verwandte, die mir noch bleibt. Nicht, dass es viel zu erben gäbe bei mir, aber ... Vielleicht werde ich mit dem Alter einfach ein wenig sentimental.«

»Warum hast du nie geheiratet?«

»Weil ich nie eine Frau kennengelernt habe, die mich an einen Ort hätte binden können. Wenn mich etwas an meinem Dasein als Kaufmann wirklich zufriedenstellt, dann die Tatsache, dass ich reise und selten lange an einem Ort bleiben muss.«

»Ich dagegen wäre zufrieden, von meinem Kontor aus die Geschäfte zu lenken«, entgegnete Henric. »Aber bis ich so weit bin, dass ich andere mit meinem Geld aufs Meer schicken kann, brauche ich noch eine Weile. Es ist nur schwierig, wenn ich immer wieder unterwegs bin und niemanden habe, der sich um die Arbeit daheim kümmert.«

»Du hast Christine.«

»Christine ist meine Frau. Sie sollte sich um andere Dinge kümmern als um Buchführung.«

»So?« Thade warf ihm einen amüsierten Blick zu. »Was hältst du denn für angebracht für sie?«

»Die Haushaltsführung. Die Aufsicht über die Mägde und all das. Die Dinge, die Frauen eben gewöhnlich tun, sticken, weben, die Messe besuchen ...«

Weiter kam er nicht, denn Thade war unvermittelt stehengeblieben, sodass Henric ebenfalls gezwungen war, anzuhalten. Verwundert blinzelte er den Kaufmann an, der mit einem Mal sehr ernst wirkte.

»Nun hör mir einmal zu, Henric Suterman«, sagte Thade und legte die Hand auf Henrics Schulter. »Wenn es ein Weib gibt, dem nichts fernerliegt als Beten und Sticken, dann ist das Christine. Ich jedenfalls würde ihr mit Freude meine Bücher überlassen, wenn ich fortmüsste. Sie weiß, was sie tut, schließlich hat sie es bei ihrem Vater von Kindheit an gelernt, und sie ist sparsam und klug. Wie kommst du auf die Idee, dass sie das nicht könnte?«

»Doch, sie könnte es schon«, murmelte Henric, brachte den

Satz aber nicht zu Ende. Wie sollte er Thade auch erklären, dass er es aus eigener Kraft schaffen wollte, dass er Christine nicht arbeiten sehen wollte, damit er das Versprechen halten konnte, das er ihr gegeben hatte? Sie war die Patriziertochter, die wegen einer Intrige seines Vater einen kleinen, unbedeutenden Kaufmann hatte heiraten müssen, den sie nur aus Pflichtgefühl ertrug. »Ich möchte nicht, dass sie darunter leidet, mit mir verheiratet worden zu sein«, murmelte er schließlich. »Sie hätte etwas Besseres verdient. Seidene Kleider, einen Kachelofen, Mägde, die ihr die Haare flechten ... Nicht Fingerspitzen, die von der Tinte schwarz sind, und einen schmerzenden Rücken von der Arbeit im Kontor.«

Thade starrte ihn einen Moment lang ungläubig an, dann lachte er unvermittelt auf. »Sag mir, Henric, wie viele Jahre seid ihr schon verheiratet?«, fragte er.

Henric zögerte kurz. »Acht, glaube ich.«

»Und du weißt nach acht Jahren so wenig über deine Ehefrau, dass du mir einen solchen, nun ja, Blödsinn erzählst?« Thade gluckste amüsiert. »Mein Gott, ist dir eigentlich klar, was du ihr antust, wenn du sie mit seidenen Kleidern und haareflechtenden Mägden alleine lässt? Christine ist kein hübscher Vogel, den man in einen Käfig sperrt! Versprich mir eines«, er sah Henric wieder gerade ins Gesicht, »ändere das, wenn du heimkommst. Beteilige sie an deiner Arbeit – und du wirst die beste Verwalterin haben, die du dir vorstellen kannst. So, und jetzt lass uns sehen, dass wir im Wirtshaus etwas zu trinken bekommen, um dein erfolgreiches Schachspiel zu feiern. Anschließend will ich dir noch ein paar Leute vorstellen. Keine Sorge, keine Rus. Nur ein paar Gesichter, die man kennen sollte.«

Henric nickte dankbar.

Den ganzen Tag über war Henric im Peterhof unterwegs gewesen, hatte andere Kaufleute gesprochen und Informationen ausgetauscht, sich einen Lagerschuppen gesichert und Träger für den nächsten Tag besorgt. Am Abend beschloss er erschöpft, das Badehaus aufzusuchen, das Warendorp ihm gezeigt hatte.

Das Badehaus war in einem Holzschuppen untergebracht und bestand aus einem einzigen Raum, in dessen Mitte sich ein großer Badezuber befand, der bestimmt sechs oder sieben Männern Platz bot. Dampf waberte umher und ließ die Konturen im Licht der Talgleuchten verschwimmen. In einer Ecke brannte ein Feuer unter dem Kessel, in dem der Bader das Wasser erhitzte. Seine Gehilfin, eine dralle, schon etwas in die Jahre gekommene Frau mit schlechten Zähnen, war gerade dabei, einem der Gäste den Bart zu stutzen.

»Henric Suterman!«, tönte es schon aus dem Zuber, ehe Henrics Augen sich an das Dämmerlicht gewöhnt hatten. »Kommt, setzt Euch zu uns!« Johann Warendorp hob seinen Bierkrug und winkte ihm zu.

»Wie ist es Euch ergangen?«, erkundigte er sich, nachdem Henric dem Bader eine Münze in die Hand gedrückt und seine Kleider abgelegt hatte, um zu Warendorp und den beiden anderen Badegästen in den Zuber zu steigen.

»Ich kann nicht klagen.« Grüßend nickte Henric den Kaufleuten zu und sank mit einem erschöpften Seufzer ins Wasser. Die Wärme tat gut nach dem kalten Tag. Eine angenehme Schwere ergriff seine Glieder. »Ich habe einen Bojaren getroffen und werde ihm morgen meine Waren vorführen. Wenn alles gut geht, habe ich einen Großteil bereits morgen Abend verkauft.«

»Nun, dann meinen Glückwunsch.« Warendorp prostete ihm anerkennend zu. »Das Glück scheint Euch geradewegs zuzufliegen.«

Henric lachte. »Nun, Fortunas Rad dreht sich unaufhörlich …«

»Dann genießt ihre Gunst«, grinste Warendorp. Sein Gesicht verschwand für einen Moment hinter dem mächtigen Krug, ehe er ihn wieder absetzte und sich mit einem zufriedenen Seufzer den Mund abwischte. Er warf einen kurzen Blick zu den anderen Kaufleuten, die jedoch in ein Gespräch vertieft schienen, dann rückte er näher an Henric heran und senkte die Stimme. »Wenn Ihr doch noch Interesse an der Bernsteinsache habt, ich wüsste jemanden, der zu einem guten Preis verkauft«, raunte er. »Günstiger bekommt Ihr es nicht, und wenn Ihr es geschickt anstellt, müssten Euch die strengen Regularien des Regals nicht kümmern.«

»Ich bleibe dabei, ich möchte damit nichts zu tun haben.« Henric schüttelte den Kopf und lehnte sich zurück, die Augen geschlossen. So langsam breitete sich eine bleierne Müdigkeit in ihm aus, die ihm die Anstrengungen der letzten Wochen deutlich machte. »Den einzigen Bernstein, den ich nach Lübeck bringe, ist ein Anhänger, den der Bojar meiner Frau geschenkt hat.«

»Ihr scheint da jemanden mächtig beeindruckt zu haben, wenn man Euch gleich Geschenke macht.«

»Er spielt gern Schach. Meine Frau auch.« Henric blinzelte in das verschwommene Licht.

»Ist es eine russische Arbeit?«, fragte Warendorp nach und nippte an seinem Krug.

Henric hob die Schultern. »Ich kenne mich damit nicht aus. Aber wenn Ihr möchtet, könnt Ihr einen Blick darauf werfen.«

»Das mache ich gern.«

Henric tat ihm den Gefallen und kletterte aus dem Zuber, um das in Leder eingeschlagene Schmuckstück aus seiner Gürteltasche zu fischen.

»Das ist es«, sagte er und reichte dem Kaufmann die Kette.

Neugierig drehte Warendorp das Medaillon im Licht und betrachtete es, während Henric zurück in das Wasser rutschte.

»Eine wirklich schöne Arbeit«, bestätigte der Kaufmann lächelnd. »Es wird Eurer Gemahlin sicher Freude machen. Wenn Ihr mich fragt, stammt es eher aus einer der Werkstätten im Ordensland.«

Henric zuckte mit den Schultern. »Solange es Christine gefällt, soll es mir recht sein.«

»Ich will später übrigens noch im Wirtshaus vorbeischauen«, sagte Warendorp und reichte Henric die Kette zurück. »Habt Ihr nicht Lust, mitzukommen? Ein, zwei Bier? Und danach noch zu Gerhilt und ihren Dirnen? Nach der Reise haben wir uns das doch verdient, was?« Er fasste sich mit einem anzüglichen Grinsen in den Schritt.

»Zu den Dirnen müsst Ihr schon allein gehen, aber ein Bier würde ich noch trinken«, antwortete Henric mit einem müden Lächeln. Am liebsten würde er gar nicht mehr aus dem Zuber aufstehen, so matt und erschöpft fühlte er sich gerade. »Später dann«, fügte er murmelnd hinzu. »Wenn ich sauber bin.«

Warendorp feixte und leerte seinen Krug. »Ihr wisst nicht, was Euch entgeht. Gerhilts Mädchen sind immer sauber und sehr geschickt, wenn Ihr wisst, was ich meine. Die machen sogar Euch heute Abend wieder munter.«

»Ich bin verheiratet.«

»Ihr seid ein komischer Kauz, Suterman«, lachte Warendorp. »Kein Weib kann verlangen, dass Ihr übers halbe Jahr enthaltsam lebt.«

Henric blinzelte zu ihm hinüber. »Ich habe ein Versprechen vor Gott gegeben, das ich einhalten werde. Gleichgültig, wie lange mich meine Reisen fern von meiner Frau halten.«

»Nun, das ist Eure Sache.« Warendorps Schnauben machte deutlich, dass er wenig Verständnis dafür aufbrachte, aber das war Henric gleichgültig. Mit einem zufriedenen Seufzer schloss er wieder die Augen. Wenn es so weiterging, würde er ohnehin nicht allzu lange in Nowgorod bleiben.

Lübeck, Juli 1376

Christine verlangsamte ihren Schritt, als sie in die Mengstraße einbog. Zwei Jahre hatten sie hier in dem engen Haus gelebt, eine Zeit, die ihr inzwischen unendlich fern schien und an die sie nur ungern zurückdachte. An die Enge unter dem Dach im Sommer, wenn sie inmitten der Waren zusammenrücken mussten, an die kalten Winternächte, in denen sie ihre Schlaflager um die Feuerstelle herum aufgeschlagen hatten, weil es auf dem Boden pfiff und zog.

Sie war lange nicht mehr hier gewesen, stellte sie fest, als sie vor dem Haus stand und den Kopf hob, um hinauf zum Giebel zu schauen. Die Fensterläden waren ersetzt worden, und jemand hatte Pergament vor die Öffnungen auf dem Boden gespannt. Offensichtlich hatte sich Daniel gut eingerichtet.

Christine zögerte, als sie schon klopfen wollte, legte die flache Hand an die Tür und verharrte einen Moment, während sie noch mit sich rang. Es bestand keine Notwendigkeit, dass sie Daniel aufsuchte, und doch … war es dringend an der Zeit.

Tief atmete sie ein, dann ließ sie die Knöchel gegen die Tür fallen und wartete. Doch es tat sich nichts, und nachdem sie ein zweites Mal geklopft hatte, drückte sie vorsichtig gegen die Tür. Zu ihrer Verwunderung war nicht verriegelt. Mit einem leisen Quietschen schwang die Tür auf.

Christines Herz raste. Sie sollte nicht einfach so in Daniels Haus eindringen, sie sollte gehen und ein anderes Mal wiederkommen.

Doch sie ging nicht, sondern trat zögerlich über die Schwelle und zog die Tür hinter sich zu.

Daniel hatte es tatsächlich geschafft, sich geschmackvoll und praktisch zugleich einzurichten, stellte sie anerkennend fest. Neugierig trat sie an den Tisch, auf dem fein säuberlich auf einem Tuch aufgereiht allerlei Gerätschaften lagen, deren Zweck ihr nicht recht einleuchtete. Wahrscheinlich handelte es sich um irgendwelche Dinge, die er für seine Medizin brauchte, überlegte sie, während sie eines der feingeschliffenen Gläser in die Hand nahm und bewundernd feststellte, wie klar es war.

Vorsichtig stellte sie es zurück und ließ den Blick über die Reihen von Tiegeln und Fläschchen gleiten, die auf einem Regal untergebracht waren. Kochutensilien oder Kisten mit Vorräten suchte sie vergeblich, die Herdstelle sah aus, als würde sie höchstens zum Wassererhitzen genutzt. Offensichtlich verdiente Daniel als Arzt gut genug, um sich im Wirtshaus zu versorgen.

Dann fiel ihr Blick auf das Regal unter der Treppe, und sie unterdrückte nur mit Mühe einen überraschten Ausruf. Daniel hatte Bücher gekauft! Da stand mindestens ein Dutzend in Schweinsleder gebundene Bücher, von denen jedes einzelne ein Vermögen wert sein musste.

Im nächsten Moment stand Christine vor dem Regal und strich andächtig über die Buchrücken, ehe sie willkürlich eins herausnahm und zum Tisch hinübertrug, um es dort aufzuklappen. Neugierig blätterte sie ein paar Seiten durch und begann an einer Initiale, die ein Kapitel einleitete, zu lesen. Es schien sich um ein medizinisches Werk zu handeln, vielleicht eines der Bücher, aus denen sie an den Universitäten lehrten.

Christine fuhr bewundernd mit den Fingerspitzen über das Pergament, das gut gearbeitet und fast gänzlich ohne Löcher war. Sie hatte immer davon geträumt, solche Bücher zu besitzen, doch sie hatte es nie gewagt, Henric darum zu bitten. Er hätte dafür kein Verständnis. Anders als Daniel.

Christines Stimme nahm einen verträumten Klang an, als sie die Worte leise las und sie im Mund zergehen ließ. Sie waren um so viel melodischer als das harte Deutsch, das man hier im Norden sprach. Lange hatte sie nicht mehr gelesen, und erst jetzt merkte sie, wie sehr sie es vermisst hatte, die Bücher und Daniels Geschichten …

Sie fuhr herum, als sie ein Geräusch hinter sich hörte. In der Tür zum Hof stand Daniel. Er trug über den Beinkleidern nur ein schlichtes Hemd, die Ärmel bis zu den Ellenbogen hochgekrempelt, und keine Schuhe. Verdutzt sah er sie an, während er sich mit einer fahrigen Geste die Haare aus der Stirn strich.

»Ich hatte nicht erwartet, Besuch zu bekommen«, sagte er, und ein flüchtiges Lächeln huschte über seine Züge. »Wenn ich gewusst hätte, dass Ihr kommt, hätte ich … Ich habe zu lange geschlafen heute.«

»Die Tür war nicht verschlossen«, begann Christine, zuckte dann hilflos mit den Schultern. »Entschuldigt, dass ich einfach so hereingekommen bin«, murmelte sie.

»Ihr seid mir jederzeit willkommen.«

»Danke.«

Beklommen sah sie ihn an. Es stand ihm, diese zerzausten Haare und die einfache Kleidung, es machte ihn … verwegen. Christine spürte, wie ihr bei dem Gedanken das Blut in die Wangen schoss. Hastig wandte sie den Blick ab und schaute ziellos durch den Raum.

»Ihr habt es nett hier«, bemerkte sie. »Es sieht richtig wohnlich aus. Die Arbeit scheint einiges abzuwerfen.«

»Ich komme über die Runden.« Daniel hob die Schultern. »Letztendlich ist es immer das Gleiche. Gicht, Verstopfung, Blähungen, wenigstens werde ich vernünftig bezahlt.«

»Ihr habt einen guten Ruf. Das sagen zumindest die Frauen, mit denen ich gelegentlich spreche.«

»Das liegt daran, dass es in der Stadt kaum jemanden gibt, der wirklich etwas von Heilkunde versteht. Außer Abraham, dem Juden. Die Wundärzte und Bader sind allesamt Pferdeschlächter. Ich kann Euch nur wünschen, dass Ihr ihnen nie in die Hände fallt.«

»Ich komme zu Euch, wenn ich medizinischen Beistand brauche«, sagte sie schnell und biss sich im nächsten Moment auf die Lippe. Das klang, als würde sie ihn nur aufsuchen, wenn sie seiner Hilfe bedurfte.

Er schien sie auch so verstanden zu haben, denn er hob fragend eine Augenbraue. »Was plagt Euch denn, dass Ihr mir die Ehre Eures Besuchs erweist?« In seiner Stimme schwang ein Hauch Bitterkeit.

Christine seufzte leise. »Nein. Ich bin hier, weil ich Euch besuchen wollte. Ihr habt Euch seit Henrics Abreise kaum bei uns blicken lassen.«

»Ich hatte viel zu tun«, murmelte Daniel, ohne sie dabei anzusehen.

Christine vergrub die Zähne in der Unterlippe. »Ihr habt Angst, ich könnte es Euch nachtragen, nicht wahr?«, fragte sie vorsichtig, nachdem er schwieg.

»Nein. Das heißt, doch, ja.« Unwillig schüttelte Daniel den Kopf und machte ein paar Schritte durch den Raum, bis er vor dem Regal stehenblieb. Sie sah an seinen Schultern, dass er tief einatmete, ehe er sich wieder zu ihr umdrehte.

»Ich kann verstehen, wenn Ihr mich nicht öfter als nötig sehen wollt«, sagte er auf einmal sehr ruhig. »Es war nicht richtig von mir. Aber Ihr habt nie ein Wort zu mir gesagt deswegen. Ich … ich weiß einfach nicht, wie ich Euch begegnen soll.«

»Vielleicht einfach so, wie man seiner Schwägerin begegnet?«, schlug sie leise vor und hasste sich sogleich für diesen Satz. Sie wollte nicht die höfliche Freundlichkeit, die man einer Schwägerin entgegenbrachte. Sie wollte sein Lächeln, seine Augen, die sie unrettbar in ihren Bann zogen. Aber sie wusste auch, dass das nur Träume waren, denen sie schon viel zu lange nachjagte. Sie war verheiratet, hatte einen Gemahl, der sie ehrte und versorgte. Die Zeiten der Träume waren lange vorbei, und deswegen war sie hierhergekommen.

»Wir können uns nicht ewig aus dem Weg gehen, Daniel«, fuhr sie ebenso leise fort, als er nicht antwortete. Ihre Augen suchten seinen Blick. »Es war ein Kuss, mehr nicht. Lasst es uns vergessen und von vorn anfangen. Als Schwager und Schwägerin. Henric hat Euch eigentlich nach Lübeck geholt, damit Ihr mir Gesellschaft leistet«, fügte sie mit einem schwachen Lächeln hinzu. »Mir fehlen unsere Schachpartien. Und die Geschichten und Gedichte, die Ihr so wunderbar vorlesen könnt. Ich gehe ein, wenn ich den ganzen Tag nur eine Magd um mich habe, die kaum ihren eigenen Namen aussprechen kann.«

»Marieke ist wenigstens eine Frohnatur«, bemerkte Daniel. Ein verhaltenes Lächeln zuckte in seinen Mundwinkeln. »Und ein herzensguter Mensch. Selig sind die geistig Armen, sagte Christus ja schon.«

»Ihr wisst, was ich meine.« Christine sah ihn an, ihre Finger strichen über das Buch, das immer noch vor ihr auf dem Tisch lag. »Wovon habt Ihr eigentlich all die Bücher gekauft?«

»Von meinen Honoraren«, antwortete Daniel schnell, sichtlich dankbar über den Themenwechsel. »Ich will mir eine kleine Bibliothek aufbauen. So habe ich wenigstens etwas zu tun.«

»Das klingt nicht, als würde Euch das Leben hier gefallen.«

»Oh doch, ich bin ganz zufrieden. Aber wie geht es Euch?«

»Zurzeit? Recht gut.« Christine lächelte leicht. »Henric hat mir die Verwaltung seiner Geschäfte übertragen. Er hat zwar noch einen Schreiber eingestellt, weil er mir wohl doch nicht zutraut, alles zu machen, aber es ist das erste Mal, dass er so etwas tut.«

»Das freut mich für Euch.« Daniel erwiderte das Lächeln, aber es wirkte ein wenig gezwungen. »Ich konnte diesen ganzen Kaufmannsdingen nie etwas abgewinnen. Vermutlich muss man dazu geboren sein. Wie Henric.«

»Ihr seid für ganz andere Dinge geboren.« Christine schlug behutsam das Buch zu und reichte es ihm. »Zum Beispiel hierfür. Ich glaube nicht, dass Henric jemals Begeisterung für lateinische Texte über die Beschaffenheit des Auges entwickeln wird. Ich konnte nicht widerstehen und musste hineinsehen.«

Schmunzelnd nahm Daniel das Buch entgegen und stellte es zurück zu den anderen. »Euch begeistert beides, nicht wahr?«

»Schon, aber dafür kann ich den Dingen nichts abgewinnen, denen ich mich eigentlich widmen sollte. Ich ertrage das Gegacker der Kaufmannsgattinnen nur bedingt, wenn sie über Kleider und Schmuck oder über ihre Sprösslinge reden.« Sie verzog das Gesicht.

Daniel lachte auf. »Da würde ich auch fliehen.«

»Von Euch erwartet bloß niemand, dass Ihr ihre Gesellschaft sucht«, erwiderte Christine. »Wenn Ihr es tun würdet, hättet Ihr wahrscheinlich einigen Ärger mit den aufgebrachten Ehemännern.«

»Oh, der würde schnell vergehen, wenn sie das nächste Mal zu viel fettige Gans gegessen haben und vor Bauchschmerzen nicht mehr ein noch aus wissen.« Daniel zwinkerte ihr zu.

Christine lächelte. Es konnte so herrlich unbeschwert mit ihm sein. Warum sollte es nicht einfach so bleiben, dass sie seine Gegenwart genoss, ohne von einem Gewissen gequält zu werden, das ihr einredete, sie hintergehe ihren Mann?

Einem plötzlichen Drang folgend, ging sie auf ihn zu und ergriff seine Hand.

»Ich möchte Euch gern wieder häufiger sehen«, sagte sie leise und sah zu ihm auf. »Kommt uns besuchen.«

Daniel nickte langsam. Schweigend schaute er sie an, mit einem Gesichtsausdruck, den sie nur schwer lesen konnte.

»Ich besuche euch gern«, sagte er schließlich. Seine Stimme klang ruhig. »Ich habe Henric in den letzten Jahren kaum gesehen. Er freut sich sicher auch.«

Christine starrte ihn an, senkte dann den Blick und nickte leicht. Schnell ließ sie seine Hand los und machte einen Schritt zurück.

»Ich muss jetzt langsam gehen«, erklärte sie, bemüht, ihre Stimme unbeschwert klingen zu lassen. »Beim nächsten Mal werde ich warten, bis Ihr mir öffnet, ehe ich einfach so hier eindringe.«

»Das wäre nett.« Daniel lächelte, aber es wirkte bemüht. »Wann kommt Henric zurück?«

»Spätestens im Herbst, denke ich.« Christine hob die Mundwinkel und wandte sich zum Eingang. Sie hatte die Hand bereits an der Tür, als sie sich noch einmal umdrehte.

»Bis bald, Daniel.«

Er nickte nur.

*

Daniel stand immer noch da, als sie schon eine ganze Weile gegangen war, und versuchte, seine Gedanken zu ordnen. Ihr Besuch hatte ihn unerwartet erwischt, ihn verwirrt und aufgewühlt zurückgelassen. Seit seiner Ankunft in Lübeck widmete er sich der Arbeit und dem Aufbau seiner Bibliothek. Er wollte etwas zu tun haben – und einen Grund, ihr aus dem Weg zu gehen.

Nun hatte sie ihn eingeladen, sie zu besuchen ... Daniel atmete tief durch und schloss die Augen. Nichts täte er lieber, als den Tag bei ihr zu verbringen, ihren klugen Witz zu genießen und in ihrer Nähe zu sein. Aber er sollte es nicht tun. Er hatte sich einmal zu etwas hinreißen lassen, was er sich nicht verzieh, und er war sich keineswegs sicher, dass es nicht noch ein zweites Mal geschehen konnte.

Seine Nägel bohrten sich in die Handballen, als er daran dachte, wie sehr Henric ihm vertraute. Ihm, nicht einem seiner neuen Freunde hier in Lübeck. Er durfte dieses Vertrauen nicht zerstören. Christine war Henrics Ehefrau, und so sehr er sich nach ihr sehnte, sie stand ihm nicht zu. Wenn sie Hilfe benötigte, würde er für sie da sein, wie er es Henric versprochen hatte. Aber nicht ... nicht so.

Mit einem Ruck fuhr er herum. Grübeln half ihm nicht weiter. Irgendwo oben stand noch ein Krug von dem Wein, den ihm Schepenstede gestern geschenkt hatte, und später könnte er bei der verwitweten Wirtin vorbeischauen, der er seit ein paar Wochen das Bett wärmte. Und er sollte daran denken, die Haustür zu verriegeln.

Danzig, Spätsommer 1376

»Vor morgen Abend werden wir nicht auslaufen.« Der Schiffsführer, ein kleiner, säbelbeiniger Mann mit wettergegerbtem Gesicht zuckte auf Henrics missmutigen Blick hin mit den Schultern und schob das Stück Süßholz, auf dem er unablässig kaute, in den anderen Mundwinkel. »Ich kann da nichts machen. Ohne Segel kommen wir nicht nach Lübeck. Da kommen wir nicht mal aus dem Hafen.«

Henric seufzte und ließ einen gereizten Blick über das lebhafte Treiben am Hafen wandern. Seit fast einer Woche saßen sie nun schon in Danzig fest, seit ein Sturm ihnen einen Riss im Segel beschert hatte, der nach Meinung des Schiffsführers zu groß sei, um ihn selbst zu flicken. Offensichtlich war der Schaden den Segelmachern jedoch nicht bedeutend genug, um sich gleich darum zu kümmern. Stattdessen hörte Henric jeden Tag neue Versprechen und Vertröstungen, sodass er sich schon fragte, ob Schiffsführer und Segelmacher womöglich ein heimliches Komplott geschmiedet hatten, um ihre Weiterreise zu verhindern. »Aber morgen können wir wirklich weiterfahren?«, hakte er nach.

Der Mann zuckte erneut mit den Schultern. »Wenn das Segel dann repariert ist.«

Ohne ein weiteres Wort wandte Henric sich ab und machte sich auf den Weg zu dem Gasthaus, in dem Warendorp, Thade und er untergekommen waren. Johann Warendorp hatte nach einer äußerst zufriedenstellenden Handelssaison darauf bestanden, auch die Rückreise gemeinsam anzutreten, und Thade hatte sich kurzerhand angeschlossen.

»Wie sieht es aus?«, begrüßte ihn Thade auch gleich, als er im Schankraum an ihren Tisch trat. Vor ihnen stand eine Schüssel mit den Überresten eines gebackenen Huhns. Warendorp nagte noch an einem Schenkel, ließ diesen aber sinken, als er Henric bemerkte, und schaute ebenfalls fragend auf.

»Morgen Abend.« Henric ließ sich auf den freien Stuhl fallen, griff, ohne zu fragen, nach dem Bierkrug und schenkte sich ein. »Vielleicht.«

Thade seufzte tief. »Dann genießen wir eben noch ein paar Tage die wunderbare Küche unserer Wirtin, ehe wir uns wieder der Ostsee ausliefern.« Er klopfte Henric auf die Schulter. »Kopf hoch, es könnte schlimmer kommen.«

»Seeräuber.« Warendorp nickte wissend und zog ein Stück Fleisch von dem dürren Knöchelchen. »Seit dem Ende des Dänenkriegs ist es besonders schlimm. Anstatt an Land zurückzukehren, lauert das Pack weiter unseren Schiffen auf. Und die Dänen gewähren ihm auch noch Schutz.« Er verzog das Gesicht.

»Mir reicht ein zerrissenes Segel«, sagte Henric mürrisch und nahm einen tiefen Schluck von dem Bier. Die Zeit in Nowgorod war gut zu ertragen gewesen, weil er ständig etwas zu tun gehabt hatte, aber jetzt auf der Rückfahrt sehnte er sich danach, endlich heimzukommen. Unruhig fragte er sich, wie es inzwischen wohl um das Kontor bestellt war und ob Christine die ihr übertragenen Aufgaben meisterte. Doch wie es aussah, musste er sich noch eine Weile in Geduld üben.

»Ich bin noch einmal weg«, brummte er und leerte den Becher, erhob sich dann.

»Wo willst du hin?« Thade schaute zu ihm hoch.

»Ich bin auf dem Markt. Und am Hafen. Ein wenig Luft schnappen.«

»Lasst Euch den Kopf einmal richtig durchblasen.« Warendorp schaute grinsend von seinem Hühnerbein auf. »Ihr werdet sehen, bis morgen hat sich alles geklärt.«

»Wir wollen es hoffen«, murmelte Henric.

Eine Weile schlenderte Henric über den Markt, sprach hier ein paar Worte mit einem Händler, prüfte dort ein Stück Pelz, während er versuchte, seinen Ärger herunterzuschlucken. Zum Glück schien der längere Aufenthalt wenigstens den Waren nicht zu schaden. Erst gestern hatte er eines der Fässer mit den Pelzen geöffnet und sich vergewissert, dass die Zobel in gutem Zustand waren. Doch was halfen ihm kostbarer Zobel und samtiger Nerz, wenn er hier festhing? Er wünschte, er könnte die Gelassenheit eines Johann Warendorp an den Tag legen, der überraschend wenig in Nowgorod erstanden hatte und dennoch rundum zufrieden schien.

An einem Stand mit getrockneten Früchten kaufte er eine Handvoll in Honig eingelegter Nüsse und machte sich damit auf den Weg zum Hafen. Der Honig klebte süß zwischen den Zähnen, schmeckte aber überraschend gut, sodass er überlegte, ob er Mette nicht einen kleinen Topf davon mitbringen sollte. Er sollte sich auch noch nach einem geeigneten Geschenk für Daniel umschauen, als Dank, dass er ihm half. Bislang war ihm noch nichts Gescheites in die Hände gefallen …

»He, Pfeffersack!«

Verdutzt hob er den Kopf und blickte geradewegs in die wettergegerbten, rauen Gesichter einiger Träger, die sich finster vor ihm aufgebaut hatten.

»Was wollt ihr?«, fragte er und zwang sich, ruhig zu bleiben, während er flüchtig bemerkte, wie auch jemand hinter ihn trat.

»Da gibt es jemanden, der ein Hühnchen mit Euch zu rupfen hat«, antwortete einer der Kerle, ein grobschlächtiger Troll mit abstehenden Ohren. Verächtlich verzog er die Lippen und machte einen weiteren Schritt auf Henric zu. »Mit Schmugglern macht man hier kurzen Prozess.«

»Schmugglern?« Henric starrte ihn verständnislos an. Wie kamen diese Schläger darauf, dass er ein Schmuggler sein sollte? »Da seid ihr bei mir falsch«, sagte er grob. »Und nun lasst mich vorbei.«

Er wollte den Troll beiseiteschieben, doch der packte blitzschnell Henric Arm. Im nächsten Moment traf ein Fausthieb seine Wange, sodass er vor Überraschung und Schmerz zurücktaumelte. Noch während er um sein Gleichgewicht rang, versetzte ihm jemand von hinten einen kräftigen Stoß, der ihn straucheln ließ. Panik stieg in ihm auf. Was bei allen Heiligen geschah hier? Aus den Augenwinkeln erkannte er, dass einige der Schläger Knüppel in den Händen hielten. Wollten sie ihn totschlagen?

Hastig warf er den Kopf herum, aber außer den Trägern war niemand in der Nähe, der ihm zu Hilfe hätte kommen können. Henric spannte sich und besann sich darauf, was von Gruenig ihm einmal beigebracht hatte. So einfach würde er sich nicht geschlagen geben. Allerdings hatte er mit dem Schwert in der Hand kämpfen gelernt und nicht wie man sich mit Kerlen prügelte, die täglich Tonnen von Waren auf die Schiffe und in die Lagerschuppen hievten.

Unter dem ersten Hieb duckte er sich weg, doch der zweite traf seinen Kiefer, und im nächsten Moment schmeckte Henric Blut. Mit der Zunge erspürte er noch den Zahn, den ihm der Träger ausgeschlagen hatte, dann jagte etwas mit aller Wucht gegen seine Schläfe und riss ihn von den Beinen. Hart schlug er auf und krümmte sich zusammen.

Sie wollten ihn wirklich umbringen, wurde ihm mit einem Mal klar. Sie würden ihn einfach totschlagen wie einen räudigen Hund! Und er konnte nichts tun, nur sich zusammenkauern und beten, während sie auf ihn einprügelten und ein sengender Schmerz durch seinen Brustraum schoss.

Dann hörte es plötzlich auf. Schritte knirschten.

Henric rührte sich nicht, atmete gegen den Schmerz an und rang darum, sich nicht in das verführerische Dunkel fallenzulassen, das seinen Geist umschmeichelte.

»Was soll das?«, schnarrte eine Stimme, die ihm seltsam vertraut erschien. »Wollt ihr ihn umbringen?«

Der Troll schien etwas zu murmeln und trat zurück. Vorsichtig hob Henric den Kopf. »Halbbein-Jannes?«, murmelte er verwirrt und schluckte, als ihm das Blut in den Rachen lief. Sah er schon Visionen? Wie um alles in der Welt kam der hierher?

»Henric.« Jannes grinste und ging neben ihm etwas schwerfällig in die Hocke. Das Holzbein stellte er auf. »Wie 's Leben doch spielt.« Sein Grinsen wurde eine Spur breiter, dann schaute er zu dem Troll. »Haste ihn durchsucht?«

»Durchsucht?« Henric blinzelte verständnislos, während er sich mühsam aufrichtete. Seine Brust fühlte sich an, als sei eine ganze Warenladung Weinfässer über ihn hinweggerollt.

»Schmugglergut«, wandte sich Jannes ihm wieder zu, das Gesicht zu einer Grimasse verzogen. »Du sollst Bernstein schmuggeln, sagt man. Da gibt's wen, dem das so gar nich passt.«

»Wer das behauptet, lügt.« Endlich hatte er es geschafft, sich so weit hochzustemmen, dass er wieder auf die Füße kam. Schwer atmend hockte er da und kniff die Augen zusammen, um die bunten Lichter zu vertreiben, die vor seiner Nase tanzten.

»Werden wir ja sehn. Zeig uns deine Taschen!«

Überrascht hob Henric den Kopf und wischte sich mit dem Handrücken das Blut aus dem Mundwinkel. »Was?«

»Deine Taschen.« Jannes gab den anderen Trägern einen Wink mit dem Kopf. Ehe Henric reagieren konnte, hatten sie ihn wieder zu Boden geworfen und rissen den Lederbeutel von seinem Gürtel.

Henric rang nach Luft, hustete, während Jannes die Tasche öffnete und das Beutelchen mit der Kette für Christine herauszog.

»Was habn wir denn hier?« Ein triumphierendes Grinsen breitete sich auf seinem Gesicht aus.

»Das ist ein Geschenk«, keuchte Henric. Mühsam arbeitete er sich auf Knie und Fäuste hoch, rang nach Atem.

»Geschenk? Das kannst du dei'm Beichtvater erzähln!« Jannes hob den Beutel und ließ den Inhalt auf seine Handfläche fallen, hielt ihm die Hand hin. Ungläubig starrte Henric auf die Bernsteinbrocken, die neben dem Amulett lagen, unbearbeitet, wie das Meer sie ausgespuckt hatte.

»Das gehört nicht mir!«, stieß er hervor. »Das muss jemand in meine Sachen geschmuggelt haben!«

»Bringt ihn zum Bernsteinherrn!« Jannes richtete sich wieder auf und ließ die rotbraunen Brocken vorsichtig zurück in den Beutel gleiten. »Der Rest is nich mehr unsre Aufgabe. Aber achtet drauf, dass ihr die Belohnung kriegt.«

»Warum?« Henric stierte Jannes an, während er hochgerissen und an beiden Armen gepackt wurde. Seine Stimme war nur ein heiseres Krächzen. »Warum tust du das?«

»Die Deutschherren zahln gut für 'nen Schmuggler.« Jannes' Lippen formten ein fast süßliches Lächeln, als er die Tasche dem Troll übergab. »Es gibt reichlich von euch, Henric, und das passt ihnen nich. Wärst du bei deinen Pelzen gebliebn, wär das nich passiert. Tut mir leid für dein hübsches Weib. Du weißt ja wohl, was Leuten wie dir blüht ...«

Henric nickte langsam. Sein Magen zog sich zusammen.

Den Weg durch die Stadt zum Sitz des Bernsteinherrn erlebte Henric wie in einem Albtraum. Die Schläger trieben ihn zur Eile, und als er ins Straucheln kam, packten sie ihn kurzerhand unter den Achseln und zerrten ihn mit sich. Noch spürte Henric die bange Hoffnung, sie könnten jemandem begegnen, der ihn kannte, aber er wusste eigentlich selbst, dass man ihm kaum helfen konnte. Der Rohbernstein in seiner Tasche belastete ihn, und er konnte nur beten, dass sich alles aufklärte, sobald er mit dem Bernsteinherrn sprach.

Bernsteinherren gab es in den meisten größeren Orten des Ordenslandes. Es war ihre Aufgabe, über die Einhaltung des Regals zu wachen und die abgegebenen Bestände zu sammeln, zu sortieren und nach Königsberg bringen zu lassen. Trotz aller Vorkehrungen wurde jedoch ein Großteil des Bernsteins an den Aufsehern des Ordens vorbei nach Westen geschmuggelt. Henric wusste genau, dass er nicht mit Gnade rechnen konnte, sollte der Bernsteinherr den Anschuldigungen der Schläger glauben. Verzweifelt überlegte er, wer ihn angezeigt haben könnte, aber er kam zu keinem Ergebnis. Von sich aus wären sie kaum auf ihn gekommen, und Jannes hatte die Steine so seltsam gezielt in seinem Beutel gefunden.

Henrics Überlegungen wurden jäh unterbrochen, als sie am Sitz des Bernsteinherrn ankamen und der Troll, der eine Art Anführer zu sein schien, ein paar Worte mit einem Mann in weißer Robe wechselte. Auf einen Wink hin wurde Henric von zwei Knechten des Ordens gepackt und fand sich wenig später in einer geräumigen Kammer wieder, deren Wände mit Schlachtgemälden verziert waren. In der Ecke bollerte trotz des spätsommerlichen Wetters ein Kachelofen, und an dem Tisch, der einen Großteil des Raumes beherrschte, saß auf einem verzierten Lehnstuhl ein Mann in Ordenstracht, der missmutig aufblickte. Auf der Nase trug er eine Sehhilfe, die er nun zur Seite legte. Das war also der Bernsteinherr, von dessen Urteil alles abhing.

»Es wurde wieder einmal ein Schmuggler erwischt«, sagte der Mann in der Robe und deutete auf Henric, eine Geste, über die Henric fast bitter hätte lachen müssen, so überflüssig war sie. »Man hat ihn am Hafen geschnappt.«

»Das hat er bei sich gehabt«, knurrte der Troll und ließ Henrics Beutel schwungvoll auf den Tisch fallen.

Der Bernsteinherr warf ihm einen missbilligenden Blick zu, langte dann aber danach und öffnete ihn.

Henric presste die Lippen aufeinander. Das Geräusch, mit dem die Bernsteinbrocken aus dem Beutel über das Holz sprangen, biss sich in seine Ohren.

»Ist das alles?« Der Mann blickte auf. Sein Blick ruhte auf Henric, der sich räusperte und trotz des schmerzenden Brustkorbs versuchte, die Schultern zurückzuziehen und aufrecht zu stehen. Wahrscheinlich gab er eine ziemlich abgerissene Erscheinung ab, mit dem Blut im Gesicht und der vom Straßendreck besudelten Kleidung. Seine Kappe hatte er irgendwo unterwegs verloren.

»Es gehört mir nicht«, erklärte er und zwang sich, den forschenden Blick offen zu erwidern. »Mir gehört lediglich das Schmuckstück. Es ist ein Geschenk von Andrej Newski aus Nowgorod für meine Frau. Ich habe keine Ahnung, wie der Rest in meine Tasche gekommen ist.«

»Und trotzdem führt Ihr es mit Euch, und zwar an Eurem Gürtel.« Der Bernsteinherr lächelte fein, nahm einen der Brocken zwischen Daumen und Zeigefinger und betrachtete ihn interessiert. »Das ist hervorragende Qualität. Ein Vermögen wert in Lübeck oder Köln.«

»Es gehört mir nicht«, beharrte Henric. »Jemand muss es mir untergeschoben haben.«

»Warum sollte jemand das tun?«

Henric hob die Schultern und sog im gleichen Moment scharf Luft ein, als ein jäher Schmerz seinen Brustkorb durchzuckte. »Ich weiß es nicht«, presste er hervor. »Bei allen Heiligen …« Er stockte. Wenn Halbbein-Jannes ausgerechnet jetzt in Danzig auftauchte? Nein, das konnte nicht sein. Er traute seinem Vater vieles zu, aber dass er ihn dem Tod auslieferte … Henric schluckte, schmeckte das Blut auf der Zunge. Aber Lambrech zögerte nicht, über Leichen zu gehen, das hatte er mehr als einmal bewiesen.

»Lambrech Suterman«, sagte er und spürte, wie seine Stimme zitterte. »Mein Vater. Er will offensichtlich meine Existenz vernichten. Und vermutlich hatte er Helfer. Sie haben mir eine Falle gestellt. Und ich bin blindlings hineingetappt.«

»Unsinn«, begehrte der Troll auf. »Wir haben den Bernstein bei ihm gefunden, also steht uns auch die Belohnung zu!«

»Schweigt.« Der Bernsteinherr hob die Hand. Dann wandte er sich wieder Henric zu. Er beugte sich ein wenig vor. »Wie wollt Ihr diese Anschuldigungen beweisen?«, fragte er leise, aber seine Stimme hatte einen bedrohlichen Klang angenommen. »Das sind schwere Vorwürfe, die Ihr da erhebt. Oder versucht Ihr nur, Euren Kopf aus der Schlinge zu ziehen?«

»Ich schwöre beim Leib unseres Herrn Jesus Christus und der Gottesmutter Maria, dass ich Euch nicht belüge.« Henrics Unterlippe zitterte. »So wahr mir Gott helfe, es ist die Wahrheit. Geht zum Silbernen Taler und fragt dort nach Thade Petersen. Er wird es bezeugen.«

»Es obliegt Euch nicht, zu entscheiden, was wir zu tun haben«, erwiderte der Bernsteinherr brüsk. Er lehnte sich zurück und gab den Knechten, die Henric hergeschleppt hatten, einen Wink. »Bringt ihn raus.«

Henric wollte protestieren, aber die beiden Männer fassten ihn grob an den Armen und schoben ihn hinaus. Er hörte noch, wie der Troll etwas sagte, dann schlug die Tür hinter ihnen zu, und er wusste, dass er verloren hatte.

Henric hatte jedes Gefühl für Zeit verloren, als die Tür zu dem Kellerloch, in das sie ihn gesperrt hatten, wieder geöffnet wurde. Müde blinzelte er in das spärliche Licht, das vom Gang hereinfiel. Vor ihm stand ein bulliger Mann in einer ledernen Schürze, die muskulösen Arme unbedeckt, und sah ihn an.

»Steh auf.« Der Mann sprach holprig, als habe er Schwierigkeiten, die Wörter richtig zu betonen. »Es geht los.«

Henric starrte mit leerem Blick zur Decke. So endete es also. Es war schon seltsam, wie schnell sich Glück und Unglück wandeln konnten. So gern hätte er sich noch von Daniel verabschiedet und Christine gesagt, wie sehr er sie schätzte, doch dazu würde es jetzt nicht mehr kommen. Am Ende hatte also doch sein Vater die Oberhand behalten. Mochte Gott seiner Seele vergeben.

Schwerfällig kam Henric auf die Beine und trat an dem Knecht vorbei auf den Gang. Der andere folgte ihm auf dem Fuß, und als er die Hand an die Leiter legen wollte, die nach oben führte, hielt der Mann ihn auf.

»Muss die Hände binden«, knurrte er und packte Henrics

Handgelenke, um ein dünnes Seil darum zu winden. Mit starrem Blick ließ Henric ihn gewähren. Es hatte ohnehin keinen Sinn, sich zur Wehr zu setzen, spätestens oben würden ihn die Knechte überwältigen. Und wenn er schon sterben musste, dann wollte er nicht wie ein jämmerliches Schlachtvieh enden, das verzweifelt versuchte, seinem Schicksal zu entfliehen.

Der Mann blieb dicht hinter ihm, als Henric auf den Hof geführt wurde. Seine Augen schmerzten in dem hellen Sonnenlicht.

»Geh«, brummte der Knecht und stieß ihn voran, auf zwei Reiter zu, die mit einem dritten Pferd am Zügel zu warten schienen. Einen der beiden erkannte er als Ordensritter. Was bei allen Heiligen hatten sie mit ihm vor?

»Los, aufsteigen!«

Henric keuchte auf, als der Knecht ihn kurzerhand packte und auf den Rücken des dritten Pferdes wuchtete. Hastig griff er nach dem Sattelhorn, um nicht gleich wieder auf der anderen Seite herunterzufallen. Sein Brustkorb schmerzte, dass er kaum zu atmen wagte.

»Gib ihm einen Mantel«, befahl der Ritter barsch, dann suchten seine Augen Henrics Blick. »Ich warne Euch. Versucht zu fliehen, und ich werde Euch töten. Mir liegt nichts an Pfeffersäcken wie Euch, nur, dass Ihr es wisst.«

Henric nickte verwirrt. Fliehen? Offensichtlich hatten sie doch noch nicht vor, ihn hinzurichten. Im Gegenteil, sie schienen ihn am Leben halten zu wollen, wenn sie ihm sogar einen Mantel brachten. »Wo bringt Ihr mich hin?«

Ein dürres Grinsen kräuselte die Lippen des Ritters, dann drängte er sein Pferd herum und nahm Henrics Zügel entgegen.

»Das werdet Ihr früh genug sehen.«

Sie ritten bis zur Dämmerung und übernachteten in einem kleinen Weiler am Flussufer, von wo sie am nächsten Morgen in aller Früh aufbrachen. Henric dankte Gott im Stillen für das Sattelhorn, an das er sich klammern konnte, während er von Kopf bis Fuß durchgerüttelt wurde. Im Dänenkrieg hatte er das letzte Mal auf einem Pferd gesessen, und er hatte nie von sich behaupten können, ein guter Reiter zu sein. Bald schon wurde jede Meile zur Qual. Seine Knie waren wund, und als sie gegen Mittag eine kurze Rast einlegten, hatte er das Gefühl, niemals wieder auf ein Pferd steigen zu können.

Gegen Abend erreichten sie das Ziel ihrer Reise. In der untergehenden Sonne erstrahlten die Backsteine der Marienburg in einem kräftigen Rot, die Mauern, die bis an den Fluss hinabgezogen waren mit den gedrungenen Türmen der Vorburg, und darüber thronend das trutzige Hauptgebäude, dessen Anblick Henric einen Schauer über den Rücken jagte. Bauern arbeiteten auf den Feldern und neigten respektvoll den Kopf, als sie an ihnen vorbeiritten. Am Tor zügelte der Ritter sein Pferd und rief etwas zu den Wachen hoch, woraufhin sie eingelassen wurden. Neugierig beäugten die Waffenknechte Henric, dann schlossen sich die Tore hinter ihm. Henrics Hals wurde eng. Aus dieser Burg gab es kein Entkommen, keine Ältermänner, die er noch hätte um Hilfe bitten können, keine Bekannten, die eine Nachricht nach Hause schicken konnten …

»Steigt ab«, befahl der Ritter, und Henric beeilte sich, der Anweisung nachzukommen, so schnell er es mit gebundenen Händen vermochte. Schwankend kam er auf die Füße und stand einen Augenblick lang einfach nur da, sog den warmen Geruch der Abendluft auf und betete im Stillen, dass das alles nur ein böser Traum war, aus dem er jeden Moment erwachen würde.

Im selben Augenblick aber wurde er grob gepackt und in Richtung Hauptgebäude gezerrt. Verzweifelt riss er den Kopf herum, suchte den Blick des Ritters, doch der Ordensherr hatte sich bereits abgewandt.

Man brachte ihn eine Treppe hinunter und durch einen größeren Raum, in dem es feucht und nach Unrat roch, dann löste man die Handfesseln und stieß ihn zwei Stufen hinab in ein Kerkerloch. Hinter ihm fiel die Tür ins Schloss, schnarrend wurde ein Riegel vorgeschoben.

Mit einem verzweifelten Laut fiel Henric nach vorn auf die Hände und barg den Kopf zwischen den Schultern. Modriges Stroh klebte unter seinen Fingern, und der scharfe Gestank nach Urin und Rattenkot biss sich in seine Nase. So endete also seine Nowgorodfahrt, eingesperrt in einem modrigen Verlies, ohne jede Mitteilung an seine Handelspartner. Hoffentlich suchte Thade nicht zu lange vergeblich nach ihm, sondern reiste auf dem schnellsten Weg nach Lübeck, um von seinem Verschwinden zu berichten. Der Gedanke kam Henric schon im nächsten Moment lächerlich vor. Was sollte ihm das nützen? Die Hanse mochte mächtig sein und ihre Kaufleute vor Übergriffen der Landesherren schützen, aber auch ein Jakob Pleskow konnte nichts ausrichten, solange man nicht einmal wusste, wo Henric war.

Erschöpft schloss er die Augen und ließ sich auf die Seite fallen. Er war verloren, und sein Vater hatte gewonnen.

Lautlos begann er zu beten.

Als die Kerkertür das nächste Mal geöffnet wurde, hatte sich Henric nicht von der Stelle gerührt. Er hörte, wie etwas abgestellt wurde, dann schloss sich die Tür wieder, und der Riegel knirschte.

Henric rang mit sich, aufzustehen und zur Tür zu kriechen oder einfach liegen zu bleiben. Wenn er nichts aß, würde es wahrscheinlich schneller gehen, vielleicht ein paar Tage oder Wochen.

Dennoch stemmte er sich schließlich hoch und tastete im Dunkeln nach dem, was der Wärter ihm hingestellt hatte. Ein irdener Krug und …

Henric fluchte, als er gegen die Schale stieß und diese umkippte. Er spürte die warme Brühe, die sich über seine Finger ergoss und im Stroh versickerte. Nur mit Mühe widerstand er der Versuchung, zwischen den Halmen nach irgendwelchen Brocken zu tasten. Wie lange war es her, dass er zuletzt etwas gegessen hatte? Einen Tag, zwei? Hier drinnen hatte er jede Vorstellung von Raum und Zeit verloren.

Vorsichtig legte er die Hände um den Krug und schob sich behutsam zurück, bis er mit dem Rücken an die Wand stieß. Das Wasser schmeckte abgestanden, aber Henric trank es gierig, bis der Krug geleert war und er erschöpft den Kopf zurücklehnte. Erst jetzt spürte er, wie sehr er fror, doch den Mantel hatten ihm die Wärter abgenommen. Fröstelnd zog er die Knie zu sich heran, umschlang sie mit den Armen und starrte dumpf in die Dunkelheit.

Noch zweimal brachte man ihm etwas zu essen, und nun war er vorsichtiger, wenn er die Schale im Dunkeln ertastete. Die Brühe schmeckte fad, aber sie wärmte und beruhigte seinen Magen, zumindest für eine kurze Weile.

Als sich die Tür zum dritten Mal öffnete, war Henric gerade eingenickt. Erschrocken fuhr er hoch und blinzelte in das Licht einer Laterne.

»He, Pfeffersack, du bekommst Besuch«, knurrte der Wächter und zerrte einen Mann die Stufen hinab. »Die Laterne lasse ich euch da, dann fühlt ihr euch nicht ganz so allein. Macht's euch gemütlich.« Er lachte meckernd und zog die Tür hinter sich zu. Das Knirschen des Riegels ging Henric inzwischen durch Mark und Bein.

Obwohl das schummrige Licht der Laterne kaum mehr als einen Schritt weit leuchtete, brauchten Henrics Augen eine Weile, bis sie sich an die ungewohnte Helligkeit gewöhnt hatten. Vorsichtig linste er zu dem Mann hinüber, der sich an der gegenüberliegenden Wand niedergelassen hatte und ihn unverwandt ansah.

»Dir haben sie übel mitgespielt«, bemerkte er. Seine Aussprache klang rau und fremdartig, die Silben schienen tief aus seiner Brust zu kommen. »Was ist geschehen? Haben sie ihre

Streitrösser über dich hinwegtrampeln lassen oder haben sie dich als Prügelbock benutzt?«

»Bitte, lasst mich«, murmelte Henric, während seine Finger unwillkürlich sein Gesicht berührten. Deutlich spürte er die Schwellungen, die wahrscheinlich inzwischen in den wildesten Farben blühten.

»Ich bin Gedimin«, stellte sich der Fremde vor. Ein zynisches Lächeln lag auf seinen Lippen, während er geziert den Kopf neigte. »Verzeih die Umstände, unter denen wir uns kennenlernen, aber der Großmeister hielt es für angebracht, mich zu maßregeln, indem er mich in dieses Loch steckt.«

»Maßregeln? Wofür?« Henric hob den Blick und betrachtete den jungen Mann, der trotz seiner Lage offensichtlich bestens gelaunt war – oder seine Furcht gut zu verbergen wusste. Er hatte ein feingeschnittenes Gesicht mit ausgeprägten Wangenknochen. Bart und Haare wirkten gepflegt, und auch seine Kleidung schien eher die eines Adligen als eines Gefangenen zu sein.

»Ich habe versucht zu fliehen. Sechs Jahre in diesen Mauern lebendig begraben zu sein erschien mir genug. Bedauerlicherweise sieht der Großmeister das anders.«

»Warum hält man Euch gefangen?«, fragte Henric beklommen.

Gedimins Grinsen wurde eine Spur breiter. »Du hast meinen Namen noch nie gehört, wie?«

»Nein.« Henric schüttelte den Kopf.

Der junge Mann seufzte. »Wo kommst du her?«

»Aus Lübeck. Henric Suterman.«

»Schön, dich kennenzulernen, Henric Suterman aus Lübeck.« Gedimin neigte erneut in einer gespielten Geste den Kopf. »Mein Name ist Gedimin, benannt nach meinem alten Oheim Gedimin, Großfürst von Litauen. Ich habe selbigen zwar leider nicht mehr kennengelernt, aber mein Vater muss ihn sehr geschätzt haben. In diese unglückliche Lage bin ich geraten, weil ich meinen Vettern in die Schlacht gegen die

Deutschherren gefolgt bin und dort gefangen genommen wurde. Seitdem sitze ich hier und warte darauf, dass es jemand für wichtig genug erachtet, mich freizukaufen oder wenigstens zu verhandeln. Doch wie es aussieht, haben meine Vettern andere Sorgen.«

»Du bist ein Kriegsgefangener.«

»Ein Gast, wenn man so will, wenn auch ein unfreiwilliger.« Gedimin hob die Schultern und ließ sie wieder fallen. Sein Blick wanderte zu der Laterne. »Es ist ziemlich dunkel hier drin, wenn die aus ist, nicht wahr?«

Henric nickte. »So stelle ich mir die Hölle vor.«

»Eine unschöne Vorstellung.« Gedimin schauderte sichtlich. »Was hältst du davon, wenn du mir in der Zwischenzeit erzählst, wie du hier unten gelandet bist, Henric Suterman aus Lübeck? Du siehst nicht so aus, als hätte man dich wegen Wegelagerei oder Totschlag eingekerkert.«

»Bernstein.« Henric lächelte müde, doch allein die Geste schmerzte in dem angeschwollenen Gesicht. »Man wirft mir Bernsteinschmuggel vor. Ich bin aber unschuldig.«

Gedimin hob fragend eine Augenbraue. »Sagen das nicht alle?«

»In meinem Fall entspricht es der Wahrheit«, murmelte Henric und erzählte stockend die ganze Geschichte.

Gedimin hörte zu und nickte dann langsam. »Und was geschieht jetzt?«

Henric zuckte mit den Schultern. »Ich weiß es nicht. Ich weiß nicht einmal, wie lange ich schon hier unten bin.«

Gedimin schwieg und starrte nachdenklich auf die Laterne.

»Was hast du die ganze Zeit gemacht?«, fragte er schließlich.

Henric hob den Blick. Ein schwaches Lächeln lag in seinem Mundwinkel.

»Gewartet«, antwortete er.

Lübeck, Ende September 1376

Dunkelheit hatte sich bereits über die Straßen der Stadt gelegt, als sich Mette aus dem Haus schlich. Vorsichtig blickte sie sich um und huschte die Gasse entlang. Ihr Herz raste, als sie schließlich die Mauern des Johannisklosters vor sich in der Dunkelheit auftauchen sah.

»Mette!«, hörte sie Jan flüsternd rufen.

Rasch lief sie hinüber zu der Stelle, wo er im Schatten eines Mauervorsprungs auf sie gewartet hatte, und fiel ihm um den Hals, um in einem leidenschaftlichen Kuss zu versinken.

»Du hast mir gefehlt«, murmelte er und strich liebevoll durch ihr Haar. »Hat dich jemand gesehen?«

Mette schüttelte den Kopf. »Christine hat sich heute schon früh zurückgezogen. Und die Magd schläft.«

»Umso besser. Komm, wir sind spät dran.«

Mette löste sich mit einem bedauernden Seufzer von ihm und nickte leicht. Es gefiel ihr nicht, dass sie den Abend wieder in der engen Kammer eines Knochenhauers verbringen sollten, wo es nach Blut und Fleischabfällen stank, aber sie war froh, wenn sie überhaupt Gelegenheit fand, Jan zu sehen. In der ersten Zeit hatte sie noch versucht, sich an das Abkommen zu halten, das sie mit Henric geschlossen hatte. Doch schon nach wenigen Wochen hatte sie das Gefühl gehabt, bei jedem Gedanken an Jan innerlich zu zerbersten. Nächtelang hatte sie wachgelegen und sich von einer Seite auf die andere gewälzt, ohne zur Ruhe zu kommen, bis sie schließlich beschlossen hatte, ihn doch wiederzusehen. Christine durfte jedoch nichts davon erfahren, deshalb gab sie mehr acht als früher, verließ das Haus nur, wenn niemand es bemerkte, und achtete darauf, rechtzeitig zurück zu sein.

Jan klopfte leise, als sie das Haus des Knochenhauers erreicht hatten. Der Geselle öffnete, blinzelte sie einen Moment misstrauisch an, ehe er die Tür ganz aufschob.

Die anderen waren bereits versammelt und hockten teils auf dem Boden, teils lehnten sie an der Wand. Ein junger Kramergeselle, den Mette beim letzten Treffen zum ersten Mal gesehen hatte, nickte ihnen freundlich zu, während die anderen nur kurz aufschauten und ihre Aufmerksamkeit dann wieder Hinrich Paternostermaker zuwandten, der in der Mitte des Raumes hin und her ging, die Arme verschränkt und mit den Fingern den feinen Ziegenbart zwirbelnd.

»Nachdem alle da sind, können wir beginnen.«

Inständig hoffte Mette, dass das, was Paternostermaker ihnen zu sagen hatte, nicht allzu lange dauerte. Zwar musste sie Jan recht geben, dass er die Menschen in seinen Bann zog, aber sie verspürte wenig Lust, die paar Stunden, die sie miteinander hatten, den Reden eines Mannes zu lauschen, der gegen den Rat wetterte.

Paternostermaker hatte in seinem Umherstreifen innegehalten und ließ nun den Blick über die Anwesenden wandern, langsam und stechend, als wolle er sich bis in ihr innerstes Mark bohren. »Gernot, du wolltest etwas sagen«, wies er auf einen gedrungenen Knochenhauergesellen, dessen Nase verriet, dass er bisweilen zu tief in das Weinglas schaute.

»Ich habe mit den anderen gesprochen«, begann der Gernot Genannte und trat in die Mitte. Seine rotgeäderten Wangen glühten. »Sie sind ebenso wenig bereit, die Schoß zu tragen, wie wir. Wenn wir den Rat also unter Druck setzen wollen, dann ist jetzt der richtige Zeitpunkt. Lasst uns zu den anderen Zunftmeistern gehen und gemeinsam vor das Rathaus treten! Es ist nicht tragbar, dass wir für den Krieg und die Sundschlösser zahlen! Lasst es uns machen wie vor zwei Jahren. Der Rat wird nachgeben, wenn wir uns geschlossen zeigen.«

Die anderen nickten zustimmend.

»Wir rufen die Zunftmeister gleich morgen zusammen!«, schlug ein junger Schustermeister vor. Seine Augen sprühten vor Tatendrang. »Die Ratsherren sollen begreifen, dass sie uns nicht bis zum Jüngsten Gericht schröpfen können.«

»Und dann?« Paternostermaker strich sich durch den Bart und lächelte leicht, während er die Augen fragend über die Anwesenden wandern ließ. »Werdet ihr auch bei der nächsten Schoß, die man euch aus den Rippen schneidet, vor den Rat treten und um Gnade winseln? Und bei der übernächsten? Und werdet ihr euch winselnd die Wunden lecken, wenn sie eure Bitte abschlagen, und mit eingekniffenem Schwanz in eure Werkstätten zurückkehren?«

»Der Rat kommt an den Handwerksämtern nicht vorbei«, rief Gernot. »Sie werden uns nicht übergehen.«

»Oh doch, das werden sie.« Das Lächeln in Paternostermakers Gesicht wurde eine Spur tiefer. »Sie haben es nicht nötig, auf euch zu achten. Warum sollten sie das auch tun? Schaut euch doch an!« Seine Augen funkelten, während er jeden einzeln ins Visier nahm. »Ihr lasst euch gefallen, dass ihr die Schiffe bezahlt, die man ausschickt, um die Seeräuberei zu bekämpfen. Ihr bezahlt die Unterhaltung der Sundschlösser, die man den Dänen nach dem Krieg abgenommen hat, um die Durchfahrten zu sichern. Hat das für euch irgendeinen Nutzen? Nein, es nützt nur den Kaufleuten und ihren fetten Wänsten! Sie gängeln euch, und ihr schaut zu und lasst es euch gefallen! Was ist mit den Litten?« Er fuhr herum, starrte einen der Knochenhauermeister mit weit aufgerissenen Augen an. »Was hast du gezahlt, damit der Rat dir deine Verkaufsbude zuweist? Hat deine Zunft entschieden, dass du das Meisteramt ausübst, oder musstest du erst kriechen vor den Ratsröcken?«

Der Mann brummte etwas und rutschte unbehaglich hin und her.

Doch Paternostermaker hatte sich bereits wieder abgewandt,

sah in die Runde. »Ihr alle schweigt dazu, weil es immer schon so war. Keiner von euch hat ernsthaft vor, etwas daran zu ändern. Ja, geht nur und treibt die Zünfte zusammen, tretet vor den Rat, damit er euch ein paar Zuckerwecken zuwirft. Und dann lasst euch erneut die Schrauben anlegen, weil ihr zu erschöpft seid, um weiter Widerstand zu leisten.«

»Was sollen wir deiner Meinung nach denn sonst tun?«, grummelte einer. Unruhe machte sich breit, leises Getuschel und Murren.

»Nicht betteln gehen, sondern etwas ändern.« Paternostermaker hielt inne, sein Blick fixierte den Frager. Er senkte die Stimme, als er weitersprach. »Zerschlagt den Rat. Vertreibt die Pfeffersäcke aus der Stadt. Ergreift, was euch zusteht. Schaut nach Braunschweig!«

Einige nickten zustimmend, während andere nach wie vor skeptisch schauten.

Mette schmiegte sich enger an Jans Arm. Das alles hier ging sie nichts an, die Sorgen der Handwerker waren nicht die ihren. Die Forderungen konnte sie zwar teilweise nachvollziehen, doch sie verstand nicht, was Jan an diesen Treffen fand. Letztendlich wurde immer nur geredet.

Verstohlen gähnte sie und ließ den Blick über die Gesichter der Anwesenden wandern. Die meisten kannte sie inzwischen gut, sodass sie sie auch auf dem Markt wiedererkannte. Sie hatte jedoch schwören müssen, außerhalb dieser Wände mit keiner Menschenseele über das zu reden, was hier gesprochen wurde. Mette fand das albern, aber sie hatte den Schwur geleistet, um bei Jan zu sein.

»Ich möchte gehen.« Mette zupfte an Jans Ärmel und warf ihm einen bittenden Blick zu.

Überrascht schaute Jan zu ihr hinab.

»Bitte«, flüsterte sie, »ich muss hier raus.«

Jan runzelte fragend die Stirn, nickte dann aber leicht und schob sie in Richtung Tür. Mette spürte die Blicke, die man ihnen zuwarf, bemerkte, dass Paternostermaker für einen Moment in seiner Rede innehielt, dann standen sie schon auf der Straße, und die Tür fiel hinter ihnen zu.

Jans Hand strich über ihren Nacken. »Was war denn los?«

»Ich mag einfach nicht mehr«, flüsterte sie. »Es sind immer die gleichen Reden ... Ich möchte unsere Zeit nicht damit vergeuden.«

Einen Moment schien Jan sich zu versteifen, dann seufzte er und zog sie sacht in seine Arme. »Du hast recht«, murmelte er in ihr Haar. »Sie werden uns schon nicht vermissen, wenn wir nicht jedes Mal dabei sind.«

Mette löste sich von Jan und sah ihn an. »Glaubst du, dass Paternostermaker wirklich vorhat, den Rat zu stürzen?«, fragte sie leise.

»Paternostermaker spaßt nicht. Er wird tun, was er sagt.«

»Aber dein Vater sitzt im Rat.«

Jan nickte. Sein Gesicht verhärtete sich. »Mein Vater verdient es nicht weniger als die anderen Ratsherren und Bürgermeister, die selbstherrlich auf ihren Stühlen hocken und die Stadt in ihrem Interesse lenken.« Er wandte den Blick zu Mette, und ein warmer Ausdruck lag in seinen Augen. »Glaub mir, es wäre mir auch lieber, man könnte unblutig etwas verändern. Auch für uns, damit kein Blut an unseren Händen klebt, wenn wir eines Tages vor unseren Schöpfer treten. Aber ich fürchte, das lassen die Ratsherren nicht zu.«

Lübeck, Oktober 1376

Prüfend fuhr der Gewandschneider mit dem Daumen über das grüne Tuch, rieb es behutsam zwischen den Fingern und nickte dann.

»Ich nehme es. Vier Ballen, wenn Ihr habt.«

»Natürlich. Ich lasse es aus dem Speicher bringen.« Christine bedeutete ihrem Gehilfen Ludeke, das Tuch wieder aufzurollen, und trat hinter den Schreibtisch. »Mit dem Preis seid Ihr einverstanden?«

Der Handwerker zögerte. »Ihr könntet mir ein wenig entgegenkommen, meint Ihr nicht? Bei Hermann Lange bekäme ich das gleiche Tuch deutlich günstiger.«

»Tuch in der gleichen Farbe«, korrigierte Christine. »Hermann Langes Tuch ist allerdings knotig und rau, und es ist schlecht gefärbt – und das wisst Ihr ebenso wie ich. Ansonsten würdet Ihr nicht bei mir kaufen.« Sie lächelte freundlich.

Der Schneider grummelte etwas, zückte dann aber seine Geldkatze und zählte die geforderten Münzen ab.

»Ich schicke meinen Gesellen nachher vorbei«, sagte er. »Tretet ihn, wenn er mit den Ballen nicht sorgsam umgeht. Mit dem Tuch könnte man Könige einkleiden.«

»Tut Ihr denn etwas anderes?« Christine zwinkerte ihm zu, während sie nach der Feder griff und sie in das Tintenfass tauchte, um den Verkauf in das Geschäftsbuch einzutragen. »Immerhin schneidert Ihr für die Könige der Hanse.«

Der Mann schaute sie einen Moment verdutzt an, dann lachte er schallend. »Recht habt Ihr, Frau. Nun, dann wird das Tuch auch sein Geld wert sein.«

Christine wartete, bis er das Kontor verlassen hatte, dann wandte sie sich an Ludeke. Der Schreiber, den Henric eingestellt hatte, hatte sich in den vergangenen Monaten immer mehr zu einem Gehilfen entwickelt, der ihr bei allen Tätigkeiten im Kontor zur Hand ging. Christine mochte den kleinen, rundlichen Mann mit den freundlichen Augen, der widerspruchslos ihren Anweisungen folgte und ihr auch mit Rat zur Seite stand, wenn sie danach fragte. Dennoch war in ihr inzwischen der Gedanke gereift, dass Henric sich nach einem Gesellen umschauen sollte, sobald er wieder da war. Das Geschäft wuchs, und sie fragte sich, wie er das alles bislang alleine mit Hilfe der beiden Knechte geschultert hatte.

»Nimm dir Claas und leg die Ballen bereit. Und achte darauf, dass sie nicht schmutzig werden.«

Ludeke nickte langsam. »Mehr hätte er nicht ordern dürfen«, bemerkte er. »Der Speicher ist beinahe leer.«

»Ich weiß.« Christine seufzte leise. Ihre Finger glitten über die aufgeschlagene Seite des Geschäftsbuchs, in dem sie in letzter Zeit fast nur noch Ausgänge vermerkt hatte. Es wurde höchste Zeit, dass Henric zurückkehrte mit den Waren aus Nowgorod. Sie wartete schon seit September jeden Tag darauf.

Sorgsam zählte Christine die Münzen in die Geldschatulle. Es war in der Tat ein guter Sommer gewesen, aber in der Schatulle nutzte das Geld wenig. Es musste arbeiten, sonst würde dem guten Sommer ein umso schlechterer Winter folgen.

Seufzend klappte Christine den Deckel des Kästchens zu, schloss es ab und verstaute den Schlüssel an dem Band um ihren Hals. Wenn Henric bis Sankt Martin nicht zurück war, würde sie etwas unternehmen müssen. Vielleicht sollte sie jetzt schon die Kontore der anderen Kaufherren aufsuchen und ausloten, wer bereit war, mit ihr ins Geschäft zu kommen.

Das Geräusch der Tür ließ sie aus ihren Gedanken hochschrecken. Heute ging es hier tatsächlich zu wie in einem Taubenschlag. Schon wollte sie den Besucher mit einem höflichen

Gruß willkommen heißen, doch die Worte stockten ihr im Mund.

»Thade?«, brachte sie verblüfft heraus. Im nächsten Moment hatte sie den Tisch umrundet, ergriff seine Hand und drückte sie herzlich. »Was machst du denn hier?«, strahlte sie.

»Gut siehst du aus, Christine.« Er lächelte müde und erwiderte ihren Händedruck. Erschöpfung lag in seinem Blick, als er sich im Kontor umschaute, und etwas, was Christines Herz schneller schlagen ließ. Sorge.

Bang schaute sie zu ihm hoch. »Ist es wegen … Vater?«

»Was meinst du?«

»Ob du wegen Vater hier bist. Ich habe gehört, er sei sehr krank.«

»Das ist er auch.« Thade seufzte leise. »Wenn du ihn noch einmal sehen willst, solltest du demnächst nach Bremen reisen. Aber das ist nicht der Grund. Henric ist verschwunden.«

»Henric ist … was?« Christine blinzelte verwirrt. »Aber …«

»Ich habe ihn in Nowgorod getroffen. Ein guter Kerl übrigens«, fügte er mit einem flüchtigen Lächeln hinzu, wurde aber sofort wieder ernst. »Wir sind zusammen zurückgereist, erst über Land und dann weiter mit dem Schiff bis nach Danzig. Unterwegs sind wir in einen Sturm geraten, der das Segel zerrissen hat, sodass wir ein paar Tage in der Stadt festsaßen. Henric war gereizt und wollte sich die Zeit auf dem Markt und am Hafen vertreiben. Doch dann ist er abends nicht zurückgekehrt. Wir haben ihn überall gesucht, aber niemand wusste etwas.«

»Wann war das?« Christines Hand fasste nach dem Tisch. Ihr war mit einem Mal eiskalt.

»Vor sechs Wochen«, antwortete Thade. Er sah unglücklich aus. »Ich bin in Danzig geblieben und habe versucht, etwas herauszufinden. Aber es ist, als ob der Erdboden ihn verschluckt hätte. Keine Spur, nichts.«

Christine nickte mechanisch. Sie spürte Thades Hand, die sich auf ihren Arm legte und sie sanft in den Stuhl drückte.

»Ich wäre noch länger geblieben, wenn ich die Hoffnung gehabt hätte, doch noch etwas in Erfahrung zu bringen«, sagte er leise. »Letztendlich bin ich weitergereist, weil ich dir Bescheid sagen wollte. Noch später, und ich hätte keinen Schiffsführer mehr gefunden, der mich über die Ostsee bringt.«

»Danke.« Christine versuchte zu lächeln, doch es wurde eher eine verzweifelte Grimasse. Ihr Kopf schwirrte von den Gedanken, die wie eine Flut auf sie einstürzten. All ihre Hoffnungen hatten sie auf diese Reise gesetzt, und nun traf das Schicksal sie wie ein Hammerschlag. Ohne Henric war sie nichts, eine Witwe ohne Verwandte, ohne Rechte in einer fremden Stadt.

»Bist du dir sicher, dass er tot ist?«

Thade hob die Schultern. »Wenn ich das wüsste, wäre ich früher zurückgekehrt. Aber ich habe jeden Toten, den sie aus dem Hafenbecken oder aus den Gossen gefischt haben, angesehen, ich war bei dem Vogt, ich habe die Spitäler abgeklappert. Nichts.«

»Dann muss ich ihn suchen«, sagte Christine leise.

»Du wirst nicht mehr erfahren als ich.«

»Ich vielleicht nicht.« Christine erhob sich abrupt, sodass der Stuhl zurückkippte und mit lautem Krachen zu Boden fiel. Sie schenkte Thade ein flüchtiges Lächeln. »Ich danke dir für deine Hilfe. Du bist mir herzlich willkommen, solange du in Lübeck bleibst.«

»Ich werde kaum ein paar Tage bleiben können.« Thades Mundwinkel zuckte bedauernd. »Ich habe übrigens Henrics Waren mitgebracht. Wenn du Leute hast, die sie in euer Lager bringen, kümmere ich mich um alles Weitere.«

Christine nickte fahrig. Waren … ja. Darum sollte sie sich kümmern. Aber nicht jetzt.

»Frag Ludeke«, murmelte sie daher nur. »Er muss auf dem Speicher sein. Sag ihm, dass ich dich geschickt habe.« Sie sah Thade voller Dankbarkeit und Verzweiflung an und huschte dann an ihm vorbei zur Tür.

»Wo gehst du hin?«

Sie hielt noch einmal inne und drehte sich zu ihm um. »Zu jemandem, der mir vielleicht helfen kann«, sagte sie und fügte leise hinzu: »Ich hoffe es zumindest.«

*

Daniel hob den Kopf, als es an der Tür klopfte.

»Ist offen«, rief er ungehalten, während er sich aufrichtete und das Hörrohr beiseitelegte, mit dem er den Brustkorb des jungen Patriziers abgehört hatte. Der Junge schielte mit bangem Blick zu ihm hoch und hustete noch einmal, wie zur Bestätigung.

»Es ist nichts Ernstes«, verkündete ihm Daniel und trat an das Wandbord, um unter den beschrifteten Tiegeln nach dem richtigen zu suchen. Er brauchte dringend neue Salben, stellte er stirnrunzelnd fest. Morgen sollte er beim Apotheker vorbeischauen und neue in Auftrag geben, zu hoffnungslos überteuerten Preisen, die Daniel zähneknirschend zahlte. Aber es gab keinen anderen Apotheker in der Stadt, zumindest keinen, bei dem Daniel sicher sein konnte, dass er tatsächlich Schafgarbe und keinen Schafsdung bekam.

»Hiermit reibt Ihr die Brust morgens und abends ein«, erklärte er, während er einen kleinen Tontopf herausklaubte und sich wieder zu dem Patrizier umdrehte. »Wenn es nicht besser wird oder der Husten rasselnd klingt, solltet Ihr …« Er verstummte, als sein Blick auf die Tür fiel.

Christine wirkte ein wenig verloren, wie sie dort stand, die Hand in den Mantel gekrallt, den sie eng um sich gezogen hatte, das Gesicht bleich wie der Himmel an einem Wintertag. Eine stumme Bitte lag in ihrem Blick, die er sofort verstand.

Äußerlich gelassen nickte er ihr zu und wandte sich wieder an den Patienten. »Wenn es also nicht weggeht, dann kommt wieder. Und vermeidet Kälte, am besten sucht Ihr Euch einen warmen Platz am Herd. Und trinkt viel. Aber nicht zu viel

Wein«, setzte er rasch hinzu. Er drückte dem jungen Mann den Tiegel mit der Salbe in die Hand und wartete ungeduldig, bis dieser sich wieder angekleidet und das Honorar gezahlt hatte, dann geleitete er ihn hinaus und schloss eilig die Tür.

Sofort stürzte Christine auf ihn zu und ergriff seine Hand. »Ich brauche Eure Hilfe, Daniel!«

»Ist etwas geschehen?«, stammelte Daniel und ärgerte sich im selben Moment über die dämliche Frage. Natürlich war etwas geschehen, sonst wäre sie nicht hier.

»Henric ist verschwunden«, stieß Christine hervor. Ihr Blick suchte seine Augen, flehend. »Bitte, helft mir, ihn zu finden!«

»Wie, verschwunden?«

»In Danzig.« Ein Durcheinander von Worten sprudelte aus Christine heraus.

»Langsam«, unterbrach Daniel sie und schob sie sanft in Richtung Stuhl. »Erzählt mir in aller Ruhe, was vorgefallen ist.«

»Soweit ich das weiß«, murmelte Christine, während sie sich setzte, ohne jedoch seine Hand loszulassen. Dann begann sie zu erzählen, von Henrics Reise und davon, welche Hoffnungen sie in die Gesellschaft gelegt hatten, von ihrem Warten und von Thade Petersens Nachricht. »Ich weiß nicht, was ich tun soll, wenn Henric tatsächlich tot ist«, schloss sie mit leerem Blick. »Vermutlich verschafft es mir Zeit, dass niemand sagen kann, was mit ihm geschehen ist, aber zu lange wird die Kaufmannschaft nicht warten, mich wieder zu verheiraten.«

Daniel nickte langsam. »Ihr seid jung und erbt ein gutgehendes Geschäft. Und Ihr seid wunderschön«, bemerkte er mit einer Spur Bitterkeit in der Stimme, die er sogleich mit einem Lächeln zu überspielen suchte.

»Ich will nicht gleich wieder heiraten, Daniel.« Ihre Lider flackerten, als sie zu ihm hochsah, und ihre Lippen zitterten. »Ich bin keine Zuchtstute, die man einfach weitergibt. Aber sie werden mich nicht entscheiden lassen. Ich bin hier eine Fremde und allein.«

»Du bist nicht allein«, murmelte Daniel. Die vertraute Anrede war ihm herausgerutscht, ehe er es bemerkt hatte. Einem inneren Drang folgend, legte er die zweite Hand an ihren Kopf und zog sie zu sich heran. Er spürte, wie sie sich unter der unerwarteten Geste spannte, und einen Moment befürchtete er, sie würde zurückschrecken. Doch dann löste sich ihre Anspannung, und ihre Wange sank gegen seine Brust.

»Ich weiß«, flüsterte sie erschöpft und legte den Arm um seine Hüfte. »Du bist immer bei mir. Aber heute brauche ich dich wirklich.«

Seine Finger strichen über ihren Nacken. Ein warmer Schauer rann über Daniels Rücken, und für einen Moment wünschte er sich, die Zeit anhalten und den Augenblick unvergänglich werden lassen zu können. Noch nie war sie ihm so nahe gewesen, und vermutlich würde sie es nie wieder sein, wenn Henric zurück war. Einen Wimperschlag lang ertappte er sich bei dem Wunsch, Henric möge nie wiederkommen, doch erschrocken verdrängte er den Gedanken sofort wieder. Er setzte Christines und sein Seelenheil aufs Spiel, wenn er so etwas auch nur dachte. Sie war hier, um ihn um Hilfe zu bitten, ihn, der ihr Angebot zur Freundschaft abgelehnt hatte, und dennoch war sie zu ihm gekommen.

»Was kann ich denn tun?«, murmelte er, neigte den Kopf ein wenig, um beruhigend mit den Lippen über ihren Schleier zu streichen.

»Danzig liegt im Ordensland«, erklärte Christine leise und ohne den Kopf zu heben. Ihre Stimme klang erstickt an seiner Brust. »Auch wenn du nicht in Bremen bist, bist du immer noch Chorherr. Vielleicht kannst du über die Nachrichtenwege der Kirche etwas herausfinden. Oder jemanden in Danzig um Auskunft bitten. Vielleicht sagt man dir mehr als Thade.«

Daniel lächelte bitter. Deshalb war sie also hier. Berechnend und mit dem sicheren Wissen, dass er ihr keine Bitte abschlagen konnte. Um ihretwillen nicht und um Henrics willen ebenso wenig.

»Ich kann es versuchen«, murmelte er. »Ich kann dir aber nichts versprechen.«

»Ich weiß.« Christine seufzte leise. »Aber ich weiß sonst nicht, was ich tun soll.«

Daniel schwieg kurz, während er weiter ihren Hals streichelte.

»Liebst du ihn?«

»Henric?« Christine hob verwirrt den Blick. Ziellos schaute sie an ihm vorbei durch den Raum. »Ich schätze ihn«, sagte sie schließlich zögerlich. »Er ist gut zu mir und achtet mich. Ein guter Ehemann.« Sie sah einen Moment vor sich hin, dann löste sie sich unvermittelt. »Ich muss wieder zurück. Mein Oheim hat die Waren mitgebracht, die Henric eingekauft hat, man wartet auf mich im Kontor.«

Daniel nickte schweigend und trat zurück.

»Ich helfe dir.« Er sprach leise, damit sie nicht hörte, wie seine Stimme zitterte. »Wenn Henric noch lebt, werden wir herausfinden, wo er steckt. Das verspreche ich dir.«

Ein warmes Lächeln huschte über ihr Gesicht. »Danke.«

Marienburg, November 1376

»Zwei Knöchelchen, dass du sie nicht triffst.«

Henric hatte leise gesprochen, doch nicht leise genug, denn Gedimin warf ihm einen drohenden Blick zu, ehe er sich wieder der Ratte zuwandte, die sich zögerlich der Brotkruste näherte. Die Füßchen trippelten durch das Stroh, wobei sie immer wieder innehielt und sich aufrichtete, um aus schwarzen Knopfaugen zu ihnen hinüberzulinsen. Aber offensichtlich obsiegte der Hunger über die Angst vor den beiden Menschen, die lauernd im Schatten der Wand hockten und jede Bewegung gebannt verfolgten. Nur noch ein Spann trennte sie von dem verlockenden Nachtmahl. Wieder setzte sie sich auf, drehte den Kopf und witterte, ließ sich auf die Pfötchen fallen und huschte eilig zu dem Brot.

Gedimins Arm schnellte vor, doch der Stein schlug eine halbe Handbreit neben der Ratte ins Stroh. Panisch fiepend stob sie davon und verschwand in einem Loch in der Wand.

»Du schuldest mir zwei Knöchelchen«, grinste Henric und hielt die Hand auf.

Gedimin gab ein unwilliges Schnauben von sich und kroch zu dem Brotstück hinüber, um den Stein wieder einzusammeln. »Du hast betrogen.«

»Wie kommst du denn darauf?«

»Du hast sie aufmerksam gemacht mit deinem Flüstern.«

»Na und? Du hast gewettet, dass du sie mit einem Wurf erlegst.« Henric schmunzelte. Der junge Litauer gestand nur ungern eine Schwäche ein, und wenn es darum ging, eine Ratte mit einem Stein zu erschlagen.

Aber etwas anderes gab es hier nicht, um sich die Zeit zu vertreiben. Wenigstens hatten mit Gedimins Ankunft einige Bequemlichkeiten Einzug in die Zelle gehalten. So gewährte man ihnen eine Talglampe, die regelmäßig ausgewechselt wurde. Henric hatte überlegt, ob die Wachen nicht fürchten mussten, dass sie den Kerker damit in Brand setzten, aber er war schnell zu der Überzeugung gekommen, dass sie sich damit nur selbst umbringen würden. Die Mauern waren so dick und die Decke ein gemauertes Gewölbe, dass sie im besten Fall im Rauch erstickt wären, ehe sie in den Flammen verbrannten. Außerdem gab es gelegentlich Fleisch zu dem Brot und der Brühe, meistens Huhn, das sie bis auf den letzten Knochen abnagten. Die übriggebliebenen Knöchelchen hoben sie auf und verwendeten sie als Währung für ihre Wettspiele. Es gab viel, worauf man wetten konnte. Ob es gelang, fünf Strohhalme hintereinander in den Eimer für die Exkremente zu werfen, ob es an dem Tag Huhn gab, ob die Wärter zweimal oder dreimal vorbeisahen, bevor sie das Essen brachten, und immer wieder auf die widerlichen Ratten, die aus irgendwelchen Löchern im Gemäuer schlüpften und nachts um sie herumtrippelten, sodass Henric kaum wagte zu schlafen, aus Furcht, eine der Ratten könnte ihn annagen.

»Zwei Knöchelchen.« Murrend suchte Gedimin zwei besonders dürre Knochen aus seinem Haufen heraus und reichte sie Henric. »Die hole ich mir zurück«, kündigte er an.

Henric grinste und legte die beiden zu seinem Haufen, der deutlich kleiner war als der des Litauers. Noch hatten sie sich nicht geeinigt, wie sie ihre Währung eines Tages umsetzen wollten. Vorausgesetzt, sie kämen irgendwann einmal frei.

»So, und was nun?« Gedimin sah sich gelangweilt um. »Warten wir auf die nächste Ratte, und dieses Mal versuchst du, sie zu treffen?«

»Nein, aber ich wette um drei Knöchelchen, dass gleich jemand zu uns kommt.« Henric hatte lauschend den Kopf gehoben. Inzwischen hatte er gelernt, jedes noch so leise Geräusch zuzuordnen, und gerade stiegen deutlich erkennbar mehrere Männer die Leiter hinab.

»Stimmt.« Gedimin lauschte auch. »Und ich wette, dass sie uns weder Suppe noch Huhn bringen.«

Tatsächlich war es nicht der bekannte Wächter, der im nächsten Moment die Tür öffnete, sondern eine hochgewachsene, kräftige Gestalt, die Henric auch gegen das Licht der Laternen als Ordensherr erkannte. Einen Moment blieb der Ritter in der Tür stehen, als müssten sich seine Augen erst an das schummrige Licht gewöhnen, dann bedeutete er Gedimin mit einer harschen Geste aufzustehen.

»Kommt mit«, befahl er knapp. »Der Großmeister will Euch sehen.«

Seufzend erhob sich Gedimin und warf Henric ein bedauerndes Lächeln zu. »Sieht so aus, als wäre unsere gemeinsame Zeit schon wieder vorbei. Aber wenn es dir recht ist, werde ich ein gutes Wort für dich einlegen.«

»Spart Euch die Verabschiedungen«, schnarrte der Ritter, ehe Henric etwas erwidern konnte, und packte Gedimin, um ihn unsanft hinauszuziehen.

Die Tür fiel zu, und Henric hörte den Riegel knirschen, hörte noch die Schritte, die sich entfernten. Dann war es wieder still, eine kalte, erdrückende Stille, die Henrics Hals eng werden ließ. Auf einen Schlag kehrte die Hoffnungslosigkeit zurück und nahm ihm die Luft.

Stumm schlang er die Arme um die Knie und starrte auf die Talglampe, die langsam herunterbrannte.

Sie wurde nicht gewechselt. Und Huhn gab es fortan auch nicht mehr.

Lübeck, Ende November 1376

Ein kalter Wind pfiff durch die Straßen der Stadt, doch Daniel spürte ihn kaum. In der Hand hielt er ein Stück Pergament, das seine Schritte beflügelte, auch wenn sein Herz die gute Nachricht nicht ebenso bejubelte.

Er klopfte nicht an, als er Pleskows Haus in der Königstraße erreichte, sondern trat gleich in die Diele ein, in der wie immer reichlich Betrieb herrschte. Auf seine Frage hin verwies man ihn auf das Kontor in der vorderen Dornse, wo er den Ratsherrn in Abrechnungen vertieft vorfand.

Jakob Pleskow schaute überrascht auf, als Daniel eintrat, und legte die Feder beiseite.

»Daniel Suterman«, bemerkte er und verschränkte die Finger unter dem Kinn. »Was führt Euch hierher? Habt Ihr wieder Ärger?« Erst letzten Monat war Daniel mit einem der Minoritenbruder aus dem Heilig-Geist-Spital aneinandergeraten, was sich zu einem handfesten Streit und einem ernsthaften Problem für Daniel entwickelt hätte, wenn Pleskow nicht beschwichtigend eingegriffen hätte.

»Nein.« Daniel schob den Brief über den Tisch und ließ sich unaufgefordert auf einen Stuhl fallen. »Verzeiht mein Eindringen, aber ich denke, wir sollten keine Zeit verlieren. Ich habe das hier heute Morgen vom Domdekan erhalten.«

Pleskow runzelte die Stirn, überflog dann die wenigen Zeilen.

»Sie haben ihn gefunden«, stellte er fest und schaute auf. Tiefe Erleichterung spiegelte sich auf seinem Gesicht. »Himmel Maria, das ist wirklich eine gute Nachricht! Weiß seine Frau schon davon?«

Daniel schüttelte den Kopf. »Ich wollte es ihr erst sagen, wenn wir sicher wissen, dass er freikommt.«

»Ich nehme an, deshalb seid Ihr hier.« Pleskow legte den Brief wieder zur Seite.

»Ich habe nicht die Möglichkeiten, seine Freilassung zu bewirken. Der Vorwurf des Schmuggels wiegt schwer.«

»Es ist unsinnig.« Pleskow schnaubte. »Henric ist einer der ehrlichsten und gottfürchtigsten Männer, die ich kenne. Nie im Leben würde er sich auf so eine Geschichte einlassen.«

»Das wisst Ihr, das weiß ich, und das weiß Christine. Die Deutschherren scheinen das jedoch anders zu sehen.«

»Lasst das meine Sorge sein«, winkte Pleskow ab. »Ich werde mich darum kümmern. Ihr habt schon mehr als genug getan.«

Das hatte er in der Tat, und Daniel dankte Gott, dass ihm wenigstens der Lübecker Domdekan wohlgesonnen war. Auf seine Zugehörigkeit zum Bremer Kapitel konnte er sich nicht mehr berufen, da inzwischen die Gründe für seinen Wechsel nach Lübeck bekannt geworden waren, aber zum Glück litt der Domdekan seit Jahren unter hartnäckiger Verstopfung, die ihn mitunter so geplagt hatte, dass er kaum im Chorgestühl hatte Platz nehmen können. Daniel hatte ihm eine Rezeptur für einen Abführtee gegeben und die Leckereien aus dem Speiseplan gestrichen. Seitdem war der Domdekan annähernd beschwerdefrei und überglücklich, sodass er Daniels Bitte, im Ordensland nach Henrics Verbleib zu forschen, bereitwillig weitergeleitet hatte.

»Gebt mir Bescheid, sobald Ihr etwas erreicht habt«, bat Daniel.

»Vielleicht werden wir schon zum Weihnachtsfest Neues wissen.« Pleskow nahm eine Schreibtafel von dem Stapel und begann, die Schrift vorsichtig mit der Rückseite des Griffels zu glätten. »Ich setze sogleich ein Schreiben auf.«

»Dann werde ich darum beten, dass Ihr Erfolg habt.«

»Ich tue mein Möglichstes«, brummte Pleskow. »Aber ich bin auch nur ein Mensch.«

»Das seid Ihr.« Daniel drehte sich an der Tür noch einmal um, lächelte gelöst. »Doch wer, wenn nicht Ihr, wäre in der Lage, Henric da herauszuholen?«

Pleskow murmelte nur etwas.

Marienburg, Dezember 1376

Es war kalt in der Zelle, und es wurde mit jedem Tag kälter. Eine feuchte, muffige Kälte, die ihm durch Mark und Bein ging und sich auch von der warmen Brühe nicht vertreiben ließ. Henric hatte sich inzwischen wieder daran gewöhnt, in der Finsternis auszuharren, mit den Ratten als einzigen Gefährten, aber allmählich fragte er sich, wie lange er das noch aushalten würde. Zwischendurch hatte er angefangen, mit Gedimin zu reden, als sei der Litauer noch da, bis er selbst Angst bekam, dass er bereits dabei war, verrückt zu werden. So starrte er in die dumpfe Finsternis, lauschte den Tropfen, die sich irgendwo im Gemäuer lösten. Manchmal raschelte eine Ratte, die er anhand der Geräusche zu orten versuchte. Einmal hatte er den Stein geworfen, dorthin, wo er meinte, sie gehört zu haben, doch er traf nur die Wand, und seitdem war der Stein auch fort.

Henric schrak auf, als die Tür geöffnet wurde und eine raue Stimme seinen Namen nannte. Orientierungslos blinzelte er in das helle Viereck der Türöffnung, erkannte erst langsam den Ritter, der dort stand und auf ihn niederblickte.

»Steh auf«, befahl der Mann barsch. »Du sollst mitkommen.«

»Ich?« Henric blinzelte wieder, ohne sich zu rühren. Seine Stimme klang krächzend in seinen Ohren.

»Ist hier sonst noch jemand?«

Mühsam stemmte Henric sich an der Wand hoch, um auf die Beine zu kommen, und wäre sicher im nächsten Moment wieder gestürzt, wenn der Ritter nicht nach seinem Arm gegriffen hätte. Seine Beine fühlten sich an, als bestünden sie aus Pflaumenmus, und sanken sofort wieder in sich zusammen.

Der Ritter drehte den Kopf und bellte einen knappen Befehl, woraufhin der Wärter hereingeeilt kam und Henric unter den Achseln packte, um ihn hinauszuzerren. Henric lächelte schwach, als der Ritter die Nase rümpfte. Er musste stinken wie ein Dutzend Jauchegruben im Hochsommer, und vermutlich sah er auch so aus.

»Wasch den erst einmal«, befahl der Ritter dem Wärter brummend. »Und bring ihn dann nach oben. Der Großmeister will ihn sehen.«

Großmeister. Henrics Herz tat einen Sprung. Entweder ging es ihm nun tatsächlich an den Kragen, oder, was er kaum zu hoffen wagte, man würde sich seinen Fall anhören. Seine Hände zitterten vor Kälte und Unruhe, als der Wärter ihn in einen Baderaum schleppte und ihm dort die Kleidung vom Leib riss, um ihn ziemlich unsanft in einen Zuber mit lauwarmem Wasser zu tunken. Obwohl die Brühe fast ebenso stank wie er selbst und wahrscheinlich bereits der halben Burg zum Waschen gedient hatte, meinte Henric, noch nie eine solche Wohltat genossen zu haben. Seine Finger und Zehen kribbelten, als die Kälte langsam wich, und er wäre gern noch ein wenig geblieben, doch der Wärter hieß ihm mit einer ungeduldigen Geste, wieder hinauszuklettern und einen groben Kittel überzuwerfen, den er ihm reichte. Nun sah er wenigstens endgültig wie ein Tagelöhner oder Wegelagerer aus, dachte Henric bitter, während er sich hinaus auf den Hof und zum Palasgebäude schieben ließ. Überrascht stellte er fest, dass Schnee lag, der sich wie feiner Zucker auf Dächer und Mauervorsprünge gelegt hatte, und zum ersten Mal wurde ihm bewusst, wie viel Zeit vergangen sein musste. Zeit, in der niemand etwas über seinen Verbleib wusste.

Der Gedanke traf ihn wie eine Faust in den Magen, sodass er abrupt innehielt, doch der Wärter stieß ihn rüde voran und drängte ihn weiter.

Der Großmeister erwartete sie in seinen Gemächern. Er saß an einem Schreibtisch und hatte einen Pelzmantel um die Schultern gezogen gegen die zugige Kälte, die trotz des Kachelofens in dem Raum herrschte und Henric in seinem dünnen Kittel frösteln ließ. Am geöffneten Fenster stand der Ritter und schaute hinaus auf den Hof. Er warf Henric einen flüchtigen Blick zu, als sie eintraten.

»Der Kaufmann«, brummte der Wächter und schob Henric weiter in den Raum hinein.

Beklommen betrachtete Henric den Mann, der über sein Schicksal zu entscheiden hatte. Der Großmeister hatte den Kopf gehoben, musterte Henric kurz, ehe er sich wieder seiner Arbeit widmete.

»Ihr wisst, was jemandem bevorsteht, der Bernstein schmuggelt?«, fragte er beiläufig, als plaudere er über das Wetter.

Henric nickte langsam. »Der Tod«, antwortete er und zwang sich, nicht zu leise zu sprechen. Er wollte nicht furchtsam wirken, auch wenn sein Hals wie zugeschnürt war.

Der Großmeister warf ihm einen forschenden Blick zu, richtete sich dann auf und langte nach einem Beutel, der vor ihm auf dem Tisch lag und den Henric nur allzu gut kannte. »Was ist hiermit?«

»Es ist so, wie ich es gesagt habe. Ich habe keine Ahnung, wo der Bernstein herkommt! Mir gehört er nicht. Jemand muss ihn mir untergeschoben haben.«

»Seid Ihr bereit, das zu beschwören?« Der Blick des Großmeisters ruhte immer noch auf ihm.

»Jederzeit. Das heißt«, Henric stockte kurz, »ich kann beschwören, dass mir nur das Amulett gehört. Es ist ein Geschenk von dem Bojaren Andrej Newski an meine Frau.«

Der Großmeister hob eine Augenbraue, schüttete den Beutel dann auf dem Tisch aus. Dunkelroter Bernstein blieb verstreut auf dem Holz liegen.

»Ich schwöre bei der Jungfrau Maria und unserem Herrn Jesus Christus, dass ich niemals etwas geschmuggelt habe«, sagte

Henric voller Inbrunst. »Man hat mir eine Falle gestellt, um mich zu vernichten. Wahrscheinlich fallen meine Feinde bereits über meine Frau her und verleiben sich die fettesten Brocken aus meinen Geschäften ein. Wenn Ihr mich tötet, haben sie gewonnen. Wenn Ihr mich noch lange festhaltet, haben sie ebenso gewonnen.«

»Wer sind Eure Feinde?« Der Großmeister setzte die Ellbogen auf dem Tisch auf und drehte seinen Siegelring zwischen den Fingern der anderen Hand. Für einen Moment wirkte sein Blick fast interessiert.

»Mein Vater«, antwortete Henric grimmig. »Lambrech Suterman. Er will es nicht hinnehmen, dass er nicht mehr über mich gebietet.«

Es war dem Großmeister nicht anzusehen, was er von dieser Antwort hielt. Ohne jede Rührung nahm er die Feder wieder auf und gab dem Ritter am Fenster einen Wink. »Bringt ihn wieder fort.«

»Und was geschieht jetzt?« Henric entwand sich der Hand, die ihn grob packte, und stand im nächsten Moment direkt vor dem Tisch. Er war fassungslos, dass man ihn einfach zurück in das Loch stecken wollte. »Bei allen Heiligen, sagt mir doch wenigstens, was mit mir geschehen soll!«

»Schluss!« Der Großmeister hatte nicht laut gesprochen, aber in seiner Stimme schwang eine Schärfe, die Henric augenblicklich verstummen ließ. »Ihr werdet es früh genug erfahren. Und nun verschwindet.«

Henric stand da und starrte ihn an mit einer Mischung aus Wut und Verzweiflung. Seine Hände ballten sich zu hilflosen Fäusten, doch ehe er etwas erwidern konnte, wurde er gepackt und hinausgeschleift.

Widerstandslos ließ Henric sich mitziehen. Es war ohnehin gleichgültig, was er tat. Warum forderte man von ihm einen Schwur, wenn man ihn im nächsten Moment zurück in das Rattenloch stieß? Der pure Gedanke löste in ihm ein solches Entsetzen aus, dass er sich am liebsten am nächsten Mauervorsprung festgekrallt hätte. Doch damit gäbe er das letzte bisschen Würde auf, das ihm noch geblieben war.

Zu seiner Überraschung schlug der Ritter jedoch nicht den Weg zurück zum Kerker ein, sondern stieg mit ihm eine steile Treppe empor, die Henric schier unendlich erschien. Schließlich standen sie vor einer Tür, die von einem grimmig schauenden Waffenknecht bewacht wurde. Fragend blickte Henric zu dem Ritter, dessen Gesicht jedoch keine Regung zeigte.

»Mach auf und lass uns herein«, blaffte der Ritter die Wache an. Dann schob er Henric durch die Tür, blieb selbst jedoch im Eingang stehen.

Henric schaute sich verwirrt um. Das Turmzimmer war überraschend geräumig und komfortabel eingerichtet, mit einem großen Bett, mehreren Truhen, Stuhl und Tisch und einem kleinen Altar in der Nische neben der Tür. Das Fenster war geöffnet, sodass der Wind kalt hineinstrich, aber es war nicht zu kühl in dem Raum. Auf dem Bett saß Gedimin, der mit einem erfreuten Laut aufsprang.

»Henric! Endlich!« Mit zwei Schritten war er bei ihm und fasste Henrics Hand. »Ich hatte langsam die Hoffnung aufgegeben, dass sie dich da unten rausholen. Sagt dem Großmeister meinen Dank«, wandte er sich an den Ritter. »Ich hätte nicht gedacht, dass Ihr so etwas wie Nachsicht hegt.«

Der Blick des Deutschherrn verdüsterte sich. »Ich warne Euch«, knurrte er. »Übertreibt es nicht. Mir wird es eine Freude sein, Euch zurück in den Keller zu bringen.«

»Genau das fürchte ich.« Gedimin machte ein zerknirschtes Gesicht. »Dann richtet dem Großmeister nur meinen Dank aus.«

Der Ritter schien noch etwas sagen zu wollen, warf dem Litauer dann aber nur einen finsteren Blick zu und verließ das Gemach. Ein Schlüssel kreischte im Schloss.

»Henric.« Gedimin legte die Hand auf Henrics Schulter und blickte ihn offen an. »Ich sehe, die Ratten haben dich nicht gefressen.«

Henrics Mund formte ein schwaches Grinsen. »Ich will nicht über Ratten reden. Erzähl mir lieber, was das hier zu bedeuten hat.« Sein Blick wanderte durch den Raum.

»Das war mein Gefängnis, ehe ich versucht habe zu fliehen. Man hat mich wieder hierhergebracht, nachdem ich lang genug gebüßt habe.« Gedimin zog Henric mit sich zum Fenster, von wo aus man einen herrlichen Blick über den Fluss hatte. Tief unter ihnen lag der Hof, in dem sich soeben eine Gruppe aus Rittern und Knappen zum Aufbruch bereitmachte. Pferdewiehern drang zu ihnen hinauf, und vereinzelte Rufe.

»Man kann hier kaum fliehen. Höchstens seinem Leben ein Ende setzen, indem man sich hinabstürzt. Vielleicht hofft man inzwischen darauf, dass ich es eines Tages tue. Aber wenigstens ist die Luft hier gut.«

»Und wie kommt es, dass ich hier bin?«

»Ich habe den Großmeister darum gebeten.« Gedimin lächelte. »Ich konnte doch nicht zulassen, dass du am Ende noch von den Ratten gefressen wirst.«

Henric seufzte leise. »Der Großmeister hat mit mir gesprochen, aber es schien ihm reichlich gleichgültig zu sein, was mit mir geschieht. Vermutlich wollen sie mich hier lebendig begraben.«

Gedimin legte den Kopf zur Seite. »Du klagst wie ein jämmerliches Waschweib, Henric Suterman aus Lübeck«, bemerkte er spöttisch. »Was sind deine drei Monate gegen die Jahre, die ich hier bereits ausharre? Wenn ich so denken würde wie du, hätte ich mich längst aus dem Fenster gestürzt.«

Henric schwieg betroffen. Stumm sah er zu, wie Gedimin sich etwas vorbeugte, um die Fensterläden zu schließen und die Kälte auszusperren. Ein gezwungenes Lächeln lag auf den Lippen des Litauers. »Immerhin hat er sich deine Sicht angehört und dich nicht gleich seinem Scharfrichter vorgeführt. Warte ab, ein, zwei Monate, und es wird sich alles auflösen. Und so lange bleibst du hier, und wir unterhalten uns darüber, was du als Gegenleistung für mich tun kannst.«

»Als Gegenleistung?«

»Dafür, dass ich bereitwillig diese Kammer mit dir teile«, führte Gedimin aus. »Und dass ich dir die Wartezeit vertreibe …«

»Du siehst die Dinge in einem sehr strahlenden Licht«, bemerkte Henric zweifelnd.

Gedimin zuckte mit den Schultern und fläzte sich auf den Stuhl, die Beine ausgestreckt und den Ellbogen auf den Tisch gestützt. »Nun erzähl von deinen Geschäften. Dann werde ich entscheiden, ob ich meinen Verwandten in meinen nächsten Bettelbriefen empfehle, mit dir zu handeln.«

Müde erwiderte Henric: »Du glaubst wirklich, dass ich heil aus der Sache herauskomme.«

»Ja.« Gedimin nickte ernst. »Heil bis auf diese hässliche Zahnlücke, aber damit muss deine Frau leben, nicht ich. Und wenn ich meiner geizigen Verwandtschaft einen Hansekaufmann vermittele, der sie nicht übers Ohr haut, werden sie mir vielleicht dankbar genug sein, mich endlich auszulösen. Du siehst, es hat für uns beide seine Vorteile.«

»Wir werden sehen«, murmelte Henric.

Lübeck, Februar 1377

Prüfend hob Daniel die Sehhilfe gegen das Licht und kippte sie sacht vor und wieder zurück, um zu erkennen, wie sich die Wirklichkeit hinter der Linse brach. Es war faszinierend, zu welcher Kunstfertigkeit die venezianischen Glasschleifer fähig waren, eine Glasscheibe so zu verändern, dass sie den Blick schärfte.

»Gefällt sie Euch?«, erkundigte sich Abraham Ben Simon.

Daniel ließ die Brille sinken und nickte dem Juden zu. »Sie ist ausgezeichnet. Und wahrscheinlich nicht billig, oder?«

Ein dünnes Lächeln ließ Abrahams Bart zucken. »Gute Linsen sind nie billig«, sagte er. »Allerdings würde Euch mein Vetter einen guten Preis machen, wenn Ihr ihn an Eure Patienten weiterempfehlt. Einen sehr guten Preis.«

Daniel schmunzelte verstohlen. Natürlich lag dem Juden daran, ihn für sich einzuspannen, schließlich zählte zu seinen Patienten inzwischen fast alles, was Rang und Namen hatte. Und das waren gerade die Einwohner Lübecks, die Verwendung und auch das nötige Geld für eine dieser faszinierenden Sehhilfen hatten.

»Ich kann ihn empfehlen, aber ich kann nicht versprechen, dass man meinen Empfehlungen folgt.« Daniel legte die Brille vorsichtig auf dem Tisch ab. »Sagt Eurem Vetter, dass er vorbeikommen soll, dann bezahle ich ihn.« Er ahnte, dass ihn dieses winzige Ding ein Vermögen kosten würde, aber er kam nicht mehr darum herum. Schon seit Monaten bereitete ihm das Lesen immer mehr Schwierigkeiten, sodass er die Bücher nach kurzer Zeit mit Kopfschmerzen beiseitelegen musste.

Nach einigem Zögern hatte er den jüdischen Arzt aufgesucht, mit der Befürchtung, es könne ein grauer Star sein, doch Abraham konnte ihn beruhigen. Letztendlich war es nur die übliche Schwersichtigkeit, die sich mit dem Alter einstellte, bei den einen früher, bei den anderen später. Bei ihm setzte sie sehr früh ein, vermutlich bedingt durch das viele Lesen bei schlechtem Licht.

Daniel kramte das Kästchen mit seinem Geld aus einer Kiste hervor, um dem Juden das Honorar zu geben.

Doch Abraham hob abwehrend die Hand. »Ich nehme kein Geld von Euch. Mir wäre es lieber, wenn ich wüsste, dass ich umgekehrt Euch aufsuchen kann, sollte es nötig sein.«

»Jederzeit.« Daniel ließ die Münzen zurück zu den anderen gleiten und schenkte dem Juden ein freundliches Lächeln. »Dann habt vielen Dank für Eure Hilfe. Möge Gott Euch behüten.«

»Euch ebenso, Daniel Suterman.« Abraham neigte höflich den Kopf und ging.

Daniel sah ihm nach, bis sich die Tür hinter ihm geschlossen hatte, dann nahm er zufrieden summend die Brille zwischen Daumen und Zeigefinger und betrachtete sie noch einmal eingehend, ehe er sie auf die Nase setzte. Es war ein ungewohntes Gefühl, das hölzerne Gestell vor den Augen zu balancieren, aber daran würde er sich gewöhnen. Immer noch summend trat er an das Regal und nahm ein Buch heraus, das er aufschlug. Mit der anderen Hand hielt er die Brille fest, während seine Augen über die Zeilen huschten und seine Lippen leise die Worte formten. Es war ein Unterschied wie Tag und Nacht. Er konnte sich kaum daran erinnern, dass sich die Buchstaben so klar und hart von dem Pergament abhoben, aber vermutlich hatten sie das schon immer getan – nur dass er es nun endlich wieder sehen konnte.

Es klopfte.

Mit einem tiefen Seufzer hob Daniel den Kopf und nahm die Brille von der Nase. »Es ist offen!«, brummte er.

Doch dieses Mal war es kein verschnupfter Kaufmann, der seine Hilfe suchte, sondern Christine.

»Gott zum Gruß, Daniel«, lächelte sie müde. »Ich habe deine Nachricht bekommen und bin so schnell gekommen, wie es möglich war.«

»Tritt erst einmal ein«, erwiderte er das Lächeln und machte einen Schritt auf sie zu, um ihre Hände zu nehmen. Ihre Finger fühlten sich kalt und steif an und ungewohnt rau, und ihr Gesicht wirkte müde und bleich, mit tiefen Ringen unter den Augen und einem harten Zug um die Mundwinkel, den er bislang an ihr nicht gekannt hatte. Vermutlich packte sie mehr mit an, als sie sollte, um Henric zu ersetzen, fuhr Daniel durch den Kopf, und für einen Moment regte sich in ihm ein schlechtes Gewissen.

»Wie geht es dir?«, fragte er, ohne ihre Hände loszulassen.

Christine zuckte kurz mit den Schultern, sah an ihm vorbei. »Ich versuche, die Geschäfte am Laufen zu halten. Es ist viel Arbeit, aber Ludeke hilft mir, so gut er kann«, sagte sie leise. »Odo Karsbek war vor ein paar Tagen da, ich denke, er wollte mich einschüchtern, aber es gibt wohl zurzeit wenig, was mich noch erschüttern kann.« Sie hob den Blick, und Daniel konnte nun das Zittern erkennen, das in ihren Augen lag. »Man hat mir gesagt, dass man bis zum Herbst wartet, ehe man Henric für tot erklärt. Danach habe ich die Wahl, neu zu heiraten oder nach Bremen in die Vormundschaft meines Vaters zurückzukehren. Wenn er bis dahin noch lebt«, fügte sie flüsternd hinzu. »Vielleicht ziehe ich ohnehin nach Bremen. Dort werde ich eher Fürsprecher finden, die mich vor einer zweiten Heirat bewahren.«

»Das wird nicht nötig sein.«

»Wie meinst du das?« Christine blinzelte fragend zu ihm hoch.

»Wir haben ihn gefunden. Er wird in der Marienburg gefangen gehalten.«

Christine schlug die Hand vor den Mund. »Woher weißt du das?«, flüsterte sie tonlos.

»Ich habe meine Mittel und Wege. Man wirft ihm Bernsteinschmuggel vor.«

»Bernsteinschmuggel«, wiederholte Christine flüsternd. »Das ist unmöglich. Henric würde so etwas niemals tun.«

»Das weißt du, und das wissen Jakob Pleskow und ich. Und jetzt wissen es auch die Deutschherren.«

Christines Kopf ruckte hoch. »Was meinst du damit?«

Anstatt zu antworten, ließ Daniel ihre Hände fahren und ging zu dem Bücherregal hinüber, um einen Brief herauszuziehen, den er Christine reichte. Stumm betrachtete er ihre Miene, während sie die wenigen Zeilen überflog und den Brief schließlich sinken ließ. Dann hob sie den Kopf und starrte ihn ungläubig an.

»Ist das ... wirklich wahr?«

Daniel nickte langsam. »Henric ist frei. Er sollte in ein paar Wochen wieder da sein. Ich wollte es dir nicht im Kontor sagen«, fügte er mit einem schwachen Lächeln hinzu. »Es war auch nicht einfach. Aber ich habe dir ja versprochen, dir zu helfen.«

Christines Mund zuckte, dann fiel sie ihm wortlos um den Hals. Sie drückte ihr Gesicht an seine Wange, und er spürte die zittrigen Tränen, ihre Hände, die sich an seinen Rücken krallten und sich an ihm festklammerten, während ihr Körper von dem Schluchzen geschüttelt wurde, das sie bislang verzweifelt unterdrückt hatte. Daniel hielt sie stumm und strich sanft mit den Lippen über ihre Haare, sog ihren Duft auf.

Ihre Augen schimmerten von Tränen, als sie schließlich den Kopf hob und ihn ansah. »Danke«, flüsterte sie. »Danke für alles.«

Stumm starrte er sie an, starrte auf ihre Lippen, nur eine Handbreit von seinen entfernt. So nah ... Und doch war sie Henrics Frau, ermahnte er sich, während sich die Gewissheit in seine Seele fraß, dass diese Gelegenheit womöglich nie wiederkehren würde. Wenn Henric zurück war, wäre alles beim Alten, und er würde sich aus ihrem Leben fernhalten, wie er es bislang auch getan hatte. Der Gedanke schmerzte ihn im Moment mehr als alles andere.

»Du schaust mich an, als wäre ich ein Geist.« Christine lächelte scheu, strich sich in einer verlegenen Geste eine Haarsträhne aus der Stirn. »Ist etwas?«

»Geister sind tot und kalt«, murmelte er. »Du bist voller Leben, eine Nymphe, eine Göttin, die mich bezaubert hat, vom ersten Moment an.« Verzaubert, das war es. Den Verstand geraubt und seine Seele in die ewige Verdammnis gestoßen. Doch das war ihm gleichgültig. Ehe er darüber nachdenken konnte, hatte er sie zu sich herangezogen und küsste sie innig.

Christine erstarrte. Einen Moment lang schien es, als wollte sie ihn wegstoßen, doch dann erwiderte sie den Kuss voller Leidenschaft. Stürmisch drückte sie sich an ihn, umschlang ihn mit den Armen, dass ihm die Luft stockte. Es war, als seien mit einem Mal die Dämme gebrochen, die die schwelende Begierde so lange zurückgezwungen hatten, und sie ließen sich in der Flut mitreißen. Daniel schauderte unter den Fingern, die sich in sein Hemd krallten, er hörte das leise Knirschen, als der Stoff nachgab, doch das war gleichgültig. Gierig sog er an ihren Lippen, spürte die Zunge, die seinen Mund erkundete, über seine Zähne strich, fordernd und mit einer Leidenschaft, über die er sich einen Moment lang wunderte, ehe er sich ganz in diesem Kuss verlor. Ihre Hände wanderten unter das zerrissene Hemd, strichen über seine Brust und seinen Rücken. Mühelos hob er sie auf den Tisch und schob ihre Röcke hoch, ließ eine Hand zwischen ihre Beine wandern, die sich ihm einladend öffneten. Ein wohliger Schauer rann über seine Haut, wie ein loderndes Feuer ergriff die Erregung von ihm Besitz, drängte ihn gegen ihren wunderbar festen Körper, der sich ihm entgegenbog, die Kehle darbietend, deren weiche Haut er gierig küsste, ihre festen Brüste, die er zitternd vor Lust durch den Stoff liebkoste. Ihm schwindelte, der Raum schien nur noch aus Christine zu bestehen, die vor ihm auf dem Tisch saß, so begehrenswert, dass er kaum wusste, wohin mit seinen Augen.

Längst hatte sich ihr Schleier gelöst, rotblonde Strähnen klebten auf ihrem geröteten Gesicht. In einer fließenden Bewegung richtete sie sich wieder auf, zerrte ungeduldig an seinem Gürtel, bis sie ihn endlich gelöst hatte und zu Boden fallen ließ. Daniel sog keuchend Luft ein, als ihre Hände unter sein Hemd glitten, mit geschickten Fingern die Bruche lösten. Einen Moment lang, der Daniel wie eine Ewigkeit vorkam, zögerte sie, ehe sie ihn berührte. Flammenzungen rasten über seine Haut, ließen ihn den Kopf zurückwerfen, während er ihre Hand nahm und sie führte. Alles andere war längst unwichtig geworden, Henric, Christines Ehe, das Fegefeuer, das sie zweifelsfrei erwartete, wenn sie nicht innehielten. Aber er wollte nicht innehalten, er wollte sie spüren, wenigstens dieses eine Mal, und wenn es ihn tausend Mal in die ewige Verdammnis stürzte.

Ungeduldig drängte er zwischen ihre Beine, spürte die Arme, die sie um ihn schlang, um ihn an sich heranzuziehen. Mit einem fast tierischen Laut drang er in sie ein, verharrte einen Moment, ehe er anfing, sich in ihr zu bewegen, mit kräftigen, leidenschaftlichen Stößen, die Christine aufstöhnen ließen. Sie hatte die Beine um seine Hüfte geschlungen und die Schultern umklammert, dass ihre Nägel sich tief in seine Haut bohrten. Wie eine Flutwelle trug die Leidenschaft ihn voran, viel zu schnell entlud er sich in ihr, spürte, wie der zum Zerreißen gespannte Leib zu explodieren schien und dann erschlaffte. Seine Arme hielten Christine fest umschlungen, das Gesicht an ihrem Hals geborgen. Liebevoll streichelte sie über seine Schultern und hielt ihn in sich, während die Leidenschaft allmählich verklang und eine wohlige, schwere Wärme zurückließ.

»Ich liebe dich«, murmelte er erschöpft in ihre Haare.

»Ich weiß«, wisperte sie, und er meinte das Lächeln in ihrer Stimme zu hören. »Ich liebe dich auch, Daniel. Schon immer.«

Langsam hob er den Kopf und sah sie an, legte die Hände an ihre Wangen und küsste sie liebevoll. Sie schloss die Augen und seufzte genießerisch.

»Wie soll es nur weitergehen?«, fragte sie leise, nachdem er den Kuss wieder gelöst hatte und sie mit einem seligen Lächeln anschaute.

»Ich weiß es nicht«, flüsterte er und streichelte mit dem Daumen über ihre Wange. »Ich wünschte, die Zeit würde einfach stehenbleiben.«

Sie schmiegte sich enger an seine Brust. Ein Anflug von Traurigkeit schwang in ihrer Stimme. »Sie wird uns den Gefallen nur nicht tun. Es ist nur ein Traum, mein liebster Pyramus. Sobald ich vor die Tür trete, hat die Wirklichkeit uns wieder.«

Mit all der Schuld, die wir auf uns laden, dachte Daniel, aber er sprach es nicht aus. »Niemand muss davon erfahren«, murmelte er stattdessen. »Lass es unser Geheimnis sein, unser Traum. Zumindest die wenigen Wochen, bis Henric zurück ist.«

»Du willst es … wieder machen?« Christine hob den Blick. In ihren Augen brannte eine Mischung aus Furcht und vorsichtiger Hoffnung.

»Ich hätte dich am liebsten immer um mich, meine Rose«, lächelte Daniel. »Lass uns diese wenigen Wochen, und ich verspreche dir, dass ich dich nicht wieder anrühre, wenn Henric zurück ist.«

Er konnte das Zögern auf ihrem Gesicht sehen, das feine Zucken ihrer Brauen, doch dann zog sie sich mit einem wonnigen Seufzer an ihn heran und lehnte den Kopf wieder an seine Brust. »Am liebsten würde ich dich nie wieder loslassen«, murmelte sie und schloss die Augen. »Wenn es nur ein paar Wochen sein sollen, dann will ich jeden einzelnen Tag genießen. Du hast so viel für mich getan, Daniel. Und ich würde freudig durch Hölle und Fegefeuer gehen, wenn ich das, was ich gerade hatte, nur noch einmal erleben darf.«

»Das sollst du, meine geliebte Thisbe«, lächelte Daniel. »So oft du willst.«

Marienburg, Ende Februar 1377

Gedimin stand am Fenster, die Arme verschränkt, und blickte hinaus auf die verschneite Landschaft. Der Himmel hing tief über den weiten Feldern und versprach weiteren Schnee, vielleicht noch vor dem Abend. Ein harscher Wind pfiff um den Turm und ließ Henric frösteln, während er in die neuen Stiefel schlüpfte, die man ihm gebracht hatte. Sie waren warm, ebenso wie die restliche Kleidung und der dicke Wollmantel, den er sich über die Schultern warf.

Den Litauer schien die Kälte nicht zu stören. Regungslos stand er da, seit Henric von dem Gespräch mit dem Großmeister zurückgebracht hatte. Seine Miene war verschlossen, aber Henric ahnte, was in ihm vorging. Es war Zeit, sich zu verabschieden.

Mit klammen Fingern schloss Henric die Fibel des Mantels, stand dann unschlüssig da, ehe er sich schließlich räusperte.

Gedimin drehte sich nicht um. »Du bist so weit?«

»Ich bin so weit.«

»Ich wünsche dir alles Gute, Henric Suterman aus Lübeck«, sagte Gedimin leise. »Mögen deine Geschäfte gut laufen und Wind und Wetter dich nicht aufhalten.«

»Ich habe keine Vorstellung, was mich zu Hause erwartet.« Henric lächelte schief. »Ich war lange fort.«

»Wenn dein Weib so klug ist, wie du sagst, wirst du ein blühendes Handelshaus vorfinden.« Gedimin drehte sich zu Henric um.

»Christine ist eine gute Ehefrau«, sagte Henric ausweichend. In den vergangenen Wochen hatte er überraschend oft an sie gedacht und sich in manchen kalten Nächten gewünscht, dass sie es war, die neben ihm läge, und nicht der junge Litauer, der obendrein schnarchte wie fünf Holzarbeiter.

Wehmut lag in Gedimins Blick, als er Henric die Hand auf die Schulter legte.

»Ich hoffe, dass wir uns eines Tages wiedersehen, Henric Suterman aus Lübeck«, sagte er ruhig. »Eines Tages werde ich hoffentlich hier herauskommen. Bis dahin musst du mit meinen Verwandten vorliebnehmen.«

»Ich werde sie drängen, sich um deine Freilassung zu bemühen«, versprach Henric und klopfte auf die Tasche, in der er die Briefe trug, für die er in Danzig geeignete Boten suchen wollte.

Noch immer kam es Henric vor wie ein Wunder, dass man ihn nun einfach gehen ließ. Als man ihn unvermittelt abgeholt hatte, um ihn dem Großmeister vorzuführen, hatte er mit dem Schlimmsten gerechnet. Doch dann hatte man ihm mitgeteilt, dass er gehen könne. Aus dem Wenigen, was er gesagt bekam, konnte er schließen, dass man sich in Lübeck vehement für seine Freilassung eingesetzt hatte. Henric war sich keineswegs sicher, dass der Großmeister von seiner Unschuld überzeugt war, doch das war gleichgültig. Er konnte nach Hause zurückkehren, und das allein zählte.

»Alles Gute«, sagte er leise und drückte Gedimins Hand. »Und – danke.«

»Es war eine nette Abwechslung mit dir«, griente der Litauer. »Und nun geh, sonst reiten sie ohne dich los.«

Henric schenkte ihm ein letztes, schiefes Lächeln, dann wandte er sich wortlos ab und klopfte, damit die Wache ihn herauslassen konnte.

Erste Schneeflocken trieben im Wind, als Henric auf den Hof trat und zu den Pferden hinüberging. Drei Deutschherren hockten bereits im Sattel, auf ihren weißen Mänteln prangte das schwarze Kreuz. Der Rest der Gruppe bestand aus Knechten und Knappen und zwei Packpferden, die unruhig den Schnee vom gefrorenen Boden scharrten.

Umständlich kletterte Henric in den Sattel und atmete tief durch, ehe er die Zügel aufnahm. Die Gefangenschaft hatte an ihm gezehrt, stellte er einmal mehr fest. Es würde eine Weile dauern, bis er wieder ganz bei Kräften wäre.

Einer der Ritter drängte sein Pferd neben Henric und hielt ihm einen kleinen Lederbeutel hin. »Das gehört Euch«, brummte er.

Überrascht nahm Henric den Beutel entgegen und steckte ihn ein. Ein flüchtiges Lächeln huschte über seine Lippen.

Als die Tore geöffnet wurden, wandte er sich ein letztes Mal um und schaute hinauf zu dem Turm. Trotz des Schnees, der in immer dickeren Flocken fiel, erkannte er, dass die Fensterläden geöffnet waren, und er meinte, Gedimins regungslose Gestalt dahinter zu erahnen, die ihm stumm nachsah.

Lübeck, Ende März 1377

Eine Taube gurrte unmittelbar über dem Fenster, dessen Läden nur angelehnt standen und durch einen schmalen Spalt die Frühlingssonne hineinließen. Die Luft, die hereindrang, schmeckte warm und weich, nach ersten Blüten und erwachendem Leben.

Daniel hatte die Augen geschlossen und die Nase in Christines Haaren vergraben, die ihr madonnenhaftes Gesicht umrahmten wie ein Heiligenschein. Zärtlich streichelte er über ihre Wange und seufzte behaglich. Er musste sie nicht sehen, um zu wissen, wie schön sie war. Die Zeit hatte dem Zauber, der sie umgab, keinen Abbruch getan, im Gegenteil. Sie strahlte eine Klugheit aus, die ihn faszinierte, eine Ruhe, in der er sich verlieren konnte, und er wünschte, es würde nie ein Ende finden. Inzwischen kam sie fast täglich zu ihm, passte die Zeit ab, in der keine Patienten da waren, und trat wortlos ein, verriegelte die Tür, ehe sie einander in die Arme fielen und sich ihrem Verlangen hingaben. Es war etwas anderes mit ihr als mit den Huren oder Tavernenmägden, weil er sie liebte und ihr mit Leib und Seele gehörte.

Christine räkelte sich leicht in seinem Arm und kuschelte sich dann wieder enger an ihn heran. Ihre Nase wanderte in die Kuhle zwischen Hals und Schulter, und er schauderte, als ihr Atmen über seine Haut strich.

»Ich liebe dich«, murmelte er und hob den Kopf ein wenig, um ihren Scheitel zu küssen.

»Ich liebe dich auch«, hörte er sie antworten, aber ihre Stimme klang nicht recht anwesend.

Daniel konnte ihr Gesicht nicht erkennen, aber er ahnte, dass sie die Augen geöffnet hatte, während ihre Finger gedankenverloren über seinen Arm streichelten.

»Ist etwas?«, fragte er leise. »Du wirkst, als seist du mit deinen Gedanken weit fort.«

Sie drehte den Kopf, sodass sie ihn ansehen konnte, und lächelte leicht. »Ich denke gerade daran, dass es schon bald vorbei sein wird.«

»Es wird nie vorbei sein, meine Schöne«, murmelte Daniel. Sanft zeichnete er mit den Fingerspitzen die Konturen ihrer Wange nach. »Ich werde dich auch lieben, wenn Henric zurück ist.«

»Dann wird das hier aber ein Ende haben«, erwiderte Christine und legte die Hand auf Daniels Brust.

Daniel gab einen wohligen Laut von sich. »Noch ist es nicht so weit. Und wenn es tausend Jahre sind, die ich dafür im Jenseits gemartert werde, ich möchte keinen einzigen Moment davon missen.«

»Ich bete, dass es uns nicht schon im Diesseits einholt.« Christine verzog den Mund. »Mette weiß von uns.«

»Mette?« Daniels Kopf zuckte hoch.

»Sie hat gesagt, sie sieht es mir an.« Ein müdes Lächeln huschte über Christines Lippen. »Ich kann es wohl nur schlecht verbergen, wie glücklich ich mit dir bin.«

Daniel schwieg betroffen. Wenn Mette davon wusste, wer mochte es sonst noch mitbekommen haben? Selbst ihm war das Strahlen in Christines Gesicht aufgefallen. Man konnte es einfach nicht übersehen. »Weiß es sonst noch jemand?«, fragte er nach einer Weile zögerlich.

Christine deutete ein Kopfschütteln an. Ihre Finger tasteten nach seiner Hand. »Ich glaube nicht«, murmelte sie. »Sie glauben, dass ich wegen Henrics Rückkehr glücklich bin.«

»Wir sollten trotzdem vorsichtig sein«, sagte Daniel leise. während er innerlich aufatmete. Sie waren sorglos gewesen in letzter Zeit, zu sorglos, wie es schien, als habe der Rausch jedes Denken ausgelöscht. »Vielleicht sollten wir uns weniger häufig sehen. Und du solltest nicht so lange bleiben.«

»Könntest du das wirklich?« Christine blinzelte zu ihm hoch, zog ihn dann sanft an sich heran und schlang die Arme um ihn. »Aber ich will jeden Moment dieses Traums auskosten«, flüsterte sie an seinem Ohr. »Viel zu schnell steht die Wand wieder zwischen meinem Pyramus und seiner Thisbe, und es bleibt nur der Spalt, zu schmal, um auch nur deine Lippen zu kosten.«

»Ich bin nicht Pyramus, und das ist kein Traum, Christine«, lächelte Daniel schwach. »Wenn du aufstehst und hinuntergehst, ist die Wirklichkeit wieder da. Und vor der müssen wir uns besser verbergen.«

»Ich wünschte, wir müssten uns nie wieder verbergen.«

»Dann hättest du mich heiraten sollen, nicht Henric.«

Ruckartig hob Christine den Kopf, doch Daniel hieß ihr mit einer knappen Geste zu schweigen. Angestrengt lauschte er. Tatsächlich, da klopfte jemand an der Tür, deutlich vernehmbar und hörbar ungeduldig.

»Sieht so aus, als bräuchte jemand meine Hilfe«, seufzte er und schob Christines Arm vorsichtig beiseite, um sich aufzusetzen.

»Musst du wirklich aufmachen?«, fragte sie schläfrig. »Bleib doch hier und tu so, als seist du nicht da.«

»Dann laufen sie alle zu Abraham dem Juden und stellen fest, was für ein guter Arzt er ist. Und dass seine Honorare niedriger sind.« Daniel stand schnell auf, ehe er es sich doch noch anders überlegte.

Christine murrte etwas und drehte sich mit einem tiefen Seufzer auf den Rücken. »Sei halt nicht so teuer. Dann musst du keine Angst vor dem Juden haben.«

»Ich habe keine Angst, aber ich kann meine Patienten nicht vor der Tür stehenlassen«, erwiderte Daniel, während er die Bruche um die Hüften wand und die Beinlinge mit fliegenden Fingern befestigte. Rasch zog er das Hemd über den Kopf, warf das dunkle Übergewand darüber. Dann beugte er sich über das Bett und gab Christine einen liebevollen Kuss. »Außerdem stellen die Leute sich Fragen, wenn ich nicht öffne«, fügte er hinzu. »Ich möchte nicht, dass du wegen mir in Schwierigkeiten kommst.«

Christine nickte leicht.

»Daniel?«, fragte sie, als er schon halb auf der Stiege stand. Sie hatte sich aufgerichtet und lag auf den Unterarm gestützt. »Was würdest du tun, wenn es bekannt würde?«

Daniel hob die Schultern. »Das würde ich dann sehen«, gab er munter zurück. »Wenn es so weit wäre.«

Tatsächlich wusste er es nicht.

*

Es dämmerte bereits, als Christine nach Hause kam. Sie hatte noch eine ganze Weile gewartet, ob Daniel zurückkommen würde, aber der Besuch bei seinem Patienten schien länger zu dauern, sodass sie sich schließlich angezogen und aus dem Haus gestohlen hatte.

Marieke stand an der Herdstelle, als Christine die Diele betrat. »Dauert das Essen noch lange?«, fragte sie beiläufig, während sie den Mantel vorsichtig ablegte, um den Schleier nicht zu verrücken. Bei ihrem Aufbruch hatte sie die Haare nur flüchtig darunter geschoben. Für den Weg nach Hause hatte es gereicht, aber sie sollte keine unbedachten Bewegungen damit machen.

»Ich beeile mich!«, rief das Mädchen.

»Sag Bescheid, ich bin im Kontor.« Christine wandte sich zur Dornse. Ihr Magen brannte vor Hunger, aber den Moment würde sie noch aushalten können.

Ihre Hand hielt den Stuhl, während sie den Blick über den Schreibtisch wandern ließ. Ihre Knie waren sonderbar weich, vermutlich hatte sie zu lange nichts gegessen. Ludeke hatte aufgeräumt, stellte sie fest. Schreibtafeln und Papiere lagen fein säuberlich sortiert an der Tischkante, in gerader Linie, als habe er die Ränder mit einer Schnur abgemessen. Christine seufzte. Der Schreiber hatte einen fast krankhaften Hang zur Ordnung, der ihr bisweilen gehörig auf den Geist ging.

Mit einem schmerzhaften Ruck zog sich ihr Magen zusammen. Übelkeit stieg in ihrem Hals empor, keuchend riss sie den Kopf rum und erbrach sich auf den Boden. Mit einem Wimmern ging sie neben dem Tisch in die Knie, die Stirn gegen das Tischbein gelehnt, das sie mit beiden Händen umklammerte. Heilige Maria, was war das? Erneut würgte sie, stieß bitter auf. Schwindel griff nach ihr, ihre Arme zitterten. Hinlegen, sie musste sich hinlegen!

Wie ein nasser Sack sank sie zu Boden, zog die Knie eng an den Körper, die Augen geschlossen. Es würde vorbeigehen, gleich, beschwor sie sich stumm, während sie versuchte, ihr jagendes Herz zu beruhigen.

Es dauerte eine Weile, bis die Übelkeit nachließ. Kalter Schweiß stand ihr auf der Stirn, ihre Hände zitterten, als sie sich vorsichtig aufsetzte und sich dann mühsam am Stuhl hochzog.

Als sie aufsah, stand Mette in der Tür.

Christine presste die Lippen aufeinander und zwang sich, die Schultern zurückzuziehen und das Kinn herausfordernd zu heben, auch wenn ihr immer noch hundeelend war.

»Was willst du?«, herrschte sie ihre Schwägerin an.

»Ich habe ein Geräusch gehört. Ist dir das schon häufiger passiert?« Mette deutete mit einem Kopfnicken auf das Erbrochene.

»Warum fragst du?« Ihre Hände umklammerten den Stuhl.

Mette zögerte, zuckte dann mit den Schultern. »Es ist deine Sache. Aber das ist doch offensichtlich, oder?«

»Was ist offensichtlich?«

»Dass du ein Kind erwartest.«

»Ich soll … was?« Entgeistert starrte Christine sie an. »Wie kommst du darauf?«

Wieder zuckte Mette mit den Schultern. »Nun ja, du blutest nicht. Du bist müde, und nun erbrichst du dich auch noch. Nach allem, was ich weiß, deutet das darauf hin, dass du ein Kind erwartest.«

»Gütige Maria«, stammelte Christine, während sie langsam die Hand vor den Mund hob. Eine eisige Faust schloss sich um ihren Nacken. Ein Kind, das konnte nicht sein! Sie konnte keine Kinder bekommen, in all den Jahren war sie nicht schwanger geworden! Warum sollte es gerade jetzt mit Daniel passiert sein? Henric würde sie verstoßen, wenn er davon erführe. Dann hatte er endlich einen Grund, sie loszuwerden, ohne dass ihm jemand einen Vorwurf daraus machen konnte. Und sie … Nein, sie konnte kein Kind bekommen!

»Woher willst du das so sicher wissen?«, fuhr sie Mette an. Ihre Lippen zitterten.

Ihre Schwägerin hob trotzig das Kinn. »Du musst mir nicht glauben. Aber wenn du es sicher wissen willst, ich kenne eine Hebamme, die dir bestimmt Gewissheit geben kann.«

Christine schluckte, nickte dann langsam. Tränen der Hilflosigkeit drängten sich ihr in die Augen, ließen Mettes Gesicht verschwimmen. »Henric darf es niemals erfahren!«

Mettes Mund zuckte. Sie warf einen kurzen Blick zur Tür, dann trat sie neben Christine an den Tisch und umarmte sie.

»Es ist Daniels, nicht wahr?«

Christine starrte auf die Wachstafeln, die vor ihren Augen verschwammen, eins zu werden schienen mit der Tischplatte.

Mette seufzte leise. »Du solltest bald gehen«, wisperte sie. »Je früher du gehst, desto einfacher wird es für dich.«

Es war gleichgültig, ob es für sie einfach war, solange das Kind fort war und Henric nichts erfuhr. Er durfte es einfach nicht erfahren!

Zwei Tage später

»Warte bitte hier«, bat Mette mit einem unsicheren Lächeln, als sie die windschiefe Bude erreicht hatten, in der die Hebamme hausen sollte. »Ich spreche erst mit ihr.«

Christine lag eine Erwiderung auf der Zunge, aber sie schluckte sie herunter und nickte nur. Sie sollte nicht mit Mette streiten. Sie war die Einzige, die ihr helfen konnte, auch wenn Christine sich fragte, woher Mette all das Wissen hatte. Offenbar war sie längst tiefer in die Sümpfe der Stadt eingetaucht, als Henric und sie es für möglich gehalten hatten.

Ohne ein weiteres Wort verschwand Mette in der niedrigen Tür, und Christine stand allein in der engen Gasse. Sie warf einen unsicheren Blick über die Schultern. Dies war keine Gegend, in die sie sich gewöhnlich verirrte, und das sah das Pack, das hier in den Gängen und vor den Buden herumlungerte, ihr vermutlich auch an. Sie spürte die abschätzenden Blicke, mit denen man sie maß, und ein leises Frösteln lief ihr über den Rücken.

Sie war mehr als erleichtert, als sich die Tür wieder öffnete und Mette ihr mit einem Wink zu verstehen gab, dass sie eintreten konnte.

Die Bude schien nur aus einer einzigen, zugigen Kammer zu bestehen, an deren Stirnseite ein Feuer brannte. In der Ecke war ein wenig Stroh zu einem Schlaflager aufgeschüttet. Eine alte Truhe mit rostigen Beschlägen und ein Tisch mit zwei Hockern vervollständigten die Einrichtung. Es roch erdig und nach getrockneten Kräutern, die an Schnüren unter der Decke aufgehängt waren.

Am Tisch saß eine ältere Frau in einem schlichten, oft geflickten Kleid und sah Christine aufmerksam entgegen. Die strähnigen Haare trug sie streng zurückgebunden, und erst auf den zweiten Blick stellte Christine fest, was an ihrem Gesicht nicht stimmte. Sie schielte. Nicht so, wie es die jüngste von Pleskows Töchtern tat, die einen ausgeprägten Silberblick hatte, sondern es bewegte sich immer nur ein Auge, während das andere regungslos blieb.

»Komm herein, Kind«, sagte sie und riss Christine damit aus ihren Gedanken. Ihre Wangen röteten sich, als sie gewahr wurde, dass sie die Frau vermutlich unverhohlen angestarrt hatte.

»Entschuldigt bitte«, murmelte sie und trat rasch näher.

Die Hebamme lachte leise. »Ich bin gewohnt, dass man mich anstiert, als sei ich ein dreiköpfiges Kalb. Nun setz dich schon.«

Christine schaute sich unsicher zu Mette um, die neben der Tür stehengeblieben war, dann folgte sie der Aufforderung zögerlich.

Die Hebamme musterte sie offen. »Du erwartest also ein Kind, das du nicht bekommen willst«, stellte sie fest. »Wie weit bist du?«

»Was meint Ihr?«

»Wie weit die Schwangerschaft vorangeschritten ist.«

»Das weiß ich nicht«, murmelte Christine. Sie hatte keine Ahnung davon, alles, was sie über das Kinderkriegen wusste, hatte sie bei Gesprächen der Kaufmannsfrauen aufgeschnappt, und selbst das war nicht viel, da man dort lieber über den gesunden Nachwuchs als über die Beschwernisse einer Schwangerschaft sprach.

»Öffne dein Kleid und leg dich dorthin.« Die Hebamme deutete auf das Strohlager.

Entgeistert starrte Christine sie an. »Aber ...«

»Tu, was ich dir sage.« Die Stimme der Frau klang ruhig, doch bestimmt. »Ich will dich untersuchen.«

Christine stand auf und tat, wie ihr geheißen. Mit geschlossenen Augen und angehaltenem Atem lag sie da, während die Finger der Hebamme rasch und eher grob über ihren Bauch tasteten. Als sie die Hand zwischen Christines Beine schob, verkrampfte diese sich unwillkürlich.

»Entspann dich, Kind«, murmelte die Hebamme. »Tut nicht weh, wenn du dich nicht dagegen wehrst.«

Mit einem erschrockenen Keuchen sog Christine die Luft zwischen den Zähnen ein, als die Finger ihre Beine auseinanderdrückten und unsanft in sie eindrangen. Stumm betete sie, dass es schnell vorbeigehen möge.

»Es ist noch sehr früh«, erklärte die Hebamme, nachdem sie die Hand zurückgezogen und an ihrem Rock abgewischt hatte. »Wenn du Glück hast, geht das Kind von alleine. Gott allein weiß, warum das so ist, aber zu diesem frühen Zeitpunkt verlieren viele Frauen ihre Kinder. Wenn sie überhaupt von der Schwangerschaft wissen.«

»Ihr seid Euch aber sicher, dass ich wirklich … schwanger bin?«, fragte Christine kläglich, während sie sich beeilte, sich aufzusetzen und das Kleid wieder zu richten.

»Ja.« Die Hebamme nickte ernst. »Alle Anzeichen sprechen dafür.«

»Und … wenn es nicht von alleine geht?«

»Dann hast du zwei Möglichkeiten.« Gemächlich schlurfte die Frau zurück an den Tisch, ließ sich auf den Hocker fallen. »Du kannst es wegmachen lassen. Ich würde dir dazu Kräuter mitgeben, die du nehmen musst. Außerdem helfen lange und heiße Bäder. Wenn alles gutgeht, verlierst du das Kind, ohne dass jemand etwas merkt.«

»Und wenn nicht?«

Die Hebamme hob die Schultern. »Die Kräuter wirken nicht bei jeder Frau gleich. Was bei der einen zu wenig ist, macht die andere krank und tötet die dritte gar. Es ist nie ohne Risiko, ein Kind im Mutterleib zu töten, selbst wenn es so früh ist wie bei dir.«

Christine schluckte leicht und nickte. »Und die zweite Möglichkeit?«

Die Hebamme warf einen raschen Blick zu Mette, die immer noch stumm neben der Tür stand. »Deine Schwägerin sagte mir, dein Gemahl kommt bald zurück«, wandte sie sich wieder an Christine. »Männer, die lange fort waren, sind oft ausgehungert nach ihren Weibern. Sorg dafür, dass er dir möglichst bald beiwohnt.«

»Was soll das bewirken?« Christine runzelte verständnislos die Stirn. »Ich möchte nicht noch ein zweites Kind bekommen.«

»Das wirst du auch nicht, Kleines«, stellte die Hebamme klar und schüttelte amüsiert den Kopf. »Aber dein Mann hat wahrscheinlich noch weniger Ahnung vom Kinderkriegen als du, was? Glaubst du, dass er entscheiden kann, ob ein Kind acht oder zehn Monate im Bauch der Mutter gewachsen ist?«

»Was meint Ihr?«

»Schieb es ihm unter. Sag ihm, es sei seins.«

Entgeistert starrte Christine sie an. »Das heißt, ich soll ihn belügen?«

»Das tust du so oder so. Sonst wärst du nicht hier.«

Ertappt schlug Christine die Augen nieder. Die Hebamme hatte recht, sie tat nichts anderes, als Henric zu belügen. Aber es ging nicht anders, die Wahrheit würde er ihr nie verzeihen, und sie wäre am Ende, geächtet und gebrandmarkt als Ehebrecherin …

»Was willst du nun tun?« Die Hebamme sprach ruhig, aber Christine spürte, wie ihr Herz erneut zu rasen begann. Sie konnte jetzt keine Entscheidung treffen. Wenn sie sich dafür entschied, es Henric unterzuschieben, konnte das Kind leben, aber sie wusste nicht, ob *sie* auch damit leben konnte, tagtäglich den Beweis ihrer Untreue vor sich zu sehen. Außerdem konnte sie das nicht tun, ohne mit Daniel gesprochen zu haben. Immerhin war es sein Kind, das sie dann austrug, und er sollte es wissen. Sie sollte mit ihm sprechen! Vielleicht wusste er noch eine andere Lösung. Der Gedanke gab ihr neue Zuversicht. Daniel war Arzt, er würde die Lage ebenso gut beurteilen können wie die Hebamme, vielleicht sogar besser.

»Ich möchte noch darüber nachdenken«, murmelte sie. Ein unsicheres Lächeln huschte über ihre Züge.

Die Hebamme betrachtete sie still. »Lass dir nicht zu lange Zeit«, bemerkte sie. »Je länger du zögerst, desto schwieriger wird es.«

*

Es vergingen noch zwei Tage, bis Christine endlich den Mut fand, Daniel aufzusuchen. Bestimmt hundert Mal hatte sie im Kopf die Worte umhergewälzt, wieder verworfen und neu formuliert, doch nun, da sie vor seiner Tür stand, war ihr Geist wie leergefegt. Ihre Hand zitterte, als sie klopfte und von innen seine Stimme hörte. Marieke war da. Die junge Magd hockte an der Feuerstelle, die sie ausgekehrt hatte, neben sich den Eimer mit den Ascheresten, und lauschte mit großen Augen. Daniel saß an dem Tisch, die Lesehilfe auf der Nase, und hatte ein Buch vor sich aufgeschlagen, aus dem er Marieke vorlas, während sie arbeitete. Oder besser: so tat, als würde er vorlesen. Doch der Magd dürfte es kaum auffallen, dass er die lateinischen Verse auf Deutsch nacherzählte, was der Spannung offensichtlich keinen Abbruch tat.

Christine räusperte sich leise. »Störe ich?«

Rasch legte Daniel Buch und Sehhilfe beiseite und sprang auf. »Christine! Du warst lange nicht mehr hier.«

»Ich hatte viel zu tun«, antwortete sie ausweichend, schaute dann an Daniel vorbei zu Marieke.

Daniel folgte ihrem Blick und lächelte leicht. »Du kannst jetzt gehen, Marieke«, sagte er freundlich. »Ich lese beim nächsten Mal weiter. Um den Herd kümmere ich mich schon.«

Die Magd schien etwas erwidern zu wollen, klappte den Mund aber wieder zu, erhob sich und wischte den Ruß von ihrem Kleid.

»Versprochen?«, fragte sie.

»Versprochen«, nickte Daniel. »Und nun geh, sonst überlege ich mir das noch einmal.«

Marieke huschte an ihnen vorbei zur Tür, wo sie noch einmal innehielt und einen unsicheren Blick zu dem Ascheeimer warf.

»Ich kümmere mich schon darum«, kam Daniel ihrer Frage zuvor. »Geh ruhig.«

Erleichtert strahlte Marieke ihn an, dann schlüpfte sie eilig hinaus.

»Sie vergöttert dich«, bemerkte Christine.

»Sie vergöttert jeden, der ihr Aufmerksamkeit schenkt«, murmelte er und nahm sie in den Arm, drückte sie an sich, während seine Lippen ihren Mund suchten. Hilflos ließ Christine es erst geschehen, doch dann klammerte sie sich an ihn wie eine Ertrinkende und erwiderte den Kuss mit verzweifelter Gier, als wolle sie ihn nie wieder loslassen.

»Was ist mit dir?«, fragte er leise, als sie einen Moment voneinander abließen, um Atem zu schöpfen.

»Ich muss dir etwas sagen«, murmelte sie, barg das Gesicht an seiner Schulter. Er roch so gut, so richtig. Warum konnte er nicht einfach an Henrics Stelle sein? Das Leben wäre so viel einfacher.

Sie spürte, wie er sich spannte. »Ist Henric zurück?«

Rasch schüttelte sie den Kopf. »Nein«, nuschelte sie. »Ich erwarte ein Kind.«

Daniels Hand erstarrte. Für einen Moment sah er aus, als habe jemand einen Eimer Eiswasser über seinem Kopf ausgeschüttet. Dann ließ er sie los, als habe er sich an ihr verbrannt, und machte einen Schritt zurück.

»Das ist nicht wahr …«

»Doch, es ist wahr.«

»Henric wird mich umbringen.«

»Dich vielleicht nicht, mich eher. Daniel, es ist noch sehr früh …«

Hilfesuchend streckte Christine die Hand nach ihm aus, aber Daniel wich zurück.

»Dann lass es wegmachen!«, rief er. Panik schwang in seiner Stimme. »So schnell, wie es geht. Es gibt da Möglichkeiten ...«

»Ich weiß«, unterbrach Christine ihn. »Ich war bei einer Hebamme. Aber es ist gefährlich.«

»Es ist ebenso gefährlich, ein Kind zu bekommen!« Daniel hatte angefangen, unruhig auf und ab zu gehen. »Henric darf das nicht erfahren. Es muss weg, ehe er zurückkommt!«

»Es gibt noch eine andere Möglichkeit.« Christines Herz klopfte ihr bis zum Hals, sie streckte erneut den Arm aus, um ihn aufzuhalten. »Wir könnten das Kind bekommen. Dein Kind! Und Henric ...«

»Ich will dieses Kind nicht, verdammt!« Daniel schlug ihre Hand zurück. »Du bist Henrics Frau! Ich kann doch nicht die Frau meines Bruders schwängern!«

»Vielleicht hättest du dir das früher überlegen sollen!« Fassungslos starrte sie ihn an.

»Ich dachte, du kannst keine Kinder bekommen!«

»Das dachte ich auch! Anscheinend ist es nicht so!« Sie spürte, wie die Tränen ihr in die Augen traten. »Liebst du mich denn nicht?«

»Was hat das damit zu tun? Henric wird es gleichgültig sein! Er wird uns beide vernichten, wenn er es erfährt!«

»Henric! Immer nur Henric!« Christine hatte die Hände zu Fäusten geballt. Verzweiflung nahm ihr die Luft. »Denkst du auch nur einen Moment an uns?«

»Er ist mein Bruder!«

»Das wusstest du vorher.«

»Ich hätte mich nie mit dir einlassen dürfen. Ich war ein solcher Narr! Ein verdammter Narr!« Mit einem Aufschrei hieb Daniel die Faust auf den Tisch.

Christine meinte, vor Schmerz und ohnmächtiger Enttäuschung zu zerreißen, während sie Daniel anstarrte, der ihr den Rücken zuwandte und sichtlich um Fassung rang.

»Du denkst nur an dich«, flüsterte sie tonlos. »Das Kind und ich sind dir völlig gleichgültig.«

Daniel fuhr herum. Seine Augen funkelten. »Henric ist der Einzige, der wirklich an mich geglaubt hat! Und ausgerechnet ihn habe ich betrogen!«

Die Tränen nahmen ihr die Sicht, als Christine aufschaute. »Bei allen Heiligen, Daniel, ich bin hier, weil ich dich liebe und deine Hilfe brauche. Ich habe Angst vor diesen Kräutern. Die Hebamme hat gesagt, sie können mich töten.«

»Du kannst auch bei der Geburt sterben. Ich habe schon viele Frauen verbluten sehen.«

»Aber dann wäre es Gottes Wille. Ich hätte keine Schuld auf mich geladen …«

»Schuld!«, grollte Daniel. »Was meinst du, was wir die ganze Zeit getan haben?«

»Ich weiß«, sagte Christine kläglich. Hilfesuchend tastete sie nach seiner Hand. »Bitte hilf mir. Ich weiß nicht mehr weiter. Nimm mich in den Arm. Bitte.«

Daniel zuckte zurück. Seine Stimme klang kühl. »Ich kann dir nicht helfen, Christine. Geh zu dieser Hebamme und lass es wegmachen. Ich will das Kind nicht!«

Christine erstarrte, ließ die Hand langsam sinken. Ihre Augen verengten sich. Dann schlug sie zu.

Das Geräusch, als ihre Hand seine Wange traf, schnitt sich in ihre Seele wie ein glühendes Messer. Hastig drehte sie sich um und stolperte zur Tür, riss sie auf und stürzte hinaus auf die Straße.

*

Daniel starrte ihr nach. Seine Wange brannte, wo ihre Hand ihn getroffen hatte, doch er spürte es kaum. Ihm war, als hätte sich ein Mantel aus Eis über seine Schultern gelegt, der alles erstickte, jedes Gefühl, jede Empfindung. Christine war fort, und sie hatte recht gehabt, ihn zu schlagen. Er war ein verdammter Feigling. Aber was sollte er tun?

Ich vertraue dir.

Mit einem gequälten Stöhnen warf er den Kopf in den Nacken und schloss die Augen. Er war nicht nur ein Feigling, er war auch ein Lügner und ein Ehebrecher, der die Lage schamlos ausgenutzt hatte. Wie konnte er seinen eigenen Bruder nur so hintergehen? All die Jahre hatte er es geschafft, Christine bloß aus der Ferne zu verehren, warum also gerade jetzt? Er war ein jämmerlicher Versager, zu schwach, um den Gelüsten des Fleischs zu entsagen …

Daniel holte tief Luft. Henric würde ihm niemals verzeihen. Er war kein Stück besser als sein Vater, ein Lügner, der nur an seine eigenen Interessen dachte. Es wäre besser gewesen, wenn Henric ihn nie gebeten hätte, nach Lübeck zu kommen.

Unruhig wanderte sein Blick durch den Raum, dann richtete er sich mit einem Ruck auf und begann, wahllos Sachen zusammenzusuchen.

Er musste hier weg. Er konnte nicht bleiben, denn bleiben würde bedeuten, Henric ins Gesicht sehen zu müssen. Und das konnte er nicht.

Er stolperte beinahe, als er die Stiege hinabkletterte, um ein paar Kleidungsstücke einzupacken und sich selbst ein zweites Hemd überzuziehen. Viel konnte er nicht mitnehmen, aber das war ihm gleichgültig. Nur als er die Bücher in der Hand hielt, überkam ihn für einen Moment tiefe Trauer. Christine hatte verstanden, was ihm die Texte bedeuteten, als Einzige.

Hastig klaubte er den Mantel auf, warf ihn über die Schulter, dann stürzte er hinaus, ohne sich noch einmal umzuschauen.

Drei Tage später

Stumm stand Christine in dem Haus, das offensichtlich in aller Eile verlassen worden war. Auf dem Tisch lag noch das aufgeschlagene Buch, und der Ascheeimer stand am selben Fleck neben dem Herd.

So endete also alles. Ruhig ging Christine zu dem Regal mit den Büchern und strich mit den Fingerspitzen über die Buchrücken, wie sie es immer tat. Es war ein vertrautes, warmes Gefühl, wohl das letzte, das von Daniel blieb. Er war fort. Geflohen wie ein entlaufener Leibeigener bei Nacht und Nebel. Christine war erstaunt, wie ruhig sie diese Erkenntnis aufnahm. Vielleicht hatte sie es schon geahnt, ehe sie hierhergekommen war.

Ihre Hand glitt unwillkürlich über ihren Bauch, wo sie sich einbildete, schon eine leichte Rundung zu ertasten.

»Dein Vater wollte dich nicht, aber du sollst leben«, flüsterte sie, auch wenn sie wusste, dass das Kind sie nicht hören konnte. »Du wirst leben, das verspreche ich dir. Und du wirst einen guten Vater haben, der sich um dich kümmert. Er wird nie erfahren, was geschehen ist.«

Lübeck, Anfang April 1377

Henric genoss die Frühlingsluft in vollen Zügen. Ein Jahr war es her, dass er Lübeck verlassen hatte, nun kehrte er endlich heim, mit leeren Händen zwar, aber am Leben.

Es war ein erhebendes Gefühl, die Kirchturmspitzen im warmen Nachmittagslicht auftauchen zu sehen, während die Kogge träge die Trave hinauffuhr. Langsam näherte sie sich der Hafenbefestigung, Rufe gellten über das Deck. Kaum hatte das Schiff festgemacht, sprang er als einer der Ersten an Land. Er hatte nicht viel, was ihm geblieben war, nur die Kleidung, die er am Leib trug, einen kleinen Beutel mit etwas Geld und das Amulett mit dem Marienbildnis. In den vergangenen Wochen hatte er sich oft gefragt, wie Christine das Geschäft wohl geführt hatte. Nun ließ die Erleichterung, endlich daheim zu sein, die Sorgen und Bedenken verstummen. Er war zurück, und alles andere würde sich zeigen.

Die Tür zur Diele stand offen, als er das Haus erreichte. Vor der Tür wurde soeben ein schwerer Karren entladen, vom Boden knarrte die Lastenwinde, und er hörte geschäftige Stimmen von drinnen. Ein Lächeln huschte über Henrics Züge, als er eintrat und stumm neben der Tür stehenblieb. Er konnte sich kaum erinnern, dass einmal so viel Betrieb in der Diele geherrscht hatte. Zwei Handwerker standen da mit Ludeke am Tisch und verhandelten den Preis des Tuchs, das der Gehilfe vor ihnen ausgebreitet hatte. Über ihnen polterten die schweren Schritte der Träger auf dem Speicherboden, Rufe flogen umher, während ein Fass langsam an den Seilen durch das Bodenloch schwebte. Henric entdeckte Claas und Berndt, die den Trägern Anweisungen gaben, und Marieke, die allein an der Kochstelle saß und Möhren schrubbte.

Als er gerade zu Ludeke hinübergehen wollte, öffnete sich die Tür zur Dornse, und Christine trat heraus. Ein Lächeln glitt über Henrics Gesicht. Erstaunt stellte er fest, dass er tatsächlich acht Jahre und die Gefangenschaft in der Marienburg gebraucht hatte, um festzustellen, wie schön seine Frau war. Sie sah genau so aus, wie er sie sich in seinen Träumen ausgemalt hatte, mit einem madonnenhaft schönen Gesicht, der zierlichen Gestalt und den kupferfarbenen Locken, die er unter dem Schleier nur erahnen konnte.

Noch während er überlegte, ob er auf sie zugehen sollte, hatte sie ihn schon entdeckt. Die Schreibtafel entglitt ihrer Hand und fiel mit einem dumpfen Geräusch zu Boden. Ludeke und die Handwerker schauten überrascht auf, aber Christine schien sie nicht zu bemerken. Langsam ging sie auf Henric zu.

»Henric?« Ihre Stimme klang rau.

»Ich bin zurück.« Er lächelte, aber er ahnte, dass es eher zu einer schiefen Grimasse geriet. »Du siehst gut aus.«

»Danke.« Sie erwiderte das Lächeln unsicher, musterte ihn schweigend.

»Den Zahn haben mir die Handlanger meines Vaters ausgeschlagen«, hob er an, um etwas zu sagen. »Und den Bart kann ich abschneiden lassen, wenn er dich stört.« Er hatte zwar in Danzig einen Bader aufgesucht, sich aber gescheut, den Bart, der ihm während der Gefangenschaft gewachsen war, ganz abnehmen zu lassen. Nachdem er wieder halbwegs bei Kräften war und die gebrochene Rippe nicht mehr schmerzte, war das das Letzte, was ihn noch an die Gefangenschaft erinnerte – und daran, wie viel Glück er hatte, sie lebendig überstanden zu haben.

Christine schüttelte leicht den Kopf. »Es ist gut so, wie es ist«, sagte sie leise. Ihre Hand tastete nach seinem Arm. »Magst du nicht hereinkommen?«

»Ist Mette nicht da?«

»Mette? Nein, sie ist unterwegs«, antwortete Christine ausweichend.

Henric wollte nachfragen, aber da kamen schon Ludeke und die beiden Handwerker, die ihn überschwänglich begrüßten. Henric kannte sie noch, sie hatten auch früher schon bei ihm gekauft und drückten ihm nun wortreich ihre Erleichterung aus, ihn wohlbehalten wiederzusehen.

Die folgenden Stunden verbrachte er damit, ausgiebig begrüßt und befragt zu werden, was ihm widerfahren war. Marieke fiel ihm sogar um den Hals. Ludeke hatte unterdessen einen der Knechte zu Pleskow und einigen anderen Bekannten geschickt, die nacheinander eintrudelten, um ihn ebenfalls zu seiner glücklichen Heimkehr zu beglückwünschen. Der junge Herman Pleskow begann sogleich damit, ihm von dem erfolgreichen Weiterverkauf der Nowgorodwaren zu berichten, und dass man schon beschlossen habe, den Handel in diesem Frühjahr auszubauen und dazu bereits einen Teilhaber gefunden habe, der die Fahrt übernehme, da Henric ja nicht rechtzeitig zurückgekehrt sei. Henric war erleichtert, als Jakob Pleskow seinem Sohn zu verstehen gab, dass diese Dinge warten konnten, woraufhin der junge Kaufmann ein betroffenes Gesicht aufsetzte und ankündigte, in den nächsten Tagen vorbeizukommen, um alles zu besprechen.

Er war dankbar, als Christine schließlich erklärte, dass es für heute erst einmal reiche, und die Diele Ludeke und den Knechten überließ.

»Wo steckt eigentlich Daniel?«, erkundigte sich Henric, während sie zu den Wohnräumen gingen.

»Er ist abgereist«, antwortete Christine beiläufig. »Vor ein paar Tagen.«

Überrascht hielt Henric inne. »Warum das? Ist etwas vorgefallen?«

Christine schien etwas sagen zu wollen, schüttelte dann aber nur den Kopf. »Nein, es war nichts. Ihm hat es in Lübeck anscheinend nicht mehr gefallen. Mit mir hat er nicht darüber geredet.«

Henric runzelte die Stirn. Es war nicht die ganze Wahrheit, das spürte er. Christine war noch nie gut im Lügen gewesen, und sie verbarg etwas vor ihm. Vermutlich hatten die beiden doch gestritten, und sie scheute sich, ihm zuzugeben, dass sie seinen Bruder aus der Stadt getrieben hatte.

Henric seufzte innerlich. Daniel war nie einfach gewesen, dazu war er ihrem Vater zu ähnlich. »Ich werde ihm schreiben«, sagte er daher. »Wenn ich herausfinde, wo er steckt.«

Christine nickte leicht und fasste seinen Arm. »Komm, das Essen wird kalt«, murmelte sie und machte damit deutlich, dass sie nicht weiter darüber reden wollte.

Mariekes Kochkünste hatten sich im letzten Jahr gewaltig verbessert, wie er feststellen musste. Innerhalb kurzer Zeit hatte sie ein wahres Festmahl gezaubert, das ihn schließlich satt und zufrieden zurückließ. Mette war inzwischen auch heimgekehrt und hatte ihn mit einer seltsamen Mischung aus Freude und Zurückhaltung begrüßt, die ihn stutzen ließ. Auf seine Fragen hatte sie dann aber gewohnt fröhlich geantwortet und war während des Essens ausgesprochen heiter, sodass er beschloss, die Sache vorerst auf sich beruhen zu lassen.

Seine Frau wich ihm kaum von der Seite. Aufmerksam achtete sie darauf, wann sein Becher leer war, reichte ihm die Platte zum Nachnehmen und erkundigte sich dreimal, ob er nicht doch noch ein paar gedörrte Pflaumen möge, bis er protestierend anmerkte, dass sie ihn wohl zum Platzen bringen wolle.

Schließlich erhob er sich und erklärte, dass er noch ins Kontor nach dem Rechten sehen wolle, ehe morgen die versammelte Meute vor dem Haus stand.

In der Diele war inzwischen Ruhe eingekehrt. Das Kontor lag verwaist und dunkel, sodass Henric einen Kerzenleuchter an der Herdstelle entzündete. Es hatte sich wenig verändert während seiner Abwesenheit. Die Fensterläden waren geschlossen, der Schreibtisch akkurat aufgeräumt. Auf dem Pult lag aufgeschlagen das Geschäftsbuch, anscheinend war Ludeke mit den Eintragungen noch nicht fertig.

Henrics Fingerspitzen glitten über das warme Holz der Tischplatte mit ihren vertrauten Rillen. Dann stellte er den Leuchter ab und nahm das Buch vom Pult, setzte sich an den Schreibtisch und blätterte ein paar Seiten zurück, suchte die Daten, bis er die richtige Seite gefunden hatte, und begann, die Einträge durchzugehen.

Er hatte viel verpasst, stellte er bald fest. Christine hatte die Geschäfte selbst in ihrer klaren Handschrift festgehalten, nur gelegentlich fanden sich Vermerke von Ludeke. Die ersten Eintragungen bezogen sich noch auf die Geschäfte, die er vor seiner Abreise vereinbart hatte, dazwischen einige Verkäufe vor Ort und eine kleinere Beteiligung an einer Ladung Heringsfässer. Erfreut stellte er fest, dass Christine aus fast allen Waren beachtlichen Gewinn erzielt hatte. Anscheinend war sie eine härtere Verhandlungspartnerin, als er gedacht hatte.

Henric blätterte weiter und kam zu den Geschäften, die seit dem Herbst getätigt worden waren. Dabei stieß er auch auf die Waren, die er in Nowgorod erworben hatte und die Thade allem Anschein nach heil nach Lübeck transportiert hatte. Auch die Seiten waren gefüllt mit Einträgen, die er sorgsam durchging. Seine Befürchtungen waren umsonst gewesen, dem Geschäft ging es so gut wie lange nicht mehr. Wenn er das richtig sah, war er inzwischen ein wohlhabender Mann, und das hatte er allein Christine zu verdanken.

Mit einem tiefen Seufzer lehnte er sich zurück und streckte sich, rieb stöhnend den Nacken, der vom langen Sitzen ganz steif geworden war. Er hatte keine Ahnung, wie lange er über den Büchern gebrütet hatte, aber es musste eine ganze Weile gewesen sein, wie er mit einem Blick auf die heruntergebrannten Kerzen feststellte. Henric gähnte verhalten und klappte das Buch vorsichtig zu. Alles Weitere konnte er auch morgen erledigen, es wurde langsam Zeit, dass er schlafen ging.

Als er aufblickte, stand Christine in der Tür. Ihr Gesicht wirkte müde, aber es lag eine bange Erwartung in ihrem Blick, die Henric verriet, dass sie schon eine ganze Weile dort stand und ihn beobachtete.

»Bist du zufrieden?«, fragte sie leise.

»Mehr als das.« Henric lächelte warm und erhob sich, streckte die Hand nach ihr aus. »Es tut mir leid, dass ich jemals an dir gezweifelt habe. Kein Verwalter hätte es besser machen können.«

Ein flüchtiges Lächeln huschte über ihre Lippen, dann machte sie zögerlich einen Schritt auf ihn zu und ergriff seine Hand. »Es freut mich, dass du zufrieden bist«, murmelte sie.

Im schummrigen Licht der Kerzen verwischten die Konturen, ließen ihr Gesicht weich und ihre Lippen sinnlich erscheinen, wie er sie noch nie zuvor wahrgenommen hatte. Er spürte, wie seine Haut zu kribbeln begann. Henric blinzelte verwirrt. Sie hatten bislang recht gut nebeneinander hergelebt, hatten sich geachtet und aufeinander Rücksicht genommen, aber Christine war für ihn einfach nur dagewesen, die Frau, die sein Vater für ihn ausgesucht hatte und mit der er eher aus Pflichtgefühl das Bett teilte, nicht, weil er sie begehrte.

Unsicher blickte er zu ihr hinab, sah ihre feinen Züge und die großen Augen, die erwartungsvoll und scheu zu ihm aufschauten.

»Entschuldige bitte«, murmelte er und zog den Arm zurück, als hätte er sich verbrannt. »Es ist … unpassend.«

»Das ist es nicht.« Sie flüsterte nur, aber ihre Stimme ließ ihn schaudern. Sanft nahm sie seine Hand und legte sie wieder um sich, lehnte sich zaghaft an seine Brust. »Du warst lange fort. Es ist normal, dass du dich nach deiner Frau sehnst.«

»Ich will dich nicht bedrängen …«

»Ich bin deine Frau, Henric. Du bedrängst mich nicht«, erwiderte sie leise. Dann stellte sie sich auf die Zehenspitzen und berührte sacht seine Lippen mit ihren.

Henric zuckte zusammen. Noch nie hatte sie ihn von sich aus geküsst, nicht einmal, wenn sie miteinander schliefen.

Christine schien sein Erschrecken gemerkt zu haben, denn sie zog sich sofort wieder zurück. »Habe ich etwas falsch gemacht?«

Stumm schüttelte Henric den Kopf. »Nein, ich bin nur … ich muss mich wohl erst wieder daran gewöhnen, eine Frau zu haben.«

Ein zaghaftes Lächeln strich über ihre Lippen. Sie hob die Hand, legte sie sacht an seine Wange. »Das ist wohl auch normal«, wisperte sie, »aber ich bin da.«

Henric schloss die Augen. Es fühlte sich gut an, sie im Arm zu halten, so anders, als er sie in Erinnerung hatte. Was immer geschehen war, sie schien ihn vermisst zu haben und sich nach ihm zu sehnen.

»Küss mich, bitte«, hörte er sie flüstern. »Damit ich weiß, dass du wirklich zurückgekommen bist.«

Henric küsste sie. Nicht scheu und zurückhaltend, wie er es sonst getan hatte, sondern er zog sie an sich heran, während seine Lippen ausgehungert nach ihren haschten, seine Zunge über ihre makellosen Zähne fuhr, bis sie seinem Drängen nachgab. Henric keuchte auf, als die Begierde ihn mit einem Mal wie ein Sturzbach durchflutete, sämtliche Dämme und Bedenken fortriss. Bei Gott, Christine war seine Frau, und er hatte jedes Recht, sie sich zu nehmen.

»Nicht hier«, keuchte Christine und zog den Kopf zurück. »Lass uns hochgehen, wo wir allein sind.«

Henric seufzte, nickte dann aber und ließ von ihr ab.

»Komm«, raunte sie und nahm seine Hand.

*

Es war kühl in der Kammer, aber das störte sie nicht. Zu erhitzt waren sie noch von der kurzen, ungewohnt heftigen Leidenschaft, mit der sie sich geliebt hatten. Nun lag Christines Kopf auf seinem Bauch und ihre Finger spielten mit den feinen Härchen, während er ihre Schulter streichelte und sich verwundert fragte, was geschehen war. Noch nie hatte er Christine so lustvoll erlebt, als wollte sie alles nachholen, was sie in den Jahren ihrer Ehe bislang verpasst hatten. Vielleicht war es wirklich an der Zeit, noch einmal von vorn anzufangen. Hier in Lübeck standen sie nicht unter dem Druck seines Vaters, es war ihre freie Entscheidung, zusammenzubleiben. Und vielleicht würde aus der Achtung, die sie füreinander empfanden, eines Tages doch noch Liebe.

»Henric?« Sie drehte den Kopf, sodass sie ihn ansehen konnte. »Tust du mir einen Gefallen?«

»Was immer du möchtest.« Er lächelte sanft.

»Mette. Es muss langsam wirklich etwas geschehen.«

»Hat sie sich wieder mit dem jungen Karsbek getroffen?« Henric seufzte leise. Es wäre auch zu schön gewesen, wenigstens ein paar Stunden ohne Sorgen zu sein.

»Sie sollte heiraten«, murmelte Christine, ohne auf seine Frage einzugehen. Ihre Fingerspitzen strichen sacht über seine Brust. »Wenn es nicht bald geschieht, endet sie als alte Jungfer. Außerdem brauchst du Kontakte hier in Lübeck.«

»Ich kümmere mich darum«, versprach Henric mit einem müden Lächeln. »Gleich morgen.«

Bremen, Mai 1377

Lambrech hatte den Ellbogen auf die Stuhllehne gestützt, seine Finger zwirbelten den Bart, während er Daniel musterte.

Daniel zwang sich, den Blick zu erwidern und eine möglichst gleichmütige Miene aufzusetzen. Sein Vater musste nicht wissen, dass er seine letzte Hoffnung war, der einzige Ort, wo er noch hinkonnte. Nach seiner überstürzten Flucht aus Lübeck hatte er zunächst überlegt, zum Kapitel zurückzukehren, in der Hoffnung, dass die alten Streitigkeiten inzwischen vergessen waren. Dort angekommen, hatte er jedoch feststellen müssen, dass das keinesfalls so war, im Gegenteil. Der Erste, der ihm dort begegnete, war ausgerechnet Veit, der ihm mit sichtlicher Genugtuung erklärte, dass Willem inzwischen eine einflussreiche Stellung im Kapitel innehatte. Dass Willem Daniels Rückkehr mit allen Mitteln verhindern würde, sprach er nicht aus, aber Daniel verstand auch so, dass man nur darauf lauerte, ihn erneut zu demütigen. Und es wäre nichts anderes als eine Demütigung, wenn er um Aufnahme bettelte und man ihm die Tür vor der Nase zuschlug. So war nur noch Lambrech geblieben.

Seinem Vater schien es gut zu gehen, fiel Daniel auf. Seine Kleidung war aus bestem Tuch und venezianischer Seide nach der neusten Mode geschneidert, in dem Krug war ein schwerer Wein, und an seinem Finger prangte ein silberner Siegelring.

»Du kommst also hierher und willst bei mir wohnen«, stellte Lambrech fest. Seine Stimme klang lauernd. »Gibt es einen Grund, warum ich dich aufnehmen sollte?«

»Der Bernstein«, erwiderte Daniel. »Der Schwur. Du hast dich vor Gott verpflichtet, mich nicht abzuweisen.«

Lambrech stieß einen hohlen Laut aus, der wohl ein Lachen sein sollte. »Du selbst hast den Schwur gebrochen, als du dich einen Dreck um deine Familie geschert hast und nach Bologna gegangen bist. Von deinem Bruder ganz zu schweigen. Was kümmert mich dieser verfluchte Schwur, wenn mich meine eigenen Söhne verraten haben?«

»Ich bin zurückgekehrt«, merkte Daniel an und zwang sich, seine Stimme ruhig zu halten. Er kannte seinen Vater gut genug und wusste, dass er ihn provozierte. Ein Streit würde es leichter machen, Daniel aus dem Haus zu werfen.

»Warum ausgerechnet hierher? Warum bist du nicht in Lübeck geblieben?«

Daniel hatte mit der Frage gerechnet. »Ich hatte Unannehmlichkeiten mit einigen Leuten«, gab er leutselig die Erklärung preis, die er sich zurechtgelegt hatte. »Zu bleiben hätte Ärger bedeutet, oder ich hätte Henric anflehen müssen, mir zu helfen. Beides wollte ich nicht.«

Lambrechs Lippen verzogen sich zu einem süffisanten Grinsen. »Stattdessen flehst du mich an, dir zu helfen.«

»Ich flehe nicht. Ich mache dir ein Angebot.«

»Na, da bin ich aber gespannt.« Lambrech lehnte sich in einer gönnerhaften Geste zurück und verschränkte die Finger über seinem Bauch. »Was bietest du mir an?«

»Ich kann dir nützlich sein. Ich bin Arzt, falls du das vergessen haben solltest.«

»Und?« Lambrech hob gleichmütig die Schultern. »Was nützt mir ein Arzt?«

»Die Leute erzählen Ärzten viel.«

»Ich habe genug Ohren und Augen in der Stadt.«

Daniel seufzte tief. Es hatte keinen Sinn. Wenn Lambrech ihn nicht wollte, konnte er ihn nicht zwingen. »Dann gehe ich wohl besser wieder.« Er bückte sich, um sein Bündel aufzuheben, und warf es sich über die Schulter.

Lambrechs Stimme rief ihn zurück, ehe er die Tür erreicht hatte. »Warte.«

Langsam wandte sich Daniel ihm wieder zu.

»Komm her«, befahl Lambrech und wedelte mit der Hand. »Vielleicht habe ich doch Verwendung für dich. Aber erzähl mir erst, was du von Henric weißt. Lebt er noch?«

»Ich denke schon«, antwortete Daniel kühl und ließ das Bündel wieder neben dem Tisch sinken. »Er müsste inzwischen zurück in Lübeck sein.«

»Lübeck?« Lambrech blinzelte fragend. »Ich dachte, er sei verschollen.«

»Das war er auch. Jemand hat ihn wegen Bernsteinschmuggels den Deutschherren ausgeliefert, die ihn auf der Marienburg festgehalten haben.«

»Wie tragisch«, murmelte Lambrech und strich sich erneut durch den Bart. »Du weißt nicht zufällig, wie er entkommen konnte?«

»Nein.« Daniel wurde das ungute Gefühl nicht los, dass es besser war, seinem Vater nicht alles zu erzählen. Offensichtlich hing er seinem Groll Henric gegenüber immer noch nach, und da war es vermutlich unklug, zu erwähnen, dass er maßgeblich zu seiner Befreiung beigetragen hatte. »Als ich Lübeck verließ, war er noch nicht zurück.«

Lambrech nickte langsam, aber seine Augen musterten ihn eingehend. Daniel musste sich zusammenreißen, dem stechenden Blick nicht auszuweichen. Sich innerlich verfluchend, zwang er die Finger zur Ruhe, die nervös über sein Hemd strichen, und hoffte, dass sein Vater sein Unbehagen nicht spürte.

»Gott hält seine Hand über Henric«, bemerkte Lambrech betont beiläufig. »Mir scheint, es gibt nichts, was deinen Bruder von seinem Weg abbringen könnte.«

»Das weiß ich nicht«, antwortete Daniel ausweichend. Er hatte keine Ahnung, worauf Lambrech hinauswollte. »Henric ist überall beliebt. Es ist schwer, ihn nicht zu mögen. Vermutlich kann er deshalb stets mit Hilfe rechnen.«

Lambrech hob in einer gespielten Geste die Schultern und ließ sie wieder fallen. »Wie dem auch sei. Du könntest mir einen Gefallen tun.«

»Ich werde nichts tun, was Henric schadet.«

»Habe ich behauptet, dass du das sollst?« Lambrech verzog spöttisch die Lippen. »Henric ist mein Sohn. Ich würde mich ins eigene Fleisch schneiden, wenn ich versuchen würde, ihm zu schaden. Nein, es geht um mein frommes Eheweib.«

»Agnes Grootehus?« Daniel erinnerte sich noch dunkel daran, von der Hochzeit gehört zu haben.

»Agnes Suterman«, korrigierte Lambrech. »Ein blasses Geschöpf und offenbar unfähig, Kinder zu gebären. Was sie mit dem Weib deines Bruders übrigens gemein hat.«

Daniel biss sich auf die Lippen. »Was ist mit Agnes?« Er wollte nicht an Christine denken.

»Sie ist krank. Seit Monaten.« Lambrech deutete mit einem Nicken auf den Durchgang zum Wohnbereich. »Ich möchte, dass du nach ihr siehst und mir sagst, was sie erwartet.«

Daniel nickte langsam. »Jetzt gleich, nehme ich an?«

»Wann sonst? Dirte bringt dich zu ihr.«

Mit einem leisen Seufzer schulterte Daniel sein Bündel und folgte dem Mädchen die Stufen hinauf zu den Wohnräumen. Beklommen erinnerte er sich an seinen Besuch bei Elisabeth, Lutgers Frau, die ihm damals in eben diesen Räumen unter den Händen verblutet war. Das schien inzwischen eine Ewigkeit her zu sein. Hoffentlich verlief Christines Geburt glimpflicher, wenn sie sich entscheiden sollte, das Kind zu bekommen. Nicht darüber nachdenken, beschwor er sich und holte tief Luft.

Der Raum lag düster hinter den geschlossenen Fensterläden, und die Luft schmeckte abgestanden und faulig. Zwei Talglampen spendeten ein spärliches Licht und gaben den Blick frei auf die ausgezehrte Gestalt, die auf dem Bett saß und zwischen den aufgetürmten Kissen noch schmaler wirkte, als sie es ohnehin schon war, ein bleicher Schatten – als schwände Agnes

Suterman langsam aus dieser Welt, ohne den plötzlichen Bruch des Todes zu vollziehen.

Auf der Bettkante saß Hinnert, der bei Daniels Eintreten hastig aufsprang.

»Ich bin hier, um nach der Kranken zu sehen«, erklärte Daniel und bemühte sich um das beruhigende Lächeln, das er gegenüber Patienten immer auflegte. »Ihr könnt gern bleiben.«

»Hinnert liest mir die Geschichten der Heiligen vor«, sagte Agnes mit schwacher Stimme. Sie warf dem Wiesel einen warmen Blick zu. »Ich habe ihn darum gebeten.«

»Das ist sehr lobenswert«, nickte Daniel mit einer hundertfach eingeübten Phrase, während er sein Bündel abstellte und die Ärmel hochschob. »Gott allein entscheidet über Genesung oder Tod. Wir sind nur sein Werkzeug.«

Hinter sich hörte er Schritte innehalten und ahnte, dass sein Vater in der Tür stehengeblieben war, um ihn zu beobachten.

»Könnt Ihr mir Eure Leiden beschreiben?«, wandte er sich an Agnes und nahm ihr Handgelenk, um den Puls zu ertasten. Die Haut fühlte sich erschreckend kalt an.

»Sie hustet und fiebert«, antwortete Lambrech an ihrer statt. Seine Stimme klang ruhig. »Seit vier Wochen geht das so.«

»Hustet Ihr auch Blut?« Daniel hielt sich weiterhin an Agnes, während er in seinem Gepäck nach dem Hörrohr suchte.

»Blut nicht. Aber allerlei Auswurf«, sagte Lambrech, ehe seine Gemahlin zu einer Antwort ansetzen konnte. »Außerdem meint sie, keine Luft zu bekommen, wenn sie flach liegt.«

Daniel hob eine Augenbraue, sagte aber nichts, sondern bedeutete der Frau, dass er sie abhören wollte. Agnes zögerte, hob dann aber auf Lambrechs ungeduldigen Wink hin ihr Hemd und senkte schamhaft den Kopf. Sie zitterte.

Sorgsam hörte Daniel ihren Brustkorb ab, darauf bedacht, schnell zu arbeiten und sie nicht unnötig zu berühren.

»Es ist nicht so ernst, wie ich befürchtet habe«, sagte er,

während er das Rohr weglegte und den Blick abwandte, bis Agnes ihr Hemd wieder geordnet hatte. »Die Lunge klingt nicht gut, aber mit Gottes Hilfe werdet Ihr genesen. Ihr müsst Ruhe halten und viel trinken. Ich gehe nachher zum Apotheker und besorge Euch Kräuter, aus denen Dirte Euch einen Tee zubereitet, und eine Salbe, die Ihr auf der Brust auftragt. Allerdings will ich Euch nicht verschweigen, dass es sich auch verschlimmern kann, und wenn das geschieht, bleibt uns nur, zu beten.«

»Unser Leben liegt in Gottes Hand.« Ein flüchtiges Lächeln huschte über ihre Züge. »Er wird über mich wachen.«

Amen, beendete Daniel in Gedanken, aber er sprach es nicht aus. Er bewunderte Menschen, die im Glauben Sicherheit fanden. Ihm war das nie gelungen.

»Lasst etwas mehr Licht in die Kammer«, ordnete er an, während er sein Gepäck wieder aufnahm. »Dirte soll Euch regelmäßig die Kissen aufschütteln. Ich schaue morgen noch mal vorbei. Möchtet Ihr einen Priester sehen?«

Agnes' Gesicht hellte sich für einen Moment auf, sie nickte.

»Darum kümmern wir uns später«, brummte Lambrech. »Wir haben unten noch etwas zu besprechen.« Mit einem knappen Nicken forderte er Daniel auf, ihm zu folgen.

Daniel kniff die Lippen aufeinander, nickte Agnes noch einmal zu und folgte Lambrech stumm in das Kontor.

Sein Vater wartete, bis Daniel die Tür hinter sich geschlossen hatte. Gemächlich trat er an das Schreibpult, strich mit einer nachdenklichen Geste über das durch den Gebrauch vieler Jahre abgeschliffene Holz.

»Wird sie tatsächlich überleben?«, fragte er unvermittelt.

Daniel hob die Schultern. »Es ist sehr wahrscheinlich, wenn das Fieber nicht weiter steigt. Ich werde tun, was ich kann.«

»Herrgott, das Weib ist zäh wie Stockfisch«, unterbrach ihn Lambrech brüsk. »Dürr und zittrig wie ein Grashalm, aber wenn es darauf ankommt, klammert sie sich an ihr verfluchtes Leben wie ein Pfaffe an seine Pfründe.«

Daniel blinzelte verdutzt. Dann verstand er. »Ihr wollt sie loswerden.«

»Was soll ich mit einem kränklichen, unfruchtbaren Weib, das mit hündischer Ergebenheit jedes Wort von den Lippen der Pfaffen leckt?« Lambrech schnaubte und trat an das Fenster. »Ich brauche ein junges Ding, das noch werfen kann und mir brauchbare Beziehungen einbringt.«

»Da werdet Ihr wohl noch ein wenig warten müssen«, bemerkte Daniel trocken. Er hätte sich eigentlich denken können, dass sein Vater sich nicht damit zufriedengab, was ihm die Heirat mit der frigiden Nonne eingebracht hatte.

»Du hast gesagt, dass du für mich nützlich sein kannst.« Lambrechs sah ihn nicht an. »Damit könntest du sogar recht haben.«

Daniel brauchte einen Moment, um zu verstehen, was er meinte. »Das ist nicht Euer Ernst«, brachte er hervor.

»Ich rede nicht einfach so daher.« Nun schaute Lambrech wieder zu ihm herüber. »Du kannst dich nützlich erweisen, indem du das Problem für mich löst. Sie ist ohnehin krank, es kann sich verschlechtern, es wird niemandem auffallen.«

»Ihr wollt, dass ich Eure Gemahlin umbringe?« Daniels Stimme klang wie erstarrt.

»Ich will, dass du dich nützlich machst«, erwiderte Lambrech ruhig.

Stumm starrte Daniel ihn an, die Hände unwillkürlich zu Fäusten geballt. Nützlich sein … Darum ging es also. Die ungeliebte Gemahlin zu entsorgen, ohne dass es jemandem auffiel. Aber blieb ihm überhaupt eine Wahl? Lambrech würde ihn davonjagen, wenn er es nicht tat, er hatte ihn in der Hand. Es war ein Fehler gewesen, hierherzukommen, einer mehr in einer ganzen Reihe von Fehlern. Nun stand er hier und kämpfte mit dem letzten bisschen Gewissen, das ihm geblieben war. Wie konnte Christine jemanden wie ihn nur lieben, der sein Leben mit Lügen, Ausflüchten und Verrat bestritt? Und nun auch mit Mord. Aber Christine war weit fort, und sie würde ihn nicht mehr lieben, sollte er jemals zurückkehren. Nicht nach dem, was er ihr und Henric angetan hatte.

Er spürte Lambrechs Blick auf sich ruhen.

»Aderlässe sind wenig hilfreich bei ihrer Erkrankung«, begann Daniel müde, und er verachtete sich im selben Moment dafür. »Dennoch gibt es viele Ärzte und Bader, die sie reichlich anwenden. Sie schwächen eher, da der Körper weiter ins Ungleichgewicht gestürzt wird. Macht man sie zu oft, stirbt der Patient.«

»Du wirst viele Aderlässe machen.« Lambrech nickte, und Daniel meinte, ein zufriedenes Zucken in seinen Mundwinkeln zu erkennen. »Fang am besten noch heute damit an. Es wird ihrer Seele helfen.«

Als Daniel aus dem Kontor trat, bemerkte er Hinnert, der neben der Tür stand und alles mitgehört zu haben schien. Das Gesicht des Schreibers wirkte versteinert.

Bremen, Anfang November 1377

Daniel stöhnte, als der Lichtschein auf seine geschlossenen Lider fiel, und drehte sich zur Seite. Seine Hand tastete nach dem Kissen, fand es, doch ehe er es sich über den Kopf ziehen konnte, wurde es seinen Fingern unsanft entrissen.

»Steh auf«, knurrte Lambrechs Stimme. »Es ist Mittag.«

»Na und?«, murmelte Daniel und kroch tiefer unter die Decke. Ein dröhnender Schmerz hämmerte in seinen Schläfen, Übelkeit drängte in seinem Magen. Nie wieder so viel Wein, gelobte er stumm, aber er wusste, dass das Gelübde kaum den Abend überdauern würde. Seit er nach Bremen zurückgekehrt war, suchte er Vergessen. Wein und die Gelage, die sein Vater bisweilen veranstaltete, halfen dabei, ebenso wie die Huren, die willig und halbwegs sauber waren und die Lambrech großzügig bezahlte. Oft verbrachte Daniel ganze Tage im Bett. Aber das war gleichgültig. Niemand fragte nach ihm, niemand wollte etwas von ihm. Bis auf Lambrechs Zechkumpane, die sich hin und wieder einen bösen Splitter einzogen oder sich den Magen verdarben.

»Lass mich in Ruhe«, brummte Daniel, »ich will schlafen.«

»Du schläfst schon genug auf meine Kosten«, hörte er Lambrech knurren. Grelles Licht umflutete ihn, als die Fensterläden mit einem Knall aufflogen und kalte Luft in die Kammer strömte. Erschrocken zuckte Daniel zusammen, langte nach der Decke, doch Lambrech war schneller. Daniel schrie entrüstet auf.

»Raus, habe ich gesagt«, fauchte sein Vater und warf die Decke auf den Boden. »Wasch dich und zieh dir was Sauberes an. Du stinkst wie 'ne ganze Kaschemme.«

Er verließ die Kammer, ohne die Tür hinter sich zu schließen.

Daniel lag frierend da, rührte sich nicht. Nach einer Ewigkeit rang er sich schließlich dazu durch, die Arme zu lösen und sich vorsichtig aufzusetzen. Sofort zuckte der Schmerz durch seinen Schädel wie ein glühender Speer. Daniel stöhnte auf, griff hastig nach dem Bettpfosten, während er mit geschlossenen Augen darauf wartete, dass es nachließ. Er fühlte sich schwindelig, elend, so war es immer, wenn der Rausch nachließ. Das waren die Tage, an denen er das Bett nicht verließ, sondern bei geschlossenen Läden darauf wartete, dass die Sonne hinter den Marschen versank und er sich zum Wirtshaus aufmachen konnte. Es war erstaunlich, wie viel Zeit man mit Nichtstun verbringen konnte. Er hatte kaum gemerkt, wie es Sommer und wieder Herbst geworden war, und erst, als die Stürme über die Stadt fegten, hatte er festgestellt, wie lange er schon in Bremen war. Langsam war ihm bewusst geworden, dass das Kind nun bald geboren werden musste. Er wusste aus Henrics Briefen, die er unbeantwortet gelassen hatte, dass Christine es behalten hatte – und Henric in dem Glauben ließ, er sei der Vater. Im ersten Augenblick hatte er rasende Eifersucht verspürt, für die er sich im nächsten Moment schämte. Er hatte Christine im Stich gelassen, aus Feigheit, die er nie wieder gutmachen konnte, ebenso wenig wie all die anderen Sünden, die er im Laufe der Jahre auf sich geladen hatte, in der Hoffnung, sie einfach vergessen zu können. Aber die Dämonen lauerten bereits, nutzten seine Schwäche, um an ihm zu zerren, sein Innerstes aufzuwühlen.

Ein Ruf gellte von der Diele her hoch, aber Daniel ignorierte ihn und stützte die Ellenbogen auf, um das Gesicht in den Händen zu bergen. Seine Arme zitterten.

Es war nur die gerechte Strafe. Wie durfte er hoffen, Seelenfrieden zu finden, wenn seine Seele beladen war von Schuld und Verbrechen, die er nicht einmal seinem Beichtvater anvertraut hatte? Er hatte immer geschwiegen und gehofft, Gott würde ihm eines Tages verzeihen. Aber wie konnte Gott ihm verzeihen, wenn er immer neue Sünden auf sich lud?

Wieder bellte der Ruf aus der Diele, und Daniel hörte Schritte die Treppe hinaufpoltern. Er machte sich nicht die Mühe, aufzustehen, sondern verharrte dort, wo er hockte, an den Bettpfosten geklammert, während sein Blick zur Tür glitt. Es war nicht Lambrech, wie er erwartet hatte, sondern Hinnert.

Der Schreiber blieb im Durchgang stehen und betrachtete ihn mit unverhohlener Abscheu.

»Euer Vater ruft nach Euch.«

Daniel nickte matt. »Soll er warten«, murmelte er und wandte den Blick ab. Aus den Augenwinkeln sah er, wie Hinnerts Gesicht sich verfinsterte.

»Ihr seid jämmerlich.«

Ein schwaches Lächeln zuckte über Daniels Lippen. Wie recht das Wiesel doch hatte. Jämmerlich, wie eine Ratte, die sich verkroch. Aber es stand Hinnert nicht zu, ihm das so ins Gesicht zu sagen. Vielleicht sollte er den Schreiber maßregeln für sein unverschämtes Verhalten. »Verschwinde«, knurrte er, ehe er den Gedanken zu Ende geführt hatte. »Lass mich in Ruhe.«

»Das tue ich. Sogleich.« Hinnert trat näher, zog die Nase kraus. Dann tat er etwas, womit Daniel überhaupt nicht gerechnet hatte. Grob packte er Daniels Arm und zerrte ihn hoch, drückte ihn auf die Bettkante, wo er benommen sitzen blieb.

»Ihr seid ein elender, selbstsüchtiger Feigling!«, zischte Hinnert. »Ihr hockt hier und beklagt Euer Los. Wart Ihr einmal in Liebfrauen und habt um die Seele Eurer Stiefmutter gebetet, die Ihr umgebracht habt?«

»Ich wollte das nicht«, brubbelte Daniel, ohne Hinnert anzusehen. Seine Zunge schmeckte, als sei darauf ein Tier verendet, schon vor einigen Wochen. »Ich habe das nie gewollt.« Er hatte es nie gewollt, weder Agnes' Tod, noch Francescos oder … Christine.

»Ihr hattet die Wahl«, erwiderte Hinnert kühl. Unverhohlene Verachtung lag in dem Blick, mit dem er Daniel maß. »Ihr solltet aufstehen. Euer Vater schickt sonst als Nächsten Halbbein-Jannes.« Ohne ein weiteres Wort drehte Hinnert sich um und verließ die Kammer.

Daniel starrte ihm mit leeren Augen nach.

Lübeck, 11. November 1377

Der Duft des Bratens hatte sich im ganzen Haus verbreitet und ließ Christine das Wasser im Mund zusammenlaufen. Vermutlich würde sie aber auch heute nur wenig von den Köstlichkeiten herunterbekommen, die Marieke zur Feier von Sankt Martin aufgetischt hatte. Ihr Bauch hatte inzwischen solche Ausmaße angenommen, dass es ihr schon schwerfiel, sich zu setzen. Ihre Beine waren angeschwollen und schmerzten, und mit jedem Tag sehnte sie den Zeitpunkt stärker herbei, da das Kind sich endlich auf den Weg in die Welt machte. Dabei sollte sie froh sein, dass es sich Zeit ließ, denn je später es kam, desto geringer war die Wahrscheinlichkeit, dass jemand Henrics Vaterschaft in Frage stellte. Seit sie Henric erzählt hatte, dass sie ein Kind erwartete, lebte sie mit der ständigen Angst, er könne doch irgendwie herausfinden, dass die Schwangerschaft weiter vorangeschritten war, als sie vorgab.

Doch die Sorge schien unbegründet. Henric behandelte sie mit größter Aufmerksamkeit und las ihr jeden Wunsch von den Augen ab, dass sie sich schon schlecht dabei fühlte. Zum Glück schob er ihre manchmal barschen Reaktionen auf die Schwangerschaft, ging mit einem Lächeln darüber hinweg – und sie fühlte sich noch schlechter. Es wurde wahrlich Zeit, dass das Kind auf die Welt kam.

Heute saßen alle zusammen am Tisch, auch die beiden Knechte und Simon, der junge Sohn des Ratsherrn Thomas Morkerke, der bei Henric als Lehrling angefangen hatte, nachdem Ludeke vor zwei Monaten überraschend verstorben war.

Henric selbst war ausgesprochen gutgelaunt. Er lachte und scherzte mit Marieke, erzählte Simon von London und Nowgorod und ließ sich das Essen sichtlich munden, während Mette mit einem sauertöpfischen Gesicht daneben saß und nur gelegentlich einen Bissen nahm. Christine ahnte, dass es mit Jan Karsbek zu tun hatte. Jede ihrer Stimmungen hatte inzwischen mit dem jungen Kaufmann zu tun, und da dieser zurzeit zur Ausbildung in Rostock weilte, war Mettes Laune andauernd schlecht. Henric schien das geflissentlich zu ignorieren – oder er bemerkte es tatsächlich nicht.

»Ich habe heute übrigens Hartmann Schepenstede getroffen«, wandte er sich an Mette und nahm einen Schluck aus seinem Becher. Der Wein war ein Geschenk Johann Warendorps gewesen, der vor einigen Wochen überraschend im Kontor aufgetaucht war, um Henric ein Geschäft vorzuschlagen. Henric hatte zwar kühl abgelehnt, was Warendorp jedoch nicht daran gehindert hatte, mit ihm freundschaftlich über ihre gemeinsame Zeit in Nowgorod zu plaudern und ihm am Ende den Wein zu schenken – nach Christines Meinung der einzige Grund, warum er überhaupt gekommen war: um mit dem Geschenk sein schlechtes Gewissen zu beruhigen. Gemeinsam mit Henric hatte sie eine ganze Weile gerätselt, wer ihm den Bernstein untergejubelt haben konnte, und am Ende war nur Warendorp geblieben. Aber sie hatten keine Beweise, sodass Henric schließlich beschlossen hatte, die Sache auf sich beruhen zu lassen.

Mette bedachte Henric mit einem langen Blick. »Warum erzählst du mir das?«

»Weil ich mit ihm übereingekommen bin«, verkündete Henric fröhlich. »Er ist bereit, dich zu heiraten, zu meinen Bedingungen.«

»Heiraten?« Entgeistert starrte Mette ihn an. Das Fleischstück, an dem sie gerade gekaut hatte, entglitt ihrer Hand. »Du willst, dass ich diesen Kerl heirate?«

»Er ist reich und hat einflussreiche Verwandtschaft. Es wird höchste Zeit, dass du heiratest. Und ich brauche die Beziehungen, die ich über die Schepenstedes gewinne.«

»Dann heirate du ihn doch!« Mette sprang auf. »Ich werde es sicher nicht tun!«

»Oh doch, das wirst du. Du hast es versprochen. Und ich habe mich schon viel zu lange hinhalten lassen.«

Mettes Wangen hatten sich rot gefärbt. »Du kannst mich nicht zwingen!«, stieß sie zischend hervor. »Niemand kann mich dazu zwingen!«

»Mette, es reicht.« Henrics Lächeln war verschwunden, stattdessen hatte sich eine tiefe Furche zwischen seinen Augenbrauen gebildet. »Ich habe mir das lange genug angesehen. Denkst du irgendwann auch einmal an uns und nicht immer nur an dich? Was erwartest du? Willst du ewig Jungfrau bleiben und uns allen mit deiner Unzufriedenheit auf den Geist gehen?«

»Henric, bitte«, versuchte Christine dazwischenzugehen. Ihr Blick glitt zu Simon und den beiden Knechten, die sich bemühten, so zu tun, als gehe es sie nichts an. Das waren keine Dinge, über die man vor dem Gesinde stritt. Allerdings schien das weder Henric noch Mette sonderlich zu stören.

»Notfalls bleibe ich ewig Jungfrau!«, rief Mette und wischte mit einer wütenden Handbewegung ihren Becher vom Tisch, der mit einem lauten Scheppern zerbarst. Christine starrte auf den Wein, der in die Fugen des Backsteinmusters rann, langsam, wie flüssiger Honig. Einen kurzen, irrigen Moment galt ihr Bedauern dem edlen Getränk, ehe Henrics Stimme sie zusammenzucken ließ. Er war ebenfalls aufgesprungen und funkelte Mette zornig an.

»Du wirst Schepenstede heiraten!«

»Nie im Leben!« Mettes Unterkiefer zitterte. »Versuch, mich zu zwingen, und du wirst es bereuen!«

Einen Wimpernschlag lang wirkte Henric verblüfft angesichts von so viel Dreistigkeit. Dann verfinsterte sich seine Miene. »Du wagst es, mir zu drohen?«

Mette starrte nur stumm zurück.

»Bis morgen will ich deine Entscheidung hören«, knurrte Henric. »Wenn du dich weigerst, packst du deine Sachen und kehrst zu deinem Vater zurück.«

»Als ob das noch einen Unterschied macht!« Mit einer zornigen Bewegung warf sich Mette herum. Christine sah ihr betroffen nach, als sie die Tür zur Straße aufriss, und setzte schon an, aufzustehen und ihr nachzulaufen, doch Henric legte ihr die Hand auf die Schulter und drückte sie sanft zurück.

»Lass sie«, murmelte er grimmig. »Sie wird sich schon wieder beruhigen. Wir sollten uns den Tag davon nicht verderben lassen«, wandte er sich wieder an Simon und die Knechte. Rasch griff er nach seinem Becher und nahm einen großen Schluck. »Bitte, greift zu«, forderte er die Knechte betont fröhlich auf. »Ab morgen gibt es wieder Grütze. Sonst wird mir mein Sohn eines Tages vorwerfen, ich hätte sein Erbe verprasst.«

Christine bemühte sich zu lächeln.

Der Wind pfiff um das Haus, als sie später schlafen gingen. Nach den goldenen Oktobertagen hatte der Herbst nun endgültig Einzug gehalten, kalt und nass, wie sie es aus Bremen kannten. Der schneidende Wind griff mit eisigen Fingern nach den Fensterläden, die Henric von innen mit einer Decke ausgestopft hatte.

Christine fror trotzdem. Sie hatte ein zweites Hemd übergeworfen und sich unter einem Berg von Decken vergraben. Dennoch hatte sie das Gefühl, als krieche die Kälte durch jeden Spalt und jede Ritze. Sie war daher dankbar, als Henric die Kerze löschte und zu ihr ins Bett kam. Leise seufzend schmiegte sie sich an seinen warmen Körper und versuchte zu ignorieren, dass er nach Wein roch. Nach dem Streit mit Mette hatte er noch mehrere Becher getrunken, zu schnell, wie Christine fand. Aber es stand ihr nicht an, ihn vor dem Gesinde zu maßregeln.

»Ich verstehe sie nicht«, murmelte Henric, nachdem sie eine

ganze Weile einfach nur stumm in seinem Arm gelegen hatte. »Schepenstede ist sicher niemand, den sich ein junges Mädchen wünscht. Aber auch Mette sollte klar sein, dass das keine Ehe für die Ewigkeit ist.«

»So wird es ihr aber erscheinen.«

Er hob den Kopf ein wenig. »Hältst du es etwa auch für falsch?«

»Nein, natürlich nicht«, beeilte Christine sich zu sagen. Vorsichtig hob sie die Hand und legte sie an Henrics Wange. Inzwischen hatte sie sich an den Bart gewöhnt, er machte ihn älter, aber auch ernster. »Mette ist schließlich kein junges Mädchen mehr, sondern eine Frau.«

»Es wäre zu wünschen, dass sie sich wie eine benimmt.« Henric seufzte leise. »Hat sie sich den jungen Karsbek eigentlich inzwischen aus dem Kopf geschlagen?«

Christine zögerte, schmiegte sich enger an ihn, während sie überlegte, was sie ihm sagen sollte. Sie schuldete Henric Gehorsam, und dazu zählte auch, ihm die Wahrheit zu sagen. Aber Mette wusste Bescheid über das Kind. Ein falsches Wort, und sie konnte alles zerstören, was sich zwischen ihr und Henric gerade erst entfaltet hatte. »Ich weiß es nicht«, log sie und fühlte sich im selben Moment schlecht dabei.

»Sie sollte ihn sich aus dem Kopf schlagen.« Henric seufzte erneut. »Karsbek hat letzte Woche erst wieder verhindert, dass ich auf demselben Schiff wie er Laderaum ankaufe. Es ist schon fast kindisch.«

Gekränkte Männer sind bisweilen so, wollte Christine gähnend erwidern, aber sie kam nicht mehr dazu. Ein jäher Schmerz durchzuckte ihren Bauch, sodass sie ein erschrecktes Keuchen ausstieß.

»Christine?« Henric hob den Kopf. »Was ist mit dir?«

»Nichts, es … es ist schon wieder weg.« Sie atmete tief durch, und tatsächlich, der Schmerz ließ nach und war dann wieder fort. Hatte sie ihn sich nur eingebildet? Aber dafür war er zu stark, zu deutlich gewesen.

Sie spürte, wie Henric sie besorgt betrachtete. »Es war nichts«, sagte sie leise. »Bloß Bauchschmerzen.«

Er nickte in der Dunkelheit, aber es wirkte nicht sehr überzeugt. »Soll Marieke dir einen Bärwurztee machen?«

»Nein, lass nur.« Sie lächelte schwach. »Es ist schon wieder vor...« Sie sog scharf die Luft ein, als sich ihr Bauch erneut zusammenzog, stärker und schmerzhafter als beim ersten Mal. Ein erschrockenes Wimmern glitt über ihre Lippen.

»Das Kind!« Henric saß mit einem Mal kerzengerade im Bett. »Aber kann es denn schon sein?«

Christine antwortete nicht. Ihr Körper krümmte sich, streckte sich wieder, während sie eine Haltung suchte, in der der Schmerz erträglicher wurde. Dann ebbte es wieder ab, und sie atmete tief durch.

»Sag Mette, sie soll die Hebamme holen«, bat sie leise, selbst verwundert darüber, wie klar sie plötzlich denken konnte. Erleichterung durchflutete sie. Endlich war es so weit. Ein paar Stunden, und sie hätte es geschafft.

Henrics Blick glitt zur Tür, er zögerte. »Kann ich dich überhaupt alleine lassen?«, fragte er hörbar unsicher.

Christine musste unwillkürlich schmunzeln. Jetzt, da der Schmerz wieder fort war, erschien ihr die Frage geradezu lächerlich. »Geh bitte«, sagte sie mit Nachdruck. Ein flüchtiges Lächeln glitt über ihre Lippen. »Sonst muss ich selbst gehen.«

»Entschuldige«, stammelte Henric und sprang auf. Fahrig suchte er im Dunkeln nach seinem Hemd, fluchte, als er gegen die Truhe stieß, dann hastete er hinaus und wäre beinahe noch über die Schwelle gestolpert.

Christine ließ den Kopf zurück auf das Bett sinken und schloss die Augen. Ihre Hand stich über den Bauch, deutlich spürte sie die Bewegungen des Kindes unter der Haut. Bitte lass es nicht blond sein, betete sie stumm. Sie hatte den Gedanken noch nicht ganz zu Ende geführt, da überrollte sie der Schmerz erneut, heftiger und drängender, als wollte es sie von innen heraus zerreißen. Christine schrie auf. Keuchend rollte sie zur Seite und krümmte sich zusammen. Da fuhr es bereits wieder durch ihren Bauch, ein sengender Schmerz, als risse man mit glühenden Zangen an ihrem Leib.

Christines Finger krallten sich in das Laken, Panik drückte ihren Hals zu, während sie verzweifelt betete, dass Henric sich beeilte.

*

Noch nie war die Zeit so quälend langsam vergangen wie in den Stunden, die er in der Diele auf und ab ging und auf die Schreie lauschte, die in regelmäßigen Abständen von den Schlafkammern zu ihm herunterhallten. Er hatte damals Mitgefühl mit Lutger gehabt, als der um das Leben seiner Elisabeth gebangt hatte, aber er hatte Lutgers Unruhe doch nicht nachvollziehen können. Nun spürte er sie am eigenen Leib. Keinen Augenblick konnte er ruhig sitzen bleiben, und sein Herz begann jedes Mal zu rasen, wenn auf der Treppe Schritte erklangen.

Sein Kopf ruckte hoch, als Mette die Treppe hinabgeeilt kam.

»Was ist mit ihr?«, bestürmte er sie gleich. »Ist es schon so weit?«

»Es dauert noch«, wehrte Mette mit einem gezwungenen Lächeln ab und warf sich ihren Mantel um. Sie hielt kurz inne, strich sich die wirren Locken aus dem Gesicht. »Ich soll einen Arzt holen«, sagte sie leise. »Nur für den Fall …«

Henric spürte, wie ihm das Blut aus dem Gesicht wich. »Sie schreit so furchtbar«, murmelte er. »Ist es das?«

»Alle Frauen schreien bei der Geburt.« Mit einem aufmunternden Lächeln nahm Mette seine Hände und legte sie aufeinander. »Bete für sie. Wenn Gott jemanden erhört, dann dich.«

»Wie kann ich für sie beten, wenn ich es war, der ihr das angetan hat?«, fuhr er sie unwirsch an und schlug ihre Hand weg. Die Erinnerungen an die Nacht, in der Elisabeth gestorben war, traten ihm deutlicher denn je vor Augen, die Schreie, die irgendwann verstummt waren …

»Hör auf«, riss ihn Mettes Stimme harsch zurück. »Bete, verflucht noch mal, und warte ab. Es dauert, aber es geht ihr gut.« Sie schob ihn zu einem Stuhl und drückte ihn mit Nachdruck darauf. »Und mach nicht alle verrückt. Ich hole jetzt den Arzt.«

»Abraham Ben Simon.«

»Wie?« Mette drehte sich noch einmal fragend um.

»Abraham Ben Simon.« Henric lächelte schief. »Daniel hat gesagt, er ist der einzige Arzt, dem man vertrauen kann.«

Etwas in Mettes Augen veränderte sich, doch es war gleich wieder verschwunden, und sie nickte knapp. »Ich beeile mich.«

»Bitte«, flüsterte Henric, nachdem die Tür hinter ihr schon ins Schloss gefallen war.

Nach einer Zeit, die Henric schier ewig erschien, kehrte Mette zurück und mit ihr der jüdische Arzt. Schweigend huschten sie an ihm vorbei und hinauf zu den Schlafkammern. Längst war er wieder dazu übergegangen, in der Diele auf und ab zu wandern, stumme Gebete murmelnd. Einmal tauchte Claas an der Stiege zum Speicherboden auf, und linste hinab, als wolle er sich vergewissern, dass alles in Ordnung war.

Plötzlich wurde es ruhig, und im nächsten Moment zerriss das quäkende Gebrüll eines Neugeborenen die Stille. Henric hastete zur Treppe, fasste den Handlauf und stierte hinauf. Sein Herz raste, während er wartete, dass sich etwas tat und jemand kam, um ihn zu holen. Endlich hörte er das Knarren der Tür und die schweren Schritte, als der Jude an die Treppe trat und langsam hinabstieg.

»Ihr habt einen Sohn«, teilte er Henric mit, als er schließlich neben ihm stand. Ein leichtes Lächeln deutete sich unter dem Bart an. »Ein gesunder Junge. Eure Frau ist wohlauf.«

»Heilige Magdalena sei Dank«, seufzte Henric und wandte

den Blick zum Himmel, ehe er wieder den Arzt ansah. »Wie geht es ihr? Kann ich zu ihr?«

»Sie ist erschöpft, aber Ihr könnt nach ihr sehen.« Der Jude zögerte. »Wann seid Ihr aus Nowgorod zurückgekehrt?«

»Kurz nach Ostern. Warum?«

»Es hat mich nur interessiert.« Abraham nickte sacht. »Geht zu Eurer Frau. Sie wird sich freuen, Euch zu sehen. Wegen des Honorars ...«

»Ich schicke morgen meinen Lehrjungen zu Euch«, rief Henric ihm zu, während er schon die Treppe hinaufeilte. »Er wird Euch fürstlich entlohnen!«

Der Jude antwortete noch etwas, aber Henric hörte ihn bereits nicht mehr. Er verlangsamte seine Schritte, klopfte dann kurz an, ehe er die Kammer betrat, die er mit Christine teilte.

Obwohl die Hebamme die Fensterläden aufgerissen hatte und kühle Nachtluft hereindrang, schlug ihm ein süßlicher Gestank nach Blut und anderen Dingen entgegen, die er lieber nicht so genau wissen wollte. Die Hebamme war damit beschäftigt, ihre Sachen zusammenzuräumen und hob nur kurz den Kopf, als Henric eintrat. Mette hockte regungslos auf der Bettkante und wusch mit einem Tuch den Schweiß von Christines Stirn und Nacken.

Langsam trat Henric näher. Christines Gesicht war blass, und sie wirkte erschöpft, aber das Lächeln, das ihre Mundwinkel spannte, schien eigenartig gelöst, als sei es nicht von dieser Welt.

»So winzig«, murmelte sie, schaute dann auf. Ein unsicheres Lächeln zuckte über Henrics Mund, als er zögerlich an das Bett trat. Versonnen betrachtete er das Bündel, das in Christines Arm ruhte und bereits wieder tief und fest schlief, ein rotes, verknautschtes Gesichtchen, das ihm viel zu verletzlich erschien.

»Ihr habt einen Sohn«, bemerkte die Hebamme mit ihrer schnarrenden Stimme. »Eure Frau hat sehr gekämpft. Dankt Gott, dass er seine Hand über sie gehalten hat.«

»Das tue ich«, sagte Henric und lächelte. »Jeden Tag.«

Er ließ sich auf der Bettkante nieder und streckte zaghaft die Hand nach dem Kind aus. »Er ist so schön«, murmelte er.

»Wie soll er heißen?«, fragte Christine leise.

»Jakob. Nach seinem Paten.« Henric hob den Blick und sah nun seine Frau an. »Jakob Pleskow wird die Patenschaft übernehmen.«

»Das ist gut.« Vorsichtig hob Christine die Arme, um ihm das Bündel zu reichen. Es war überraschend leicht, und doch wieder schwer. Ein süßlicher, angenehmer Geruch ging von dem Kind aus, das sich leise im Schlaf bewegte und die Wange an das Tuch kuschelte.

»Danke«, murmelte Henric und beugte sich unvermittelt vor, um seine Frau sacht zu küssen. »Ich liebe dich, Christine.«

Sie lächelte warm.

Bremen, Ende Dezember 1377

Dunkle Wolken türmten sich über dem Dom, dessen ungleiche Türme grimmig und voller Abscheu auf ihn herabblickten. Daniel verlangsamte seine Schritte, zog sich den Mantel enger um die Schultern. Dabei war es nicht die Kälte, die ihn frieren ließ. Flüchtig glitt sein Blick über den Domhof, zu dem Palatium und der Kurie. Kaum ein Mensch war unterwegs in dem eisigen Wind, der vom Meer her durch die Gassen strich. Doch bald würde das neue Jahr anbrechen, und mit ihm kämen Licht und Sonne zurück und damit auch das Leben auf den Straßen.

Daniel ließ den Blick langsam über das Portal des Doms gleiten, und er spürte, wie alles in ihm danach drängte, umzukehren, zurück ins Haus seines Vater zu gehen und sich dort zu verkriechen, wie er es seit Monaten tat. Doch dann wäre er wieder allein mit der Dunkelheit und seinen Dämonen. Er durfte jetzt nicht mehr umkehren. Wenn er seiner Seele Frieden geben wollte, blieb ihm wahrscheinlich nicht viel Zeit. Zwar hatte er von Freunden seines Vaters erfahren, dass Anselm noch lebte, aber der greise Domherr musste inzwischen ein biblisches Alter erreicht haben. Wenn Gott ihn strafen wollte – und dessen war sich Daniel sicher –, würde er den alten Lehrer sterben lassen, ehe Daniel Gelegenheit hatte, ihn noch einmal zu sehen.

Er zögerte, als er schließlich das Kapitelhaus erreichte und die Hand schon zum Anklopfen hob. Wie selbstverständlich war er hier ein- und ausgegangen, ehe er alles zerstört hatte, in dem hochmütigen Glauben, ihm könne nichts geschehen. Er hätte damals um Verzeihung bitten sollen, anstatt dem Kapitel beleidigt den Rücken zu kehren.

Daniel kannte den Laienbruder nicht, der ihm öffnete, ein dürrer, blasser Bursche mit abstehenden Ohren. Misstrauisch beäugte er Daniel. »Was wollt Ihr?«

»Ich möchte zu Domherr Anselm«, antwortete Daniel und räusperte sich, als seine Stimme schwankte. »Ich bin ein alter Freund von ihm.«

Die Augen des Mannes huschten über seinen pelzgefütterten Mantel. Lambrech war nicht geizig, solange man ihm nicht in die Quere kam, und hatte Daniel eine ganze Reihe neuer Kleidungsstücke gekauft, die eher einem Ratsherrn angemessen wären.

Offensichtlich schätzte der Laienbruder ihn auch als einen solchen ein, denn mit einem Mal machte er einen unterwürfigen Katzbuckel. »Domherr Anselm ist schwer erkrankt«, teilte er mit. »Wir warten nur noch auf die Stunde, da unser Herr ihn abberuft.«

Daniels Herz tat einen erschrockenen Satz. Dann war es kein Tag zu früh, dass er den greisen Lehrer aufsuchte. »Kann ich trotzdem zu ihm? Ich verspreche Euch, dass ich nicht lange bleibe«, versicherte Daniel hastig, innerlich betend, dass der Kerl ihn einließ.

Der warf einen unsicheren Blick über die Schulter. »Kommt«, murmelte er schließlich und gab den Weg frei. »Aber nicht lange!«

Daniel lächelte erleichtert und drängte sich hastig an ihm vorbei. »Habt Dank und möge Gott Euch behüten.«

Ohne auf die Rufe des Laienbruders zu achten, eilte er den Gang entlang zu Anselms Kammer. Mochte der Kerl sich wundern, woher er den Weg kannte, Daniel war es gleichgültig. Er würde hiernach ohnehin nicht mehr ins Kapitel zurückkehren.

Die Tür zu Anselms Kammer war unverschlossen. Ohne anzuklopfen, schob Daniel sie vorsichtig auf, schlüpfte hinein und schloss sie sorgfältig wieder, ehe er sich umsah.

Die Kammer roch nach Tod. Daniel wusste nicht, wie oft er bereits zu Sterbenden gerufen worden war, aber er kannte diesen Geruch, der stets mit einer eigentümlichen Stille einherging. Die Fensterläden waren geschlossen, um die Kälte abzuhalten, aber auf dem Tisch brannte eine Kerze in einem irdenen Leuchter, die unruhiges Licht spendete. Nichts hatte sich geändert, seit Daniel das letzte Mal hier gewesen war, wenige Tage, ehe er das Kapitel und Bremen verlassen hatte. Wie viele Stunden hatte er hier gesessen und Anselms Belehrungen gelauscht, wenn dieser versucht hatte, ihm die Wirkung von Heilpflanzen und Hausrezepten zu vermitteln, die in keinem der gelehrten Werke zu finden waren. Es war, als käme er nach langer Zeit nach Hause.

Vom Bett her vernahm er ein Geräusch und wandte sich hastig um.

»Daniel.« Anselms Stimme klang brüchig und gepresst, es kostete ihn Anstrengung, zu sprechen. Fahrig versuchte er, sich aufzurichten, doch Daniel war sofort bei ihm und drückte ihn sanft wieder zurück.

»Strengt Euch nicht zu sehr an«, sagte er leise und zwang sich zu einem Lächeln, auch wenn ihm innerlich zum Heulen war. Anselm war noch nie ein kräftiger Mann gewesen, und solange Daniel denken konnte, war er alt, doch selbst mit dem greisen Chorherrn hatte dieses Häufchen Elend, das vor ihm auf dem Bett lag, kaum noch etwas zu tun. Die Wangen waren eingefallen, sodass die Nase viel zu spitz und groß aus dem Gesicht hervorragte. Die Haut hatte eine ungesunde, graue Farbe und spannte sich wie fleckiges Pergament über die Knochen, aus denen die Augen viel zu groß und trübe hervorschauten. Sein Nuscheln verriet, dass er inzwischen auch die letzten Zähne verloren hatte.

»Daniel«, seufzte er erneut, und ein schwaches Lächeln huschte über den lippenlosen Mund. »Ich habe gebetet, dass du kommst.«

»Ich bin froh, Euch noch lebend anzutreffen«, antwortete

Daniel leise und nahm Anselms Hand, die er sanft drückte. Die Finger fühlten sich an wie die eines Toten, kalt und knochig, als sei das Leben, an das sich Anselm noch klammerte, bereits aus ihnen gewichen.

»Du brauchst meine Hilfe.« Es war mehr eine Feststellung als eine Frage.

Daniel biss sich auf die Lippen, fühlte sich schmerzlich ertappt. »Ihr könnt mir nicht helfen«, murmelte er und senkte den Blick. »Nur Gott allein kann das.«

Anselms Hand löste sich aus seinen Fingern, glitt über Daniels Wange und blieb auf seinem Kopf liegen. »Öffne deine Seele, Junge«, hauchte er. »Lass zu, dass Gott dir vergeben kann. Du versuchst, deine Sünden vor ihm zu verbergen, aber Gott lässt sich nicht belügen.«

»Ich weiß.« Daniel schloss die Augen, spürte die spinnenhaften Finger auf seinen Haaren, die ihn seltsamerweise eher beruhigten als unangenehm waren. »Ich möchte Euch bitten, mir die Beichte abzunehmen.«

Er spürte das Lächeln, das über Anselms Gesicht glitt. »Ich hatte schon befürchtet, du würdest es niemals tun«, flüsterte der alte Domherr, richtete sich dann mühsam weiter auf, ohne die Hand von Daniels Kopf zu nehmen, der stumm niederkniete. »In nomine patris et filii et spiritus sancti.«

»Amen«, murmelte Daniel. Seine Brust war eng, und er wagte kaum zu atmen, als er zu erzählen begann, stockend erst, dann immer flüssiger und in rascher Folge, und bald sprudelte es nur so aus ihm heraus, worüber er all die Jahre geschwiegen hatte. Er erzählte von Christine, den Lügen, die er sich als Domschüler hatte einfallen lassen, nur um sie zu sehen, den unzüchtigen Träumereien und den Texten, die er für Willem abschrieb, seinem Eigennutz, den zahlreichen Versprechen, die er gebrochen hatte, Pflichten, die er versäumt hatte, weil er in Gedanken bei Christine war. Seine Zunge fuhr über die Lippen, als er kurz innehielt, um seine Erinnerungen zu ordnen. Anselm schwieg, unbewegt, nur seine Augen, die Daniels Gesicht beobachteten, verrieten, dass der alte Domherr aufmerksam zuhörte.

Daniel sprach langsamer, als er fortfuhr und von Bologna erzählte, von Maria und den anderen Mädchen, die er zur Sünde verführt hatte, von seinem Ehrgeiz und dem überheblichen Stolz, den er an den Tag gelegt hatte. Er stockte, als er zu Francesco und dem Henker kam, zu den Knöchelchen, die sie als Reliquien verkaufen wollten. In den schlimmsten Nächten, wenn die Dämonen ihn zu sehr quälten, sah er in seinen Träumen bisweilen Francescos Gesicht, fieberglühend und mit aufgesprungenen Lippen, die stumm nach Wasser flehten. Gott hatte ihn büßen lassen für den Frevel, den sie beide begangen hatten. Der Schnitt an seiner Hand war brandig geworden, keine zwei Tage nach ihrem Besuch beim Henker. Es war ein kurzer Todeskampf gewesen, den Francesco zum Glück kaum noch mitbekommen hatte, weil er bereits am ersten Tag in einen Fieberwahn gefallen war, aus dem er nicht mehr aufwachte. Die Knöchelchen hatte er bis zuletzt in einem Beutelchen um den Hals getragen, als glaube er selbst daran, Reliquien eines Heiligen zu ehren anstatt die frischen Knochen eines hingerichteten Mörders. Daniel hatte den Beutel später verbrannt und versucht, es zu vergessen, aber er konnte nicht vergessen.

Anselms Augen ruhten auf seinem Gesicht, als er verstummte und zaghaft den Blick hob. Der Chorherr verriet mit keiner Regung, was er dachte, sondern nickte nur sacht, als Aufforderung, fortzufahren.

Daniel musste sich erst sammeln, bis er seine Gedanken so weit geordnet hatte, dass er weitererzählen konnte. Er berichtete von Christine und dem Hass, den er gegenüber seinem Bruder verspürt hatte, von seinem Begehren und dem Kuss, als sie zu ihm gekommen war, um Hilfe zu finden. Seine Stimme wurde leiser, als er von Lübeck erzählte und dem Verlangen, das sie einander in die Arme getrieben hatte, wohl wissend, dass sie die Ehe brachen und Henric hintergingen. Einen Moment schwieg er. »Und dann hat sie mir gesagt, dass sie ein Kind erwartet.«

Anselms Augenbraue wanderte nach oben. »Sie hat es getötet?«

Daniel schüttelte schwach den Kopf. »Ich wollte, dass sie es tut. Ich wollte dieses Kind nicht, weil ich Angst hatte vor Henric. Aber sie hat es behalten.« Er starrte vor sich hin, die Lippen aufeinandergepresst. »Doch das ist noch nicht alles.«

Anselm nickte.

»Ich bin aus Lübeck geflohen«, flüsterte Daniel, ohne den Domherrn anzusehen. Seine Lippen zitterten. »Da ich keinen anderen Ort wusste, bin ich zu meinem Vater gegangen, der bereit war, mich aufzunehmen. Unter der Bedingung, dass ich seine Gemahlin töte. Ich habe es getan.« Daniel schloss die Augen und schluckte. Wie sollte Gott ihm jemals vergeben? Er war kein Stück besser als sein Vater. Leichtfertig hatte er anderen Unglück gebracht, eigennützig, ohne sich darum zu scheren, was sein Tun für sie bedeutete. Wie hatte er Christine Liebe schwören können, wenn er sie in dem Moment, in dem sie ihn brauchte, allein ließ? Wie konnte Gott ihm verzeihen, wenn er sich selbst nicht verzieh?

»Ego te absolvo a peccatis tuis in nomine patris et filii et spiritus sancti.«

Überrascht hob er den Kopf, als er Anselm murmeln hörte, blinzelte verständnislos.

»Du hast schwerere Sünden auf dich geladen, als ich befürchtet hatte«, sagte der Greis. »Du hast kaum ein Vergehen ausgelassen.«

Daniel senkte die Lider. »Ich wünschte, ich könnte es rückgängig machen«, murmelte er.

Anselm lachte leise. »Die Möglichkeit hat uns der Herr zum Glück verwehrt. Welches Durcheinander würde es erst geben, wenn jeder nach Belieben Geschehenes ungeschehen machen könnte? Nein, Daniel«, fuhr er mit schwacher Stimme fort, »vor Gott zählt nicht der Wunsch, es ungeschehen zu machen, sondern der Wille, es zu sühnen. Mit der Beichte hast du den ersten Schritt getan und deine Seele durch Reue geöffnet.«

»Sagt mir, was ich tun soll«, flüsterte Daniel tonlos. »Ich habe Euch bitter enttäuscht.«

»Ich wusste immer, dass du kein Heiliger bist. Aber ich hatte gehofft, dass du einen Weg findest, mit deinen Fehlern und Begierden zu leben. Daher bin ich dankbar, dass du gekommen bist. Besser, du beginnst spät als nie.«

»Wie soll ich weitergehen? Es ist, als zerrten Hunderte Dämonen an meiner Seele, beinahe jede Nacht, wenn ich mir nicht mit Wein Linderung verschaffe«, seufzte Daniel.

»Wein bringt keine Linderung, sondern nur neue Qualen. Allerdings haben die weniger mit deinem Seelenschmerz zu tun«, bemerkte Anselm trocken, und für einen Moment blitzte wieder der strenge Lehrmeister von einst durch, der seinen Schüler maßregelte. »Nein, Daniel«, fuhr er matt fort. »Du musst deiner Reue die Sühne folgen lassen.«

Der alte Chorherr schwieg einen Moment, dann ließ er sich auf sein Lager zurückgleiten. »Du wirst deinen Bruder und deine Schwägerin um Verzeihung bitten«, sagte er mit schwacher Stimme, die verriet, wie viel Anstrengung es ihn kostete. »Und du wirst auf Pilgerreise gehen. Ich habe dich schon einmal fortgeschickt«, erinnerte er sich mit einem kraftlosen Lächeln und drehte den Kopf ein wenig, sodass er Henric anschauen konnte. »Du wirst wie damals zu Fuß gehen und in jedes Gotteshaus, an dem du vorbeikommst, zum Gebet einkehren. Scheue dich nicht, Bürden auf dich zu laden. Du bist Arzt, hilf den Menschen, denen du begegnest, sei barmherzig. Aber denke nicht, du könntest alles ungeschehen machen. Vergebung wirst du nur erlangen, wenn du ernsthaft bereust. Und das scheinst du bei deiner ersten Reise nicht getan zu haben.«

Daniel öffnete den Mund, wollte widersprechen, aber er schloss ihn wieder. Der alte Domherr hatte recht, er hatte damals nicht bereut, sondern nur getan, was man von ihm verlangte, um nach Bologna gehen zu dürfen.

In diesem Moment wurde die Tür aufgerissen.

»Das ist er!«

Daniels Kopf ruckte herum, und er erstarrte.

In der Tür stand Willem, gekleidet mit dem Rock eines Domherrn. Auch wenn Jahre vergangen waren, seit sie sich das letzte Mal gesehen hatten, hätte Daniel ihn unter Tausenden wiedererkannt. Er war noch dicker geworden, und die Haare waren licht bis auf ein paar Büschel um die Ohren und am Hinterkopf, doch seine Augen blickten immer noch wie damals, als er ihn bei Bruder Conrad angeschwärzt hatte. Hinter Willems massiger Gestalt erkannte Daniel den Laienbruder, der ihn eingelassen hatte. Offensichtlich war ihm die Sache doch seltsam vorgekommen, und er hatte sich vergewissert. Daniel seufzte innerlich, während er sich langsam erhob.

»Was willst du hier?« Willems Brauen hatten sich zusammengezogen, sodass sie sich beinahe berührten.

»Ich wollte meinem Lehrer einen letzten Besuch abstatten«, antwortete Daniel und zwang seine Stimme zur Ruhe. Es half nichts, Willem zu provozieren, er wollte keinen Ärger, und was ihn hierhergetrieben hatte, das hatte er erreicht.

Willem schnaubte. »Du weißt, dass du nicht willkommen bist. Also verschwinde, ehe ich dich rauswerfe.«

»Ich werde gehen, sobald ich mich verabschiedet habe«, erwiderte Daniel und wandte sich wieder dem Bett zu.

»Du verschwindest jetzt!«, fauchte Willem und riss ihn grob herum, sodass Daniel unsanft gegen den Tisch stieß. Die Kerze kippte um. Zum Glück erlosch die Flamme sofort im Wachs, doch der Leuchter rollte zur Seite und fiel zu Boden, wo er klirrend zersprang.

»Hilf mir, ihn rauszuschaffen«, blaffte Willem den Laienbruder an, der bislang untätig dagestanden hatte.

»Es reicht.« Anselm sprach nicht laut, aber seine Stimme peitschte durch den Raum wie der Lederriemen einer Geißel. Der greise Domherr hatte sich wieder aufgerichtet, sein Gesicht war aschfahl, aber seine Augen funkelten zornig. »Was erlaubst du dir, du kleiner Narr?«, fuhr er Willem an, der überrascht innehielt. »Du wagst es, meinen Besuch hinauszuwerfen?«

»Ihr wisst selbst, dass das Kapitel beschlossen hat, ihm die Rückkehr zu verweigern«, raunzte Willem zurück, aber es klang nicht einmal mehr halb so sicher wie gerade eben noch.

»Von Rückkehr kann keine Rede sein. Er ist hier, weil er von mir die Beichte erbeten hat. Und die würde ich nicht einmal einem Mörder und Ehebrecher verweigern.«

Daniel zuckte bei Anselms Worten unwillkürlich zusammen, doch zu seiner Erleichterung schienen das weder Willem noch der Laienbruder gemerkt zu haben.

Der Dicke wirkte unschlüssig, versetzte Daniel dann einen Stoß, der ihn zum Bett taumeln ließ. »Dann beeil dich«, knurrte er. »Ich lasse draußen jemanden warten, der dich rauswirft, sobald ihr fertig sein.« Mit einem letzten, giftigen Blick in Richtung Daniel wandte er sich ab.

»Knie dich hin«, befahl Anselm, ehe Daniel Erleichterung darüber empfinden konnte, dass Willem wieder fort war. Hastig kam er der Aufforderung nach, senkte den Blick. Er spürte Anselms Hand, die sich auf seinen Kopf legte. »Gott segne dich, Daniel«, hörte er den alten Domherrn murmeln. »Möge er dir die Stärke geben, die du brauchst, um deine Seele zu läutern. Versprich mir eins«, fuhr er ohne Übergang fort und zog die Hand erschöpft zurück. Seine Stimme klang brüchig. »Belüg mich nicht, wenn du mir versicherst, dass du bereust. Ich will nicht verlangen, dass du von nun an wie ein Heiliger lebst. Aber ich werde dir kein weiteres Mal die Beichte abnehmen können. Ich habe immer an dich geglaubt und tue es jetzt noch. Du kannst viel Gutes tun, wenn du deine Begierden und Laster beherrschst.« Anselm lächelte schwach. »Enttäusche mich nicht.«

Lübeck, Mitte Januar 1378

»Ave Maria, gratia plena, dominus tecum.« Mettes Finger glitten über die Perlen des Rosenkranzes, während ihre Lippen immer wieder die auswendig gelernten Worte formten. Zweimal hatte sie ihn schon durchgebetet, auf dem Steinboden kniend und den Blick auf den Marienaltar gerichtet, vor dem einzelne Kerzen flackerten. Sie fror, trotz des Pelzmantels, den sie trug. Die Kälte schien sich in den Mauern festgesetzt zu haben, sodass es im Kirchenschiff fast eisiger war als draußen. Nur vereinzelt tappten Schritte über den Steinfußboden, wisperten Stimmen.

»Benedicta tu in mulieribus«, fuhr sie fort, ohne die Worte noch zu hören. Ihr Atem bildete kleine Nebelwolken. »Et benedictus fructus ventris tui, Iesus.«

Er hatte ihr eine Nachricht zukommen lassen, die die Magd ihr beim Kirchgang zugesteckt hatte, dass sie heute nach der Non hier auf ihn warten sollte. Immer wieder wanderte ihr Blick zum Eingang des Kirchenschiffs, während ihre Finger eine Perle weiterzogen und sie erneut das Ave Maria sprach. Die Worte gingen ihr wie aufgespult von den Lippen. Allmählich musste sie sich genug Wohlwollen der Gottesmutter erbetet haben, dass es für ein halbes Jahr reichte, dachte sie missmutig, als sie eine weitere Perle zwischen den Fingern hindurchzog.

»Benedicta tu in mulieribus«, betete sie ohne große Inbrunst weiter. »Et benedictus fructus ventr…« Sie stockte, als sie neben sich eine Stimme hörte, die ebenfalls das Ave Maria sprach. Verstohlen glitt ihr Blick zu dem Mann, der einen halben Schritt hinter ihr kniete, während ihre Lippen weiter die Worte formten. Ihr Herz tat einen Sprung, als sie Jan erkannte, der die Hände gefaltet hatte und andächtig ins Gebet vertieft schien. Eine weitere Perle glitt durch ihre Finger. Dann erhob sich Jan und bekreuzigte sich. Erst im letzten Moment trafen sich ihre Blicke, und sie verstand den Wink sofort.

Sie wartete, bis seine Schritte verklungen waren, betete ein letztes Ave Maria, ehe auch sie aufstand und den Rosenkranz um ihren Gürtel schlang. Ihr linker Fuß war eingeschlafen und schmerzte beim Auftreten, doch sie schlug die Kapuze hoch und humpelte hinaus, bemüht, nicht zu eilig zu gehen, um keine Aufmerksamkeit auf sich zu ziehen.

Jan erwartete sie im hinteren Teil des Kirchhofs, der von der Straße nicht sofort eingesehen werden konnte. Er lehnte an der Außermauer und zwinkerte, als sie näher kam, machte aber keine Anstalten, sich zu rühren.

Mit schnellen Schritten eilte Mette auf ihn zu, schlang kurzerhand die Arme um seinen Hals und küsste ihn. Jan stutzte, offenbar überrascht, dass sie sein Verzögerungsspielchen so einfach untergrub, dann aber legte er die Arme um sie und erwiderte den Kuss innig.

»Ich habe dich vermisst«, murmelte Mette, als sie sich schließlich voneinander lösten. »Warum musstest du auch so lange fort?«

»Das kannst du meinen Vater fragen«, grinste Jan. Er streichelte ihre Wange. »Vermutlich hielt er es für angebracht, mich eine Weile von Lübeck fernzuhalten.«

»Verständlich.« Mette konnte sich denken, was der alte Odo Karsbek von den Umtrieben seines Sohnes hielt, zumal Jan seine Ansichten lautstark vertrat – notfalls auch gegen den eigenen Vater.

»Jetzt bleibe ich erst einmal eine Weile hier. Auch wenn ich gleich zurück ins Kontor muss«, sagte Jan und zog sie wieder enger an sich heran. »Sehen wir uns morgen Abend? Bei den Lagerschuppen? Ich verzehre mich schon nach dir«, raunte er an ihrem Ohr, ehe sein Mund tiefer wanderte und ihren Hals küsste.

»Jan …«, begann Mette zögerlich, seufzte dann wohlig, als ein warmer Schauer ihren Rücken hinabrieselte.

»Was ist, Prinzessin?«, murmelte er, ohne in seinen Liebkosungen innezuhalten.

»Ich werde heiraten.«

Jan hielt inne, hob mit einem verdutzten Blick den Kopf. »Warum das?«

»Weil ich die Schwester von Henric Suterman bin, der Verbindungen und Kontakte braucht und nicht zulässt, dass ich als alte Jungfer in seinem Haushalt ende, du Trottel«, fuhr Mette ihn an. »Dein Vater hat ihn ja rausgeworfen, also hat er sich nach einem anderen Bräutigam umgeschaut.«

»Und wer ist es?« Die Neugier in Jans Gesicht verriet Mette, dass er die ganze Sache recht gelassen sah. Erleichterung machte sich in ihr breit.

»Hartmann Schepenstede.«

Jans Augen weiteten sich, dann stieß er einen glucksenden Laut aus. »Der Greis? Mein Gott, Mette, warum gerade den?«

Mette hob freudlos die Schultern. »Er hat Geld und Einfluss, nehme ich an. Was man eben so braucht, wenn man seine Schwester gewinnbringend verscherbeln will.«

»Warte einfach ab.« Jan zog sie wieder zu sich heran. Seine Hand streichelte ihr Haar.

»Vermutlich wird er ohnehin nicht mehr lange leben«, murmelte sie. »Vielleicht haben sich dein Vater und mein Bruder bis dahin versöhnt, und wir können endlich aufhören mit dieser Heimlichtuerei.«

»Eher gefriert die Hölle.« Jan küsste ihren Scheitel. »Wenn Paternostermaker seine Pläne umsetzt, wird es ohnehin ein vollkommen neues Lübeck geben. Dann sind wir frei, und niemand hält uns davon ab, zu heiraten. Warte ab, Mette. Es wird nicht mehr lange dauern.«

Mette nickte langsam, aber sie war keineswegs so überzeugt wie Jan.

Bremen, Februar 1378

»Daniel!« Der Ruf gellte durch die Diele, laut und bestimmt. Dennoch hörte Daniel deutlich, dass sein Vater wieder einmal betrunken war. Seufzend richtete er sich auf und nahm die Sehhilfe von den Augen. Es wäre auch ein Wunder gewesen, wenn er einmal in Ruhe hätte lesen können. Lambrechs Tonfall machte deutlich, dass er keine Verzögerung duldete. Dennoch blieb Daniel ruhig sitzen und wartete, bis die Schritte zu den Wohnräumen hochpolterten und Lambrech schließlich in der Tür erschien. Sein Gesicht war gerötet, der Blick glasig, und er musste sich am Türrahmen festhalten, um nicht zu stürzen. Vermutlich war er wieder bei Godeke im Badehaus gewesen, dachte Daniel seufzend. Dort traf er sich regelmäßig mit seinen Zechkumpanen, anderen Ratsherren und reichen Kaufleuten, um die halbe Nacht durch zu zechen. Daniel wunderte sich, dass nicht längst einer von ihnen im Zuber ertrunken war.

»Was tust du da?«, blaffte Lambrech lallend. Seine Augen irrten ziellos in der Stube umher, blieben an dem Krug hängen, der neben dem Buch stand. Seine Miene verfinsterte sich. »Säufst du meinen Wein?«

»Nein, den habe ich letzten Sonntag aus St. Martini gestohlen«, erwiderte Daniel mit einem tiefen Seufzer, wurde aber sofort wieder ernst, als ihn ein vernichtender Blick traf. »Das ist kein Wein, sondern Bier. Und nein, ich besaufe mich nicht. Ich lese, wie du siehst.« Seine Hand glitt über die engbeschriebenen Pergamentseiten, das letzte Geschenk, das Anselm ihm gemacht hatte. Zwei Tage nach dem Tod des alten Chorherrn hatte Veit unvermittelt vor der Tür gestanden und Daniel nach einigem Herumdrucksen den Folianten in die Hand gedrückt, eine Erklärung murmelnd, dass es Anselms Wunsch gewesen sei, dass Daniel das Buch erhalte. Es handelte sich um Anselms Ausgabe der *Confessiones* des Augustinus, ein üppig ausgestattetes Werk, das Daniel trotz aller Abneigung gegenüber dem Kirchenvater immer bewundert hatte. Seitdem versuchte Daniel, sich mit den Gedanken des Augustinus anzufreunden, in der Hoffnung, etwas zu finden, was ihm half, mit dem erdrückenden Gefühl der Schuld zurechtzukommen, das auch nach der Beichte nicht gewichen war. Aber die Worte des Kirchenvaters gaben ihm kaum Trost. Er würde keine Ruhe finden, ehe er nicht getan hatte, was Anselm ihm aufgetragen hatte. Doch die Furcht, Henric unter die Augen zu treten, ließ ihn zögern und immer wieder neue Ausflüchte finden.

»Kann ich dir helfen?«, wandte sich Daniel nun an Lambrech. »Du hast nach mir gerufen.«

Lambrech starrte ihn an, und Daniel konnte deutlich sehen, wie es hinter seiner Stirn arbeitete. »Es gibt Neuigkeiten aus Lübeck«, platzte er dann heraus.

»Keine guten?« Daniels Herz stockte, während er ein stummes Stoßgebet gen Himmel schickte. Nicht Christine. Alles, nur nicht Christine.

»Wie man es nimmt«, knurrte Lambrech. Er zog einen Stuhl heran und ließ sich schwer darauf fallen. »Henric hat einen Sohn.«

»Oh.« Daniel zwang sich, seiner Miene nichts anmerken zu lassen. Tiefe Erleichterung durchflutete ihn, und gleichzeitig ein dumpfer, untergründiger Schmerz. Dann war das Kind geboren worden, ein Junge. Sein Sohn. »Geht es seiner Gemahlin gut?«, erkundigte er sich vorsichtig.

»Was weiß ich!« Lambrech warf die Hände hoch, ließ sie polternd wieder auf die Tischplatte fallen. Sein Blick suchte Daniels Augen, als er sich vorbeugte. Der Gestank nach Wein schlug Daniel entgegen, sodass er sich zwingen musste, nicht zurückzuzucken.

»Du wirst heiraten.«

»Ich?« Perplex starrte Daniel seinen Vater an.

»Wer sonst?«, schnarrte Lambrech. »Ich habe das alles hier nicht aufgebaut, um es am Ende der Brut deines Bruders in den Rachen zu werfen! Du wirst heiraten, und du wirst einen Sohn zeugen. So bald wie möglich.«

»Das werde ich nicht tun.«

Lambrech blinzelte. »Was sagst du?«

»Ich werde nicht heiraten«, wiederholte Daniel bestimmter. »Ich bin damals der Kirche übergeben worden, und damit bin ich raus aus deinen Machtspielchen. Ich werde nicht heiraten, nur damit du einen Erben hast!«

Lambrech schaute ihn sichtlich irritiert an. Offensichtlich hatte er nicht mit Widerspruch gerechnet. Dann breitete sich ein wissendes Grinsen auf seinem Gesicht aus. »Es ist wegen Henrics Weib, nicht wahr?«, erkundigte er sich lauernd. »Du willst keine, wenn nicht sie, was?«

»Das geht dich gar nichts an«, blaffte Daniel knapp.

»Das geht mich eine ganze Menge an.« Lambrechs Grinsen wurde eine Spur süffisanter, während er Daniel musterte. »Bist ein ansehnlicher Kerl. Vermutlich mag sie dich auch, wie? Ich mache dir einen Vorschlag.« Er beugte sich vor, ohne den Blick von Daniels Gesicht zu nehmen. »Du heiratest das Mädchen, das ich für dich aussuche, verstanden? Und zeugst mir einen Erben. Dann werde ich dafür sorgen, dass du deine kleine Christine bekommst.«

Daniel runzelte die Stirn. »Wie meinst du das?«, fragte er misstrauisch.

»Stell dich nicht dümmer, als du bist«, fuhr ihm Lambrech harsch über den Mund. »Es ist nichts Ungewöhnliches, wenn ein Weib im Wochenbett stirbt. Sobald dein Sohn geboren ist. Und Christine … Die Reisen sind nicht ungefährlich.« Er senkte die Stimme. »Henric könnte Schiffbruch erleiden oder von Seeräubern gefangen genommen werden. Es gibt viele Möglichkeiten. Ein rasches Ende der Sutermans in Lübeck. Tragisch, aber nicht zu ändern. Und zurück bleibt eine hübsche Witwe, die dankbar ist, wenn ihr Schwager sich ihrer annimmt.« Er zwinkerte Daniel trunken zu. »Nun, was hältst du davon?«

Daniel starrte ihn an, unfähig, auch nur ein Wort herauszubringen. Hatte sein Vater ihm tatsächlich gerade angeboten, Henric verschwinden zu lassen, damit er Christine haben konnte?

»Du kannst es dir überlegen«, fuhr Lambrech fort, als Daniel nicht sofort antwortete.

»Nein.« Daniel hatte nicht laut gesprochen, aber es reichte, um Lambrechs Kopf überrascht herumfahren zu lassen.

»Wie, nein?«

»Nein«, wiederholte Daniel. »Ich werde das nicht tun.«

»Du wirst es tun«, erwiderte sein Vater scharf und beugte sich über den Tisch. Mit einer harschen Bewegung fegte er den Krug beiseite, der mit lautem Gepolter umkippte und sich über das Buch ergoss. »Du wirst mir gehorchen!«

Daniel war aufgesprungen. Fassungslos starrte er auf die Seiten, auf denen die Buchstaben im Bier schwammen und langsam zu einer schwärzlichen Pfütze verliefen. Dann schrak er hoch und packte das Buch, schüttelte es, damit das Bier aus den Seiten lief, obwohl er wusste, dass es nicht mehr viel nützen würde. Das Pergament klebte bereits aneinander, wenn es trocken war, würde es nicht mehr zu lösen sein. Langsam hob er den Kopf.

»Ich werde gehen«, sagte er leise und mit erstaunlich ruhiger Stimme. »Ich habe genug. Und ich werde dich nicht dabei unterstützen, zwei weitere Unschuldige umzubringen! Von denen einer mein eigener Bruder ist!«

»Tu nicht so scheinheilig!« Lambrech machte eine ärgerliche Geste. »Ich habe dir immer angesehen, dass du es mit Henrics Frau am liebsten auf der Stelle getrieben hättest! Erzähl mir nicht, dass du ihm nicht den Tod gewünscht hast!«

»Das geht dich nichts an.« Daniel wandte sich abrupt um, ehe sein Vater sah, wie sehr er um Fassung rang.

»Wo willst du hin?«, hörte er Lambrechs Stimme hinter sich.

»Meine Sachen packen.« An der Tür zu seiner Kammer hielt Daniel inne, atmete tief durch.

Lambrech gluckste amüsiert. »Wo gehst du denn hin? Du hast es dir doch mit allen verdorben, die dich aufnehmen könnten.«

»Ich werde einen Ort finden«, sagte er knapp und riss die Tür auf. Wahllos begann er, Kleidungsstücke in einen Beutel zu stopfen.

»Du wirst nicht verhindern können, dass ich Henric vernichte«, hörte er Lambrechs Stimme hinter sich. Sein Vater war ihm gefolgt, lehnte nun in der Tür, die Arme verschränkt. »Ich werde Halbbein-Jannes Anweisungen geben. Gleich morgen früh.«

Daniel hielt inne. »Schadest du dir nicht selbst, wenn du Henric umbringen lässt, nur weil du zornig auf mich bist?«, fragte er scharf. »Dann bleibt dir niemand mehr außer Henrics Sohn. Und für den entscheidet Christine. Willst du, dass dein Vermögen den Petersens zufällt?«

Mit Genugtuung bemerkte er, dass Lambrech stutzte. Offensichtlich lähmte der Wein seinen Geist. Hastig stopfte Daniel ein letztes Hemd in die Tasche, drängte an seinem Vater vorbei und nahm die Sehhilfe an sich. Die *Confessiones* ließ er liegen.

An der Treppe drehte er sich noch einmal um. »Gott möge dich behüten«, sagte er ruhig. »Und deine Sünden eines Tages vergeben.«

Lambrech starrte ihn an. Seine Augen brannten vor Zorn.

Lübeck, April 1378

Christine saß im Kontor, als Henric an diesem Abend von einer Unterredung mit Schepenstede zurückkehrte. Sie hörte an seinem Gang und der Art, wie er den jungen Simon mit einem Auftrag davonjagte, dass er schlecht gelaunt war. Offensichtlich war das Gespräch nicht nach seinen Wünschen verlaufen.

Seufzend stützte Christine die Stirn auf die Handflächen und starrte wieder auf den Brief, der vor ihr aufgeklappt lag. Ein befreundeter Händler hatte ihn aus Bremen mitgebracht, und da Christine das Siegel ihres Vaters sofort erkannt hatte, hatte sie nicht auf Henrics Rückkehr gewartet. Es war ohnehin nur eine kurze Notiz, die jedoch ausreichte, um die letzten Dämme ihrer Beherrschung einbrechen zu lassen.

Sie wusste nicht, wie lange sie hier gesessen hatte, aber sie war dankbar, dass niemand hereingekommen war und sie gestört hatte. Die Tränen waren inzwischen getrocknet, doch Henric würde ihr ansehen, dass sie geweint hatte. Wenigstens konnte sie so verbergen, dass ein Teil ihrer Tränen auch der Lüge galt, an die ihr Vater nun bis zu seinem Tod geglaubt hatte.

Sie hob den Kopf, als sie Schritte hörte und Henric eintrat. Er stutzte, schloss rasch die Tür hinter sich und kam mit schnellen Schritten zu ihr.

»Was ist geschehen?«, fragte er, und die Besorgnis in seiner Stimme trieb ihr erneut die Tränen in die Augen. Stumm deutete sie auf die Schreibtafeln und wartete, bis er sie gelesen hatte. Langsam ließ Henric den Brief sinken.

»Es tut mir leid, Christine«, sagte er leise.

Christine nickte leicht, schluckte. »Es war abzusehen«, flüsterte sie tonlos. »Er war lange krank.« Und dennoch hatte sie es nicht geschafft, nach Bremen zu reisen, um ihren Vater noch einmal zu sehen. Das war es, was ihr am meisten zu schaffen machte. »Hast du den letzten Satz gelesen?« Sie hob fragend den Blick.

»Thade sorgt dafür, dass das Erbe an dich gelangt«, murmelte Henric. »Gott segne ihn.«

»An uns.« Christines Finger glitten über seinen Arm, blieben auf seiner Hand liegen. Sie lächelte schwach. »Das Erbe macht dich reich. Wenn du es geschickt anlegst, zählst du bald zu den reichsten Bürgern Lübecks.«

»Es ist dein Erbe, aber ich nutze es gern, um endlich mein Versprechen zu erfüllen.« Henric erwiderte das Lächeln, küsste dann sanft ihre Stirn.

»Der Ratsherrenmantel wird dir gutstehen.«

»Überstürze nichts.« Henrics Finger schlossen sich um ihre, drückten sie kurz. »Es wird sich alles ergeben.«

Teil V

1380 – 1381

Südfrankreich, Ende März 1380

Der Wind strich böig über die Anhöhe und fing sich in Daniels Mantel. Den Kopf tief zwischen die Schultern gezogen, schritt er eilig die niedrige Steinmauer entlang, hinter der einige Schafe kurz die Köpfe hoben, um sich gleich darauf wieder eng zusammenzudrängen. Der Regen hatte inzwischen nachgelassen, aber dunkle Wolken türmten sich am Himmel, sodass es wahrscheinlich nicht lange dauern würde, bis es wieder losging. Daniel fror, mehr als in den vergangenen Monaten, die er durch das winterliche Burgund gereist war. Schnee gab es selten, dafür Matsch und Schlamm, der sich in seine Kleidung sog und das Vorankommen zusätzlich erschwerte. Das seltene Strohlager im Gästehaus eines Klosters und die warme Brühe, die ihm die Brüder schenkten, kamen ihm wie das Himmelreich auf Erden vor, ein kurzer Moment der Ruhe, ehe er am nächsten Morgen wieder aufbräche.

Nach seiner Flucht aus Bremen hatte er verschiedene Wallfahrtsorte besucht, was ihn kreuz und quer durch das Reich geführt hatte. Doch Ruhe gefunden hatte er nicht. Im Spätherbst war er dann auf eine Pilgergruppe gestoßen, die auf dem Weg nach Santiago de Compostela war. Er hatte sich ihnen angeschlossen und war eine Weile mit ihnen gezogen, ehe ein Streit unter den Pilgern dafür gesorgt hatte, dass jeder seines Weges ging. Seitdem zog er mal mit dieser, mal mit jener Gruppe weiter, ganz, wie es sich ergab. Seine letzten Gefährten hatte er vor einer Woche verlassen, als einer von ihnen in einem Wirtshaus mit Einheimischen in Streit geraten und getötet worden war. Es war gefährlich, allein zu reisen, aber Daniel war froh, ein paar Tage niemanden um sich zu haben, der ihn mit dummem Geschwätz oder geheuchelter Frömmigkeit auf den Geist ging. Die langen Tage, die er durch die karge Bergwelt stapfte, ließen ihm Zeit zum Nachdenken, über sich, über Anselms Worte, seinen Vater, Henric und immer wieder Christine. Er wollte ihr wünschen, dass sie an Henrics Seite glücklich wurde, aber er konnte es nicht. Vielleicht sollte er doch das Gelübde ablegen. Ein einfaches, gottgeweihtes Leben führen und Vergebung erlangen. Vielleicht hatte Anselm sich getäuscht und es war immer sein Weg gewesen. Vieles wäre ungeschehen. Vielleicht hätte es ihn mehr Demut gelehrt, zur rechten Zeit.

Er schob den Gedanken von sich und zitterte unter dem feuchten Mantel, der kaum noch geeignet war, den schneidenden Wind abzuhalten. Wenn er die Auskünfte der Mönche im letzten Kloster richtig verstanden hatte, stand ihm nach diesem Gebirge noch der Marsch über die Pässe bevor, die Spanien mit dem Rest Europas verbanden. Und von dort aus war es nicht mehr weit bis zum Grab des heiligen Jakobus.

Daniel fasste seine Tasche fester und beschleunigte die Schritte, bis er die Anhöhe überquert hatte und der Pfad in einen Wald einbog. Die Bäume dämmten den Wind ein wenig, nur vereinzelt knarrten die kahlen Äste. Dicke Tropfen prasselten auf Daniel nieder, wenn die Böen durch die Wipfel der Kiefern strichen und die nassen Zweige und Nadeln umherschlugen. Dämmerung lag zwischen den Stämmen, es würde nicht mehr lange dauern, bis es so dunkel war, dass er den Pfad kaum noch ausmachen könnte.

Es wurde Zeit, dass er eine Unterkunft für die Nacht fand, wenngleich er wenig Hoffnung hegte, hier auf ein Dorf oder gar ein Kloster zu stoßen.

Er hielt inne, als er plötzlich vor sich ein Knacken hörte. Stumm stand er da und lauschte. Tatsächlich, da brach etwas durch den Wald, schnell und geräuschvoll, und es kam unmittelbar auf ihn zu.

Ein eisiger Schauer griff nach Daniels Nacken. Es gab Wölfe

hier, erst vor zwei Tagen hatte er in einem Wirtshaus einen Pelz gesehen, den der Wirt stolz neben die Tür genagelt hatte. Doch es konnte auch eine Rotte Wildschweine sein. Oder Wegelagerer.

Hastig sah er sich um, verließ dann eilig den Weg und duckte sich in den Schatten zweier mächtiger Bäume, die so eng standen, dass sie ebenso gut aus einem einzigen Stamm bestehen könnten. Vorsichtig erklomm Daniel den Baum, bis der sich etwa in Mannshöhe teilte, und zog den Mantel über den Kopf, sodass man im Halbdunkel den Eindruck gewinnen musste, dass da lediglich eine weitere Verwachsung sei.

Es war keinen Augenblick zu früh. Stumm presste sich Daniel an die feuchte Rinde, als der Lärm näher kam und er ein halbes Dutzend heruntergekommener Männer erkannte, die den Pfad entlangeilten in die Richtung, aus der er gekommen war. Sie hielten Knüppel in den Händen, und einer von ihnen hatte einen metallenen Kolben, wie Ritter ihn trugen. Wegelagerer!

Daniel presste die Lippen aufeinander und verharrte regungslos, während er stumm betete, dass sie vorbeizögen und ihn in Frieden ließen. Zwar war bei Pilgern wie ihm nicht viel zu holen, doch selbst das Wenige, was er dabei hatte, mochte für Geächtete Anreiz genug sein, ihm den Schädel einzuschlagen.

Gott schien seine Gebete ausnahmsweise erhört zu haben, denn die Kerle eilten an ihm vorbei, ohne einen Blick nach rechts oder links zu werfen. Daniel hörte die Flüche, die sie ausstießen, einer von ihnen humpelte, und ein anderer schien Mühe zu haben, mit seinen Gefährten Schritt zu halten. Bald wurden die Geräusche leise und erstarben dann ganz.

Daniel blieb noch eine Weile auf dem Baum sitzen, ehe er sich schließlich vorsichtig an den Abstieg machte. Der Stamm war glitschig und voller Moos, sodass er achtgeben musste, nicht den Halt zu verlieren. Ein verletzter Knöchel konnte in dieser Gegend sein Todesurteil bedeuten, denn selbst wenn jemand ihn fand, konnte er sich keineswegs sicher sein, dass derjenige ihm auch half. Die Bauern hier waren arm und hatten kaum genug für sich und ihr Vieh.

Die Dunkelheit war bereits zwischen die Bäume gekrochen, als er schließlich weiterging. Immer wieder schaute er unruhig über die Schulter zurück. Über ihm krächzte eine Krähe, erhob sich mit schwerem Flügelschlag, dann war es wieder still, nur das Fauchen des Windes über den Wipfeln und das Knarren der Äste waren zu hören.

Nach einer Weile war es so dunkel, dass er kaum noch erkannte, wo er hintrat. Nur vereinzelt hörte er ein leises Rascheln, ein Kaninchen oder eine Maus wahrscheinlich, das ihn dennoch jedes Mal erschrocken zusammenfahren ließ.

Als er schließlich zum dritten Mal beinahe über eine Wurzel gestolpert wäre, hielt er inne. Es half nichts, heute Abend würde er nicht mehr weiterkommen.

Eben wollte Daniel sein Bündel von der Schulter nehmen und ein paar Schritte in den Wald machen, um sich einen halbwegs geschützten Schlafplatz zu suchen, als er plötzlich Stimmen hörte. Er legte den Kopf schräg und lauschte angestrengt in das Heulen des Windes. Tatsächlich, als er in die Richtung starrte, aus der sie zu kommen schienen, meinte er, Feuerschein zu erkennen.

Seine erste Eingebung war, die Beine in die Hand zu nehmen und eine andere Richtung einzuschlagen. Doch dann stutzte er. Da waren auch Frauenstimmen, und der Wind wehte leisen Gesang zu ihm herüber, keine derbe Weise, wie das fahrende Volk sie zum Besten gab, sondern ein Lobpreis auf die Gottesmutter Maria, das er vielhundertfach gehört hatte, wenn er gemeinsam mit den Nonnen von St. Katharinen im Spital gearbeitet hatte. Geächtete sangen keine Loblieder auf die Mutter Gottes.

Zögerlich ging Daniel auf den Lichtschein zu und blieb schließlich in einiger Entfernung stehen. Es war ein einfaches Lagerfeuer, um das sich die Reisegruppe eingefunden hatte.

Überrascht erkannte Daniel zwei Dominikaner, von denen einer nahe am Feuer in Decken gehüllt lag und offensichtlich Schmerzen litt. Über ihn gebeugt, hockte eine junge Begine, die versuchte, ihm etwas zu essen einzuflößen. Drei weitere Beginen hockten am Feuer, die Gesichter ausgezehrt vor Anstrengung und Kälte. Etwas abseits hatte man zwei Maultiere angepflockt.

Während Daniel noch mit sich rang, ob er sich zeigen oder lieber wieder verschwinden sollte, legte sich plötzlich eine schwere Hand auf seine Schulter und riss ihn herum. Entsetzt starrte er in ein breites Gesicht mit groben Zügen und einer zertrümmerten Nase, die halb unter einem wildwuchernden Bart verschwand.

»Noch einer von dem Gesindel!« Ehe Daniel etwas sagen konnte, packte der Mann seinen Arm und stieß ihn grob vor sich her ans Feuer. Die Begine, die den Mönch gerade noch gefüttert hatte, sprang erschrocken auf, während ihre drei Gefährtinnen wimmernde Klagelaute ausstießen.

»Schau dich um, ob da noch mehr sind!«, blaffte der Mann über die Schulter. Er versetzte Daniel einen Stoß, der ihn zu Boden stürzen ließ, und baute sich breitbeinig über ihm auf, den eisenbeschlagenen Knüppel drohend erhoben. »Wo sind deine Kumpanen?«, knurrte er, die Augen zu schmalen Schlitzen verengt.

»Ich bin alleine hier!«, beeilte sich Daniel zu versichern. Sein Herz raste. »Auf dem Weg zum Grab des Apostels. Ich habe lediglich das Feuer gesehen und gehofft, andere Reisende zu treffen.«

»Und da schleichst du dich durch den Wald?« Die Augenbrauen des Waffenknechts sträubten sich misstrauisch, wie große, haarige Raupen.

»Mir blieb keine andere Wahl!« Daniel linste zu dem Knüppel, der bedrohlich über seiner Nase tanzte. Langsam schob er sich weiter zurück, die Waffe sorgsam im Auge behaltend.

»Wie meint Ihr das?«, mischte sich die junge Begine ein. Sie schien sich von dem ersten Schreck erholt zu haben und trat nun neben den Waffenknecht, Daniel neugierig musternd. Sie hatte ein schlichtes, unauffälliges Gesicht mit dunklen Augen und einer etwas zu schmalen Nase. Neben dem breitschultrigen Kerl wirkte sie regelrecht zerbrechlich.

»Seid vorsichtig, Clara«, warnte der Waffenknecht. »Man kann dem Pack nicht trauen.«

»Bei Gott, glaubt mir doch!«, rief Daniel verzweifelt. »Mein Name ist Daniel Suterman. Ich bin Arzt und auf Pilgerreise nach Santiago de Compostela! Ich bin müde, nass und hungrig und habe sicher nicht vor, Euch auszurauben. Ich habe doch nicht einmal eine Waffe!«

»Ihr seid Arzt?« In dem Gesicht der Begine leuchtete leise Hoffnung auf. »Könnt Ihr uns helfen?«

»Wenn man mir nicht den Schädel einschlägt!«

»Lass ihn aufstehen, Thomas«, bat die Begine den Waffenknecht. »Vielleicht kann er Vater Albert retten.«

Es war Thomas anzusehen, dass er deutlich weniger Zutrauen in Daniel hatte als die junge Frau, aber er widersprach nicht, sondern trat murrend einen Schritt zurück und ließ den Knüppel sinken. »Ich schaue mich noch ein wenig um«, brummelte er und verschwand in der Dunkelheit.

Daniel atmete erleichtert aus. Umständlich rappelte er sich auf und schenkte der Begine ein dankbares Lächeln.

»Entschuldigt, dass er so grob war«, sagte Clara ruhig, trat aber einen Schritt zurück, als wolle sie etwas Abstand zwischen sich und den Fremden bringen. »Wir sind überfallen worden.«

»Und Ihr habt Verletzte?«, fragte Daniel.

Clara nickte langsam und musterte ihn prüfend. »Ihr seid wirklich Arzt?«

Daniel blinzelte verdutzt. »Ihr ruft erst Euren Kettenhund zurück, und nun zweifelt Ihr, dass ich die Wahrheit sage? Haltet Ihr mich doch für einen Wegelagerer?«

»Nein, für einen durchgefrorenen, hungrigen Wanderer, der

verrückt oder verzweifelt genug ist, allein zu reisen«, gab sie ruhig zurück.

»Vielleicht bin ich beides ein wenig – verrückt und verzweifelt.« Daniel lächelte schief. »Aber ich bin wirklich Arzt. Ich habe in Bologna studiert und lange in Bremen und Lübeck gearbeitet.«

»Dann kommt bitte und schaut nach Vater Albert«, bat die Begine und deutete auf den Dominikaner, der mit geschlossenen Augen und bleichem Gesicht am Feuer lag. Trotz der Kälte perlte Schweiß auf seiner Stirn.

»Was hat er?«, erkundigte sich Daniel, während er neben dem Pater niederkniete und mit geübten Handgriffen Puls und Fieber kontrollierte. Er hob den Kopf, als er die Blicke der anderen Beginen spürte, lächelte ihnen flüchtig zu, woraufhin diese sich kichernd abwandten. Halbe Kinder, fuhr ihm durch den Kopf. Auch Clara war nicht alt, aber im Vergleich zu ihren Weggefährtinnen mochte man meinen, sie habe bereits ein ganzes Leben mit all seinen Widrigkeiten gesehen.

»Die Wegelagerer haben ihn verwundet«, sagte Clara, die neben ihn getreten war und ihm neugierig über die Schulter schaute. »Trotz der Waffenknechte, die Gottschalk Overstolz zu unserem Schutz mitgeführt hat. Leider ist es ihnen nicht gelungen, ihren Herrn zu verteidigen«, fügte sie leiser hinzu und wandte den Blick auf eine Stelle etwas abseits des Feuers, wo Daniel erst jetzt den leblosen Körper erkannte, der dort notdürftig mit einem Mantel abgedeckt lag. Ein Kribbeln lief ihm über den Rücken bei dem Gedanken, dass ebenso er dort liegen könnte. Rasch wandte er den Blick ab und widmete sich wieder dem Dominikaner, der leise vor sich hin stöhnte.

Die Verletzung war nicht halb so gefährlich, wie sie auf den ersten Blick aussah. Offensichtlich hatte ein Angreifer den Dominikaner abstechen wollen, dabei aber nur die Schulter erwischt. Erleichtert stellte Daniel fest, dass die Blutung bereits nachließ und der Pater nach einigem Gutzureden Finger und Arm bewegen konnte.

»Macht Wasser heiß, damit ich die Wunde auswaschen kann«, bat er Clara. »Habt Ihr Kamille? Oder Immergrün?«

Die Begine schaute fragend zu dem zweiten Dominikaner, einem hageren Mann mit dunklen Haarstoppeln rings um die Ohren und einem mageren Storchenhals. »Ich weiß es nicht«, murmelte der, die Augen starr auf seinen verletzten Ordensbruder gerichtet. »Ich weiß gar nichts …«

»Dann erlaubt, dass ich selbst in Eure Tasche schaue«, sagte Clara sanft. Der Dominikaner nickte kaum merklich.

Rasch holte die Begine von dem Stapel ihres Gepäcks einen schlichten Lederranzen und reichte ihn Daniel. »Nehmt Euch, was Ihr benötigt«, lächelte sie matt.

Sorgsam wusch Daniel die Wunde aus und tupfte die Wundränder und das gerötete Fleisch mit einem Sud aus Kamilleblüten ab, ehe er die anderen Kräuter vorsichtig zwischen den Handflächen zerrieb und mit einem Verband, den er ebenfalls in der Tasche gefunden hatte, auf die Wunde gab. Der Dominikaner stöhnte leise, als Daniel die Stoffbahnen straffzog.

»Er muss schlafen und zu Kräften kommen«, erklärte Daniel, als er sich schließlich erhob und die schmerzenden Beine streckte. »Wenn Gott will, blutet es schon bald nicht mehr, und er wird es überstehen. Wenn die Wunde jedoch brandig wird, ist alle Heilkunst vergebens.«

Clara nickte leicht. Mit einer müden Geste strich sie eine Haarsträhne zurück, die sich unter ihrem Schleier gelöst hatte. »Setzt Euch und esst mit uns«, forderte sie Daniel auf. »Das ist das Mindeste, was wir für Euch tun können.« Sie wies auf einen kleinen Kessel mit Suppe, der am Rand des Feuers stand.

Daniel machte sich hungrig über die Brühe her, auch wenn sie kaum ausreichte, um seinen knurrenden Magen zu besänftigen. Aber sie wärmte, und das war das Wichtigste. Die beiden Waffenknechte schienen unterdessen abgesprochen zu haben, wer Wache hielt. Während Thomas sich in eine Decke rollte und kurz darauf zu schnarchen begann, hockte sein Kamerad mit dem Rücken zum Feuer und stand von Zeit zu Zeit einmal auf, um eine kurze Runde um das Lager zu drehen.

»Ihr versteht viel von Heilkunde«, bemerkte Clara, die an ihn herangetreten war, einen Weinschlauch in der Hand, den sie Daniel reichte. »Trinkt«, forderte sie ihn auf. »Es ist guter Rheinwein. Er gehörte Gottschalk Overstolz. Ich denke, Euch nützt er mehr als ihm.«

Daniel warf einen raschen Blick auf den Leichnam des Patriziers, dann nickte er dankbar und öffnete den Schlauch, um einen großen Schluck zu nehmen. Clara hatte nicht zu viel versprochen, der Wein war ausgezeichnet – und er würde dazu beitragen, die Wärme in seinem Inneren ein wenig länger zu halten.

»Ich habe in Spitälern gearbeitet«, erklärte Daniel. »Man sieht viel, wenn man am Krankenbett steht und kein Bader oder Wundarzt greifbar ist, der einem die Handarbeit abnehmen kann.«

»Immerhin hat Euer Handwerk Vater Albert das Leben gerettet.«

»Das wird sich erst in den nächsten Tagen erweisen.« Daniel lächelte matt. »Betet lieber, dass Gott Einsehen mit ihm hat.« Ein Regentropfen traf seine Nase. Missmutig hob Daniel den Blick zum Himmel. Wolken verbargen den Mond, doch es schien wenigstens trocken zu bleiben. Wahrscheinlich hatte der Wind die Tropfen nur von einem der Bäume geschüttelt.

Er spürte Claras Blick, der immer noch auf ihm ruhte.

»Ich frage mich die ganze Zeit, was Ihr nun tatsächlich seid«, bemerkte sie nach einer ganzen Weile. »Verrückt oder verzweifelt. Beides, sagt Ihr, aber Ihr wirkt nicht verrückt. Bleibt also die Verzweiflung.«

In Daniels Mundwinkel zuckte es spöttisch. »Wollt Ihr mir die Beichte abnehmen?«

»Nein, nur mehr über jemanden erfahren, dem sein Leben gleichgültig genug ist, um alleine durch einsame Wälder zu ziehen.«

»Vielleicht habe ich mir nicht genug Gedanken gemacht, wie gefährlich es sein kann. Oder ich war zu verzweifelt, um darüber nachzudenken.«

»Was treibt Euch zum Grab des Apostels?« Ehrliches Interesse sprach aus Claras Augen.

Daniel wandte den Kopf ab. »Verzeiht, aber Ihr seid nicht mein Beichtvater«, antwortete er eine Spur zu brüsk. »Er hat mich auf diese Reise geschickt, und ich habe vor, seinen letzten Wunsch zu erfüllen.«

»Ich wollte Euch nicht bedrängen.« Einen Moment hatte Daniel das Gefühl, als wollte sie die Hand nach ihm ausstrecken, doch sie saß unbewegt. »Eigentlich wollte ich Euch nur anbieten, uns zu begleiten. Wir sind auch auf dem Weg nach Spanien. Jetzt, da Gottschalk Overstolz tot ist, werden wir die Waffenknechte aus seiner Reisekasse bezahlen müssen. Aber es sind redliche Männer, die uns sicher geleiten werden.«

»Ich werde darüber nachdenken«, murmelte Daniel und zog den Mantel höher. »Habt Dank für das Angebot.«

Clara erhob sich in einer sanften Bewegung. »Gute Nacht, Daniel Suterman. Bei den Maultieren findet Ihr noch eine Decke, wenn Ihr eine braucht.«

»Habt Dank.« Daniel schaute ihr nach, als sie neben den anderen Frauen unter eine Decke kroch, dann starrte er wieder ins Feuer. *Verrückt und verzweifelt*. Vielleicht war er beides ein wenig.

In dieser Nacht träumte er wieder. Mehrfach schrak er hoch, schweißgebadet, bis er gegen Morgen endlich Ruhe fand.

Als die Pilger schließlich aufbrachen, schloss er sich ihnen an.

Lübeck, April 1380

Obwohl es nicht kühl war, fröstelte Christine, als sie der Magd folgte, die sie zu den Schlafräumen der Schepenstedes brachte. Wo man auch hinsah, Hartmann Schepenstedes Haus zeugte von dem Reichtum, den der Kaufmann über die Jahrzehnte erworben hatte. Schon allein die Fassade mit dem aufragenden Giebel und den beiden steinernen Löwen vor der Tür ließ den Besucher bewundernd innehalten, und wenn man die Diele betrat, blickte man geradewegs auf das gewaltige Wappen, das Schepenstede auf die Stirnwand hatte aufmalen lassen.

Christine wusste von Mette, dass ihr Gemahl zu den Kaufleuten zählte, die ihre Lebensweise immer stärker der der Adligen anglichen und den Anstrich der Bürgerlichkeit am liebsten hinter sich gelassen hätten. Henric hielt davon wenig. Zwar war das neue Haus, das sie vergangenen Herbst erworben hatten, fast ebenso groß wie das von Jakob Pleskow, aber es gab kaum unnötigen Zierrat.

Trotz aller Pracht herrschte eine merkwürdige Stille in Schepenstedes Haus. Wo in Henrics Diele inzwischen ein stetes Kommen und Gehen herrschte, sprach man hier nur verhalten, und selbst die Magd schien bemüht, nicht allzu viel Geräusche zu machen. Stumm trat sie zur Seite, als sie bei einer verschlossenen Tür angelangten, und klopfte zaghaft, ehe sie wieder davonhuschte.

»Was gibt es?«, fauchte Mettes Stimme drinnen.

»Ich bin es nur, Christine.« Behutsam schob Christine die Tür auf und schlüpfte hinein. Die Fensterläden standen weit offen, es war kühl in der Kammer. Unter dem Fenster sang irgendwo ein Sperling.

»Was willst du?«, murrte Mette, die sich ein wenig in dem Bett hochschob. Sie war ungewohnt bleich, ihre Augen lagen in tiefen Höhlen, und ihre Haare quollen offen und wirr über ihre Schultern.

»Ich wollte nach dir sehen«, antwortete Christine schnell und trat an das Bett heran, ließ sich auf der Kante nieder, ehe Mette Einspruch erheben konnte. »Wie geht es dir?«

Missmutig hob Mette die Schultern, ließ sie wieder fallen. »Ich trinke Wein gegen den Schmerz. Dann ist es auszuhalten.«

»Es tut mir leid für dich.« Christine bemühte sich um ein warmes Lächeln, streckte die Hand aus und strich sacht über Mettes Arm. »Was hat dein Gemahl gesagt?«

»Ach, er scheint nicht unglücklich zu sein. Das nehme ich zumindest an.«

»Hast du denn nicht mit ihm gesprochen?«

»Ich habe ihn seitdem nicht gesehen. Und das ist wohl besser so. Er hat seine eigene Schlafkammer. Das ist bei den Adligen so üblich«, fügte sie erklärend hinzu. »Wenigstens sehe ich ihn dann selten.«

»So solltest du nicht über deinen Gemahl sprechen.«

Mette maß Christine mit einem langen Blick. »Du hast keine Ahnung, wovon du redest«, sagte sie schließlich knapp. »Und nun lass mich in Frieden und richte Henric aus, dass alles in bester Ordnung ist.«

»Das werde ich ihm nicht ausrichten. Ich lüge ihn nicht an.«

»Tust du nicht?« Mette hob eine Braue.

Christine spürte, wie ihr mit einem Mal heiß wurde. Hastig wandte sie den Blick ab und starrte auf das Laken. Sie hatte sich inzwischen so daran gewöhnt, dass Henric Jakob als seinen Sohn betrachtete, dass es ihr zeitweise gelang, die Wahrheit selbst zu verdrängen.

»Wenigstens lüge ich Schepenstede nicht an«, hörte sie Mette sagen. »Auch wenn es vielleicht klüger gewesen wäre.«

»Es war nicht sein Kind, sondern Jan Karsbeks?« Christine hob fragend den Kopf.

Mette nickte stumm.

»Du hattest Henric versprochen, ihn aufzugeben.«

»Was schert mich Henric?«, fauchte Mette. »Für ihn bin ich doch nicht mehr als eine Ware, die man gewinnbringend verscherbelt.«

»Du hast ihm keine Wahl gelassen«, bemerkte Christine eine Spur schärfer. »Du hast ihn und uns und nun auch deinen Ehemann bloßgestellt. Woher bist du dir eigentlich so sicher, dass es Karsbeks Kind war?«

»Weil mein werter Gemahl es nicht fertigbringt, ein Kind zu zeugen«, gab Mette ätzend zurück. »Da tut sich nichts. Schlaff wie ein toter Hering.«

Christine schwieg pikiert. »Wie hat er reagiert?«, fragte sie schließlich zögerlich.

Mette schnaubte. »Wie soll er schon reagiert haben? Er hat mir das Kind aus dem Bauch geprügelt.«

»Er hat was?« Fassungslos starrte Christine sie an. »Du meinst …«

Anstelle einer Antwort richtete sich Mette wieder auf und zog kurzerhand ihr Hemd über den Kopf, schaute Christine herausfordernd an.

Christines Blick wanderte langsam über Mettes Oberkörper, der übersät war von blauen Flecken und Blutergüssen, manche älter, andere eindeutig erst wenige Tage alt. Wie konnte man seiner Frau so etwas antun, fuhr ihr durch den Kopf, während sie Mette anstarrte, unfähig, ihr Entsetzen zu verbergen.

»Richte Henric aus, es ist alles in Ordnung«, wiederholte Mette ruhig, aber ihre Stimme triefte vor Sarkasmus. »Wenn ich Glück habe, dauert es noch, bis Schepenstede mich endgültig totschlägt.«

»Du darfst Karsbek nicht mehr sehen«, flüsterte Christine, die den Blick immer noch nicht losreißen konnte. Allein der

Gedanke, dass man Mette das Kind aus dem Bauch geprügelt hatte, verursachte ihr Übelkeit, sodass sie am liebsten aufgesprungen und davongelaufen wäre. »Vielleicht wird es besser, wenn du ihn nicht mehr reizt.«

»Ich werde Jan nicht aufgeben.« Mette erwiderte ihren Blick herausfordernd. »Niemals. Eher töte ich Schepenstede. Wenn er mich nicht vorher umbringt.«

Christine nickte schwach. Einen Moment lang spielte sie mit dem Gedanken, Henric alles zu erzählen und ihn zu bitten, Schepenstede anzuklagen. Aber dann würde auch Mettes Ehebruch ans Licht kommen.

Einem plötzlichen Drang folgend, beugte sie sich vor und umarmte Mette vorsichtig. »Es tut mir leid«, murmelte sie und schluckte. »Es tut mir so leid.«

Sie spürte, wie Mette sich entziehen wollte, doch dann sank ihr Kopf auf Christines Schulter, blieb dort liegen.

»Es ist nun einmal so«, murmelte Mette. »Ich überstehe das schon. Wenigstens hat er aufgegeben, mich einsperren zu wollen. Ich glaube, er hat mich nur noch nicht verstoßen, weil er den Hohn der anderen fürchtet.« Ein schwaches Lächeln huschte über Mettes Gesicht. »Ich habe ihm gedroht, dass ich aller Welt von seinem toten Hering erzähle, wenn er mich anklagt.«

Christine musste unwillkürlich lachen. Das war Mette, wie sie sie kannte. Vermutlich war sie von allen drei Geschwistern ihrem Vater am ähnlichsten, wenn es darum ging, sich durchzusetzen. »Ich rede mit Henric«, sagte sie und richtete sich wieder auf, ließ aber die Hand auf Mettes Schulter liegen. »Vielleicht weiß er eine Lösung.«

Mette schüttelte matt den Kopf. »Henric hat andere Sorgen. Ich komme schon zurecht.«

»Das kann nicht ewig so weitergehen.«

»Wir werden sehen«, antwortete Mette ausweichend. Überrascht warf Christine ihr einen Blick zu, doch sie schien dazu nichts weiter sagen zu wollen.

»Schick mir Nachricht, wenn du mich brauchst«, bat Christine und erhob sich rasch.

Mette nickte. »Bis bald.«

»Möge Gott dich beschützen.« Ein vorsichtiges Lächeln zuckte über Christines Gesicht, als sie nach Mettes Hand griff. »Es wird eine Lösung geben.«

Lübeck, Anfang Mai 1380

Dunkelheit lag bereits über den Straßen der Stadt, als Henric schließlich von seinem Schreibtisch aufstand. Den ganzen Tag war er die Abrechnungen durchgegangen und dabei auf einige Fehler gestoßen. Ein junger Kaufmann aus Rostock, mit dem er seit letztem Herbst zu tun hatte, betrog ihn, und Simon hatte an einigen Stellen versäumt, die Beträge richtig zusammenzurechnen. Doch das würde er morgen mit ihm durchsprechen, beschloss Henric mit einem Blick auf den Lehrjungen, der am Schreibpult stand und die heutigen Geschäfte übertrug, die Zunge in den Mundwinkel geschoben.

Es war Zeit, das Kontor zu schließen. Morgen früh musste er im Rat erscheinen. Es ging einmal mehr um eine Schoß, die erhoben werden sollte, und um einzelne Beschwerden, die die Zünfte der Knochenhauer und der Bäcker vorgetragen hatten. Die beiden Handwerksämter wehrten sich vor allem gegen den Marktzwang, der ihnen Einschränkungen auferlegte, die andere Handwerker nicht hatten. Henric konnte ihre Anliegen durchaus verstehen, doch er hatte in der kurzen Zeit, die er im Rat saß, bereits die Erfahrung machen müssen, dass es mitunter schwierig war, zu einvernehmlichen Lösungen zu kommen. Vor allem aus den alten Familien, die schon seit Generationen die Geschicke der Stadt leiteten, wehrten sich viele mit Zähnen und Klauen dagegen, auch nur einen Schritt auf die Handwerker zuzugehen.

Henric seufzte und trat ans Fenster, um die Läden zu schließen. »Wie weit bist du?«, wandte er sich an Simon, der erschrocken hochfuhr.

»Gleich fertig.« Der Junge deutete auf zwei Schreibtafeln, die er am Rand des Pults abgelegt hatte. »Nur noch diese beiden.«

Henric nickte leicht. Es war nicht zu übersehen, dass Simon große Schwierigkeiten mit der Buchführung hatte, eigentlich seit dem ersten Tag, den er in Henrics Kontor gearbeitet hatte. Dabei zeigte er sich ansonsten ausgesprochen geschickt, vor allem bei Verhandlungen. Henric hatte sich schon manches Mal gefragt, wie der Junge es mit seiner Dreistigkeit schaffte, Abschlüsse zu erzielen, bei denen ihm selbst schwindelig wurde. Vermutlich würde aus Simon eines Tages ein guter Kaufmann werden – wenn er jemanden fand, der ihm die Bücher verlässlich führte.

Henric verließ das Kontor und trat in die Diele, wo die Mägde gerade noch die letzten Arbeiten des Tages verrichteten. Über sich auf dem Speicher hörte er die Stimmen von Claas und Berndt, und an den Stufen zum Hinterhaus saß Jakob, der mit Federchen herumtollte.

Lächelnd betrachtete Henric seinen Sohn, der so vertieft in sein Spiel war, dass er nicht zu bemerken schien, was um ihn herum geschah. Die Art, wie Jakob lachte, die großen Augen, mit denen er seine Umwelt bestaunte, erinnerten Henric immer wieder an Daniel, als dieser noch ein Kind gewesen war. Es war schade, dass Daniel seinen Neffen noch nicht kennengelernt hatte. Seit der Rückkehr nach Lübeck hatte Henric nichts von seinem Bruder gehört, keinen Brief, keine Nachricht, nichts. In Bremen war er nicht mehr, so viel hatte er herausfinden können, doch auch dort konnte niemand etwas zu seinem Verbleib sagen. Manchmal kam es Henric wie ein seltsamer Zufall vor, dass Jakob ausgerechnet dem Bruder so ähnelte, der kurz vor seiner Geburt verschwunden war.

Henric wollte gerade zu seinem Sohn hinübergehen, als er eine Gestalt bemerkte, die stumm im Schatten neben dem Eingang stand. Ungläubig riss er die Augen auf, als er den Besucher erkannte.

»Hinnert!«

»Ganz recht«, sagte der wieselige Schreiber leise und löste sich aus dem Schatten. Ein müdes Schmunzeln flog über seine spitzen Züge. »Störe ich?«

»Was willst du?«, fragte Henric anstelle einer Antwort und verschränkte die Arme vor der Brust. Hunderte Gedanken wirbelten durch seinen Kopf. Hinnert hier zu sehen konnte nichts Gutes bedeuten. Unwillkürlich schob er sich zwischen den Schreiber und Jakob, der nun den Kopf gehoben hatte und neugierig zu ihnen hinübersah.

Hinnert war Henrics Bewegung nicht entgangen. »Das ist also der Sohn?«, erkundigte er sich mit einem schwachen Lächeln. »Hübscher Bursche. Ich muss Euch gratul…«

»Was willst du?«, unterbrach ihn Henric scharf. »Wenn du für meinen Vater sprichst, richte ihm aus, was immer es ist, ich lehne ab.«

Einen Moment blinzelte Hinnert irritiert, dann lachte er freudlos auf. »Keine Sorge. Es ist nicht Euer Vater, der mich schickt. Ich bin hier, um Euch zu warnen.«

»Warnen? Ausgerechnet du?« Henric verengte die Augen.

»Ja, ausgerechnet ich«, nickte Hinnert ernst. »Ich bin aus dem Dienst Eures Vaters ausgetreten. Ich habe es nicht mehr ausgehalten.«

Nun war Henric wirklich verblüfft. »Warum das?«

Hinnert verzog den Mund, schaute sich flüchtig um. »Das ist eine längere Geschichte, die ich Euch ungern zwischen Tür und Angel erzählen möchte. Habt Ihr etwas Zeit?«

Henric zögerte. Er hatte keine Ahnung, was er von der Sache halten sollte. Hinnert war immer Lambrechs engster Vertrauter gewesen, warum sollte er ihn gerade jetzt verraten? Vielleicht war es eine Falle. Auch wenn er in den vergangenen Jahren weitgehend Ruhe gehabt hatte, glaubte Henric nicht daran, dass Lambrech aufgegeben hatte. Aber was sollte Hinnert ihm schon tun können, zumal hier in Lübeck? Außerdem war er neugierig, was das Wiesel ihm zu sagen hatte.

»Um die Straßenecke ist ein Wirtshaus«, sagte er schließlich. »Dort können wir uns unterhalten.«

Hinnert schien etwas erwidern zu wollen, schwieg dann aber nur und nickte.

Rasch gab Henric Christine und Simon Bescheid, dann machten sie sich auf den Weg zum Wirtshaus, in dem heute Abend reger Betrieb herrschte. Henric bestellte Bier für sie beide, schweigend warteten sie, bis der Wirt Krug und Becher vor ihnen abstellte.

»Ich höre«, begann Henric scheinbar beiläufig, während er einschenkte und Hinnert einen der Becher zuschob.

Das Wiesel lächelte schief. »Was wollt Ihr zuerst hören? Die Warnung oder wie es Eurem Vater geht?«

»Das ist mir gleichgültig.« Henric zuckte mit den Schultern. »Vielleicht der Reihe nach.«

»Der Reihe nach …« Hinnert nahm einen kräftigen Schluck von dem Bier und wischte sich den Schaum aus dem Bärtchen, ehe er begann. »Die Geschäfte liefen anfangs gut, nachdem Ihr damals gegangen seid. Sehr gut. Bernstein, Pelze, Honig, Wachs … Er konnte die Preise förmlich diktieren und Petersen zwingen, sich ihm anzupassen. Doneldey und den anderen blieb nichts übrig, als ihn in den Rat zu holen. Doch das scheint ihm dann zu Kopf gestiegen zu sein.« Hinnert spitzte die Lippen. »Er ist reich, aber er wirft das Geld nur so aus dem Fenster, obwohl ich ihn gewarnt habe, dass die Ausgaben zu hoch sind. Er hat nicht mehr auf mich gehört.«

»Er hat nie auf jemanden gehört«, murmelte Henric.

»Oh doch, ich hatte viel Einfluss auf ihn.« Ein dünnes Lächeln kräuselte Hinnerts Lippen. »Zumindest früher, als er mich noch brauchte.«

»Ist das der Grund, weshalb du ihn verlassen hast?«

»Nein.«

»Warum dann?«

»Weil er irgendwann … nun … weil er verrückt geworden ist«, druckste Hinnert und nahm rasch einen weiteren Schluck.

»Wie meinst du das?« Henric runzelte die Stirn. Nach dem, was er aus Bremen gehört hatte, erschien ihm sein Vater alles andere als verrückt zu sein. Eher verbittert und gefährlich.

»Es sind diese Ideen, die er bisweilen hat. Und von denen er sich nicht abbringen lässt.« Hinnerts Bärtchen zuckte. »Es hat Unsummen gekostet, diese Sache in Danzig in die Wege zu leiten. Aber er war nicht davon abzubringen. Er wollte dabei nicht einmal Euren Tod, er wollte, dass Ihr wirtschaftlich vernichtet seid.«

»Er hat meinen Tod billigend in Kauf genommen.«

Hinnert nickte. »Er hat vieles billigend in Kauf genommen. Er hat auch Euren Bruder gezwungen, seine Gemahlin umzubringen.«

»Daniel?«

Hinnert nickte erneut, wölbte eine Augenbraue. »Ihr wusstet es nicht? Ich dachte, Euer Bruder hätte es Euch vielleicht erzählt.«

»Das hat er nicht«, murmelte Henric, während er langsam begriff, was Hinnert gerade erzählt hatte. Daniel, ein Mörder? Nein, das konnte er nicht glauben. Es musste Gründe geben, warum er das getan hatte. Wenn Hinnert ihn nicht belog. Wobei er manchmal wirklich nicht mehr wusste, wie gut er seinen Bruder eigentlich kannte.

»Jedenfalls ist Euer Vater nun von der fixen Idee besessen, dass er einen Erben braucht. Um zu verhindern, dass Euer Sohn eines Tages alles erbt, was er erarbeitet hat. Oder besser das, was Euer Vater bis dahin nicht versoffen und verhurt hat«, fügte er rasch hinzu. »Er hat schon überlegt, Euch und Euren Sohn umbringen lassen, aber der Gedanke, dass sein Vermögen dann womöglich Eurer Frau und ihrer Familie zufällt, ließ ihm keine Ruhe. Stattdessen hat er vor einem halben Jahr wieder geheiratet. Seine Frau erwartet ein Kind.«

Henric nickte nur fahrig. Tatsächlich berührte ihn der Gedanke, einen weiteren Bruder oder eine Schwester zu haben, wenig. Bremen und sein Vater waren inzwischen zu weit weg, und er gäbe viel darum, wenn er endlich einen Schlussstrich ziehen könnte. »Wie kommt mein Vater eigentlich auf die Idee, ich könne sein Erbe wollen? Nichts liegt mir ferner.«

»Er überlegt, wie er an Eurer Stelle handeln würde.« Hinnert lächelte schmal. »Er würde abwarten und dann den Einfluss nutzen, den Ihr habt, um Euch nach seinem Tod das Erbe unter den Nagel zu reißen. Auch wenn seine Geschäfte längst nicht mehr so gut laufen wie noch vor einigen Jahren, ist er trotzdem einer der reichsten Kaufleute Bremens. Oder wäre es, wenn er seine Zeit im Kontor verbringen würde, statt in den Badestuben und Wirtshäusern der Stadt ... Aber es ist mehr als nur das, er fühlt sich von Euch verraten. *Ihr* wart sein Erbe und damit derjenige, der ihm zutiefst dankbar sein und für sein Andenken als Stammvater einer Kaufmannsdynastie sorgen sollte. Daher grollt er Euch.«

Henric nickte langsam. Nachdenklich musterte er Hinnert über den Bierkrug hinweg. »Bleibt nur noch eine Frage. Warum bist du hier?«

»Weil ich ins Grübeln gekommen bin.« Hinnerts Blick lag ruhig auf Henrics Gesicht. Offensichtlich hatte er die Frage erwartet. »Ich war sicher kein Heiliger. Doch jetzt ... es ist widersinnig. Stundenlang sitzt er im Kontor, starrt auf dieses Bernsteinkreuz und brütet darüber nach, wie er Euch begegnen soll. Nehmt Euch in Acht, Henric. Er ist nach wie vor gefährlich.«

»Ich weiß.« Langsam hob Henric den Becher, nahm einen Schluck, während er über das eben Gesagte nachdachte. Gefährlich, das war Lambrech sicher. Und er sollte achtgeben. Vor allem auf Christine und Jakob. »Was hast du jetzt vor?«, fragte er schließlich.

Hinnert verzog die Lippen zu einem zerknirschten Grinsen. »Ich hatte gehofft, vielleicht bei Euch unterzukommen. Ich kann Euch gute Dienste leisten. Nicht, wie Ihr denkt«, fügte er rasch hinzu. »Ihr wisst, dass ich Euch im Kontor von Nutzen sein kann.«

Henric schwieg, während er Hinnert nachdenklich musterte. Ihm widerstrebte es, die Ratte in seine Dienste zu nehmen, die seinem Vater über Jahrzehnte gehorsam aus der Hand gefressen hatte. Aber offensichtlich hatte Hinnert so etwas wie ein Gewissen entdeckt. Und wer wäre er, wenn er nicht bereit wäre, zu verzeihen.

»Ich werde mit meiner Gemahlin sprechen«, antwortete er schließlich ausweichend. »Du kannst heute Nacht in meinem Haus schlafen. Morgen sehen wir weiter.«

Hinnert nickte erleichtert.

Lübeck, Mitte Mai 1380

»Ich bringe ihn um.«

»Das wirst du nicht tun«, murmelte Mette.

»Warum nicht?«, gab Jan zurück.

»Weil ich es nicht möchte.« Sie drehte den Kopf, der auf seinem Bauch lag, und blinzelte zu ihm hoch. »Weil ich an dir hänge und keine Lust habe, jeden Tag an dem Loch zu hocken, in das dich der Henker verscharrt hat.«

»Willst du es denn einfach so hinnehmen?«, fuhr er auf. »Er hat dich halb totgeprügelt.«

»Ich lebe noch.«

»Noch. Aber wer weiß, was er das nächste Mal macht.« Seine Hand tastete nach ihrem Haar. »Ich habe Angst um dich, Mette. Was ist, wenn er beim nächsten Mal betrunken ist und nicht darauf achtet, wohin er schlägt?«

»Es wird kein nächstes Mal geben.« Mette haschte nach seiner Hand und zog sie zu sich herab, um die Lippen über seinen Handballen gleiten zu lassen. »Ich passe schon auf mich auf.«

Jan murmelte etwas, doch es wirkte keineswegs überzeugt. Mette konnte es ihm nicht verübeln. Sie war selbst voller Angst, doch das durfte sie ihm gegenüber niemals zugeben, wenn sie nicht wollte, dass er eine große Dummheit beging. Eine Weile hatte sie darüber nachgedacht, ob sie sich nicht doch an Henric wenden und ihn um Hilfe bitten sollte, aber sie war wieder davon abgekommen. Henric hatte zu viel zu verlieren. Letztendlich lag es an ihr, Wege zu finden, das Zusammenleben mit Schepenstede erträglich zu machen. Dass sie Jan treffen konnte, war ein Schritt und eine Sache, für die sie Christine unendlich dankbar war. Seit ihrem Besuch war die Schwägerin regelmäßig vorbeigekommen und hatte mit ihr gemeinsam überlegt, wie es weitergehen sollte. Nun holte Christine sie regelmäßig ab, unter dem Vorwand, gemeinsam zum Markt oder zum Hafen zu gehen, damit sie Jan ungestört sehen konnte. Mette war klar, dass sie Christine durch die Mitwisserschaft des Ehebruchs in Gefahr brachte, aber das verdrängte sie. Bislang hatte sie Schepenstede noch in jedem Streit davon überzeugen können, dass es besser für ihn und seinen Ruf war, den Mund zu halten, und das würde sie auch weiterhin tun.

»Ich treffe heute Abend Paternostermaker«, durchbrach Jans Stimme ihre Gedanken.

»Was willst du von dem denn noch?«, murrte sie. »Du bringst dich nur in Gefahr, wenn man dich bei ihm erwischt. Außerdem … Was interessiert dich dieses ewige Gerede.«

»Es wird nicht bei dem Gerede bleiben.«

Mette seufzte leise, hob den Kopf ein wenig. »Jaaan?«, sagte sie gedehnt. »Uns bleibt so wenig Zeit füreinander. Ich mag nicht mit dir über Paternostermaker streiten.«

»Ich will auch nicht mit dir streiten«, antwortete er sanft. »Aber vielleicht bietet sich bald eine Möglichkeit, Schepenstede loszuwerden.«

»Paternostermaker soll ihn umbringen?« Mette gluckste amüsiert. »Wie das denn? Soll er so lange reden, bis Schepenstede sich freiwillig in die Trave stürzt?«

»Nein«, erwiderte Jan ernst. »Wenn ich ihn richtig verstanden habe, ist die Zeit gekommen, endlich loszuschlagen.«

»Wegen ein paar unzufriedenen Handwerkern?« Mette hatte von Christine erfahren, dass es Unruhe gab, die übliche Unzufriedenheit, die jedes Mal aufkam, wenn der Rat eine Schoß beschloss oder sich ein paar Unzufriedene fanden, die bestehende Rechte in Frage stellten.

»Es ist mehr als das …«

»Ich möchte es nicht hören«, unterbrach Mette ihn und

reckte sich, um ihm einen Finger auf die Lippen zu legen. »Erzähl es mir, wenn es wirklich so weit ist.«

Jan war deutlich anzusehen, dass er damit keineswegs zufrieden war, aber er nickte stumm.

»Ich muss fort«, flüsterte Mette und schob sich ein Stück höher, um einen Kuss zu erhaschen. »Ich will Christine nicht zu lange warten lassen.«

Jan brummte missmutig, als sie sich erhob. Mit flinken Fingern bändigte sie ihre Haare und schob sie unter den Schleier, ehe sie sich zu der Stiege wandte.

»Mette?«

Fragend drehte sie sich zu ihm um.

»Hartmann Schepenstede wird es als Ersten erwischen. Das verspreche ich dir.«

Santiago de Compostela, Ende Juni 1380

Seit fünf Tagen behauptete Vater Albert, dass sie am nächsten Abend das Grab des Apostels erreichen würden, als wollte er die Ungeduld noch weiter nähren, die die Reisegruppe mit jedem Schritt stärker erfasste. Er war bereits einmal da gewesen, vor vielen Jahren als junger Novize, der Einzige von ihnen, der wusste, was sie erwartete. Doch jeden Abend wieder erwies sich sein Versprechen als Irrtum, wenn sie schließlich Halt machten und eine weitere Nacht in einer Herberge oder am Straßenrand verbrachten.

Als sich am Nachmittag des sechsten Tages schließlich in der Ferne die Türme der Kathedrale vor dem blauen Himmel erhoben, war Daniel versucht, es für ein Trugbild zu halten. So lange war er unterwegs, dass er es kaum noch für möglich hielt, eines Tages anzukommen. Doch nun näherte er sich dem Ziel seiner Reise. Dem Ort, wo er endlich Ruhe und Vergebung finden sollte.

»Es ist ein erhebendes Gefühl, nicht wahr?«, hörte er Claras Stimme neben sich, als sie an einem Brunnen rasteten, um die Maultiere zu tränken. Die Begine hatte den Blick in die Ferne gerichtet, zu der Stadt, die nun immer deutlicher auszumachen war. Ein leicht verklärter Ausdruck lag auf ihrem Gesicht. »Deshalb begebe ich mich immer wieder auf Pilgerreise. Weil ich nirgends Gott näher bin als in dem Moment, in dem ich mein Ziel vor Augen habe und dieses unbändige Glücksgefühl verspüre, dass Gott mir die Kraft gegeben hat, es durchzustehen.«

Daniel nickte leicht, auch wenn er nichts verspürte. Kein

Glück, keine Erleichterung. Nur bange Erwartung und die unterschwellige Furcht, vergeblich hierhergekommen zu sein.

Er bemerkte den Seitenblick, den Clara ihm zuwarf. »Du ziehst ein Gesicht, als würdest du den Toren der Hölle entgegentreten, nicht einem der heiligsten Wallfahrsorte der Christenheit«, bemerkte sie.

»Ich kann es nur noch nicht fassen, dass es zu Ende sein soll.« Daniel bemühte sich um ein schnelles Lächeln. »Seit mehr als zwei Jahren bin ich unterwegs.«

»Und? Ist es zu Ende?«, fragte sie leise.

Daniel schwieg. Er hatte ihr nie erzählt, was ihn aus Lübeck und Bremen vertrieben hatte, doch Clara war eine kluge Frau und eine gute Beobachterin. In den Monaten, die sie zusammen reisten, war sie ihm so etwas wie eine Freundin geworden. Stundenlang konnte er schweigend neben ihr dahinwandern, ohne dass einer von ihnen ein Wort sagte, dann wieder führten sie stundenlange Gespräche über Gott, das Leben und das Jenseits. Die Begine entstammte einer wohlhabenden Kölner Kaufmannsfamilie und hatte nach dem frühen Tod ihres Gemahls den Weg ins Stift gewählt, wo sie unter anderen Frauen ihre Bestimmung gefunden hatte. Daniel mochte die ruhige, unaufdringliche Art, mit der sie ihm begegnete, neugierig, aber nicht bedrängend.

»Ich weiß es nicht«, antworte er schließlich und warf einen Blick zum Brunnen, wo Thomas gerade einen weiteren Eimer Wasser für die Tiere schöpfte. Die anderen Beginen und die beiden Dominikaner hatten sich in den Schatten eines Baumes zurückgezogen und aßen von den Resten des Proviants, den sie vor drei Tagen in einem Dorf erstanden hatten. »Das werde ich wohl sehen, wenn ich dort bin«, murmelte er und ging mit schnellen Schritten zu dem Waffenknecht hinüber, um ihm zur Hand zu gehen. Er spürte Claras Blick im Rücken, doch zu seiner Erleichterung versuchte sie nicht, das Gespräch fortzuführen, sondern trat schweigend an ihm vorbei, um sich zu den anderen zu setzen. Wie sollte er ihr auch erklären, dass er

Angst davor hatte, anzukommen? Dass die Albträume in den letzten Wochen wieder schlimmer geworden waren? Wie sollte er Vergebung und Seelenruhe erlangen, wenn es letztendlich nichts als ein großer Handel war, wie ihn sein Vater und sein Bruder nicht anders tätigten – die Mühen der Pilgerreise gegen Vergebung und Vergessen? Er musste Vertrauen haben, versuchte er die bedrückenden Gedanken beiseitezuschieben, während er das warme Maul des Lasttieres tätschelte und ihm den Eimer hinhielt. Anselm hatte ihn nicht umsonst auf die Reise geschickt.

Als sie wenig später aufbrachen, hatten sich dunkle Wolken von Norden her über den Horizont geschoben, und es dauerte nicht lange, bis es anfing zu regnen. Zwar war der Regen um diese Jahreszeit warm, doch mit der Zeit durchzog die Nässe jeden Fetzen ihrer Kleidung, fing sich in ihren Haaren und brachte sie zum Frösteln. Sogar die Maultiere ließen missmutig die Ohren hängen, als sie die Stadt erreichten und kurz vor Sonnenuntergang noch eingelassen wurden.

Vater Albert beschloss, zunächst eine Unterkunft zu suchen, um sich aufzuwärmen und zu trocknen, ehe man am nächsten Morgen die Kathedrale und das Grab besuchte. Während die anderen ihm erleichtert zustimmten, lehnte Daniel ab. Er konnte nicht einkehren, solange die Dämonen in seinem Innern keine Ruhe gaben. Und das würden sie nicht, ehe er nicht das Grab des Apostels aufgesucht hätte.

Dunkelheit kroch bereits in die engen Gassen der Stadt, als er sich schließlich allein auf den Weg machte. Der Regen hatte etwas nachgelassen, doch er hatte die Straßen und Plätze in einen schlammigen Morast verwandelt, der das Fortkommen beschwerlich machte. Dennoch war Daniel nicht der Einzige, der sich an diesem Abend vor der Kathedrale einfand. Aus aller Welt kamen die Pilger hierher, um am Grab des Apostels zu beten, Buße zu tun oder weil sie Erlösung erhofften von langer Krankheit oder Siechtum. Langsam stieg Daniel die Stufen empor, die zum Portal führten. Sein Hals war wie zugeschnürt, als er zwischen den Betenden hindurchging, die auf der Treppe hockten, und an den Bettlern vorbei in die Kirche eintrat.

Er wusste nicht mehr, was er sich einmal davon erhofft hatte, hier zu stehen. Sein Kopf war leer, nach all der Zeit, die er auf der Reise war und immer nur daran gedacht hatte, wie es sein würde, eines Tages nach Bremen oder Lübeck zurückzukehren. Zögerlich schlug er ein Kreuzzeichen, verharrte kurz, ohne die Mönche zu beachten, die ihm auffordernd ein Weidenkörbchen entgegenhielten. Er hatte kein Geld mehr, nichts, was er geben konnte. Nur sich selbst.

Hinter ihm zischte es unwillig, als er sich zögerlich wieder in Bewegung setzte. Obwohl die Kathedrale gut besucht war, schienen seine Schritte durch das Kirchenschiff zu dröhnen wie Donnerschläge. Sein Blick glitt über die Betenden, die auf dem Steinboden kauerten, ausgemergelte Gestalten nach monatelangen Strapazen. Manche schienen unmittelbar nach ihrer Ankunft hierhergekommen und zusammengebrochen zu sein, andere trugen saubere Gewänder, die Haare sorgfältig zurechtgelegt, während ihre Lippen Gebete formten und die Perlen des Rosenkranzes durch ihre Finger glitten. Gemurmel erfüllte die Kathedrale, geflüsterte Fürbitten aus vielen dutzend, hundert Kehlen, ein endloses Wispern und Zischen, sodass Daniel sich nur mit Mühe davon abhalten konnte, die Hände auf die Ohren zu pressen.

Wieder verharrte er, schaute sich um. Kerzen erhellten die Seitenschiffe, Hunderte, wenn nicht Tausende, die die Pilger gestiftet hatten. Vor ihm schritt eine Gruppe Mönche zum Altar, sie sprachen miteinander, ohne sich Mühe zu machen, die Stimmen zu senken. Neben ihm hockte eine alte Frau, die unter lauten Wehklagen die Hände gen Himmel hob.

Daniels Finger gruben sich tief in den Mantel, sein Herz raste. Langsam ließ er sich auf die Knie sinken, faltete die Hände. »Pater noster qui es in caelis«, flüsterte er, fuhr sich mit der Zunge über die Lippen. Seine Stimme klang heiser, seine

Kehle war wie ausgedörrt. »Sanctificetur nomen tuum. Adveniat regnum tuum. Et dimitte nobis debita nostra.« Debita, Schuld. Seine Schuld. »Et dimitte nobis debita nostra«, wiederholte er lautlos, stumm in sich lauschend. Doch da war nichts, nur dumpfe Leere, die ihn seit dem Tag begleitete, da er Bremen verlassen hatte. Keine Erleichterung, keine Befreiung. Nichts.

»Et dimitte nobis debita nostra ...« Noch einmal formten seine Lippen die bekannten Worte, doch die Unruhe in seinem Innern nahm nur noch zu. Es gab keine Vergebung für das, was er getan hatte. Anselm hatte sich geirrt, in ihm, in allem.

Daniel sprang abrupt auf, sodass er beinahe gegen eine andere Betende getaumelt wäre. Mit einer gemurmelten Entschuldigung warf er sich herum und hastete zum Ausgang. Er musste hier raus, einfach nur fort.

Es hatte wieder zu regnen begonnen, als er die Kathedrale verließ und die Stufen hinabstolperte. Verwunderte Blicke folgten ihm, jemand rief etwas, aber er hörte es nicht. Blind lief er durch die Gassen, spürte, wie das Wasser ihm über das Gesicht rann, über Nacken und Hals. Vor ihm tauchten Reiter in einem scharfen Trab aus der Dunkelheit auf. Die Gasse war zu eng, um ihnen auszuweichen, dachte Daniel noch, dann wurde er auch schon zur Seite gestoßen. Ein Pferd wieherte, bäumte sich über ihm auf, ein schwarzer Dämon vor dem lichtlosen Nachthimmel. Entsetzt prallte Daniel zurück, riss die Arme hoch. Eine Stimme brüllte etwas, Schlamm spritzte auf. Dann traf etwas seinen Kopf, ein gleißender Schmerz.

Dunkelheit.

*

Etwas Ungewohntes ließ ihn aufmerken. Für einen Moment erhob sich sein Geist aus der bodenlosen Schwärze, zögerlich, als wisse er nicht recht, wohin. Da war eine Berührung, etwas Feuchtes auf seiner Stirn, eine sachte, fast flüchtige Bewegung an seiner Wange. Dann war es wieder weg.

Daniels Geist sank zurück, wurde umfangen von den Nebeln, zurückgetragen in das Vergessen. Nur einen Moment noch. Schlafen.

»Ave Maria, gratia plena«, hörte er plötzlich eine Frauenstimme murmeln, unmittelbar neben ihm. »Dominus tecum. Benedicta tu in mulieribus.«

»Christine?«, murmelte er, ohne die Augen zu öffnen. Er musste sie nicht sehen, es reichte, ihre Stimme zu hören und zu wissen, dass er nur die Hand ausstrecken musste, um sie zu berühren. Ein seliges Lächeln glitt über seine Lippen.

»Et benedictus fructus ventris tui, Iesus«, fuhr die Stimme leise fort. Er meinte zu hören, wie sie sein Lächeln erwiderte, ihn ansah, während sie betete. »Amen«, flüsterte er, versuchte in das schummrige Licht zu blinzeln.

»Dem Herrgott sei Dank«, hörte er sie sagen, und er spürte die Hand, die zaghaft über seine Wange glitt. »Daniel? Hörst du mich?«

Daniel runzelte die Stirn. Das war nicht Christines Stimme. Wenn Christine sprach, klang es wie Vogelgesang im Frühjahr. Diese Stimme war tiefer, ruhiger. Sanft. »Clara?«, fragte er und öffnete die Augen nun ganz. Sein Hals war ausgetrocknet und rau, als habe er seit Tagen nichts getrunken.

»Ja, ich bin es.« Die Begine lächelte leicht. Sie tauchte ein Tuch in eine Schale mit Wasser und wischte erneut Daniels Stirn ab. »Gott sei Dank, dass du endlich zu dir kommst.«

»Was ist geschehen?«, murmelte Daniel, bemüht, sich seine Enttäuschung nicht allzu deutlich anmerken zu lassen. Es war ohnehin nur ein Wunschtraum. Christine war fort, verloren für ihn. Für immer.

»Du hattest einen Unfall«, antwortete Clara sanft und wrang das Tuch aus, das sie an den Rand der Schale hängte. Dann nahm sie seine Hand. »Ein paar betrunkene junge Adlige haben zu Pferd eine Hure durch die Stadt gejagt. Du bist ihnen in die Quere gekommen.« Sie lächelte matt. »Danken wir Gott und der Jungfrau Maria, dass zumindest einer von ihnen genug Anstand hatte, dich hierher zu den Franziskanern zu bringen.«

»Bin ich schwer verletzt?«, erkundigte sich Daniel erstaunt, während er in sich hineinhorchte. Er spürte nichts, nur diesen unterschwelligen Kopfschmerz, der ihn schon seit dem Aufwachen begleitete.

»Du hast etwas auf den Schädel bekommen«, sagte Clara ernst. »Den Huf einen Pferdes, einen Prügel … ich weiß es nicht. Jedenfalls kannst du von Glück sagen, dass es dir nicht den Schädel eingeschlagen hat.«

Daniel runzelte die Stirn, eine dumme Idee, wie er gleich darauf feststellte, als ein ziehender Schmerz ihn keuchend nach Luft schnappen ließ.

»Vorsicht.« Clara hob rasch die Hand, ließ sie aber gleich wieder sinken. »Die Wunde an deinem Kopf ist genäht. Es wird noch etwas dauern, ehe sie abgeheilt ist.«

»Wenn sie sich nicht entzündet«, murmelte Daniel.

»Dann hätte sie das bereits getan.« Ein schwaches Lächeln huschte über Claras Gesicht. »Du warst fast fünf Tage ohne Bewusstsein.«

»Fünf Tage?!« Fassungslos starrte Daniel sie an.

Clara nickte leicht. »Die Brüder haben sich um dich gekümmert, bis wir dich gefunden haben. Wie geht es dir jetzt?«

»Gut, das heißt …, ich habe Kopfschmerzen und Durst.«

»Ich hole dir etwas Wasser. Und dann solltest du dich weiter ausruhen.«

»Ich kann aufstehen«, protestierte Daniel. »Mir geht es wirklich gut.«

»Du bleibst liegen.« Ihre Stimme klang sanft wie immer, aber es schwang ein nachdrücklicher Unterton mit. »Du solltest selbst wissen, dass Kopfverletzungen nicht ungefährlich sind. Erst musst du wieder zu Kräften kommen.«

Daniel verzog missmutig den Mund, aber er widersprach nicht.

»Wir haben Zeit«, sagte die Begine milder. »Nichts drängt uns. Außerdem möchte ich mit dir reden. In Ruhe.«

»Warum das?« Daniels Stimme klang misstrauisch.

»Weil es anscheinend einiges gibt, was dich mehr quält, als du zugeben magst.«

»Wie kommst du darauf?«

»Christine.« Die Begine hob schwach die Mundwinkel. »Du hast mich Christine genannt.«

Daniel spürte, wie seine Wangen heiß wurden.

Es dauerte noch über eine Woche, bis Daniel tatsächlich kräftig genug war, um das Bett zu verlassen. Die Brüder des Franziskanerordens, die das Spital betreuten, kümmerten sich mit Hingabe um die gestrandeten Pilger, die sich hier einfanden. Auch Vater Albert und die anderen Beginen statteten ihm einen Besuch ab und versprachen, weiterhin für seine Genesung zu beten, und sogar der bärbeißige Thomas schaute kurz vorbei und knurrte, dass er dem rücksichtslosen Pack höchstpersönlich den Schädel einschlagen werde, wenn er es in die Finger bekomme. Daniel war von der Idee wenig angetan. Zum einen legte er wenig Wert darauf, mit einer spanischen Adelsfamilie aneinanderzugeraten, zum anderen erschien ihm seine Verletzung wie eine Strafe Gottes für die Hybris, mit der er angenommen hatte, durch einen einfachen Besuch in der Kathedrale all seine Sünden tilgen zu können.

Am neunten Tag erlaubte Clara ihm endlich, aufzustehen. Seine Knie zitterten, doch zu seiner Überraschung gelang es ihm, auf den Beinen zu bleiben und tatsächlich eine Runde durch den Kreuzgang zu machen. Erschöpft ließ er sich unter einem Bogen nieder und lehnte sich gegen den kühlen Stein. »Bis hierhin und keinen Schritt weiter«, verkündete er mit einem gequälten Grinsen. »Sonst müssen die Brüder mich gleich wieder aufsammeln kommen.«

»Du wolltest unbedingt aufstehen, nicht ich.« Clara schmunzelte und zupfte ihren Schleier zurecht, ehe sie sich neben ihm niederließ. »Doch wenn unser Spaziergang schon zu Ende ist, bleibt uns mehr Zeit zum Reden.« Ihre dunklen Augen blickten erwartungsvoll.

Daniel seufzte innerlich. »Ich habe dir schon einmal gesagt, dass du nicht mein Beichtvater bist«, brummte er.

»Ich weiß. Aber es hilft dir nicht, vor deinen Dämonen davonzulaufen.« Claras Hand legte sich auf seinen Arm. »Du musst mir nicht erzählen, was vorgefallen ist. Es geht mich nichts an.«

»Ich habe Dinge getan, für die du mich hassen würdest, wenn ich sie dir erzählte.« Daniel lehnte den Kopf zurück. Sein Blick wanderte in den Innenhof, der üppig bepflanzt war. Bienen summten um die Blütenkelche, die in allen Farben des Regenbogens schimmerten, und eine Handvoll Vögel hockte zwitschernd in den niedrigen Büschen, die die Mönche mit viel Sorgfalt beschnitten. »Jahrelang war ich zu feige, sie zu beichten. Und als ich mich endlich durchgerungen hatte, war es beinahe zu spät. Ich bin hier, weil mein Beichtvater es mir befohlen hat«, wandte er sich Clara wieder zu. Ein schmerzliches Lächeln zuckte um seinen Mund. »Jahrelang hatte ich mich nicht darum geschert. Ich fand es … nun, nicht wichtig.«

»Warum dann jetzt?«, fragte Clara.

»Jemand hat mir an den Kopf geworfen, was für ein erbärmlicher Feigling ich sei und was für ein Ungeheuer. Jemand, den ich immer für falsch und skrupellos gehalten habe.« Daniel lachte leise. »Und das Schlimmste ist – er hat recht.«

»Du musst es mir nicht erzählen.«

»Nein, aber du wirst mich auch so verachten. Ich bin ein Mörder, Ehebrecher, Frevler … ein Lügner wohl auch, wenngleich das banal erscheinen mag im Vergleich zu dem, was ich sonst getan habe.« In seiner Stimme schwang Bitterkeit.

»Ich verachte dich nicht, Daniel«, widersprach sie leise. Noch immer ruhte ihre Hand auf seinem Arm. »Es steht mir auch nicht zu, über dich zu urteilen. Das obliegt dem weltlichen Gericht und Gott, der allein weiß, was dich dazu getrieben hat.«

»Gedankenlosigkeit. Selbstsucht.« Daniel hob die Schultern, ließ sie hilflos wieder fallen. »Nichts, was es vor dir rechtfertigen würde.«

»Wer ist Christine?«, fragte Clara ruhig, ohne auf seine letzten Worte einzugehen.

»Meine Schwägerin, die Gemahlin meines Bruders.«

»Der Ehebruch?«

Daniel nickte stumm. »Ich habe meinen eigenen Bruder verraten. Und Christine im Stich gelassen, als sie mich brauchte. Weil ich Angst hatte.«

»Vor deinem Bruder?«

Daniel nickte erneut kaum merklich.

Er hörte, wie Clara sich neben ihm bewegte. »Du magst gedankenlos gewesen sein, und selbstsüchtig«, sagte sie sanft und schob ihre schmale Hand auf seine Schulter. »Ich kenne dich erst wenige Monate, aber das, was ich kennengelernt habe, sieht anders aus. Schon allein, dass du dich auf die Pilgerreise gemacht hast, zeigt, dass du bereit bist, deine Taten zu sühnen, und sie nicht freudig begangen hast.«

Teilweise schon, wollte Daniel ihr widersprechen, aber er hielt den Mund. »Ich finde hier keine Ruhe«, murmelte er. »Vermutlich war der Weg umsonst.«

Clara schüttelte den Kopf. »Das ist er nie. Du hast vor dir selbst und Gott gezeigt, dass du bereit bist. Allerdings musst du dir auch selbst vergeben können, wenn du willst, dass Gott dir vergibt.«

»Wie stellst du dir das vor?« Daniel hob den Blick.

Die Begine lächelte leise. »Zur Vergebung gehört die Reue und die Bereitschaft zur Wiedergutmachung. Oder zumindest zur Umkehr. Du bereust, aber da verharrst du. Du quälst dich mit deinen Vorwürfen, aber du stellst dich ihnen nicht. Du klagst lieber und meinst, dass die Welt dich verachtet. Du verachtest dich selbst.«

»Ich bin nicht besser als mein Vater und seine Handlanger.«

»Ich weiß nicht, was dein Vater getan hat, aber du bist hier, nicht er.« Sie schwieg einen Moment, dann fragte sie unvermittelt: »Was wirst du tun, wenn du zurück bist? Wo wirst du hingehen?«

Daniel zuckte mit den Schultern. Claras Frage machte ihm nur einmal mehr klar, dass er nichts hatte, wohin er zurückkehren konnte. Es gab niemanden mehr, der ihn aufnehmen würde, außer Henric vielleicht, aber Christine würde seine Anwesenheit in Lübeck nicht wollen.

»Komm mit uns nach Köln«, hörte er Clara neben sich sagen. »Du könntest in den Armenspitälern arbeiten. Dort brauchen wir jede Hand.«

»Warum sollte mir das helfen?«

»Vergebung.« Ein feines Lächelt strich über ihre Lippen. »Gott hat dir die Gabe gegeben, anderen zu helfen. Nutze sie, um Gutes zu tun und Barmherzigkeit zu zeigen. Und wenn du dir eines Tages selbst vergeben hast, kannst du auch die Vergebung der Menschen erlangen, an denen dir so viel liegt.«

Daniel schaute zweifelnd, aber er nickte schließlich. »Ich werde es mir überlegen.«

Lübeck, 10. Dezember 1380

Der Wind trieb feinen Regen über den Platz, der unter Mäntel und Hüte kroch und sich wie ein Schleier auf Gesicht und Haare legte. Henric hatte den Kopf tief zwischen die Schultern gezogen, während er eilig die letzten Schritte zum Rathaus zurücklegte. Erleichtert atmete er durch, als er endlich im Trockenen war und die Tür hinter sich zuschlug.

»Ihr seid spät dran, Suterman«, begrüßte ihn Johannes Perzeval. »Seid Ihr im Schlamm steckengeblieben?«

»Nein, ich war bei Jakob Pleskow«, erwiderte Henric, während er aus den Trippen schlüpfte und Mantel und Mütze einem herbeieilenden Ratsdiener übergab. »Er kann leider nicht kommen, richtet Euch aber seine Grüße aus.«

»Der alte Fuchs.« Ein dünnes Grinsen glitt über Perzevals Lippen. »Ich hätte mir denken können, dass er einen Grund findet, nicht zu erscheinen. Die Kläffereien der Handwerksämter haben ihn noch nie interessiert.«

»Die Gicht plagt ihn«, versicherte Henric. »Er kann nicht einmal von seinem Stuhl aufstehen ohne Hilfe.«

»Herdrade wird sich um ihn kümmern. Nun kommt«, forderte er Henric auf und schob ihn kurzerhand vor sich her. »Man wartet bereits darauf, anzufangen. Ihr seid der Letzte.«

Die anderen Ratsherren begrüßten Henric freundlich, als er Perzeval in den Ratssaal folgte. Schon vorher hatte er dank Pleskows Vermittlung die meisten von ihnen persönlich gekannt, doch war er trotz allem immer der Bremer gewesen, der es mit Glück und Hilfe einflussreicher Freunde weit gebracht hatte. Seit er jedoch im Rat saß, hatte sich das verändert. Vermutlich lag es auch daran, dass er anders, als manch einer erwartete hatte, nicht als Pleskows verlängerter Arm handelte, sondern seinen eigenen Einschätzungen und seinem Gewissen folgte – gelegentlich auch gegen das Votum seines Förderers und Freundes.

»Heute Morgen hat mich eine Delegation der Knochenhauer aufgesucht«, begann Thomas Morkerke, kaum dass alle Platz genommen hatte und das Gemurmel verstummt war. »Sie baten mich eindringlich, Euch ihr Anliegen vorzutragen.«

»Und welches wäre das?«, ließ sich Odo Karsbek vernehmen. Der alternde Ratsherr hatte sich in seinem Stuhl zurückgelehnt und die Finger auf dem Bauch verschränkt, doch seine halb unter den Lidern verborgenen Augen verrieten, dass er hellwach war.

Morkerke warf einen kurzen Blick zu Johannes Perzeval, ehe er antwortete. »Das würden sie Euch gern selbst erklären«, sagte er ruhig. »Sie stehen draußen und warten darauf, dass wir sie hereinlassen.«

»Ihr habt sie herbestellt, ohne uns darüber in Kenntnis zu setzen?« Karsbek hob eine Braue. »Ist das seit neuestem so üblich? Ich weiß, dass unser geschätzter Jakob Pleskow zuweilen zu eigenständigen Entscheidungen neigt, doch ich dachte nicht, dass das bereits Schule macht.«

»Ich hatte keine Gelegenheit, Euch vorher Bescheid zu sagen«, gab Morkerke scharf zurück. »Sonst hätte ich das sicherlich getan.«

»Tragt das später aus.« Perzeval hob die Hand, als Karsbek etwas erwidern wollte. »Wenn niemand Einwände erhebt, würde ich vorschlagen, dass wir die Meister anhören.«

Da niemand widersprach, gab Perzeval dem Ratsdiener einen Wink, die wartenden Handwerker hereinzugeleiten.

Neugierig musterte Henric die vier Knochenhauermeister, die festen Schrittes den Ratssaal betraten, den Kopf selbstbewusst gehoben. Sie trugen ihr bestes Zeug, Jacken aus flandrischem Tuch mit Pelzaufschlägen, die den Vergleich mit den

Ratsherren nicht scheuen mussten. Es handelte sich ausnahmslos um ältere Männer, erfahrene Meister und Sprecher ihrer Zunft, die man dazu auserkoren hatte, dem Rat ihre Forderungen zu übermitteln.

»Wir entbieten Euch unseren Gruß, ehrenwerte Ratsherren«, begann einer von ihnen, ein graubärtiger Mann mit einem flächigen, fast schon groben Gesicht und Pockennarben auf Nase und Stirn. Selbstbewusst ließ er den Blick über die Reihen der Patrizier wandern, die ihn abwartend musterten. »Ich nehme an, Thomas Morkerke hat unser Anliegen angekündigt?«

»Das hat er«, ergriff Johannes Perzeval das Wort. Auch wenn er nicht den Vorsitz innehatte, schien niemand sich daran zu stören, dass er sich als Wortführer zeigte. »Tragt Eure Anliegen vor, und wir werden darüber beraten.«

Der Graubärtige nickte knapp, wechselte einen raschen Blick mit seinen Begleitern. »Es geht um den Marktzwang«, begann er. »Von allen Handwerksämtern bleiben nur noch wir und die Bäcker, die nicht davon befreit sind. Ihr nehmt Euch das Recht heraus, die Litten unter uns zu verteilen, wie ein Herr seine Hunde füttert. Doch nicht nur das. Ihr vergebt die Litten nur an Meister, haltet gleichzeitig aber die Zahl begrenzt. Damit bestimmt Ihr über die Nachfolge, wenn einer unserer Meister verstorben ist, nicht wir. Ganz abgesehen davon, dass Ihr Euch die Zuteilung teuer bezahlen lasst!«

»Das ist herkömmliches Recht«, bemerkte Hermann Lange, dessen Finger gelangweilt die Verzierungen seiner Lehne nachzogen. »Warum wollt Ihr etwas ändern, was immer schon so war?«

»Weil wir selbst über die Bestellung unserer Meister bestimmen wollen«, erwiderte der Knochenhauer scharf. Seine Augen verengten sich, als er Lange anfunkelte. »Wir lassen uns nicht länger von Euch gängeln. Auch herkömmliches Recht kann geändert werden.

»Was fordert Ihr?«, unterbrach Perzeval die beiden. Seine

Stimme klang ruhig, und seine Miene ließ mit keiner Regung erkennen, was er dachte.

Der Graubärtige zog die Schultern zurück. »Wir wollen Freiheit von den Litten und eine Aufhebung des Marktrechts, das uns unter die Bevormundung des Rates stellt.«

Perzeval nickte langsam. Sein Blick wanderte über die Reihen der Ratsherren, dann wandte er sich wieder dem Knochenhauer zu. »Wir haben Eure Bitten vernommen und werden darüber beraten«, verkündete er ruhig. »Geht nach Hause. Ihr werdet erfahren, was wir beschlossen haben.«

Der Mann zögerte, als wollte er noch etwas einwenden, nickte aber nur. »Möge Gott Euch die nötige Einsicht schenken bei Eurer Entscheidung«, knurrte er und deutete eine Verbeugung an, ehe er seine Begleiter mit einer Geste aufforderte, ihm zu folgen. Die Tür schloss sich hinter ihnen.

»Nun?« Perzeval sah sich fragend um.

»Was für eine Frage!«, blaffte Hermann Lange. Trotz der Kälte perlte Schweiß auf seiner Stirn. »Wenn wir den Marktzwang für die Knochenhauer aufheben, kommen als Nächstes die Bäcker. Und nächste Woche wieder andere, denen auffällt, dass sie sich ungerecht behandelt fühlen!«

»Die Knochenhauer sind reich«, gab Thomas Morkerke zu bedenken. »Außerdem haben sie viel Einfluss bei den anderen Zünften. Sie können uns reichlich Ärger bereiten, wenn wir ihren Forderungen nicht nachgeben.«

Karsbek wiegte den Kopf hin und her. »Es wäre ein Eingeständnis von Schwäche, wenn wir nachgeben. Der Rat bestimmt über die Geschicke Lübecks, nicht irgendwelche dahergelaufenen Knochenhauer! *Uns* hat der Kaiser *Herren* genannt!«

»Wäre es denn falsch, Zugeständnisse zu machen, wenn man sieht, dass das alte Recht falsch ist?«, wandte Henric ein. Es widerstrebte ihm, ausgerechnet Karsbek zu widersprechen, aber die Sache ließ ihm keine Ruhe. Zu deutlich hatte er noch in Erinnerung, was damals in Bremen geschehen war, als der

Rat sich den Forderungen der Handwerker widersetzt hatte. Und dem Auftreten nach traute er den Knochenhauern zu, ihr Anliegen notfalls mit Gewalt durchzusetzen. »Es scheint durchaus berechtigt, die Aufhebung eines Rechts zu fordern, das längst aufgeweicht ist. Warum ausgerechnet Knochenhauer und Bäcker? Es gibt keinen Grund, es ihnen zu verweigern.«

»Den gibt es durchaus, auch wenn Euch wahrscheinlich die Weitsicht fehlt, um das zu erkennen«, ätzte Karsbek. Seinem Gesicht war deutlich anzusehen, dass er Henrics Bemerkung einmal mehr als Angriff verstand. Er beugte sich vor und verzog die Lippen zu einem breiten Lächeln, ganz so, als wolle er einem Kind etwas erklären. »Morkerke selbst sagte es gerade, sie sind sehr einflussreich. Was, meint Ihr, wird geschehen, wenn wir die Berufung ihrer Meister auch noch in ihre Hände legen? Nun? Ganz abgesehen davon, dass die Stadt auf sie angewiesen ist. Ebenso wie auf die Bäcker. Lasst die Gerber von mir aus den Aufstand proben, oder die Schuster, zwei, drei Monate wird jeder ohne ihre Dienste auskommen. Bäcker und Knochenhauer brauchen wir täglich.«

»Wenn nicht gerade Fastenzeit ist«, warf Johann Schepenstede mit einem vielsagenden Nicken ein.

Henric überging ihn. »Mir ist das durchaus bewusst«, wandte er sich an Karsbek. »Dennoch halte ich es für falsch, sie unnötig zu reizen. Ihr wisst selbst, was in Köln geschehen ist. In Bremen und Braunschweig. Ich glaube nicht, dass sie sich mit einer Absage zufriedengeben. Notfalls werden sie sich ihr Recht mit Gewalt holen. Und ich möchte mir nicht ausmalen, was dann weiter geschieht.«

»Ihr malt den Teufel an die Wand.« Karsbek lehnte sich mit verschränkten Armen zurück, seine Augen verengten sich, während er Henric musterte. »Oder was macht Euch da so sicher? Steckt Ihr am Ende mit ihnen unter einer Decke?«

»Ich?« Verblüfft sah Henric ihn an, lachte dann auf. »Gott bewahre! Damit würde ich mir selbst das Haus anzünden, das ich mühsam erbaut habe! Ich habe allerdings in Bremen erlebt, was geschehen kann, wenn sich beide Seiten nicht einen Spann aufeinander zubewegen.«

»Wir sind nicht in Bremen. Das hier ist Lübeck.«

»Ich glaube, das ist Henric Suterman durchaus bewusst«, schaltete sich Perzeval wieder ein. »Ich verstehe seine Bedenken durchaus. Aber ich verstehe auch Eure Position, Karsbek. Wenn es Euch recht ist, schlage ich vor, dass wir die Entscheidung bis zur nächsten Sitzung vertagen. Es gibt noch einige Punkte auf der heutigen Tagesordnung.« Fragend blickte er zu dem Vorsitzenden, der nur nickte. »Also dann, richtet den Knochenhauern aus, dass wir ihre Forderung wohlwollend bedenken«, wandte er sich wieder an Thomas Morkerke. »Und warnt sie, keine voreiligen Maßnahmen zu ergreifen, sonst wird das Wohlwollen rasch wieder schwinden.«

Lübeck, 11. Dezember 1380

Der Knochenhauer hieb sich mit der Faust auf die Handfläche. »Es reicht!«, donnerte er. Seine kleinen Äuglein blinzelten unruhig. »Wir werden uns nicht länger hinhalten lassen! Wenn bis in zwei Tagen nichts geschieht, werden wir etwas unternehmen, damit etwas geschieht. Sie werden sehen, dass sie an uns nicht vorbeikommen!« Die anderen brummten zustimmend, einige nickten grimmig. Im unsteten Licht der Laternen wirkten die Gesichter dunkel und unwirklich, die Schatten an den Wänden grotesk verzogen.

Mette drückte sich enger an Jan, der den Arm um sie gelegt hatte und schweigend zuhörte. Es war Jahre her, dass sie das letzte Mal zu einem Treffen der Verschwörer mitgekommen war. Ihr Gemahl hatte am Nachmittag einen erfolgreichen Geschäftsabschluss im Wirtshaus gefeiert und war von seinem Gesellen nach Hause getragen worden. Sein Schnarchen war wenig später durchs ganze Haus getönt, sodass Mette die Gelegenheit genutzt hatte, sich einmal ohne Christines Hilfe aus dem Staub zu machen. Hätte sie allerdings gewusst, dass Jan ausgerechnet heute auf dem Weg zu Paternostermakers Versammlung war, wäre sie das Risiko nicht eingegangen. Aber Jan war nicht davon abzubringen gewesen. Es tue sich endlich etwas, hatte er gesagt, und ihren Einwand, das behaupte Paternostermaker seit Jahren, mit einer ärgerlichen Handbewegung abgetan. Sie hatte keine Lust gehabt, mit ihm zu streiten, also hatte sie klein beigegeben und ihn begleitet. Sie war anspruchslos geworden, stellte sie fest, inzwischen reichte es ihr schon, wenigstens seine Nähe zu spüren.

Die Gesichter der Männer wirkten gespenstisch im Licht der Kerzen. Angespannt lauschten sie Paternostermaker, der nun neben den Knochenhauer getreten war und mit leiser, eingängiger Stimme zu reden begann.

Mette hörte nicht wirklich zu. Gelangweilt ließ sie den Blick über die Anwesenden wandern – und stutzte, als sie einen Knecht aus dem Haushalt ihres Schwagers Johann Schepenstede entdeckte. Was machte der Mann hier? Soweit sie es mitbekommen hatte, behandelte ihr Schwager seine Leute gut – zu gut für den Geschmack ihres Gemahls. Aber wenn der Knecht hier war, hieß das, dass er Mitwisser der Verschwörung war. Einer Verschwörung, die sich gegen seinen eigenen Herrn richtete.

Mette überlief es mit einem Mal heiß und kalt. Bislang hatte sie nie darüber nachgedacht, was geschehen würde, wenn Paternostermaker seine Pläne tatsächlich in die Tat umsetzen würde. Es war ihr eher wie ein Luftschloss erschienen, ein Traumbild, das sich die Unzufriedenen hier gemeinsam schufen, indem sie auf den Rat und die Patrizier schimpften und sich ausmalten, wie sie die verhassten Ratsherren ermordeten. Die Forderungen der Knochenhauer ließen alles jedoch sehr viel greifbarer werden. Und wenn es tatsächlich zu Unruhen kam, würde der Knecht …

Mette mochte den Gedanken nicht zu Ende bringen. Ihr Herz wummerte in ihrer Brust, während ihr langsam bewusst wurde, dass sie kein Stück besser war als dieser Mann. Wenn der Tag kam, würde Paternostermaker auch von ihr und Jan fordern, ihren Anteil zu leisten. Auch sie würden ahnungslose Verwandte und Freunde verraten, vielleicht zulassen, dass Paternostermaker sie als Geiseln benutzte, wie er es immer wieder ankündigte.

Jan schaute kurz zu ihr herunter und runzelte die Stirn. Mette lächelte hastig und wandte den Blick zu Paternostermaker, der beide Hände gehoben hatte.

»Die Knochenhauer stehen bereit, die Bäcker, Färber, Harnichmacher, Kürschner, Gerber ... alle! Wir werden den Rat zerschmettern, in einer einzigen Nacht!« Schwungvoll riss er die Fäuste herab. Sofort breitete er die Arme wieder aus, wandte sich nach rechts, dann nach links, jeden einzelnen von ihnen in den Blick nehmend. »Ergreifen wir die Waffen, Brüder! Die Zeit ist endlich gekommen! Schlagen wir ihnen die verfluchten Köpfe ein und nehmen wir uns, was uns gebührt! Wann werdet ihr losschlagen?«, fuhr er herum und legte die Hand auf die Brust des Knochenhauers, der verdutzt einen Schritt zurücktrat.

»Das wissen wir noch nicht«, brummelte dieser. »Wir warten auf eine Antwort des Rats.«

»Glaubt ihr, dass ihr eine bekommt?«, höhnte ein anderer, ein Gerber, wie Mette sich erinnerte. »Warum nicht gleich heute? Die Gelegenheit war nie so günstig! Die Wut gärt und brodelt, halb Lübeck schließt sich uns an, wenn wir heute losschlagen!«

»Das glaube ich nicht«, widersprach Paternostermaker, und sofort verstummte das Gemurmel. Langsam glitt Paternostermakers Blick über die Reihen der Anwesenden. Mette spürte, wie sich ihre Nackenhärchen aufstellten, als seine Augen auf ihrem Gesicht ruhten, einen kurzen Moment nur, doch ihr schien es, als blicke er in die Tiefen ihrer Seele und sähe die Zweifel, die sie hegte. Erleichtert atmete sie durch, als er sich endlich von ihr löste.

»Es ist noch nicht so weit«, fuhr er fort, die Stimme zu einem Flüstern gesenkt. »Solange der Rat euch nicht ins Gesicht geschlagen hat, werden zu viele noch abwarten wollen. Zweifeln. Frieden wünschen, wo keiner sein kann. Wir müssen geduldig sein. Der Rat wird euch die Ohrfeige verpassen, die ihr braucht. Und dann werden wir zuschlagen. Haltet euch bereit«, wisperte er. »Denkt daran, was wir besprochen haben. Jeder hat seine Aufgabe, jeder weiß, wo er zu stehen hat, wenn ich euch ein Zeichen gebe.«

Unruhe kam unter den Verschwörern auf, aber niemand

widersprach. Doch Mette sah den Gesichtern an, dass sie sich mehr versprochen hatten als ein weiteres Hinauszögern. Nach und nach leerte sich der Lagerschuppen.

»Wartet«, hielt Paternostermaker Jan und Mette zurück, als sie sich den anderen anschließen wollten. Mettes Hand krallte sich in Jans Mantel, während sie verunsichert stehenblieben, bis die Letzten verschwunden waren.

Paternostermaker drehte sich langsam um und trat neben die einzelne Laterne, die auf dem Boden stand und flüchtige Schatten in den nun leeren Raum warf. Jetzt, da niemand mehr hier war, schien die Stille fast erdrückend.

»Wird sie sich an ihren Schwur halten?« Paternostermaker sah nicht Mette an, sondern Jan. Im flackernden Licht der Kerze war nur die untere Seite seines Gesichts ausgeleuchtet, was ihm etwas Unheimliches, Dämonisches verlieh.

Jan warf einen raschen Blick zu Mette, nickte dann entschlossen. »Sie wird es.«

»Schwöre es mir.« Ein dünnes Lächeln zuckte über Paternostermakers Lippen. Seine Augen wanderten langsam zu Mette. »Schwöre es mir bei deinem und ihrem Leben.«

»Ich schwöre«, antwortete Jan, aber Mette spürte das Zögern in seiner Stimme. »Sie wird nichts verraten.«

Paternostermaker bückte sich, um die Laterne hochzunehmen. »Ich hoffe, sie verdient dein Vertrauen«, bemerkte er beiläufig, während er sich den Mantel um die Schultern schlang. »Ich werde euch finden, wenn sie uns verrät. Und ich werde euch töten lassen, alle beide. Wie man es mit Verrätern tut.«

Er blies die Laterne aus.

Lübeck, 12. Dezember 1380

Henric schob seine Schale zurück und warf Mette einen prüfenden Blick zu. »Du wirkst bedrückt«, stellte er fest. »Ist etwas?«

Mette hob den Kopf von ihrem Essen. »Wie? Nein, keine Sorge«, beeilte sie sich zu versichern. Sie lächelte flüchtig. »Ich habe nur nachgedacht.«

Der Blick, mit dem Henric sie maß, machte deutlich, dass er durchaus neugierig war, zu erfahren, was sie gedacht hatte, doch zu ihrer Erleichterung hakte er nicht nach. Mette nahm rasch einen weiteren Brocken von dem Mandelhuhn und langte nach dem Brot, um die Schale auszuwischen. »Es ist vorzüglich«, bemerkte sie, um etwas zu sagen.

»Mariekes Kochkünste sind über die Jahre immer besser geworden«, antwortete Christine. »Dabei hatte ich schon überlegt, ob man eine Köchin einstellen soll.«

»Solange Marieke euch nicht das Tafelsilber klaut, würde ich sie behalten«, meinte Mette gespielt vergnügt, biss sich dann erschrocken auf die Lippe. »Wobei sie das natürlich nie machen würde«, schob sie schnell hinterher. Der rasche Blick, den Christine der Magd zuwarf, und das missfällige Lächeln machten Mette klar, dass sie einen Schritt zu weit gegangen war, doch während sie noch einen Tadel erwartete, sah ihre Schwägerin auf einmal erschrocken auf.

»Was hast du?«, fragte Henric.

»Das sind Rufe.« Christines Gesicht wurde mit einem Mal bleich. »Hört ihr es nicht?«

Mette horchte auf. Tatsächlich, da war etwas. Ein Surren,

Murmeln, wie das Raunen vieler hundert Stimmen, dazwischen einzelne Rufe, die allmählich lauter wurden.

Auch Henric lauschte. Seine Miene verdüsterte sich zusehends. Schließlich wischte er die Hände ab und stand auf. »Bleibt hier«, befahl er. »Lasst niemanden herein. Mette, ich sage deinem Gemahl Bescheid, wenn ich ihn sehe.«

»Wo willst du hin?«, rief Christine. Ehe Mette sich versah, war ihre Schwägerin aufgesprungen. »Es ist dunkel da draußen! Du kannst nicht fort!«

»Ich muss sehen, was los ist«, antwortete Henric ungeduldig. »Die Knochenhauer haben gedroht, ihre Forderungen notfalls auch mit Gewalt durchzusetzen. Ich muss mit den anderen sprechen.« Er legte die Hände auf die Schultern seiner Frau, gab ihr einen Kuss und schob sie sacht, aber bestimmt beiseite.

»Du kannst uns doch nicht alleine lassen!« Christines Hände ballten sich zu Fäusten. »Henric, bitte geh nicht! Sie werden dich erschlagen!«

»Ich hoffe, dass sie das nicht tun.« Henric lächelte schwach, schob sich dann entschlossen an ihr vorbei und eilte die Stufen zur Diele hinunter. »Ich lasse euch Hinnert da«, rief er noch. »Er soll die Türen verriegeln. Lasst niemanden herein!«

»Henric!« Christines stürzte hinter ihm her, blieb im Durchgang stehen. »Bleib! Bitte!«

»Lass ihn.« Mette hatte sich ebenfalls erhoben und trat neben ihre Schwägerin. Zaghaft legte sie eine Hand auf Christines Schulter, in der Erwartung, dass sie sie sofort wieder abschütteln würde. Doch zu ihrer Überraschung sank Christine mit einem leisen Klagelaut nach vorn und klammerte sich an den Türrahmen. »Es ist wie damals.«

»Unsinn«, murmelte Mette. »Das sind ein paar Unzufriedene, die sich Gehör verschaffen wollen. Der Rat wird mit ihnen reden, und alles löst sich wieder auf.« Mette lehnte den Kopf an Christines Schulter, damit sie ihr Gesicht nicht sah. Es klang so einfach, dass sie am liebsten selbst daran geglaubt hätte.

Zögerlich löste Christine sich wieder und fuhr sich mit dem Handrücken über die Augen. »Vielleicht bin ich einfach überreizt«, versuchte sie ein Lächeln. »Entschuldige.«

»Du musst dich nicht entschuldigen«, sagte Mette schnell. »Bleib du hier. Ich gehe zu Hinnert und sorge dafür, dass er die Türen verschlossen hält.«

In der Diele war die Unruhe deutlicher zu hören. Pfiffe und Rufe gellten durch die Nacht – und Gesang. Mette stutzte. Sie sangen tatsächlich, aus rauen Männerkehlen, die sich über den nächtlichen Aufruhr erhoben.

Hinnert stand am Fenster und hob den Kopf, als sie die Stufen hinabkam. »Klingt schaurig, nicht wahr?«, bemerkte er. »Als ob sie die ganze Stadt abfackeln wollten.«

Mette trat neben ihn. »Wollen sie das denn?«

Der Schreiber hob die Schultern. »Wer weiß? Vielleicht drohen sie auch nur. Haltet Euch auf jeden Fall bereit. Es kann sein, dass wir sehr schnell von hier verschwinden müssen.«

Mette schluckte, nickte dann aber. Stumm blieb sie neben dem Wiesel stehen und lauschte in die Unruhe, die bald lauter wurde, bald abschwoll, wie ein lebendiges Wesen. Eine ganze Weile schien es, als würde sich der Gesang entfernen, dann näherte sich der Lärm wieder, Rufe und stampfende Schritte. Der Schein von Fackeln drang durch den Fensterspalt, ehe Hinnert ihn hastig zudrückte und zur Tür sprang.

»Sagt der Herrin Bescheid«, rief er. »Sie soll das Kind nehmen und sich an der Hintertür bereithalten!«

Mette nickte und eilte zurück durch die Diele. Eine Waffe! Sie brauchte eine Waffe! Rasch lief sie zur Feuerstelle und tastete im Halbdunkel nach dem Schüreisen, als die Tür zur Straße krachend aufflog. Mette fuhr herum und hätte sich beinahe in der Glut abgestützt. Fluchend riss sie die Hand zurück und packte den Schürhaken, um aus der Dornse zu stürzen.

Erleichtert ließ sie das Eisen sinken, als sie Henric erkannte, hinter dem Simon gerade die Tür wieder verriegelte. Ihr Bruder wirkte gehetzt, aber er war unverletzt.

»Wo ist Christine?«, fragte er, ohne sich mit beruhigenden Worten aufzuhalten.

»Was ist geschehen?«

Mettes Kopf flog herum, als sie Christines Stimme hörte. Ihre Schwägerin stand im Durchgang zum Hinterhaus, den kleinen Jakob auf dem Arm, der sich schutzsuchend an seine Mutter klammerte. Rasch überwand sie die beiden Stufen und eilte auf Henric zu, um ihm erleichtert um den Hals zu fallen. »Dem Himmel sei Dank! Du bist unverletzt.«

Henric legte einen Arm um seine Frau, während er mit der anderen Hand dem Kind durch die Haare fuhr. »Du musst keine Angst haben«, beruhigte Henric den Kleinen, der sein Gesicht an der Schulter seiner Mutter barg. »Dir wird nichts geschehen.«

»Was ist dort draußen los?« Christine hob fragend den Blick.

»Die Knochenhauer. Sie wollen ihren Forderungen Nachdruck verleihen und uns einschüchtern. Bisher rufen und singen sie nur. Solange es so bleibt, werden wir nichts unternehmen.«

»Ihr müsst etwas unternehmen!« Christines Hand klammerte sich an seinen Mantel. »Ihr könnt doch nicht einfach warten, bis sie unsere Häuser stürmen und uns totschlagen!«

»Dazu wird es nicht kommen«, antwortete Henric. Seine Lippen fuhren beruhigend über ihre Stirn, eine liebevolle Geste, die Mette früher nie bei ihm aufgefallen war. »Wir wollen nicht den ersten Stein werfen. In vielen Forderungen haben sie nicht Unrecht, und wir wollen sie nicht provozieren.«

»Ihr kuscht vor ihnen«, murmelte Christine, die Wange an seine Brust gelehnt.

»Wir reden mit ihnen«, versprach Henric. »Morgen.«

Mette stand stumm da und betrachtete die drei, das Schüreisen immer noch in der Hand. Mit einem Mal fühlte sie sich elend bei dem Gedanken, sie zu verraten. Doch sie konnte nicht anders, sie würden Jan töten, wenn sie auch nur ein Sterbenswörtchen von dem sagte, was bei den Versammlungen besprochen worden war.

Wortlos verließ sie die Diele.

*

Die Unruhe hielt die ganze Nacht über an. Erst gegen Morgen wurde es auf den Straßen ruhiger, doch als Henric das Haus verließ und zum Rathaus eilte, musste er feststellen, dass die Knochenhauer sich dort bereits versammelt hatten. Eine bedrohliche Stimmung lag über dem Platz, obwohl die Handwerker stumm zur Seite traten und ihn durchließen.

»Auf gar keinen Fall!«, hörte er Odo Karsbeks Stimme bereits auffahren, als er sich dem Ratssaal näherte. »Ich habe gleich gesagt, kein Stück dürfen wir ihnen entgegenkommen!«

»Dann wartet aber damit, ihnen das mitzuteilen, damit wir noch aus den Hinterfenstern flüchten können, ehe sie uns das Dach über dem Kopf anzünden«, murrte Thomas Morkerke. »Ihr glaubt doch nicht, dass sie so schnell Ruhe geben.«

»Was ist geschehen?«, raunte Henric dem jungen Brun Warendorp zu.

»Perzeval hat ihnen heute Morgen mitgeteilt, dass wir auf ihre Forderungen eingehen«, flüsterte der junge Ratsherr zurück. »Daraufhin haben sie verlangt, dass eine Urkunde ausgestellt wird, die die Zugeständnisse festhält. Perzeval hat abgelehnt. Er hat ihnen angeboten, einen Eintrag ins Stadtbuch vorzunehmen, aber das wollten sie nicht. Sie bestehen auf der Urkunde.«

»Sture Narren«, murmelte Henric. Sein Blick wanderte zu dem alten Bürgermeister, der müde an seinem Platz saß, das Kinn auf die Hand gestützt, und dem Streit zwischen Morkerke und Karsbek lauschte. Eine Urkunde auszustellen bedeutete, dass der Rat die Handwerker auf gleicher Augenhöhe ansprach, was einen Bruch mit allem darstellen würde, was in Lübeck bislang üblich war.

Perzeval hob den Kopf, schaute sich fragend um. »Vorschläge?«

»Wir sollten unter Waffen treten«, beharrte Karsbek. »Bewaffnen wir unsere Anhänger, Knechte, Gesellen, Waffenknechte und wen wir sonst noch haben. Zeigen wir den Zünften, wer das Sagen in der Stadt hat.«

»Bewaffnen?« Hermann Lange verschluckte sich fast an dem Stück Wurst, das er gerade noch verdrückte. Sein feistes Gesicht wurde auf einen Schlag aschfahl. »Das würde Blutvergießen bedeuten.«

»Glaubt nicht, dass sich das hier auflöst, ohne dass Blut fließt!« Karsbek stieß einen höhnischen Laut aus. »Wir können höchstens dafür sorgen, dass es nicht unseres ist!«

»Es wäre trotzdem Bürgerblut«, wandte Henric ein. Mit Unbehagen stellte er fest, dass es schon wieder Odo Karsbek war, dem er über den Mund fuhr. »Wenn wir einen Zusammenstoß vermeiden können, sollten wir das tun.«

»Wenn Ihr meint: Dort draußen stehen die Unruhestifter!« Karsbek machte eine ärgerliche Geste in Richtung Tür. »Schafft Frieden, wenn Ihr glaubt, dass es möglich ist! Vielleicht tun sie uns ja den Gefallen und schlagen Euch bei der Gelegenheit den Kopf ein!«

»Wenn es niemand sonst tut, werde ich mit ihnen reden.« Henric erhob sich langsam, ohne Karsbek aus den Augen zu lassen, der ihn herausfordernd anfunkelte. Ihm war nicht wohl dabei, aber wenn es keine andere Möglichkeit gab, dann musste er es tun.

»Lasst das, Suterman«, ließ sich Perzeval von seinem Platz aus vernehmen. Seine Stimme klang müde. »Sie sind wie rasende Tiere. Sie fühlen sich stark, weil sie meinen, uns einschüchtern zu können. Im Moment werden sie keinen Schritt zurückweichen, gleichgültig, was Ihr ihnen versprecht.«

»Und was sollen wir stattdessen tun?«, wandte sich Henric dem alten Ratsherrn zu. »Es muss doch eine andere Lösung geben, als die Stadt in Blut zu ersäufen.«

Perzeval hob die Schultern. »Das, was Karsbek schon sagte. Wir müssen sie in die Schranken weisen. Jetzt und eindeutig. So etwas wie heute Nacht darf nicht noch einmal geschehen.« Er drückte sich in seinem Stuhl hoch und stand auf. »Bewaffnet Euch«, sagte er leise. »Und bewaffnet jeden, der auf unserer Seite steht. Wir werden ihnen zeigen, wer Herr in dieser Stadt ist.«

Lübeck, 15. Dezember 1380

Die Glocken von St. Marien schlugen bereits zur Complet, als Mette endlich Gelegenheit fand, sich aus dem Haus zu schleichen. Jans Nachricht hatte sie bereits am Morgen erhalten, sodass sie den ganzen Tag über wie auf heißen Kohlen gehockt und auf den Abend gewartet hatte.

Das Aufgebot des Rates hatte den Aufstand der Knochenhauer im Keim erstickt und die aufmüpfigen Handwerksmeister zu einem Treueid gezwungen. Nun herrschte wieder Ruhe, doch Mette wusste, dass es bestenfalls eine kurzzeitige Ruhe war.

Sie zog die Gugel tiefer in die Stirn, während sie die Straßen hinab zum Johanniskloster eilte. Erleichtert fiel sie Jan in die Arme, der bereits am verabredeten Treffpunkt wartete.

»Ich hatte nicht mehr damit gerechnet, dass du kommst«, sagte er leise, nachdem sie sich aus ihrem Kuss gelöst hatten.

»Ich konnte nicht eher«, murmelte sie. »Der Bruder meines Gemahls war zu Besuch. Er war wohl erstaunt, niemanden mehr vorzufinden.« Sie kicherte. »Als die Aufstände begonnen haben, hat Schepenstede seinen toten Hering eingezogen und ist geflohen. Nach Wismar, angeblich um einen Geschäftsfreund zu besuchen. Ich habe also viel Zeit«, fügte sie schnurrend hinzu.

»Heute nicht.«

Mette blinzelte verdutzt zu ihm hinauf. »Was?«

»Heute geht es nicht, Liebste.« Er küsste ihre Stirn. »Morgen, wenn alles vorbei ist.«

»Vorbei?« Mette spürte, wie ihr mit einem Mal eiskalt wurde. »Es soll heute geschehen?«, fragte sie tonlos.

Jan nickte leicht. Selbst in der Dunkelheit erkannte sie, dass er selbst nicht wusste, ob er erleichtert oder besorgt sein sollte. »Ich wollte es dir nur sagen, falls … na ja, damit du weißt, was geschehen ist, wenn ich aus Lübeck verschwinden muss. Sie warten schon auf mich.«

»Warum hat mir niemand Bescheid gesagt?«

»Weil sie dir nicht trauen, Prinzessin.« Er stupste mit der Fingerspitze gegen ihre Nase. »Sieh es als Kompliment. Und Vorteil. Wenn es schiefgeht, wird man dir nicht den Kopf abschlagen.«

»Ach, zur Hölle mit dir, Jan Karsbek!«, fuhr Mette auf. Sie stieß sich von ihm ab und machte einen Schritt zurück. »Ich will auch nicht, dass man *dir* den Kopf abschlägt! Geh da heute nicht hin, bitte!«

»Ich muss, und das weißt du.« Jan haschte nach ihrer Hand, aber sie entzog sich ihm. Ratlos blickte er sie an. »Was ist eigentlich los mit dir? Du wusstest es doch immer, und du warst einverstanden. Es ist unsere einzige Möglichkeit, miteinander leben zu dürfen, Mette, bitte!« Er streckte die Hand nach ihrem Gesicht aus. »Wenn alles gutgeht, können wir morgen schon zusammen sein, ohne uns zu verstecken.«

Mette starrte ihn an, ihr Mund zitterte. Das hatte sie immer wieder herbeigesehnt, doch nun war sie sich nicht mehr so sicher, ob sie es zu dem Preis wirklich wollte. Sie bekam das Bild nicht mehr aus dem Kopf von ihrem Bruder, der so liebevoll mit seiner Frau umging, glücklich schien mit ihr und dem kleinen Jakob. Durfte sie sein Glück zerstören, nur um ihr eigenes zu finden? Das sie vermutlich ebenso gut haben konnte, wenn sie nur wartete, bis Schepenstede und Jans Vater das Zeitliche gesegnet hatten? Doch bis dahin wäre sie vielleicht eine Greisin, zu alt und hässlich, als dass Jan sie noch lieben könnte. Jetzt hatten sie die Möglichkeit, sich zu befreien! Sie wären Narren, sie ungenutzt verstreichen zu lassen.

»Ich habe mir nie deinen Kopf gewünscht. Jedenfalls nicht, wenn ihn der Henker der gaffenden Masse zeigt«, flüsterte sie.

Sanft nahm sie seine Hand, führte seine Fingerspitzen an ihre Lippen. »Pass auf dich auf«, murmelte sie. »Ich liebe dich.«

»Ich liebe dich auch, Mette.« Sie spürte, wie Jans Hand sich vorsichtig ihrem Griff entzog. »Sei vorsichtig!«, rief er ihr noch flüsternd zu, ehe er in der Dunkelheit verschwand.

Mette starrte ihm nach. Einen Moment lang war sie versucht, ihm hinterherzueilen und aufzuhalten, ihn zu bitten, sich zu verstecken, aus Lübeck zu fliehen. Doch sie konnte es nicht. Paternostermakers Traum von einem neuen Lübeck war auch Jans Traum. Ein Lübeck ohne Männer wie seinen Vater und seinen Bruder, Jakob Pleskow oder Hartmann Schepenstede. Doch an ihre Stelle würden nur neue Männer treten, die sich in nichts von ihren Vorgängern unterschieden. Es war ein leerer Traum, den Jan träumte, wurde Mette mit einem Mal grausig bewusst.

*

Christine saß im Kontor und ging Simons Abrechnungen durch, die wie immer voller Fehler waren. Seufzend nahm sie das feine Messerchen zur Hand und schabte vorsichtig die letzten Zahlen von dem Pergament, ehe sie die Feder ins Tintenfass tauchte, sie abstreifte und die richtigen Summen eintrug.

»War schon wieder etwas falsch?«, fragte Simon kläglich.

»Es stimmte fast«, sagte sie und lächelte nachsichtig. »Du hast zwei Zahlen vergessen. Ansonsten war die Rechnung zumindest richtig.«

»Oh.«

»Das ist nicht die Antwort, die mein Gemahl hören wollte«, schmunzelte Christine, während sie etwas Sand über die frisch aufgetragene Tinte rieseln ließ. »Du musst genauer hinsehen, sonst bist du schneller bankrott, als du Ave Maria sagen kannst.«

»Ich versuche …«, begann Simon, wurde aber unterbrochen, als es plötzlich an die Tür donnerte.

Christines Kopf schnellte hoch. »Schau bitte, wer es ist«, sagte sie leise, während sie sich zwang, ihr rasendes Herz nicht zu beachten. Es herrschte doch wieder Ruhe, es gab keinen Grund, Angst zu haben.

Der Junge nickte rasch und huschte hinaus, während Christine sich langsam erhob und neben das Regal trat, wo Henric in einer Ecke einen eisenbeschlagenen Knüppel versteckt hatte. Eigentlich war die Waffe für den Fall gedacht, dass Lambrech ihnen eines Tages doch einen Mörder auf den Hals jagte, aber nun verlieh ihr bloßes Vorhandensein Christine ein gewisses Gefühl von Sicherheit.

Als Simon allerdings die späte Besucherin hereinführte, war jeder Gedanke an den Prügel sofort vergessen. »Mette!«, rief Christine überrascht. »Was machst du denn hier?«

»Ich muss mir dir sprechen.« Mettes Stimme klang gehetzt. Sie deutete mit einer knappen Kopfbewegung auf Simon, der hinter ihr in der Tür stehengeblieben war. »Geht das, allein?«

Christine runzelte die Stirn, nickte dann aber. »Simon, frag bitte Marieke, ob sie noch Holz braucht, und mach ihr welches zurecht.«

Es war dem Lehrjungen deutlich anzusehen, dass er sehr viel lieber weiter gelauscht hätte, aber er murrte nicht, sondern drehte sich um und verschwand in der Diele. Mette drückte die Tür hinter ihm zu. Dann packte sie Christines Hand, dass diese erschrocken zusammenfuhr. »Gott möge mich verdammen! Wo ist Henric?«

»Bei Pleskow. Wieso …«

»Wir müssen zu ihm. Paternostermaker will den Rat stürzen und die Stadt in seine Gewalt bringen! Die Holsteiner warten schon vor den Toren! Sie wollen alle umbringen!«

»Moment.« Christine zog ihre Hand aus Mettes Griff. »Sag das noch einmal!«

Die junge Frau holte tief Luft, während sie sich sammelte. »Es gibt eine Verschwörung«, begann sie etwas gefasster. »Um Hinrich Paternostermaker. Sie wollen das Rathaus stürmen und die Ratsherren gefangen nehmen und erschlagen und die Macht an sich reißen. Morgen früh soll es sein. Jan ist auch dabei.«

Das erübrigte die Frage, woher Mette davon wusste. Eisige Finger griffen nach Christines Nacken. Dann hatte ihre Vorahnung sie nicht getrogen. Es war wie damals in Bremen. »Wo sind sie jetzt?«, fragte Christine mit zitternder Stimme.

Mette hob die Schultern. »Das weiß ich nicht. Vermutlich in dem Speicher am Fluss.«

»Dann dürfen wir keine Zeit verlieren. Simon! Hinnert!«, rief sie schon auf dem Weg in die Diele. Mette folgte ihr auf dem Fuß. Mit knappen Worten befahl Christine, dass Simon sie begleiten, während Hinnert die beiden Knechte wecken und auf das Haus und Jakob aufpassen sollte. Dann eilten sie hinaus.

Der Weg zu Pleskows Haus erschien Christine länger als je zuvor, obwohl sie so schnell ging, dass Mette und Simon kaum mit ihr Schritt halten konnten. Auf ihr Klopfen hin öffnete der Knecht zunächst nur einen Fensterspalt, ließ sie aber sofort ein, als er sie erkannte, und führte sie in die Wohnräume, wo Henric mit Jakob Pleskow, Perzeval und dem jungen Brun Warendorp saß. Pleskow hatte ein Bein auf einen Schemel gebettet und wirkte unnatürlich blass. Am Kachelofen hatte Herdrade Platz genommen und arbeitete an ihrer Stickerei. Henric sprang überrascht auf, als sie hineingeplatzt kamen.

»Christine? Ist etwas geschehen?«

»Eine Verschwörung«, brach es aus Christine heraus. Ihre Hand glitt zum Türrahmen, während sie tief Luft holte, um sich erst einmal zu sammeln. »Es gibt eine Verschwörung, die den Rat beseitigen will. Morgen früh. Die Verschwörer versammeln sich bereits.«

»Wer sagt das?« Jakob Pleskows Stimme klang scharf. Er machte eine Bewegung, als wolle er sich erheben, sank dann aber wieder in seinen Stuhl zurück.

»Ich.« Mette trat zögerlich vor, die Unterlippe zwischen die Zähne gezogen. Es war ihr deutlich anzusehen, wie viel Überwindung es sie kostete, vor die Ratsherren zu treten, die sie verdutzt musterten. »Ich weiß es, weil ich dabei war.«

»Du warst …« Henric verstummte, starrte sie einen Moment fassungslos an, ehe er sich wieder fing. »Erzähl«, befahl er rau. »Alles.«

Mette erzählte. Von den Verschwörern, die sich schon seit vielen Jahren trafen, von Paternostermakers Plan und den Verbündeten, die er in den holsteinischen Adligen gefunden hatte. Sie stockte, fuhr sich mit der Zunge über die Lippen, als sie zu den einzelnen Verschwörern kam. »Ich war dabei, weil Jan Karsbek auch dabei ist«, sagte sie leiser. »Es ist seine Aufgabe, das Haus seines Vaters morgen früh in Brand zu setzen, um das Volk zusammenzutreiben und den Holsteinern das verabredete Zeichen zu geben.«

»Und was solltet Ihr tun?«, hakte Perzeval nach. Seine Stimme schwankte zwischen Fassungslosigkeit und Wut.

»Nichts.« Mette schüttelte den Kopf. »Mir haben sie nicht getraut. Dass es morgen ist, weiß ich auch nur, weil ich zufällig beim letzten Treffen dabei war. Paternostermaker hat mir gedroht, Jan umzubringen, wenn ich etwas verrate.«

»Gibt es weitere Ratsherren oder deren Verwandte, die ihre Finger im Spiel haben?«, erkundigte sich Pleskow.

Wieder schüttelte Mette den Kopf. »Nein, keine Ratsleute. Handwerker, Knechte, Träger und so.«

»Wir müssen etwas unternehmen«, sagte Perzeval leise. »So schnell wie möglich.« Pleskow nickte matt. Sein Blick wanderte wieder zu Mette. »Ihr könnt bei der Jungfrau Maria und allen Heiligen beschwören, dass es die Wahrheit ist, die Ihr sagt?«, fragte er nachdrücklich. »Dass Gott Euch helfe?«

»Ich schwöre es«, nickte Mette schwach. Christine konnte deutlich sehen, wie elend sich die junge Frau fühlte.

Pleskow beugte sich vor. »Dann nennt uns die Namen«, sagte er ruhig. »Alle. Oder Beschreibungen, wenn Ihr sie nicht kennt. Wir dürfen keinen entkommen lassen. Brun«, wandte er sich an den jungen Warendorp, »geht herum und sagt den anderen Bescheid. Wir brauchen alle Bewaffneten, die wir kriegen können. Wir müssen die Verschwörer festsetzen, ehe sie zum Schlag ausholen können. Und besetzt die Tore. Kein Holsteiner soll es wagen, auch nur einen Fuß in die Stadt zu setzen!«

»Darf ich um etwas bitten?« Henric hatte bislang geschwiegen, meldete sich nun aber zu Wort.

»Wenn es um Eure Schwester geht, so haben wir nie gehört, dass sie Teil dieser Verschwörung war«, brummte Pleskow.

»Nein, es geht um Jan Karsbek. Ich bitte darum, dass wir ihn verschonen.«

»Karsbek?« Perzeval zog die Augenbrauen hoch. »Warum bittet ausgerechnet Ihr für einen Karsbek? Noch dazu für einen, der Eure Schwester entehrt?«

»Weil man ihn mit den anderen hinrichten müsste, wenn man ihn gefangen nimmt«, erwiderte Henric ruhig, Perzevals letzte Bemerkung übergehend. »Damit müssten wir aber zugeben, dass die Verschwörer auch aus unseren eigenen Reihen stammen. Das wäre unserem Vorhaben, die Stellung des Rats zu festigen, eher abträglich.«

»Bei Josefs Bart, da habt Ihr recht.« Pleskow nickte langsam. »Mir scheint, die Schmerzen beeinträchtigen meinen Geist inzwischen zu sehr.«

»Wir können Jan Karsbek aber nicht ungeschoren davonkommen lassen«, wandte Perzeval ein. »Wer sagt uns, dass er nicht durch die Wirtshäuser und Spelunken der Stadt zieht und für neuen Ärger sorgt?«

»Darum kümmere ich mich schon«, sagte Henric. »Sein Vater wird dafür sorgen, dass er Ruhe gibt.«

*

Nachdem alles Notwendige besprochen und Brun Warendorp aufgebrochen war, um Bewaffnete zu versammeln, machte Henric sich auf den Weg. Herdrade hatte vorgeschlagen, dass Christine und Mette bei ihnen blieben, bis die Gefahr vorüber war, doch Christine hatte darauf bestanden, so schnell wie möglich nach Hause zurückzukehren, um nach Jakob zu schauen.

Inzwischen war es schon mitten in der Nacht, eine kalte, graue Winternacht, die mit eisigen Fingern durch die Gassen strich. Dennoch meinte Henric eine schwer fassbare Unruhe zu spüren, die über der Stadt lag, keine fackelschwingenden Rotten, keine lauten Rufe und Schreie, sondern etwas Untergründiges, wie ein leises Wispern, das sich durch die Straßen zog, die gespannte Erwartung vor dem Morgen.

Karsbeks Haus lag dunkel und still. Einen Moment lang zögerte Henric, dann hob er die Hand und ließ sie gegen das schwere Holz fallen. Nach dem dritten Klopfen tappten schließlich Schritte über den Dielenboden, und der Riegel wurde zurückgeschoben. Das verschlafene Gesicht einer alten Magd erschien in der Türöffnung. Sie gähnte und blinzelte dann fragend in die Dunkelheit.

»Henric Suterman«, stellte sich Henric knapp vor. »Ich muss dringend mit Odo Karsbek sprechen.«

»Es tut mir leid, der Herr ist krank«, raunzte sie schleppend und wollte die Tür bereits wieder zuschlagen, doch Simon schob gerade noch seinen Fuß mit der hölzernen Trippe dazwischen.

»Es ist gleichgültig, ob er krank ist oder nicht«, knurrte Henric und schob die Tür kurzerhand auf, ohne sich um die erschrocken keifende Alte zu kümmern. Suchend blickte er sich in der düsteren Diele um. »Wo ist er?«

»Ihr könnt hier nicht einfach rein!« Die Magd packte Henric am Arm. »Raus, oder ich hole die Hunde!«

»Simon, kümmere dich um sie«, befahl Henric und schob sich kurzerhand an ihr vorbei. Hinter sich hörte er sie noch kreischen und Verwünschungen ausstoßen, für die er in Gedanken Gott um Vergebung bat, während er mit schnellen Schritten die Diele durchmaß und sich umsah, wo es zu den Wohnräumen ging.

»Was ist hier los?«

Ein Licht flammte auf, als Karsbek in der Tür zum Hinterhaus erschien. In der einen Hand hielt er eine Laterne, die andere hatte er an das Halsband des bulligen Hundes gelegt, der neben ihm stand. Henric machte unwillkürlich einen Schritt zurück, als das Vieh drohend die Lefzen hob. Hinter Karsbek erkannte er Tideke, den älteren Sohn, der sich mit einer Art Spieß bewaffnet hatte.

Der Kaufmann hob die Laterne, runzelte überrascht die Stirn, ehe sich sein Blick verfinsterte. »Suterman!«, zischte er.

»Ganz recht«, gab Henric zurück und schluckte, als er spürte, wie ihm seine Stimme zu versagen drohte. Ruhe bewahren. Er war hier, um Karsbek zu warnen, nicht, um neuerlichen Streit zu beginnen. »Ich muss mit Euch sprechen.«

Für einen kurzen Augenblick wirkte Karsbek ehrlich erstaunt, doch im nächsten Moment hatte er die Stirn schon zu unheilvollen Falten zusammengezogen. »Es gibt nichts, was wir besprechen müssten, Suterman. Wirf ihn hinaus, Tideke.«

»Es geht um Jan.«

Karsbek schnaufte. »Was hat der Nichtsnutz jetzt wieder angestellt?«

»Der *Nichtsnutz* hat sich an einer Verschwörung beteiligt, die den Rat stürzen und uns alle umbringen will«, antwortete Henric ungerührt. »Brun Warendorp sammelt bereits Bewaffnete, um die Verschwörer festzusetzen. Wenn Ihr nicht wollt, dass man Euren Sohn als Verräter aufs Rad flicht, solltet Ihr sehen, dass Ihr aus dem Nachthemd kommt und ihn holt, ehe es zu spät ist.«

Karsbek warf einen kurzen Blick zu Tideke, ehe er sich wieder Henric zuwandte. »Was ist das für ein Spiel, Suterman?«, knurrte er. »Macht Ihr Euch über mich lustig?«

»Keineswegs.« Henric erwiderte seinen Blick grimmig. »Ich

habe mir dieses Spiel nicht ausgesucht. Aber wenn Ihr nichts unternehmt, werdet Ihr Euren Sohn dabei verlieren. Und Euren Ruf. Es klingt nicht gut, wenn man den Namen Karsbek in einem Zug mit den anderen Verschwörern nennt.«

Der Kaufmann starrte ihn an, stumm, aber das Mahlen seiner Kiefer verriet, dass Henric ins Schwarze getroffen hatte. Mochte Jan selbst für den Alten noch verschmerzbar sein, ein aufs Rad geflochtener Karsbek war es sicher nicht.

»Hol die Knechte, Tideke«, fauchte er schließlich. »Beeil dich! Und Ihr, Suterman«, deutete er auf Henric, »seht Euch vor. Sollte ich jemals erfahren, dass Ihr dahintersteckt, dann gnade Euch Gott!«

*

Man hatte einen Großteil der Verschwörer gefangen gesetzt, ehe sie überhaupt begriffen hatten, was vor sich ging. Einige wenige waren geflohen, zwei waren bei Auseinandersetzungen mit den Männern des Rats so schwer verletzt worden, dass sie die nächsten Tage kaum überleben würden. Aber da man sie ohnehin dem Henker übergeben würde, war das gleichgültig. Es war nicht überraschend, dass unter den Gefangenen eine große Zahl von Knochenhauermeistern war. Paternostermaker selbst war ebenfalls festgesetzt und in eine separate Zelle in der Fronerei gesperrt worden, über die Art seiner Hinrichtung wollte man eigens entscheiden.

Die Ratsherren, die sich im Laufe des Tages im Rathaus einfanden, waren sich schnell einig darüber, dass man ohne Gnade gegen die Aufrührer vorgehen müsse. Man beschloss, den Besitz der Geflohenen einzuziehen und ihre Familien aus der Stadt zu vertreiben sowie die Zunft der Knochenhauer zu zerschlagen.

Es dunkelte bereits, als Henric sich endlich auf den Weg nach Hause machte. Überall in der Stadt waren noch bewaffnete Anhänger des Rats auf den Straßen, um zu verhindern, dass es zu neuen Unruhen kam.

Mette kam ihm entgegengestürzt, kaum dass er die Diele betreten hatte. »Wo warst du so lange? Was ist mit Jan?«

»Es gab noch viel zu besprechen«, antwortete Henric müde und schob ihre Hand beiseite. Er konnte verstehen, dass die Ereignisse sie aufgewühlt hatten, aber er wollte jetzt nicht mit ihr reden. Es gab zu vieles, was an ihm zerrte. »Ich erzähle es dir morgen.«

»Morgen?« Mettes Stimme hob sich entsetzt. »Sag es mir jetzt! Was ist mit ihm? Hat man ihn gefangen genommen?«

»Nein!«, fuhr Henric sie an, zwang sich im nächsten Moment aber zu einem entschuldigenden Lächeln. Sie konnte nichts dafür. »Er ist im Haus seines Vaters. Karsbek versteckt ihn dort, bis sich alles ein wenig beruhigt hat und er ihn ohne größeres Aufsehen fortschaffen kann.«

»Fortschaffen?« Mettes Augen weiteten sich. »Was meinst du damit?«

»Vermutlich schickt er ihn eine Weile fort, bis Gras über die Sache gewachsen ist.« Henric hob müde die Schultern. »Er war recht wortkarg, als ich ihn gefragt habe.«

Mette nickte langsam. Ihr Blick wirkte mit einem Mal leer und erschöpft. »Danke«, murmelte sie und wandte sich ab.

Lübeck, 18. Dezember 1380

Jakob war so in die Beobachtung der Hühner vertieft, dass er Federchen kaum bemerkte, die sich an ihn schmiegte und empört miaute, als er keine Notiz von ihr nahm. Christine musste unwillkürlich schmunzeln. Die Katze war inzwischen eine betagte Dame, die ihre Tage lieber vor dem Ofen als mäusejagend auf dem Speicher verbrachte, aber sie liebte Jakob heiß und innig.

Federchen maunzte erneut und ließ ihren Schwanz über Jakobs Gesicht streichen, sodass dieser erschrocken zusammenzuckte. Sofort versenkte er die Faust in dem Beutel, um eine weitere Hand Getreidekörner herauszuklauben. »Hier, Körner!«, strahlte er und streckte Federchen das Hühnerfutter entgegen.

»Katzen essen doch keine Körner«, belehrte ihn Christine und ging neben ihm in die Hocke. »Katzen fressen Fleisch und Mäuse und mögen Milch.«

»Und Federvieh«, merkte eine Stimme hinter ihnen an. »Die Hühner können froh sein, dass die Katze nicht mehr genug Zähne hat, um sich an ihnen zu vergreifen.«

Christine drehte den Kopf. »Schön, dich zu sehen, Mette«, lächelte sie ihre Schwägerin an. »Meinst du nicht, dass Federchen ein wenig zu klein ist, um Hühner zu reißen?«

»Zu alt vor allem«, erwiderte Mette und schenkte Jakob, der sie freudestrahlend anschaute, ein warmes Lächeln. »Hast du ein wenig Zeit, oder nimmt dich das Hühnerfüttern zu sehr in Anspruch?«

»Jakob hilft mir ja eifrig.« Christine strich ihm durch die

Haare und erhob sich dann. Es war gut, wieder Ruhe zu haben. Gestern Mittag hatte man die Verschwörer öffentlich hingerichtet. Paternostermaker hatte sich dem Zugriff des Henkers entzogen, indem er in der Fronerei seinem Leben selbst ein Ende gesetzt hatte, was den Scharfrichter jedoch nicht daran hinderte, die Leiche zu henken und anschließend auf das Rad zu flechten, das zur Abschreckung auf dem Markt aufgestellt wurde. Christine hatte eigentlich damit gerechnet, dass Henric als Mitglied des Rats den Hinrichtungen beiwohnen würde, doch stattdessen hatte er sich frühmorgens in das Kontor zurückgezogen und war dort bis tief in die Nacht geblieben. Nicht einmal zum Essen hatte er seine Arbeit unterbrochen, und als er schließlich zu ihr ins Bett gekommen war, war er schweigsam und in Gedanken.

»Ich will noch zum Markt«, fuhr Christine fort, während sie Jakob den Beutel mit dem Hühnerfutter abnahm, ehe er ihn fallen ließ. »Willst du mich begleiten? Dein Gemahl ist sicher noch nicht zurück, oder?«

»Ich brauche deine Hilfe, Christine.«

»Hilfe? Wobei?« Christine legte fragend den Kopf zur Seite.

»Jan.« Mette warf einen flüchtigen Blick über die Schulter, ehe sie leiser fortfuhr. »Ich will ihn befreien.«

»Du willst ... *was?*« Perplex blinzelte Christine sie an.

»Ihn befreien. Ich werde nicht zulassen, dass sein Vater ihn ans Ende der Welt schickt.«

»Und dann? Wie stellst du dir das vor?« Christine schüttelte den Kopf. »Wollt ihr aus Lübeck fliehen, mittellos und zu Fuß? Es wird keine zwei Tage dauern, bis Karsbeks Leute euch eingefangen haben! Es wird ihm ein Vergnügen sein, dich wegen Ehebruchs anzuklagen, und dann kann nicht einmal Henric dir mehr helfen.«

»Ich habe nicht vor, mich vor irgendein Gericht schleifen zu lassen«, gab Mette ärgerlich zurück. »Deshalb brauche ich deine Hilfe. Ich weiß, wie ich es mache, aber ich kann es nicht alleine.«

»Und da erwartest du, dass ich dir helfe?« Christine schüttelte immer noch fassungslos den Kopf.

»Notfalls werde ich es auch ohne deine Hilfe durchziehen. Allerdings ist es gefährlicher. Aber ich werde keinen einzigen Tag länger bei Schepenstede bleiben, wenn Jan aus Lübeck fortgeschickt wird.«

Christines Finger zupften an der Schürze. Ihr Blick glitt zu Jakob, der mit großen Augen zwischen ihnen hin- und hersah. Zum Glück verstand er noch nicht, was sie sprachen.

»Ich riskiere alles, was ich habe, wenn ich dir helfe«, murmelte Christine, ohne den Blick von dem Jungen zu nehmen.

»Du wirst es trotzdem tun.«

»Wie kommst du darauf?«

»Weil du weißt, was es heißt, jemanden zu lieben, den man nicht lieben darf. Auch wenn du nie den Mut hattest, es trotzdem zu tun.«

Oh doch, den hatte sie, und sie hatte es bitter bereut, wollte Christine schon entgegnen, aber sie schwieg. Mette hatte Recht, sie hätte Henric niemals verlassen, um sich auf eine ungewisse Zukunft als Ausgestoßene oder Fremde in einer fremden Stadt einzulassen. Allerdings war Christine auch so glücklich geworden, während sie nicht glaubte, dass Mette das jemals sein könnte, wenn sie bei Schepenstede blieb.

»Ich helfe dir«, sagte sie leise. »Du musst mir nur sagen, was ich tun soll.«

»Es ist nicht viel.« Mette wirkte mit einem Mal ehrlich erleichtert. »Danke.«

Lübeck, 21. Dezember 1380

Was tat sie da? Diese Frage stellte sich Christine bestimmt schon zum zehnten Mal, seit sie heute Morgen in aller Frühe aufgebrochen waren. Marieke, die den mit einem Tuch abgedeckten Korb trug, hatte Schwierigkeiten, mit ihr Schritt zu halten, bis sie endlich das Haus am Klingenberg erreicht hatten und Christine innehielt. Noch konnte sie umkehren. Aber dann würde sie Mette im Stich lassen, die vermutlich bereits in der Seitenstraße wartete. Nein, jetzt gab es kein Zurück mehr. Sie atmete noch einmal tief durch. Dann klopfte sie an und trat ein.

In Odo Karsbeks Kontor schien die Arbeit schon früh zu beginnen. An einer Wand der Diele stapelten Knechte Kornsäcke, die durch die Bodenluke heruntergelassen wurden, Staub hing in der Luft und nahm Christine fast den Atem.

»Was wollt Ihr denn hier?«, tönte es anstelle eines Grußes.

Christine blinzelte, erkannte dann Tideke Karsbek, der mit einem Bernsteindrehermeister über einen Tisch gebeugt stand. Die beiden waren offensichtlich gerade damit beschäftigt gewesen, das Häufchen Rohbernstein, das vor ihnen lag, zu sortieren.

»Guten Morgen!«, antwortete Christine fröhlich. »Verzeiht, dass ich Euch von der Arbeit abhalte. Aber meine Magd kam heute früh mit diesem Korb hier, und ich wollte fragen, ob die Tierchen Euch gehören.«

»Tierchen?« Die Runzeln auf Tidekes Stirn vertieften sich. »Was für Tierchen?«

»Kätzchen.« Christine lächelte unschuldig. »Sie steckten in

einem Fass, das mein Gemahl erstanden hat. Eigentlich sollte Hering darin sein, aber es waren ... nun ja, Kätzchen. Und da er es von jemanden gekauft hat, der es von Euch hat, dachte ich ...«

»Wollt Ihr andeuten, wir hätten Euch betrogen?«

»Natürlich nicht«, beeilte sich Christine zu versichern. »Dann wäre wohl auch eher mein Gemahl gekommen.«

Tideke antwortete nicht, aber seiner Miene war deutlich anzusehen, dass er die Geschichte nur bedingt glaubte. Christine musste sich zusammenreißen, um seinem Blick nicht auszuweichen. Sie hatte Mette gleich gesagt, dass die Ablenkung keine so gute Idee war, aber etwas Besseres war ihr auch nicht eingefallen. »Nun ja, auf jeden Fall waren diese Kätzchen in dem Fass, und wenn sie Euch gehören sollten, um die Mäuse und Ratten aus Euren Speichern fernzuhalten ...«

»Mein Vater hat sicher keine *Kätzchen* in ein Fass gesperrt«, unterbrach sie Tideke patzig. »Und nun verschwindet!«

»Ihr solltet Euch einen anderen Tonfall angewöhnen«, bemerkte Christine mit einem vielsagenden Blick auf den Bernsteindreher, der bislang stumm daneben stand. »Abgesehen davon solltet Ihr Euch die Tierchen wenigstens einmal anschauen. Marieke, zeig dem Herrn bitte den Korb.«

Ehe Tideke Einspruch erheben konnte, riss Marieke das Tuch von dem Korb. Einen Moment lang schienen die sieben Straßenkatzen, die sie am Vortag eingefangen hatten, zu erschreckt, um zu fliehen, doch dann trat ein, was Mette vorhergesagt hatte. Als sei ein Blitz unter sie gefahren, sprangen die halbverhungerten Tiere auf und hechteten mit großen Sätzen aus dem Korb. Tideke prallte mit einem erschrockenen Aufschrei zurück, als eine der Katzen direkt auf ihn zuflog und mit ausgefahrenen Krallen versuchte, sich über seine Schulter zu flüchten.

»Die Katzen!« Mariekes Entsetzen war echt, als sie vor lauter Schreck den Korb fallen ließ.

»Fang sie wieder ein!«, schrie Christine, die sich hastig umsah und dann in Richtung Küche rannte, wohin eines der Tiere entwischt war. »Nach hinten! Da ist eine ins Hinterhaus gelaufen!« Sofort raffte die Magd die Röcke und hastete durch die Diele, ungeachtet der wütenden Rufe, die Tideke ihr nachbrüllte. Die Knechte, die gerade noch Kornsäcke gestapelt hatten, hielten in ihrer Arbeit inne und starrten sie verdutzt an. »Helft mit!«, herrschte Christine sie an. »Wir müssen sie einfangen!«

Zufrieden registrierte sie, dass die Knechte die Kornsäcke stehen und liegen ließen und sich tatsächlich auf Katzenjagd machten. Es lief besser, als sie erwartet hatte. Jetzt musste sie nur noch dafür sorgen, dass sich das Chaos auf das ganze Haus ausweitete und Jan genügend Zeit hatte, um zu fliehen.

*

Mettes Fingerspitzen trommelten ungeduldig auf dem Kutschbock. Immer wieder linste sie unter der Kapuze ihrer Gugel hervor, um einen Blick in die Richtung zu werfen, aus der Jan kommen musste.

»Immer mit der Ruhe«, murmelte Simon neben ihr. Auch er trug einen schweren Mantel und eine Gugel, die er wie zum Schutz gegen die Kälte tief ins Gesicht gezogen hatte. »Er kommt bestimmt gleich.«

Mette verzog zweifelnd den Mund, froh, dass der Lehrjunge es im Schatten der Kapuze nicht sehen konnte. Die letzten Tage war sie felsenfest davon ausgegangen, dass alles genau so ablaufen würde, wie sie es geplant hatte. Doch jetzt, da es so weit war und sie nicht mehr zurückkonnte, schlichen sich die Zweifel ein, leise und hinterhältig, als hätten sie nur auf den Moment gewartet, da sie frierend auf dem Kutschbock saß und wartete.

»Was werdet Ihr tun, wenn Ihr Lübeck verlassen habt?«, hörte sie Simon leise fragen.

Sie zuckte leicht mit den Schultern. »Ich weiß es noch nicht. Irgendetwas wird sich schon ergeben.«

»Ihr wisst noch nicht, wo Ihr hingeht? Warum nicht in Eure Heimatstadt?«

»Bremen? Nein. Irgendwo anders hin. Vielleicht Hamburg oder so.«

»Ihr solltet weiter fort. Hamburg wäre nicht gut.«

»Warum nicht?«

»Weil der alte Karsbek dort Verwandtschaft hat.« Simon wies mit einem Nicken in Richtung des Hauses. »Ich habe übrigens einen Oheim in Köln. Wenn Ihr mögt, könnt Ihr ihn aufsuchen.«

»Köln?«

»Am Rhein«, nickte Simon. »Es ist ein gutes Stück über Land, aber es wäre weit genug weg. Mein Oheim wird Euch sicher für die erste Zeit weiterhelfen, wenn Ihr sagt, dass ich Euch zu ihm geschickt habe.«

»Danke. Aber für den Anfang haben wir ja auch noch das hier.« Sie drehte sich halb um und warf einen flüchtigen Blick auf die Fässer, die sich eng auf der Ladefläche drängten. Christine hatte auf ihre Bitte hin die Fässer über Henrics Kontor gekauft, Salzheringe, etwas anderes war auf die Schnelle nicht aufzutreiben gewesen. Das Geld hatte Mette aus Hartmann Schepenstedes Münzschatulle. Es war überraschend viel, was der Kaufmann zurückgelegt hatte, und Mette hatte sich schon mit einer Wagenladung Zobel davonfahren sehen. Stattdessen mussten sie jetzt den Fischgestank ertragen, aber dafür war genug Geld übrig geblieben, um sich eine Weile durchzuschlagen.

»Da!«

Mettes Kopf schnellte herum, in die Richtung, die Simon wies. Ihr Herz raste, als sie Jan erkannte, der aus einem Hofdurchgang gestürzt kam und sich suchend umblickte. Mettes Fingernägel krallten sich in das Holz des Kutschbocks. Sie musste sich zusammenreißen, um nicht aufzuspringen und ihm zu winken. Stumm betete sie, dass er sie entdeckte, ehe seine Bewacher die Flucht bemerkten.

Da blickte er zu ihnen hinüber und eilte mit schnellen Schritten auf sie zu.

»Vorsicht!«, schrie Mette auf, als hinter ihm unvermittelt eine weitere Gestalt auftauchte, die ihm nachhechtete. Jan fuhr herum, aber er war zu langsam. Noch in der Bewegung hatte der andere ihn erreicht. Gemeinsam stürzten sie zu Boden. Jan versuchte, die Hände wegzuschlagen und sich unter dem Mann wegzudrehen, doch der packte ihn und zerrte ihn grob zurück.

»Tu doch etwas!«, herrschte Mette Simon an. Ihre Stimme überschlug sich fast. »Hilf ihm!«

Mit einem Satz sprang Simon von dem Kutschbock und griff nach dem Knüppel, den er an der Seite des Karrens befestigt hatte. Mette hielt erschrocken die Luft an, als Simon ausholte. Ein Aufschrei gellte durch die Gasse, und den Bruchteil eines Augenblicks fürchtete Mette, er könnte Jan getroffen haben. Doch dann rappelte der sich auf und hastete zu ihr hinüber.

»Mette!«, keuchte er strahlend und streckte die Hand aus, um sie zu sich herabzuziehen.

Barsch stieß sie ihn zurück. »Bist du wahnsinnig geworden?«, fauchte sie. »In das Fass! Los, schnell!«

Simon war herbeigeeilt und hatte den losen Deckel eines der vorderen Fässer gelöst. »Da hinein! Schnell!«

»In ein Heringsfass?« Jan zog eine Grimasse, gehorchte aber ohne weitere Widersprüche, nachdem Mette ihm einen flehenden Blick zugeworfen hatte. Hastig drückte Simon den Deckel wieder auf die Öffnung und schwang sich zurück auf den Kutschbock, um die Zügel zu nehmen und die Zugpferde langsam in Bewegung zu setzen.

Keinen Augenblick zu früh.

Sie hatten gerade die Gasse verlassen, als aus dem Karsbek'schen Haus eine Handvoll Männer gestürmt kam, die sich suchend umblickten. Mette kroch tiefer in ihren Mantel, als sie Tideke erkannte, der den Knechten Befehle zubellte.

»Hoffentlich ist Christine nichts geschehen«, murmelte

Mette und zwang sich, auf die Pferdehintern zu starren, die gemächlich hin und her wackelten. Bloß nicht umdrehen, nicht aufschauen.

»Was sollte man ihr tun?«, gab Simon ebenso leise zurück. »Wir müssen nur sehen, dass wir aus der Stadt kommen. Wenn sie nachdenken, werden sie an den Toren Wache halten.«

»Wenn Jan seinem Vater den Aufwand wert ist.« Jede Faser von Mettes Körper schien gespannt, während sie langsam durch die Straßen ruckelten in Richtung Holstentor. Wenn man sie jetzt entdeckte, waren sie verloren. Karsbek würde sich dann nicht scheuen, seinen Sohn der Gerichtsbarkeit auszuliefern, und sie wahrscheinlich gleich mit als Mitwisserin. Und wenn er schon dabei war, Simon und Christine auch, schließlich hatten sie geholfen, einen Anhänger von Hinrich Paternostermaker zu befreien. Ein eisiger Schauer rann über Mettes Rücken. Wenn sie heil hier herauskämen, würde sie ein Drittel des Erlöses der Heringsfässer stiften, gelobte sie stumm.

Endlich tauchte das Tor vor ihnen auf, und nach ein paar belanglosen Floskeln, die Simon mit der Torwache wechselte, konnten sie die Stadt verlassen.

Mette meinte, noch nie so frische Luft geatmet zu haben wie in dem Moment, in dem sie endlich die Stadtmauern hinter sich gelassen hatten und hinaus in die winterlich graue Landschaft ruckelten. Zu dieser Jahreszeit lagen die Felder öde da, graue Wolken türmten sich am Himmel. In den kahlen Zweigen der Bäume hockten Krähen und beäugten sie. Schließlich nahm Simon die Pferde zurück und reichte Mette die Zügel.

»Bis hierhin, sonst komme ich nicht mehr zurück, ehe es dunkel wird«, grinste er und sprang vom Bock. Fröstelnd rieb er die Finger aneinander, ehe er gegen Jans Fass klopfte. »Ihr könnt jetzt rauskommen!«

Etwas rumpelte in dem Fass, dann wurde der Deckel angehoben, und Jan schälte sich steifbeinig aus seinem engen Verlies. Er zitterte, und seine Lippen waren bläulich angelaufen, aber sein Gesicht zeigte grenzenlose Erleichterung, als er sich reckte und dann steifbeinig auf den Kutschbock neben Mette kletterte, um ihr einen innigen Kuss zu geben. Gierig schlang sie die Arme um seinen Hals, zuckte aber zurück, als sie seine eisige Haut berührte.

»Jesus und Maria, du bist ja ganz durchgefroren!«

»Nicht verwunderlich bei der Kälte«, bemerkte Simon, der sich zerknirscht am Kopf kratzte. »Wir hätten daran denken sollen.«

Mette drückte Jan die Zügel in die Hand und kletterte auf die Ladefläche, um bei einem weiteren Fass den Deckel zu lösen und einige Kleidungsstücke herauszuziehen. Mit einem triumphierenden Grinsen reichte sie Jan eine abgewetzte Gugel und einen pelzgefütterten Mantel, den sie aus Schepenstedes Haus mitgehen lassen hatte.

»Wenn du jetzt noch etwas zu essen und einen Schlauch Bier dabei hast, bin ich restlos glücklich«, lächelte Jan, während er die warmen Kleidungsstücke überwarf.

»Später«, beschied Mette knapp. »Erst müssen wir noch ein Stück vorankommen. Wer weiß, ob dein Vater uns nicht seine Leute hinterherschickt.«

Jan nickte verstehend. »Hab Dank für deine Hilfe«, wandte er sich an Simon, der immer noch wartend neben dem Fuhrwerk stand. »Wenn ich es dir irgendwann entgelten kann, lass es mich wissen.«

»Ich denke dran, wenn es an der Zeit ist«, grinste der Lehrjunge und hob zum Abschied die Hand. »Soll ich Christine sagen, wo Ihr seid?«

Mette schüttelte entschieden den Kopf. »Nein, es ist besser, sie weiß nichts, dann kann man sie auch nicht zwingen, etwas zu verraten. Aber sag ihr bitte, dass ich ihr unendlich dankbar bin.«

»Das mache ich gern. Gute Reise!« Simon winkte ihnen noch einmal zu, dann wandte er sich ab und stapfte zurück in Richtung Stadt.

»Und wo werden wir sein, dass Christine es nicht wissen darf?«, erkundigte sich Jan.

»Köln.« Mette lächelte und schmiegte sich an seinen Arm. Er stank nach Hering, aber das machte nichts. In diesem Moment hätte er nach allen Jauchegruben der Stadt stinken können, und es wäre ihr gleichgültig gewesen. »Wenn du immer noch bereit bist, mit mir irgendwo neu anzufangen.«

»Jederzeit.« Jan beugte sich zu ihr herunter und gab ihr einen Kuss auf die Stirn. »Und wenn ich dafür Heringshändler in Falsterbo werden müsste.«

»Gott behüte!« Mette lachte auf. »Aber wenn du nicht vorhast, den Marktplatz mit einem weiteren Rad zu schmücken, solltest du die Gäule antreiben. Und aufhören, mich anzustarren. Ich bin morgen auch noch da.«

*

Christine kehrte erst am Nachmittag nach Hause zurück. Nachdem Tideke Karsbek sie und Marieke mehr oder minder rausgeworfen hatte, waren sie zum Johanniskloster gegangen und hatten den Nonnen den Korb mit den wieder eingefangenen Kätzchen geschenkt. Anschließend hatte Christine Herdrade Pleskow einen längeren Besuch abgestattet und sich die Sorgen um ihre Tochter angehört, die mit einem schweren Fieber daniederlag. Erst, als es zur Vesper läutete, hatte sie sich mit einem beklommenen Gefühl im Magen auf den Rückweg gemacht.

Sie rechnete damit, dass Henric in der Zwischenzeit erfahren hatte, was sich in Karsbeks Haus abgespielt hatte, und tatsächlich schien er auf sie gewartet zu haben. Kaum hatten Marieke und sie die Diele betreten, kam er aus dem Kontor und bedeutete ihr, dass er sie sprechen wolle.

Er hatte gearbeitet, stellte sie fest. Der Schreibtisch lag voll mit Abrechnungen, die er in das Buch übertragen hatte, eigentlich Hinnerts oder Simons Aufgabe. Offensichtlich hatte er Beschäftigung gesucht in seiner Ungeduld.

»Setz dich«, forderte er sie mit unbewegter Miene auf, blieb aber selbst neben dem Pult stehen und wartete, bis sie sich auf dem Stuhl niedergelassen hatte. Ihre Hände strichen über den Rock, während sie sich gespannt fragte, wie er beginnen würde.

Henric seufzte leise, wandte den Blick zum Fenster. »Uns ist also ein Heringsfass geliefert worden, in dem statt Heringen Katzen verpackt waren?«

»Ich weiß, es war eine dumme Idee«, murmelte Christine. »Uns ist nichts Besseres eingefallen.«

Henric schwieg einen Moment, aber seine Fingerspitzen trommelten auf dem Pult. »Dir ist klar, dass Odo Karsbek hier war und sich nach dieser abstrusen Geschichte erkundigt hat?«, sagte er schließlich, und Christine konnte deutlich hören, dass er sich zwingen musste, nicht laut zu werden. »Er wollte wissen, ob ich etwas damit zu tun habe, dass sein Sohn verschwunden ist.«

Christine schluckte leise. »Was hast du ihm gesagt?«

»Die Wahrheit. Zumindest was mich betrifft.« Christine erschrak, als sie die nur mühsam unterdrückte Wut in seinen Augen funkeln sah. »Ich wusste nichts davon, dass sich mein halber Haushalt verschwört, um diesen einfältigen Narren aus dem Haus seines Vaters zu entführen.«

»Mette hielt es für besser, dich nicht einzuweihen«, gab sie kläglich zu. »Sie meinte, du würdest es nicht gutheißen.«

»Das tue ich auch nicht!« Er stieß sich vom Pult ab und machte zwei schnelle Schritte durch den Raum, ehe er wieder herumfuhr. »Bei allen Heiligen, was habt ihr euch dabei gedacht? Dir ist klar, dass Karsbek mir das anhängen wird? Und Hartmann Schepenstede wird ebenfalls auf der Schwelle stehen, wenn er zurückkommt und erfährt, dass seine Gemahlin mit ihrem Geliebten durchgebrannt ist!«

»Das muss dich nicht kümmern«, erwiderte Christine zaghaft. »Du bist nicht mehr verantwortlich für das, was sie tut.«

»Es bleibt trotzdem an mir hängen.« Henric holte zu einer unwilligen Handbewegung aus, hielt aber noch inne, ehe er die

Schreibtafeln vom Tisch fegte. Er verschränkte die Arme. »Ich brauche die Schepenstedes. Und ich kann keinen Odo Karsbek gebrauchen, der mich wieder jahrelang mit seinem Hass verfolgt! Gerade jetzt, da Pleskow krank ist und mir nicht helfen kann! Habt ihr eigentlich auch nur einen Moment daran gedacht, was das alles für mich bedeutet?«

»Hast du daran gedacht, was es für Mette bedeutet, mit einem Mann verheiratet zu sein, der älter als ihr Vater ist und sie mit Schlägen gefügig machen will?«, gab Christine leise zurück. »Du bist selbst von deinem Vater zur Hochzeit gezwungen worden, obwohl du mich niemals gewählt hättest.«

»Ich habe dich nicht geschlagen«, brummte Henric.

»Nein, aber Schepenstede verprügelt Mette.«

»Woher weißt du das? Hat sie das behauptet?«

»Ich habe ihren Körper gesehen.« Christine lächelte schwach. »Du weißt, dass ich immer dafür war, Mette zu verheiraten, notfalls auch gegen ihren Willen. Aber was ich gesehen habe, hat mich so erschreckt, dass ich meine Meinung geändert habe. Mette mag stur sein, aber das verdient sie nicht. Und gerade du solltest ihr das nicht antun.«

Henric schwieg, die Stirn finster umwölkt, aber Christine konnte sehen, wie er die Unterlippe zwischen die Zähne zog, wie er es immer tat, wenn er nachdachte oder nicht wusste, was er sagen sollte. Einem plötzlichen Impuls folgend, erhob sie sich und trat an ihn heran, legte die Hand auf seine verschränkten Arme. »Mette wusste keinen anderen Ausweg«, sagte sie leise.

»Wir haben alle unsere Pflichten«, murmelte Henric. »Und wir müssen uns damit abfinden, zu ertragen, was Gott uns auferlegt hat.«

»Das kannst du. Und dafür bewundere und liebe ich dich.« Ein sachtes Lächeln trat in ihre Mundwinkel. »Wärst du wie Mette oder dein Bruder, dann hättest du nicht versucht, mit mir auszukommen, sondern hättest die lästige Pflicht irgendwann abgeschüttelt. Ich bin dankbar, dass du es nicht getan hast.«

Einen kurzen Moment schien es, als wolle er etwas erwidern, dann senkte er den Kopf und atmete tief durch. »Du willst also, dass ich es hinnehme?«

»Etwas anderes bleibt dir ohnehin nicht übrig. Sie sind längst fort, und weder Simon noch ich wissen, wohin sie gehen werden.«

»Beim nächsten Mal lässt du den Jungen aus dem Spiel«, knurrte Henric. Mit einem leisen Seufzer löste er die Arme und legte sie um Christine, die sich sogleich erleichtert an seine Brust lehnte. Er war noch wütend, das spürte sie, aber er hatte ihr verziehen.

»Du wirst sehen, die Wogen werden sich wieder glätten«, flüsterte sie. »Notfalls müssen wir Schepenstede eine Entschuldigung zahlen und ihm die Mitgift überlassen.«

»Ich spreche morgen mit seinem Bruder. Vielleicht können wir uns schon einigen.« Henric seufzte leise. »Hoffen wir, dass das Ganze nicht noch ein Nachspiel hat.«

Köln, März 1381

»Ihr seid ein Pferdeschlächter!«

Daniels Stimme klang laut und gut vernehmbar durch das Spital, sodass die Umstehenden neugierig aufschauten.

Der Angesprochene, ein Mönch mittleren Alters mit ergrauten Haaren und schweren Tränensäcken, blinzelte, als habe er nicht richtig verstanden. »Wiederholt das bitte.«

»Ihr seid ein Pferdeschlächter«, wiederholte Daniel ungerührt, die Arme vor der Brust verschränkt.

Die Augen des Mönchs verengten sich langsam. »Sagt das noch einmal!«

Daniel seufzte. »Ich kann es noch hundertmal sagen, es wird nichts ändern. Ihr seid ein elender Pferdeschlächter, und es ist eine Schande, dass Ihr Euch Arzt schimpft!« Aus den Augenwinkeln bemerkte er, dass sich die Umstehenden neugierig näherten und einen lockeren Ring um sie herum bildeten. Daniel fluchte innerlich. Er wusste, dass es keine gute Idee war, den Mönch vor aller Augen bloßzustellen, aber jetzt war es heraus.

Mit offenem Mund starrte der Mönch ihn an, offensichtlich überfordert, eine passende Erwiderung zu finden. »Was meinst du, was du bist?«, schnappte er schließlich. »Ausgerechnet du? Ein Bettler wärst du, wenn uns nicht das Gebot der Barmherzigkeit zwingen würde, auch Ratten wie dir Obdach zu gewähren!«

»Seid unbesorgt«, erwiderte Daniel scharf. »Ratten finden andere Kellerlöcher, in denen sie sich verkriechen können, wenn Ihr sie verjagt. Im Übrigen seid Ihr nicht mir Rechenschaft schuldig, sondern Gott. Und der hat Euch Eure beiden

Hände gegeben, um Menschen zu helfen, nicht, um sie umzubringen!«

Ohne eine Antwort abzuwarten, machte Daniel kehrt und drängte sich zwischen den Schaulustigen nach draußen.

Der Duft nach Frühling und Sonne empfing ihn, als er aus dem Spital trat. Vor dem Portal blieb er stehen und stieß einen Wutschrei aus, in den er all den Groll und die Frustration legte, die er im Innern des muffigen Gebäudes noch zurückgehalten hatte. Es gab auch gute Heilkundige unter den Mönchen, keine Frage, aber einer dieser Schlächter reichte, um mehr Unheil anzurichten, als alle anderen wiedergutmachen konnten.

Daniel legte den Kopf in den Nacken und atmete tief durch, spürte, wie die warme Luft seine Lungen durchströmte. Nur einen Moment Ruhe, dann würde er sich wieder so weit fassen, dass er zurückkehren und weiterarbeiten konnte. Und das elende Geschwätz der Mönchsärzte ertragen, die Galen vielleicht gelesen, aber sicher nicht verstanden hatten.

»Daniel?«

Er musste die Augen nicht öffnen, um zu wissen, dass sie mit vorwurfsvoller Miene in der Tür lehnte und darauf wartete, dass er sich zu ihr umwandte. Einen Moment lang spielte er mit dem Gedanken, sie einfach stehenzulassen, aber Clara konnte ja nichts dafür, dass er mit den Mönchen in Streit geriet. Meistens war sie es, die die Wogen anschließend glättete, und dafür sollte er ihr dankbar sein.

»Ich weiß, was du sagen willst«, bemerkte er, während er sich umdrehte. »Behalt es ruhig für dich.«

Ein leises Lächeln flog über ihre tadelnde Miene. »Du behältst auch nicht für dich, was du über Bruder Oswald denkst.«

»Bruder Oswald ist ein Esel und ein Schlächter.«

»Meinst du, es ändert etwas, wenn du ihn so vor den Kopf stößt?«

»Vielleicht nimmt er die Finger von Dingen, von denen er nichts versteht. Am besten lässt er sie sich gleich mitsamt der Hände abhacken.«

»Wir brauchen seine Hände aber noch«, widersprach Clara ruhig. »Sie können gut Verbände anlegen und einen Sterbenden trösten oder einem Leidenden die Hand halten.«

»Dann sollte er das tun, anstatt zu schneiden.« Daniel seufzte. »Ich muss weitermachen.«

»Nein.« Sie hielt ihn am Ärmel zurück, als er sich an ihr vorbeischieben wollte. »Du weißt, dass es nur von vorn losgehen würde, wenn du da jetzt hineingingest. Lass es gut sein für heute. Morgen ist auch noch ein Tag.«

Daniel verdrehte innerlich die Augen. Clara hatte eine sehr bestimmte, bisweilen schwer zu ertragende Art, ihn zu bevormunden. »Du meinst, ich rege mich unnötig auf, ja?«, knurrte er. »Du hättest den Jungen sehen sollen. Ein Fuhrwerk hat das Bein zerschmettert, und dennoch war er vor zwei Tagen noch voller Hoffnung, dass er bald wieder laufen könnte. Es sah gut aus, mit etwas Geduld und Gottes Hilfe wäre es abgeheilt. Als ich heute zu ihm kam, war er nur noch ein schmerzerfülltes Häufchen Elend, ohne Hoffnung, ohne Zuversicht. Wie sollte er auch Zuversicht haben, wenn man ihm das Bein abgenommen hat? Sie haben ihm nicht einmal etwas gegen die Schmerzen gegeben! Was soll ein Färberlehrling mit einem Bein? Um Almosen kann er betteln!«

Ruhig sah ihn Clara an. »Du hättest ihm das Schicksal erspart?«

Daniel hob die Schultern, ließ sie resigniert wieder fallen. »Ich weiß es nicht«, murmelte er. »Aber ich hätte es versucht. Ich bin Arzt, um zu heilen, nicht, um Krüppel zu schaffen.«

Clara schwieg einen Moment, dann streckte sie die Hand aus und berührte sacht seine Wange. »Du arbeitest ohne Unterlass, aber du kannst nicht allen helfen. Gott weiß, was du tust. Und er sieht dafür sicher gern über deinen Hochmut hinweg.«

Daniel verzog den Mund, erwiderte aber nichts. Einen Moment genoss er ihre Berührung, die so unschuldig und rein war. Clara war ihm eine gute Freundin geworden, aber anders als jede andere Frau zuvor. Sie war gleichzeitig Schwester und Beichtpatin, Mutter und Freundin. Nur eins war sie nicht – Geliebte. Und darum war Daniel sehr froh, denn er ahnte, dass allein ein Kuss ausreichen mochte, um das Vertrauen mit einem Schlag zu zerstören.

Daniel seufzte leise, warf einen kurzen Blick über die Schulter auf die Straße, wo jetzt am frühen Nachmittag dichtes Gedränge herrschte. »Ich gehe dann mal und stifte in St. Severin eine Kerze, damit Gott mir diese Sünde vergibt. Wie war das? Hochmut?«

»Hochmut und Ungeduld.« Clara lächelte schwach und zog die Hand zurück. »Bis später. Und lass dir Zeit.«

Eine Weile strich Daniel ziellos durch die Gassen, die ihm auch nach den Monaten, die er schon in Köln lebte, immer noch fremd erschienen. Er war kaum mehr als ein Bettler gewesen, als er mit Clara und den anderen Pilgern schließlich die Stadt erreicht hatte, aber die lange Reise und die damit verbundenen Entbehrungen hatten ihn tatsächlich demütig werden lassen, sodass er schon dankbar war für die enge Zelle, die ihm die Franziskaner als Unterkunft anboten. Er arbeitete ohne Honorar, nur für einen Kanten Brot und einen Schlafplatz, aber es war der Dienst an den Armen, den Christus schon gepredigt hatte und der ihm half, Ruhe zu finden. Und doch wusste er, dass er nicht ewig hierbleiben konnte. Eines Tages musste er sich den Dämonen stellen, die zwar schlummerten, aber vermutlich erst ganz verschwinden würden, wenn er Anselms letzte Bitte befolgt und Henric in die Augen geblickt hatte.

In Gedanken versunken, schlenderte Daniel über den Viehmarkt, der erfüllt war von dem vielstimmigen Brüllen und Blöken der Tiere, die hier in Gattern zusammengepfercht den Besitzer wechselten. Es stank nach dem Mist, der überall auf dem Pflaster breitgetreten worden war und den Daniel vorsichtig umging. Er hatte nur noch dieses eine Paar Schuhe, und wenn er sie waschen und trocknen musste, blieb ihm nichts anderes übrig, als die nächsten Tage barfuß zu gehen.

Daniel hielt plötzlich inne, als er in dem Gemurmel eine vertraute Stimme zu erkennen glaubte.

»Mette?«, stieß er verdutzt hervor.

Die junge Frau, die gerade mit einem Rosshändler im Gespräch war, drehte sich um. Dann riss sie die Augen auf. Mit einem Satz war sie bei ihm und fiel ihm um den Hals. »Daniel!«

Daniel machte einen sichernden Schritt zurück, um unter dem Ansturm seiner kleinen Schwester nicht zu straucheln. »Mette! Was um alles in der Welt tust du hier?«

»Das Gleiche könnte ich dich fragen«, erwiderte Mette und löste sich von ihm, um sich die Haare aus der Stirn zu streichen. Sie grinste breit. »Die Welt ist verdammt klein. Ich bin hier, weil wir einen unserer Gäule verkaufen müssen«, erklärte sie und deutete auf einen jungen Mann, der ein Zugpferd am Zügel hielt und Daniel nun argwöhnisch musterte. »Das ist Jan. Mein … Gemahl.«

»Dein Gemahl?« Daniel blinzelte.

»Das sollte ich dir in Ruhe erzählen. Wartest du? Wir sind gleich so weit.«

Daniel nickte, immer noch zu verwirrt, um einen klaren Gedanken zu fassen. Geduldig wartete er ab, bis Mette mit dem Rosshändler handelseinig geworden war und die Münzen entgegennahm, die dieser ihr in die Hand abzählte. Gutgelaunt hakte sie sich bei Daniel ein und schlug vor, ein Gasthaus aufzusuchen, um das unverhoffte Wiedersehen zu feiern.

Das Wirtshaus, das sie ansteuerte, war gut besucht, sodass sie froh waren, noch einen Tisch zu ergattern. Mette überließ es ihrem Begleiter, den Wirt heranzuwinken und für sie alle Bier und etwas zu essen zu bestellen.

»Du kannst dir nicht vorstellen, wie froh ich bin, endlich angekommen zu sein«, seufzte sie und lehnte sich zurück, ohne sich um die Blicke zu kümmern, die man ihr von den Nachbartischen aus verstohlen zuwarf. »Noch einen Tag auf diesem Kutschbock, und ich könnte schwören, die Haut an meinem Hintern wäre zu Leder geworden.«

»Dann kann sich dein ... Begleiter glücklich schätzen, dass ihr nicht länger unterwegs wart«, schmunzelte Daniel und warf einen kurzen Blick zu dem jungen Mann, der Mettes Bemerkung mit einem unsicheren Lächeln quittierte. Er war ein hübscher Bursche, kaum älter als sie, aber man brauchte nicht viel Menschenkenntnis, um zu erahnen, wer in dieser Beziehung die Richtung vorgab.

»Mein Gemahl«, verbesserte Mette. »Jan Karsbek. Jan, das ist übrigens mein Bruder Daniel.«

Karsbek – daher kam der Junge Daniel bekannt vor. Er nickte seinem Schwager freundlich zu und wandte sich dann wieder an Mette. »Du wolltest mir erzählen, wie ihr hierherkommt.«

»Das tue ich. Wenn du mir versprichst, Henric nichts davon zu erzählen, wo wir sind.«

»Warum das?«, fragte Daniel verblüfft.

Mette schwieg, als der Wirt einen Krug mit Bier und drei Becher brachte, die er geräuschvoll vor ihnen auf den Tisch stellte. Im Weggehen warf er ihr einen vieldeutigen Blick zu, den sie überging, als habe sie ihn nicht bemerkt.

»Ihr seid ohne Henrics Wissen hier?«, stellte Daniel fest, während er nach dem Krug langte und einschenkte.

»So könnte man es auch sagen.« Mette nahm den Becher dankend entgegen und warf Jan einen hilfesuchenden Blick zu, während sie an ihrem Bier nippte. »Um es kurz zu machen, mir hat der Ehemann, den mir Henric ausgesucht hat, nicht zugesagt. Ich weiß nicht, ob du davon gehört hast, es gab in Lübeck eine Verschwörung gegen den Rat, und Jan war daran beteiligt. Ich habe ihn befreit und ihn überredet, Lübeck zu verlassen und mit mir woanders neu anzufangen. Und nun sind wir hier.«

»Ihr seid also durchgebrannt.« Seltsamerweise überraschte

das Daniel nicht einmal besonders. Er nahm ebenfalls einen Schluck. Das Bier schmeckte ungewohnt säuerlich mit einem faden Nachhall. Er stellte den Becher wieder ab. »Und was wollt ihr ausgerechnet in Köln?«

»Eigentlich wollten wir den Oheim von Henrics Lehrling aufsuchen. Der ist allerdings vor einem Monat verstorben.« Mette verzog zerknirscht den Mund. »Dummerweise haben wir nicht weiter geplant. Jetzt mussten wir das Pferd verkaufen, weil uns das Geld ausgeht. Ich überlege, ob wir nicht doch nach Bremen zurückkehren sollten. Vater wird mir kaum die Tür vor der Nase zuschlagen.«

»Oh doch, das wird er«, bemerkte Daniel trocken. »Wenn er erfährt, dass du eine flüchtige Ehebrecherin bist, wirft er dich hochkant wieder hinaus.«

»Das soll er versuchen. Immerhin bin ich seine Tochter.«

Daniel seufzte. »Du kennst Vater nicht wirklich, oder?«

»Nein«, gab sie zu. »Immerhin hat er mich erfolgreich ins Kloster abgeschoben, und danach blieb wenig Zeit, ihn kennenzulernen.«

»Dann sollte ich dir vielleicht ein, zwei Dinge erzählen, ehe du beschließt, nach Bremen zurückzukehren.« Daniel lehnte sich zurück. Sein Blick wanderte kurz zu Jan und dann wieder zu Mette. »Es sei denn, du willst dir selbst ein Bild von ihm machen.«

»Nein, ich möchte hören, was du von ihm denkst«, erwiderte sie. »Henric hat gelegentlich Andeutungen über Vater gemacht, aber er hat nie erklärt, was er damit meinte.«

Daniel nickte langsam und begann zu erzählen. Mit knappen Worten schilderte er, was er von Henric über Lambrechs Intrigen wusste, mit denen er sich Grootehus' Vermögen unter den Nagel gerissen hatte. Er verschwieg auch nicht Lambrechs Beteiligung an Grootehus' Tod. Als er auf Agnes zu sprechen kam, stockte er kurz, berichtete dann aber mit klarer Stimme, wie sein Vater ihn gezwungen hatte, seine Gemahlin zu ermorden, um Platz für eine Jüngere zu schaffen, die ihm den ersehnten Erben schenken konnte. Er endete mit dem Streit, in dem Lambrech und er auseinandergegangen waren, und von Lambrechs Gerede, Henric zu beseitigen, um auszuschließen, dass er jemals das erschlichene Vermögen erben würde. »Das ist das Letzte, was ich von ihm gehört habe«, schloss er und tauchte ein Stück Brot in den Eintopf, den der Wirt ihnen inzwischen gebracht hatte.

»Meinst du, dass er Henric wirklich umbringen will?«, fragte Mette. Daniel hatte eigentlich erwartet, dass sie sich entsetzt zeigen würde über die Taten ihres Vaters, doch zu seiner Überraschung hatte sie das Kinn auf die Hände gestützt und ihm gespannt gelauscht, ein schwer zu deutendes Funkeln in den Augen.

»Ich denke nicht. Was nützt es ihm? Er wird andere Wege finden, Henric von dem Erbe auszuschließen. Aber stiften wird er das Geld auch nicht. Eher nimmt er alles mit ins Grab.«

»Nun, er hat doch noch zwei Kinder.«

Daniel lächelte schief. »Von denen eins durchgebrannt ist und das andere sich geweigert hat, in seinem Spiel mitzuspielen.«

»Er kann nicht verleugnen, dass er unser Vater ist. Und genau daran werde ich ihn erinnern.«

Daniel runzelte fragend die Stirn, doch Jan kam ihm zuvor. »Was meinst du damit?«, fragte er.

»Das, was ich sage.« Mette hob die Hand, um sie an Jans Wange zu legen. »Er ist mein Vater, und er hat Geld. Viel Geld. Und keinen Erben. Und wir sind mittellos bis auf eine Handvoll Münzen und einen alten Gaul. Wir werden nach Bremen gehen.«

Daniel und Jan starrten sie an, als hätten sie nicht recht gehört. »Das ist nicht dein Ernst«, schüttelte Jan schließlich den Kopf. »Du kannst doch nicht verlangen, dass ich … dass wir genauso weitermachen wie unsere Väter!«

»Ach, halt den Mund, Jan Karsbek«, wischte Mette seinen

Einwand beiseite. »Ich habe nicht vor, das Kind in irgendeinem heruntergekommenen Hinterhof zu bekommen, während du dir als Lastenträger den Rücken krumm arbeitest.«

»Das Kind?« Daniel hatte nicht erwartet, dass sie ihn noch mehr verblüffen konnte.

»Ja, ich bin schwanger.« Für einen Moment machte Mettes forscher Gesichtsausdruck einer Zerknirschung Platz, die ihn wieder an das kleine Mädchen erinnerte, das sie einmal gewesen war. »Wenn ich es nicht wieder verliere. Deshalb brauchen wir einen Platz, wo wir bleiben können.«

Jan grummelte etwas, machte aber nicht den Eindruck, als wollte er ihr ernsthaft widersprechen, stellte Daniel mit einem Seitenblick fest. Vermutlich ergänzten sie sich gut. Und sie liebten sich, das war aus jeder Geste, aus jedem Blick ersichtlich, den sie austauschten.

»Warum kommst du nicht mit uns?«

Daniel schüttelte leicht den Kopf und rührte unschlüssig in seinem Eintopf. Das Zeug schmeckte nur unwesentlich besser als das Bier, aber es war warm und sättigend. »Ich war am Grab des heiligen Jakob in Spanien. Auf der Rückreise bin ich hier hängengeblieben und arbeite im Spital. In der Hoffnung, dass Gott mir irgendwann meine Verfehlungen vergibt.« Er lächelte schief.

Mette legte den Kopf schräg und sah ihn von der Seite an. »Während du dich hier vergräbst?«

»Ich vergrabe mich nicht. Ich tue endlich etwas Sinnvolles. Die Menschen im Spital brauchen meine Hilfe.«

Mette rührte nachdenklich in ihrer Schüssel, ohne den Blick von ihm zu nehmen. »Henric vermisst dich«, sagte sie schließlich. »Er sagt es nicht, aber es ist so. Er hängt sehr an uns beiden. Sonst würde er nicht so viel hinnehmen und uns trotzdem wieder mit offenen Armen empfangen.«

»Ich glaube kaum, dass er mich noch mit offenen Armen empfangen würde. Nicht, wenn er weiß, was geschehen ist.«

»Das glaube ich nicht.« Mette schüttelte entschieden den

Kopf und beugte sich vor, um die Hand auf seine zu legen. »Henric ist dein Bruder.«

»Er ist auch dein Bruder«, murmelte Daniel.

»Ich werde ihm einen Brief schreiben und alles erklären. Sobald wir in Bremen sind.«

Am nächsten Tag verließ Daniel bereits gegen Mittag das Spital, um hinab zum Rhein zu gehen. Es war sonnig, wärmer noch als gestern. Wahrscheinlich dauerte es nicht mehr lange, bis der Frühling kam und das erste Grün an den Bäumen spross. Ein weiterer Frühling, den er in der Fremde verbrachte.

Nachdenklich ging er ein Stück den Fluss entlang und suchte sich eine ruhige Stelle unter einem Baum, von wo aus er das geschäftige Treiben der Lastenträger und Schiffer beobachten konnte. Heute Morgen erst waren zwei Schiffe angekommen, die am Ufer festgemacht hatten und nun entladen wurden. Rufe gellten über den Anleger, Gelächter, als einer der Träger strauchelte und beinahe ins Wasser gestürzt wäre. Vor den Speichern standen einige Kaufleute, die wild gestikulierend mit einem Schiffer stritten. Der Wind trug ihre Stimmen bis zu ihm herüber.

Mit einem leisen Seufzer lehnte er den Kopf zurück an den Baumstamm und schloss für einen Moment die Augen. Die Frühlingssonne strich mit sanften Fingern über seine Haut, kribbelte angenehm in der Nase. Es tat gut, dem Joch des Spitals für eine Weile zu entkommen. Der immergleiche Tagesablauf hatte ihm geholfen, zur Ruhe zu kommen, aber nur, weil er meist keine Zeit zum Nachdenken fand.

Die Begegnung mit Mette hatte ihn unvorbereitet getroffen. Seit Monaten hatte er kaum noch an seine Geschwister oder seinen Vater gedacht, und auch die Gedanken an Christine hatte er stets rasch verdrängt. Und dann stand seine Schwester plötzlich vor ihm, und mit ihr all das, was er versucht hatte zu vergessen.

Ein Schatten schob sich über sein Gesicht, sodass er überrascht blinzelte.

»Ich habe mich schon gefragt, wo du steckst.«

»Und ich habe mich schon gefragt, wann du mich findest«, erwiderte Daniel und schirmte mit der Hand die Augen ab, um zu ihr aufzusehen.

Clara lächelte, aber es wirkte ein wenig angespannt. »Darf ich mich zu dir setzen?«

Wortlos rückte Daniel ein Stück zur Seite, um ihr Platz zu machen. Er spürte ihren Blick, der für einen Moment fragend auf seinem Gesicht ruhte, dann ließ sie sich neben ihm nieder.

»Du willst fort, oder?«, sagte sie nach einer ganzen Weile, und ein bedrücktes Lächeln huschte über ihre Lippen. »Oder warum sitzt du sonst hier?«

»Ich weiß nicht, was ich tun soll.« Daniel seufzte. Er wandte den Blick wieder zum Fluss, der träge und schlammig dahinströmte. Ein Stück Holz trudelte in der Strömung, tauchte für einen Moment unter, um kurz darauf wieder emporzuschnellen. »Du hattest recht, ich habe Ruhe gefunden in der Arbeit an den Kranken und Armen. Aber letztendlich ist es nur eine Rast. Ich bin ein Fremder hier, dem man Obdach gibt, weil er nützlich ist. Wenn du nicht wärst, säße ich wahrscheinlich schon lange wieder auf der Straße.«

»Weil Gott dir die Gabe der scharfen Zunge gegeben hat, von der du reichlich Gebrauch machst – und die meistens schneller ist als dein Verstand, der dir vielleicht raten würde, sie im Zaum zu halten.«

»Ich finde Ruhe, aber keinen Frieden.«

Clara schwieg einen Moment. »Dann ist dies nicht der richtige Ort für dich«, sagte sie leise.

Daniel nickte langsam. »Ich habe immer noch Angst davor, meinem Bruder in die Augen zu sehen«, murmelte er. »Er hat so viel für mich getan, und ich habe es ihm auf so üble Weise gedankt.« Er machte eine kurze Pause. »Mein Beichtvater sagte mir einmal, die einzig wahre Liebe sei die Liebe zu Gott.

Er hat mir dennoch verboten, ein Gelübde abzulegen. Vielleicht ist es an der Zeit, ihm zumindest in diesem Punkt den Gehorsam zu verweigern.«

»Und was versprichst du dir davon?«, fragte Clara behutsam. »Ist es nicht nur eine weitere Flucht?« Sie schüttelte den Kopf. »Dein Beichtvater hat sicher recht, es gibt nichts Reineres als die Gottesliebe, aber du, du bist für etwas anderes geschaffen.« Sacht griff sie nach Daniels Arm und nahm seine Hände. Ein warmes Lächeln lag auf ihrem Gesicht, als sie ihn ansah. »Du bist ein hervorragender Arzt. Vielleicht ungeduldig mit anderen, aber du hast Geduld bei den Kranken. Vereine die Liebe zu Gott mit dem Dienst an dem Menschen.«

Daniel entzog ihr die Hände. »Ich bin kein Heiliger. Versuch nicht, einen aus mir zu machen.«

»Lieber ein Heiliger wider Willen als ein Mönch gegen alle Vernunft.« Zu seiner Überraschung schien Clara keineswegs verletzt, sondern lächelte nur. »Du musst wissen, was du willst, Daniel. Geh zu den Menschen, die du liebst, schau deinem Bruder ins Gesicht, und du wirst endlich Frieden vor deinen Dämonen finden. Die andere Möglichkeit wäre doch wohl nur, weiterzuziehen. Vielleicht bis nach Jerusalem, vielleicht auch darüber hinaus. Aber du wirst immer der Fremde sein, der auf der Flucht vor seiner Schuld ist. Es ist deine Entscheidung, Daniel. Doch du musst sie irgendwann treffen, sonst nimmt die Zeit sie dir ab.«

Bremen, Ende April 1381

Ein beklommenes Gefühl machte sich in Mettes Bauch breit, als sie an einem wolkenverhangenen Nachmittag endlich in Bremen ankamen. Stumm hockte sie auf dem Kutschbock, einen Arm bei Jan untergeschoben, und ließ den Blick über die Stadtmauer und die Häuserzeilen wandern. Sie hatte erwartet, so etwas wie ein Gefühl von Heimkehr zu verspüren. Aber da war nichts, es hätte ebenso gut jede andere Stadt sein können, in die sie einfuhren. Vermutlich lag es daran, dass sie nur wenige Jahre wirklich hier gelebt hatte. Sie verband nichts mehr mit Bremen.

»Ein guter Ort, um neu anzufangen«, murmelte sie und lächelte rasch, als sie an Jans verdutztem Gesicht bemerkte, dass sie den Gedanken laut ausgesprochen hatte. »Wir müssen in diese Richtung dort«, wies sie ihn an. »Es ist nicht mehr weit.«

Es wurde höchste Zeit, dass sie ankamen. Ihre Vorräte und ihr Geld waren inzwischen restlos erschöpft, und wenn Jan unterwegs nicht hier und da in einem Gasthaus im Stall geholfen hätte, hätten sie sich schon seit Tagen von dem ernähren müssen, was sie am Wegesrand fanden. Wenn ihr Vater sie abwies, blieb ihnen nichts mehr. Aber Mette hatte nicht vor, sich abweisen zu lassen. Nicht nach allem, was sie bereits durchgestanden hatten.

Sie hieß Jan den Wagen anzuhalten, als sie das große Backsteinhaus erreichten, das für sie immer noch das Grootehus'sche Haus war. Stumm glitt ihr Blick über den aufstrebenden Giebel, die Fenster, die mit Läden verschlossen waren.

Es wirkte erhaben, prachtvoll – und auf eine schwer zu fassende Weise verloren.

»Bist du dir sicher, dass dein Vater inzwischen nicht verstorben ist?«, fragte Jan, der ihrem Blick gefolgt war. »Es sieht so verlassen aus.«

»Das wird sich zeigen.« Rasch kletterte sie hinab und winkte einen halbwüchsigen Burschen heran, den sie mit dem Versprechen auf eine Belohnung beauftragte, auf ihren dürren Gaul und das Fuhrwerk zu achten.

Sie warteten eine ganze Weile, doch nichts rührte sich auf ihr Klopfen. Auch die Fensterläden im Erdgeschoss waren verschlossen, kein Laut drang aus dem Haus. »Vielleicht sollten wir doch besser wieder gehen«, schlug Jan vor, dem deutlich ins Gesicht geschrieben stand, dass ihm nicht wohl bei der Sache war. »Wenn er noch hier lebt, würde jemand öffnen.«

»Vielleicht ist er krank«, murmelte Mette, während ihr Blick erneut die Fassade hinaufwanderte.

»Dann frag die Nachbarn.« Jan hob hilflos die Schultern. »Irgendjemand wird doch Bescheid wissen.«

»Wir finden es einfach selbst heraus«, beschloss Mette und drückte gegen die Tür. Zu ihrer Überraschung war sie weder verschlossen noch verriegelt und knarrte nur leise, als sie sie aufschob und in die Diele trat.

Der große Raum lag leer, die Tür zum Kontor stand offen, aber es war niemand da. Neugierig schaute sich um. Es hatte sich wenig verändert, seit sie das letzte Mal hier gewesen war. Lediglich die Wandgemälde schienen neu zu sein, von denen ihr vor allem eins ins Auge fiel. Langsam ging sie näher heran und legte den Kopf in den Nacken, um es besser betrachten zu können. Sie hörte, wie Jan hinter sie trat. »Was ist das?«, fragte er leise.

»Ich glaube, das soll mein Vater sein«, murmelte Mette und deutete auf eine graubärtige Figur, die im Zentrum des Bilds an Bord einer Kogge stand. Sie war größer gezeichnet als die anderen Figuren, die um das Schiff herum gruppiert waren und staunend die Hände hoben – Heilige, Fürsten, Bischöfe, Kaufleute … Die Kogge war hoch beladen mit kleinen Säcken, von denen einer aufgeknüpft neben Lambrechs Bein stand und den Blick auf die Waren freigab, kleine rote und gelbe Kügelchen, die Lambrech auch auf der Handfläche vor sich hertrug.

»Bernstein«, flüsterte Mette. »Mein Vater hat immer davon geträumt, die Welt mit Bernstein zu beliefern, koste es, was es wolle.«

Jan schnaubte leise und warf einen Blick durch die verlassene Diele. »Weit hat es ihn nicht gebracht, wie es aussieht.«

»Weiter, als du dir jemals erträumen wirst, du eitler Tor!«, tönte eine Stimme von der Treppe zum Hinterhaus.

Mette fuhr wie von einer Wespe gestochen herum und starrte ihren Vater an, der auf der obersten Stufe stand und in der Hand ein Schwert hielt. Erschrocken machte sie einen Schritt zurück, als sie in das eingefallene Gesicht sah, das so gar nichts mehr mit dem entschlossenen, strengen Mann zu tun hatte, den sie zu kennen glaubte. Sein Haar war grau geworden, ebenso wie der Bart. Obwohl er immer noch kräftig war, schienen seine Schultern in sich zusammengefallen. Die Kleidung war erlesen, aber zerknittert und besudelt, als habe er seit Tagen darin geschlafen. Am meisten aber erschreckten Mette seine Augen, aus denen er sie anstarrte wie ein in die Enge getriebenes Raubtier, lauernd und misstrauisch.

»Was wollt ihr hier?«, zischte er.

Mette zwang sich, ihre Beklemmung abzustreifen. Es gab keinen Grund, dass sie sich vor ihm fürchten sollte. »Erkennst du mich nicht?«, fragte sie und machte einen Schritt auf ihn zu. »Ich bin es, Mette.«

»Komm her!«

Mette zögerte, wechselte einen Blick mit Jan, ehe sie der Aufforderung nachkam und langsam auf Lambrech zuging. Als sie vor ihm stand, holte er aus und versetzte ihr eine schallende Ohrfeige. Die Wucht des Schlags riss ihren Kopf zur Seite, sodass sie taumelte und gerade noch Halt an der Wand fand, ehe sie gestürzt wäre.

»Was willst du hier, Hure?« Das letzte Wort spuckte er mehr aus, als dass er es sprach. »Glaubst du, ich weiß nicht, was du getrieben hast in Lübeck? Und da wagst du es, hierherzukommen?« Er machte einen Schritt auf sie zu und hob erneut die Hand, doch ehe er zuschlagen konnte, wurde er zur Seite gerissen, und Jan schob sich zwischen ihn und Mette.

»Lasst sie in Ruhe!«, herrschte er Lambrech an, aber Mette konnte ein Zittern in seiner Stimme wahrnehmen. »Ein Schritt, und ich bringe Euch um!«

Lambrech verharrte. Ein schmales Lächeln zuckte über seine Lippen, während er Jan abschätzend maß. »Ich nehme an, du bist der Kerl, der es mit meiner Tochter getrieben hat? Jan Karsbek, nicht wahr? Ich hätte ihr einen besseren Geschmack zugetraut.«

»Mischt Euch da nicht ein, alter Mann«, zischte Jan. Seine Hände ballten sich zu Fäusten. »Sie ist meine Frau, und irgendwann werden wir das auch vor Gott bezeugen!«

»Diese Hure ist deine Frau?« Lambrech stieß einen höhnischen Laut aus. »Weißt du denn, mit wem sie es sonst noch alles getrieben hat? Oder hast du tumber Narr nichts von dem gehört, was man in Lübeck über sie redet? Wo sind deine gelben Bänder?«, wandte er sich wieder an Mette. »Solltest du sie nicht tragen, damit auch jeder weiß, was er zwischen deinen Schenkeln zu erwarten hat?«

Mit einem wütenden Aufschrei sprang Jan vor. Der Schwung der Bewegung riss Lambrech mit, sodass sie beide zu Boden stürzten. Das Schwert, das der Ältere noch versucht hatte, zwischen sie zu bringen, fiel klirrend zu Boden. Mette starrte auf die Ringenden, unfähig, sich zu rühren. Offensichtlich hatte Jan Lambrechs Kräfte unterschätzt. Nach der ersten Überraschung packte er mit einem blitzschnellen Griff Jans Haare und riss seinen Kopf herum, sodass Jan mit einem Schmerzenslaut zur Seite fiel. Sofort war Lambrech über ihm und versetzte ihm einen Faustschlag ins Gesicht, der Jan benommen zurücksacken ließ. Erneut hob Lambrech die Faust und hieb sie gegen Jans Schläfe. Ein schmerzerfülltes Wimmern drang über seine Lippen, dann schien Jan sich jedoch gefangen zu haben und wich dem nächsten Schlag aus, ehe er mit beiden Händen Lambrechs Arme packte und versuchte, ihn von sich herunterzuzerren. Lambrech schien damit gerechnet zu haben, denn er ließ sich zur Seite fallen und krümmte sich, um Jan einen Kopfstoß in den Bauch zu verpassen, als dieser sich gerade wieder aufrichtete. Stöhnend sackte er in sich zusammen.

Sie musste etwas tun, Mette riss sich endlich aus ihrer Erstarrung. Hilflos flogen ihre Augen umher, bis sie an dem Schwert hängenblieben, das unbeachtet von den beiden Kämpfenden neben den Stufen lag. Mit einem Satz war sie da und packte die Waffe mit beiden Händen. Sie war unerwartet schwer. Die Spitze der Klinge zitterte, als sie sie auf Lambrechs Hals richtete.

»Lass ihn in Ruhe!«, schrie sie, bemüht, das Schwert ruhig zu halten. »Oder ich werde dich töten!«

Einen kurzen Moment spiegelte sich Überraschung auf Lambrechs Gesicht, dann zuckte ein spöttisches Lächeln auf seinen Lippen. »Du solltest niemals mit etwas drohen, wenn du nicht bereit bist, es auch durchzuführen«, sagte er ruhig und richtete sich langsam auf, ohne dabei jedoch die Klinge aus den Augen zu lassen. Mette folgte seiner Bewegung.

»Woher willst du wissen, dass ich es nicht tue?«, zischte sie. »Meinst du nicht, dass ich jeden Grund dazu hätte?«

Sie bemerkte Lambrechs Zögern. »Du wagst es nicht.«

»Überleg dir, ob du es tun würdest«, erwiderte Mette kalt. »Und dann weißt du, ob ich es tun werde.«

Seine Augen glitten über ihr Gesicht, wanderten über ihre Arme, die unter dem Gewicht der Waffe bebten. »Nimm es weg«, sagte er, und seine Stimme klang plötzlich müde. »Nimm das Ding weg und sag mir, was du willst.«

»Wenn du versprichst, Jan in Ruhe zu lassen.«

»Ich kann das auch versprechen, wenn es dich beruhigt.« Lambrech seufzte. »Und nun nimm es weg.«

Mette zögerte noch, warf einen flüchtigen Blick zu Jan, der inzwischen zur Seite gekrochen war und mit dem Ärmel seines Hemds versuchte, das Blut von seinen Lippen zu tupfen. Er nickte kaum merklich. »Also gut«, stieß sie aus und ließ das Schwert langsam sinken.

»Kommt mit«, knurrte Lambrech, nachdem er sich aufgerappelt und den Staub von seinem Wams geklopft hatte. »In der Stube brennt der Kachelofen. Dort ist es wärmer.«

Es war Ende April und recht warm, wollte Mette einwerfen, aber sie biss sich auf die Lippen. Offensichtlich war ihr Vater kränker, als es zunächst den Anschein machte. Behutsam half sie Jan wieder auf die Beine, drückte ihm das Schwert in die Hand und folgte ihrem Vater in die Wohnräume.

Die Luft in der Stube war unangenehm warm und stickig, als sei seit Wochen nicht gelüftet worden. Auf dem Tisch stand eine Schale mit ein paar trockenen Brotkrumen, daneben ein Krug und ein halb ausgetrunkener Becher.

Lambrech ließ sich auf einem Lehnstuhl nieder und streckte die Beine aus. Sein Blick wirkte nun nicht mehr bedrohlich, sondern nur noch erschöpft. »Was wollt ihr?«

Mette entging nicht, dass er sie nicht aufgefordert hatte, sich zu setzen, aber sie ignorierte es. »Zunächst einmal ein Tuch und etwas Wasser, um das Blut aus Jans Gesicht zu waschen«, antwortete sie scharf. »Und dann möchte ich wissen, was hier los ist.«

»Sehe ich aus, als wäre ich eine Magd?«

Mette verkniff sich eine Bemerkung und trat an die Truhe, die neben dem Kachelofen stand. Wie sie erwartet hatte, fand sie hier das bessere Geschirr – Silber, stellte sie anerkennend fest – und bestickte Tücher und Decken. Kurzerhand nahm sie ein Tuch heraus, dazu zwei Kelche, die sie auf den Tisch stellte.

»Pass auf, dass er nicht noch einmal versucht, dir die Gurgel einzudrücken«, wandte sie sich an Jan. »Ich bin gleich zurück.« Jan nickte und hob das Schwert ein wenig, sodass die Spitze wieder auf Lambrechs Hals zielte.

Mette eilte in die Küche, wo sie tatsächlich noch Wasser fand. Sie füllte eine Schale und wollte schon einen Krug vom Regal nehmen, als ihr Blick auf die Weinflaschen fiel, die dort ebenfalls lagerten. Warum Bier trinken, wenn an diesem Abend Wein sicher passender war?

Bewaffnet mit der Wasserschale und der Weinflasche kehrte Mette zurück in die Stube. Lambrech runzelte kurz die Stirn, als Mette den Wein auf den Tisch stellte, sagte aber nichts.

»Lebst du alleine hier?«, fragte sie, während sie versuchte, das Wachs von dem Korken zu lösen.

»Darüber können wir uns unterhalten, sobald du deinem Wachhund befohlen hast, das Ding wegzunehmen«, knurrte Lambrech. »Ich tue euch schon nichts.«

Daran hatte Mette ihre Zweifel, aber sie nickte nur knapp und bedeutete Jan mit einer Geste, sich zu setzen. Der junge Mann schien einen Moment unschlüssig, ließ die Waffe dann doch sinken.

»Also?«, hakte Mette nach, während sie Tuch und Schüssel nahm und Jan das Blut aus dem Gesicht wusch.

»Was willst du hören? Eine lange oder eine kurze Geschichte?« Spott schwang in Lambrechs Stimme mit, der jedoch eher gezwungen wirkte.

»Kurz. Aber lass nichts aus, was wir wissen sollten.«

»Euch geht das Ganze eigentlich überhaupt nichts an.«

»Wir können dir auch den Kopf einschlagen, das Haus verkaufen und von dem Erlös eine Weile gut leben«, erwiderte Mette trocken.

Aus den Augenwinkeln bemerkte sie, wie Lambrechs Blick zu dem Schwert wanderte, doch das hatte Jan so hingestellt, dass er zwischen Lambrech und der Waffe saß.

»Die Geschäfte laufen zurzeit nicht gut«, begann Lambrech in einem gleichmütigen Tonfall. »Ein paar Verluste hier, zu hohe Kosten dort. Einer meiner Leute ist vor ein paar Monaten den Deutschrittern in die Finger geraten und hingerichtet worden. Den Bernstein haben sie beschlagnahmt. Die Einfuhr von einem halben Jahr.«

»Du hast mit geschmuggeltem Bernstein gehandelt?«, fragte Mette verblüfft.

»Hast du eine Ahnung, was übrig bleibt, wenn ich zu den Preisen des Ordens einkaufe?« Lambrech lachte höhnisch auf. »Wenn man damit Geld machen will, muss man das Zeug schmuggeln. Dann ist meine Frau im Kindbett gestorben, und der Sohn, den sie geboren hat, gleich mit. Außerdem bedrängen mich einige Partner wegen Krediten und Ähnlichem. Nichts, wovon du etwas verstehst.«

»Ich verstehe nicht viel davon, aber wenn ich das richtig sehe, bist du bankrott?«

»Nicht, solange meine Hände noch eine Feder halten können.«

»Warum hockst du dann hier in einem leeren Haus, lässt die Läden geschlossen, sodass jeder den Eindruck gewinnen muss, es sei niemand da? Wie willst du da dein Geschäft führen?«

»Das geht dich nichts an. Keinen von euch geht das etwas an!«, fuhr Lambrech auf. »Ich brauche Ruhe, um nachzudenken, wie ich Henric heimzahlen kann, dass er alles zerstört hat.«

»Henric?« Mette runzelte verwirrt die Stirn und reichte die Weinflasche an Jan, damit dieser das Wachs endlich vom Korken löste. »Was hat Henric damit zu tun?«

»Er ist die Ursache für das alles hier!« Lambrech fuhr hoch, deutete mit einer ausladenden Geste durch den Raum. Als er Mette ansah, hatten seine Augen wieder dieses eigentümliche Funkeln angenommen, das ihr schon vorhin auf der Treppe aufgefallen war. »Was glaubst du, wofür ich das alles erkämpft habe? Ich wollte etwas Langlebiges erschaffen, etwas Großes, worauf eure Mutter und ihr stolz sein könnt! Aber sie haben mich verraten, alle beide! Siehst du das hier?« Mit fahrigen Fingern zog er eine Kette unter seinem Wams hervor, an dem ein rotbrauner Anhänger in Form eines schlichten Kreuzes baumelte. »Es gehörte eurer Mutter. Wir haben auf das Kreuz geschworen, einander zu helfen. Nichts haben sie getan! Sie sind gegangen!«

»Wundert dich das?« Mette nahm den Silberkelch entgegen, den Jan ihr reichte. Das war also das Bernsteinkreuz, von dem Daniel ihr erzählt hatte. Daran klammerte sich ihr Vater und nutzte es zugleich, um seine Söhne zu erpressen. Fast war sie enttäuscht, wie unscheinbar es wirkte. »Sei ehrlich. Hast du je etwas anderes getan, als uns zu benutzen? Erzähl mir nicht, es wäre dir an uns gelegen. Henric wäre niemals fortgegangen, wenn das so wäre.«

»Henric ist ein Narr«, zischte Lambrech. »Er hätte mein Erbe sein können, das Geschäft, der Sitz im Rat, alles stand ihm offen. Nun habe ich keinen Erben mehr. Drei Söhne und keinen Erben!«

»Du hast noch eine Tochter.«

»Eine Tochter, die sich wie eine Hure verhält!« Lambrech spie aus.

Beruhigend legte Mette die Hand auf Jans Arm, als dieser auffahren wollte, und schüttelte stumm den Kopf. »Es ist mir gleichgültig, was du von mir hältst«, wandte sie sich mit ruhiger Stimme an ihren Vater. »Ich bin dennoch deine Tochter. Und als solche bin ich hier, um dafür zu sorgen, dass nicht noch der letzte Rest meines Erbes die Weser hinabgespült wird.«

Einen Moment lang schien Lambrech tatsächlich sprachlos. Seine Augenwinkel zuckten, während er sie anstarrte. »Was soll das heißen?«

»Wir bleiben hier. Jan und ich. Jan wird sich um die Geschäfte kümmern, da du offensichtlich nicht mehr dazu in der Lage bist. Und ich werde dafür sorgen, dass du ihm nicht in die Quere kommst, und den Haushalt wieder auf Vordermann bringen.«

»Und du glaubst, dass ich das so einfach zulasse?« Lambrech zischte höhnisch. »Verschwinde mit deinem Hurenbock und lass dich hier nie wieder sehen!«

»Du wirst uns nicht hinauswerfen«, bemerkte Mette mit einem süßlichen Lächeln. Zwischen den Fingern drehte sie den Kelch und blickte Lambrech über dessen Rand hinweg an. »Es sei denn, du legst Wert darauf, als Mörder zu enden. Was ein unschönes Ende für die Sutermans in Bremen wäre und mir das Erbe letztendlich auch zuspielen würde, ohne dass ich mich mit dir abgeben müsste.«

»Was meinst du damit?« Lambrechs Augen verengten sich.

»Daniel hat mir alles erzählt. Von dem alten Grootehus und der armen Agnes. Du hast mit Sicherheit genügend Feinde, die danach lechzen, etwas in die Finger zu bekommen, um dich zu beseitigen. Ich kann es ihnen liefern. Erfreulicherweise gibt es sogar Zeugen, die gern bereit sind, den Toten späte Gerechtigkeit widerfahren zu lassen. Und das Wort eines lübischen Ratsherren übergeht man nicht einfach.« Mette lächelte wissend und nippte am Wein, ohne Lambrech dabei aus den Augen zu lassen. »Du hast die Wahl, Vater.«

Lübeck, Anfang Mai 1381

»Ihr seht nicht gut aus«, bemerkte Pleskow. »Viel Arbeit?«

»Es geht.« Henric lächelte flüchtig und rutschte ein wenig tiefer in das warme Wasser des Badezubers. Es entspannte und linderte die Schmerzen, die seit ein paar Tagen wieder in seinem Leib rumorten. »Simon macht sich ganz gut. Und Christine hat die Verwaltung des Kontors an sich gerissen, als ich krank war, und denkt nicht daran, sich wieder zurückzuziehen. Manchmal komme ich mir fast überflüssig vor.«

Pleskow lachte. »Seid froh. Mein Weib hat mit Geschäften nichts am Hut, nur damit, mein sauer verdientes Geld zu den Gewandschneidern und Goldschmieden zu tragen. Und an meinem werten Sohn ist eher ein Mönchlein verlorengegangen als ein Kaufmann. Wenn er sich noch ein paar Mal über den Tisch ziehen lässt in seiner Gutgläubigkeit, sehe ich schwarz für mein Geschäft.«

Henric nickte leicht. Ganz Lübeck hatte gespottet, als Herman Pleskow sich vergangenen Monat von einem Wismarer Kaufmann zwei Schiffsladungen verdorbenen Hering hatte andrehen lassen. Dabei hatten die Fässer schon von weitem gestunken, dass es kaum zu ertragen gewesen war. Henric war immer noch schleierhaft, wie dem jungen Kaufmann nichts aufgefallen sein konnte, obwohl er die Ware selbst in Augenschein genommen hatte. »Ich kann ihm auf die Finger schauen, solange Ihr in Rostock seid«, bot Henric an.

»Das wäre nicht verkehrt. Der Junge schafft es noch, alles den Bach runtergehen zu lassen, wenn ich einmal zwei Monate fort bin.«

»Ihr seid zu streng«, erwiderte Henric müde. Das warme Wasser umspülte seine Brust und erleichterte den Druck auf seinen Lungen. Abraham hatte ihm geraten, das Badehaus aufzusuchen, wann immer er Zeit dafür fand. Eigentlich hatte er gehofft, dass die Schmerzen beim Atmen, die vor ein paar Wochen erstmalig aufgetreten waren, rasch wieder nachlassen würden, wenn er sich nur an die Anordnungen des Arztes hielt. Doch vor ein paar Tagen hatten sie wieder begonnen, stärker noch als zuvor, sodass er zum ersten Mal ernsthaft beunruhigt war.

Er spürte Pleskows Blick auf sich ruhen. Der alte Ratsherr blinzelte aus halbgeschlossenen Lidern zu ihm hinüber. »Euch bedrückt etwas.«

Henric lächelte schief. »Ist es mir so leicht anzusehen?«

»Ihr seid immer ein schlechter Lügner gewesen. Und noch schlechter seid Ihr darin, etwas zu verbergen.« Ein flüchtiges Schmunzeln zog über Pleskows Gesicht. »Gibt es Schwierigkeiten?«

»Außer mit Karsbek und Hartmann Schepenstede, der mir vorwirft, etwas von Mettes Flucht gewusst zu haben?«

»Seid nicht bitter. Gott war Euch wohlgesinnt, seitdem Ihr die Stadt zum ersten Mal betreten habt. Schepenstede beruhigt sich schon wieder. Nach allem, was ich weiß, bearbeitet er den Bischof bereits, um eine Aufhebung der Ehe zu erreichen.«

»Das ist immerhin etwas.« Es erschien Henric verrückt, dass er tatsächlich erleichtert war, das zu hören, aber es war das Beste, was in dieser Lage geschehen konnte. Er glaubte nicht, dass Mette jemals nach Lübeck zurückkehren würde, und selbst wenn sie es täte, war er sich nicht sicher, ob er sie wirklich unter Hartmann Schepenstedes Gewalt sehen wollte.

»Das ist nicht alles, oder?«, vernahm er Pleskows Stimme. Mit einem tiefen Seufzer ließ sich der Ratsherr zurücksinken und legte die Arme auf die Umfassung des Zubers. »Ihr schiebt schon wieder die Unterlippe zwischen den Zähnen umher, als wolltet Ihr sie jeden Augenblick abbeißen. Also, heraus mit der Sprache.«

»Ich mache mir Sorgen um meine Gesundheit«, gab Henric zögernd zu. »Ich fühle mich matt und erschöpft, jeden Morgen, wenn ich aufstehe. Mir ist, als würde sich eine Klaue in meine Lunge graben und mir die Luft nehmen. Es ist zu früh.« Henric verzog hilflos den Mund. »Jakob ist noch ein Kind. Wenn mir etwas zustößt, wird Karsbek die Gelegenheit sicher nicht ungenutzt lassen, Christine in die Knie zu zwingen und mein Geschäft zu zerstören.«

»Ihr macht Euch zu viele Sorgen.« Pleskow schüttelte sacht den Kopf. »Ihr habt schon ganz andere Dinge überlebt. Wartet ein paar Wochen und haltet Euch an das, was Abraham Euch sagt, dann wird es wieder vergehen.«

»Ja, vermutlich.« Henric seufzte leise. Er sollte versuchen, Pleskows Zuversicht zu teilen. Aber es fiel ihm seit dem Aufstand schwer, zuversichtlich zu sein. Mettes Flucht hatte ihn mehr getroffen, als er für möglich gehalten hatte, immerhin war sie die Letzte gewesen, die ihm von seiner Familie noch geblieben war. Und Daniel ...

Er spürte Pleskows Hand, die sich auf seine Schulter legte. »Kopf hoch«, brummte er. »Das wird sich alles einrenken. Aber weshalb ich Euch eigentlich sehen wollte – Thomas Morkerke hat mich angesprochen. Ihr habt sicher von der Zirkelkompanie gehört?«

Henric nickte. »Diese Gesellschaft, die sich vor zwei Jahren gegründet hat?«

»Die Gesellschaft der heiligen Dreifaltigkeit zu Lübeck. Genau die. Ein hehrer Haufen, wenn Ihr mich fragt.« Pleskow schmunzelte. »Sie wählen ihre Mitglieder sorgsam aus. Nur Ratsfamilien, nur Männer, die bedeutend sind in ihren Augen.«

»Warum zählt Ihr nicht dazu?«

»Weil ich ein alter Mann bin und mich allmählich aus dem Geschäft zurückziehe.« Pleskows Schmunzeln wurde eine Spur tiefer. »Ihr seid allerdings noch jung genug. Morkerke wird in den nächsten Tagen mit Euch sprechen.«

Henric runzelte die Stirn. »Sprechen? Warum?«

»Um Euch in ihren erlauchten Kreis aufzunehmen«, lächelte Pleskow. Aus seinen Augen sprach ehrliches Wohlwollen. »Ihr habt es wirklich geschafft, Henric, meinen Glückwunsch. Kaum zehn Jahre seid Ihr in Lübeck, und man zählt Euch zu den reichsten und wichtigsten Männern der Stadt.«

Henric starrte ihn sprachlos an.

Die Sonne stand bereits tief, als er sich schließlich auf den Heimweg machte. Sie hatten noch eine ganze Weile über Pleskows Reise nach Rostock gesprochen, die er wegen seiner Gicht immer wieder aufgeschoben hatte und nun endlich in Angriff nahm. Vielleicht würde es seine letzte sein, hatte er Henric mit einem Zwinkern verraten. Die wenigen Jahre, die ihm noch blieben, wollte er an der Seite seiner Frau in Ruhe verbringen und die Geschicke der Stadt lieber anderen überlassen.

Es war letztendlich später geworden, als Henric lieb gewesen wäre, aber immerhin hatte das Gespräch mit Pleskow ihn für einen Moment von seinen Sorgen abgelenkt und geholfen, wieder klarer zu denken.

Wie jeden Abend machte er noch den Umweg über die Marienkirche, die um diese Zeit fast menschenleer war. Nur zwei ältere Frauen hockten vor dem Altar und beteten einen Rosenkranz. Staub tanzte in den warmen Sonnenstrahlen, die durch die Fenster brachen und goldene Muster auf Boden und Wände malten. Der Duft von Wachs und Weihrauch hing in der Luft, und in der Sakristei schlurften Schritte, vermutlich der Küster, der die herabgebrannten Leuchter auffüllte.

Henric sprach ein kurzes Gebet und bekreuzigte sich. Seit Christine verstärkt im Kontor half, hatte er wieder etwas mehr Zeit, außerhalb der Sonntagsmette herzukommen. Er hatte es vermisst, und gerade in diesen turbulenten Zeiten half es ihm, Ruhe zu finden.

Als er die Kirche verließ, sah er aus den Augenwinkeln eine Gestalt, die sich aus dem Schatten des Portals löste und auf ihn zutrat.

»Henric?«

Abrupt hielt Henric inne. Seine Augen weiteten sich ungläubig, als er den Mann erkannte, der vor ihm stand, hagerer, als er ihn in Erinnerung hatte, doch unverkennbar mit den blonden, etwas staubigen Locken und den Augen, deren Blau selbst im Halbdunkel unter dem Kirchenportal zu strahlen schien.

»Daniel?«, brachte er hervor. »Was machst du denn hier?«

»Dich suchen.« Ein unsicheres Lächeln umspielte die Lippen seines Bruders. »Ich dachte, dass du früher oder später hier vorbeikommen würdest.«

»Dann hast du mich wohl gefunden.« Henric brach ab, weil ihm nichts in den Sinn kam, was er Daniel hätte antworten können. Stumm betrachtete er ihn, die schlichte Kleidung, an der noch der Staub der Straße haftete, und wieder zurück zu seinem Gesicht. Daniels Augen glitten zur Seite, als Henric seinen Blick suchte.

»Schön, dass du zurück bist«, brachte Henric schließlich hervor, atmete tief durch, während er dastand und darauf wartete, dass Daniel endlich etwas sagte, irgendetwas, eine Erklärung, eine Entschuldigung.

Der Jüngere hob hilflos die Schultern, ließ sie wieder sinken. Offensichtlich rang er ebenso um Worte wie Henric. »Ich bin zurückgekommen, weil ich mit dir reden wollte«, begann er schließlich. »Das heißt, wenn du mich nicht gleich wieder fortjagst.«

Henric nickte. Er fasste Daniels Schulter und schob ihn herum. »Komm«, murmelte er. »Lass uns nach Hause gehen.«

Selten war Henric so froh gewesen, dass er nur zwei Straßen von der Marienkirche entfernt wohnte. Schweigend gingen sie nebeneinander her, und er spürte die verstohlenen Blicke, die Daniel ihm zuwarf, als versuche er zu ergründen, was Henric durch den Kopf ging. Aber er fragte nicht nach, bis sie schließlich das Haus erreichten.

»Willkommen zurück«, sagte Henric leise, ehe er die Tür öffnete und vor Daniel in die Diele trat.

Es war Ruhe eingekehrt jetzt am frühen Abend. Mariekes Summen drang aus der Küchendornse, neben der sich eine Reihe von Säcken stapelte, die Claas und Berndt dort abgeladen hatten, um sie morgen früh zum Hafen zu bringen. Die beiden Knechte hockten am Tisch und löffelten ihre Getreidegrütze. Jakob, der neben ihnen auf der Bank gesessen hatte, sprang auf und kam ihnen freudestrahlend entgegengeeilt, so schnell es seine kurzen Beinchen zuließen.

»Da bist du ja«, lächelte Henric und nahm den Jungen hoch, der ihn stürmisch umarmte. Einen Moment rang er nach Luft, als es erneut in seinen Lungen stach, doch er hatte sich schnell wieder gefangen. Liebevoll zauste er durch den blonden Lockenschopf.

»Ich habe geholfen!«, verkündete der Kleine stolz. »Ganz viel!«

»Das stimmt!«, rief Claas und grinste breit, wobei er eine Reihe schlechter Zähne entblößte. »Er hat an der Stiege gestanden und aufgepasst, dass niemand herunterfällt.«

»Dann können die beiden dir ja dankbar sein«, sagte Henric zärtlich, ehe er sich mit dem Kind auf dem Arm Daniel zuwandte. »Jakob, ich möchte dir jemanden vorstellen. Deinen Oheim Daniel.«

»Du bist also Jakob …« Daniel starrte den Jungen an, der ihn mit offener Neugierde musterte. Henric betrachtete Daniels Gesicht. Erstaunen und Faszination spiegelten sich darin, als sähe er zum ersten Mal in seinem Leben ein kleines Kind, und noch etwas anderes, was Henric schwer in Worte fassen konnte, ein feines Lächeln, das nur Jakob galt und doch auf eine unbestimmte Weise traurig wirkte.

Jakobs Kopf drehte sich Henric zu. »Bleibt Daniel jetzt bei uns?«

»Das muss auch deine Mutter mit entscheiden. Wo ist sie eigentlich?«

Der Junge zeigte stumm auf das Kontor.

»Dann sollte Daniel sie wohl auch begrüßen. Gehst du zurück zu Claas?«, bat er Jakob und setzte ihn ab. »Vielleicht schnitzt er dir noch ein Pferd, wenn du ihn bittest.«

Gehorsam trabte der Junge zurück zum Tisch und kletterte neben dem Knecht auf die Bank.

»Komm«, sagte Henric leise und zupfte Daniel am Ärmel.

Christine und Hinnert waren in eine Abrechnung vertieft und schauten überrascht auf. Als Daniel eintrat, entglitten Christines Gesichtszüge, einen kurzen Moment nur, dass Henric sich schon fragte, ob er sich das nicht eingebildet hatte. Denn schon im nächsten Augenblick zauberte sie ein freundliches Lächeln auf ihr Gesicht.

»Daniel«, sagte sie höflich, aber ohne große Herzlichkeit. »Ich hatte nicht erwartet, Euch noch einmal hier in Lübeck willkommen zu heißen.«

»Schön, Euch zu sehen, Christine.« Daniels Mundwinkel zuckten unbestimmt. »Ja, ich war lange fort.«

»Du hast uns sicher viel zu erzählen«, wandte Henric ein, ehe Christine etwas antworten konnte. »Nachher, beim Essen. Zeigst du Daniel die Kammer, wo er schlafen kann? Wir sehen uns gleich bei Tisch, und danach können wir in Ruhe reden.«

Daniel nickte nur, während Christines Miene eine Spur kühler geworden zu sein schien. Rasch schlüpfte sie an ihnen vorbei in die Diele und winkte Daniel, ihr zu folgen.

*

Die Kammer, in die Christine ihn führte, war überraschend geräumig. Neben dem Bett hatten noch eine große Truhe und ein Tisch darin Platz. Dem muffigen Geruch nach zu urteilen, wurde der Raum jedoch nur selten genutzt. Offensichtlich war das Haus groß genug, dass man sich diesen Luxus leisten konnte.

»Der Vorbesitzer hat viel Wert auf abgetrennte Räumlichkeiten gelegt«, erläuterte Christine, während sie die Fensterläden aufstieß, um frische Luft hineinzulassen. »Ich hoffe, es ist

Euch recht. Henric hat die Kammer hier für Jakob vorgesehen, sobald er alt genug ist. Dann muss er nicht beim Gesinde in der Diele schlafen. Ich schicke Marieke nachher noch herein, damit sie Euch frische Laken bringt.«

»Danke.« Daniel nickte und lächelte beklommen. Seit dem Moment, da er sie wiedergesehen hatte, war ihm, als habe sich ein unsichtbares Band um seinen Hals gelegt und schnüre ihm langsam die Luft ab. Vermutlich würde er nie unbefangen mit ihr umgehen können, aber er musste lernen, es zu verbergen. Wenn er überhaupt hierbleiben konnte.

Er hatte damit gerechnet, dass Henric ihn herzlicher empfangen würde, ihn erfreut in die Arme schließen, wie er es bislang jedes Mal getan hatte. Erst jetzt war Daniel bewusst geworden, wie albern diese Vorstellung gewesen war. Er hatte sich von Henric nicht einmal verabschiedet, als er Lübeck Hals über Kopf verlassen hatte. Wie konnte er da erwarten, mit Herzlichkeit begrüßt zu werden?

»Braucht Ihr sonst noch etwas?«, riss Christine ihn aus seinen Gedanken.

Rasch schaute er auf. »Nein, ich bin schon mit sehr viel weniger ausgekommen«, sagte er schnell. »Danke.«

Christine nickte leicht, aber sie machte keine Anstalten zu gehen. Stattdessen sah sie ihn unverwandt an. Ein harter Zug hatte sich auf ihr schönes Gesicht gestohlen, der Daniel verriet, dass sie ihm noch längst nicht vergeben hatte. »Warum bist du zurück?«, fragte sie unvermittelt.

»Weil ich nicht anders konnte.« Daniel seufzte schwer. »Ich weiß, ich war feige, aber …, ich kann mich nicht ewig verstecken. Henric verdient die Wahrheit.«

Ihre Augen verengten sich. »Du willst es ihm sagen?«

»Deshalb bin ich hier.« Er holte tief Luft, erwiderte ihren Blick. »Wir können ihm nicht ewig etwas vormachen, Christine. Ich habe Jakob gesehen. Er ist … nicht Henrics Sohn, und wenn er Augen im Kopf hat, dann wird er es sehen. Früher oder später.«

»Du kommst also hierher, nach so langer Zeit, um alles zu zerstören, was Henric und ich aufgebaut haben?« Ihr Tonfall war schneidend. »Weil du es nicht erträgst, alleine zu sein? Du bist ein elender, selbstsüchtiger Heuchler, Daniel!«

»Ich weiß.« Er lächelte matt. »Und ich bereue zutiefst, was damals geschehen ist. Ich war ein selbstsüchtiger, verliebter Narr, der seinen Hals retten wollte, als es brenzlig wurde. Ich wünschte, ich könnte das alles ungeschehen machen.«

»Das kannst du aber nicht«, erwiderte sie eisig. »Es ist, wie es ist, und wir alle müssen damit leben. Das Einzige, was du tun kannst, ist, nicht noch mehr Unheil anzurichten. Wir sehen uns gleich beim Essen.« Sie nickte ihm knapp zu und verließ die Kammer.

Daniel stand noch eine ganze Weile da. Dann ließ er sich langsam auf das Bett sinken und barg den Kopf zwischen den Händen.

*

Henric war froh, dass heute Abend sowohl Simon als auch Hinnert zum Essen blieben und sie nicht zu dritt alleine am Tisch saßen. Er war auf den Speicher gestiegen, kaum dass Christine mit Daniel das Kontor verlassen hatte, unter dem Vorwand, sich einen Überblick verschaffen zu wollen. Dort oben hatte er Ruhe zum Nachdenken, die er brauchte, um die Aufruhr zu verdauen, in die ihn Daniels plötzliches Auftauchen versetzt hatte. Im ersten Moment war er nahe daran, ihn einfach wieder hinauszuwerfen, doch als er länger darüber nachdachte, kam er davon ab. Trotz allem, was geschehen war, blieb Daniel sein Bruder, und gleichgültig, wie fremd sie sich auch waren, er kehrte immer wieder zu ihm zurück.

Als sie schließlich gemeinsam beim Essen saßen, wich Marieke kaum von Daniels Seite. Nachdem sie gehört hatte, dass er da war, strahlte sie in einem fort und betonte, sie habe immer schon gewusst, dass er eines Tages zurückkehren würde. Hinnert hingegen schien wenig erfreut über Daniels Ankunft.

Schlecht gelaunt drehte er sein Stück Kaninchen zwischen den Fingern, und Henric entgingen nicht die missmutigen Blicke, die er Daniel aus den Augenwinkeln zuwarf. Dafür nutzte Simon die Gelegenheit der Abwechslung und fragte Daniel mit ehrlicher Neugier aus, wo er herkam und was er gemacht hatte. Henric war dankbar, denn so blieb es ihm erspart, verzweifelt Gesprächsthemen zu suchen, damit die Beklommenheit am Tisch nicht überhand nahm.

Daniel beantwortete Simons Fragen ruhig, wenn auch zurückhaltend. So erfuhr Henric zumindest grob, was sein Bruder die letzten Jahre getrieben hatte. Ihm fiel jedoch auf, dass Daniel Fragen nach dem Warum und Weshalb umging und das Gespräch geschickt in eine andere Richtung lenkte. Offensichtlich gab es Dinge, die er nicht mit ihnen teilen wollte.

Henric war erleichtert, als das Essen endlich beendet war und er Daniel auffordern konnte, ihm in das Kontor zu folgen. Kühle Abendluft drang durch die offenen Fensterläden, die Henric schloss, nachdem er die Kerzen entzündet hatte. »Setz dich«, forderte er Daniel auf, der unschlüssig an der Tür stehengeblieben war, während er sich selbst hinter dem Schreibtisch niederließ. »Du wolltest mit mir sprechen?«, begann er.

»Deshalb bin ich hier, ja«, nickte Daniel. Ein unbestimmtes Lächeln glitt über seine Züge. »Ich habe dir wohl einiges zu erklären.«

Henric antwortete nicht, sondern sah Daniel nur an.

»Ich … ich bin damals einfach verschwunden, ohne deine Rückkehr abzuwarten. Es muss dir undankbar erschienen sein, und das war es wohl auch.« Daniel starrte auf die Tischkante. »Es tut mir leid. Ich weiß nicht, was in mich gefahren ist. Es war ein Fehler, ebenso wie es ein Fehler war, zu Vater zurückzukehren.«

»Ich war enttäuscht«, antwortete Henric langsam. »Mehr nicht. Du hattest immer deine Gründe, und du hattest sie sicher auch dieses Mal.«

Er bemerkte, wie der Bruder die Unterlippe zwischen die Zähne zog. Schließlich nickte Daniel zögerlich. »Ich habe Fehler gemacht, die ich zutiefst bereue. Und ich bin hier, weil ich hoffe, dass du mir dennoch verzeihen kannst.« Er sah Henric nicht an.

Henric schwieg, eine ganze Zeit lang, die seine Fingerspitzen über die Armlehnen rieben, aber es kam nichts mehr. »Ist das alles?«, fragte er leise.

Daniel war das Zögern deutlich anzusehen. »Das ist alles«, nickte er.

Henric seufzte leise. Dann blieb es dabei. Irgendwie war er fast erleichtert. »Was hast du jetzt vor?«, fragte er nach einer Weile.

Daniel zuckte mit den Schultern. Noch immer wich er Henrics Blick aus. »Ich weiß es nicht. Wenn du mich hier nicht haben willst, werde ich wieder gehen. Als Arzt finde ich immer einen Ort, wo man mich braucht. Vielleicht gehe ich in den Süden, nach Frankfurt oder Nürnberg. Oder zurück nach Köln.« Er hob erneut in einer hilflosen Geste die Schultern.

Langsam stand Henric auf und trat um den Tisch herum. Es fiel ihm schwer, diesen Schritt zu machen, aber hatte nicht Christus selbst gefordert, seinen Feinden zu vergeben? Er hatte nur diesen einen Bruder, den er endgültig verlieren würde, wenn er ihn nun fortjagte.

»Ich würde mich freuen, wenn du bei uns bliebest«, sagte er ruhig und hielt Daniel die Hand entgegen. »Du kannst bei uns wohnen oder das Haus in der Mengstraße wieder beziehen, wie du willst. Solange du dich nächstes Mal verabschiedest, ehe du bei Nacht und Nebel verschwindest.«

Ungläubig blinzelte Daniel zu ihm hoch, dann ergriff er die dargebotene Hand und stand zögernd auf. Einen Moment schien es, als wollte er etwas sagen, doch er schloss den Mund wieder und umarmte Henric schnell, die Lippen fest aufeinander gepresst.

Henric war im ersten Moment zu überrascht, um die Umarmung zu erwidern, legte dann aber den Arm um Daniels Schulter, die ungewohnt kantig unter dem Hemd hervorstach.

»Danke«, murmelte Daniel, nachdem er sich wieder gelöst hatte und den Blick hob.

»Du bist mein Bruder«, sagte Henric und erwiderte das Lächeln. »Mutter hat uns schwören lassen, füreinander da zu sein. Erinnerst du dich? Und auch wenn Vater den Schwur missbraucht hat, um uns seinen Willen aufzuzwingen, gilt er dennoch zwischen uns.«

*

Am nächsten Morgen erschien Daniel im Kontor und teilte Henric nach einigem Zögern mit, dass Christine ihm von seiner Erkrankung erzählt und ihn gebeten habe, ihn zu untersuchen. Offensichtlich machte sich seine Frau mehr Gedanken, als er angenommen hatte, ging Henric durch den Kopf, während er Daniel zu den Wohnräumen folgte.

Am Vorabend, als er ihr eröffnet hatte, dass Daniel bleiben würde, war Christine zwar alles andere als begeistert gewesen, aber zu Henrics Überraschung hatte sie keinen Widerspruch erhoben.

»Kannst du mir beschreiben, was das für Schmerzen sind?«, begann Daniel nun, nachdem sie alleine waren. »Wo spürst du sie genau, wann treten sie auf, sind sie gleichbleibend oder mal stärker und mal schwächer?«

»Es tut beim Atmen weh.« Henric legte die Hand auf den Brustkorb. »Es fühlt sich an, als würde jemand Nadeln zwischen meine Rippen bohren. Und ich bekomme schlecht Luft.«

»Immer?«

»Nein. Die Schmerzen lassen gelegentlich nach. Vor ein paar Tagen dachte ich sogar, sie seien ganz weg.«

Daniel runzelte die Stirn und richtete sich in seinem Stuhl auf, um Henrics Handgelenk zu nehmen. Seine Finger ruhten einen Moment auf der weichen Haut der Innenseite, dann ließ er wieder los und lehnte sich zurück. »Wie geht es dir sonst?«, fragte er. »Außer den Schmerzen?«

Henric zuckte mit den Schultern. »Ich bin müde und erschöpft, mehr, als ich es sein sollte«, antwortete er. »An manchen Tagen fühle ich mich so zerschlagen, als hätte ich stundenlang Kornsäcke zum Hafen geschleppt. An anderen wird mir wie aus dem Nichts schwindelig. Es wäre gut, wenn du Christine das nicht erzählen würdest«, fügte er schnell hinzu. »Sie macht sich schon genug Sorgen.« Seine eigenen Sorgen und auch die des Arztes erwähnte er nicht. Abraham hatte zwar nichts gesagt, aber Henric war nicht blind, und er hatte das Mitleid in den Augen des Juden durchaus bemerkt.

»Darf ich dich untersuchen?«

»Wenn es sein muss und Christine und dich beruhigt«, seufzte Henric. »Was soll ich tun?«

»Zieh das Hemd aus. Es dauert nicht lange«, sagte Daniel, während er aufstand und in seiner Tasche wühlte, die er mitgebracht hatte. »Am besten legst du dich auf ein Bett, dann kann ich besser tasten. Was ist mit dem Urin? Hast du schon einen Arzt deswegen aufgesucht?«

Henric unterdrückte ein Seufzen, während er sich aus dem Hemd schälte. Ärzte schienen sich vor allem für zwei Dinge zu interessieren, für Aderlass und Urin. Er hatte nie ganz verstanden, was beides mit seinen Beschwerden zu tun hatte, aber offensichtlich schien da ein Zusammenhang zu bestehen. »Abraham hat mich untersucht«, brummte er. »Am besten fragst du ihn.«

Zu seiner Überraschung nickte Daniel nur und ging voraus in die Schlafkammer, wo er die Fensterläden öffnete und Henric mit einer Geste aufforderte, sich niederzulassen. Als Henric sich jedoch hinlegen wollte, hielt er ihn zurück. »Bleib erst einmal sitzen«, ordnete er an und deutete auf ein hölzernes Rohr, das an einem Ende breit auslief. »Ich möchte dich erst abhören.«

Henric saß ruhig da, während Daniel das Rohr an seinen

Oberkörper hielt und daran lauschte. Er fragte sich, was sein Bruder wohl hören mochte außer dem Geräusch seines Atems, aber er schien zu wissen, wonach er suchte. Flink wanderte das Rohr von der rechten zur linken Brusthälfte, dann bat er Henric, sich zu drehen, damit er ihn auch von hinten abhören konnte. Seine Miene wirkte unbestimmt, als er das Gerät schließlich zur Seite legte und Henric aufforderte, sich hinzulegen.

Mit einem unterdrückten Seufzer tat Henric, wie ihm geheißen. »Ich habe das Gefühl, Christine traut dem Juden nicht«, murmelte er und verschränkte die Arme hinter dem Kopf.

»Sie macht sich Sorgen«, erwiderte Daniel, während seine Finger über Henrics Bauch glitten und in seine rechte Seite drückten. Henric zuckte zusammen. Sofort lockerte Daniel den Griff, drückte dann noch einmal vorsichtiger zu. »Hier tut es weh?«

»Wie man sieht«, zischte Henric mit zusammengebissenen Zähnen. »Wenn du drückst.«

Daniel nickte leicht und fuhr an einer anderen Stelle fort. Plötzlich stockte er. »Seit wann hast du das hier?«

»Was?« Henric reckte den Hals, um zu erkennen, was Daniel meinte.

»Dieses schwarze Mal? Hier an der Seite.«

»Ich sehe nichts.«

»Dreh dich bitte auf den Bauch.« Daniel erhob sich und ging hinaus. Als er wiederkam, hatte er eine dieser seltsamen Sehhilfen in der Hand, die manche Kaufleute nutzten, wenn ihr Augenlicht im Alter nachließ. Vorsichtig klemmte er sie sich auf die Nase und setzte sich wieder neben Henric auf das Bett. Seine Finger glitten über eine unebene Stelle knapp unterhalb der Achsel. »Es ist ein etwa daumengroßes, schwarzes Mal«, erklärte er ruhig, in einem Tonfall, bei dem Henric argwöhnte, dass er ihn auch sonst gegenüber seinen Patienten anschlug. »An den Rändern ist es leicht gezackt und zur Mitte hin etwas heller. Ist es Christine noch nie aufgefallen?«

»Ich weiß nicht. Was hat es denn zu bedeuten?«

Daniel zögerte, ehe er antwortete, einen kurzen Moment nur, sodass es ebenso gut zufällig hätte sein können, doch Henric entging es nicht. »Das weiß ich nicht. Es muss nichts bedeuten. Du kannst dich wieder anziehen, wenn du möchtest.« Rasch erhob Daniel sich, nahm die Sehhilfe von der Nase und wandte sich zum Fenster, um die Läden wieder zu schließen.

Er log. Henric spürte es, auch ohne sein Gesicht zu sehen, aber er fragte nicht. Stattdessen rutschte er vom Bett und ging zurück in die Stube. »Was ist es nun?«, erkundigte er sich beiläufig, während er wieder in das Hemd schlüpfte.

»Schwer zu sagen.« Daniel war ihm gefolgt und hatte sich wieder auf dem Stuhl niedergelassen, die Ellenbogen auf die Lehne gestützt und die Fingerspitzen nachdenklich aufeinandergelegt. »Du solltest dich schonen«, riet er schließlich. »Überlass die Arbeit im Kontor Hinnert. Ich werde nachher zum Apotheker gehen und versuchen, eine Salbe zu bekommen und etwas, was die Schmerzen lindert. Allerdings macht es auch benommen. Das solltest du wissen, wenn du es nimmst.«

Henric nickte, während er das Wams zurechtzupfte und den Gürtel wieder schloss. »Vielleicht werde ich es nicht brauchen«, sagte er bewusst unbekümmert. Wenn Daniel ihm schon verschwieg, wie es wirklich um ihn stand, dann spielte er eben mit. Es war ihm ohnehin lieber, als wenn Christine sich zu viele Sorgen machte. »Letztendlich liegt mein Leben ohnehin in Gottes Hand, oder?«

»Das tut es. Ich vermag zu heilen, doch ob mit Erfolg oder nicht, obliegt immer der Entscheidung unseres Schöpfers, so sehr mir das auch missfällt.« Daniel lächelte matt. »Du führst ein frommes und gottgefälliges Leben. Vielleicht hilft es eher, wenn du um Gesundheit betest, als wenn ich das tue.«

Auch ihre Mutter hatte fromm und gottgefällig gelebt, und dennoch hatte Gott sie früh zu sich geholt, wollte Henric erwidern, doch er schwieg und nickte nur.

Bremen, Mitte Mai 1381

Das Licht der Kerze warf unruhige Schatten an die Wände des Kontors. Es war still geworden in dem Haus, nachdem den ganzen Tag Karren vorgefahren und Waren abgeladen worden waren. Man konnte über den jungen Karsbek sagen, was man wollte, aber er hatte ein Auge fürs Geschäft, musste Lambrech anerkennen. Binnen weniger Wochen war es ihm gelungen, das Kontor wieder zum Leben zu erwecken. Der Junge verhandelte härter und geschickter, als es zunächst den Anschein gehabt hatte, und allmählich begann Lambrech zu verstehen, was seine Tochter an ihm fand. Bei ihrem ersten Zusammentreffen hatte er auf Lambrech den Eindruck eines verweichlichten Jünglings gemacht, der sich liebestoll an Mettes Rockzipfel gehängt hatte. Wenn die beiden zusammen waren, war es auch nach wie vor so, dass Mette den Kurs vorgab und Jan nur selten widersprach. Auf sich alleine gestellt, schien er jedoch tatsächlich in der Lage, Entscheidungen zu treffen, und das hart und schnell. Und das war bitter nötig, nachdem Mette Lambrech gezwungen hatte, sich gänzlich aus dem Geschäft herauszuhalten, und sie selbst sich bedeckt hielt, solange sie noch verheiratet war. Lambrech war nicht entgangen, dass sie ein Kind erwartete, und er konnte sich gut denken, wer der Vater war. Zumindest sorgte sie sich um den Haushalt und hielt Dirte, die zuvor die meiste Zeit bei ihrem Liebsten, einem Sattlergesellen, verbracht hatte, mit aller Härte zum Arbeiten an.

Die erzwungene Ruhe hatte Lambrech jedoch auch geholfen, wieder zu Sinnen zu kommen und in aller Ruhe zu überlegen, wie es weitergehen sollte. Jetzt, da er die Muße hatte, wurde ihm auch die wahnsinnige Umnachtung bewusst, in die sein Geist zu verfallen drohte und vielleicht schon verfallen wäre, wenn Mette und Jan nicht gekommen wären und ihn wachgerüttelt hätten. Mit Henrics Verrat war sein Lebenstraum einer Kaufmannsdynastie zerstört worden, und die folgenden Jahre hatte er viel zu viel Zeit darauf verwendet, Rachepläne zu schmieden und wieder fallenzulassen, anstatt sich um das Geschäft zu kümmern. Hinnert hatte recht, er war so besessen gewesen von der Idee, Henric zu vernichten, dass er sich beinahe selbst zerstört hatte. Nun musste er sehen, dass er die Zügel wieder in die Hand nahm. Mette kam ihm dazu sehr gelegen. Sie war klug genug, das Handelshaus weiterzuführen und ihren Kindern zu vermachen, sodass sein Erbe nicht verloren war. Mit etwas Geschick würde er Jan dazu bringen, den Namen Karsbek abzulegen, schließlich verband ihn nichts mehr mit seiner Sippschaft in Lübeck. Und dann würde der Name Suterman in Bremen überdauern. Nun galt es nur noch, sich aus Mettes Fesseln zu befreien. Sie hatte von Zeugen gesprochen ... Lambrech konnte sich gut vorstellen, wen sie meinte. Und da er nun eine Erbin hatte, brauchte er die anderen nicht mehr ...

Noch einmal überflog er die wenigen Zeilen, die er in die Wachstafel geritzt hatte. Mette und Jan hatten ihm das Werkzeug in die Hand gespielt, jetzt musste er es nur noch benutzen. Eigentlich hätte er Halbbein-Jannes nach Lübeck geschickt, aber der Kerl war seit einiger Zeit unauffindbar. Vermutlich hatte er sich aus dem Staub gemacht, ohne dass Lambrech es bemerkt hatte. Nun, es würde auch ohne ihn gehen.

Zufrieden klappte Lambrech die Tafel zusammen und reckte sich nach dem Siegelwachs, das er über der Kerzenflamme erhitzte und auf die Verschnürung der Tafel drückte. Morgen würde er einen zuverlässigen Boten suchen, der den Brief nach Lübeck brachte. Und dann würde das Schicksal seinen Lauf nehmen.

Lübeck, Juni 1381

Henric saß am Fenster und schaute hinaus in den Hof, von wo das fröhliche Lachen Mariekes erklang, die gemeinsam mit Jakob die Hühner fütterte. Er hatte das Kinn auf die Hand gestützt, sein Blick schien ins Leere zu gehen. Auf den Knien lag eine Decke, die bei der sommerlichen Wärme eigentlich nicht nötig wäre. Doch er fror, als zöge die Krankheit die Kraft aus seinem Körper, schleichend, aber unaufhaltsam.

»Du solltest etwas essen«, bemerkte Daniel, der mit einer Schale in der Tür stehengeblieben war. »Du musst wieder zu Kräften kommen.«

»Muss ich das?« Henric drehte ihm den Kopf zu, langsam, und ein mattes Lächeln huschte über sein Gesicht.

»Christine besteht darauf.« Daniel schob die Tür mit dem Fuß hinter sich zu und trat neben Henric an das Fenster, um die Schale mit der Gerstengrütze abzustellen. Eigentlich hatte Marieke für heute Abend gesottenes Ochsenfleisch mit Rosinen und Mandeln bereitet, doch Henrics Magen war kaum in der Lage, ein so schweres Essen zu verkraften. Seit Daniels Ankunft hatte sich sein Zustand zusehends verschlechtert, sodass er tagelang das Bett kaum verlassen konnte, und seine Haut hatte einen ungesunden Gelbton angenommen. Doch seit einigen Tagen schien es ihm besser zu gehen. Die Atembeschwerden wurden weniger, und Daniel ertappte sich schon dabei, wie er sich der trügerischen Hoffnung hingab, Henric könnte doch wieder ganz genesen.

Obwohl Henric ihm mehrfach angeboten hatte, das Haus in der Mengstraße wieder herrichten zu lassen, war Daniel hier geblieben. Solange er Henric helfen konnte, wollte er in seiner Nähe bleiben. Sie hatten mehr miteinander gesprochen an den langen Tagen, die Daniel am Bett seines Bruders saß, als in früheren Zeiten, und auch wenn Daniel sich bewusst war, dass er kaum nachholen konnte, was er versäumt hatte, genoss er es, sich mit Henric über die Zeit zu unterhalten, als sie beide noch Kinder gewesen waren in Bremen, über seine Erlebnisse in der Domschule und Henrics Freund Lutger, den Daniel nur flüchtig gekannt hatte. Christine hatte kein Wort darüber verloren, dass er einfach geblieben war, aber sie ging ihm aus dem Weg, soweit es möglich war. Im Moment verband sie die gemeinsame Sorge um Henric, die es einfacher machte, miteinander umzugehen.

Henric seufzte leise und nahm die Schale entgegen. Lustlos begann er zu essen.

»Ich soll dir übrigens Grüße von Herdrade Pleskow und ihrem Sohn ausrichten«, begann Daniel und lehnte sich an das Fenster, Henrics Blick folgend, der wieder zu dem blonden Jungen gewandert war, der mit großer Begeisterung die Körner durch die Luft warf. Er hatte bislang versucht zu verdrängen, dass Jakob sein Sohn war, aber tief in seinem Innern verspürte er einen dumpfen Schmerz bei dem Gedanken, den Jungen ein Leben lang verleugnen zu müssen.

»Jakob Pleskow ist inzwischen aufgebrochen?«

Daniel nickte. »Vor drei Wochen schon. Er war hier, aber das war zu der Zeit, als es dir so schlecht ging, dass Christine niemanden zu dir lassen wollte. Er rechnet damit, vor Mariae Himmelfahrt zurück zu sein, dann will er vorbeikommen. Er ist ein guter Freund, nicht wahr?«

»Freund …« Henric lächelte. »Er ist von allem etwas. Freund, Handelspartner, Vater. Ohne ihn stände ich niemals da, wo ich jetzt stehe. Auch wenn es nicht leicht ist, aus Pleskows Schatten herauszutreten.«

»Vater neidet dir den Erfolg.«

»Ich weiß.« Henric rührte gedankenverloren in der Grütze,

ohne davon zu essen. »Er ist wie ein Schatten, der mich verfolgt hat, seit ich aus Bremen weggegangen bin. Hinter jedem Fehlschlag musste ich seine Handlanger befürchten. Dabei habe ich ihm nichts getan.«

»Du hast dich geweigert, dich seinen Wünschen zu beugen. Das hat er dir nie verziehen.«

»Ich wünschte, es würde irgendwann ein Ende finden«, murmelte Henric. »Manchmal spiele ich mit dem Gedanken, nach Bremen zu reisen und ihm noch einmal ins Gesicht zu sehen. Damit er weiß, dass er mich nicht in die Knie gezwungen hat.«

Daniel wollte etwas erwidern, als plötzlich ein spitzer Schrei durch das Haus gellte. Eine Tür wurde geschlagen, Stimmen bellten in der Diele.

»Christine!« Daniel stand im nächsten Moment an der Tür. »Bleib hier!«, rief er hastig über die Schulter, dann eilte er mit schnellen Schritten hinab zur Diele. Sein Herz raste, als er den Durchgang erreichte – und erstarrte.

Ein gutes Dutzend Bewaffnete hatte sich Zugang zur Diele verschafft und die Tür hinter sich verrammelt. Einer der Kerle hatte Christine gepackt und zerrte sie in die Mitte des Raumes, während sie sich aus Leibeskräften wehrte. Neben der Tür lag Hinnert regungslos auf dem Boden.

Hastig drückte sich Daniel zurück in den Türrahmen. In seinem Kopf überschlugen sich die Gedanken, während er sich gehetzt nach etwas umschaute, was er als Waffe verwenden könnte. Im selben Moment schalt er sich einen Narren. Er konnte gerade mal ein Messer benutzen, ohne sich zu schneiden, und Simon war mit den beiden Knechten unten am Hafen und wäre wahrscheinlich nicht so schnell zurück. Wer immer hinter dem Überfall steckte, er hätte keinen besseren Zeitpunkt finden können.

»Holt das Kind!«, hörte er eine Stimme poltern, die ihm vertraut vorkam. Vorsichtig lugte er um die Ecke und erkannte die massige Gestalt Odo Karsbeks, der mitten zwischen den

Bewaffneten stand und mit einer knappen Geste zwei seiner Leute in den Hinterhof befahl.

»Lasst Jakob in Ruhe!« Christines Stimme überschlug sich fast. Verzweifelt wand sie sich in dem Griff. »Wagt es nicht, ihn anzurühren!«

»Halt den Mund!«, fuhr Karsbek sie an. »Zu dir komme ich noch, wenn es so weit ist. Wo ist dein Gemahl?«

»Was wollt Ihr von ihm?«

Karsbek trat dicht vor sie und beugte sich zu ihr hinab, sodass er beinahe ihr Gesicht berührte. »Ihm dafür danken, dass er mir meinen Sohn geraubt hat«, zischte er. »Seit er in Lübeck ist, hat dein Gemahl alles daran gesetzt, um mir zu schaden. Doch dieses Mal hat er den Bogen überspannt. Wo ist er?«

Ein schrilles Kinderbrüllen schluckte ihre Antwort. Die Tür zum Hinterhof wurde aufgestoßen, und die beiden Schläger kehrten zurück, Jakob und Marieke mit sich schleifend.

»Jakob!« Mit einem Aufschrei warf sich Christine vor, entglitt für einen Moment den Händen ihres Bewachers. Sie strauchelte, fiel schwer zu Boden, um sich aber gleich wieder aufzurappeln und auf ihr Kind zu stürzen, das sie mit beiden Armen umschlang. Der Junge heulte spitz auf, das Gesicht zu einer roten Grimasse verzogen.

Daniel biss sich auf die Lippen. Er musste etwas tun. Doch während er noch mit sich rang, ob er eingreifen oder versuchen sollte, Hilfe zu holen, griff einer der Schläger auf Karsbeks Wink hin Christines Arm und zerrte sie grob hoch. Sie schrie auf, rang nach Luft, als der Kerl sie an sich drückte und fest umklammert hielt.

»Wo ist dein Gemahl?«, wiederholte der Kaufmann schneidend seine Frage. »Raus mit der Sprache, sonst wirst du am eigenen Leib erfahren, was es heißt, einen Sohn zu verlieren!« Mit einer knappen Geste wies er seine Männer an, Jakob hochzuziehen.

»Ich bin hier.«

Daniel zuckte zusammen, als Henric neben ihm in den

Durchgang trat. Seine Hand tastete nach dem Türrahmen, als suche er Halt, sein Gesicht war aschfahl. Mit einer kaum erkennbaren Kopfbewegung bedeutete er Daniel zu bleiben, wo er war, als dieser schon aufspringen wollte.

»Was tut Ihr in meinem Haus?« Henric sprach nicht laut, aber seine Stimme durchschnitt den Raum wie eine eisige Klinge.

Karsbek war herumgefahren. Ein zufriedenes Grinsen breitete sich auf seinem Gesicht aus. Seine Augen funkelten. »Sieh an, da seid Ihr ja. Ihr kommt gerade recht. Wisst Ihr, was ich mit Leuten mache, die mir gegen das Bein treten, hm? Ich trete zurück, und zwar so lange, bis der Knochen kracht.« Seine Stimme war gefährlich leise geworden. »Ihr habt mir zu oft gegen das Bein getreten, Suterman. Nicht nur einmal, nein, ein Dutzend Mal. Doch jetzt seid Ihr zu weit gegangen.«

»Ich habe keine Ahnung, wovon Ihr sprecht«, erwiderte Henric kühl. Langsam stieg er die wenigen Stufen hinab, sichtlich unsicher und mit der Hand nach Halt suchend. »Und nun lasst meine Frau und meinen Sohn los!«

»Ich glaube nicht, dass Ihr in der Position seid, Befehle zu erteilen.«

»Ihr seid in meinem Haus! Man wird Euch zur Rechenschaft ziehen für das, was Ihr hier tut!« Henrics Blick wanderte zu Hinnert. »Was habt Ihr mit ihm gemacht?«

»Er hat sich uns in den Weg gestellt«, erwiderte Karsbek ungerührt. »Wobei es nicht den Falschen getroffen hat.«

»Ihr seid ein Monster!«

»Oh nein, Suterman. Das Monster seid Ihr!« Karsbeks Kopf ruckte herum. »Ich werde dafür sorgen, dass Ihr den Tag nicht vergesst, an dem Ihr beschlossen habt, mir meinen Sohn zu nehmen. Es wird mir eine Freude sein, Euch winseln zu sehen, und glaubt mir, niemand im Rat wird etwas dagegen sagen, wenn sie erfahren, was für ein verlogener Dämon Ihr seid.« Er gab den Schlägern mit einem knappen Wink zu verstehen, dass sie Henric ergreifen sollten.

Daniel fuhr herum, sah sich gehetzt in dem Raum um. Es war gleichgültig, ob er etwas ausrichten konnte, er durfte nicht länger tatenlos dastehen. Eine Waffe! Er brauchte eine Waffe! Sein Blick fiel auf den Kachelofen und den eisernen Haken, der daneben an der Wand hing. Das könnte gehen. Mit einem Satz war er bei dem Gerät und riss es von der Wand, ehe er mit schnellen Schritten zur Diele eilte. Keinen Augenblick zu früh, denn gerade hatten zwei der Schläger Henric gepackt, um ihn vor Karsbek zu zerren. Ein dürres Lächeln kräuselte die Lippen des Kaufmanns, das jedoch erstarrte, als Daniel unvermittelt hinter den beiden Waffenknechten auftauchte und mit dem Schürhaken ausholte. Lass mich nicht Henric treffen, sandte er ein Stoßgebet gen Himmel. Dann schlug er zu.

Es gab ein hässliches Knirschen, als das Eisen den Schädel traf. Mit einem ergebenen Stöhnen sank der Mann in sich zusammen.

Daniel nahm sich keine Zeit, sich zu wundern, wie einfach das gewesen war, sondern nutzte den Moment, da der andere Mann erschrocken herumfuhr, und packte Henrics Arm, um ihn mit einem Ruck aus dem Griff des Kerls zu befreien und hinter sich zu schieben. Mit beiden Händen fasste er den Schürhaken, den er drohend vor sich hielt. Es war albern, anzunehmen, dass er sich auf Dauer damit verteidigen könnte, aber es gab ihm Sicherheit. »Einen Schritt, und ich ramme Euch das Ding durch den Leib!«

Karsbek schien einen Moment zu verblüfft, um zu reagieren. Er wechselte einen raschen Blick mit den Schlägern und verschränkte dann die Arme. »Und dann?«, bemerkte er spöttisch. »Was habt Ihr danach vor?«

»Es wird sich zeigen, was Eure Leute machen, wenn der Spieß in Euren Schulterblättern steckt.«

Karsbek ließ ein höhnisches Lachen ertönen. »Nun, wenn Ihr wollt … Bringt mir das Kind!«

Daniel spürte, wie Henric zusammenzuckte und sich an ihm vorbeidrängen wollte, aber er hielt ihn mit einem raschen

Schritt zur Seite zurück und schüttelte den Kopf. Aus den Augenwinkeln sah er Christine, die sich wie eine Rasende in dem Griff des Waffenknechts wand. Wenn der Kaufmann Jakob tatsächlich etwas antun wollte, würden sie ihn kaum aufhalten können, wurde Daniel mit einem Mal klar. Und er war sich keineswegs sicher, dass Karsbek nicht Ernst machen würde. »Was wollt Ihr eigentlich hier?«, herrschte er den Kaufmann schroff an, bemüht, die Unsicherheit in seiner Stimme zu verbergen.

»Das solltet Ihr Euren Bruder fragen«, zischte der Kaufmann und packte Jakob grob an den Haaren, sodass der Junge schmerzerfüllt aufschrie. »Er ist es doch, der meinen Sohn auf dem Gewissen hat! Er hat versucht, mich zu täuschen, aber ich kenne die Wahrheit! Es war von Anfang an ein abgekatertes Spiel! Jan habt Ihr erledigt, wann hattet Ihr vor, das Gleiche mit Tideke zu machen? Glaubt Ihr, mich vernichten zu können, indem Ihr meine Söhne beseitigt?«

»Beseitigt?« Daniel spürte, dass er den Schürhaken nicht mehr lange würde halten können. »Aber Jan ist doch freiwillig gegangen.«

»Lügt nicht!«, fuhr Karsbek auf. »Euer Bruder und dieses … dieses Wiesel dort haben ihn umbringen lassen! Aber er wird mir noch verraten, wo er seinen Leichnam versteckt hat, damit wir ihn wenigstens anständig beisetzen können! Oder habt Ihr ihn den Möwen zum Fraß vorgeworfen?«

»Ich habe gar nichts getan«, mischte sich Henric wieder ein. Trotz der Anspannung, die in seiner Stimme mitschwang, wirkte er erschöpft. Seine Hand tastete nach Daniels Schulter. »Ich weiß nicht einmal, wovon Ihr sprecht.«

»Er glaubt, du hast Jan Karsbek auf dem Gewissen«, sagte Daniel langsam, während ihm plötzlich klar wurde, was hier gespielt wurde. Er ließ den Schürhaken sinken. »Ihr habt einen Brief aus Bremen erhalten, nicht wahr?«, wandte er sich an Karsbek. »Von unserem Vater?«

Der Kaufmann nickte grimmig. Noch immer hielt er den wimmernden Jakob fest umklammert. »Er hat mir die Augen geöffnet, was für ein falsches Spiel Ihr treibt, Suterman. Ich war blind, es nicht selbst zu sehen.«

»Der Einzige, der ein falsches Spiel treibt, ist unser Vater. Jan ist nicht tot. Er ist mit Mette in Bremen. Und das sollte gerade unser Vater nur zu genau wissen.«

»Ihr wollt sagen, er lügt?«, grollte Karsbek.

Daniel nickte. Sein Blick glitt unbehaglich zu den Schlägern, die sich in einem Halbkreis um ihren Herrn aufgestellt hatten, die Pranken bedrohlich um die eisenbeschlagenen Knüppel gelegt. »Es trägt seine Handschrift«, erklärte er schnell. »Aber Ihr könnt mir glauben, ich weiß, dass Jan lebt. Ich habe ihn selbst gesehen.«

»Wo?«

»In Köln. Er war mit Mette dort. Sie wollten gemeinsam nach Bremen gehen.«

Karsbeks Kiefer mahlten sichtbar, während er Daniel musterte und sein Blick dann weiter zu Henric wanderte. »Wer sagt mir, dass Ihr nicht lügt?«, schnaubte er schließlich.

»Ihr könnt jemanden nach Bremen schicken, um Euch selbst zu überzeugen«, seufzte Daniel. »Aber glaubt mir, Ihr werdet Euren Sohn dort gesund und wohlbehalten antreffen.«

»Mein Vater hat Euch benutzt«, sagte Henric leise. Seine Hand krallte sich in Daniels Schulter, offensichtlich bereitete es ihm Mühe, auf den Beinen zu bleiben. »Seit ich Bremen verlassen habe, versucht er, mich zu vernichten. Ihr seid ihm ein willkommenes Werkzeug dabei.«

Karsbek antwortete nicht gleich, aber die tiefen Falten auf seiner Stirn deuteten an, dass er angestrengt nachdachte. »Also gut, Suterman«, knurrte er. »Ich will Euch glauben. Tideke reist ohnehin die Tage nach Brügge, da wird er einen Umweg über Bremen machen. Doch wehe Euch, wenn Ihr mich belügt«, fügte er drohend hinzu.

»Keine Sorge«, murmelte Henric. »Und nun verschwindet endlich.«

Daniel konnte dem Kaufmann ansehen, dass ihm bereits

eine scharfe Erwiderung auf der Zunge lag, aber dann wandte er sich nur um und bedeutete seinen Leuten, ihm zu folgen. Zwei von ihnen nahmen ihren Kameraden hoch, der immer noch ohne Bewusstsein war, und schleppten ihn hinter den anderen hinaus.

Mit einem erstickten Laut stürzte Christine auf Jakob und drückte ihn schluchzend an ihre Brust. Marieke war zu Boden gesunken, wo man sie losgelassen hatte, und weinte leise. Als Daniel sich Henric zuwenden wollte, schüttelte dieser mit einem schwachen Lächeln den Kopf. »Sieh nach Hinnert«, bat er leise. »Ich komme schon zurecht.« Daniel warf ihm einen zweifelnden Blick zu, nickte dann aber stumm.

*

Die Kerze war fast ganz heruntergebrannt, als Daniel das Knarren der Tür hinter sich hörte. Müde hob er den Kopf und blinzelte in das Dämmerlicht.

»Was ist mit ihm?« Henric trat neben ihm an das Bett und blickte hinab auf Hinnert, der steif und regungslos dalag, die dürren Hände auf dem Bauch verschränkt und die Augen geschlossen. Er wirkte friedlich, fast als würde er schlafen.

Daniel wich Henrics Blick aus. »Sie haben ihm die Schläfe eingeschlagen«, sagte er leise. »Er war nicht bei Bewusstsein, als er gestorben ist.«

Er ahnte Henrics Nicken mehr, als dass er es sah. »Christine hat erzählt, er habe versucht, Karsbek aufzuhalten«, sagte er, während er sich mit einem leisen Seufzer neben Daniel auf die Bettkante setzte. »Es ist schon seltsam, dass ausgerechnet der Mann, der über viele Jahre Vater treu zur Seite stand, ihm letztendlich zum Opfer fällt.«

»Im Gegensatz zu Vater wusste Hinnert, wo die Grenzen sind. Und wahrscheinlich wusste er zu viel.« Daniel lächelte traurig. Dann wandte er den Blick zu seinem Bruder. »Wie geht es dir?«

»Gut wäre wohl übertrieben. Ich wollte dir danken.«

»Wofür?«

»Dass du uns gerettet hast. Ich bin mir sicher, Karsbek hätte uns alle erschlagen lassen, wenn du nicht gewesen wärst. Mette ist also in Bremen?«, fragte er schnell, ehe Daniel Gelegenheit hatte, etwas zu erwidern.

»Ich hoffe es.« Daniel seufzte leise. »Sie wollte dorthin, obwohl ich ihr davon abgeraten habe.«

»Mette lässt sich wenig sagen.«

»Ich weiß.«

Einen Moment lang schwiegen sie. Dann erhob sich Henric wieder. »Ich sollte nach Christine sehen«, bemerkte er. »Der Schreck steckt ihr noch in den Gliedern.«

Daniel nickte stumm. Zu gern wäre er bei ihr und hätte sie getröstet, aber er wusste, dass es nicht seine Aufgabe war.

»Danke«, murmelte er.

Henric hob fragend die Brauen.

»Dass du mich nicht wieder fortgejagt hast«, fügte Daniel an.

Ein schwaches Lächeln glitt über Henrics Züge, dann wandte er sich ab und schloss die Tür hinter sich.

Der Luftzug ließ die Kerze erlöschen.

Lübeck, Anfang Juli 1381

Daniels Blick glitt fasziniert über die Bücher, die Abraham neben allerlei Tiegeln und Töpfchen auf einem Regal aufgereiht hatte. Er hatte gewusst, dass der Jude ein belesener Mann war, aber ihm war nicht bewusst gewesen, dass er seine Leidenschaft für Bücher teilte. Abrahams Bibliothek war um einiges umfangreicher als die, die er vor Jahren angefangen hatte anzulegen.

Abraham war seinem Blick gefolgt. »Ihr mögt Bücher?«

»Sieht man mir das an?«

»Ich erinnere mich noch an das Haus, das Ihr damals in der Mengstraße bewohnt habt. Ihr hattet weder Geschirr noch genug Möbel, aber eine Reihe Bücher, die Ihr wie einen Schatz gehütet habt. Aber Ihr seid sicher nicht gekommen, um mit mir über Avicenna oder Mondino de Luzzi zu sprechen«, stellte er fest. »Was kann ich für Euch tun?«

»Ich brauche Euren Rat.«

»Meinen Rat?« Abraham hob beide Augenbrauen. »Wie kommt es, dass ausgerechnet Ihr um Rat fragt?«

Daniel lächelte schief. Der Ruf, hochmütig zu sein, haftete ihm also nach all den Jahren noch an. »Es geht um meinen Bruder«, sagte er ruhig, ohne auf Abrahams Frage einzugehen. »Ihr habt ihn behandelt?«

»Ehe Ihr zurückgekehrt seid, ja.« Der Jude hatte sich auf seinem Stuhl zurückgelehnt. Den Blick seiner dunklen Augen hielt er forschend auf Daniels Gesicht gerichtet. »Was wollt Ihr wissen?«

»Ich hätte gern Eure Meinung.«

Einen Moment lang schwieg Abraham. »Was wollt Ihr hören?«

»Die Wahrheit.«

»Das habe ich befürchtet.« Abraham seufzte leise, ehe er ruhig fortfuhr: »Ich bin mir sicher, dass Euer Bruder das Weihnachtsfest nicht erleben wird. Spätestens mit den Herbststürmen wird die Krankheit seinen Körper gänzlich geschwächt haben.«

Daniel nickte leicht. Er hatte es befürchtet und ähnlich bewertet. »Es ist dieses schwarze Mal, nicht wahr?«

»Was meint Ihr?«

»An seiner Seite ist ein schwarzes Mal. Ihr habt es sicher bemerkt. Es ... ich habe so etwas früher schon gesehen. An einem Toten, dessen Organe seltsam verwachsen waren.«

»Dann wisst Ihr mehr als ich.« Der Jude lächelte schwach. »Aber Ihr habt recht, ich habe es gesehen, und ich habe etwas Ähnliches auch schon bei anderen Patienten gesehen und weiß, dass sie meistens binnen einem Jahr gestorben sind. Einige von ihnen unter großen Schmerzen.«

»Ich hatte gehofft, dass Ihr wisst, wie man es aufhalten kann.« Daniel ahnte, dass diese Hoffnung trügerisch war. Er war daher auch nicht sehr erstaunt, als der Arzt langsam den Kopf schüttelte.

»Ich kenne kein Mittel. Das Einzige, was Ihr für Euren Bruder tun könnt, ist, ihm die Schmerzen zu nehmen.«

Leise seufzend senkte Daniel den Blick, die Lippen zwischen die Zähne gezogen. Dann erhob er sich. »Ich danke Euch für Eure Hilfe«, sagte er freundlich.

Der Jude neigte bedächtig den Kopf. »Ich helfe Euch gern, soweit ich es vermag. Eine Sache noch.«

Daniel, der schon zur Tür gehen wollte, drehte sich fragend um. Er spürte den forschenden Blick, mit dem der Jude ihn maß.

»Das Kind, Jakob. Meint Ihr nicht, es wäre an der Zeit, ihm reinen Wein einzuschenken?«

»Was meint Ihr?«, stammelte Daniel, überrumpelt von der

Offenheit der Frage. Eine unsichtbare Faust schien sich mit einem Mal in seinen Magen zu rammen und ihm die Luft zu nehmen.

Abraham lächelte fein. »Ich habe das Kind gesehen bei der Geburt, es ist nicht zu früh geboren. Es ist Euer Bastard, habe ich recht?«

Daniel nickte langsam, unfähig, etwas Passendes zu erwidern.

»Es geht mich nichts an«, fuhr Abraham fort. »Aber Ihr solltet Euch überlegen, ob Ihr nicht Euren Frieden mit ihm machen wollt, solange Ihr es noch könnt.«

Daniel starrte ihn an, wandte dann den Blick ab und schaute blind durch den Raum. »Ich weiß nicht, was richtig ist«, sagte er. »Wenn ich es wüsste, hätte ich es längst getan.«

»Dann erforscht Euer Gewissen.« Abraham zuckte leichthin mit den Schultern. »Es ist letztendlich Eure Entscheidung, Daniel Suterman.«

Daniel nickte zerstreut und drehte sich um. Ohne einen Gruß verließ er das Haus.

Er lief noch eine Weile ziellos durch die Stadt, während er über das nachdachte, was Abraham ihm gesagt hatte. Er hatte den Gedanken, Henric die Wahrheit zu sagen, nach Christines deutlichen Worten fast vollkommen verdrängt, und mittlerweile nahm ihn die Sorge um Henric so sehr in Anspruch, dass die Unruhe, die ihn zurück nach Lübeck getrieben hatte, zwischenzeitlich fast verschwunden war. Doch jetzt war sie wieder da, drängender als zuvor, schnürte ihm den Hals zu, dass er meinte, keine Luft mehr zu bekommen, während er durch die Straßen irrte und mit sich rang. Er würde alles zerstören, wenn er die Wahrheit sagte. Aber Henric verdiente es nicht, mit einer Lüge zu sterben. Zwar ging es ihm zurzeit merklich besser, doch Daniel ahnte, dass es nur eine Verschnaufpause war.

Als er sich schließlich auf den Heimweg machte, hatte er eine Entscheidung getroffen. Ein klammes Gefühl breitete sich in seiner Brust aus, und seine Hände zitterten leicht, als er in die Diele trat und gleich zum Kontor hinüberging, wo er Henric wusste. Seit er sich gut genug fühlte, seine Schlafkammer zu verlassen, ließ er es sich nicht nehmen, die Geschäfte wieder selbst zu führen.

Doch zu Daniels Überraschung fand er am Schreibtisch nur Christine vor, die Listen mit Waren durchging, um sie im Geschäftsbuch zu vermerken. Sie sah auf, als Daniel in der Tür stehenblieb.

»Du warst lange fort«, bemerkte sie in demselben kühlen Ton, den sie ihm gegenüber jetzt immer anschlug.

Daniel nickte leicht. »Ich habe über ein paar Dinge nachgedacht.« Er zögerte, ehe er nachfragte: »Wo ist Henric?«

»Er ist zum Rathaus gegangen. Er wollte es und ließ sich von mir nicht zurückhalten.«

»Danke.« Daniel wollte sich schon abwenden, als Christines Räuspern ihn zurückrief. Sie hatte die Feder beiseitegelegt und schaute ihn fragend an. »Was willst du von ihm?«

Daniel blieb in der Tür stehen, zögerte. Dann drehte er sich wieder zu ihr um. »Ich werde ihm die Wahrheit sagen.«

Christines Miene gefror. Langsam erhob sie sich, die Fingerspitzen auf die Tischplatte gestützt. »Bist du wahnsinnig geworden?«

»Nein, ich habe nur das Lügen endgültig satt.« Daniel legte den Kopf in den Nacken und atmete tief durch. »Jedem ist offensichtlich, wer Jakobs Vater ist. Warum willst du ihn immer weiter belügen?«

»Weil es ihn umbringen würde, verdammt!« Ihre Augen funkelten vor Wut und Angst, während sie ihn anstarrte und die Hände zu Fäusten ballte, dass die Knöchelchen weiß hervortraten. »Es geht dir doch nur um dich! Um dein schlechtes Gewissen! Denkst du überhaupt einmal darüber nach, was das alles für Jakob und mich bedeutet?«

»Es geht nicht um mich, Christine«, seufzte Daniel. »Glaub mir, die Zeiten sind vorbei. Ich habe schon fast alles verloren, was mir jemals etwas bedeutet hat. Wenigstens einmal will ich ehrlich sein. Henric verdient es nicht, belogen zu werden. Bitte, Christine, lass uns in Ruhe darüber reden.« Hilflos machte er einen Schritt auf sie zu, streckte die Hand nach ihr aus, doch sie wich zurück. Rote Flecken traten auf ihre Wangen. »In Ruhe?«, fauchte sie. »Worüber denn? Dass du dir einen wirklich guten Zeitpunkt dafür ausgesucht hast? Oder willst du ihn umbringen? Ist es das, was du willst? Ihn endlich loswerden, damit du mich wieder haben kannst?«

»Bei allen Heiligen, ich wollte ihn nie loswerden!« Daniel spürte, wie jähe Wut in ihm aufstieg. Wie kam sie dazu, ihm Selbstsucht vorzuwerfen, wenn sie es war, die ihren Kopf retten wollte? Darum ging es doch, wenn sie ihm verbot, Henric die Wahrheit zu sagen. Um ihre Furcht, verstoßen und verlassen zu werden!

Ehe er sich besann, war er bei ihr und packte ihr Handgelenk, sodass sie einen schmerzerfüllten Laut ausstieß. »Hör auf, so etwas zu sagen«, fuhr er sie grob an. »Ich tue alles, um Henric zu retten! Aber es ist zu spät! Er wird sterben, hörst du? Sterben! Wahrscheinlich noch vor dem Jahreswechsel, wenn kein Wunder geschieht! Ich will nicht mit einer Lüge behaftet von ihm scheiden!«

Christine starrte ihn an. Verstehen stieg in ihren Augen auf, langsam erst, gepaart mit stummem Schmerz, der Daniels Hals eng werden ließ. »Du hast es gewusst, oder?«, flüsterte sie erstickt. »Du hast es von Anfang an gewusst.«

Daniel nickte langsam. Sein Griff löste sich, fahrig machte er einen Schritt zurück. »Es ist nicht heilbar«, sagte er leise, erstaunt darüber, wie gut ihm seine Stimme gehorchte. »Es ist eine Art Geschwür, aber es frisst sich durch den Leib. Ich habe es gesehen, damals in Bologna. Ich kann … nichts dagegen tun.«

»Warum hast du nichts gesagt?«

»Weil ich gehofft habe, dass es doch eine Heilung gibt. Deshalb war ich heute bei Abraham dem Juden.«

»Aber es gibt keine, oder?« Ihre Hand tastete nach seinem Arm. »Sieh mich an, Daniel! Gibt es eine?«

Stumm schüttelte er den Kopf.

Sie senkte den Blick und ließ die Hand wieder sinken. Ein schmerzlicher Zug lag auf ihrem Gesicht. »Wirst du es ihm nun sagen? Immerhin hat er …« Sie stockte, als sie an ihm vorbei zur Tür sah. Ihre Augen weiteten sich.

Daniel fuhr herum und zuckte zusammen, als er Henric erkannte, der in der Tür stand. Er hatte ihn nicht kommen gehört. Eine eisige Faust schloss sich um seinen Hals.

Ehe er etwas sagen konnte, drängte Christine an ihm vorbei und auf ihren Gemahl zu. Daniel sah, wie sie zögerte, ehe sie Henric dann wie aus einem Impuls heraus umarmte und das Gesicht an seiner Schulter barg.

Daniel räusperte sich, um den Knoten zu lösen, der es ihm unmöglich machte, auch nur ein Wort herauszubringen. »Ich nehme an, du hast alles gehört?«

»Ihr wart kaum zu überhören.« Ein schwaches Lächeln glitt über Henrics Züge, während er die Arme um Christine legte. »Du wolltest mit mir sprechen?«

»Ist das noch notwendig?«, murmelte Daniel und ließ sich schwer auf den Stuhl fallen. Er fühlte sich mit einem Mal unfassbar müde und kaputt. »Du weißt es jetzt ohnehin.«

»Ich habe es schon länger gewusst. Allerdings habe ich darauf gewartet, dass du irgendwann mit der Sprache herausrückst. Und war froh, als du es dann nicht getan hast.«

»Du hast es gewusst?« Christine hob den Kopf, blinzelte verstört. »Aber …«

Henric sah sie freudlos an. »Sagen wir besser, geahnt. Kann ich mich setzen?«

Christine ließ ihn los, als hätte sie heißes Eisen angefasst. Eilig rückte sie einen der Stühle heran und blieb dahinter stehen, die Hände auf Henrics Schultern gelegt, der sich mit einem erschöpften Seufzer niederließ.

Daniel spürte Henrics Blick, der auf ihm ruhte. »Sag es mir

wenigstens einmal ins Gesicht. Ich möchte es einmal aus deinem Mund hören.«

»Ich hatte nie geglaubt, dass du mir verzeihen könntest«, murmelte Daniel, während er sich zwang, Henrics Blick zu erwidern. »Es stimmt, Jakob ist mein Sohn.« Vergeblich suchte Daniel nach der Erleichterung, die er erwartet hatte, jetzt, da es endlich ausgesprochen war. Aber er empfand nichts, nur Scham, sodass er sich fast wünschte, Henric würde aufstehen und ihm ins Gesicht schlagen, wüten, schreien, irgendetwas tun.

Doch Henric saß nur ruhig da, die Hand auf Christines Finger gelegt, und schaute ihn nachdenklich an. »Ich werde sterben?«, fragte er unvermittelt.

Daniel nickte zögerlich. »Das schwarze Mal unter der Achsel … Es scheint es auszulösen. Die Schmerzen, die du hast, rühren daher. Im Moment ist es besser, aber es wird wiederkommen, stärker als zuvor. Es wird ein langsamer, schmerzhafter Tod sein.« Daniel schluckte. »Ich werde alles tun, was ich vermag, um es dir so leicht wie möglich zu machen.«

Henrics Blick wirkte gefasst. »Ich habe es geahnt. Tu mir einen Gefallen, Daniel, und versuch nicht weiter, mich zu belügen. Ich möchte ehrlich wissen, wie es um mich steht.«

»Es war … es ist schwer, jemandem ins Gesicht zu sagen, dass er stirbt. Noch dazu, wenn es der eigene Bruder ist.«

»Unser Leben liegt allein in Gottes Hand«, lächelte Henric matt. Seine Finger schlossen sich um Christines Hand. »Wenn es sein Wille ist, wäre es töricht, sich dagegen aufzulehnen. Ich hoffe nur, dass ich noch genug Zeit habe, um alles zu ordnen, ehe er mich abberuft.«

Sacht schob er Christines Arm beiseite und erhob sich. Sein Blick glitt zum Fenster, durch das der Lärm der Straße zu ihnen hineindrang. »Bring mich nach Bremen, Daniel«, sagte er leise, dann wandte er sich ohne ein weiteres Wort ab und ging hinaus.

Lübeck, Anfang August 1381

Es waren überraschend viele Dinge, die Henric vor der eilig geplanten Abreise zu regeln hatte, und Daniel stellte einmal mehr fest, wie einflussreich und weitreichend die Beziehungen seines Bruders inzwischen waren. Nicht nur die Zukunft des Geschäfts musste abgesichert werden, sondern auch die weitläufigen Verflechtungen mit den anderen Mächtigen der Stadt mussten abgeklopft werden, damit diese Christine und Jakob nach Henrics Tod nicht in den Rücken fielen.

Henric war unermüdlich auf den Beinen. Es gab keinen Tag, an dem er nicht noch ein Gespräch mit Freunden oder Handelspartnern führte, Briefe schrieb oder Anordnungen verfasste. Selbst die Ratssitzungen besuchte er, obwohl Daniel ihn eindringlich gebeten hatte, sich zu schonen. Aber vielleicht war es gerade die Wichtigkeit dieser Aufgaben, die dafür sorgte, dass er wieder zu Kräften kam – sodass Daniel sich zwischenzeitlich schon fragte, ob Abraham und er sich nicht doch täuschten. Doch dann waren da wieder die Momente, in denen er Henric abends am Fenster sitzend vorfand, in sich gekehrt und in Gedanken, und sein Gesicht im Licht der Kerzen die Erschöpfung wiederspiegelte, die er tagsüber verdrängen konnte.

Daniel hatte zunächst überlegt, ob sie auf dem Seeweg nach Bremen reisen sollten, um die Anstrengung für Henric gering zu halten, doch der hatte ihm dringend davon abgeraten. Zwar ging von den Dänen zurzeit wenig Gefahr aus, dafür lauerten Seeräuber in der Ostsee und an den Sundpassagen, und auch den holsteinischen Adligen käme es sicher wie gerufen, wenn ihnen ein lübischer Ratsherr ins Netz ginge. Auf der Suche nach einer geeigneten Fortbewegungsart über den Landweg bot ihnen schließlich der junge Brun Warendorp an, sich einem Handelszug anzuschließen, mit dem er gen Stade aufbrechen wollte. Die Gesellschaft der Fuhrwerke und Bewaffneten, die den Zug beschützen sollten, bot zumindest einen Großteil des Weges Sicherheit.

Es war ein sonniger, warmer Tag, als sie schließlich aufbrachen. Claas würde sie begleiten und sich um den Wagen und die Tiere kümmern, die Henric für die Reise erstanden hatte. Simon würde Christine im Kontor zur Hand gehen, außerdem hatte Henric einen neuen Schreiber eingestellt, der ihr einen Großteil der Arbeit abnehmen konnte. Bis zu ihrer Rückkehr war damit erst einmal alles geregelt, und was danach kam, das lag ohnehin in Gottes Hand.

Daniel nahm seinen Mantel und wollte gerade hinab in die Diele gehen, wo Henric sich von seinem Haushalt und Freunden verabschiedete, als Christine in der Tür seiner Kammer stand. Sie hatte den Schleier sorgsam im Haar festgesteckt und hielt die alte Katze auf dem Arm, die träge schnurrte. Auch wenn die Jahre sie reifen lassen hatten, strahlte sie immer noch eine solche Schönheit aus, dass es Daniel den Atem nahm. Ihr Gesicht war erwachsener geworden, nicht mehr die jugendliche Nymphe, die ihm mit einem verschämten Lächeln den Verstand raubte, sondern von madonnenhaftem Ernst. Vermutlich hatte er selbst dazu beigetragen, dass sie die Welt der Träume verlassen hatte und in der Wirklichkeit angekommen war, dachte er in einem Anflug von Bitterkeit. Wer mochte wissen, was geschehen wäre, wenn er sie damals nicht im Stich gelassen hätte?

»Du bist so weit?«, erkundigte sie sich ruhig.

Er nickte und zwang sich zu einem Lächeln. »Solltest du nicht unten sein und dich von Henric verabschieden?«, fragte er, nachdem sie keine Anstalten machte, beiseite zu treten und ihn durchzulassen.

»Das sollte ich ..., sobald die anderen ihre Segenswünsche beenden und ich die Gelegenheit habe.« Sie sah zu Daniel auf. »Er ist beliebt.«

»Das war er immer. Schon als Kind. Vermutlich, weil ich genug von dem Talent geerbt habe, sich unbeliebt zu machen, dass es für uns beide reicht.«

»Mette und du gebt euch wenig«, stellte Christine nüchtern fest. »Aber du hast recht, im Vergleich zu dir weiß Henric, was Pflicht und Freundschaft bedeuten.«

Da war sie wieder, die Spitze. Meist kamen die Bemerkungen auf leisen Sohlen, unvermutet, aber sie trafen. »Es tut mir leid, Christine«, sagte er leise und seufzte. »Ich habe dir das schon viele Dutzend Mal gesagt, und ich kann nicht mehr, als es dir immer und immer wieder zu versichern. Ich war ein Narr, ein selbstsüchtiger Narr. Und vielleicht bin ich das immer noch, weil ich darauf hoffe, du könntest mir eines Tages verzeihen.« Er holte tief Luft, wandte den Blick zum Fenster, das offen stand und den Blick freigab auf den sonnengefluteten Hof. Hühnergackern drang leise zu ihnen hinauf. »Wir sollten gehen«, sagte er. »Henric wird sich fragen, wo wir bleiben.«

Christine regte sich immer noch nicht, aber ihre Augen suchten Daniels Blick. »Du hast mich damals in ein tiefes Loch gestoßen, aus dem ich beinahe nicht wieder herausgefunden hätte«, sagte sie leise. Ihre Stimme klang eigentümlich rau, als kämpfe sie innerlich gegen etwas an, was sie mit aller Macht vor ihm verborgen halten wollte. »Henric hat immer gewusst, dass ich ihn nicht liebe, und er hat mich nicht geliebt. Dennoch hat er mich nie im Stich gelassen, obwohl ich ihm keinen Erben schenken konnte. Du hast mich geliebt, und es hat kaum ein paar Wochen gedauert, bis du geflohen bist, ohne dich darum zu scheren, was aus mir wird. Vielleicht hätte ich ohne dich nie herausgefunden, was ich an Henric habe. Ich liebe ihn, Daniel, und ich habe Angst davor, was sein wird, wenn er nicht mehr ist. Nicht nur wegen des Geschäfts.« Sie verstummte und wich seinem Blick aus. Ihre Finger strichen fahrig durch das Fell der Katze.

Daniel stand nur da, unfähig, etwas zu erwidern, während ihre Worte langsam in seinen Geist vordrangen. Zögerlich machte er einen Schritt vor und umarmte sie mit angehaltenem Atem, bereit, sie sofort wieder loszulassen, sollte sie ihn wegstoßen. Doch sie stieß ihn nicht fort. Mit einem müden Seufzer lehnte sie den Kopf an seine Schulter, eine vertraute und dennoch vollkommen fremde Berührung, die Daniels Hals eng werden ließ.

»Du musst keine Angst haben«, flüsterte er. »Ich bin da, wenn du mich brauchst, und ich gehe, wenn du mich nicht sehen willst. Ich habe viel wieder gutzumachen.«

»Tu mir einen Gefallen, Daniel«, wisperte sie und hob leicht den Kopf, sodass sie ihn ansehen konnte. »Bring ihn mir zurück. Ich möchte nicht, dass er irgendwo in der Fremde stirbt. Tut, was ihr in Bremen tun müsst, und dann bring ihn zurück zu mir.«

»Das verspreche ich dir«, antwortete er, indem er ihren Blick erwiderte. »Du wirst ihn wiedersehen, Christine, das verspreche ich dir.«

*

Sie kamen zügig voran. Es hatte sich als gute Entscheidung erwiesen, sich den Fuhrwerken anzuschließen, denn obwohl Henric sich nichts anmerken ließ, entging Daniel nicht, wie sehr ihn die Reise anstrengte.

Am Abend, ehe sie Hamburg erreichten, machten sie in einem Gasthaus Rast. Während die Fuhrknechte auf dem Stroh im Schankraum nächtigten, hatte Henric den Wirt großzügig bezahlt, dass er ihnen seine Kammer für die Nacht überließ. Nachdem Henric sich früh schlafen gelegt hatte, war Daniel noch ein wenig im Schankraum geblieben und hatte mit den Fuhrknechten getrunken, bis auch er sich schließlich auf den Weg ins Bett machte. Mondlicht schien durch den geöffneten Fensterladen, und ein kühler Nachtwind kribbelte auf Daniels Haut. Bemüht leise schloss er die Tür hinter sich, blieb einen Moment stehen und überlegte, ob er sich wirklich zu Henric in das Bett legen oder nicht besser gleich auf dem Fußboden nächtigen sollte. Henric brauchte den Schlaf, wogegen er morgen höchstens mit seinem Kater zu kämpfen haben würde. Also breitete er seinen Mantel auf den Holzdielen aus und versuchte den Schwindel zu ignorieren, der die Deckenbalken über ihm schwanken ließ. Vom Hof drang das Fauchen zweier streitender Katzen zu ihnen hinauf, und irgendwo klapperte eine Tür. An Schlaf war nicht zu denken.

»Willst du nicht einfach ins Bett kommen, anstatt dich auf dem Boden herumzuwälzen?«

Daniel hielt inne. »Habe ich dich geweckt?«, murmelte er.

»Nein, ich denke nach.« Stoff raschelte, das Bett knarrte ein wenig, als Henric zur Seite rutschte.

»Ich hab zu viel getrunken«, nuschelte Daniel, während er sich schwankend erhob.

»Man riecht's.«

Tastend suchte Daniel den freien Platz im Bett und ließ sich mit einem tiefen Seufzer zurücksinken.

Eine Weile sagte keiner von ihnen etwas. »Ich habe eine Bitte an dich«, begann Henric schließlich leise. Er schwieg wieder, ehe er sich Daniel zuwandte und zögernd fortfuhr. »Es ist vielleicht viel verlangt, vor allem in Anbetracht dessen, was vorgefallen ist, aber mir wäre wohler, wenn ich wüsste, dass … dass du es bist, der sich um Christine kümmert.«

»Ich?« Daniel hob entgeistert den Kopf. »Warum ausgerechnet ich?«

»Aus demselben Grund, aus dem ich dich schon zwei Mal darum gebeten habe. Du bist mein Bruder.«

»Ich habe dein Vertrauen schändlich missbraucht«, murmelte Daniel.

»Dann mach es dieses Mal besser.« Das Rascheln der Decke

zeigte an, dass Henric sich etwas hochschob. »Christine und Jakob werden Hilfe brauchen. Lass sie nicht im Stich.«

Daniel sah vor sich hin. »Wenn Christine das will«, sagte er leise.

»Daniel, hör mir zu.« Henric schien alle verbleibende Kraft in die Stimme zu legen. »Sie hat mir erzählt, was du getan hast. Ich will lieber nicht darüber nachdenken, sonst hole ich noch eine Mistgabel aus dem Stall und nagele dich damit an die Tür.«

»Ich hätte es wohl verdient«, stellte Daniel fest.

»Das hättest du. Aber letztendlich war Jakobs Geburt das Beste, was Christine und mir passieren konnte. Dies waren die glücklichsten Jahre meines Lebens. Und nun brauchen wir dich. Ich habe mit Christine darüber gesprochen. Du kannst entweder bei uns wohnen oder in die Mengstraße ziehen, sie ist einverstanden.«

»Wird sie nicht wieder heiraten müssen?«, fragte Daniel unsicher.

»Ich habe eine Abmachung mit Johannes Perzeval und Thomas Morkerke getroffen«, erwiderte Henric in einem Tonfall, der deutlich machte, dass er mit der Frage gerechnet hatte. »Sie haben mir zugesagt, dass man sie nicht drängen wird, sich neu zu vermählen. Sie kann das Geschäft weiterführen, bis Jakob alt genug ist, es zu übernehmen. Bis dahin werden Simon und Perzeval sie unterstützen. Und du natürlich.«

Daniel zögerte. »Ich bin kein Kaufmann.«

»Nein, aber ihr habt euch geliebt. Du tust es immer noch, auch wenn du dir alle Mühe gibst, es zu verbergen.«

Daniel schwieg betroffen. Der Raum um ihn herum schien immer noch zu schwanken, aber sein Geist war ernüchtert.

»Ich mache dir deshalb keinen Vorwurf«, fuhr Henric fort, ehe Daniel sich so weit gesammelt hatte, dass er etwas erwidern konnte. »Aber ich würde dich nicht bitten, wenn ich nicht wüsste, dass du alles tun würdest, damit es Jakob und ihr gut ergeht. Und Christine …, sie liebt dich auch. Noch immer.

Auch wenn es unter einem Berg von Hass und Enttäuschung verborgen liegt.«

»Ich weiß nicht, womit ich dein Vertrauen verdient habe«, flüsterte Daniel bewegt.

»Du bist mein Bruder. Wem sollte ich vertrauen, wenn nicht dir?« Henric verstummte, streckte dann die Hand nach Daniels aus. Seine Finger fühlten sich kalt an, der Griff war dennoch vertraut. »Versprich es mir.«

»Ich verspreche es.« Daniels Stimme klang hohl in seinen eigenen Ohren, aber er wusste, dass er das Versprechen dieses Mal halten würde.

Henric ließ sich wieder zurücksinken. »Ich bin dir dankbar, dass du zurückgekommen bist«, murmelte er.

*

Es war der heißeste Tag ihrer Reise, als sie schließlich Bremen erreichten. Nach den Tagen auf den einsamen Straßen kam ihnen das Leben in der Stadt ungewohnt schrill und hektisch vor. Henric hatte die Hand auf Daniels Schulter gelegt, um sich abzustützen, während er die Zähne zusammenbiss und sich zwang, seinem Bruder durch das bunte Treiben zu folgen. Ihm war schwindelig, und die Schmerzen beim Luftholen setzten ihm ärger zu als je zuvor. Die letzten Tage und Wochen hatten mehr an seinen Kräften gezehrt, als er Daniel gegenüber zugeben wollte, aber er hatte nicht vor, auf den letzten Schritten zusammenzubrechen.

Er war daher zutiefst erleichtert, als sie endlich das Haus des alten Grootehus erreichten. Henric konnte sich immer noch nicht recht an den Gedanken gewöhnen, dass sein Vater es jetzt bewohnte.

In der Diele ging es nicht minder umtriebig zu als auf der Straße. Lastenträger waren gerade dabei, einen Karren mit Tuchwaren zu entladen, während andere mit der Winde Kornsäcke vom Speicherboden hinab in die Diele schweben ließen.

Staub hing in der Luft, und es roch nach dem Schweiß der Arbeitenden, obwohl alle Fenster weit aufgerissen waren.

Sie entdeckten Mette schließlich am Fuß der Stiege, die hinauf zum Boden führte. Ihr Gesicht glänzte vom Schweiß, die Haare hatte sie unordentlich unter einen Schleier gedrückt. Deutlich sichtbar spannte sich unter ihrem Kleid ein runder Bauch, als sie sich zurücklehnte, um etwas hinaufzurufen.

Dann drehte sie sich um, und im selben Moment stürzte sie mit einem Aufschrei auf sie zu, fiel Daniel um den Hals, drückte ihn fest. Ihr Strahlen wurde etwas verhaltener, als sie sich Henric zuwandte.

»Du darfst mich ebenfalls begrüßen«, sagte er und nahm sie kurzerhand in den Arm. »Du siehst gut aus.«

»Das kann ich von dir nicht behaupten«, gab sie mit ihrer unverblümten Ehrlichkeit zurück, erwiderte aber die Umarmung. »Was tut ihr hier?«, fragte sie, nachdem sie sich von ihm gelöst hatte.

»Das ist eine längere Geschichte«, behauptete Daniel, ehe Henric etwas sagen konnte. »Vielleicht reden wir lieber in Ruhe?«

Mette nickte, fasste Daniel und Henric am Arm und zog sie mit sich zum Kontor. Henric blinzelte, als sie in die Dornse eintraten, in der er früher mehr Zeit verbracht hatte als zu Hause. Es gab einen neuen, größeren Tisch, und jemand hatte die Wände vom Ruß befreit, aber ansonsten war alles noch genau so, wie er es in Erinnerung hatte. Bis auf den jungen Mann, der hinter dem Schreibtisch saß und überrascht aufschaute, als sie eintraten.

»Jan, schau mal, wer plötzlich in der Diele stand!«, strahlte Mette und ließ ihre Brüder los, um zu ihrem Liebsten zu eilen. »Macht sich der Aufrührer nicht gut als Herr über eines der reichsten Handelshäuser Bremens?«

»Von den reichsten sind wir noch ein wenig entfernt«, grinste Jan und erhob sich, um Mette ungeniert einen Kuss auf die dargebotenen Lippen zu gehen. Sein Lächeln wirkte eine Spur unsicher, als er Daniel und Henric die Hand reichte und sie bat, Platz zu nehmen. Henric konnte es ihm nicht verdenken. Das Letzte, was Jan über ihn wusste, war, dass er Mette mit einem reichen, prügelnden Greis verheiratet hatte. Sein Auftauchen musste verstörend auf den jungen Kaufmann wirken, zumal er das Erbe verwaltete, das rechtmäßig Henric zustand.

Mette lehnte sich an Jans Schulter. »Es ist schön, euch zu sehen«, stellte sie glücklich lächelnd fest. »Bei allen Heiligen, ich hatte nicht geglaubt, dass du jemals wieder mit mir reden würdest, Henric.«

»Da bist du nicht die Einzige.« Henric warf einen kurzen Blick zu Daniel. »Es geht euch gut, wie ich sehe?«

»Wir können nicht klagen«, antwortete Jan an ihrer Stelle. »Euer Vater hatte das Geschäft so weit abgewirtschaftet, dass ich schon befürchtet habe, nichts mehr retten zu können. Aber dann sind doch hier und da noch Beträge und Besitztümer aufgetaucht, die nicht vermerkt waren. Die Buchführung der letzten Jahre ist ein einziges Durcheinander. Und diese elende Bernsteingeschichte hat enorm viel Geld verschlungen. Aber so langsam finde ich mich zurecht. Wollt Ihr die Bücher sehen?«, fragte er eilig und wollte sich schon erheben. Henric bedeutete ihm mit einer knappen Geste, sitzen zu bleiben.

»Ich glaube Euch«, sagte er, bemüht, gleichmäßig zu atmen, um die Schmerzen zu ertragen. »Und selbst, wenn ich es nicht täte, ginge es mich nichts an. Das macht Ihr allein mit Mette aus.«

»Ihr seid also nicht wegen des Erbes hier?«, erkundigte sich Jan vorsichtig.

Henric schüttelte den Kopf. »Ich habe nicht vor, es Mette und Euch streitig zu machen. Übrigens habe ich eine gute Nachricht für dich«, wandte er sich wieder an seine Schwester. »Hartmann Schepenstede hat die Annullierung eurer Ehe erreicht. Das heißt, du bist wieder frei.«

»Ich *war* frei«, grinste Mette.

»Wir haben das schon von meinem Vater gehört«, erläuterte Jan. »Daher sind wir inzwischen verheiratet.«

Daniel erhob sich und ging auf Mette zu, um sie zu umarmen. »Herzlichen Glückwunsch, kleine Schwester.«

»Danke.« Mette hauchte ihm einen Kuss auf die Wange. Erwartungsvoll lag ihr Blick auf Henric. »Was ist mit dir? Willst du mir nicht auch alles Gute wünschen? Oder bist du mir gram, dass ich mir nicht wieder einen zahnlosen Greis genommen habe?«

»Nein, ich bin nur etwas überrascht.« Henric stemmte sich in dem Stuhl hoch und trat auf sie zu. »Ich wünsche dir, dass du mit Jan glücklich wirst.«

»Daran habe ich wenig Zweifel.« Der junge Karsbek legte den Arm wieder um seine Gemahlin.

»Demnach hat Euer Vater Euch hier gefunden?« Henric setzte sich wieder, langsam durchatmend.

Jan nickte. »Er war vor zwei Wochen hier. Offensichtlich wollte er sichergehen, dass ich dem Namen Karsbek keine Schande bereite.«

»Was treibt euch nun hierher?«, warf Mette ein. Neugierig sah sie zwischen Daniel und Henric hin und her.

Henric wechselte einen raschen Blick mit Daniel, ehe er mit ruhiger Stimme antwortete. »Daniel hat mich begleitet, weil es meine letzte Reise sein wird. Ich werde sterben, Mette. Wahrscheinlich schon sehr bald. Aber vorher will ich noch etwas erledigen.«

Mette wurde mit einem Schlag leichenblass. Sie blinzelte, als brauche sie Zeit, um die Worte verstehen. Dann nickte sie ruhig. »Erzähl bitte, was los ist«, bat sie.

Henric schilderte in knappen Worten, was in der Zeit vorgefallen war, seit sie Lübeck verlassen hatte. Er berichtete von der heimtückischen Krankheit, die seinen Leib zerfraß, dem Überfall durch Odo Karsbeks Leute und Daniels Geständnis – wobei er annahm, dass sie, was das betraf, ohnehin über alles im Bilde war.

Als er schließlich endete, schwieg Mette. Ihre Augen glitzerten verdächtig. »Gott ist so ungerecht.« Sie schüttelte nur immer wieder den Kopf. »Warum kann es nicht den alten Narren treffen? Warum ausgerechnet dich?«

»Weil es Gottes Wille ist.« Henric lächelte schwach. »Den alten Narren, du meinst damit nicht etwa Vater?«

»Doch.« Mette fuhr sich mit der Hand über die Augen, als wolle sie ein Staubkorn wegwischen. »Die Jahre, die er damit verbracht hat, dir die Pest an den Hals zu wünschen, haben seinem Verstand anscheinend nicht gutgetan. Er hat Zeiten, da ist er vollkommen klar im Kopf, und andere, da spricht er von nichts anderem, als dass er dich vernichten will. Er ist irre, Henric.«

»Wo ist er?«

»Willst du dich nicht erst einmal ausruhen?«, setzte Daniel an, aber Henric schüttelte entschlossen den Kopf. »Ich will es hinter mich bringen«, sagte er und atmete tief durch. »Solange ich es noch kann.«

»Er ist in seiner Kammer.« Mette nestelte an ihrem Hals, bis sie eine Kette mit einem Schlüssel unter ihrem Kleid hervorzog. »Ich habe ihn eingeschlossen. Zur Sicherheit.«

Henric fand die Vorstellung befremdlich, dass Mette ihren Vater gefangen hielt wie ein wildes Tier, aber er nickte nur matt. »Daniel, begleitest du mich?«

Noch nie waren Henric die wenigen Stufen zu den Wohnräumen so lang und beschwerlich erschienen. Es war die Kammer des alten Grootehus, in die Mette ihren Vater gesperrt hatte. Eine eigentümliche Wahl, den Mörder an den Ort seines Verbrechens zu binden, aber vermutlich war es Mettes volle Absicht.

Das Schloss kreischte, als er den Schlüssel darin drehte. Er wechselte einen letzten Blick mit Daniel, der aufmunternd lächelte. Dann öffnete er die Tür.

Lambrech saß am Fenster, trotz des warmen Sommerwetters bis zu den Schultern in eine Decke eingehüllt, und starrte hinaus auf den Hof. Sein Gesicht wirkte eingefallen und stumpf, die ergrauten Haare hingen ihm wirr über die Schultern. In einer Ecke lag der Nachttopf, den Lambrech anscheinend in einem Wutanfall umgestoßen hatte. Der Gestank von Urin und Kot hing unangenehm im Raum, sodass Henric unwillkürlich die Luft anhielt, als er eintrat.

Langsam wandte Lambrech den Kopf und musterte ihn. »Ich hatte nicht erwartet, dich jemals wiederzusehen«, stellte er mit unerwartet klarer Stimme fest. »Er steht dir, der Bart.« Seine Finger zupften an seinem eigenen Kinn, als wolle er die Feststellung mit der Geste unterstreichen.

»Elf Jahre sind eine lange Zeit«, antwortete Henric leise.

Lambrechs Augen funkelten, während er Henric abwartend musterte. Daniel schien er entweder nicht bemerkt zu haben, oder er ignorierte ihn. »Was willst du von mir? Willst du abrechnen? Mir vorhalten, dass ich dir das Leben schwer gemacht habe?«

»Nein.« Henric schüttelte den Kopf. »Ich habe eine Weile darüber nachgedacht, ob ich dir nicht vergeben sollte. Aber Vergebung von mir annehmen zu müssen wäre für dich wahrscheinlich schmerzhafter als alles andere.«

Lambrech knurrte etwas, was Henric nicht verstand. Der Ausdruck in seinem Gesicht veränderte sich, sodass Henric für einen Moment befürchtete, sein Vater könnte aufspringen, ihn angreifen. Aber Lambrech rührte sich nicht. Sein Blick lag unverändert auf Henrics Gesicht.

»Was willst du dann?«

»Ich bin hier, um dir zu sagen, was für ein erbärmlicher Kerl du bist«, erwiderte Henric ruhig. »Du hast das Versprechen, das wir uns auf Mutters Totenbett gegeben haben, missbraucht, um uns in deine Pläne zu zwingen und gegeneinander auszuspielen. Und als wir uns dir widersetzt haben, hast du versucht, uns mit Gewalt in die Knie zu zwingen.«

»Erfolglos, wie ich sehe.« Lambrech verzog den Mund zu

einer bitteren Grimasse. »Du bist Ratsherr, wie ich gehört habe? Mitglied der Zirkelgesellschaft? Meine Hochachtung. Du hast gesiegt, Henric. Mein kleiner, schüchterner Henric, der besser zum Mönch als zum Kaufmann getaugt hätte!« Er lachte freudlos auf. »Vielleicht sollte ich stolz sein, einen solchen Sohn gezeugt zu haben. Auch wenn er mich verraten hat wie eine feige Ratte! Genau das bist du! Eine Ratte, die sich an den Tischen anderer satt frisst! Was hat Pleskow alles aufgeboten, um dich in den Rat zu bringen, hm? Und was war deine Gegenleistung? Ich hörte, eure Freundschaft ist ausgesprochen eng.«

Henric spürte, wie Daniel sich an ihm vorbeidrängen wollte, aber er hielt ihn zurück und schüttelte leicht den Kopf. Dann wandte er sich wieder Lambrech zu. »Gib mir das Kreuz«, befahl er ruhig.

»Welches Kreuz?«

»Das Bernsteinkreuz, das du aus Mutters Grab genommen hast.«

Lambrech wirkte einen Moment verdutzt. Dann verfinsterte sich seine Miene. »Was willst du damit?«

»Das geht dich nichts an. Gib es mir, und du wirst nie wieder etwas von mir hören.«

»Und wenn ich es nicht tue?«

Henric zuckte mit den Schultern. »Dann werde ich Jan bitten, dich gemeinsam mit Daniel festzuhalten, während ich es suche. Es wäre eine entwürdigende Prozedur, die ich weder dir noch mir antun will. Daher bitte ich dich ein letztes Mal, gib es mir.«

Lambrechs Gesichtsausdruck verriet, dass er sich nur mit Mühe zurückhalten konnte, auf Henric loszugehen. Seine Augen sprühten zornige Blitze, während er Henric anstarrte. »Du kannst es bekommen«, fauchte er schließlich. »Unter der Bedingung, dass du nie wieder zurückkehrst nach Bremen. Es soll mein Name sein, den man mit Achtung ausspricht, wenn man von den Sutermans in Bremen redet, nicht deiner!«

Henric nickte müde. Sein Vater konnte kaum ahnen, wie leicht ihm dieses Zugeständnis fiel.

Langsam wanderte Lambrechs Hand unter die Decke zu der Gürteltasche. Er ließ Henric keinen Moment aus den Augen, während er sich daran zu schaffen machte und schließlich eine filigrane Kette mit einem Bernsteinkreuz hervorzog.

»Nimm es«, stieß er aus und warf es Henric mit einer verächtlichen Geste vor die Füße. »Ich brauche es ohnehin nicht mehr!«

Henric antwortete nicht, sondern bückte sich, um die Kette aufzuheben. Ein schwaches Lächeln huschte über sein Gesicht. »Gott schütze dich, Vater«, sagte er leise. »Leb wohl.« Dann drehte er sich um und verließ die Kammer.

Daniel war ihm gefolgt, verschloss die Tür wieder, ehe er neben Henric stehenblieb und den Arm um seine Schulter legte. Stumm nahm Henric die Hand seines Bruders, ließ die Kette hineingleiten und schloss die Finger darum.

Daniel sah ihn überrascht an. »Aber wofür ...«

»Vater hatte recht, es war ein Symbol.« Henric drückte ihm die Hand. »Allerdings nicht, wie er es verstanden hat. Erinnerst du dich, wie wir den Schwur gesprochen haben damals?«

»Wir haben versprochen, aufeinander zu achten und füreinander da zu sein.« Daniel nickte leicht. »Ich erinnere mich sogar an den Wortlaut.«

»Ich möchte, dass du es Christine gibst. Für Jakob. Es soll für das stehen, was uns verbindet. Nicht für das, was Vater wollte.«

»Du wirst es ihr selbst geben. Christine wird mich rädern und vierteilen, wenn ich dich nicht zu ihr zurückbringe.«

»Dann solltest du das wohl besser tun.« Henric lächelte, und er sah, wie sich auch Daniels Miene löste, bis er schließlich befreit zu ihm aufschaute.

Nachwort

Henric und Daniel hatten Jakob Pleskow bei ihrer Rückkehr nach Lübeck nicht mehr angetroffen. Der Ratsherr, der die Außenpolitik Lübecks in den 1360er und 1370er Jahren maßgeblich bestimmte, starb am 1. August 1381 in Rostock.

Pleskow ist nicht die einzige historisch verbürgte Gestalt, die in diesem Roman auftritt. Abgesehen von Odo Karsbek und seiner Familie finden sich alle genannten lübischen Ratsherren in den Quellen wieder. Die Namen der Bremer Ratsherren gehen ebenfalls auf historische Ratsfamilien zurück, die Personen selbst sind hingegen ebenso fiktiv wie die Familien Suterman, Grootehus und Petersen, von deren Schicksal der Roman erzählt.

Dennoch ist ein Aufstieg eines fremden Kaufmanns wie Henric nicht undenkbar. Jakob Pleskow selbst kam als junger Mann aus Visby nach Lübeck und erwarb dort 1341 gemeinsam mit seiner Mutter das Bürgerrecht. Bereits 1353 wurde er Mitglied des Rats und 1364 Bürgermeister und war fortan neben Johannes Perzeval der einflussreichste lübische Politiker seiner Zeit.

Es kann nicht der Anspruch eines Romans sein, die historische Wirklichkeit abzubilden. Gelegentlich verlangt es die Dramaturgie, Ereignisse zu straffen und zusammenzuführen, um eine Geschichte zu erzählen. In diesem Fall betrifft das vor allem die Aufstände in Bremen und Lübeck, die symptomatisch sind für die gesellschaftlichen Auseinandersetzungen dieser Zeit.

Nachdem vielerorts die Bürger die Herrschaft des Stadtherrn

abstreifen konnten, ging die Macht zunächst an die herrschenden Ratsfamilien über. Mit dem wachsenden Selbstbewusstsein der Handwerkzünfte forderten diese im späten 14. Jahrhundert eine stärkere Beteiligung an der Stadtherrschaft. Vielerorts kam es zu Aufständen, wie 1374 in Braunschweig oder 1371 in Köln.

In Bremen wurde die Unzufriedenheit Anfang der 1360er Jahre geschürt durch die Erhebung einer Schoß, einer Sondersteuer. 1365 kam es zu einem Aufstand, bei dem Handwerker in die Häuser der Ratsmitglieder eindrangen und deren Familien misshandelten. Dem Rat gelang es rasch, den Aufstand niederzuschlagen. 1366 kam es dann erneut zu Kämpfen in der Stadt, als nach Unstimmigkeiten im Rat eine Partei Unterstützung beim Erzbischof suchte. Mit Hilfe des Grafen von Oldenburg konnten sich die geflohenen Ratsherren durchsetzen. Von nun an schmückte der Schlüssel das Bremer Wappen, und der hölzerne Roland, der im Zuge der Auseinandersetzungen abgebrannt war, wurde 1404 neu errichtet – aus Stein und gegen den Dom gewandt, als Zeichen bürgerlichen Selbstbewusstseins. Diese beiden Auseinandersetzungen habe ich in dem Roman aus dramaturgischen Gründen zu einer zusammengefasst.

Ebenso musste ich bei Lübeck verfahren, wo es 1380 einen Aufstand der Knochenhauer gab, der von der Ratspartei niedergeschlagen wurde. Der im Roman erwähnte Hinrich Paternostermaker, der »Catilina von Lübeck«, hat zu dieser Zeit wahrscheinlich schon an seinen Umsturzplänen gearbeitet, den Putschversuch hat er jedoch erst 1384 unternommen. Unter seinen Anhängern fanden sich viele Knochenhauer.

Die Hanse befindet sich in der Zeit des Romans auf dem Höhepunkt ihrer Macht. Wie sehr der Städtebund, dem Bremen 1358 eher widerwillig beigetreten ist, auch politisch aktiv werden konnte, zeigt sich an den Kriegen gegen den Dänenkönig Waldemar Atterdag. Als Henric und Lutger beschließen, sich den Kämpfen anzuschließen, tobt und brodelt die Auseinandersetzung zwischen Waldemar und den Hansestädten schon seit einigen Jahren. Auslöser war die Eroberung Visbys durch die Dänen 1361, in deren Folge die wendischen Hansestädte ihre Handelsbeziehungen bedroht sahen. Es kam zu einem ersten Krieg, zu dem Bremen eine Kogge beisteuerte, über deren Verbleib nichts bekannt ist. Weder die Ostsee noch die Sunddurchfahrten waren für die Bremer Kaufleute interessant genug, um sich ernsthaft an dem Krieg zu beteiligen.

Als nach der Niederlage der Hansestädte und dem Friedensschluss die Auseinandersetzungen ab 1367 wieder aufflammten, schlossen sich 57 Hansestädte unter Führung von Lübeck zur Kölner Konföderation zusammen und gewannen den schwedischen König und norddeutsche Adlige für eine Allianz gegen Waldemar. 1370 wurde der Krieg mit dem Frieden von Stralsund beendet, der der Hanse Mitsprache bei der dänischen Thronfolge zugestand und den Städten für fünfzehn Jahre die Kontrolle über die Sundschlösser zusicherte. Damit wurden jedoch neue Probleme geschaffen: Die Unterhaltung der Schlösser kostete mehr Geld, als die Kaufleute dafür aufbringen wollten. Die Auswirkungen bekamen die Menschen in Lübeck und anderswo zu spüren, als wiederholt Sondersteuern erhoben wurden, wie im Roman ein Mitglied der Paternosterverschwörung lauthals beklagt.

Historisch unkorrekt ist im Roman der Begriff »Kontor«, der erst ab dem 16. Jahrhundert für die großen Niederlassungen der Hanse verwendet wurde und im 19. und 20. Jahrhundert die Büros und Geschäftszimmer von Kaufleuten bezeichnete. Für das späte 14. Jahrhundert wäre daher der Begriff »Schreibstube« richtig. Ich bezeichne die Arbeitsräume der Kaufleute trotzdem anachronistisch als »Kontor«, um eine Dopplung mit den Schreibstuben im kirchlichen Bereich zu vermeiden.

Am Ende möchte ich all jene erwähnen, die zum Gelingen dieses Romans beigetragen haben und ohne deren Beistand ich vielleicht das eine oder andere Mal verzweifelt wäre. Dabei möchte ich (in alphabetischer Reihenfolge) Bernd Diehl, Martina Fritz, Iris Kammerer, Henning Mahr, Janine Setzer und Andreas Wolf danken, die mir mit Rat und aufbauenden Worten zur Seite standen. Außerdem gilt mein Dank Lena Falkenhagen für die Hilfe bei der Recherche sowie meiner Mutter Dr. med. Ingried Wolf für Ratschläge bei medizinischen Fragen. Ferner danke ich meinen Lektoren Meike Herrmann und Andreas Paschedag für die sehr gute, produktive Zusammenarbeit, durch die es möglich war, das »Monstrum« zu bändigen, und meinem Agenten Helmut Kammerer, dem ich für seinen Zuspruch und seine Unterstützung dankbar bin.

Zuletzt sollen auch die nicht unerwähnt bleiben, die die Entstehung des Romans vom Anfang bis zum Ende in allen Höhen und Tiefen miterlebt haben: Mein Mann Udo Wolf, der mir vor allem in der letzten Phase Freiraum verschafft hat, um das Projekt zu einem glücklichen Ende zu bringen, und meine Tochter Merle, die jeden Tag mit einem Lächeln ein Stück Sonnenschein an den Schreibtisch zaubert.

Danke.